中华现代学术名著丛书

先秦文学
中国文学史讲义

游国恩 著

2015年·北京

图书在版编目(CIP)数据

先秦文学;中国文学史讲义/游国恩著.—北京:
商务印书馆,2015
(中华现代学术名著丛书)
ISBN 978-7-100-11732-6

Ⅰ.①先… Ⅱ.①游… Ⅲ.①中国文学—古代文学史—先秦时代 Ⅳ.①I209.2

中国版本图书馆 CIP 数据核字(2015)第 263086 号

所有权利保留。
未经许可,不得以任何方式使用。

《先秦文学》、《中国文学史讲义》分别据
商务印书馆 1934 年版、天津古籍出版社 2005 年版排印

中华现代学术名著丛书

先秦文学　中国文学史讲义

游国恩　著

商务印书馆出版
(北京王府井大街36号　邮政编码100710)
商务印书馆发行
北京冠中印刷厂印刷
ISBN 978-7-100-11732-6

2015 年 12 月第 1 版　　开本 880×1240　1/32
2015 年 12 月北京第 1 次印刷　印张 17 3/8　插页 1

定价:52.00 元

游 国 恩

(1899—1978)

出版说明

百年前,张之洞尝劝学曰:"世运之明晦,人才之盛衰,其表在政,其里在学。"是时,国势颓危,列强环伺,传统频遭质疑,西学新知亟亟而入。一时间,中西学并立,文史哲分家,经济、政治、社会等新学科勃兴,令国人乱花迷眼。然而,淆乱之中,自有元气淋漓之象。中华现代学术之转型正是完成于这一混沌时期,于切磋琢磨、交锋碰撞中不断前行,涌现了一大批学术名家与经典之作。而学术与思想之新变,亦带动了社会各领域的全面转型,为中华复兴奠定了坚实基础。

时至今日,中华现代学术已走过百余年,其间百家林立、论辩蜂起,沉浮消长瞬息万变,情势之复杂自不待言。温故而知新,述往事而思来者。"中华现代学术名著丛书"之编纂,其意正在于此,冀辨章学术,考镜源流,收纳各学科学派名家名作,以展现中华传统文化之新变,探求中华现代学术之根基。

"中华现代学术名著丛书"收录上自晚清下至20世纪80年代末中国大陆及港澳台地区、海外华人学者的原创学术名著(包括外文著作),以人文社会科学为主体兼及其他,涵盖文学、历史、哲学、政治、经济、法律和社会学等众多学科。

出版说明

出版"中华现代学术名著丛书",为本馆一大夙愿。自1897年始创起,本馆以"昌明教育,开启民智"为己任,有幸首刊了中华现代学术史上诸多开山之著、扛鼎之作;于中华现代学术之建立与变迁而言,既为参与者,也是见证者。作为对前人出版成绩与文化理念的承续,本馆倾力谋划,经学界通人擘画,并得国家出版基金支持,终以此丛书呈现于读者面前。唯望无论多少年,皆能傲立于书架,并希冀其能与"汉译世界学术名著丛书"共相辉映。如此宏愿,难免汲深绠短之忧,诚盼专家学者和广大读者共襄助之。

商务印书馆编辑部

2010年12月

凡 例

一、"中华现代学术名著丛书"收录晚清以迄20世纪80年代末,为中华学人所著,成就斐然、泽被学林之学术著作。入选著作以名著为主,酌量选录名篇合集。

二、入选著作内容、编次一仍其旧,唯各书卷首冠以作者照片、手迹等。卷末附作者学术年表和题解文章,诚邀专家学者撰写而成,意在介绍作者学术成就、著作成书背景、学术价值及版本流变等情况。

三、入选著作率以原刊或作者修订、校阅本为底本,参校他本,正其讹误。前人引书,时有省略更改,倘不失原意,则不以原书文字改动引文;如确需校改,则出脚注说明版本依据,以"编者注"或"校者注"形式说明。

四、作者自有其文字风格,各时代均有其语言习惯,故不按现行用法、写法及表现手法改动原文;原书专名(人名、地名、术语)及译名与今不统一者,亦不作改动。如确系作者笔误、排印舛误、数据计算与外文拼写错误等,则予径改。

五、原书为直(横)排繁体者,除个别特殊情况,均改作横排简体。其中原书无标点或仅有简单断句者,一律改为新式标点,专名号从略。

六、除特殊情况外,原书篇后注移作脚注,双行夹注改为单行夹注。文献著录则从其原貌,稍加统一。

七、原书因年代久远而字迹模糊或纸页残缺者,据所缺字数用"□"表示;字数难以确定者,则用"(下缺)"表示。

目录

先秦文学

叙 …………………………………………………………… 3
一 文学之范围及文学史 …………………………………… 4
二 文学导源之两大要素 …………………………………… 10
三 未有文字时之初民文学 ………………………………… 16
四 种族战胜与文学之开幕 ………………………………… 20
五 唐虞时代之文学 ………………………………………… 28
六 夏禹之功烈及夏代文学 ………………………………… 34
七 商之文明渐进及其文学 ………………………………… 44
八 周初文治之宏模及其文学 ……………………………… 52
九 诗之来源及南风雅颂 …………………………………… 62
十 诗之时代背景及其文艺 ………………………………… 74
十一 春秋战国时之杂歌诗 ………………………………… 84
十二 周之历史文学及晚周诸子 …………………………… 93
十三 楚辞之起原 …………………………………………… 103
十四 屈原 …………………………………………………… 112
十五 宋玉及其他作者 ……………………………………… 121
十六 糅合南北之赋家荀卿 ………………………………… 128

| 十七 | 先秦之小说 | 134 |
| 十八 | 秦之变古及其文学 | 142 |

中国文学史讲义

卷一

第一篇 导言
- 第一章 文学之界说 ……………………………… 153
- 第二章 文学之起源 ……………………………… 155
- 第三章 文学之流变 ……………………………… 158
- 第四章 周以前之文学 …………………………… 163

第二篇 周文学
- 第一章 《诗经》史略 …………………………… 170
- 第二章 《诗经》之时代背景 …………………… 173
- 第三章 论《周南》、《召南》 ………………… 178
- 第四章 论十三《国风》（上） ………………… 183
- 第五章 论十三《国风》（下） ………………… 190
- 第六章 论《小雅》、《大雅》（上） ………… 195
- 第七章 论《小雅》、《大雅》（下） ………… 203
- 第八章 论三《颂》 ……………………………… 208
- 第九章 《诗经》之文艺 ………………………… 216

第三篇 晚周文学
- 第一章 楚辞之起源 ……………………………… 226
- 第二章 屈原 ……………………………………… 231

  第三章 宋玉及其他 ································ 238

  第四章 论楚辞之文艺 ······························ 241

  第五章 荀卿 ·· 244

第四篇 秦文学 ··· 247

卷二

第五篇 西汉文学 ·· 253

  第一章 楚声与汉初文学 ······························ 253

  第二章 贾谊与辞赋之渐变 ···························· 256

  第三章 文景间诸王宾客之文学 ························ 259

  第四章 武帝及诸臣之文学 ···························· 268

  第五章 司马相如 ···································· 276

  第六章 新声乐府及五言诗之成立 ······················ 283

  第七章 武宣以来民歌之发达 ·························· 291

  第八章 宣成间之作者 ································ 299

  第九章 扬雄 ·· 307

第六篇 东汉文学 ·· 313

  第一章 东汉初期之文学 ······························ 313

  第二章 明章间之赋家 ································ 318

  第三章 和顺间之辞赋及其诗 ·························· 326

  第四章 桓灵以来之作者 ······························ 335

  第五章 建安七子 ···································· 344

  第六章 七子以外诸家之文学 ·························· 355

  第七章 东汉之乐府歌辞 ······························ 362

目录

卷三

第七篇　三国文学 ······ 375
　第一章　魏武帝及魏文帝之文学 ······ 375
　第二章　陈思王 ······ 382
　第三章　明帝及其他乐府 ······ 389
　第四章　正始玄风与嵇阮 ······ 393

第八篇　两晋文学 ······ 405
　第一章　武帝时之文学 ······ 405
　第二章　太康永嘉之际文学之极盛 ······ 415
　第三章　左思及其他 ······ 425
　第四章　东渡以后之作家 ······ 431
　第五章　陶潜 ······ 438
　第六章　回文诗及乐府歌辞 ······ 447

卷四

第九篇　宋文学 ······ 459
　第一章　宋初文学与南朝风尚之转捩 ······ 459
　第二章　颜延之与谢灵运 ······ 465

附录　左传讲稿 ······ 472

游国恩先生学术年表 ······ 游宝谅 517
《先秦文学　中国文学史讲义》简论 ······ 翟景运 521

先秦文学

叙

叙曰，今之所谓文学史者，亦孳乳而浸多矣。自推涉猎有限，乃复尤而效之，以攘恛愁之诮，是亦不可以已乎。窃念晚近士风，绝类朱明，著书之易，殆又过之。尤于文学史类之书，不为其难，为其易，直可旦受命而日食时上。大抵荏懦者标新以逢时，浅陋者护短而取巧。逢时则事事可以傅会，而庸众悦矣；取巧则一切可以抹煞，而成书易矣。呜呼，修辞而不立其诚，道术将为天下裂，此亡国之征也。世好丁君邮书来，为商务馆主人征稿，限以一月之期。既谨谢不能，而敦迫再三，为展期四十日，遂匆匆写成此编。世无淮南，天下著书有若是之易者乎？橐笔自讼，疚愧实多。所自信者，不敢不勉于诚而已。然弗能标新，又弗能护短，世之人苟以斯义责之，余何敢辞？癸酉仲冬月二十七日识于青岛寓庐。

一　文学之范围及文学史

文学之界说，昔人言之详矣。自魏晋六朝以迄今兹，众说纷呶，莫衷一是。治文学史者既苦于界说之不立，往往徬徨歧路，盲目操觚，泄沓支离，不可究诘。益以年世悠邈，作者实繁，派别枝分，千头万绪。其间源流变迁，盛衰倚伏之故，多无有系统之说明。此所以治丝而棼，说愈歧而愈远也。今综约诸家之说，不外广狭二义。

余杭章君曰："凡云文者，包络一切著于竹帛者而为言。故有成句读文，有不成句读文，兼此二者，通谓之文。局就有句读者谓之文辞，诸不成句读者，表谱之类，旁行邪上，条件相分；会计则有簿录，算术则有演草，地图则有名字，不足以启人思，亦又无以增感。此不得言文辞，非不得言文也。诸成句读者，有韵无韵分焉。"（《国故论衡·文学总略》）此广义之文学论也。阮元《书〈文选序〉后》云："昭明所选，名之曰文。盖必文而后选也，非文则不选也。经也，子也，史也，皆不可专名之为文也。故昭明《文选序》后三段特明其不选之故。必沉思翰藻，始名之为文，始以入选也。"又曰："凡以言语著之简策，不必以文为本者，皆经也，子也，史也。言必有文，专名之曰文者，自孔子《易·文言》始。此篇奇偶相生，音韵相和，如青白之成文，如《咸》、《韶》之合节，非清言质说者比也，非振笔纵书者比也，非佶屈涩语者比也。是故昭明以为经也，史也，子也，非可专名之为文也；专名之为文，必沉思翰藻而后可也。"又曰："凡说经讲学，皆经派也；传志记事，皆史派也；立意为宗，皆子派也；惟沉思翰藻，乃可名之为文也。"（参阅《揅经室集·文言说》、《文韵说》、《学海堂·文笔策问》及《与友人论古文书》等篇。）此狭义之文学论也。

今按由前之说，则一切表谱簿录之类皆得为文，由后之说，则虽经传子史亦不得为文。（按阮氏谓三者不可专名之为文，虽若语有斟酌，实则排斥之于文外。）斯二说者，持之有故，言之成理，而皆不能无偏。请伸其义。章君论文，盖以文字为准，不以彣彰为准。以为文字者本以代言，各当其用。凡无句读之文，皆文字所专属者也。故又曰："以是为主。论文学者，不得以兴会神旨为上。知文辞始于表谱簿录，则文气文德皆为末务。"夫沿波讨源，其论诚为有见；然枝派既分，自不可一概而论。盖今之所谓文辞文章者，正以其有文有章也。夫曰文，则辞采斐然尚矣；曰章，则节奏低昂尚矣。如此，则表谱簿录之无句读者，例不得与。故今日论文，而欲尽撤辞华声音之藩，艺文学术，一切并包，则茫无畔岸，将使学者望洋兴叹，无所适从矣。此蔽于实之过也。若夫阮氏之论，专主乎文艺声色之事，则又误信昭明率尔之言。（昭明选例多有可议，前人已有辩正。）不知《典论·论文》，已以奏、议、书、论、铭、诔、诗、赋并举，挚虞《流别》，李充《翰林》，今可见者，其范围亦至不隘，陆士衡晋初作者，而《文赋》所标，亦有诗、赋、碑、诔、铭、箴、颂、论、奏、说之目。几见其必皆沉思翰藻，非清言质说者耶？且迹诸家所列，奏议碑诔，史派也；论说之篇，子派也，又安见子史之文皆不得为文，如阮氏之所云也？刘彦和与昭明同世，其《文心》一书，自《明诗》以至《书记》，凡二十篇，所包者尤广。此又何说？且即《文选》论之，三十七类中除其可以合并者，为类犹繁。其间子史之文亦多矣：贾生《过秦》，本出《新书》；（按《史记》录其文凡三见。）魏文《典论》，宁非子派？以矛攻盾，彼已无以自解。阮氏乃从而发之曰，立意为宗之文非文也，故不选也。"史论""上书"，直录史传；碑志行状，亦其支流。是与所谓"旁出子史，事异篇章。今之所集，亦所不取者"，又牴牾矣。阮氏又从而发之曰，传志记事之文非文也，故不选也。且如其说，入选之文，宜无有清言质说，佶屈为病者，按之实际何如乎？又所云如文言之奇偶相生，音韵相和者，（按阮氏之论文韵，不限于句末。见《文韵说》）入选之文果皆然乎？夫阮氏欲自尊其说，是以标举《文言》，不知此适其所谓说经之文也。必拘有韵为文之说，则凡禅门偈喝，方技歌诀，与夫蒙童讽诵之言（古者《凡将》、《急就》一类小学之书准此），教坊优倡之语，何莫非文？况东汉以前之文，又泰半不可以有韵无韵分者乎？是知昭明之说，特六朝人一时习尚之偏见，（沈约《宋书·谢灵运传论》、《文心雕龙·声律》、《丽辞》等篇，或张宫商之论，或畅偶俪之说。而梁元帝《金楼子·立言》篇更合之云："文者，惟须绮縠纷披，宫徵靡曼，唇吻遒会，性灵摇荡。"凡此并与沉思翰藻之义相通。）本未可据为定论也。不然，则以后世学术日分，辞章日富，派别既多，决择匪易。萧氏既衷录总集，又不能不以之入选；而心或违之，遂复存其论文之见解于序中，而不觉其自相违逆者，亦势不可也。阮氏不察，遽欲执此以为衡准，不亦惑乎？此又蔽于名之过也。

虽然，六朝文家之所以倡文艺论者，固亦有以。《周礼·考工记》："画绘之事，青与赤，为之文；赤与白，谓之章。"《说文》："文，错画也；象交文。章，乐竟为一章。从音，从十，十，数之终也。"《释名·释言语》云:"文者,会集众采以成锦绣,会集众字以成辞义,如文绣然也。"夫文章以绘事乐章为本训,则其为艺事复何待言?(《易·系辞传》下亦言:"物相杂,故曰文。")故《广雅·释诂》训文为饰;《文选·七启》"御文轩",注亦训文为画饰;而《礼记·月令》"文绣有恒",郑更直训为画。(《说文》别有"彣"、"彰"字,从彡。彡,毛饰画文也。义亦相类。段玉裁以为"文"、"章"其省文。)《诗大序》云"声成文,谓之音。"《乐记》亦云:"文采节奏,声之饰也。"又云"省其文采",注云:"文采,谓节奏合也。"证知文章之道,通乎艺事,实兼声色二者之所有。六朝文家之好言声律与偶俪者,殆亦有见及此耳。窃尝论之:齐梁诸人之以艺事衡文,盖亦恶夫冲淡之辞,醉心华饰之语耳,本未可以厚非也。独因此而遂悍然摈诸文字之稍质朴者于文学之外,则昧于古今学术源流之过也。章学诚曰:"子史衰而文集之体盛,著作衰而辞章之学兴。文集者,辞章不专家,而萃聚文墨以为蛇龙之沮也。后贤承而不废者,江河导而其势不容复遏也。经学不专家,而文集有经义;史学不专家,而文集有传记;立言不专家(即诸子书也),而文集有论辨。后世之文集,舍经义与传记,论辨三体,其余莫非辞章之属也。而辞章实备于战国,承其流而代变其体制焉。"(《文史通义·诗教》上篇)观于此,则今世之所谓文学者,莫非古者专门著述之支流遗裔,本以附庸,蔚为大国;若强为区画,使云仍与高曾分庭相抗,甚且数典而忘祖,奚可哉?

然则文学之范围宜如何?曰:学术之不能不分而为辞章者,势也;辞章之不能与经传子史完全绝缘者,亦理也。知后世经义之文之出于经学,则不能排"六艺";知传记之出于史学,则不能排《左》、《国》;知论辩之出诸子,则不能排《庄》、《列》。先秦之文学,即在专门著述之中,固未可以决然舍去也。抑余有说焉:西汉以降,文章渐富,著作始衰;迄于萧梁,文集著录,已成定例。故由今日论之,文学者,以孽子而亢宗;著作者,虽不祧而自替者也。由斯而谈,先秦之文若"六艺",其中如《诗》固无论矣。其《易》、《礼》、《春秋》,未可以文论也。《书》以道事,虽不以文为本,要为记言之文所自出,自当在叙述之范围。《左传》、《国语》、《国策》,虽属史家之言,而实兼文词之美,尤不可以勿道。(《公羊》、《穀梁》二传专主释经,且汉世始著竹帛,亦不能以先秦之文论。)其诸子,若墨翟之书,文辞朴拙;名家之言,专在辩析;(其伪书自不必论。)杂家之文若《吕览》,虽间有可取,俱可从略。(兵家、方技准此。)惟道家则庄周绝胜,(其伪书今亦不论。)儒家则孟、荀杰出,法家则韩非为尤,与夫小说家之《山海经》、《穆天子传》等,(并从《四库》著录。)皆宜泯其畛域,列入文疆。盖于较大范围之中,仍寓以文辞为主之意。(《山海经》及《穆天子传》等书虽不能以文辞论,实为后世小说之祖。)非苟为调和之论也。总之,先秦之文,类属专门之书,兼采则势所不能,悉蠲又于理有碍。大抵择其情思富有,词旨抑扬,乃与后世之文有密切关系者述之,则斤斤微尚之所存也。

文学史于类为专史,古无是书;其性质稍相近者,有若唐裴孝源之《贞观公私画史》,宋米芾之《书画史》,朱长文之《琴史》,明陶宗仪之《书史会要》,朱谋垔之《画史会要》,清初姜绍书之《无声诗史》,或统纪列朝,或断取一代,皆专述一艺,明一事,而有史名者也。近世善化皮氏作《经学历史》,体裁章目与今日流行之文学史极相似,此又学述史中之专史也。若夫论文之书,如《诗品》、《主客图》、《诗派图》等,或评述历代,或单举一派,虽无史之名,实则文学批评史或流别史之类也。(《文章流别》、《文章缘起》等书但主文体,不依时代。蔡传《历代吟谱》又止列作者名字,并与文学史不合。)

　　文学史之号为专史者。盖对普通历史而言,与哲学,宗教,政治学,经济学等史同科。顾其中又可分为三类:一曰文学通史,如中国文学史,日本或西洋文学史等是也。二曰断代文学史,如先秦文学史,汉魏六朝文学史,中古或近代文学史等是也。三曰分类文学史,如辞赋史,小说史,骈体文学史,词曲或戏曲史等是也。又有断代而兼分类者,如汉魏六朝乐府文学史,唐诗史,明清制艺文学史之类是也。夫我国历史至长也,作家与篇章至夥也,其间文学与学术政治社会种种关系尤至复杂,卒不可理。是故治文学史者,贵得其要。其要维何?如说明文学之变迁及其盛衰之状况也;推求文学变迁与盛衰之因果也;考证篇章之真伪及其时代之先后也;评断文学之价值也。凡此四端,皆文学史家之所有事也。苟能明其体要,观其会通,取材当而别择精,然后运其识力,提纲挈领而叙论之;虽万派奔流,而穷原竟委,读者可一览而尽也。如此,庶可以无大过矣。

二　文学导源之两大要素

文学者，不凭虚起。推原其故，则人生不堪内外之压迫实使之。何谓内？天赋情感是也。何谓外？生活环境是也。斯二者，内外相应，消息相通，非截然两事也。本此二义，则文学起原之故可得言焉。

一、情感之冲动　人类所以异于他动物者，以其有七情也；有情斯有感，有感斯有应，应而后有声，有声而后有言，而后有文辞。故《乐记》曰："凡音之起，由人心生也；人心之动，物使之然也。感于物而动，故形于声；声相应，故生变；变成方，谓之音。"此音乐起原论也，亦即文学之起原论也。《诗大序》云："诗者，志之所之也。在心为志，发言为诗。情动于中，而形于言。言之不足，故嗟叹之；嗟叹之不足，故永歌之；永歌之不足，不知手之舞之足之蹈之也。"（按《乐记》稍异。）此诗歌起原论也，亦即舞蹈起原论也。诗也，乐也，舞也，分流而同源，异辙而同归者也。盖感而为声，咏而为诗，（初民止有讽咏之诗，无著于竹帛者。说详下章。）动而为舞，节而为乐，而莫不由于情感之冲动，特其进展之程序微有异耳。古者诗必入乐，乐必有舞，三者相连，未尝或间，殆以此也。刘彦和曰："人禀七情，应物斯感。感物吟志，莫非自然。"（《文心雕龙·明诗》篇）又曰："春秋代序，阴阳惨舒，物色之动，心亦摇焉。是以献岁发春,悦豫之情畅;滔滔孟夏,郁陶之心凝;天高气清,阴沉之志远;霰雪无垠,矜肃之虑深。岁有其物,物有其容;情以物迁,辞以情发。——一叶或且迎意,虫声有足引心。况清风与明月同夜,白日与春林共朝哉?"(《物色》篇)此以四时物候之感人者言也。锺记室亦曰:"气之动物,物之感人,故摇荡性情,形诸舞咏。"又曰:"春风春鸟,秋月秋蝉,夏云暑雨,冬月祁寒,斯四候之感诸诗者也。嘉会寄诗以亲,离群托诗以怨。至楚臣去境,汉妾辞宫,或横骨朔野,魂逐飞蓬;或负戈外戍,杀气雄边。塞客衣单;孀闺泪尽。又士有解佩出朝,一去忘返;女有扬娥入宠,再盼倾国:凡此种种,感荡心灵,非陈诗何以展其义? 非长歌何以骋其情? 故曰:'诗可以群,可以怨。'使穷贱易安,幽居靡闷,莫尚于诗矣。"(《诗品》)此兼以物候与境遇之感人者言也。是故朱子《诗集传序》云:"人生而静,天之性也;感于物而动,性之欲也。夫既有欲矣,则不能无思;既有思矣,则不能无言;既有言矣,则言之所不能尽,而发于咨嗟咏叹之余者,必有自然之音响节族而不能已焉。——此诗之所以作也。"综览众说,情感实文学之源泉,诗歌又文学之先导,不亦彰明较著也哉?

二、生活之压迫 太古之世,草木榛榛,鹿豕狉狉。人类与万物纷然杂处,以生以长,以繁殖其子孙,迄于今不知几何年矣。虽然,其原始生活之状况则可推而知也。姑就其衣食居住三事言之:

《诗·大雅·绵》之篇云:"民之初生,陶复陶穴,未有家室。"《易·系辞传》云:"上古穴居而野处。"《淮南子·氾论训》云:"古者民泽处复穴,冬日则不胜霜雪雾露,夏日则不胜暑蛰蚊虻。"《说文》"它"部云:"上古艸居,患它,故相问'无它乎'?"(颜师古《匡谬正俗》引《风俗通》云:"上古之时,草居露宿。恙,噬人虫也,善食人心;人每患苦之,凡相问,曰:'无恙乎?'")《庄子·盗跖》篇云:"古者禽兽多而人民少,于是民皆巢居以避之。昼于橡栗,暮栖木上;故命之曰有巢氏之民。"(按《韩非子·五蠹》篇略同。)《淮南子·本经训》云:"昔容成氏之时,道路雁行列处,托婴儿于巢上。"——此上古居处之大概也。

《庄子·盗跖》篇又云:"古者民不知衣服,夏多积薪,冬则炀之;故命之曰'知生之民'。"《春秋历命序》云:"古初之民,卉服蔽体。辰放氏作,乃教民攫木茹皮,以御风霜;绚发闰首,以去灵雨。命之曰'衣皮之民'。"——此上古衣服之大概也。

《礼记·礼运》云:"昔者未有火化,食草木之实,鸟兽之肉,饮其血,茹其毛。后圣有作,然后修火之利。"(按《山海经·大荒东经》亦言中容国之人食木实,困民国之人食鸟。又《大荒南经》言张弘国、驩头国之人食鱼。)《韩非子·五蠹》篇又云:"上古之世,民食果蓏蚌蛤,腥臊恶臭,而伤害肠胃,民多疾病。有圣人作,钻燧取火,以化腥臊;而民说之,使王天下,号之曰燧人氏。"《淮南子·脩务训》亦云:"古者茹草饮水,采树木之实,食蠃蚌之肉,多疾病毒伤之害。"——此上古饮食之大概也。

由上观之,则初民之于生计也实至简陋。此征诸今日未开化之民族而益信。故《礼记·王制》云:"东方曰夷。被发文身,有不火食者矣。南方曰蛮。雕题交趾,有不火食者矣。西方曰戎。被发衣皮,有不粒食者矣。北方曰狄。衣羽毛穴居,有不粒食者矣。"此我族文明进步早于他族之证也。大抵生民之始,莫不感于生活之压迫而思创造。此生活之压迫力与生活之创造力时时冲突,互相控制,至今日犹然。盖人类之生活,永无满足之时,欲求满足,亦绝不可能之事。然而此必不可免之缺陷又无时不思有以填补之;生活之压力愈高,创造之力亦愈强;创造之欲望愈发达,生活之缺陷亦愈多。此人类演进中无限之连锁,始卒若环,永无休止者也。当其缺陷之不克填满时,精神顿起苦闷,情感骤受戟刺,则文学创造之动机起焉。盖初民由渔猎而畜牧,由畜牧而耕稼,其风霜雨雪之淫威,禽兽蛇虫之苦毒,在在皆足以制其死命,而洪水之害尤酷烈而普遍。人群艰难辛苦,营营以求遂其生者,殆无时不遭其阻碍。当夫利害纷呈,吉凶迭见,必不免惊悸骇愕而生其趋避之心;趋避之心生,则祈福之事作矣。是故祈祷之辞,其文学之权舆乎?请举例以明吾说。

《礼记·郊特牲》称伊耆氏始为蜡。——蜡者,索也;岁十二月,聚万物而索飨之也。其祝辞曰:

> 土反其宅,水归其壑,昆虫毋作,草木归其泽。(按蔡邕《独断》引此辞,末句作"丰年若上,岁取千百"二句,共五句,与此不同。)

伊耆氏不知何人。郑氏注但曰古天子号,孔颖达以为即神农氏(见《诗谱序疏》),陆德明以为帝尧(见《经典释文》)。故刘勰曰:"上皇祝文,爰在兹矣。"(《文心雕龙·祝盟》篇)今虽未能定其时代,然观其所祭八神,一先啬,二司啬,三百种,四农,五邮表畷,六猫虎(为其食田鼠田豕),七坊,八水庸,其必为古代农村最普遍之仪式可知,亦犹今乡民之有报赛也。虽其辞或出后人所记,而初民因生活迫切之需要而产生类似宗教之文学,其事理有足信者。盖人生莫重于饮食,而利害莫大乎切身。初民以耕稼托命,其所以谋水土之利而远草木昆虫之害者必周且备,求其道而弗得,则归之于神焉。舜之《祠田辞》(亦见《文心雕龙·祝盟》篇),汤之《祷雨辞》(见《荀子·大略》篇及《说苑·君道》篇),周之祭天祭地辞(并见《大戴记·公符》篇),及《雩祭辞》、《请雨祝》(并见《春秋汉含孳》,《雩祭辞》又见《穀梁传》注,《请雨祝》又见《春秋考异邮》,作鲁僖公三年《祷雨辞》,与此小异),《田者祝》(见《史记·滑稽传》)等,皆此类也。古代农业社会,人群生活毫无保障之时,此类诗歌度必不少,惜乎其流传于世者不多见耳。愿更举后例,以明斯旨:

《吕氏春秋·乐成》篇:"魏王召史起而问焉,曰:'漳水犹可以灌邺田乎?'对曰:'可。'王曰:'子何不为寡人为之?'……史起敬诺。……王使之为邺令。史起因往为之。邺民大怨,欲藉史起。史起不敢出而避之。王乃使他人遂为之。水已行,民大得其利。相与歌之曰。'邺有圣令,时为史公。决漳水,灌其旁。终古斥卤,生之稻粱。'"(按《汉书·沟洫志》引此歌云:"邺有贤令兮为史公,决漳水兮灌邺旁。终古舄卤兮生稻粱。"与此微异。)

《汉书·沟洫志》:"太始二年,赵中大夫白公奏穿渠引泾水,首起谷口,尾入栎阳,注渭中,袤二百里,溉田四千五百余顷,因名曰白渠。民得其饶,歌之曰:'田于何所?池阳谷口。郑国在前,白渠在后。举臿为云,决渠为雨。泾水一石,其泥数斗,且溉且粪,长我禾黍。——衣食京师,亿万之口!'"

《晋书·束晢传》:"大康中,郡界大旱。晢为邑人请雨,三日而雨注。众为晢诚感,为作歌曰:'束先生,通神明,请天三日甘雨零。我黍以育,我稷以生。何以畴之?报束长生!'"

凡兹所述,并小民以生计得遂,发为赞美之辞。从来此等歌谣正复不少。由此可知人类因生活环境之变化,而引触其内心之情感,实为文学导源之要素焉。

三　未有文字时之初民文学

　　文学者,托始于文字。远古之时,未有文字,人类语言思想莫由记其痕迹,文学之事自亦绝无可言。虽然,有无文字之文学焉;无文字之文学虽未有篇章辞句,而实有文学之意味焉。《易·系辞传》云:"参伍以变,错综其数。通其变,遂成天地之文。"故刘彦和曰:"文之为德也大矣,与天地并生者何哉?夫玄黄色杂,方圆体分;日月叠璧,以垂丽天之象;山川焕绮,以铺地理之形。此盖道之文也。"又曰:"傍及万物,动植皆文:龙凤以藻绘呈瑞;虎豹以炳蔚凝姿。云霞雕色,有逾画工之妙;草木贲华,无待锦匠之奇。——夫岂外饰?盖自然耳。"(《文心雕龙·原道》篇。)彦和所谓道者,即老子"自然"之谓,非后人"文以载道"之谓也。道之文云者,即天地万物自然之文也。自然之文,实为一切文学所自出。吾人戴天履地,日受其启示薰陶而摹仿焉,则文学之意味以起,不必果具篇章也。此等文学之意味,其表示之方约有二端:一曰声,二曰动,质言之,即音乐与蹈舞是已。

　　盖人之生也,与情俱生。声音动作之发,情实主之。孩提之童,即知哑哑;木石之人,亦解悲欢。身有疾痛,闻幼眇之音,则感慨随之矣;心有疚愧,履危疑之地,则恐惧随之矣。斯盖人类之本能,初不以智愚长幼而异者也。孔颖达《诗正义》云:"原夫乐之所起发于人之性情。性情之生,斯乃自然而有。故婴儿孩子,则怀嬉戏抃跃之心;玄鹤苍鸾,亦合歌舞节奏之应。岂由有诗而乃成乐,作乐而必由诗?然则上古之时,徒有讴歌吟呼,纵令土鼓苇籥,必无文字雅颂之声。故伏牺作瑟,女娲笙簧,及蒉桴土鼓,必不因诗咏。如此,则时虽有乐,容或无诗。"仲远此论,谓乐之起,原于情而实先于诗。溯其初发,但有讴歌吟呼,不必果有诗歌文辞也。但有土鼓苇籥不必果具琴瑟笙磬也。由今言之,诚不失为通方之论已。

抑声之发,虽出于本能,亦依乎天籁,《文心雕龙·原道》篇又云:"林籁结响,调如竽瑟;泉石激韵,和若球锽。形立则章成,声发则文生。"察彦和之意,亦谓文章之道,原于天地自然之声也。(按《文心》本以声色并提,引已见前段,此摘论之。)推而论之,则初民当其渔猎游牧之时,痛苦欢愉之际,辄复抗喉引声,效松风海涛,鸟歌泉韵诸自然之音,以抒泄其胸中之情绪者可知矣,斯为音乐之原始,亦即文学滥觞焉。(以上两段参阅上章。)观《吕氏春秋·古乐》篇称:伶伦听凤皇之鸣,以别十二律,合黄钟之宫。颛顼令飞龙作效八风之音,以祭上帝。命鱓为乐倡,鱓乃偃寝,以尾鼓其腹,其音英英。帝尧命质效山林谿谷之音以歌。以麋鞈置缶而鼓之,拊石击石,以象上帝玉磬之音。而马融《长笛赋》亦谓羌人制笛,伐竹时有龙吟于水中,截竹吹之,其声相似。则古者制乐,且莫不拟效自然之音响节奏矣,非其明征也乎?

人既感而有声,斯亦动而为舞。《礼记·檀弓》篇曰:"人喜则斯陶,陶斯咏,咏斯犹,犹斯舞。"又曰:"愠斯戚,戚斯叹,叹斯辟,辟斯踊矣。"斯言也,亦与《诗序》之意同。所谓"嗟叹之不足,故永歌之;永歌之不足,不知手之舞之,足以蹈之也。"《吕览·古乐》篇亦云:"昔阴康氏之始,阴多滞伏而湛积,水道壅塞,不行其原。民气郁闷而滞着，筋骨瑟缩不达；故作为舞以宣导之。"其论舞之起，亦原本于性情，与音乐初无二致。盖表情之初步为声音，其次为动作。舞蹈者，喜愠之极，表情之穷也。与音乐常相互为用。故古者作乐，恒歌舞相兼。《周官·大司乐》所谓"教国子以乐语乐舞"也。今试征诸初民之歌舞。

按《吕览·古乐》篇又称，昔葛天氏之乐，三人操牛尾，投足以歌八阕：一曰《载民》，二曰《玄鸟》，三曰《遂草木》，四曰《奋五谷》，五曰《敬天常》，六曰《建帝功》，七曰《依地德》，八曰《总禽兽之极》。葛天八阕之名，或由后人所附会，然其所称歌舞之形式，未始非初民之实况。又按《河图玉版》亦言古越俗祭防风神，奏"防风"古乐。截竹长三尺吹之，如嗥，三人披发而舞。是亦未有文字时初民歌舞之最简质者。

大抵初民之歌舞，多施于祭祀，其性质弥近宗教。此又考之载籍而可见者。《国语·楚语》记观射父对楚昭王之言曰："古者神民不杂。民之精爽不携贰者，而又能齐肃衷正。……如是明神降之，在男曰觋，在女曰巫，……及少皞之衰也，九黎乱德，夫人作享，家为巫史。"韦昭注云："觋，见鬼者也；《周礼》男亦曰巫。"《说文》："巫，祝也；女能事无形，以舞降神者也。象人两褎舞形。"《墨子·非乐》篇言恒舞于宫，是谓巫风，（按晚出《伊训》有此文，多"酗歌于室"一句。）《诗·陈风·宛丘》篇所谓"坎其击鼓，宛丘之下。无冬无夏，值其鹭羽。"又《东门之枌》篇所谓"东门之枌，宛丘之栩，子仲之子，婆娑其下"皆是事也。其后"巫风"特盛于楚，《楚辞》中多述其事。（详后）如《九歌·东皇太一》云："灵偃蹇兮姣服，芳菲菲兮满堂。"《云中君》云："灵连蜷兮既留，烂昭昭兮未央。"《大司命》云："灵衣兮被被，佩玉兮陆离。"则古代用歌舞娱神之遗风，变本而加厉:以视昔之操牛尾而投足,吹竹筒而披发者,其文质之相去远矣。至若春秋时,优施起舞,歌《暇豫》之歌。(见《晋语》二)汉初,戚夫人善为"翘袖"、"折腰"之舞,歌《出塞》、《入塞》、《望归》之曲。(见《西京杂记》二)自歌而自舞,渐离宗教而入于纯粹之艺事。其终也变为后世之戏剧。然则欲溯文学之原者,当求诸初民之宗教歌舞。此等最古之歌舞,谓为无文字之文学也,又奚不可?

四　种族战胜与文学之开幕

吾中华民族之居中国也旧矣,其鼻祖曰黄帝。黄帝者,少典之子,姓公孙,名曰轩辕。或言长于姬水,居轩辕之丘,因以为名号。是时黄河流域,大抵戎狄杂处,各建部落。而黄帝兴于阪泉涿鹿之间(今河北涿州境),纠合同族,厚集其势,以与他族争,大小五十二战;而卒使我族据有神州,以生以育,以蕃息,以有文化,子孙绵延,迄于今而益盛者,则最后与蚩尤涿鹿一战,攘除异族之功也。顾年世荒远,靡得而详,后世百家之言黄帝者,其文不雅驯;而司马迁作《史记》托始于黄帝,折衷于"六艺",以为不离古文者近是。然则吾族鼻祖之伟烈丰功,其传自吾先民之口若书者,岂尽诬也哉?故今述吾国文学史,自黄帝始。

蚩尤者,盖古者异族部落之长。《周书·吕刑》云:"若古有训,蚩尤惟始作乱,延及于平民,罔不寇贼;鸱义奸宄,夺攘矫虔。"郑玄注以为九黎之君。而《逸周书·尝麦解》称,赤帝命蚩尤宇于少昊。《越绝书·计倪内经》亦称,炎帝有天下,以传黄帝。黄帝上事天,下治地;故少昊治西方,蚩尤佐之,使主金。(《管子·五行》篇则谓为当时之官。)惟蚩尤虽仕于华夏,见重于黄帝,然终以非我族类,野性难驯,恃其能作兵器,(按蚩尤作兵器,古书多言之。而《管子·地数》篇且谓蚩尤为剑铠矛戟,又为雍狐之戟芮戈。以搏林木以

战之时,竟有冶金之事,决不可信。)遂乘神农氏衰,兴师作乱。《史记·五帝本纪》记其事云:

> 轩辕之时,神农氏世衰。诸侯相侵伐,暴虐百姓,而神农氏弗能征。于是轩辕乃习用干戈,以征不享,诸侯咸来宾从;而蚩尤最为暴,莫能伐。炎帝欲侵陵诸侯,诸侯咸归轩辕。轩辕乃修德振兵,治五气,艺五种,抚万民,度四方,教熊罴貔貅䝙虎,以与炎帝战于阪泉之野。三战,然后得其志。蚩尤作乱,不用帝命。于是黄帝乃征师诸侯,与蚩尤战于涿鹿之野,遂禽杀蚩尤。而诸侯咸尊轩辕为天子,代神农氏,是为黄帝。

今按《本纪》分阪泉之战炎帝,与涿鹿之禽蚩尤为二事,世多疑之。不知此乃史公兼采《大戴记》及《逸周书》之文,而未审其本为一事耳。《大戴记·五帝德》称孔子云:"黄帝教熊罴貔豹虎以与赤帝战于阪泉之野,三战,然后得其志。"而《周书·史记》辞云:"昔阪泉氏用兵无已,诛战不休,并兼无亲,文无所立,智士寒心。徙居至于独鹿,诸侯畔之,阪泉以亡。"合观二书,则知《五帝德》所谓赤帝者,即《史记解》所谓阪泉氏,亦即蚩尤也。故《易林》曰:"战于阪泉,蚩尤败走。"(详见后)是其证也。顾蚩尤何以谓之赤帝也?按《周书·尝麦解》云:"赤帝分正二卿,命蚩尤宇于少昊,以临四方。蚩尤乃逐帝,争于涿鹿之河,九隅无遗。赤帝大慑。乃说于黄帝,执蚩尤,杀之于中冀。"此即《庄子·盗跖》篇所云"黄帝不能致德,与蚩尤战于涿鹿之野,血流百里"者也。《尝麦解》之赤帝,则神农氏之裔帝榆罔也。盖蚩尤既逐赤帝,徙居涿鹿(诸书作涿鹿,《史记解》作独鹿,"独"、"涿"声近),继称赤帝(即《本纪》所谓侵陵诸侯之炎帝),又号阪泉氏。故《五帝德》谓黄帝与赤帝战于阪泉,而《史记解》又谓阪泉亡于独鹿也。是时黄帝征师勤王,禽灭蚩尤,厥功甚伟,此《史记》所以有黄帝代神农氏为天子,《越绝书》所以有炎帝传以帝位之说也。史公偶未公析,遂并列之。致后人疑其同兹炎帝,而或仅守府,或辄耀兵;同兹黄帝,而忽则翼君,忽则犯上,自相牴牾,莫识其故也。

至涿鹿之所以战克者,古说纷异。《易林》"蒙之坎"云:"白龙黑虎,起须暴怒。战于阪泉,蚩尤败走。"(又见"同人之比"及"益之比",其文小异。)此与《大戴记》及《本纪》所言正合。惟《山海经·大荒北经》称蚩尤作兵,伐黄帝。帝令应龙攻之冀州之野。应龙畜水,蚩尤请风伯雨师纵大风雨。黄帝乃下天女曰魃,雨止,遂杀蚩尤。(按《大荒东经》亦言应龙处南极,杀蚩尤。《五帝本纪索隐》引皇甫谧说,又言黄帝使应龙杀蚩尤于凶黎之谷。)《龙鱼河图》则谓黄帝摄政,有蚩尤兄弟八十一人,并兽身人语,铜头铁额,食沙,造五兵仗,刀戟大弩,威振天下。黄帝行天子事,以仁义不能禁止蚩尤,乃仰天而叹,天遣玄女下授黄帝兵符,乃伏蚩尤。(见《史记正义》引。)而虞喜《志林》又言黄帝与蚩尤战于涿鹿之野,蚩尤作大雾,弥三日,军人皆惑。乃令风后法斗机作指南车,以别四方,遂禽蚩尤。(按又见崔豹《古今注》。)《通典》且谓蚩尤帅魑魅与黄帝战于涿鹿,帝命吹角作龙吟以御之。凡此颇涉神话,不免荒诞。然吾先民相传所以为此言者,未尝不以其时异族之猖獗顽强,所以蹂躏我族者至酷,而借此以显示我祖膺惩戎狄之功,为我民族史上万古不磨之奇迹焉。

帝既灭蚩尤,奏凯而归,而发扬我族武烈之文学由是以起。按

《归藏·启筮》云:"蚩尤出自羊水,八肱,八趾,疏首,登九淖以伐空桑,黄帝杀之于青丘。作《枹鼓之曲》十章:一曰《惊雷震》,二曰《猛虎骇》,三曰《鸷鸟击》,四曰《龙媒蹀》,五曰《灵夔吼》,六曰《雕鹗争》,七曰《壮士奋怒》,八曰《熊罴哮吼》,九曰《石荡崖》,十曰《波荡壑》。"(按《旧唐书·乐志》亦言黄帝涿鹿有功,作《枹鼓曲》,有《灵夔吼》、《雕鹗争》、《石坠崖》、《壮夫怒》之类。)此吾国最古之"铙歌"也。今观其目,与故书所传教熊罴虎豹以战之事合。意者《枹鼓》十曲,仅为形式之表演,以象战胜之功,如大武舞歌之有六成欤?然《云笈七签》载宋真宗《轩辕本纪》称,黄帝出师涿鹿,以《枹鼓》为警卫,其曲有十,并皆有辞。(按《云笈七签》又引《黄帝内传》曰:"黄帝伐蚩尤,灵女为制夔牛鼓八十面,一震五百里,连震三百八十里。"又引《广成子传》曰:"蚩尤飞空走险,以馗牛皮为鼓九,击而止之。蚩尤不能飞走。"凡此并据《归藏》、《枹鼓曲》目及《龙鱼河图》影撰为说,不可信。)似未可据。惟古说相传,有可资印证者数事:

1. 郭茂倩《乐府诗集》引蔡邕《礼乐志》曰:"汉乐四品,其四曰短箫铙歌,军乐也。黄帝岐伯所作。以建威扬德,风敌劝士也。"按《周礼·大司乐》谓王师大献,则令奏恺乐。"大司马"亦谓师有功,则恺乐献于社。《枹鼓曲》既为战胜蚩尤而作,则蔡邕谓"铙歌"始于黄帝岐伯,不为无因。而《黄帝内传》遂亦谓帝制鼖鼓钲铙,《通典》谓帝始吹角(已见前),《唐书·乐志》谓帝作鼓吹。

2.《吕氏春秋·古乐》篇:"昔黄帝令伶伦。作为律。伶伦自大夏之西,乃之阮隃之阴,取竹于嶰谿之谷,以生空窍厚钧者,断两节间,其长三寸九分,而吹之,以为黄钟之宫。……制十二筒。以之阮隃之下,听凤皇之鸣,以别十二律。其雄鸣为六,雌鸣亦六;以比黄钟之宫,适合。……又命伶伦与荣将铸十二钟,以和五音,以施英韶。以仲春之月,乙卯之日,日在奎,始奏之,命之曰'咸池'。"据此,则黄帝之造乐律,亦自有其传说。

3.《周礼》大司乐掌"成均"之法,以乐舞教国子,舞"云门""大卷"。郑注云:"黄帝乐曰'云门''大卷'。'(按此本《乐纬》及《春秋元命苞》说。)黄帝能成名万物,以明民共财;言其德如云之所出,民得以有族类。"而《庄子·天运》篇亦言黄帝张"咸池"之乐于洞庭之野。证知黄帝之有乐舞,其说甚古。

凡此所述,于古者制作乐歌之事,独多归之于黄帝,其言岂尽无稽?则《㧖鼓》十曲为我族战胜外族最古之武歌,夫复何疑?

又按《吴越春秋·勾践阴谋外传》称,越王谋伐吴,范蠡进善射者楚人陈音。王问曰:"孤闻子善射,道何由生?"音曰:"臣闻弩生于弓,弓生于弹,弹起古之孝子不忍见父母为禽兽所食,故作弹以守之,绝鸟兽之害。其歌曰:'断竹,续竹,飞土,遂宆。'"(按宆古肉字。)《文心雕龙·通变》篇云:"黄歌《断竹》,质之至也。"又《章句》篇云:"二言肇于黄世,《竹弹》之谣是也。"彦和断此歌为黄帝时者,虽未知何据;度其意或以其过于简质之故。又《吴越春秋》虽后汉人作,而所记陈音之言,极为近理,谓之上世之歌,盖亦有故。或疑黄帝之时,文字未兴,似无诗歌之可言。不知许慎《说文叙》谓黄帝之史仓颉,见鸟兽蹄迒之迹,知分理之可别异也,初造书契。是黄帝时已有雏形之文字矣。虽仓颉之说不一,然司马迁、王充、班固、宋衷、贾公彦等并以为黄帝史官,后人多从此说。则其时文学之萌芽,实不足异,况歌谣出乎自然,即或未有文字,而古昔相传,词由追录,自亦理所恒有;余以是谓刘氏之言可信也。若夫郑氏《书论》谓孔子求得黄帝玄孙帝魁之书,《汉书·艺文志》有《黄帝四经》、《黄帝铭》、《黄帝说》等书,及后世诸家杂引黄帝语文,不一而足;大抵出于纬候之矫诬,好事之依托,诸子之寓言,方士之伪造,若斯之类,要不可以不辨也。

今刺取古籍所引黄帝时遗文之有韵者录之如左方：

《大戴记·武王践阼》篇引黄帝《丹书》曰:"敬胜怠者吉;怠胜敬者灭;义胜欲者从;欲胜义者凶。凡事不强,则枉;弗敬,则不正;枉者灭废,敬者万世。"

《庄子·天运》篇称黄帝张"咸池"之乐,有焱氏为之颂曰:"听之不闻其声,视之不见其形;充满天地,苞裹六极。"

又《在宥》篇,广成子告黄帝曰:"至道之精,窃窃冥冥。"

又《知北游》引黄帝曰:"道不可致;德不可至;仁可为也;义可亏也;礼相伪也。"

《吕氏春秋·去私》篇引黄帝曰:"声禁重,色禁重,衣禁重,香禁重,味禁重,室禁重。"

又《序意》篇引黄帝诲颛顼曰:"爰有大圜在上,大矩在下,汝能法之,为民父母。"

又《应同》篇引黄帝曰:"芒芒昧昧,因天之威,与玄同气。"（按又见《淮南·泰族训》及《缪称训》,惟《缪称训》"威"作"道"。）

又《遇合》篇引黄帝谓嫫母曰:"厉女德而弗忘,与女正而弗衰,虽恶奚伤?"

贾子《新书·修政语》上篇引黄帝曰:"道若川谷之水,其出无已,其行无止。"（按以下文多,且无韵,不具录。）

《列子·天瑞》篇引黄帝曰:"谷神不死,是谓玄牝。玄牝之门,是谓天地根。绵绵若存,用之不勤。"(按此文本见《道德经》。)

又引《黄帝书》曰:"精神入其门,骨骸反其根,我尚何存?"

又《力命》篇引《黄帝书》曰:"至人居若死,动若械。亦不知所以居,亦不知所以不居;亦不知所以动,所以不动。"

《太公兵法》引黄帝《巾几铭》云:"予居民上,摇摇,恐夕不至朝;惕惕,恐朝不及夕。兢兢栗栗,日慎一日。——人莫踬于山,而踬于垤!"(按《皇览》引《太公阴谋》黄帝《金人器铭》有此文,见《御览》五百九十。而马总《意林》又引作《太公金匮》虽各不同,实皆《汉志》谋言兵二百三十七篇之书。蔡邕《铭论》云:"黄帝有《巾几》之法。"《文心雕龙·铭箴》篇云:"帝轩刻舆几以弼违。"并谓此也。)

《路史·疏仡纪》又引黄帝《巾几铭》云:"日中不彗,是谓失时。操刀不割,失利之期。执斧不伐,贼人将来。涓涓不塞,将为江河。荧荧不救,炎炎奈何。两叶不去,将用斧柯。为虺弗摧,行将为蛇。"(按此文本见《六韬·守土》篇,微有不同,而并不言出黄帝《巾几铭》。惟《贾子·宗首》篇止引"日中必蔇,操刀必割"二句,作黄帝语。涓涓数语,又与《说苑》所载《金人铭》略同。)

《说苑·敬慎》篇引《金人铭》二百余言(按词旨大抵同前,文长不录),又见《家语·观周》篇,皆不言谁氏作。而《太公金匮》独以为黄帝《金人铭》。王伯厚亦谓即《汉志》"六铭"之一(见《困学纪闻》十)。

《拾遗记》载黄帝时仙人宁封游沙海七言颂云:"青蕖灼烁

千载舒,百龄暂死饵飞鱼。"(按此等文辞,正与《皇娥》、《白帝》同妄。以黄帝时而有七言诗,真异闻也。方士之诞,固绝不可信,世亦无有信之者。)

五　唐虞时代之文学

　　黄帝之时，文字肇兴，综天地之形象，启鬼神之秘奥，为我族文化绝大贡献。此《淮南》、《纬候》诸书所以有"天雨粟，鬼夜哭"之说也。中更少昊、颛顼、帝喾数世，以至于尧。虽其间史迹渺茫，未由详考；然如《春秋》昭十七年《左传》称少皞氏以鸟名官，《楚语》称颛顼命重黎分司天地，绝地天通，皆其荦荦大者。古史相传，确然可据。证知文字制作之后，文明递进，可断言也。自是以来，史籍渐有可稽，唐虞之事，传者尤众。虽韩非尝疑儒墨俱道尧舜，而取舍不同。事无参验，难以明据。(见《显学》篇。)然《尚书》始自《帝典》，文章焕然；古史所称，不一而足，何得谓无参验？孔子之于尧舜，极口赞扬，至于再三，岂尽儒者一家之私言？彼法家者，意欲变古以张法治，故为是说耳。然唐虞之世，实已进至文化较高之时期，可无疑也。

　　帝尧陶唐氏，名放勋，姓伊祁氏，高辛氏帝喾之次子也。兄帝挚崩，代立，是为帝尧。都于平阳。能明俊德，以亲九族，平章百姓。命羲和定历象，鲧治洪水。在位七十载，举舜，授之政；又二十八载，崩。帝舜有虞氏，姚姓，名重华。父曰瞽叟。舜生三十登庸，尧妻以二女；尧老，舜摄政；三十载，尧崩，受禅为天子。都蒲阪。五十载，巡狩至苍梧而崩。其在位，"在璇玑玉衡，以齐七政"。定上帝、六宗、山川、群神之祀,巡狩朝觐之礼。放四罪于四裔;命官二十二人,各称其职。——禹作司空,弃作后稷,契作司徒,皋陶作士,垂作工,益作虞,伯夷作秩宗,夔作典乐,龙作纳言。(除弃、契、皋陶并四岳十二牧为二十二人。)于是礼乐政教之事渐备。此其大略也。后世言治道者,莫不称尧舜,而儒者祖述,尤乐道之云。

今《书·舜典》云:"诗言志;歌永言;声依永;律和声。八音克谐,无相夺伦。"是此时文学声乐之事已甚进步矣。兹取其流传较古而可信者述之如次:

1.《列子·仲尼》篇云:"尧治天下五十年,不知天下治欤?不治欤?亿兆之愿戴己欤?不愿戴己欤?愿问左右,不知;问于外朝,不知;问在野,在野不知。尧乃微服游于康衢,闻儿童谣曰:'立我烝民,莫匪尔极。不识不知,顺帝之则。'尧喜,问曰:'谁教尔为此言?'儿童曰:'我闻之大夫。'问大夫,大夫曰:'古诗也。'"

2. 皇甫谧《帝王世纪》云:"帝尧之世,天下太和,百姓无事。有八九十老人击壤而歌曰:'日出而作,日入而息,凿井而饮,耕田而食,帝何力于我哉?'"(接末句一作"帝力于我何有哉。"又见皇甫氏《高士传》。首句"日"上有"吾"字,"力"作"德"。)

以上二首,为我国民谣之最古者。(《列子》述大夫告尧《康衢谣》为古诗,则更在唐虞之前。)然《列子》伪书,《世纪》晚出,所载歌诗,似难征信。惟《书》称尧时百姓昭明,黎民于变,皞皞自得,事或有之。二歌所咏相同,正与《书》合。且诗歌韵文,本乎天籁;童叟讴吟,多出追记。盖始则口耳相传,后乃文人著录,此例甚多,殊不足异。然则二书载此含哺鼓腹之歌,其必有所受之欤?

3.《淮南子·人间训》引《尧戒》云:"战战栗栗,日慎一日。——人莫踬于山,而踬于垤!"

按此与上章所述黄帝《巾几铭》止首二字有异。然彼文见于晚出兵书,未若西汉之近古,疑后人取《淮南》书所载杂凑为之。不然,则此四句或亦相传古语,是以故书多述之。《韩非子·六反》篇亦云:"先圣有谚曰,'不蹶于山,而蹶于垤。'"是其证也。若夫伊耆之蜡辞,或以为尧时;(引见第二章)《华封》之祝,见于《庄子》、《大唐》之歌,仅存其目;(见《尚书大传》。《文心雕龙·明诗》篇亦言尧有《大唐》之歌。《路史·后纪》又谓帝尧制七弦徽《大唐》之歌,而民事得;制"咸池"之舞而为"经首"之诗,以享上帝,命之曰"大咸"。然彦和称其辞达,则其歌梁时尚存。)斯皆古籍所传,较为可信。惟《神人》《箕山》,本出依托:(《琴操》有尧自作《神人畅》,《古今乐录》有许由《箕山歌》,并不足据。)崆峒之碑,见于小说;(按出任昉《述异记》,然云述尧功德,则纵令其可信,亦后人为之,非尧时遗文。)凡此之类,自应弃捐勿道也。

4. 今《书·益稷》载帝舜作歌曰:"敕天之命,惟时惟几。"(按冯惟讷《诗纪》不以此二句为歌辞,误。)乃歌曰:(按杨慎曰:"'乃'者,继事之辞,歌已复歌曰'乃'。"见《风雅逸篇》。)"股肱喜哉!元首起哉!百工熙哉!"皋陶拜首稽首,乃赓载歌曰:"元首明哉!股肱良哉!庶事康哉!"又歌曰:"元首丛脞哉!股肱惰哉!万事堕哉!"

古籍所载唐虞诗歌,以此为最古。其辞亦稍有风韵,每句韵脚之下缀以助词,已开《风》、《骚》格调之先声。虽史官所记,未必原辞,然《周书·顾命》陈宝有"大训",说者或以为虞典,或以为虞书典谟,则周初所宝藏者,已有虞夏之书,不可谓非上世之作也。

5. 其次为《尚书大传》之《卿云歌》。按《大传》云:"维五祀,奏钟石,论人声,乃及鸟兽咸变于前。……秋养耆老,春食孤子,乃浡然'招'乐兴于大麓之野,报事还归。二年,谈然乃作《大唐》之歌,其乐曰:'舟张辟雍,鸧鸧相从。八风回回,凤皇喈喈。'歌者三年,昭然乃知乎王世明有不世之义。'招'为宾客,而'雍'为主人。始奏'肆夏',纳以'教成'。舜为宾客,而禹为主人。乐正进赞曰:'尚考大室之义,唐为虞宾,至今衍于四海,成禹之变,垂于万世之后'。于时俊乂百工相和而歌《卿云》。帝乃倡之曰:'卿云烂兮,纠(诸本作礼。)缦缦兮。日月光华,旦复旦兮!'八伯咸进,稽首而和曰:'明明上天,烂然星陈。日月光华,宏予一人!'帝乃载歌曰:'日月有常,星辰有行,四时从经,万姓允诚。于予论乐,配天之灵!还(一作迁。)于贤圣,莫不咸听。鼛乎鼓之,轩乎舞之;青华已竭,褰裳去之。'于是八风修通,卿云丛丛,蟠龙贲信于其藏,蛟鱼踊跃于其渊,龟鳖咸出于其穴。——迁虞而就夏也。"

此述虞舜踵唐尧故事,将欲禅位于禹,君臣之间,雍肃一堂,倡和而为此歌也。"卿云"者《汉书·天文志》云:"若烟非烟,若云非云,郁郁纷纷,萧索轮囷,是为'卿云'。此和气也。"唐虞禅让,后世传为美谈,颂为至德;惟数歌不见于虞夏之书,而风通云丛,龙信蛟跃云云,又颇涉于诞妄,似不可信。然伏生故秦博士,去古未远,记诵赅洽;《书传》所述,或亦有所本欤?

6.《文心雕龙·祝盟》篇又载舜《祠田辞》云:"荷此长耜,耕彼南亩。四海俱有!"彦和称此辞利民之志,颇形于言。盖与《雩祭》、《请雨》、《田者祝》等辞性质相同。(按《御览》八十一引《尸子》有云:"舜并爱百姓,务利天下。其田历山也,荷彼耒耜,耕彼南亩,与四海俱有其利。"此殆彦和所本。然不以韵文,今截去数字,以为祝辞,未知何所见而云然也?)

7.《孔子家语·辨乐解》称,昔者舜弹五弦之琴,造《南风》之诗。惟修此化，故其兴也勃焉。其诗曰：

> 南风之薰兮，可以解吾民之愠兮！南风之时兮，可以阜吾民之财兮！

按舜作五弦之琴，以歌《南风》，本见于《礼记·乐记》，又见于《韩非子·外储说》左上，又见于《新语·无为》篇，又见于《韩诗外传》四，又见于《淮南子·诠言训》及《泰族训》，《说苑·修文》篇，（按《修文》篇言"昔舜造《南风》之声，其兴也勃焉"，即王肃所本。）而《史记·乐书》、《风俗通·声音》篇、《越绝书》十三并述之，并无有举其辞者。故郑康成注但云："南风，长养之风；以言父母之长养已。其辞未闻也。"而高诱注亦止训南风为凯乐之风。然则《南风》一诗本仅存其名而已。惟考《尸子·绰子》篇有云："圣人于大私之中也，为无私；其于大好恶之中也，为无好恶。舜曰，'南风之薰兮，可以解吾民之愠兮！'舜不歌禽兽而歌民。"（按本见《文选·琴赋》注引。）则此歌固相传有其词矣。故王肃《圣证论》即据此及《家语》以难郑也。（见《乐记》孔疏引。）然今《家语》一书，本王氏所造，康成安得见之？《尸子》所载，郑或偶未之见。（《孔疏》引马昭云："《尸子》杂说，不可取证正经，故言未闻。"）惟《尸子》仅存两句，不知王氏何以知其全也？是则可疑滋甚耳。

又按《尚书大传》称舜元祝代泰山，贡两伯之乐：阳伯之乐舞"侏离"，其歌声比余谣，名曰"皙阳"。仪伯之乐舞"鼚哉"，其歌声比大谣，名曰"南阳"。中，祀大交霍山，贡两伯之乐：夏伯之乐舞"谩彧"，其歌声比中谣，名曰"初虑"。义伯之乐舞"将阳"，其歌声比大谣，名曰"朱于"。秋，祀柳谷华山，贡两伯之乐：秋伯之乐舞

"蔡俶",其歌声比小谣,名曰"苓落"。和伯之乐舞"玄鹤",其歌声比中谣,名曰"归来"。幽部宏山祀,贡两伯之乐:冬伯之乐舞"齐落",曰"缦缦"。凡此乐歌今并不传。而《大传》所述歌名,复阙其一矣。(王应麟已言之。)

此外诸书所记唐虞诗歌尚有不可信者,《吕氏春秋·慎人》篇云:"舜之耕渔,其贤不肖与为天子同,其未遇时也,以其徒属掘地财,取水利,编蒲苇,结罘网,手足胼胝,不居,然后免于冻馁之患。其遇时也,登为天子,贤士归之,万民誉之,丈夫女子,振振殷殷,无不戴说。舜自为诗曰:'普天之下,莫非王土;率土之滨,莫非王臣。'所以见有之也。尽有之,贤非加也;尽无之,贤非损也。——时使之也"。按此四语本诗《小雅·北山》篇文,咸丘蒙尝引以质舜之不臣瞽叟矣。王伯厚疑与同出一说而托之于舜者,是也。又《庄子·知北游》载啮缺问道乎被衣。被衣曰:"若正汝形,一汝视,天和将至。摄汝知,一汝度,神将来舍。德将为汝美,神将为汝居,汝瞳焉知?新生之犊,而无求其故。"言未卒,而啮缺睡寐。被衣大悦,行歌而去之。歌曰:"形若槁骸,心若死灰,真其实知,不以故自持。媒媒晦晦,无心而不可以谋。——彼何人哉!"按庄子尝称尧之师曰许由,许由之师曰啮缺,啮缺之师曰王倪,王倪之师曰被衣。则被衣之歌似亦可谓唐虞时之文学矣。惟道家寓言,断难置信,此之所云,亦《在宥》篇广成子告黄帝之类也。他若《琴操》所载舜之《南风操》,杂取图谶之说;《思亲操》附会《孟子》之文,又并直钞《诗》句,(如"凯风自南"、"河水洋洋"、"鸟鸣嘤嘤"等句。)词旨浅陋,其为后人伪造无疑。今之所录,概所不取。

六　夏禹之功烈及夏代文学

　　论古史而至于夏,亦古今之一大界也。盖禹以前,我族文明虽已略见曙光,而关系民族社会之诸大问题,尚多悬而未决;禹以后,则凡人民之生计、种族之界限,与夫国家之政制等,大抵渐次确定。今总其功烈政教之卓然超越前古及异乎唐虞者,约有三事:

　　一曰洪水之患至禹而始平也。东西民族之言古史者,皆有洪水之传说,此殆非讹言也。其在我国,则《淮南子·览冥训》云:"往古之时,四极废,九州裂,天不兼覆,地不周载;火爁炎而不灭,水浩洋而不息;猛兽食颛民,鸷鸟攫老弱。于是女娲氏炼五色石以补苍天,断鳌足以立四极。杀黑龙(高诱注,水精也。)以济冀州,积芦灰以止淫水。"补天立极,事近神话,然所述洪水之时,兼有鸟兽之害,与《孟子》同。若然,则洪水之患不自尧时始。又《鲁语》称古之长民者,不堕山,不崇薮,不防川,不窦泽。昔共工氏弃此道也,壅防百川,堕高堙庳,以害天下。祸乱并兴,共工用灭。而《淮南·本经训》亦言共工振滔洪水,以薄空桑。《竹书纪年》又载尧十九年,命共工治河。(按共工非一,此盖别一共工。)盖共工氏本古伯者,其子孙世为水土之官,(并见《祭法》、《鲁语》及高诱、韦昭等注。)故诸书咸有共工治水之事也。然则洪水实自古有之。观《虞书》屡言怀山襄陵,浩浩滔天,其水之大可想见矣。及共工治水无功,尧复命鲧治之。九载弗成,(《竹书》:"尧六十一年,命崇伯鲧治河;六十九年,黜崇伯鲧。"与《书传》合。)尧殂之羽山,命禹世其官以继其事。禹既纂前绪,于是乘四载,随山刊木,躬自操橐耜而九杂天下之川:疏九河,瀹济漯,决汝汉,排淮泗,或导之江,或注之海。当是时,禹十三年于外,(《孟子》作八年,《吕览》、《吴越春秋》并作七年,今从《禹贡》及《史记》。)三过其门而不入。腓无胈,胫无毛,沐甚雨,栉疾风。娶于涂山,辛壬癸甲,闻启呱呱而泣,而弗子,惟荒度土工。然后九州之人始得平土而居,播种而食也。(禹治水事,自虞夏《书》外,若《孟子·滕文公》上下篇、《庄子·天下》篇、《尸子·君道》篇、《爱类》篇及《淮南子·本经训》等说略同。)孔子称其尽力乎沟洫,孟子称禹思天下有溺者,犹己溺之。呜呼!明德远矣!微禹,吾其鱼乎!此其功烈之在吾民族者,岂不上并轩辕,下越尧舜也哉!

二曰异族之乱至禹而始定也。蛮夷猾夏,史不绝书,自古已然,于今为甚;吁可慨也,亦可惧也!溯自蚩尤之乱,几覆我族;黄帝起而灭之,其势一挫。外患稍纾。然是时华夷杂处,异族非一。故在少昊颛顼之世,则有九黎之乱(见《楚语》及《史记·历书》);至尧时则有三苗之乱,所谓服九黎之德者也。惟九黎至高阳而粗平,三苗迄唐虞而愈炽。实为蚩尤以后我族第二期外患之一劲敌也。故《周书·吕刑》于蚩尤暴乱之后,即详叙三苗肆虐之事曰:"苗民弗用灵,制以刑,惟作五虐之刑,曰'法'。杀戮无辜,爰始淫为劓、刵、椓、黥,越兹丽刑,并制罔差有辞。民兴胥渐,泯泯棼棼,罔中于信,以覆诅盟。虐威庶戮,方告无辜于上;上帝监民,罔有馨香,德刑发闻,惟腥。皇帝哀矜庶戮之不辜,报虐以威,遏绝苗民,无世在下。"此云皇帝,("皇"一作"君",说详阮氏《校勘记》。)即谓帝尧。《吕氏春秋·召类》篇所谓尧战于丹水之浦,以服南蛮,是其事也。大抵斯时苗民势盛,尧虽遏之而未服,故至《舜》时剿抚兼施,遂又有三危之窜,与分北三苗之事。(并见今《书·舜典》。)《益稷》述禹之言曰:"苗顽弗即工。"《吕览·召类》篇亦谓舜却有苗,更易其俗,是其证也。顾之苗之顽强,实远过于蚩尤。是以时服时叛,至于禹乃大张挞伐,久而后平之。《墨子·兼爱》下篇引禹征有苗之誓曰:"济济有众,咸听朕言!非惟小子,敢行称乱。蠢兹有苗,用天之罚。若予既率尔群对诸群(按四字孙仲容以为"群封邦君"之误),以征有苗。"(按此即晚出古文《大禹谟》所本。)《战国策·魏策》亦述吴起曰:"昔者三苗之居,左彭蠡之波、右洞庭之水,文山在其南,衡山在其北;恃此险也,而禹放逐之。"《史记·吴起传》则谓"禹灭之,其后无闻焉"。(舜干羽格苗,据《韩非子·五蠹》篇、《淮南子·缪称训》、《说苑·君道》篇及《韩诗外传》等并禹未伐时事,伪古文失其序。)今按《禹贡》言"三危既宅,三苗丕叙",而《吕刑》又言"苗民无辞于罚,乃绝厥世"。则禹之平苗,虽或恩威并用,而苗之乱至禹而始定,固彰彰明验也。(吾师陈伯弢先生《上古史》谓三苗乃三族之苗裔。虞夏《书》所谓三苗,非禹所征者,考证精覈。然窃谓当时窜三危之苗,与居洞庭衡山之苗,原为一族,特屡经剿窜,遂散居于四方耳。)

三曰传子之局至禹而始开也。尧舜禅让,儒者亟称之。第考之《大戴记·帝系》篇,则五帝皆出于一族,传授本自其一家,似禅让之说有可疑者。按《帝系》云:"黄帝产元嚣,元嚣产蟜极,蟜极产高辛,是为帝喾。帝喾产放勋,是为帝尧。黄帝产昌意,昌意产高阳,是为帝颛顼。颛顼产穷蝉,穷蝉产敬康,敬康产句芒,句芒产蟜牛,蟜牛产瞽瞍,瞽瞍产重华,是为帝舜。颛顼产鲧,鲧产文命,是为禹。"《史记·五帝纪》即依此说。今列表以明之。

六　夏禹之功烈及夏代文学

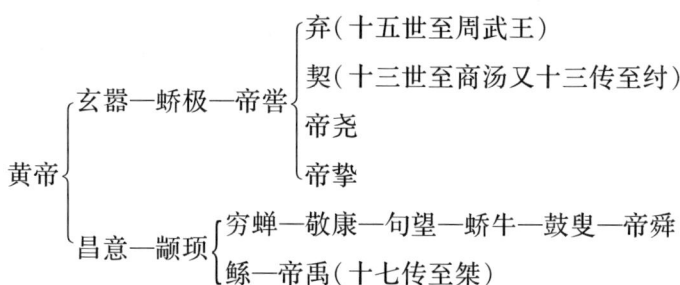

据此，则尧禹为兄弟之亲，而舜又其玄孙也。亲亲相授，实开世及之端矣。故梁玉绳力辨之，其说略曰："《史》谓颛顼为黄帝孙，喾为黄帝曾孙，舜为黄帝九世孙，尧、禹、契、稷并为黄帝玄孙。是黄帝者，五帝三王之太祖也。此与兵法神仙医术家托附轩辕何异？尧与禹为同高祖兄弟，近舍稷契而遥授于玄孙之舜，相及自其一家，安得谓以天下予人？玄嚣昌意皆黄帝之子，玄嚣三传生尧，昌意七传生舜，岂玄嚣之后皆长年，昌意之后多不永？乃颛顼至舜，历年甚久，而鲧禹遂仕尽四朝，何如此其寿？尧舜在位几百五十年，然后传禹，禹之生又何如此之晚？舜崩而上传其四世祖，亦一家人，何乃与尧之禅舜并曰've与贤？契十三传为汤，稷十三传为王季，则汤与王季为兄弟矣。而禹十七传至桀，汤三十传至纣，二代凡千余年；而稷至武王，才十五传，历尽夏商之世，武王竟以十四世祖伐十四世孙。凡此皆不足据。"（见《史记志疑》。按罗氏《路史》，金氏《通鉴前编》及马氏《绎史》先已辨之。）按梁氏之辨覈矣；然窃疑五帝者，或本非一族，或虽同族，而其大位之授受则由一族中选举，若今野蛮部落之公推酋长然，择其有权能者立之，初不必以私其子也。至禹始以治水之殊勋为民所爱戴，故其子遂有天下，而旧制以废；后人因疑其德衰，而孟子则谓天与子则与子也。是故开我国数千年君主世及之端者禹也，亦势为之也。

禹之治水也，悉山川水陆之程，定九州贡赋之等，为我族建国以来粗立税则之始，前此则未闻也。水土既平，舜举为嗣。十七年，舜崩，禹即位，都平阳，姓姒氏。十年，东巡狩，崩于会稽。欲禅益而民弗从，子启立。启崩，子太康立，无道。为后羿所篡。中更仲康帝相两世，有浞浇之乱，夏统中绝，至少康而中兴。又八传，至帝孔甲；又八传而至帝履癸，是为桀。为汤所灭。凡十七帝，四百余年而亡。

　　有夏一代之史迹，今虽不能详，然《尚书》而外，《左传》、《楚辞》及诸子书多道之。又据箕子之言，《洪范》亦禹所传。孔子欲观夏道，惜其文献不足，而犹得《夏时》。（说者谓其书存者，今有《夏小正》。）近儒毕氏、孙氏又谓墨学出于禹。则夏之政教学术可觇一斑。然禹之伟烈尤在能平洪水，勤民事，故其遗文往往与此有关。今次第论述之如左：

　　1.《吕氏春秋·音初》篇称，禹行水，见涂山之女。禹未之遇，而巡省南土。涂山氏之女乃命其妾候禹于涂山之阳。女乃作歌曰："候人兮猗！"实始作为南音。按禹娶涂山之事，本见于今《书·益稷》，而屈子《天问》述之。《左传》亦称禹会诸侯于涂山，执玉帛者万国。（见哀七年《传》）故《吴越春秋·无余外传》演之曰：禹三十未娶。行到涂山，恐时之暮，失其制度。乃辞云："吾娶也，必有应矣。"乃有九尾白狐造于禹。禹曰："白者，吾之服也；其九尾者，王之证也。"涂山之歌曰："绥绥白狐，九尾痝痝。我家嘉夷，来宾为王。成家成室，我造彼昌。天人之际，于此则行。——明矣哉！"（按《琴操》小异。）禹因娶涂山，谓之女娇。

　　惟《吕览》所记《候人之歌》，其辞不尽传，盖逸篇也。若《吴越春秋》之《涂山歌》，则疑出后人附会，不足信尔。

2.《逸周书·文传解》引《夏箴》曰"中不容利,民乃外次"。又引《开望》曰:"土广无守可袭伐,土狭无食可围竭。二祸之来,不称之灾。天有四殃,水旱饥荒。其至无时,非务积聚,何以备之?"又引《夏箴》曰:"小人无兼年之食,遇天饥,妻子非其有也。大夫无兼年之食,遇天饥,臣妾舆马非其有也。国无兼年之食,遇天饥,百姓非其有也。戒之哉!弗思弗行。祸至无日矣。"(按今本无"国无兼年之食"三句。《夏箴》为夏禹之箴戒书。开望疑为夏箴之篇名。)按《御览》三十五引此又作夏《归藏》文。《墨子·七患》篇亦引《周书》云:"国无三年之食者,国非其国也。家无三年之食者,子非其子也。"与《文传》所引一箴略同。《御览》五百八十八引胡广《百官箴叙》所谓墨子著书,称《夏箴》之辞者是也,《鬻子》又引禹《简箴铭》云:"教寡人以道者击鼓;教寡人以义者击钟;教寡人以事者振铎;告寡人以忧者击磬;语寡人以狱讼者挥鞀。"《淮南·氾论训》作《禹号》。故《文心雕龙·铭箴》篇曰:"夏商三箴,余句颇存。"

3.《周书·大聚解》周公引禹之禁曰:"春三月,山林不登斧,以成草木之长。夏三月,川泽不入网罟,以成鱼鳖之长。且以并农力,执成三女之功。"而《周语》又引夏令曰:"九月除道,十月成梁。"其"时儆"曰:"收而场功,待而畚梮。营室之中,土功其始。火之初见,期于司里。"疑亦禹之教令。则夏初之禁令犹有存者。

4.《左氏》文七年《传》,晋郤缺引《夏书》曰:"戒之用休,董之用威,劝之以'九歌'使勿坏。"按"九歌"者,谓九功之德,皆可歌也。——"六府""三事",谓之"九功"。水,火,金,木,土,谷,谓之"六府";正德,利用,厚生,谓之"三事"。此所引《夏书》,逸书也。即东晋古文《大禹谟》所本。《左传》虽未明言禹事,然观诸书所记禹之箴戒禁令,皆不外勤民之事,则用休用威,劝之以"九歌"云云,固非禹莫属矣。又《墨子·非命》下篇引禹之《总德》曰:"允不著("著"盖"若"之误),惟天民而不保。既防凶星,天加之咎。不慎厥德,天命焉葆?"说者以"总德"为逸书篇名。则夏禹之遗文多矣。(《墨子》引《禹誓》已见前。)

5.《孟子·梁惠王》下篇引夏谚曰:"吾王不游,吾何以休?吾王不豫,吾何以助?一游一豫,为诸侯度。"此虽未知何时之谚,然固疑禹平水土之后,巡狩四方,布惠百姓,民嘉其德而歌之也。

以上所引,并与禹之治水勤政有关。《汉志》"杂家"有《大命》(古禹字,或谓即《说文》之禸字)三十七篇。或疑皆其书之佚文也。至若《禹贡》一篇疏记山川地理,为禹治水之最古最确之史迹,要出夏史追录,非禹自记。《山海经》列载四荒八表山川异物,或以为益作者(刘子骏、王充、赵晔诸家说),盖亦附之治水之事。盖先秦之书,而又为秦汉间人所附益者(其中屡称禹以后事,如启及王亥等,又多出后世郡国地名),前人辨之甚明。又《吴越春秋》称禹于登宛委山,发金简玉字之书,得通水之理。而《荆州记》遂杜撰其文曰:"祝融司方发其英,沐日浴月百宝生。"述异记又称空同山有禹碣,而《衡山记》亦谓禹通水导浃,刻石书之名山。唐人诗多传其事。明杨慎竟得其七十七字,所谓《岣嵝山禹碑》也。《舆地志》又言江西庐山紫霄峰下有石室,中有禹篆。有好事者绝入摸之,凡七十余字,止辨其六字。《琴操》且有禹作《襄陵操》一首。若斯之类,正史公所谓余不敢言之也。

启既嗣位,诸侯有扈氏不服;启伐之,大战于甘之野,作《甘誓》,词见《夏书》。而《墨子·明鬼》篇引作《禹誓》,与《书序》不合。今按《庄子·人间世》、《吕览·召类》篇及《说苑·正理》篇并有禹攻有扈之言,孙渊如以为古文书说,《书序》谓启作者,以在《禹贡》之后；梁曜北则谓《墨子》之误；孙仲容又主调停之说，谓疑禹启皆有伐扈之事，故古书或以《甘誓》为《禹誓》。然启伐有扈，事见《竹书》，又见《吕览·先己》篇（旧本"夏后伯启"误作"夏后相"），似仍当从《书序》也（《史记》亦同）。此篇与禹伐有苗之誓同为誓师之词，亦誓文之最古者。

又按《墨子·耕柱》篇称夏后开（汉人避讳，改"启"为"开"）使蜚廉析金于山川而陶铸之于昆吾。是使翁难雉乙（孙仲容谓"翁难"二字乃"益薪"之伪，又此及下二"乙"字又"已"之讹，"已"与"以"同）卜于白若之龟，曰：

鼎成三足而方，不炊而自烹，不举而自臧，不迁而自行。以祭于昆吾之虚。上乡！

乙又言兆之由，曰：

飨矣！逢逢白云，一南一北，一西一东。九鼎既成，迁于三国。

又《山海经》郭璞注引《归藏·启筮》曰：

空桑之苍苍，八极之既张。乃有夫羲和，是主日月，职出入以为晦明。

又曰：

瞻彼上天，一明一晦。有夫羲和之子，出于旸谷。

是又繇辞之最古者。至《离骚·天问》屡言启有《九辩》、《九歌》之乐，其辞不传。《山海经·大荒西经》称"夏后开上嫔于天，得《九辩》、《九歌》以下"，郭注亦引《启筮》曰："昔彼九冥，是与帝《辩》。同宫之序，是为《九歌》。"又曰："不得窃《辩》与《九歌》以国于下。"即谓此也。顾其说荒诞不可信。至"辩"与"歌"《楚辞》并用为篇题，其为古乐无疑。"辩"之名则《大招》有"伏羲《驾辩》"，"九歌"之名似又与"六府""三事"有关也。

自启以后，夏之文学多无可考。其在《夏书》则太康失邦，昆弟五人须于洛汭，作《五子之歌》(见书《序》及《史记》)。然今所传者为伪古文。(其文杂见《周语·晋语》，成十六年、哀六年《左传》引。)仲康之时，义和湎淫，废时乱日，胤受命往征之。史叙其事，作《胤征》。(亦见《书序》及《史记》。)其文今逸，今所有者亦晚出伪书。《吕览·音初》篇称夏后孔甲作《破斧》之歌，始为东音。其歌辞亦不传。惟夏之末世有筮辞及歌数首，录之如后：

《归藏》：桀筮伐有唐。格于荧惑，曰，"不吉。"其词曰：

> 不利出征，惟利安处。彼为狸，我为鼠，勿用作事，恐伤其父。

《韩诗外传》二，昔者桀为酒池糟堤，纵靡靡之乐，而牛饮者三千。群臣相持而歌曰：

> 江水沛兮，舟楫败兮！我王废兮！趣归于亳，——亳亦

大矣!

又曰:

> 乐兮乐兮!四牡骄兮!六辔沃兮!去不善兮!善何不乐兮?

按《外传》载夏群臣歌辞,《新序·刺奢》篇微异。而《尚书大传·殷传》云:"夏人饮酒,醉者持不醉者,不醉者持醉者,相和歌曰,'盍归于薄?盍归于薄?薄亦大矣!'故伊尹退而闲居,深听乐声,更曰:'觉兮较兮,吾大命假兮!去不善而就善,何乐兮!'"与此不同,盖传闻之异。

七　商之文明渐进及其文学

商之先曰契,即舜时为司徒者也。其功德之被于我族者实不在禹、稷之下。盖禹平水土,稷教稼穑,使民无饥溺之患,生计之事无忧矣。顾人之有道也,饱食煖衣,逸居而无教,则近于禽兽。茫茫禹域,乌用此芸芸禽兽为哉?是以圣人虑其人之禽兽也,则加之以教,不可缓已。虞书述舜命契之言曰:"百姓不亲,五品不逊,汝作司徒,敬敷五教。""五教"者,即《书》所谓"五典",《左氏》文十八年《传》,舜举"八元"(按契在其中),使布五教于四方——父义,母慈,兄友,弟恭,子孝。说经家多本之。此一说也。而孟子则谓父子有亲,君臣有义,夫妇有别,长幼有序,朋友有信为"五教",增入君臣夫妇朋友,由家族而社会,而国家,其义益广。此又一说也。此五者,伦常之大经,天下之达道,教育之大本也。数千年来,我族文化演进,日益增高,以渐异于夷狄禽兽者以此。故《史记·殷本纪》称契之功著于百姓,百姓以平。然所以能平百姓者,即在于敷"五教","五教"既敷,则百姓亲睦;推而广之,内平外成。所谓"人人亲其亲,长其长,而天下平","老吾老,以及人之老;幼吾幼,以及人之幼,治天下可运于掌"也。故曰,契之功与禹、稷等。

我国古帝王之诞生,自黄帝以至于尧,莫不有神话之传说;其事杂见后世谶纬之书,诚诞妄不足信。惟契亦然:《史》称其母简狄,有娀氏之女,为帝喾次妃。三人行浴,见玄鸟坠其卵。简狄取吞之,因孕生契。其在《商颂》,则云:"天命玄鸟,降而生商。"《楚辞·天问》亦云:"简狄在台,喾何宜?玄鸟致贻,女何喜?"《离骚》亦云:"望瑶台之偃蹇兮,见有娀之佚女。""凤皇既受诒兮,恐高辛之先我。"《思美人》亦云:"高辛之灵晟兮,遭玄鸟而致诒。"而《吕氏春秋·音初》篇且云:"有娀氏有二佚女。为之九成之台,饮食必以鼓。帝令燕往视之,鸣若谥谥。二女爱而争搏之,覆以玉筐,少选,发而视之,燕遗二卵。北飞,遂不反,二女作歌,一终曰'燕燕往飞',实始作为北音。"所记与《楚辞》合,惟不言吞卵之事。《毛传》释诗则谓春分玄鸟降,汤之先祖有娀氏女简狄配高辛氏帝。帝率与之祈于郊禖而生契,故本其为天所命,以玄鸟至而生焉。其言近理,殆恶其诞而为之饰说耳。契为司徒,封于商,姓子氏。再传至相土,《世本》称其作乘马。(见《荀子·解蔽》篇杨倞注引。《解蔽》作"杜作乘马"。"杜"与"土"同。四马驾车始于相土,故曰作乘马。)又三传至冥,夏后少康十一年,使治河,十三年,死于河。(见《竹书》。)《祭法》及《鲁语》所谓冥勤其官而水死者也。冥卒,子振立,作服牛。(按振之名,诸书不一。《史记索隐》引《系本》作核,今《世本》作胲。《山海经·大荒东经》作王亥,《竹书》作殷侯子亥,《楚辞·天问》作该,《吕览·勿躬》篇作王冰,《汉书·人表》又作垓,音同字异,其实并为一人。见梁玉绳《人表考》、徐文靖《管城硕记》、刘梦鹏《屈子章句》、王国维《殷卜辞中所见先公先王考》。王氏谓"振"为"核"或"垓"之误字,"冰",古文作"仌",与"亥"形近而讹,其说甚塙。)《管子·轻重》戊篇谓殷人之王,立皂牢,服牛马,以为民利,而天下化之,即指相土与王亥言也。后王亥为有易之君所杀(《天问》则谓毙于有扈),子上甲微立。(据《天问》该之后尚有王恒一代。恒亦见《卜辞》,王先生有详说。)《鲁语》称其能帅契者,殷人报焉。又六传而至天乙,是为成汤。自契至汤,八迁,汤始居亳,相伊尹;时夏桀无道,汤伐灭之。于是诸侯服汤。乃践天子位,十三年而崩。三传至太甲,不遵汤法,伊尹放之于桐,既修德而复之,号为太宗。又五传而至太戊,是为中宗。又十传而至盘庚。盘庚之时,殷已都河北,盘庚渡河南,复汤之故居。凡五迁,无定处。又三传,武丁立,是为高宗。又五传,至武乙,复去亳,徙河北。又三传而至辛,是为纣。纣暴虐无道,周武王会诸侯之师伐之,战于牧野,纣兵败,自焚而死,殷亡。凡三十一帝,传国六百余年。

　　成汤以来,我国历史上有一大变动,则以武力转移政权是也。唐虞之禅继以德,夏禹之传子以功,汤武之征伐以力,下此者惟有篡耳,亦君主国家必然之势也。汤武之事,昔人尝疑其以臣弑君,实则诛一夫以救万民之命。事出创举,则群相惊疑,惭德口实之云,殆不足信。观于《商书·汤誓》,其伐罪吊民之意坚矣。《汤誓》乃伐桀誓师之词,首数语与《墨子》所载禹征苗誓略同,篇末大赉孥戮之语,又与《甘誓》略同,此盖古者文体则然,不必相袭也。其曰:"有夏多罪,天命殛之。"又曰:"夏氏有罪,予畏上帝,不敢不正。"则又今人所谓托于神权之说也(《甘誓》亦言恭行天罚)。其称众曰:"时日曷丧,予及汝偕亡。"则桀之恶似未可概以出于征伐者之口而疑之。此篇为《商书》中之较早者,而词旨极明白易晓。(按《墨子·尚贤》篇亦引《汤誓》三句,又在今《汤誓》之外。)《逸周书·祝殷解》又有汤与诸侯誓,则克夏以后之辞。《殷本纪》又载《汤诰》一篇,其文与伪古文绝异。《汉志》有《天乙》三篇,《伊尹说》二十七篇,并依托者也。

　　《礼记·大学》引汤之《盘铭》曰:

苟日新,日日新,又日新。

此为三言韵语之始见者。后世如《鲁颂·有駜》之"振振鹭"(按《诗》中三言尚多),吴王夫差时童谣(见《述异记》),范蠡遗文种书数语(见《史记·越世家》、又见《韩信传》),《列子·杨朱》篇之古谚等皆是也。又《汉书·东方朔传》、《杨雄传》、《五行志》及《礼乐志》之《房中歌》、《郊祀歌》中并多有之。然此铭仅三句,句皆重韵,形式甚简,而文词甚质,自是极古之作也。然则溯三言诗之源者,不自"三百篇"始矣。

《吕氏春秋·异用》篇:"汤见祝网者,置四面。其祝曰:'从天坠者,从地出者,从四方来者,皆离吾网!'汤曰,'嘻,尽之矣!非桀其孰为此也?'汤收其三面,置其一面。更教祝曰:'昔蛛蝥作网罟,今之人学纾。欲左者左,欲右者右,欲高者高,欲下者下。——吾取其犯命者。'"

按此祝又见贾子《新书·谕诚》篇,其辞小异。《史记》采入《殷本纪》,而简括其文。网开三面,德及禽兽,为诸子所艳称,盖汤之遗文传于世者往往有之。故《贾子·匈奴》篇又曰:"汤祝网而汉阴降,舜舞干羽而三苗服。"(按《吕览》称汉南四十国归之,《新书》本此。)

《荀子·大略》篇又载汤祷旱之辞曰:

政不节与?使民疾与?——何以不雨至斯极也?宫室荣与?妇谒盛与?——何以不雨至斯极也?苞苴行与?谗夫兴与?——何以不雨至斯极也?

按此辞又见《说苑·君道》篇，称汤之时大旱七年，雒坼川竭，煎沙烂石。于是使人持三足鼎，祝山川教之，祝曰："政不节耶？使人疾耶？苞苴行耶？谗夫昌耶？宫室营耶？女谒盛耶？——何不雨之极耶？"与此小异。桑林祷雨，世或疑之。然《墨子·兼爱》下篇已载其事曰："惟予小子履，敢用玄牡，告于上天后曰，'今天大旱，即当朕身履。未知得罪于上下。有善不敢蔽，有罪不敢赦，简在帝心，万方有罪，即当朕身，朕身有罪，无及万方。'"（按《论语·尧曰》篇略同，伪古文《汤诰》本之。）则荀、墨所记祝辞似本属一篇，犹后世告祭之文前有序而后始为正文也。至墨子既言用玄牡，下又言不惮以身为牺牲，以祠祝于上帝鬼神；而《尸子·君治》篇亦云："汤之救旱也，乘素车白马，着布衣，婴白茅，以身为牲，祷于桑林之野。禁当时之弦歌鼓舞者。"而《吕氏春秋·顺民》篇且云："汤克夏而正天下大旱，五年不收。（按诸书多作七年。）以身祷于桑林。……剪其发，𠟼其手，以身为牺牲，雨乃大至。"近有谓此为古代用人之俗者。凡祭告必有祷祝，水旱之时，尤多行之。（参阅第二章。）于桑林《祷雨之辞》复奚疑？

《商书》四十篇，亡者十七八，今所存十七篇，大半为伪古文；原书遗文逸句，往往散见于诸子传记，今勿具论。惟《盘庚》三篇为盘庚迁殷，告其臣民之文。盖自汤至盘庚，大抵苦于水患，凡五迁都，不当厥邑。盘庚将欲迁于亳，殷民皆恋其故居，不欲移徙，咨嗟愁怨，乃以言辞告谕之；故史叙其事，作《盘庚》三篇。今节录其上篇于后：

盘庚迁于殷，民不适有居，率吁众戚，出矢言。……王命众悉至于庭,王若曰:"格汝众,予告汝训!……今汝聒聒起信险肤,予弗知乃所讼。非予自荒兹德,惟汝含德,不惕予一人。予若观火。予亦拙谋,作乃逸。若网在纲,有条而不紊。若农服田力穑,乃亦有秋。汝克黜乃心,施实德于民,至于婚友,丕乃敢大言汝有积德。乃不畏我毒于远迩,惰农自安,不昏作劳,不服田亩,越其罔有黍稷。汝不和吉言于百姓,惟汝自生毒!乃败祸奸宄,以自灾于厥身!乃既先恶于民,乃奉其恫,汝悔身何及?相时忱民,犹胥顾于箴言,其发有逸口,矧予制乃短长之命?汝曷弗告朕,而胥动以浮言?恐沉于众,若火之燎于原,不可向迩,其犹可扑灭?则惟汝众自作弗靖,非予有咎。迟任有言曰,'人惟求旧,器非求旧,惟新。'古我先王既乃祖乃父,胥及逸勤,予敢动用非罚?世选尔劳,予不掩尔善。兹予大享于先王,尔祖其从与享之。作福作灾,予亦不敢动用非德。予告汝于难,若射之有志。汝无侮老成人,无弱孤有幼。各长于厥居。勉出乃力,听予一人之作猷。无有远迩,用罪伐厥死,用德彰厥善。邦之臧惟汝众;邦之不臧,惟予一人有佚罚。凡汝众其惟致告!自今至于后日,各恭尔事,齐乃位,度乃口,罚及尔身,勿可悔!"

其文质直古奥,与《汤誓》不同。三代帝王之诏令,略可知矣。至高宗时,祭成汤,有飞雉升鼎耳而雊,祖己训诸王;史叙其事,作《高宗肜日》。及纣之时,周人乘黎,祖伊恐,奔告于受,史叙其事,作《西伯戡黎》。(按西伯自昔以为周文王,至宋儒始以西伯戡黎为武王事。《竹书》亦言西伯发伐黎。)纣既错天命,微子作诰,告父师(箕子)、少师(比干)而去之;史述其言,作微子一篇,今并存。

《国语·晋语》称商之衰也,其铭有之曰:

> 嗛嗛之德,不足就也;不可以矜,而只取忧也。嗛嗛之食,不足狃也;不能为膏,而只离咎也。

按郭偃止谓此为殷衰之铭,不言何人所作,今亦不知所铭何物。且商之享国数十世,迭有兴衰,殊难断其时代。观其语存规戒,亦《巾几》、《丹书》之类也。姑录于此,备考览焉。(《吕氏春秋·应同》篇亦引《商箴》云:"天降灾布祥,并有其识。"疑非全文。然其作于何时,亦渺茫不可考。)

《史记·伯夷传》称武王伐纣,伯夷、叔齐叩马而谏。武王既灭殷,天下宗周;夷齐耻食周粟,隐于首阳山采薇而食之。及饿且死,作歌曰:

> 登彼西山兮,采其薇矣。以暴易暴兮,不知其非矣。神农虞夏忽焉没兮,我安适归矣?于嗟徂兮,命之衰矣!

按孟子谓伯夷避纣,居北海之滨,闻文王作,而往归之。(本传言夷齐让国归西伯,盖本《孟子》。)夫夷齐既避纣而归文王矣,又岂有谏武王东征之理?此黄梨洲所以讥史公妄传无稽之事也。然叩马之文,或即本诸原传,(按史称"其传曰"云云,是古有《伯夷叔齐传》,而史公采之。《索隐》以为《韩诗外传》及《吕览》者似非。)隐居采薇,则多见于故籍。故孔子称其求仁得仁,又言其饿于首阳之下,民到于今称之。则此歌殆亦故老传闻,后人追记之欤?(史公曰:"睹轶诗可异焉。"则亦相传已久。)观其文词,为完整畅达之骚体,殷周之际尚无有,故知非本辞也。至《琴操》截去"兮"字,改为四言诗,名之曰《采薇操》,抑又好事者为之耳。

《尚书大传》言微子将往朝周,过殷之故墟,见麦秀之蓒蓒,禾黍之蝇蝇也,曰:"此父母之国,宗社之所立也!"志动心悲,欲哭则为朝周,俯泣则近妇人。推而广之,作雅声,谓之《麦秀歌》,歌曰:

麦秀蓒蓒兮,黍禾蝇蝇。彼狡童兮,不我好仇!

《史记·宋世家》以此歌为箕子所作,辞亦小异。(世家于末句作"不与我好兮",则此诗末二句正与《郑风·狡童》篇同。)又谓狡童者,纣也,殷民闻之,皆为流涕,则亡国之痛深矣。惟麦秀禾黍二语,极似暗袭《王风·黍离》之诗,有可疑者。第以时代较近,秦汉诸儒或亦得诸旧法世传之史云。

至若"整甲""燕燕"之歌,今并不传;(《吕氏春秋·音初》篇,殷整甲徙宅西河,犹思故处,实始作为西音。《燕燕歌》亦见此篇,已见前。)帝乙归妹之词,或出附会。(易有"帝乙归妹"之文,伪《子夏易传》谓帝乙为汤,汤名天乙故也。而京房《易传》且有汤嫁妹辞。然此仅见《困学纪闻》一引。今《京氏传》无此文。又殷帝以"乙"名者三,安见其必为汤乎?)《秦纪》有《石棺》之铭,(《史记·秦本纪》蜚廉事殷纣,为纣石棺北方。还无所报,为坛霍太山,而报得石棺,铭曰:"帝命处父,不与殷乱,赐尔石棺以华氏。"遂葬焉。《乐录》载《箕子》之操。(《古今乐录》,纣时箕子佯狂,痛宗庙之为墟,乃作此歌,后传以为操。)殷之遗文,往往可见。然皆不足信,故存而勿论。

八　周初文治之宏模及其文学

周之先曰弃,唐虞时为农官,号曰后稷。姓姬氏。其母曰姜嫄,相传为帝喾元妃。三传至公刘,虽在戎狄间,复修后稷之业,务耕种,行地宜,民赖其庆,百姓多怀归之。周道之兴自此始。十二传,至古公亶父,积德行义,国人皆戴之。为薰育所逼,民怒欲战,古公不忍;遂去豳(一作邠),逾梁山,邑于岐山之下居焉。豳人举国扶老携幼以从。周室由是始盛。古公有少子名季历。季历生季昌,为殷西伯。笃仁敬老,慈少礼下,诸侯皆向之。纣囚西伯于羑里,寻释之。虞、芮争讼,求决于西伯;至周,见耕者让畔,惭而去。卒,谥为文王。子发嗣,以太公望为师,周、召为辅,率诸侯伐纣,破之于牧野,遂代殷而即位,都于镐京。分封宗室功臣,立五等之爵。封太公于齐,周公于鲁,召公于燕。当时列为诸侯者,凡兄弟十五人,同姓四十人,异姓二十余人。是为姬周开国之始。

武王没,成王以冲龄践祚,叔旦周公为冢宰,摄政,召公奭为太保,辅焉。康王继位,召公复辅翼之。故成康两代,天下大治,史称刑措不用者四十年。是为周之极盛时代。

康王之子昭王,享国甚久,南游不返,周室始衰。传子穆王,好远略,周游天下,尤失诸侯之心。再传至懿王,戎狄之祸渐起。至于厉王,暴虐无道,为国人所逐,共伯和行天子事者十四年。(此从

《竹书》）迨宣王立，四夷离畔，狁犹逼京师，王乃命尹吉甫伐狁犹，方叔讨荆蛮，召虎征淮夷，王乃亲征徐戎；以仲山甫辅政，周室德政。是为周之中兴时代。

宣王之子幽王不道，嬖褒姒，世子宜臼出奔申。时犬戎猖獗，弑王于骊山下，郑桓公死之。宜臼嗣位，是为平王。东迁于洛邑，以避戎患，此西元前七百七十年事也。是为周之东迁时代。

周自东迁以后，天子威严日坠，内则诸侯强横，互相攻伐；外则夷狄交侵，兵戎迭起。桓王一朝，鲁，卫，郑，宋，齐，秦皆弑其君，郑且射王中肩，楚则僭称王号，蔡杀陈厉公，齐杀鲁桓公。强国恣兼并之欲，下民兴靡骋之嗟，社会纷乱，至斯极矣。计自平王四十九年，迄敬王三十九年，（前七百二十二至四百八十一。）前后凡二百四十二年，是为春秋时代。

敬王再传，至贞定王，三晋灭智氏。又再传，至威烈王，始命韩赵魏为诸侯。而田和亦篡齐自立。至安王末，韩赵魏共灭晋，分其地，与齐楚燕秦为七国。自是诸侯兼并愈亟，以迄于秦之一统，其间号为战国时期。

周显王时，秦孝公用商鞅之法，始强盛。历慎靓王至赧王，秦益强。赧王五十九年卒。后七年，秦庄襄王灭东西周，遂亡。周自武王有天下，至赧王，凡三十四传，约八百余年。此其兴亡之大概也。

后稷之生，有异闻焉。姜嫄出野，见巨人迹，忻然践之，而身动如孕者，居期而生子。以为不祥，弃之隘巷，牛羊腓字之。徙之山林，为人所收养。移至冰上，而鸟复翼之，得不死。姜嫄以为奇，遂长养之。初欲弃之，因名曰弃。其事之诞，与简狄生契同。我国帝王之生，类有此等怪事，后人谓古人于其先或不知所出，或故表其异以为瑞征,则托而神之,理或然欤?《大雅·生民》一诗特咏其事,屈子《天问》盖尝疑之。惟《诗》称后稷儿时为游戏,即好树艺,长而耕稼,五谷丰收,则似可信。盖我国地理气候适宜,农事之发明甚早,后稷以来,殆已植农业国家之基矣。故其子孙世其官守,不失其业,卒以此大其宗,建其国,自西而东,代殷而有天下。其迁徙建国之经历,《大雅·绵》及《公刘》二诗言之最详。至其文明大启,乃在克商以后,其关系大抵系之周公。周公多材艺,吐哺握发,以待贤士。武王既没,周公辅成王,摄政七年,平武庚、管、蔡之乱,营成周之邑,体国经野,设官分职,制礼作乐,天下大治。由是文物彬彬大备。斯时我族文化之进步,乃突过前代矣;孔子所以称其郁郁乎文也。兹略述其大有关于文学者如次:

1.《易》。《易·系辞传》云:"《易》之兴也,其于中古乎?作《易》者,其有忧患乎?"又云:"《易》之兴也,其当殷之末世,周之盛德邪?当文王与纣之事邪?"后人遂多谓伏羲作卦,文王作卦辞爻辞,孔子作"十翼",所谓"人更三圣,世历三古"也。司马迁亦谓西伯幽而演《周易》,证以忧患之言,则卦爻二辞并为文王作矣。然验诸爻辞,多文王以后之事。"升"卦"六四","王用亨于岐王"。武王克殷之后,始追号文王为王。若文王作爻辞,不应王云。"随"卦"上六"之王用亨于西山,亦与此同例,又"明夷"之"六五"言箕子之明夷。武王观兵后,箕子始被囚奴,文王不宜豫言。又"既济"之"九五"言东邻杀牛,不如西邻之禴祭。说者皆云西邻谓文王,东邻谓纣。文王岂容自言己德,受福胜殷,抗君之国,而曰东西相邻耶?《左传》韩宣子适鲁,见《易》象云:"吾乃知周公之德。"周公被流言之谤,出居于东,亦得为忧患也。故马融、陆绩等并以为卦辞文王所作,爻辞则周公所作,与郑说异,此盖可从。(以上本孔氏《周易正义》)后儒强为之解,乃有岐山箕子之异说,不足信也。

2.《书》。我国史官之建立甚早,迄于周而益盛,有大史、小史、左史、右史、内史、外史等目。《周书》者,史官之所记也。今《尚书》中所存数十篇,其与周公有关盖十余篇。按《史记·鲁世家》,武王十一年,伐纣,至牧野,周公佐武王作《牧誓》。又按《书序》,武王有疾,周公作《金縢》。武王崩,"三监"及淮夷叛,周公相成王,将黜殷,作《大诰》。成王归自奄,在宗周,诰庶邦,作《多方》。成王既伐管、蔡,以殷余民封康叔,作《康诰》、《酒诰》、《梓材》。成王在丰,欲宅洛邑,使召公先相宅,作《召诰》。召公既相宅,周公往营成周,使来告卜,作《洛诰》。成周既成,迁殷顽民,周公以王命诰,作《多士》。周公相成王,召公不说,周公作《君奭》。成王即政,周公作《无逸》及《立政》。凡十三篇,而逸篇伪篇不与焉。虽曰史官记述,载笔或不必出于周公,然周公之言与事大抵在是矣。此外《逸周书》之《成开》、《作雒》、《皇门》、《大戒》、《周月》、《时训》、《月令》、《谥法》、《明堂》、《本典》、《官人》、《王会》等篇,并周公之遗训遗制可考者也。

3.《诗》。周初有采诗之官,掌采民间歌谣;朝廷借以观风俗,知得失,自考正者也。(语本《汉书·艺文志》)故周之歌诗特盛,"三百篇"之所以兴,盖由于此。(说详下章)其与周公有关者,则《豳风·七月》一篇,序以为周公遭变,陈后稷先公风化之所由,致王业之艰难也;《鸱鸮》一篇,则周公救乱,遗成王之诗也;而《小雅·南有嘉鱼》下及《菁菁者莪》,《大雅·生民》下及《卷阿》十余篇,《诗谱》亦以为周公成王时之诗,其言近是。(《吕览·古乐》篇又以《文王》一诗为周公作。)至《周颂》三十一篇,虽不尽出周公,而《时迈》、《思文》二篇,《国语》明云周文公之颂矣。其中若《清庙》、

《维天之命》、《维清》、《天作》、《我将》等篇,或祀文武,或郊天地,明堂象武之奏,受厘陈戒之辞,亦明为周初之诗。盖"周颂"者,周室成功,致太平德洽之诗,大抵周公摄政时之所制也。(参阅下章。)

4.《礼》。《周礼》郑注云:"周公居摄,而作'六典'之职,谓之《周礼》。"《礼记·礼器》篇:"经礼三百,曲礼三千。"郑注云:"经礼,谓《周礼》也。曲,犹事也;事礼谓《今礼》,其中事仪三千。"而《仪礼疏序》谓《周礼》、《仪礼》并是周公致太平之书。《周礼》国之大经,有关文事者较少,今勿具论。若《仪礼》十七篇,——吉礼三、凶礼四、宾礼三、嘉礼五、军礼皆亡。此五礼即周公所制。其间器物陈设之多,行礼节次之密,升降揖让裼袭之繁,可谓至矣。然三千之事,重在节文,故仪式所在,必有文辞以附之。其可见者,则《士冠礼》及《少牢馈食礼》中周公所制诸祝醮等辞是也。制礼作乐之实,于此征之。

5.《乐》。今《诗》中"雅""颂"之乐,颇有周公所手定者;故《庄子·天下》篇谓文王有"辟雍"之乐,武王周公作"武"。《吕览·古乐》篇亦谓武王命周公作"大武"。而《汉书·礼乐志》又谓武王作"武"周公作"勺"。按"勺"即《周颂》之《酌》,《序》所谓告成"大武"者。又《维清》奏象舞,即《左传·襄二十九年》季子观乐,见舞象者是也。《内则》所谓十三舞"勺",成童舞"象"者,亦是也。盖"勺""舞""象舞"并周公所制,以颁行于成均者。而《周礼》又称大司乐以乐德、乐语、乐舞教国子(按乐舞中有"大武"),大师则教以"风"、"雅"、"颂"、"赋"、"比"、"兴"六诗,《乐记》亦谓以乐立之学等,盖当日乐教之盛如此。此事于后世文学所关尤巨。

八　周初文治之宏模及其文学

基于周初文治之发扬，其文学之可得而言者约有四类：一曰规戒之文，箴铭是也。二曰卜筮之文，繇兆是也。三曰典礼之文，祭祝是也。其四为杂歌诗，亦多有训戒之意。此四者虽不全系之周公，然其表现周之文治则甚著明矣。兹分述于后：

1. 箴铭。《大戴记·武王践阼》篇称，武王闻《丹书》之言，惕若恐惧；退而为戒，书于席之四端为铭焉，于机、鉴、盥盘、楹、杖、带、履屦、觞豆、户、牖、剑、弓、矛皆为之铭，凡十七铭。而《御览》引《太公金匮》又有武王《书冠》、《书履》、《书剑》、《书车》、《书镜》（并见五百九十），《书门》（见一百八十三），《书户》、《书钥》（见一百八十四），《书牖》（见一百八十八），《书砚》（见六百五），《书锋》、《书刀》、《书井》（见一百八十九）十三铭。又引《阴谋》，有武王《笔铭》（亦见六百五），《筵铭》（见三百五十九）二首。《后汉书·朱穆传》注亦引《阴谋》，有武王《衣铭》、《镜铭》、《觞铭》三首。《崔骃传》注又引《金匮》，有武王《几铭》（《文选·封禅文》引作《阴谋》）、《杖铭》二首。凡其器同者，其辞意间亦相同，然多有绝异者。随举数例，以见周初铭文之一斑。

《盥盘铭》：与其溺于人也，宁溺于渊。——溺于渊，犹可游也；溺于人，不可救也！

《矛铭》：造矛造矛！少间弗忍，终身之羞！余一人所闻，以戒后世子孙。（以上见《武王践阼》篇。）

《衣铭》：桑蚕苦，女工难。得新捐故后必寒。

《镜铭》：以镜自照者见形容，以人自照者见吉凶。（以上见《朱穆传》注。）

武王诸铭,其见于晚出兵书者或出依托,而《大戴记》所载十七铭则由来甚古。疑武王铭器之辞甚多,而杂见诸书;后人各据所闻见而载之,故不能尽同欤? 其次,则《左氏》襄四年《传》称,魏庄子谓晋侯曰:"昔周辛甲之为太史也,命百官以箴王阙。于《虞人之箴》曰:'芒芒禹迹,画为九州,经启九道。民有寝庙,兽有攸草,各有攸处,德用不扰。在帝夷羿,冒于原兽,忘其国恤,而思其麀牡。武不可重。用不恢于夏家。兽臣司原,敢告仆夫!'"

辛甲为武王太史,(《韩非子·说林》篇作辛公甲。《汉志》道家有《辛甲》二十九篇。)则此箴亦周初之韵文也。夫曰百官之箴,则前此箴戒之文,无有若武王时之盛者。(疑春秋时百官之箴尚存,魏绛但引此以戒晋侯之好田耳)。观其篇幅渐扩,规模渐大,又井井有条理,箴铭文字之进步于此可见。扬雄之《十二州箴》及《二十五官箴》,即仿此而作也。《周书·尝麦解》又有《大正箴》,而文辞弗逮远矣。

2. 繇兆。古者繇辞,多为韵文,不独《周易》然也。今举《易》之爻辞有韵者约如下例:(1)坤:六二之动,直以方也。不习无不利,地道光也。(2)屯:六二,屯如,邅如,乘马班如;匪寇,婚媾。(3)需:六四,需于血,出自穴。(4)小畜:九三,舆说辐,夫妻反目。(5)否:九五,其亡其亡,系于苞桑。(6)同人:九三,伏戎于莽,升其高陵,三岁不兴。九四,乘其墉,弗克攻。(7)观:六四,观国之光,利用宾于王。(8)噬嗑:六二,噬腊肉,遇毒。九四,噬干肺,得金矢。(9)贲:六四,贲如,皤如,白马翰如。——匪寇,婚媾。六五,贲于丘园,束帛戋戋。(10)颐:初九,舍尔灵龟,观我朵颐。(11)大过:九二,枯杨生稊,老夫得其女妻。无不利。(12)离:九三,日昃之离,不鼓缶而歌,则大耋之嗟。九四,突如其来如,焚如,死如,弃如。上九,王用出征,有嘉折首,获匪其丑。(13)明夷:初九,明夷于飞,垂其翼。君子于行,三日不食。(14)睽:上九,睽孤,见豕负涂,载鬼一车。先张之弧,后说之弧。匪寇,婚媾。(15)困:初六,臀困于株木,入于幽谷,三岁不觌。六三,困于石,据于蒺藜;入其宫,不见其妻。(16)鼎:九三,鼎耳革,其行塞,雉膏不食。方雨亏悔,终吉。九四,鼎折足,覆公餗,其行渥。(17)渐:初六,鸿渐于干,小子厉有言。六二,鸿渐于磐,饮食衎衎。九三,鸿渐于陆,夫征不复,妇孕不育。六四,鸿渐于木,或得其桷。九五,鸿渐于陵,妇三岁不孕,终莫之胜。(18)归妹:六三,归妹以须,反归以娣。九四,归妹愆期,迟归有时。(19)中孚:九二,鸣鹤在阴,其子和之。我有好爵,吾与尔靡之。六三,得敌,或鼓或罢,或泣或歌。(20)小过:九三,弗过防之,从或戕之。上六,弗遇过之,飞鸟离之。以上二十例,尚未足以尽之,而长短参差,皆为韵语。其中有极似《诗经》者。"鼎""渐"二辞,联贯递嬗,尤似《诗》之章次相接者然。至于汉人《易林》,则直为整调之四言诗矣。

3. 祭祝。祭祝之辞,施于鬼神及人事者,周初盖多有之。《仪礼·士冠礼》有《始加祝》、《再加祝》、《三加祝》,又有《醴辞》、《醮辞》、《再醮辞》、《三醮辞》、《字辞》。《少牢馈食礼》有《祝嘏辞》。《大戴礼记·公符》篇有《成王冠辞》,(《公符》称成王冠,周公使祝雍祝王曰:"达而弗多也。"祝雍遂祝之云云。)又有《祭天辞》、《祭地辞》及《迎日辞》。周初礼文既备,所以致美于神祇,粉饰乎人事者靡不至,所谓无文不行也。此等文辞,数见于《雅》、《颂》,惟礼书所载,其用则有专属。兹举数例如左:

令月吉日,始加元服。弃尔幼志,顺尔成德。寿考惟祺,

介尔景福!(《士冠礼·始加祝辞》)

甘醴惟厚,嘉荐令芳。拜受祭之,以定尔祥。承天之休,寿考不忘。(《士冠礼·醴辞》)

皇皇上天,照临下土;集地之灵,降甘风雨。庶物群生,各得其所,靡今靡古。——惟予一人某敬拜皇天之祐!(《大戴记·公符》篇《祭天辞》,《博物志》以前六句为《请雨辞》)

4. 诗歌。《国语·周语》下:"敬王十年,刘文公与苌弘欲城周。卫彪傒见单穆公……引《周诗》曰:'天之所支,不可坏也;其所坏,亦不可支也。'昔武王克殷而作此诗也,以为《饫歌》,名之曰'支'。以遗后之人,使永监焉。"此殆周初诗歌之最早者。不见于"三百篇",盖逸诗也。又《左氏》昭十二年《传》载楚子革引《祈招》之诗云:

祈招之愔愔,式昭德音。思我王度,式如玉,式如金。形民之力,而无醉饱之心。

《传》称昔穆王欲肆其心,周行天下,将皆必有车辙马迹焉。祭公谋父作《祈招》之诗以止王心。王是以获没于祇宫。按《周书·酒诰》有圻父,为官名;《诗·小雅》亦有《祈父》之篇,言为王之爪牙。《传》、《笺》并云:"司马也。"杜预注从此说,而以"招"为司马之名。以上并逸诗之寓有警劝之意者。又《穆天子传》称,天子觞西王母于瑶池之上,西王母为《天子谣》(即"白云在天"一首,或称为《白云谣》),天子答之。(即"予归东土"一首。)又有《黄池谣》一首,《黄竹诗》一首(共三章),《黄竹诗》有阙误,不甚可读。又《山海经·西山经》郭璞注引《穆天子传》西王母《天子吟》一首,其辞完整。今本卷三一诗与之同者,前六句,后四句,而别无《天子吟》,止云"作忧以吟",盖即一诗也。(观郭注所引,似《天子吟》一诗今本错于"天子遂驱升于弇山"之下,而诗题复有讹误,遂不可晓矣。)《穆天子传》出汲冢,虽属古书,后人或疑其诬。然《竹书》明载其事,所谓西王母者,又见于《尔雅》,本西方之一国耳,原非神仙怪异之谈也。《左传》称穆王肆心;《周语》称其征犬戎,得四白狼白鹿以归,自是荒服者不至;屈子亦问其巧梅周流之事(见《天问》);而《御览》引《归藏》,亦有穆王筮西征,道里修远之语,诸书所言并合。则其文虽非当日史官之起居注,要其所传则甚古,岂可尽斥为附会之词哉?兹录其《黄池谣》一诗,俾考览焉。

黄之池,其马喷沙。皇人威仪!黄之泽,其马喷玉。皇人受谷!

若夫《吕览·音初》篇称昭王征荆,涉汉梁败。辛余靡以振王功,侯于西翟,始作为西音。其辞今不传。《宋书·符瑞志》称成王时,凤凰翔庭,成王援琴而歌云云,词旨浅陋,断为后人所造。(《古今乐录》以为《神凤操》。)《琴苑要录》之太王《岐山操》,《古今乐录》之王季《哀慕歌》,文王《拘幽操》,《琴操》之《文王操》,周公之《越裳操》,伯奇之《履霜操》,皆其类也。

九　诗之来源及南风雅颂

今所传《诗》三百篇,(诗本三百十一篇,其《南陔》、《白华》、《华黍》、《由庚》、《崇丘》、《由仪》六篇笙诗,有声无词,实止三百有五篇。言三百者,举成数也。)果何自来耶?曰,大半皆周时朝廷之所采者也。古有采诗之官。《左氏》襄十四年《传》引《夏书》曰:"遒人以木铎徇于路。"杜预注谓徇于路求歌谣之言,则其制不自周始。故《孔丛子·巡狩》篇称古者天子命史采诗谣,以观民风。扬雄谓周輶轩之使遒人以岁八月巡路,求代语童谣歌戏。遒人即《周官》之行人。《汉书·食货志》亦谓孟春之月,行人振木铎徇于路以采诗,献之太师,比其音律,以闻于天子。而《公羊》宣公十五年《传》注又云:"男女有所怨恨,相从而歌,饥者歌其食,劳者歌其事。男年六十,女年五十无子者,官衣食之,使之民间求诗。乡移于邑,邑移于国,国以闻于天子。故王者不出户牖,尽知天下所苦,不下堂而知四方。"两汉儒者言古昔采诗之事详悉如此。后世若汉武帝之立乐府,采诗夜诵,有赵、代、秦、楚之讴(见《汉书·礼乐志》),盖古之制也。至其所以采诗之意有二:一曰考民俗。《礼记·王制》所谓天子五年一巡守,命太师陈诗以观民风是也。二曰立诗教。《周礼》所谓太师教六诗,——"风"、"赋"、"比"、"兴"、"雅"、"颂"是也,然则今之所谓"三百篇"者,大抵成周之民间文学,妇人孺子之所讴吟,贩夫牧竖之所谣倡,莫能指其作者之主名者也。《诗序》言诗之作者,自《绿衣》至《鲁颂》,不下数十篇,多不可信。说详后。

《诗》三百篇皆可入乐。乐正即以之教国子,入学者咸肄习之,故习乐即习诗也。《周礼》大司乐掌成均之法,教国子以乐语乐舞;《乐记》亦谓以乐立之学等,广其节奏,省其文采;故其时诗乐之学普及,文人学士多通音律,观于春秋时大夫类能赋诗歌诗可知矣。然则今之"三百篇"殆又最古之乐谱也欤?惟相传既久,舛误必多;春秋以还,礼崩乐坏。孔子以"六艺"教弟子,毅然以修明礼乐为己任。故曰:"吾自卫反鲁,然后乐正,'雅''颂'各得其所。"厥后史迁作《孔子世家》,即据此以为孔子删诗之证,而异议自此起。其说曰:"古者《诗》三千余篇,及至孔子,去其重,取可施于礼义,上采契后稷,中述殷周之盛,至幽厉之缺。……三百五篇,孔子皆弦歌之,以求合'韶''武''雅''颂'之音。"史公此说,后儒信者颇多,而疑之者则力辟其谬。有谓孔子如果删《诗》,不应存郑卫之淫风者;有谓孔子删《诗》不容十分去九者;有谓孔子删《诗》非全篇删去,乃篇删其章,章删其句,句删其字者。此皆似是而非之言,殊不足以服众口。故崔述驳之曰:"孔子删《诗》,孰言之?孔子未尝自言之也,《史记》言之耳。孔子曰:'郑声淫。'是郑多淫诗也。孔子曰:'诵《诗》三百。'是《诗》止有三百,孔子未尝删也。学者不信孔子所自言,而信他人之言,甚矣,其可怪也!"(《读风偶识》。)今按《论语》,孔子自言,一则曰《诗》三百,再则曰《诗》三百,是古诗相传,实只三百之数,孔子固未尝删也。《论语》又记孔子告其子之言曰:"汝为《周南》、《召南》矣乎?"又曰:"'雅''颂'各得其所。"是二"南""雅""颂"之名,似亦在昔所固有,亦非孔子有所去取也。且

《左氏》记季札观乐,在孔子前,所论诸"风",无一出十五国以外者。然则今《诗》三百,原为周时旧本,孔子删诗之论,特史公误解"'雅''颂'各得其所"之文,故遂为此臆说耳。不知"雅""颂"得所,实指声乐而言,与删汰篇章无关,上云"乐正",是其明征。《墨子·公孟》篇亦言诵诗三百,歌诗三百,弦诗三百,舞诗三百矣。(《郑风·子衿》引此以释诗义。孔疏云:"诵之,谓背之暗诵之;歌之,谓引声长歌之;弦之,谓以琴瑟播之;舞之;谓以手足舞之。"盖四诗所用,皆一"三百篇"而已;特其肄习之方不同,故分言之。)今亦皆指为孔氏之所删,可乎?窃意行人采诗,官非一人,世非一代,地非一域,初或不止三百之数;其后用以入乐,用以施教,始撷取英华,芟除芜秽,定著之为三百五篇。其已删者,无人诵习,久渐散亡,所谓"逸诗"是也。此非孔子删之,乃太师或史官纂辑时删之耳。其已著录者,则传者世有其人,习者人有其事,故虽遭秦火而犹得全也。余以是知孔子时诗本无阙失,三百五篇,固犹旧本真面也。

　　《诗》分三类,曰《风》,曰《雅》,曰《颂》。《风》之数并二《南》为十五,凡诗百六十篇。《雅》分小大,《小雅》八十篇,《大雅》三十一篇。《颂》合周鲁商为《三颂》,《周颂》三十一篇,《鲁颂》四篇,《商颂》五篇,合四十篇。全诗凡三百十一篇。惟《二南》自昔列于《风》首,故以为《风》;然考其实,有不得不分者焉,故今分《南》、《风》、《雅》、《颂》四类述之。

　　一、《南》　《南》者,乐也,因地得名。《小雅·鼓钟》之诗曰:"以《雅》以《南》,以籥不僭。"《左传》,季札来聘,请观周乐,见舞象箾南籥者;《礼记·文王世子》亦称胥鼓南,然则"南"之名虽不必即为《周南》、《召南》,其为古乐则无疑也。(程大昌《考古编》谓南乐即《周南》《召南》，后儒非之者甚多，今不具论。）今按《吕览》称涂山氏女始作南音，周公及召公取以为《周南》《召南》。高诱注谓《周南》《召南》即取南方国风之音以为乐歌。盖南乐者，南方之音乐，如《左传》所谓钟仪操南音是也，亦即《左传》及《礼记》所谓虞舜师旷之歌《南风》是也，非《诗序》所云化自北而南之谓也。其称为《周南》《召南》者，盖周初之时，周公与召公分治，各采风谣以入乐章：周公所采南方之诗，则谓之《周南》；召公所采南方之诗，则谓之《召南》耳。今观其诗，如《南有樛木》《汉广》《汝坟》《江有汜》诸篇，皆明著其地矣。则二《南》皆周召封地以南之诗，以地别，不以化区，殆无疑义。而旧说王者诸侯之风，亦决不可信矣。胡承珙曰："《南》以地言者，乃采诗时编部之名也；以音言者，又入乐时编部之名也。二者不同，而亦不相悖。"（见《毛诗后笺》）洵笃论也。

二《南》二十五篇，自郑氏《诗谱》以来，说诗者狃于正变之说，（文武时为正风，厉宣以后为变风）。多以为文王时诗，实则非也。今按《周南》十一篇，时代虽无明征，而《召南》之《甘棠》及《何彼秾矣》二篇，则明明非文王时诗也。《甘棠》一诗，三称召伯，无论《诗》中召伯不一其人（《小雅·黍苗》《大雅·崧高》并有召伯），即强指为召公奭，然召公称伯，在武王分陕之后，岂有文王之时，武王尚未克殷，诗人即预称召伯之理？《左传》《孔丛子》《韩诗外传》及《史》《汉》《说苑》《法言》《白虎通》等书并以为此诗作于召伯久没之后，西周遗民追思之词。而《竹书纪年》记召公卒于康王二十四年，则《甘棠》并非成王时诗矣。至《何彼秾矣》言"平王之孙，齐侯之子"，此明为东迁以后之诗；而毛公之泥，必强训平为正，平王即文王，谓武王之女，文王之孙，适于齐侯之子，无理甚矣! 故后人多斥其谬。(今不具引)。考王姬下嫁于齐,其事明见于《春秋》,(庄公元年,夏,单伯送王姬,王姬归于齐。)此诗即咏其事。王姬即周平王之孙,齐侯之子,即齐僖公之子襄公也。然则《何彼秾矣》一诗之为东迁以后所作,奚待"三家诗"之异说而后明哉?他若《周南》之《汝坟》,《召南》之《行露》,《野有死麕》,并似幽厉以降,国乱俗靡之歌,不关文王时事。而说者必指王室为对纣言,父母为文王(崔述谓王室如毁即指骊山乱亡之事),或又牵合召伯之化以实之,固矣夫,高叟之为诗也! 崔述曰:"周公之子,世为周公;召公之子,世为召公,盖亦各率旧职而采其风。是以昭穆以后,下逮东迁之初,诗皆有之。"(见《读风偶识》)由是言之,二《南》虽不必尽出东周,其非一世之时则彰彰明矣。

二《南》之诗约可分为三类:《关雎》、《卷耳》、《汉广》、《草虫》、《行露》、《殷其雷》、《摽有梅》、《小星》、《江有汜》、《野有死麕》十篇,属于抒情者也。《葛覃》、《桃夭》、《鹊巢》、《采蘩》、《采蘋》、《何彼秾矣》六篇,属于叙事者也。《樛木》、《螽斯》、《兔罝》、《汝坟》、《麟趾》、《甘棠》、《羔羊》、《驺虞》八篇,属于颂赞者也。《芣苢》一篇,其义不明,第就其辞观之,极似趁韵之民歌。盖二《南》之所咏,多为夫妇室家之琐事,男女婚嫁之恒情,或思妇之念征人,或贞女之恶无礼,或述循吏之遗爱,或美猎士之多获,固不必篇篇凿指为何人何事也。

二、《风》 《诗》有六义,其一曰"风"。《诗序》云:"上以风化下,下以风刺上。主文而谲谏,言之者无罪,闻之者足以戒,故曰'风'。"又曰:"一国之事,系一人之本,谓之'风'。"此以诗之体制言也。朱子《诗集传序》云:"凡《诗》之所谓风者,多出于里巷歌谣之作,所谓男女相与咏歌,各言其情者也。"此以诗之作者言也。而惠氏《诗说》则谓《风》、《雅》、《颂》当以音别之。按三说虽异,实亦相通。民俗歌谣之作,异乎《雅》、《颂》之音;或以体判,或以律分,义各有取也。《国风》旧称十五,盖合二《南》言之;今析出二《南》,令与《风》、《雅》、《颂》并立,故为十三国风。顾此十三国中尚有不能成立者,如邶鄘卫本为一国,"王"与"豳"俱不得以国称;亦论《风》之名数,实只卫、郑、齐、魏、唐、秦、陈、桧、曹九国而已。

《风》之时代多不可考,惟诗序凿凿言之;每说一诗,必举一事以实之,其绝不相关者,亦必曲为之解;故后人多疑其傅会书史,依托名谥,斥为无根之谈也。顾《诗序》之说虽多不可信,然亦有极确而可据者,有虽无确据,而玩其词旨,知其说之近是者。今按《鄘风·定之方中》及《卫风·载驰》二篇,为卫文公中兴及许穆公夫人(卫宣公女)思归唁之诗,其事明见《春秋》闵公三年《左传》,盖卫亡以后之诗也。至若卫人为庄姜赋《硕人》,见隐公三年《左传》。《齐风·南山》、《敝笱》、《载驱》等篇之刺齐襄及文姜,其事并分见于桓公十八年,庄公二年、四年、五年及七年《经》、《传》中。郑人为文公赋《清人》,见闵公二年《传》。秦穆公以子车氏之三子为殉,国人哀之,为之赋《黄鸟》,见文公六年《传》。《陈风·株林》刺灵公通夏姬事,见宣公九年《传》。而《唐风·扬之水》诗云"从子于沃",《序》即据以为刺晋昭侯;盖昭侯封其叔父成师于曲沃,在平王二十六年;其后曲沃强大,再传至武公,灭晋。果如《序》言,则固春秋以前诗也。至《豳风·破斧》之诗,明言周公东征,更远在周初之世矣。总之,《风》之时代逾四五百年,而东迁以后之诗居多耳。

《风》有美诗,有刺诗,有忧时愤乱之作,有离别相弃之辞,短者数十字,长者数百言,为千古文章之祖。大抵抒情之篇十之九,叙事之篇十之一,归纳之可得六类:一曰爱慕之诗。男女相悦之辞,

《风》诗最多,而莫著于郑卫。如《邶风》之《静女》,《鄘风》之《桑中》,《郑风》之《将仲子》、《遵大路》、《有女同车》、《山有扶苏》、《萚兮》、《狡童》、《褰裳》、《丰》、《东门之墠》、《风雨》、《子衿》、《野有蔓草》、《溱洧》等篇,皆其类也。二曰怀思之诗。此等诗初不限于男女之燕昵而已。如《邶风·泉水》之思归宁,《鄘风·载驰》之思归唁,《唐风·葛生》之念征人,《王风·大车》及《陈风·月出》之念所私,《豳风·东山》之怀室家,《秦风·蒹葭》之思朋友,皆其类也。三曰怨恨之诗。如《邶风》之《日月》,《王风》之《葛藟》,《唐风》之《鸨羽》,皆不免怀怨恨不平之气;而《邶风》之《谷风》及《卫风》之《氓》二篇,尤其显而易见者也。四曰忧伤之诗。如《王风》之《黍离》,《魏风》之《园桃》、《柏舟》之忧谗悯乱,《绿衣》之思古无讹,《北门》之内外交迫,《黄鸟》之百身莫赎,《晨风》之忧心如醉,《羔裘》之劳心忉忉,《匪风》之中心伤怛,《蜉蝣》之忧心归处,所赋虽不必尽同,写忧则未尝或异。及其忘忧无术,则《苌楚》猗那,羡无知之可乐;《衡门》偃仰,借泌水以疗饥。曳衣裳,考钟鼓,以求其自得之乐者,皆此类也。五曰指斥之诗。如《鄘风》之《墙有茨》、《相鼠》、《君子偕老》、《鹑之奔奔》及《陈风》之《墓门》等篇,皆其类也。六曰赞美之诗。如《邶风》之《简兮》、《卫风》之《淇澳》。《硕人》颂庄姜之美,《缁衣》美武公之贤。《叔于田》洵美且仁,《汾沮洳》殊异公族,《猗嗟》则美目清扬,《小戎》则温其如玉,《鸤鸠》则其仪不忒,《狼跋》则德音不瑕,若此之类皆是也。至于叙事之诗,若《大叔于田》、《七月》诸篇或叙田猎,或纪农功,莫不层次井然,铺写尽致,但此等诗不多见耳。

三、《雅》 《雅》之义,说者不一。《诗序》云:"言天下之事,形四方之风,谓之《雅》。——《雅》者,正也。言王政之所由废兴也。

政有大小,故有《小雅》焉,有《大雅》焉。"朱子曰:"《雅》者,正也,正乐之歌也。其篇本有小大之殊,而先儒说又各有正变之别。以今考之,正《小雅》燕飨之乐也;正《大雅》,朝会之乐,受厘陈戒之词也。多周公制作时所定也。及其变也,则事未必同,而各以其声附之。"严粲曰:"明白正大,直言其事者《雅》之体。纯乎《雅》之体者,为《雅》之大;杂乎《风》之体者,为《雅》之小。"(严氏《诗缉》)章如愚曰:"《风》体语皆重复浅近,妇人女子能道之,《雅》则士君子为之也。《小雅》非复《风》之体,然亦间有重复,未至浑厚大醇,《大雅》则浑厚大醇矣。"(《山堂考索》)诸家之说,朱子于理为长,《序》则最不可信。故惠氏《诗说》驳之,谓观《乐记》师乙之言,《左传》季子之论,知大、小二《雅》当以音乐别之,不以政之大小论也。如律有大小吕,诗有大小《明》,美不存乎大小也。其说甚塙。(近儒章君《小疋大疋说》又谓《雅》为秦声,亦以音乐为说。)而崔述复剧论风雅之分,分于诗体,无与天子诸侯。总之,《南》、《风》、《雅》、《颂》,皆属乐诗,各函数义;或谓之诗,或谓之乐,闳通则无害尔。

二《雅》之时代,据诗词可考者多。惟《诗序》历述各篇本事,有可据者,有不可据者。今按《大雅·大明》篇屡言文武之谥,并及牧野誓师,尚父赞戎之事。且观其辞,首言天命靡常,末言武王克殷,明为周家受命未久,追叙文武功德之作。而《文王有声》言文王作丰,武王作镐事,亦并及其谥号,与《大明》略同;故知皆成王时诗也。他若《文王》、《绵》、《棫朴》、《思齐》、《皇矣》、《下武》、《旱麓》、《灵台》、《生民》、《公刘》等篇,或有明文,或无明文,要皆周初之诗无疑也。至于《小雅·六月》、《采芑》二篇,明为宣王平定外患之诗,盖诗中止言王而不言谥,知非后人追述之辞矣。又《大雅》

之《崧高》、《烝民》、《韩奕》、《江汉》及《小雅》之《采薇》、《出车》等篇,亦皆宣王时诗。而《序》以《采薇》、《出车》二诗属之文王,其《车攻》以下十余篇一无明文可征者,反属之宣王,皆臆说之不可信者也。乃如《小雅》之《节南山》,明言国既卒斩,《正月》明言赫赫宗周,褒姒灭之,其为东迁以后之诗甚明。而《十月之交》、《小弁》、《白华》及《大雅》之《瞻卬》、《召旻》等篇,亦皆作于幽平之世,以有明文可征也。盖二《雅》自周初以迄东迁之诗皆有之,其时代几五百年矣。

《雅》异于《风》,形式较整,篇幅较长,叙事诗亦较多,大抵宴享祝颂之辞,悯时伤乱之篇,盛世之音十之二,衰世之音十之八;凡当日政治、社会、思想、礼制以及人情风俗,靡不毕见。兹请略言其大要者二端:

(一)宗教思想。我国宗教思想,以天帝祖宗为归宿,质言之。一鬼神观念而已。此等思想其起原甚古,大约支配吾族数千年来之政教学术,而操其盛衰升降之运命焉。盖古者以为天者人之始,万物之所本,其权威至大,人格至高,宰制一切而莫与抗,聪明正直而无所私,顺而昌,逆而亡,其赏罚丝毫不爽也。是故善者与之,《皇矣》所谓"有命自天,命此文王"是也。其不善者夺之,大明所谓"天位殷适,使不挟四方"是也。作善者降祥,《嘉乐》所谓"受禄于天,保右命之,自天申之","干禄百福,子孙千亿"是也。作不善者降殃,《节南山》所谓"昊天不佣,降此鞠讻;昊天不惠,降此大戾",《雨无正》所谓"浩浩昊天,不骏其德,降此饥馑,斩伐四国"是也。故曰:"明明在下,赫赫在上,天难忱斯,不易为王。"(《大明》。)然而昊天孔昭,赏罚有度,其将罚者,必先之以警告;于是乎或则"日月告凶,不用其行",或则"百川沸腾,山冢崒崩"。(《十月之交》)惟天变虽曰可畏,而人定终可胜天。天之爱憎,本无成见也。故《正月》之诗曰:"有皇上帝,伊谁云憎?"《板》之诗曰:"敬天之怒,无敢戏豫;敬天之渝,无敢驰驱。"主民者于此而能恐惧修省,未始不可以转祸为福,化灾为祥也。观《云汉》一诗,宣王忧旱之情,则古人之笃信天神可谓至矣。至于祖宗与天帝同,为子孙者不可以不虔奉;故《文王》之诗曰:"无念尔祖,聿修厥德。永言配命,自求多福。"《下武》亦曰:"永言孝思,孝思惟则。"又曰:"昭兹来许,绳其祖武。于万斯年,受天之祜!"盖子孙之于祖宗也,食其德,当继其志,述其事,夙兴夜寐,无忝所生,即为善事祖宗之至孝,而福佑亦随之矣。此其大略也。

(二)道德观念。《雅》诗中之道德观念,约可分为对己、对人、对国三种。《小宛》云:"温温恭人,如集于木;惴惴小心,如临于谷。战战兢兢,如履薄冰。"其戒谨恐惧之情与《小旻》同。又云:"人之齐圣,饮酒温克。彼昏不知,壹醉日富。各敬尔仪,天命不又。"此贤者持躬不苟,惟恐以酒败德,故持以为戒。是又与《宾筵》"维其令仪"之意同。此古人克己之功也。惟其如此,故《小明》亦云:"嗟尔君子,无恒安息!靖共尔位,好是正直。"《抑》亦云:"敬慎威仪,维民之则。"其律己之严可知矣。对人之道,莫先于孝弟。《蓼莪》一诗,为千古孝思之绝作。观其叙拊育顾复之怀,抱恨终天之感,悽怆沉痛,王裒之所以三复流涕也。《小宛》又云:"明发不寐,有怀二人。"而《四牡》之"不遑将父",《北山》之"忧我父母",并以勤劳王事,不能养其父母为忧,则衰世之笃于亲者尚多有之。若夫《常棣》言兄弟之情,《伐木》敦朋友之谊,民德之厚,君子有取焉。至于对国之义,则有如《大田》之"雨我公田,遂及我私",与今之自私自利,不知有国者迥殊矣;十月之交之"黾勉从事,不敢告劳",及

"我不敢效我友自逸",则与今之伈居民上,而绝无责任心者又迥殊矣。盖其平日敦行有素,故虽王事鞅掌,劳逸不均,而犹不轻弃职守也。

四、《颂》 《诗大序》云:"《颂》者,美盛德之形容,以其成功告于神明者也。"朱子曰:"《颂》者,宗庙之乐歌。"惠氏《说诗》云:"《公羊传》曰:'什一而税颂声作。'《雅》诗'家父作诵,以究王讻',《左传》'听舆人之颂',刺亦可言'颂'矣。《国语》'矇诵',谏亦可言'颂'矣。按《礼》:'学乐,诵诗,舞勺。'《文王世子》:'春诵,夏弦。'《孟子》:'诵其诗,读其书。'《左传》:'使太师歌巧言之卒章,太师辞;师曹请为之,遂诵之。'以是观之,比音曰'歌',举其辞曰'颂'也。"今按《颂》有数义,不可偏执。故郑《谱》既释为"容",而其说《春官》又曰:"颂之言诵。"《诗》中之颂,本为乐歌;迄乎后世,只为韵语,不问人事鬼神,凡游扬德业者皆属之,此其变也。故刘勰曰:"容告神明谓之颂。颂王告神,义必纯美。鲁国以公旦次编,商人以前王追录,斯乃宗庙之正歌,非谗飨之常咏也。"(《文心雕龙·颂赞》篇)颂既以乐为主,故《乐记》谓宽而静,柔而正者,宜歌诵;鲁人为季子歌《颂》,而叹为五声和,八风平。其同乎《风》、《雅》者以此,而异乎《风》、《雅》者亦以此。

《周颂》有武王时作者,有成王时作者,有康王时作者,有昭王时作者,皆按之诗词而可知也。其《昊天有成命》、《武》、《桓》、《赉》、《酌》、《般》六篇,皆成王时作,而《时迈》、《思文》二篇,则又周公之所制也,凡诗三十一篇,有祭祖考者,如《思文》、《清庙》、《维天之命》等篇是也。有祀神祇者,如《时迈》、《噫嘻》等篇是也。有舞歌,《武》、《桓》、《赉》、《酌》、《维清》等篇是也。有及农事者,如《臣工》、《丰年》等篇是也。《鲁颂》止四篇,或谓奚斯所作,或谓史克所作,不能明也。奚斯鲁僖公时人,史克则襄公时人。其《閟宫》一篇,章句最长,中有"戎狄是膺,荆舒是惩"之语,盖美僖公尝从齐桓公伐楚于召陵也。《商颂》五篇,其时代旧有三说:有谓正考父作者,有谓正考父为宋襄公作者,有谓本周太师所保存之先代乐章,而正考父得之者。然正考父为宋襄公时人,当平王东迁之际,谓为宋襄而作,似误。至谓之周以前乐章,尤不可信(前人辩者甚多,不复征引),故仍当从考父自作为是。其《那》及《烈祖》、《玄鸟》三篇为祭歌,《长发》述商之建国,《殷武》则述宋从齐桓伐楚之事也。

十　诗之时代背景及其文艺

文学者,时代之写真,社会之反映也。周自东迁以后,诸侯争雄,纷扰益剧;其间征战不休,有司横暴,上不恤其下,下不爱其上,浸至闾阎残破,风俗败坏,前此安定简单之社会,渐呈崩溃之象,以成战国之局,此诚吾国历史上一重要之变革时期也。兹就《诗》中显而易见者数事述之如次:

一、政治　《王风·兔爰》云:"有兔爰爰,雉离于罗。我生之初,尚无为,我生之后,逢此百罹。尚寐无吪!"夫曰百凶百罹,则遭逢之厄可知;曰无觉无吪,则怨愤之情孰甚?命生不辰,尚何言哉?惟有闭聪塞明,置之不见不闻而已。此亦《苕楚》诗人之意也。《魏风·硕鼠》云:"硕鼠硕鼠,无食我黍!三岁贯女,莫我肯顾!逝将去女,适彼乐土。乐土乐土,爰得我所!"此篇《诗序》以为刺君之重敛,其说近是。而崔述则谓细玩其词,"莫我肯顾,莫我肯德",与《小雅·黄鸟》篇笔意相类。盖由有司不肖,惟务朘削小民,以致豪强舆隶皆得肆行吞噬而无所忌,故民不堪其扰而思去也。(见《读风偶识》。)然而"顾瞻四方,蹙蹙靡所骋"。世外仙源,亦古人之寓言耳,岂真有避秦之乐土哉?《小雅·节南山》云:"不吊昊天,乱靡有定,式月斯生。俾民不宁,忧心如酲。谁秉国成,不自为政,卒劳百姓?"又《正月》云:"父母生我,胡俾我瘉?不自我先,可自我后。"又云:"忧心茕茕,念我无禄。民之无辜,并其臣仆。哀我人思,于何从禄?瞻乌爰止,于谁之屋?"又云:"鱼在于沼,亦匪克乐;潜虽伏矣,亦孔之炤。忧心惨惨,念国之为虐。"数诗描写虐政,深刻沉痛,以视《四月》诗人尚作戾天潜渊之思者,更进一层矣。人生至此,宁复知死所耶?至《大雅·瞻卬》云:"人有土田,女反有之!人有人民,女覆夺之!此宜无罪,女反收之!彼宜有罪,女覆悦之!"此则显作其颠倒乖谬之实者。为政若此,欲不败得乎?他如《南山》述齐襄之乱,《株林》刺陈灵之丑,其国政不问可知。盖其身不正,断未有能明其治道者也。若是者,又可以观焉。

二、军事　《邶风·击鼓》云:"击鼓其镗,踊跃用兵。土国城漕,我独南行。"又云:"于嗟阔兮,不我活兮!于嗟洵兮,不我信兮!"读此诗者,可知其时用兵之亟矣。《卫风·伯兮》云:"伯兮朅兮,邦之桀兮!伯也执殳,为王前驱。"又云"自伯之东,首如飞蓬。岂无膏沐?谁适为容?"《王风·君子于役》云:"君子于役,不知其期,曷至哉!鸡栖于埘,日之夕矣,牛羊下来。君子于役,如之何勿思?"此妇人之念其夫者也。《扬之水》云:"扬之水,不流束薪。彼其之子,不与我戍申。怀哉怀哉!曷月予还归哉?"此戍者之怀其室家者也。《魏风·陟岵》云:"陟彼岵兮,瞻望父兮。父曰嗟!予子行役!夙夜无已。上慎旃哉,犹来无止!"此又行役不归,悬揣其亲之倚望者也。《唐风·鸨羽》云:"肃肃鸨羽,集于苞栩。王事靡盬,不能艺稷黍。父母何怙?悠悠苍天,曷其有所。"夫以征戍至不能艺稷黍,则其时农民之苦可知也。《小雅·采薇》云:"昔我往矣,杨柳依依;今我来思,雨雪霏霏。行道迟迟,载渴载饥。我心伤悲,莫知我哀。"接此诗明言"靡室靡家,玁狁之故;不遑起居,玁狁之故",则当日外患之剧,戍役之亟,又可知也。然穷者欲达其言,劳者须歌其事;其感之也深,故其言之也切。以视蟏蛸出没,不无荒废之悲,而皇驳归来,尚饶室家之乐者,殆如霄壤矣。至如《何草不黄》之诗云:"何草不黄?何日不行?何人不将,经营四方?"又云:"何草不玄?何人不矜?哀我征夫,独我匪民!"吾人试悬揣其时人民之痛苦,社会之愁怨为何如耶?此外《小雅》之《鸿雁》、《圻父》、《北山》、《小明》及《渐渐之石》等篇,皆苦役之作也。

三、经济 《邶风·北门》云:"出自北门,忧心殷殷。终窭且贫,莫知我艰。已焉哉!天实为之,谓之何哉"!此诗旧以为卫之贤者所作。观其内不足以畜妻子,而有交讁之忧;外不足以谢勤劳,而有敦迫之苦,可谓穷矣。人穷则呼天,此诗之所以作也。《魏风·葛屦》云:"纠纠葛屦,可以履霜;掺掺女手,可以缝裳。要之襋之,好人服之!"又云:"好人提提,宛然左辟,佩其象揥。维是褊心,是以为刺。"旧说以此为刺俭之作,然俭本美德,即或不中于礼,宁得引为诟病若是?细玩其词,特贫女作苦之咏耳。夫履霜犹藉葛屦,而缝裳乃为好人,此所谓针线年年,为人作嫁者也。其贫富之不齐可知矣。然此犹可说也,至《伐檀》之诗云:"不稼不穑,胡取禾三百廛兮?不狩不猎,胡瞻尔庭有县貆兮?彼君子兮,不素餐兮!"则呵斥不劳而获之徒,词虽婉而意则厉。盖大乱之后,社会必生剧变,西人之服粲粲,大东之柚全空,《中谷》仳离之叹,《苕华》不饱之歌,固尔时恒见之事也。故《小雅·正月》之诗又曰:"佌佌彼有屋,蔌蔌方有谷。民今之无禄,天夭是椓。哿矣富人,哀此茕独!"读此诗者,于其社会之情状,盖十分而得其八九焉。

四、社会 周室东迁以后,民俗日偷,此亦征诸诗词而可见者:《召南·行露》之诗曰:"厌浥行露。岂不夙夜?谓行多露。"又曰:"谁谓鼠无牙?何以穿我墉?谁谓女无家?何以速我讼?——谁速我讼,亦不女从。"《诗序》谓衰乱之俗微,贞信之教兴,强暴之男不敢侵陵贞女,故诗人咏之如此。朱子《集传》亦从此说,盖以为文王时诗也。然观其多露之戒,不从之誓,鼠牙雀角之喻,自是世衰俗弊,女子为势所迫,以致赴诉兴讼,不必曲说为文王之化,召公之贤也。证之《野有死麕》一诗,其风俗之坏亦可概见。又按《邶风·谷风》之诗曰:"不能我慉,反以为我雠。既阻我德,贾用不售。昔育恐育鞫,及尔颠覆。既生既育,比予于毒。"此夫妇之道缺,怨谲之言兴也。《卫风·氓》之诗曰:"女也不爽,士贰其行。士也罔极,二三其德"。又曰:"三岁为妇,靡室劳矣;夙兴夜寐,靡有朝矣;言既遂矣,至于暴矣;兄弟不知,咥其笑矣;静言思之,躬自悼矣!"此婚姻之礼废,始乱之而终弃之也。《小雅·我行其野》之诗曰:"我行其野,蔽芾其樗。婚姻之故,言就尔居。尔不我畜,复我邦家。"此睦姻之谊尽,民流离而不见恤也。然此皆在上者有以化之耳;故《小雅·角弓》之诗曰:"尔之远矣,民胥尔矣。尔之教矣,民胥效矣。"(此亦刺俗薄之诗。)上行下效,捷于景响,岂不信哉?岂不信哉?

"三百篇"总周诗之大观,为艺林之渊薮,其位置于先秦文学为最高。昔章学诚谓后世之文源于"六艺",而多出于《诗》教。(详见《文史通义·诗教》上下篇。)则"三百篇"者,一切文章之祖,非特分枝衍派,为后世各体韵文之所自出而已。前乎此者,虽亦间有佳篇,然或体制不整,韵调不谐,内容不富;求其触景兴怀,体物写志,饶情致而美形容者,殆无如"三百篇"焉。今观其辞,义兼比兴,各体具备,凡于人事之变,政教之缺,靡不借歌咏以自写其真情;而复温柔敦厚,义归无邪,以衷乎性情之正。《大序》所谓"发乎情,止乎礼义"者,可谓得诗人之旨矣。故其叙男女室家之好,则乐而不淫;骋夫妇决绝之词,则怨而不怒;或刺时政之非,则哀而不伤;或颂德化之美,则正而不谀;文质并妙,无以加焉。兹更就其与后世文艺有关系者述之。

一、《诗》之形体 《诗》辞率以四言为定式,故后世论四言诗者必推本于"三百篇";然其中亦颇多长短不拘者。挚氏《文章流别》尝举"振振鹭,鹭于飞"之属为三言,汉《郊庙歌》多用之。"谁谓雀无角?何以穿我屋"之属为五言,俳谐倡乐多用之。"我姑酌彼金罍"之属为六言,乐府亦用之。"交交黄鸟止于桑"之属为七言,亦于俳谐倡乐用之,"泂酌彼行潦挹彼注兹"为九言,不入歌谣之章,故世希为之。(按此或作二句,非九言也。后人已辨之。)仲洽论各体之为用,第就汉以后至晋世言之。若夫唐宋以降,则各体韵文咸备,而莫不以此为嚆矢也。惟挚氏所举尚有须补充者,略见其例于后,犹未尽也。

1. 一言。《缁衣》之"敝予又改为兮"及"还予授子之粲兮"二句,"敝""还"二字皆逗读;此一言也。

2. 二言。《鱼丽》之"鳐鲨",《祈父》之"祈父",《维清》之"肇禋",皆是也。

3. 三言。《诗》中三言极多,除其单句者外,如"江有汜,之子归,不我以","叔于田,乘乘马","山有枢,隰有榆",《椒聊》之"椒聊且,远条且",《葛生》之"夏之日,冬之夜",《车邻》之"阪有漆,隰有栗",及《昊天有成命》之"于缉熙,单厥心",《桓》之"绥万邦,屡丰年",皆是也。

4. 五言。《诗》中五言,尤不胜举;姑举其全章五言而又无助词者,如《女曰鸡鸣》之"知子之来之"六句,《北山》之"或燕燕居息"十二句,《绵》之"虞芮质厥成"六句皆是也。

5. 六言。《诗》中六言亦甚多,姑举其两句六言相连者,如《还》之"并驱从两肩兮"二句,著之"俟我于著乎而"二句,《伐檀》之"寘之河之干兮"二句,《七月》之"五月斯螽动股"二句及"六月食郁及薁"二句,《九罭》之"是以有衮衣兮"三句,《雨无正》之"谓尔迁于王都"二句,《车辖》之"间关车之辖兮"二句,皆是也。

6. 七言。如《桑中》之"送我乎淇之上矣",《还》之"遭我乎峱之间兮",《著》之"尚之以琼华乎而",《伐檀》之"胡取禾三百廛兮",《权舆》之"于我乎夏屋渠渠",《七月》之"二之日凿冰冲冲"二句,《鹿鸣》之"以燕乐嘉宾之心",《小旻》之"如彼筑室于道谋",《召旻》之"维昔之富不如时"二句,《我将》之"仪式刑文王之典",《敬之》之"学有缉熙于光明",皆七言也。

7. 八言。如《伐檀》之"胡瞻尔庭有县貆兮",七月之"十月蟋蟀入我床下",《十月之交》之"我不敢效我友自逸",皆是也。

二、《诗》之音节 《诗》之音节最繁密,亦最调叶,此可于其韵式之变化求之。顾炎武曰:"古诗用韵之法,大约有三首句次句连用韵,隔第三句,而于第四句用韵者,《关雎》之首章是也。凡汉以下诗及唐人律诗之首句用韵者源于此。一起即隔句用韵者,《卷耳》之首章是也。凡汉以下诗及唐人律诗之首句不用韵者源于此。自首至末,句句用韵者,若《考槃》、《清人》、《还》、《著》、《十亩之间》、《月出》、《素冠》诸篇,又如卷耳之二章、三章、四章,《车攻》之一章、二章、三章、七章,《长发》之一章、二章、三章、四章、五章是也。凡汉以下诗若魏文帝《燕歌行》之类源于此。自是而变,则转韵矣。转用之始,亦有运用隔用之别,而错综变化,不可以一体拘。于是有上下各自为韵,若《兔罝》及《采薇》之首章,《鱼丽》之前三章,《卷阿》之首章者;有首末自为一韵,中间自为一韵,若

《车攻》之五章者,有隔半章自为韵,若生民之卒章者;有首提二韵而下分二节承之,若《有瞽》之篇者。此皆诗之变格,然亦莫非出于自然,非有意为之也。"(《日知录》二十一)今按顾氏论《诗》之用韵,大抵略已尽之;然试一审察,尚不止此,姑举数例,可隅反焉:

1. 意转重韵者。《氓》之诗云:"氓之蚩蚩,抱布贸丝。——匪来贸丝,来即我谋。"《葛藟》云:"终远兄弟,谓他人父。——谓他人父,亦莫我顾。"《叔于田》云:"叔于田,巷无居人。——岂无居人?不如叔也,洵美且仁。"《出其东门》云:"出其东门,有女如云。——虽则如云,匪我思存。"《园有桃》云:"心之忧矣,其谁知之?——'其谁知之?'盖亦勿思。"(按《日知录》亦有"古人不忌重韵"一条。引《伐木》两"友声"等诗为例,即此意。)

2. 音转换韵者。《北门》云:"王事适我,政事一埤益我,我入自外,室人交遍谪我。——已焉哉!天实为之,谓之何哉!"《木瓜》云:"投我以木瓜,报之以琼琚——匪报也。永以为好也。"《将仲子》云:"将仲子兮,无逾我墙,无折我树桑!岂敢爱之?畏我诸兄。——仲可怀也!诸兄之言,亦可畏也。"

3. 每半章换韵者。《采蘩》云:"被之僮僮,夙夜在公,被之祁祁,薄言旋归。"《采蘋》云:"于以采蘋?南涧之滨。于以采藻?于彼行潦。"(接《采薇》之首章上四句以"作""莫"为韵,下四句以两"故"字为韵,亦与此同类;惟彼一三两句复以"归"韵"薇",五七两句复以"居"韵"家",故顾氏目为上下各自为韵也。今据此分之。)

4. 章末换韵者。《硕人》云:"手如柔荑,肤如凝脂,领如蝤蛴,齿如瓠犀,螓首蛾眉。巧笑倩兮,美目盼兮。"《黄鸟》云:"交交黄鸟止于棘。谁从穆公?子车奄息。维此奄息,百夫之特。临其穴,惴惴其栗。彼苍者天,歼我良人!如可赎兮,人百其身。"《晨风》

云:"鴥彼晨风,郁彼北林。未见君子,忧心钦钦。如何如何,忘我实多"。(按此与(2)例中有相似者。但彼主意转,此则顺序,故析为两例。)

5. 错综为韵者。《葛覃》云:"葛之覃兮,施于中谷,维叶萋萋。黄鸟于飞,集于灌木,其鸣喈喈。"(按此例与顾氏所举《兔罝》、《采薇》、《鱼丽》、《卷阿》等篇之上下各自为韵者亦略相似,惟彼除《卷阿》首章外,韵式皆有秩序,此则极其错落参差之致,故析之。)

6. 句中用韵者。《邶风·柏舟》之"日居月诸",《匏有苦叶》之"有弥济盈,有鷕雉鸣",《九罭》之"鸿飞遵渚,公归无所",《正月》之"侯薪侯蒸",皆此类也。

此外诗中所用之双声叠韵叠字之联绵词以助其音节之美者,尤不可胜数。其最奇特者,如《硕人》末章连用"洋洋"、"活活"、"浟浟"、"发发"、"揭揭"、"孽孽"六叠字句,《鸱鸮》末章亦连用"谯谯"、"翛翛"、"翘翘"、"漂摇"、"哓哓"五联绵词。后世辞赋家极乐仿效之。《楚辞》之《悲回风》两段(凡叠字者十余,双声叠韵不计。)及《九辩》之首章(连用十一联绵词)、十一章(连用十一叠字)其最著者也。即"古诗十九首"中之"青青河畔草"一首连用六叠字,李清照之《声声慢》词连用七叠字,皆从此出。(参阅《日知录》二十一。)而《陈风·月出》一诗,亦"三百篇"中音节之美者。后世有作莫能尚之矣。

三、《诗》之修辞 《诗》三百惟《大雅》、三《颂》质朴无文,《国风》、《小雅》则佳篇最多,而《风》诗尤胜。是殆由于时代地域及作者之不同,故其形质亦随之而异。以言《国风》,则章句较短,抒情之作较多;言近旨远,寄兴深微,绝似唐人绝句。以言二《雅》,则篇幅较长,叙事之诗较多;尽情倾吐,顿挫抑扬,极似唐人之歌行。三

《颂》则意主颂赞,为用迥别,故其词朴拙,极似汉乐府之《郊祀歌》及后世之铭诔。此其大概也。若夫《诗》中修辞之例虽亦变化无端,然亦有可得而述者。

1. 叠句。《诗》中叠句之例甚多,举其著者,如"爰居爰处,爰笑爰语"(《斯干》);"拊我畜我,长我育我,顾我复我"(《蓼莪》);"乃慰乃止,乃左乃右,乃疆乃理,乃宣乃亩"(《绵》);"实方实苞,实种实褎,实发实秀,实坚实好,实颖实栗"(《生民》);"如山如阜,如冈如陵,如川之方至"(《天保》三章);"如月之恒,如日之升,如南山之寿,不骞不崩;如松柏之茂,无不尔或承"(《天保》六章)皆其类也。

2. 对句。《诗》中对句最为数见,为后世偶俪文之祖,如"喓喓草虫,趯趯阜螽"(《草虫》);"麀鹿濯濯,白鸟翯翯"(《灵台》);"我心匪石,不可转也;我心匪席,不可卷也"(《邶风·柏舟》);"就其深矣,方之舟之;就其浅矣,泳之游之"(《谷风》);"溥天之下,莫匪王土;率土之滨,莫匪王臣"(《北山》);"曾孙之稼,如茨如梁;曾孙之庾,如坻如京"(《甫田》);"作之屏之,其菑其翳;修之平之,其灌其栵;启之辟之,其柽其椐;攘之剔之,其檿其柘"(《皇矣》)或两句为排,或四句为偶,皆此类也。

3. 创意。《诗》中有用意奇创者,如《苕华》末章云:"牂羊坟首,三星在罶。人可以食,鲜可以饱。"又如《正月》十一章云:"鱼在于沼,亦匪克乐;潜虽伏矣,亦孔之炤。忧心惨惨,念国之为虐。"观其一则写丧乱凋敝之情,一则写无可逃避之意,而以羊鱼之事亲托之,则人之苦于饥馑与苛政者自见;诗人用意之深刻如此。

4. 创格。《诗》体不外赋比兴三端,亦有诸体互用者,此与诗格之奇正无关也。若《卷耳》之次章,三章,四章,以思妇而述征夫之怀;《陟岵》一篇,以行者而度家人之念;乃至《鸱鸮》之诗,通首皆作禽言,其末章"谯谯"、"翛翛"、"翘翘"、"嘐嘐"等语,则直欲肖其声矣。凡此创格,不落寻常,后世诗家往往有以此制胜者,其舆台也。

若夫《卷耳》、《伯兮》、《采葛》、《葛生》诸诗,则闺情香奁之祖也。《考槃》、《十亩》、《衡门》、《七月》等篇,则田园隐逸之宗也。《黄鸟》告,挽歌之权舆也。《蒹葭》泂遡,怀人之先导也。如荑如脂之美,则《登徒》、《洛神》诸赋之所本也。阴雨仳离之嗟,则《白头》、《怨歌》之所出也。范云《别诗》效杨柳雨雪之词,子建学之,则致不逮矣(《朔风诗》及《杂诗》)。"鼓吹"《从军》拟果嬴伊威之意,文举学之,则有逊色矣(《杂诗》第二首)。乃至唐人杜甫之诗,师其意不师其辞者,不可胜道。如《兵车行》云:"君不闻,汉家山东二百州,千村万落生荆杞。纵有健妇把锄犁,禾生陇亩无东西。"此即《鸨羽》"王事靡盬,不能艺稷黍"之意也。《赴奉先咏怀》云:"彤庭所分帛,本自寒女出,鞭挞其夫家,聚敛供城阙。"又云:"朱门酒肉臭,路有冻死骨。荣枯咫尺异,惆怅难再述。"此即《葛屦》首章及《正月》末章之意也。《后出塞》云"落日照大旗,马鸣风萧萧",则《车攻》"萧萧马鸣,悠悠旆旌"二语之变也。《新婚别》云"罗襦不复施,对君洗红妆",则《伯兮》"岂无膏沐?谁适为容"之类也。总之,"三百篇"之文,千状万态,不可殚述;残膏剩馥,沾丐无穷;后之人苟能得其一端,亦足以拔骚坛之一帜,况其多乎?

十一　春秋战国时之杂歌诗

自周初以迄定简之世(约当春秋之前半期)，其间主要之文学为诗歌，大抵"三百篇"足以尽之。自此以降，入于战国，则有南方《楚辞》之勃兴，而文学之面目一变。然春秋战国之间凡五百年，《诗经》《楚辞》之外，其文学有可得而述者，则是时诸侯各国之杂歌诗是也。兹以国别为次，述其要者如后。

一、鲁　《左氏》成十七年传："声伯梦涉洹，或与己琼瑰食之，泣而为琼瑰，盈其怀。从而歌之曰：'济洹之水，赠我以琼瑰。归乎、归乎！琼瑰盈吾怀乎！'惧不敢占也。还自郑，至于貍脤而占之，曰，'余恐死，故不敢占也。今众繁而从余三年矣，无伤也。言之之莫而卒。'"此歌文体略近《风》诗，时代相近故耳。梦中作诗，此其权舆乎？左氏好言灾祥梦卜，且必明其征验，其事之有无不必论，要其歌则自可信也。又襄四年《传》称，臧纥救鄫侵邾，败于狐骀。国人逆丧者皆髽。鲁于是乎始髽。国人诵之曰："臧之狐裘，败我于狐骀。我君小子，朱儒是使。朱儒朱儒！使我败于邾！"按《礼记·檀弓》上云："鲁妇人之髽而吊也，自败于台鲐始也。"（"台"当作"壶"，"壶"与"狐"通。）即谓此事。丧师辱国，自古耻之。此与宋人之讥华元，皆足以见爱国之心，人有同情也。至昭十二年《传》载乡人之歌南蒯云："我有圃生之杞乎？从我者子乎？去我者鄙乎？倍其邻者耻乎？已乎已乎！非吾党之士乎！"讽刺咏叹之情，兼而有之，当为鲁国平民文学之佳者。（按《传》又有乡人叹南蒯辞。）又昭二十五年《传》，有文成（今本误作文武）之世《鸜鹆谣》，极似后世图谶。《吕氏春秋·乐成》篇又称，孔子始用于鲁，鲁人謷诵之曰："麛裘而韠，投之无戾；韠而麛裘，投之无邮。"用三年，男子行乎涂右，女子行乎涂左，财物之遗者，民莫之举。大智之用，固难逾也。按此诵又见《孔丛子·陈士义》，谓孔子初相鲁，鲁人谤诵云云，"韠"作"芾"。而又言及三年，政成化行，民又作诵曰："衮衣章甫，实获我所；章甫衮衣，惠我无私。"此所谓民不可以虑始，可以乐成者也。《孔丛子》所载，较《吕览》多诵一篇，或《吕览》偶遗之。孔鲋书虽未可尽信，而此诵则非伪造。又《记问》篇有孔子《息邹操》(《史记·孔子世家》载其事，《家语·困誓》篇作《盘操》，并无辞）与《水经注》所载之《临河歌》，《琴操》所载之《盘操》，同属一事而辞各不同。(《琴操》又以《息邹操》之末四句为《将归操》。）盖并出后人附会为之，殆不可信。《记问》篇又有夫子《丘陵歌》（按陆贾《新语·慎微》篇亦及此事），《楚聘歌》，《获麟歌》（亦见《论语摘衰圣》），亦《诗含神雾》之《蟪蛄歌》，《冲波传》之《鸧鸹歌》及《琴操》之《龟山操》、《猗兰操》等之类耳。《檀弓》上篇又有孔子《曳杖歌》，下篇有《原壤歌》及《成人歌》，《史记·孔子世家》有《去鲁歌》（又见《家语·子路初见》），《临河叹》（又见《家语·困誓》及《子华子》）。鲁哀公有《孔子诔》（见哀十六年《左传》），兹不具述。(《列女传》有鲁女陶婴《黄鹄歌》及柳下惠妻诔柳下惠辞，辞旨浅薄，盖后人所造。《说文》"鸟部"及《风俗通》又有《丹鸡祝》。）

二、《齐》 《吕氏春秋·举难》篇："宁戚欲干齐桓公，穷困无以自进。于是为商旅,将任车以至齐,暮宿于郭门之外。桓公郊迎客,夜开门,辟任车,爟火甚盛,从者甚众。宁戚饭牛车下,望桓公而悲,击牛角疾歌。"按《淮南子·道应训》亦载此事,而误为宁越,"击牛角疾歌"作"击牛角而疾商歌",而并不载歌辞。惟《史记·邹阳传》集解引应劭载其《商歌》曰:"南山矸,白石烂,生不遭尧与舜禅。短布单衣适至骭,从昏饭牛薄夜半。长夜漫漫何时旦!"《后汉书·蔡邕传》注又引《三齐记》,其辞正同。而《艺文类聚》又载一首云:"沧浪之水白石粲,中有鲤里长尺半。縠布单衣裁至骭,清朝饭牛至夜半。黄犊上坂且休息,吾将舍汝相齐国。"《文选·啸赋》注又载一首云:"出东门兮厉石斑,上有松柏青且兰。粗布衣兮缊缕,时不遇兮尧舜主。牛兮努力食细草!大臣在尔侧,吾当与尔适楚国。"三歌并不类春秋时诗,疑后人因其事而撰造以实之。观《说苑·善说》篇言宁戚饭牛康衢,击车辐而歌《硕鼠》(今本《说苑》"硕鼠"二字误作"顾见",《后汉书·马融传》注引不误),高诱注《吕览》据以为说,是所歌者乃古诗,而别无自作歌辞之明证也。(据《吕览》,宁戚卫人,今以其有该辅齐桓事,故于此论之。)《晏子春秋·谏下》篇记景公起大台,岁寒不已,冻馁者多。公延晏子饮。晏子曰:"君若赐臣,臣请歌之。歌曰:'庶民之言曰,冻水洗我,若之何!太上靡散我,若之何!'"歌毕,喟然流涕。景公为罢其役。后又为长庲,将欲美之。有风雨作,公与晏子入坐饮酒。酒酣,晏子作歌曰:"穗乎不得获,秋风至兮殚零落!风雨之拂杀也!太上之靡弊也!"歌终而流涕。公遂废酒罢役,不果成长庲。又《外篇》第七亦载景公筑长庲之台。晏子侍坐,觞三行,起舞曰:"岁已暮矣,而禾不获!忽忽矣,若之何!岁已寒矣,而役不罢!惙惙矣,如之何!"舞三而涕下沾襟。景公惭,为罢长庲之役。按《晏子春秋》

虽后人杂采其生平言行而作，然其谲谏爱民之事，往往见于他书；此等简质诗歌，当非出于伪造。至《左传》哀五年记景公卒，群公子出奔。莱人歌之曰："景公死乎不与埋，三军之事乎不与谋。师乎师乎！何党之乎？"又二十一年《传》，公及齐侯邾子盟于顾。齐人责稽首。因歌之曰："鲁人之皋，数年不觉，使我高蹈。惟其儒书，以为二国忧。"而《史记·齐田完世家》又有《莱苢歌》，观其文体，大抵相似。（刘子玄谓《莱苢歌》生而称田成子谥号为不实，不知此出后人追述者。）他若冯谖之《弹铗歌》、齐人之《松柏歌》、并见于《齐策》，《禳田之祝》见于《史记·滑稽传》，"镃基"之谚，引见《孟子》，皆齐人歌诗谣谚之可考者。

三、晋　僖五年《左传》："晋侯使士蒍为二公子筑蒲与屈，不慎，寘薪焉。夷吾诉之，公使让之。士蒍稽首而对……退而赋曰：'狐裘尨茸，一国三公，吾谁适从？'"此士蒍自作诗也。其体格与《诗经》无异，盖晋诗歌中之较早者。又《国语·晋语》二，骊姬欲杀申生，而难里克。使优施饮之酒。中饮，优施起舞，乃歌曰："暇豫之吾吾，不如乌乌。人皆集于苑，己独集于枯！"刘彦和以为五言诗（《明诗》篇），盖隐语廋辞之类也。（春秋战国时优倡皆能谐隐，说详后小说章。）僖五年《左传》又称，晋侯围虢上阳。问卜偃何时克之？卜偃对以童谣云："丙之晨，龙尾伏辰。均服振振，取虢之旂。鹑之贲贲，天策焞焞，火中成军，虢公其奔！"（亦见《晋语》二）此亦后世谶语之类也。又《晋语》三称惠公入而背外内之赂。舆人诵之曰："佞之见佞，果丧其田。诈之见诈，果丧其赂。得之而狃，终逢其咎。丧田不惩，祸乱其兴！"又称惠公即位，出共世子而改葬之，臭达于外。国人诵之曰："贞之无报也！孰是人斯，而有是臭也？贞为不听，信为不诚。国斯无刑，偷居幸生。不更厥贞，大命其倾！威兮怀兮,各聚尔有以所归兮！猗兮违兮,心之哀兮！岁之二七,其靡有征兮！若狄公子,吾是之依兮！镇抚国家,为王妃兮！"(按《汉书·五行志》载晋惠公时童谣即述此事,而词不同,盖别有所据。)《春秋》内外传载各国舆人之诵多矣,而莫长于此篇。其后惠公立十四年,果见获于秦,则岁之二七亦谶词也。观此诸歌,凡君国之兴亡,人心之向背,靡不可见。益信古人陈诗以观民风之为要政矣。此外僖二十八年,舆人有《原田》之诵,昭十二年,穆子有《投壶》之辞,师旷有《无射》之歌,(见《周书·太子晋解》)张老有《成室》之赞(见《檀弓》下),魏有《文侯》之诵(见《吕览·期贤》篇及《说苑·杂事》第五),邺民之歌(引见第二章),赵有《鼓琴》之诗、《号笑》之谣,(并见《史记·赵世家》。《列女传》又有女娟《河激歌》,不可信。)三晋遗文,往往可见。惟《吕览·介立》篇称晋文公反国,介之推不肯受赏,自为赋诗曰:"有龙于天,周遍天下;五蛇从之,为之丞辅。龙反其乡,得其处所。四蛇从之,得其露雨。一蛇羞之,桥(当作槁)死于中野。"夜悬书公门而伏于山下。按介之推不言禄,其事本见僖二十四年《左传》,明言"身将隐,焉用文之?"安有自为诗而悬于公门之事?《吕览》所载,后世好事者为之耳。故《史记·晋世家》载此歌(其辞不同),而以为介子从者所为,斯尚近理。《说苑·复恩》篇同,惟其辞又异。而《新序·节士》篇又以为介子奉觞之辞,文又不同。《复恩》篇又载《舟之侨歌》,歌辞亦大致相同。而《淮南·说山训》言介子歌《龙蛇》而文君号泣。高诱引歌辞六句,又有不同。知介子之事附会者众,而《龙蛇》之歌亦必出于后人之所杜造矣。

四、楚 《说苑·至公》篇:"楚令尹子文之族有干法者,廷理拘之,闻其令尹之族也而释之。子文召廷理而责之,……遂致其族人于廷理,曰:'不是刑也,吾将死!'廷理惧,遂刑其族人。……国人闻之,曰:'若令尹之公也,吾党何忧乎?'乃相与作歌曰:'子文之族,犯国法程,廷理释之,子文不听。恤顾怨萌,方正公平。'"此歌形质极似"三百篇",其时代在春秋之初,亦楚诗之较早者也。子文之为令尹也,尝见称于圣人。当今之世,有此执法之士师者乎?《说苑·正谏》篇又称诸御已既谏庄王解层台而罢民,楚人歌之曰:"薪乎,莱乎!无诸御已,讫无子乎!莱乎,薪乎!无诸御已,讫无人乎!"《史记·楚世家》亦记庄王初即位,荒淫不听政事,伍举入谏,以鸟为喻,遂罢淫乐云云,其事与此相类,盖传闻之异耳。又善说篇记庄辛称鄂君子晳泛舟于新波之中,榜枻越人拥楫而歌曰:"滥兮抃草滥予昌枑泽予昌州州𩜹州焉乎秦胥胥缦予乎昭澶秦踰渗惿随河湖。"(按此歌不成句读,盖古越方言。)子晳不知越歌,乃召越译而楚说之曰:"今夕何夕兮,搴中洲流?今日何日兮,得与王子同舟?蒙羞被好兮,不訾诟耻。心几烦而不绝兮,知得王子。山有木兮木有枝,心说君兮君不知!"此歌由越语而译为楚文,实为骚辞之先驱。盖鄂君子晳为楚康王母弟,在屈原前尚二百年也。稍后,则《论语·微子》篇记楚狂接舆之歌曰:"凤兮,凤兮!何德之衰?往者不可谏,来者犹可追。已而,已而!今之从政者殆而!"孔子下车,欲与之言,而楚狂避之。按《孔子世家》记其事在鲁哀公六年,是岁孔子年六十三,遂自楚反乎卫。盖孔子在楚时所闻之歌也。(《庄子·人间世》亦载《接舆歌》,而其文特长,似据《论语》衍成之。皇甫谧《高士传》"陆通"条下亦载之。)《孟子·离娄》上篇称有孺子歌曰:"沧浪之水清兮,可以濯我缨。沧浪之水浊兮,可以濯我足。"观其引孔子戒弟子云云,则此歌亦孔子在楚之所闻欤?(《楚辞·渔父》及《文子·上德》篇并引此歌,而《文子》稍异。)至

89

若《萍实》之谣,见于《家语》(《致思》篇),《三户》之谚,见于《史记》(《楚世家》),《优孟》之歌,或非原词(见《史记·滑稽传》),《忼慨》之曲,亦出附会(见《古文苑·楚相孙叔敖碑》);而《吴越春秋·阖闾内传》竟以定六年《左传》申包胥秦庭乞师之言为歌辞,尤可笑也。(楚乐师扈子《穷刼之曲》亦不可信。)

五、宋　《左氏》宣二年《传》记宋华元见虏于郑,既归,宋城,华元为植巡功。城者讴曰:"睅其目,皤其腹,弃甲而复。于思于思,弃甲复来。"使其骖乘答之曰:"牛则有皮,犀兕尚多,弃甲则那?"役人曰:"从其有皮,丹漆若何?"宋人讥华元丧师而讴之,华元答歌,欲以解嘲,而不敌其众口,舆论之可畏如此。又襄十七年《传》,皇国父为太宰,为平公筑台,妨于农功。子罕请俟农功之毕,公弗许。筑者讴曰:"泽门之皙,实兴此役。邑中之黔,实慰我心。"此与定十四年之野人歌,同为民间歌谣之戏谑者也。昭七年《传》又载正考父《鼎铭》云:"一命而偻,再命而伛,三命而俯;循墙而走,亦莫余敢侮。饘于是,鬻于是,以餬余口。"则春秋时铭文之著者也。至《彤管集》载宋康王舍人韩凭妻何氏美,王欲夺之,捕舍人筑青陵之台。何氏作《乌鹊歌》以见志。其一云:"南山有乌,北山张罗,乌自高飞,罗当奈何?"又一首云:"乌鹊双飞,不乐凤凰;妾是庶人,不乐宋王。"又作《答夫歌》云:"其雨淫淫,河大水深。日出当心!"俄而凭自杀,妻亦自缢死。《搜神记》载其事特详,而谓何氏阴腐其衣,投台而死。夫妻二冢生大梓木,根枝交错;有鸳鸯雌雄各一栖其上。与古乐府《焦仲卿妻诗》篇末所叙者略同,迹近荒诞。又其事与崔豹《古今注》所记赵王夺王仁妻罗敷,罗敷作《陌上桑》以止之,颇相类。盖或古有是事,而传闻之各异耶?然其诗自诚挚动人,歌辞尤为奇创,存而疑之可也。

六、吴 《吴越春秋·王僚使公子光传》记伍员自郑奔吴，追者在后。至江，江中有渔父乘船，从下沂上。子胥呼之，渔父欲渡之，适旁有人窥见，因歌曰："日月昭昭乎侵已驰，与子期乎芦之漪。"子胥即止芦之漪。渔父又歌曰："日已夕兮，予心忧悲。月已驰兮，何不渡为？事浸急兮将奈何！"子胥既渡，渔父视其有饥色，去为取饷。子胥疑之，乃潜身于深苇之中。有顷，渔父来，持麦饭鱼羹盎浆，求之不见，因歌而呼之曰："芦中人！芦中人！岂非穷士乎？"子胥乃出，饮食毕，解百金之剑与渔父，不受。子胥诫渔父掩其盎浆，无令露。行数步，顾视渔者，已覆船自沉于江。按《史记·伍子胥传》亦载此事，然无歌辞，且止记渔父却剑而已，亦并无覆船自沉之事。知数歌及彼此间答之辞出于作者之妆点也。不然，则后人传述者之夸饰，而赵长君误信以为实，故《阖闾内传》又记渔者之子救郑之事也。(《越绝书·荆平王内传》亦载其事，而歌辞不同。)惟三歌相合为韵，音节自佳，故颇为人所传诵焉。(《阖闾内传》又有《河上歌》。)又《左传》哀十三年，公会单平公晋定公吴夫差于黄池。吴申叔仪乞粮于公孙有山氏曰："佩玉縈兮，余无所系之。旨酒一盛兮，余与褐之父睨之。"对曰："粱则无矣，粗则有之。若登山以呼曰，'庚癸乎！'则诺。"故后人以此为《庚癸歌》。其与《越人歌》、《孺子歌》同为骚体，则尔时南方之诗歌有同然者。《述异记》又有吴王夫差时童谣，其词绝佳。若《搜神记》所载吴王夫差女紫玉之歌，则小说家言，不足信尔。(按《紫玉歌》首二句即用《乌鹊歌》词。)

此外郑有"大隧"之赋(见隐元年《左传》)，子产之诵(见襄三十年《传》，《吕览·乐成》小异)，徐有挂剑之咏(见《史记·吴世家》)，燕有易水之歌(见《史记·刺客传》)，并春秋战国间各国杂歌辞之可考者,十九皆民歌也。至《吴越春秋》所载越诗歌祝辞甚多,《风土记》亦有《越谣歌》一首,恐不足信。自王者之迹熄,而诗以亡,遂使"三百篇"后五六百年,仅留此区区之数也,惜夫!

十二　周之历史文学及晚周诸子

史者,民族文化之所系,国魂之所寄;故灭人之国者,必先毁其文化而亡其国魂,国魂之不存,则其亡也奄然。大哉史乎!安可不重视之乎?余杭章君之赞《春秋》也,曰:"国之有史久远,则亡灭之难。自秦以迄今兹,四夷交侵,王道中绝者数矣。然掌者不敢毁弃旧章,反正又易,藉不获济,而愤心时时见于行事,足以待后;故令国性不堕,民自知贵于戎狄,非《春秋》孰纲维是?孔子不布《春秋》,前人往,不能语后人,后人亦无以识前;乍被侵略,则相安于舆台之分。《诗》云:'宛其死矣,他人是偷。'此可为流涕长清者也。"(《国故论衡·原经》。)今也蹙国数千里,岛夷之鞭挞甚于胡羯,将求削而不可得焉。是在吾族之善自保其国性,以待将来而已。

《汉志》无史家之目,而以《国语》、《世本》、《战国策》等书系之"《春秋》家"。其叙论云:"古之王者,世有史官,君举必书,所以慎言行,昭法式也。左史记言,右史记事。(《礼记·玉藻》"动则左史书之,言则右史书之。"与此不同。)事为《春秋》,言为《尚书》,帝王靡不同之。"盖《尚书》、《春秋》皆史也,后世史部之书皆其苗裔也。我国史学之盛,即历代建置史官之故。至于周则天子有之,诸侯亦有之,故其时有周之《春秋》,燕、宋、齐、楚、晋之《春秋》(见《国语》及《墨子·明鬼》篇)。且有百国《春秋》(见《史通·六家》

篇引)。是则三代之史莫备于周矣。

孔子因鲁史而作《春秋》，左丘明为之《传》，凡三十卷，号曰《左氏传》。故桓谭《新论》谓《左氏传》于《经》，犹衣之表里，相待而成。有《经》而无《传》，使圣人思之十年，不能知也。（《御览》六百十。）《史记·二十诸侯年表序》详著其作《传》之故曰："孔子明王道，干七十余君，莫能用；故西观周室，论史记旧闻，兴于鲁而次《春秋》，上记隐，下至哀之获麟；约其文辞，去其烦重，以制义法，王道备，人事浃。七十子之徒，口受其传指，为有所刺讥，褒讳挹损之文辞，不以书见也。鲁君子左丘明惧弟子人人异端，各安其意，失其真，故因孔子史记，具论其语，成《左氏春秋》。"（《汉志》云："故论本事而作《传》，明夫子不以空言说《经》也。"）班氏《艺文志》从此说，而其自注则又谓左丘明鲁太史。故杜预《春秋经传集解序》本之云："左丘明受经于仲尼，身为国史，躬览载籍，必广记而备言之。其文缓，其旨远，将令学者原始要终，寻其枝叶，究其所穷。"刘知幾《史通·申左》篇论《左氏》之三长，亦主丘明躬为太史之说。而孔氏《正义》引沈氏云："《严氏春秋》引《观周》篇云：'孔子将修《春秋》，与左丘明乘如周，观书于周史。归而修《春秋》之经，丘明为之《传》，共为表里。'"诸家之说，递相祖述，虽微有不同，要其谓左丘明之作《春秋传》，及《经》、《传》之密切相关，则咸无异辞。后儒好为异论，纷纷揣测，不可信也。故《四库书目提要》辩之曰："自刘向、刘歆、桓谭、班固皆以《春秋传》出左丘明，左丘明受经于孔子，魏晋以来儒者更无异议。至唐赵匡始谓《左氏》非丘明；盖欲攻《传》之不合经，必先攻作《传》之人非受经于孔子，与王柏欲攻《毛诗》，先攻《毛诗》不传于子夏，其智一也。宋元诸儒，相继并起：王安石有《春秋解》一卷，证《左氏》非丘明者十一事，陈振孙《书录解题》谓出依托。今未见其书,不知十一事者何据。其余辨论惟朱子谓'虞不腊矣'为秦人之语;叶梦得谓纪事终于智伯,当为六国时人,似为近理。然考《史记·秦本纪》称惠文君十二年,始腊。张守节《正义》称秦惠文王始效中国为之。明古有腊祭,秦至是始用,非至是始创。阎若璩《古文尚书疏证》亦驳此说曰:'《史》称秦文公始有史以记事,秦宣公初志闰月,岂亦中国所无,待秦独创哉?'则腊为秦礼之说未可据也。《左传》载预断祸福,无不征验,盖不免从后傅合之;惟哀公九年,称赵氏其世有乱,后竟不然,是未见后事之证也。《经》止获麟,而弟子续至孔子卒;《传》载智伯之亡,殆亦后人所续。《史记·司马相如传》中,有扬雄之语,不能执是一事指司马迁为后汉人也。则载及智伯之说不足疑也。今仍定为左丘明作,以祛众惑。"今按《提要》之言最为通达,纷纷异说,皆可不攻自破。而啖助、赵匡辈并疑成十三年有不更女父,襄十一年及十二年有庶长鲍、庶长武、庶长无地,以不更庶长之官商鞅时始有,遂谓《左氏》为秦人,在战国之后。项安世又以闵元年《传》言毕万之后必大,昭二十八年独详魏事,故疑为魏人。朱子又谓《左氏》乃楚左史倚相之后,故《左传》说楚事为详。皆疑所不当疑者矣。至后人呶呶于左邱明姓氏之争,及是否列孔氏弟子籍,皆可置而勿论。

《左传》一书,先秦周末之世盖尝盛行,断非战国时人所能造,如《韩非子·奸劫弑臣》篇称《春秋记》"楚王子围将聘于郑,未出境,闻王病而反。因入问病,以其冠缨绞王而杀之,遂自立也"云云,此全依《左氏传》也。《十二诸侯年表序》又言铎椒、虞卿、吕不韦之徒各捃摭《春秋》之文以著书;是战国诸子莫不钻研窥望其学矣。《史记·吴世家赞》云:"余读《春秋古文》,乃知中国之虞与荆蛮句吴兄弟也。"亦指《左氏传》而言。据此,不可谓史公未睹其书也。徒以厄于西汉博士,遂使春秋文献之宝典,横被疑虑于后人,可慨矣夫!

司马迁但云鲁君子左丘明,班固则谓丘明鲁太史,杜预、刘知幾并从班说,后人因此断断争辩。然观其文,博综群书,每事皆详;乃至广包他国,《梼杌》、《纪年》之流,郑书、晋志之类,莫不毕睹,确非躬为国史者不能为。汪中《左氏春秋释疑》辨之曰:"《左氏春秋》,典策之遗,本乎周公;笔削之意,依乎孔子。圣人之道莫备于周公孔子,明周公孔子之道莫若《左氏春秋》。古者左史记事,动则书之,是为'春秋';而左氏所书,不专人事,其别有五:曰天道,曰鬼神,曰灾祥,曰卜筮,曰梦,其失也,巫斯之谓与?天道鬼神灾祥卜筮梦之备书于策者何也?曰,此史之职也。司其事而不书,则为失官。"又曰:"先王设之史,使鉴于前世之善淫祸福以知戒劝者,为中人也。苟为中人,则举其已验者可也,此史之职也。祸之有无,史之所不得为者也;书法无隐,史之所得为者也,君子亦为其所得为者而已矣,此史之职也。"此不独洞见幽隐之论,而左氏之为史职,且因之而益信。

杜预论《左传》三体五例,此非论其文也。(然亦与文有关。)寻左氏之文,其最擅长者有二端:一曰长于记言。春秋时,大夫行人聘问应对,固莫不善于辞令,而左氏能婉曲以达之,若吕相绝秦(成十三),子产献捷(襄二十五),臧孙谏君纳鼎(桓二),魏绛对戮杨干(襄三),烛之武之退秦师(僖三十),戎支驹之对宣子(襄十四),语微婉而多切,言流靡而不淫,若此之类,难更仆数。又有文典而美,语博而奥者:如僖伯谏君观鱼(隐五),富辰谏王伐郑(僖二十四),王孙劳楚而论九鼎(宣三),季札观乐而谈国风(襄二十九),郯子聘鲁,言少昊以鸟名官(昭十七),季孙行父称舜举八元八凯

(文十八)，魏绛答晋悼公，引《虞人之箴》(襄四年)，子革讽楚灵王，诵《祈招》之诗(昭十二)，皆是也。(《史通·申左》谓此非经营草创，出自一时；琢磨润色，独成一手。盖当时国史有成文，丘明但编而次之，配《经》称《传》而行也。)二曰长于叙事，而于叙战事为尤胜。举其著者，若僖二十八年晋楚城濮之战，又三十二、三十三年秦晋殽之战，宣十二年晋楚邲之战，成六年晋楚鄢陵之战，定四年、五年吴楚柏举之战，皆是也。又如僖二十三、二十四年记晋公子重耳之亡，昭十二、十三年楚灵王乾谿之难，哀十六年叶公讨白公之乱，亦叙记中绝佳之文。盖左氏善叙事，尤善于记大事也。故刘子玄论之曰："左氏之叙事也，述行师则簿领盈视，哤聒沸腾；论备火则区分在目，修饰峻整。言胜捷则收获都尽；记奔败则披靡横前。申盟誓则忼慨有余；称谲诈则欺诬可见。谈恩惠则煦如春日；纪严切则凛若秋霜。叙兴邦则滋味无量；陈亡国则凄凉可悯。或腴辞润简牍，或美句入咏歌；跌宕而不群，纵横而自得。若斯才者，殆将工侔造化，思涉鬼神，著述罕闻，古今卓绝。"(《史通·杂说上》)斯言也，洵非过情之誉，其自称幼废他书，听讲《左传》不怠者，有以哉！兹摘录左列诸例，可观览焉。

其薄在位之无能也，则曰"肉食者鄙，未能远谋"(庄十)；其称强暴之无道也，则曰"封豕长蛇，荐食上国"(定四)；述开创，则曰"荜路蓝缕，以启山林"(宣十二)；表奢侈，则曰庆氏之车，"美泽可鉴"(襄二十八)。恶詈，则曰"中寿，汝墓之木拱矣"！(襄三十二)巧譬，则曰"鲍庄子之智不如葵，葵犹能卫其足"。(成十七，按刘子玄讥其失当，甚泥。)万之多力，则曰"以乘车辇其母，一日而至"，"饮之酒而犀革裹之，比及宋，手足皆见。"(并庄十二)牵之多力，则曰"能投盖于稷门"(庄三十二)。舍之多力，则曰"解其左肩，犹援庙枅,动于甍,以俎壶投杀人而死"。(襄二十八)"齐桓公迁邢于夷仪,封卫于楚丘。邢迁如归,卫国忘亡。"(闵二)则安集可知矣。"师人多寒,王巡三军,抚而勉之,三军之士皆如挟纩。"(宣十二)则咸悦可知矣。"室如悬磬,野无青草。"(僖二十六)则凋敝可知矣。"当陈隧者,井堙木刊。"(襄二十五)则残破可知矣。"中军下军争舟,舟中之指可掬。""余师不能军,宵济亦终夜有声。"(并宣十二)则混乱之状可知矣。"易子而食,析骸以爨。"(宣十五)则穷困之情可知矣。至曰:"国家之败,由官邪也;官之失德,宠赂章也。"(桓二)又曰:"国将亡,必多制。"(昭六)则真至理名言,历世败亡无不如此,而于今日为尤似。

左丘明又纂《国语》二十一篇,分纪周鲁齐晋郑楚吴越之事,起周穆王,终鲁悼公,为《春秋外传》。(按《国语》号《春秋外传》,始见于《论衡·案书》篇,及《汉书·律历志》。)后人或以其一事而二文不同,或以其文体与《左氏》异撰,多拟其书与《左传》非出一家;不知史迁已谓左邱失明,厥有《国语》;《汉书》迁传且明言其篹异同为《国语》矣。其文虽不逮《左传》,然胎息固相近,今不具论之。

《汉志》有《战国策》三十三篇,今有三十三卷,无作者名氏。杂记周秦齐楚赵魏韩燕宋卫中山诸国之事,上继《春秋》以后,讫秦并六国,为时凡二百四十五年。其书或曰《国策》,或曰《短长》,或曰《事语》,或曰《长书》。刘向以为战国时游士辅所用之国,为之策谋,宜为"战国策"。书中所载,大抵皆纵横捭阖之谋,谲诳倾夺之说也。刘氏序之曰:"战国之时,君德浅薄,为之谋策者,不得不因势而为资,据时而为画;故其谋扶急持倾,为一切之权,虽不可以临国教,化兵革,亦救急之势也。皆高才秀士,度时君之所能行,出奇策异智,转危为安,运亡为存,亦可喜,皆可观。"此真洞察当日时势,合于知人论世之义;而曾子固讥其惑于流俗,而不笃于自信,亦太迂矣。盖自春秋以还,诸侯力征,强者务吞并,弱者患其不能守,其从容辞命之行人,不得不变为说士;兵争之不胜,侵削之不堪,不得不轻盟誓而行诡诈。三代以来,世变之亟未有甚于此时者,亦势为之也。今观其文,谋夫之话,辩士之端,冰释泉涌,金相玉质,若苏秦合从,张仪连横,毛遂之劫盟,虞卿之论媾,安陵之从田,龙阳之同钓,触䶮之说赵后,颜斶之折齐王,范雎反间以相秦,鲁连解纷而全赵:辩丽闳肆,利口剧谈;鼓舌摇唇,变诈锋出,人持弄丸之辨,家挟飞钳之术,可谓尽炙毂雕龙之能事,极纵横短长之大观也。章学诚论之曰:"战国者,纵横之世也。纵横之学,本于古者行人之官。观春秋之辞命,列大夫聘问诸侯,出使专对,盖欲文其言以达旨而已。至战国而抵掌揣摩,腾说以取富贵,其辞敷张而扬厉,变其本而加恢奇焉,不可谓非行辞令之极也。"斯言谅矣。(案章说实本《汉志》。)

晚周诸子之以文学著称者三:于儒则孟轲,于道则庄周,于法则韩非也。略论述之如次:

《史记》:"孟轲,邹人也。受业子思之门人。道既通,游事齐宣王,宣王不能用。适梁,梁惠王不果所言,则见以为迂远而阔于事情。当是之时,……天下方务于合纵连衡,以攻伐为贤,而孟轲乃述唐虞三代之德,是以所如者不合。退而与万章之徒序《诗书》,述仲尼之意,作《孟子》七篇。"七篇者,《梁惠王》、《公孙丑》、《滕文公》、《离娄》、《万章》、《告子》、《尽心》(并分上下)是也。《汉志》儒家有《孟子》十一篇,盖统《外书》四篇言之,今《外书》已不传(明人所得者或为伪造),仅存其目而已。(《性善辨》、《文说》、《孝经》、《为正》)至七篇之书,自《史记》本传及赵岐《题辞》以下,多谓孟子自撰,然亦颇有谓出门弟子所记者:韩愈《答张籍书》及林慎思《续孟子自序》并主此说,而晁氏《郡斋读书志》述晁说之语曰:"今考其书载孟子所见诸侯皆称谥,如齐宣王、梁惠王、襄王、滕定公、文公、鲁平公是也。夫死然后有谥;轲著书时,所见诸侯不应皆前死。且惠王元年,至平公之卒,凡七十七年,轲始见惠王,王目之曰叟,必已老矣,决不见平公之卒。后人追为之明矣。"而朱子独谓熟读七篇,观其笔势,如镕铸而成,非缀辑所就也。(《困学纪闻》八引之;又朱子《语类》亦有是说。)自是说者屡有辩论。阎若璩谓孟子道不行,归而作书七篇,卒当赧王之世。卒后书为门人所叙定,故诸侯王皆加谥。(见《孟子生年卒月考》)虽又主调和之说,其言则近是。而陈伯弢师则谓孟子卒于赧王二十六年,即齐湣王十三年,鲁湣公七年,魏昭王七年,则齐宣、鲁平、梁惠、襄皆已前卒矣,何俟门人为之加谥?后人私臆推测,未若汉人旧说之可信。(见师著《经学通论》)于是孟子自作七篇之论定矣。孟子之书在当时亦与晏荀等家同属诸子,自唐宋列之为经,考亭侪于四子,而其道始尊,其学益显,岂不以其辟异端之说,闳先圣之道,非五十三家之儒所可同日而语哉?若论其文,亦颇有纵横家气象。书中如论养气(《公孙丑上》),辟许行(《滕文公上》),辟杨墨(《滕文公下》),辨古史(《万章上》),赞孔圣(《万章下》,按"养气"推崇尤至),辨性善(《告子上》),述古制(《滕文公上》、《万章下》),明道统(《公孙丑下》、《尽心下》)等章,最为重要文字。言义理则广大精微,明是非则纵横反覆,尊王抑霸,禁攻寝兵。或答时人,或告弟子,其言无不开阖抑扬,明白晓畅,取譬寓言,曲尽其妙。缀文之士,多有寝馈之者。

　　庄子名周,蒙人也;尝为蒙漆园吏。与梁惠王、齐宣王同时。

楚威王闻其贤，厚币迎之，许以为相，不应。(《经典释文序录》谓齐、楚并聘之。)其学无所不阙，然要其本归于老子之言。《汉志》《庄子》有五十二篇，今存者三十三篇，分为内篇七(《逍遥游》至《应帝王》)，外篇十五(《骈拇》至《知北游》)，杂篇十一(《庚桑楚》至《天下》)。而内篇以下，多后人假托羼杂之辞，不尽周所自著；然亦不背于道家之旨，或其徒为之也。司马迁称其善属书离辞，指事类情，用剽剥儒墨，虽当世宿学不能自解免。其言洸洋自恣以适己，故自王公大人不能器之。盖于其人其文十得八九。而《天下》篇评之曰："庄周以谬悠之说，荒唐之言，无端崖之辞，时恣纵而不傥，不以觭见之也。以天下为沉浊，不可以庄语。以卮言为曼衍，重言为真，以寓言为广。独与天地精神往来，而不敖倪于万物。……其书虽瓌玮，而连犿无伤也；其辞虽参差，而淑诡可观。彼其充实，不可以已。上与造物者游，而下与外死生，无终始者为友。"(王壶斋谓《天下》篇系于篇末者，犹《孟子》七篇之末举狂狷乡原之异，历述先圣至于己之渊源，及史迁序列六家之说略同。古人撰述之体然也。其浩博贯综，微言深至，非庄子莫能为。)其论庄子之学，尤为精当。惟其具此胸襟，故能精骛八极，心游万仞；汪洋恣肆，机趣横生；辞流溢而不穷，辩纵横而无碍。读者但觉其文如清风之行水，如朗月之鉴空，信手拈来，都成妙趣；而不知其内充乎己，故能超六合而笼万态，离迹象以见天钧。其说理也，尤能剖析毫芒，出入幽渺，穷造化之本原，探神圣之秘奥，万窍怒号，众籁并作，当之者无不色授魂与，莫逆于心。真豪杰之士，绝世之奇文也。今试验诸《逍遥》之神游，《齐物》之梦觉，庖丁之解牛(《养生主》)，匠石之斲鼻(《徐无鬼》)，痀偻承蜩之妙喻(《达生》)，濠上观鱼之微言(《秋水》)，《德充符》、《大宗师》等篇之论忘形，《马蹄》、《胠箧》等篇之论弃智;语大,天下莫能载焉,鲲鹏是也;语小,天下莫能破焉,蛮触是也(《则阳》)。而《说剑》一篇尤近于辞赋(如晚出之宋玉《风赋》)。古今来有此文章者乎?盖必如庄生之"上与造物者游,下与外死生,无终始者为友"而后能之尔,是殆不可学而至者。

韩非者,韩之诸公子。喜刑名法术之学,而其归本于黄老。与李斯俱事荀卿,斯自以为不如。非见韩削弱,数以书谏韩王,韩王不能用;故作《孤愤》,《五蠹》,内、外《储说》,《说林》,《说难》十余万言。秦王见之,恨不得与之游。李斯曰:"此韩非之所著书也。"秦因急攻韩,韩王乃遣非使秦,秦悦之,未信用。李斯、姚贾害毁之,劝秦王以过法诛之,遂下吏。斯使人遗非药,使自杀。非欲自陈,不得见。秦王后悔而赦之,非已死矣。(以上櫽括《史记》列传。)《汉志》有《韩子》五十五篇,今为二十卷,篇数正同。惟其书亦多后人窜入之文,不尽可信。非之学,尚功利而任法治。排儒墨而去仁爱,信赏必罚,惨礉少恩,可以救一时之弊,而不可长用也。尝以修文学,习言谈为五蠹之一,然观其所著书,廉悍锋利、切中事情,亦时有纵横之气,则非亦文学之士、游谈之流也。又其辞排比整齐,略似六朝偶俪文体;而内、外《储说》诸篇,或以为后世"连珠"之祖云。(《说苑·说丛》篇似亦祖其体。)

十三　楚辞之起原

"楚辞"者,楚人之辞赋也。其名始见于《史记·张汤传》,(《传》称朱买臣以楚辞与庄助俱幸,侍中,为太中大夫,用事。故《汉书·地理志》遂言吴有严助朱买臣贵显,文辞并发,故世传"楚辞"。)再见于《汉书·朱买臣传》,三见于《王褒传》,或谓其文虽始于楚,而名则兴于汉,其然否不可知矣。自刘子政辑录屈宋以下诸人之辞赋为《楚辞》一书,遂为后世集部之祖。黄伯思《东观余论·校定楚辞序》云:"屈宋诸骚,皆书楚语,作楚声,纪楚地,名楚物,故可谓之'楚辞'。"(陈振孙《书录解题》引其文,作《翼骚序》。)其诠释"楚辞"之义是也。后人放效之作,遂亦通有此目。而汉人又往往止称之为赋。其后更有因《离骚》之名而概称"楚辞"为"骚"或"楚骚"、"骚赋"者,非其实矣。

《楚辞》继"三百篇"而勃兴于南方,昔人咸以为《诗》之变体。虽然,奇文之郁起,岂偶然哉?请得略陈其故。

一、关于北方文学者　《汉书·艺文志》曰:"古者诸侯卿大夫交接邻国,以微言相感,当揖让之时,必称《诗》以喻其志,盖以别贤不肖而观盛衰焉。故孔子曰,'不学诗,无以言'也。春秋之后,周道浸坏,聘问歌咏不行于列国,学诗之士逸在布衣,而贤人失志之赋作矣。大儒孙卿,及楚臣屈原,离谗忧国,皆作赋以风,咸有恻隐古诗之义。"班氏谓辞赋之起,由于聘问歌咏之事废,极为有见。考春秋时,行人往来,辞命为先,所谓"言之无文,行而不远","子产有辞,诸侯赖之"是也。顾欲善其辞命,厥惟学《诗》,故孔子以诵《诗》专对并举。观《左传》所载诸侯聘会宴燕享之时,必借赋《诗》歌《诗》以为周旋酬酢之助者,不可胜数。其最著者,如襄公二十七年《传》,郑伯享赵孟于垂陇。子展赋《草虫》,伯有赋《鹑之贲贲》,子西赋《黍苗》,子产赋《隰桑》,子太叔赋《野有蔓草》,印段赋《蟋蟀》,公孙段赋《桑扈》,举座无不赋者,可谓极一时之盛事矣。又如昭公十二年《传》记宋华定来聘,为赋《蓼萧》,弗知,又不答赋。昭子谓其必亡。而襄公十六年《传》,"晋侯与诸侯宴于温,使诸大夫舞。曰:'歌诗必类。齐高厚之诗不类。'荀偃怒曰:'诸侯有异志矣!'使诸大夫盟高厚。高厚逃归。"盖尔时赋《诗》歌《诗》之重要如此。楚本后起,文化较低,北方诸侯皆夷之。及其盛也,与中土交际渐繁,聘会渐多,感实用之需要,受文学之熏陶,遂不得不研习"三百篇"而同化于诸夏矣。故《左传》文公十年,楚子舟引《大雅·烝民》及《民劳》,宣十二年,叔孙引《小雅·六月》,楚子引《周颂·时迈》,成二年,申叔跪引《鄘风·桑中》,子重引《大雅·文王》,襄二十七年,蘧罢如晋,赋《既醉》,昭三年,楚子享郑伯,赋《吉日》,昭七年,芋尹无宇引《小雅·北山》,昭二十三年,沈尹戌亦引《文王》,二十四年,又引《大雅·桑柔》,而昭十二年《传》子革且引逸诗《祈招》以谏:此皆楚人通达《诗经》之证也。故骚体文中每句用一兮字,其形式亦出于《诗》,而屈子《天问》且纯为《诗》之遗体。考《诗经》泰半皆出黄河流域,然则谓《楚辞》之起原实受北方文学之影响也,何疑?

二、关于南方文学者　《诗》三百篇无楚风,然江汉之间皆为楚地。《汉广》、《江沱》诸诗,列于二《南》;《汝坟》在河南之南部,地与楚境相近;《野有死麕》之白茅,本亦楚产,即《左传》所谓包茅,可知亦为南方诗歌。是《诗》无楚风,而实有楚诗也。《汉书·地理志》陈国,今淮阳之地,盖古豫州之东南,而今河南湖北及安徽一部之地。则《诗》中之《陈风》亦当属之南方。春秋末,楚灭陈而有其地,又悉兼并其附近诸小国;故曰"汉阳诸姬,楚实尽之",楚境既广,故其时南方诸国之文学亦遂占而有之。蕴蓄既久,华实斯茂;迄于战国,楚辞崛起,有由来矣。又按老子亦楚苦县人,其所著《道德经》五千言,虽不可以文论,然其中多为韵文,且其形式亦间与《楚辞》之《九歌》相同,例如十五章云:"豫焉若冬涉川,犹兮若畏四邻。俨兮其若容,涣兮若冰之将释,敦兮其若朴,旷兮其若谷,混兮其若浊。"此类哲理诗极似骚体文之先驱,特其兮字之位置微有不同,遂觉音节稍促耳。此外南方诗歌之散见于古籍者,有《子文歌》,颂楚令尹子文刑其族人事,《楚人歌》,咏楚庄王纳诸御已之谏而罢筑层台事,《徐人歌》,咏吴公子挂剑事,《楚狂接舆歌》、《孺子沧浪歌》,公孙有山氏之《庚癸歌》,皆古南方诗歌之可信者,篇什虽曰不多,然其胚胎《楚辞》之功则甚著。至《说苑·善说》篇之《越人歌》,其词尤与《楚辞》无异。故就形式观之,骚体之成,固远在屈宋之先矣。(参阅第十一章。)

三、关于楚国者 《楚辞》之起兴楚地关系最深,约言之,可分为三种:《汉书·地理志》曰:"楚人信巫鬼而重淫祀。"《匡衡传》谓陈夫人好巫鬼而民淫祀,《地理志》亦谓陈太姬好祭祀,用史巫,故其俗好巫鬼。《陈风》所称击鼓于宛邱之上,婆娑于枌树之下,盖陈太姬之遗风也。而《越绝书·外传·记吴地传》有巫门、巫里、巫山、巫椰城等名,则是时南方诸国巫风之盛可知。其后吴并于越,陈越又先后灭于楚,故此风遂以楚为最盛,而其影响于文学者亦最大。盖巫觋所司者祭祀,而祭祀必有祈祷,祈祷必用祝辞与歌舞,故迷信之风愈炽,文学之材料亦愈多;观《九歌》一篇专咏灵巫降神之事,可以见矣。(参阅下章论《九歌》节。)故《吕氏春秋·侈乐》篇云:"楚之衰也,作为巫音。"此其关于民俗者一也。先秦之世,各国风谣不同,音乐亦异。风谣之播于声音者为土乐,土乐又影响于文学,此在诸国然,而楚为尤甚。按《左氏》成公九年《传》称,晋侯使与锺仪琴,操南音。文子曰,"楚囚,君子也;乐操土风,不忘旧也。"又襄公十八年《传》,师旷曰:"吾骤歌北风,又歌南风。南风不竞,多死声。"夫曰南音,曰南风,又曰土风,则楚乐必异乎北方之撰也。《汉书·礼乐志》谓《房中祠乐》为楚声,即本其调以制曲耳。又按《吕览》涂山氏女作歌曰"候人兮猗",实始作为南音,是南音者,"兮猗"之音,即楚辞之滥觞也。《候人歌》既可取为乐歌。(本《吕览》高诱注。已见前。)则楚辞之起与音乐之关系亦深矣。尝疑楚辞本亦可歌,与"三百篇"同。盖谱诸管弦者为楚声,著于竹帛者为楚辞。汉宣帝召九江被公诵读楚辞,诵读云者,即以声节之之谓也。《隋书·经籍志》谓:"隋有僧道骞者,善读之,能为楚声,音韵清切。至唐传《楚辞》者,皆祖骞公之音。"可知通楚声者,隋唐时尚有人焉。此其关于音乐者二也。刘勰曰:"离骚代兴,触类而长,物貌难尽,故重沓舒状,于是嵯峨之类聚,葳蕤之群积矣。"又曰:"山林皋壤,实文思之奥府。屈平所以能洞鉴风骚之情者,抑亦江山之助乎?"(《文心雕龙·物色》)王夫之曰:"楚,泽国也;其南沅湘之交,抑山国也。叠波旷宇,以荡遥情,而迫之以崟嵚戍削之幽菀,故推宕无涯,而天采矗发,江山光怪之气莫能掩抑。"(《楚辞通释·序例》)二氏论屈子文得江山之助,诚为卓识。盖所谓地理者,大之如五岳四渎,旁崐漂泪;小之如鸟兽鱼虫,飞起蠕动;可以拓作者之胸襟,增文学之资料。后世赋家极乐铺叙地理,凡山川形势,水陆奇珍,乃至一章一木之微,靡不描摹尽致者,乃《风》、《骚》之舆台,得其一体以自广者耳。今楚,于山则有九嶷南岳之高,于水则有江汉沅湘之大,于湖潴则有云梦洞庭之巨浸,其间崖谷洲渚,森林鱼鸟之胜,诗人讴歌之天国在焉。故《湘君》一篇,言地理者十九,而《涉江》所纪,亦绝似山水之写真,虽作者或有意铺陈,然使其不遇此等境地以为文学之资,将亦束手而无所凭借矣。此其关于地理者三也。(以上参阅拙著《楚辞概论》)

然此仅泛论其文学之渊源而已;若止就屈赋言之,其学术思想之痕迹尚有可得而述者。盖屈赋虽为辞章之祖,其文实为灵均一家之书,后人第见其文章之美,而昧其学派之源,此不思之过也。窃疑屈子之学,出于古者史官及羲和之官,易言之,即辞赋家与阴阳道家有密切之关系是也。约而论之,其征有四:

一曰宇宙观念。此等观念包括天文地理等事,以《天问》一篇为最著,《离骚》、《远游》次之。(曩辨《远游》非屈子作,未审。)如《离骚》首述其生辰,即曰"摄提贞于孟陬,惟庚寅吾以降"。无论摄提之为星名与摄提格之为太岁在寅之名,要皆与天文之学有关。又如《哀郢》言仲春,言甲之晁。《抽思·怀沙》并言孟夏,《抽思》且言南指月与列星;而《离骚》之羲和崦嵫咸池扶桑,并关于日,天津为天河,在箕斗之间,《远游》又言九阳、大微、旬始、玄武、文昌,此并屈子晰于岁序干枝及天象之明证。他若召丰隆,驱蜚廉,过句芒,历太皓,虽曰寓言,实无一不关天事。而最可注意者,厥为《天问》中之天文地理诸端。(其例从略。)虽然,屈原奚为而好言天事也？按《汉志》称阴阳家者流，出于羲和之官。敬顺昊天，历象日月星辰，敬授民时。（语本《尧典》。）羲和者，重黎之后；重黎者，颛顼之后，世司天地，楚之所自出者也。（参阅《周书·吕刑》，《国语·楚语》、《郑语》，《大戴礼记·帝系》篇，《史记·楚世家》。）屈子楚之同姓，为高阳之苗裔，亦即重黎之子孙，怀王时为左徒，其职略同史官。（《史记正义》谓左徒犹唐之左拾遗）古者史官兼掌天文历数之事（例证从略），屈子家学相传，博闻强志，故虽世代相去甚远，犹能历历道其概略也。至若阴阳家邹衍之书，今虽不传，《史记》称其先列中国名山大川，通谷禽兽，水土所殖，物类所珍；因而推之及海外，人之所不能睹。又谓中国于天下，乃八十一分居其一分云云，此为邹子之理想地理学也。齐人号之为"谈天衍"者以此。今观《天问》中所问，若九州、川谷、昆仑、县圃、增城、黑水、三危，与夫冬暖夏寒之所，无论或有或无，莫不属于地理者。而石林之地，能言之兽，九首之雄虺，九衢之麋萍，吞象之蛇等等，皆所谓川谷禽兽，水土物类之珍也。不特此也，凡《离骚》之善鸟香草，《招魂》之饮食珍玩，皆是也。（后世赋家极乐铺叙山川形势，水陆珍异，亦辞赋家与阴阳家有关之一证。）乃至《远游》、《招魂》之上下四方，《离骚》之四荒四极，上下九州，皆极明白之空间观念也。白水、阆风、穷石、洧盘、流沙、赤水、不周、西海之地，并邹衍所欲推而及之人所不能睹者也。故曰，屈子之学与出于羲和之官之阴阳家同源。不然，则以战国时阴阳家言最盛，屈子或受其影响耳。

二曰神仙观念。屈子神仙之思以《远游》以最著，《骚经》次之。如云："漠虚静以恬愉兮，澹无为而自得。"又云："道可受兮不可传；其小无内兮，其大无垠。"又云："无滑而魂兮，彼将自然。壹气孔神兮,于中夜存。虚以待之兮,无为之先。庶类以成兮,此德之门。"此确为道家养生之论,不仅文词同于老庄而已。至于餐六气、饮沆瀣、漱正阳、含朝霞、保神明而除粗秽等语,直为道家炼形之要道,庄子《刻意》篇所谓吹呴呼吸,吐故纳新,熊经鸟申,彭祖所好者也。乃至明云承赤松之遗则,美往世之登仙,羡韩众(古仙人,非秦始皇时方士)之得一,离人群而遁逸,从王侨而娱戏,留不死之旧乡,(以上诸例,并见《远游》)一若真慕出世之乐者,何哉?按《汉志》称道家者流,出于史官。而古者史官兼掌天文历数(说已见前),故道家与阴阳家又有息息相通之处。屈子之学既与阴阳家同源,故又有恬漠虚静,长生久视之企慕。矧老子本楚人,与之同土共国者哉?夫宇宙之寥廓无垠,而欲探讨其究竟者,阴阳家也;升天入地,以至乎旷远绵漠之乡者,神仙家也。斯二者相邻而易混。故邹子推究天地,而又有《重道延命方》(见《汉书·刘向传》)。燕齐海上之方士传其术而不能通,止为方仙道,形解销化。(见《封禅书》)秦始皇用其《五德终始》之学,卒至信神仙,求不死之药,(见《始皇本纪》)皆其明证。而《离骚》之神游,乃在若有若无之境界者,盖亦合阴阳家之宇宙观念与道家之神仙观念而一之者也。由是言之,屈子之言神仙,又何怪焉?

三曰神怪观念。屈子之神怪观念与上述二者互为因果,而亦与阴阳家及道家有关。例如《招魂》陈四方之恶,则有长人千仞,十日代出,封狐千里,赤蚁若象,玄蜂若壶,虎豹九关,啄害下人;一夫九首,拔木九千;豺狼从目,悬人以娱;土伯九约,参目虎首:种种幻想,如九幽十八狱,阎立本吴道玄辈未足尽其变相也。今按文人寓言之荒诞者,《庄子》书中为多:《逍遥游》之鲲鹏,《外物》之说钓,《则阳》之蛮触,《齐谐》志怪之书,谬悠荒唐之说,初不减于《招魂》、《天问》之所有；故知屈子之学与道家同其源流，决无疑义。(《庄》、《骚》之文多有同者。汉赋家亦多采《庄子》语，兹不暇举。)又按古籍中神怪之事物，莫过于《山海经》。《山海经》一书，汉儒附之禹、益，(《史记·大宛传赞》之《禹本纪》亦同。)虽不可遽信，然其所以必归之禹、益者，则以其为古地理之书，而禹、益则又最先躬自考察地理之人也。且讲地理者，必验诸生物，《周书·王会》篇备记四夷九域之国，皆附记其物产；《淮南·墬形训》主记四方水土，亦必及其动植珍异，皆其证也。邹衍侈言天地，而先列中国名山大川，通谷禽兽，水土所殖，物类所珍，因而推及海外所不能睹，非其明征也与？《周礼疏》引《五经异义》有《古山海经邹子书》；近儒仪征刘君疑《禹本纪》亦为衍书(见《左盦集》三)，尤足证言地理者必好谈神怪，而屈子之学之与阴阳家有关益信矣。

四曰历史观念。屈赋中多述古事，而以《离骚·天问》及《九章》中数篇为最著。所谓"上称帝喾，下道齐桓，中述汤武，明道德之广崇，治乱之条贯"者也。《汉志》言道家出于史官，历记成败存亡祸福古今之道；而老子即为周室之守藏史，庄子寓言虽多，亦往往好陈古事以申其说，是则谓屈子之重视历史，明于治乱者，未始非与道家有关之又一证也。若夫邹子之术，"必先验小物，推而大之，至于无垠；先序今，以上至黄帝，学者所共术，大并世盛衰。推而远之，至天地未生，窈冥不可考而原也。称引天地剖判以来，五德转移，治各有宜。"(以上总括《史记·孟荀列传》文。)其所谓推者，即史家寻究因果之义；至其推之之法，则本五行相胜之道以为准，(略见《吕览·应同》篇。)如虞土，夏木，殷金，周火，由兹而上，至于黄帝；由兹而下，乃至百世，皆可以是推之。故因五德之转移，而知其治各有宜也。其详虽不可得闻，要其欲明往古成败祸福之道,则与道家无二致。然则古者阴阳之学,真无所不包矣。故屈赋之好征古事以为法戒者,非偶然也。(以上参阅武汉大学《文哲季刊》第一卷第三第四号鄙著《屈赋考源》。)

十四　屈原

屈原名平，楚之同姓也。据其自述，父名伯庸。又据摄提孟陬之语，其生年略可推定，盖楚宣王二十七年戊寅正月也。博闻强志，明于治乱，娴于辞令；故《离骚》又云："纷吾既有此内美兮，又重之以修能。"怀王时为左徒，入则与王图议国事，以出号令；出则接遇宾客，应对诸侯。王甚任之。同列上官大夫心害其能。怀王使为宪令，属草稿未定，上官大夫见而欲夺之，屈原不与，因谗于王，王怒而疏之。其后秦欲伐齐，齐与楚从亲，惠王患之；乃令张仪绐怀王以商於之地六百里，使绝齐使。及索地不得，兴师伐秦，大败。自是楚国外交失策，时而联齐，时而联秦。秦昭王初立，厚赂于楚，楚往迎妇（见《史记·楚世家》），屈原切谏，不听，被放汉北，作《抽思》及《悲回风》。寻复起用。昭王欲与怀王会，原曰："秦虎狼之国，不可信，不如无行。"怀王稚子子兰劝王行；入武关，秦伏兵绝其后，因留之以求割地。怀王怒，不听，竟死于秦。顷襄王立，以子兰为令尹。屈原咎其劝王入秦，子兰使上官大夫短屈原，顷襄王怒而迁之于江南，作《离骚》、《思美人》、《哀郢》、《涉江》、《橘颂》等篇。是时楚日削弱，屈原不忍亲见宗国之亡，而又感于怀王反覆无常，客死归葬，复作《怀沙》、《惜往日》以潒哀思，卒自沉汨罗江以死。死时年约六十。

《汉书·艺文志·诗赋略》,屈原赋二十五篇。今所传《楚辞》,屈赋具在,并无散佚。惟诸家于二十五篇之数,算法不同,异议滋多。有以《离骚》、《天问》、《远游》、《卜居》、《渔父》、《九歌》(十一篇)、《九章》(九篇)为二十五篇者,自王逸以来多主之。有删去《九歌》之《国殇》、《礼魂》,而加入《大招》、《惜誓》者,则姚宽之妄断也。(见《西溪丛语》)以《九歌》之《礼魂》为前十章送神通用之曲,而加《招魂》一篇者,则王夫之之创说也。有以《九歌》之《山鬼》、《国殇》、《礼魂》三篇合为一篇,而更加《大招》、《招魂》二篇以足其数者,则林云铭之好事也。(见《楚辞灯》)有以《九歌》之《湘君》、《湘夫人》合为一篇,《大司命》、《少司命》合为一篇,余则与林说同者,又蒋骥之异说也。(见《山带阁注楚辞》)凡此或意为芟截,或妄事分合,总由于拘牵《艺文》之目而起。今班《志》原目不可见,王氏《章句》二十五篇或即刘向旧本,则其说为最古,当亦较为可信。第自屈原之死,后人哀思者多,而西汉辞赋盛行,作者飙起,其间摹拟相继,真伪杂出,相传说久,遂多疑误,故王叔师于《大招》、《惜誓》二篇之作者尚不能明也。以今考之,《招魂》一篇,当为屈原所作;《大招》则后人之模仿《招魂》者;《卜居》、《渔父》,亦均出于依托。《汉志》所载屈原赋二十五篇,今则不能足其数矣。述之如次:

一、《九歌》 王逸《楚辞章句·九歌序》云:"昔楚国南郢之邑,沅湘之间,其俗信鬼而好祠。其祠必作歌乐鼓舞,以乐诸神。屈原放逐,窜伏其域,怀忧苦毒,愁思沸郁。出见俗人祭祀之礼,歌舞之乐,其词鄙陋,因为作《九歌》。"叔师此言,大抵即据刘向所辑以为说,千数百年无异议。近日颇有谓《九歌》非屈子作者,(余曩亦力主是说。)由今日观之,未必然也。至其所以命名,说者纷异。

证以《左传》及《楚辞》本书，当是取古乐以名篇，故不拘乎九之数，而实有十一篇也。十一篇者，即《东皇太一》、《云中君》、《湘君》、《湘夫人》、《大司命》、《少司命》、《东君》、《河伯》、《山鬼》、《国殇》、《礼魂》是也。（后人妄加伸缩，以求合于九数及二十五篇之数，皆非也。说已见上。）此十一篇或祀天神，或祀山川之神，或祀人鬼，其中颇及灵巫乐神之事，人神恋慕之情。所谓"民神杂糅，不可方物，夫人作享，家为巫史"，古之遗风，有在于是者。其曰"抚长剑兮玉珥，璆锵鸣兮琳琅"（《东皇太一》），"沿兰汤兮沐芳，华采衣兮若英"（《云中君》），则祭时之服饰也。"蕙肴蒸兮兰藉，奠桂酒兮椒浆"（《东皇太一》），则祭时之供馔也。"扬枹兮拊鼓，疏缓节兮安歌，陈竽瑟兮浩倡"（《东皇太一》），"缅瑟兮交鼓，箫钟兮瑶虡，鸣篪兮吹竽。……展时兮会舞。律应兮合节"（《东君》），则祭时之歌舞也。"驾龙辀兮乘雷，载云旗兮委蛇"（《东君》），则神灵之车驾也。"灵之来兮如云"（《湘夫人》），"灵之来兮蔽日"（《东君》），则神灵之降临也。而《湘夫人》一篇且有极意描摹水神之居处者。文辞美妙，音节委婉，绝似《诗》之《国风》。其尤佳者为《湘君》、《湘夫人》、《少司命》、《山鬼》诸篇。今录其《国殇》一篇于后，以见吾族南方之强，与其同仇敌忾之心焉：

操吴戈兮被犀甲，车错毂兮短兵接。旌蔽日兮敌若云，矢交坠兮士争先。凌余阵兮躐余行，左骖殪兮右刃伤。霾两轮兮絷四马，援玉枹兮击鸣鼓。天时坠兮威灵怒，严杀尽兮弃原野。出不入兮往不反，平原忽兮路超远。带长剑兮挟秦弓，首身离兮心不惩。诚既勇兮又以武，终刚强兮不可凌。身既死兮神以灵，子魂魄兮为鬼雄！

二、《离骚》 《离骚》一篇，凡二千余言，更七十余韵，在屈赋中最为巨篇。《史记》引淮南王《离骚传》曰："屈平之作《离骚》，盖自怨生也。《国风》好色而不淫，《小雅》怨诽而不乱，若《离骚》者，可谓兼之矣。"王逸曰："《离骚》之文，依《诗》取兴，引类譬喻，故善鸟香草，以配忠贞；恶禽臭物，以比谗佞；灵修美人，以媲于君；宓妃佚女，以譬贤臣；虬龙鸾凤，以托君子；飘风云霓，以为小人。其辞温而雅，其义皎而朗。凡百君子，莫不慕其清高，嘉其文采，哀其不遇，而愍其志焉。"(《楚辞章句·离骚序》。)淮南、叔师之论，甚得骚人之旨。魏文帝《典论》云："优游按衍，屈原尚之。穷侈极妙，相如之长也。然原据托譬喻，其意周旋，绰有余度。长卿、子云不能及。"而刘氏《辩骚》，尤极推崇。观其首陈氏族，次列祖考，又次述生辰名字，开后人自叙之端。（本刘知幾说。）中间就重华陈辞一段，设想渐奇，乃至欲叩帝阍，倚闾阖，求宓妃，见有娀，鸾皇为之使，鸩鸠为之媒，上下求索，幻想无方；及乎终篇浪游崑崙一段，尤复恣意言之，而终之以仆悲马怀，蜷局不行。通篇以女嬃、灵氛、巫咸三人为开阖转折之关键，脉络分明，井井不乱。综其词意之富，结构之密，音节之佳，真古今之绝作也。盖屈原以旷代软才，而又楚之懿亲，乃不见用于君，反获罪而窜逐穷荒，此固人情所不能忍者；故其文亦幽忧沉痛，曲折回复，怨慕泣诉，迫于情之所弗容己，与乎世之无病呻吟者异也。世之读者，殆无不悲其遇，悯其志，感其词，而竞为文以悼之。盖自贾谊、刘向、王褒、王逸以下，代不乏人。观扬雄吊屈原，作《反离骚》，投诸江流，又作《广骚》一篇（《汉书·扬雄传》）；应奉著《感骚》三十篇（《后汉书·应奉传》）；梁竦为《悼骚赋》，系玄石而沉之（《后汉书·梁竦传》）；柳宗元贬永州司马，亦效《离骚》数十篇(《唐书·柳宗元传》)；而王孝伯且谓无事痛饮，熟读《离骚》，便可称名士(见《世说新语·任诞》篇)。故陆放翁诗谓"名士真须读《楚辞》"也。其见重于世如此。盖其情之感人也深，故其影响于艺林也亦巨。

三、《天问》 《天问》一篇，文体与《离骚》诸篇不同，大抵以四言为主。近有疑其非屈子作者，未有以见其必然也。观其控引天地，综览人物，上自古初，下迄当世，凡自然现象之变迁，殊方物类之珍怪，神话历史之传述，善恶邪正之果报，无不致疑，其所问往往极有价值，而为今日科学家穷年累月所不能解决者，固不应仅以文章目之也。古籍湮没，文义难晓，惟与《山海经》、《竹书纪年》多有合者。昔人多谓屈子竭忠尽智，而障于谗，故作此篇，以渫愤懑，舒泻愁思，因托之以讽谏；盖史公所谓天者人之始，劳苦倦极，未尝不呼天之意耳。故洪兴祖曰："楚之兴衰，天邪人邪？吾之用舍，天邪人邪？国无人，莫我知也。知我者，其天乎？此《天问》所为作也。太史公读《天问》悲其志者以此。"然考"天问"之义，实非问天。屈子遭谗放逐，又目睹国势阽危，岌岌不可以终日，其文固多忧愁幽思，存君兴国之感，顾《天问》之作，似非专为抒愁讽谏而发也。(余别有专论。其义略见前章，读者参之。)王逸谓其文不次序，然细绎之，自天地山川，以次及人事，追述往古，而终之以楚先，未尝无次序存焉。至其词或长言，或短句，或错综，或对偶，或一事而累累反覆，或数事而镕成一片，古奥逸宕，佶倔流利，兼而有之，可谓极文章变幻之能事已。后世效其文者，有傅玄《拟天问》，郭璞《山海经图赞》，《颜氏家训·归心》篇，柳宗元《天对》，刘禹锡《问大钧赋》，孔平仲《星说》等篇。(《困学纪闻》九已略及之。)

四、《九章》 《九章》九篇，《惜诵》、《涉江》、《哀郢》、《抽思》、

《怀沙》、《思美人》、《惜往日》、《橘颂》、《悲回风》是也。王逸曰："屈原放于江南之野,思君念国,忧心罔极,故复作《九章》。——章也,著也,明也;言己所陈忠信之道甚著明也。"朱子曰："屈原既放,随事感触,辄形于声。后人辑之,得其《九章》,非必出于一时之言也。"按晦翁谓《九章》非一时所作是也,其谓《九章》乃后人编辑所加之名则非也。盖最先辑录《楚辞》者为刘向,而《九叹·忧苦》章云:"叹《离骚》以扬意兮,犹未殚于《九章》。"是《九章》之名起于中垒以前,(余前举《扬雄传》证西汉时无《九章》之名,大误,合亟正之。)而与《九歌》、《九辨》同为作者原有之篇题可知矣。惟其义是否如叔师之说,则末由验之耳。(章或为乐名,"大章"本古乐。)今以九篇之次第考之,《惜诵》但言遇罚,言"愿曾思而远身",无一语及放逐时事,当是怀王时谏绝齐不听,被逸去职后所作,《抽思》及《悲回风》,则怀王朝放居汉北所作。其后顷襄王迁屈原于江南,作《思美人》。越九年,至夏浦,上陵阳,作《哀郢》。自夏浦至溆浦,作《涉江》及《橘颂》。自溆浦至长沙,将沉汨罗,作《惜往日》,此其大略也。(诸家说《九章》时代,颇有异同。)至其文词,亦有极可疑者,如《惜往日》一则曰贞臣无辜,再则曰贞臣无由。又曰:"临沅湘之玄渊,遂自忍而沉流;卒没身而绝名,惜壅君之不昭。"(曾涤生亦谓其文不类,疑为赝作,见《求阙斋读书录》六。)而《悲回风》亦曰:"骤谏君而不听,重任石之何益?"皆似后人追悼之辞,不类屈子自道之语。然此外亦无有征验,姑仍旧说可也。《九章》之辞,大抵纡轸烦冤,反覆陈诉,要不出乎《离骚》之旨,而以《涉江》、《哀郢》、《思美人》为尤佳。(《悲回风》一篇音节有特异者。)

五、《招魂》 《招魂》一篇,王逸以为宋玉怜哀屈原而作,此或别有所据。然以《史记·屈贾传赞》考之,其说非也。(孙志祖谓史公所云《招魂》,实指今之《大招》,恐亦臆说,参阅下章论《大招》节。)其主屈子作者,又有自招与招怀王之异说,(余曩亦主自招之说。)迄今尚无定论。尝考《韩诗章句》说《郑风·溱洧》之诗云:"郑国之俗,三月上巳之辰,于溱洧两水之上招魂续魄,秉执兰草,祓除不祥;故诗人愿与所说者俱往观之。"后世上巳修禊,其遗风也。楚郑接壤,招魂之俗,度亦相同。今《招魂》言"献岁发春",又言"极目千里伤春心",是屈子作《招魂》时亦在春月,其犹楚郑间之旧俗欤?观沈佺期《三月三日独坐骧州诗》云:"谁念招魂节,翻为御魅囚?"王绩《三月三日赋》亦云:"新开避忌之俗,更作招魂之所。"则唐人犹知上巳修禊为古者招魂节之变也。至宋人竞渡多用春月者,乃世人以此篇旧皆指为招屈而作,(按刘禹锡有《招屈亭诗》。)故混五月五日竞渡与三月上巳招魂二事为一。于是民间古俗乃为三闾所独占矣。(参阅《楚辞概论·竞渡考》)又按此篇"乱辞"有叙猎一节云:"青骊结驷兮齐千乘,悬火延起兮玄颜烝。步及骤处兮诱骋先,抑骛若通兮引车右旋。与王趋梦兮课后先,君王亲发兮惮青兕。""乱"为总结一篇主旨,则《招魂》之本事必与畋猎有关。考《吕览·至忠》篇载荆庄哀王猎于云梦。(按当作庄王,无哀字。《说苑·立节》篇、《渚宫旧事》、《御览》八百九十皆可证。)射随兕,中之。(随兕《说苑》作科雉,何孟春《余冬序录》谓无人识之。杨慎以为随母之兕,出科之雉,见《谭苑醍醐》。)申公子培劫王而夺之。王以为不敬,将诛之。左右皆谏,曰:"子培,贤者也。……此必有故。"不出三月,子培疾而死。后荆与晋战,大胜,归而赏有功。子培之弟请赏于吏,曰:"人有功于军旅,臣兄有功于车下。"王曰:"何谓也?"对曰:"臣之兄尝读故记曰:'杀随兕者,不出三月。'是以惊惧而争之,故伏其罪而死。"王视故记,果有,乃厚赏之。疑《招魂》所谓"君王亲发惮青兕"者,即指是事也。且《吕览》称庄王猎于云梦,与此文"与王趋梦课后先"之语亦合。若然,则屈子或有感于子椒之忠而为文以招之欤?(楚人信鬼巫。子椒死于兕,则是兕能为祟,以摄其魂魄,故篇中遂及此事。)由是言之,则屈子自招与招怀王之说,似皆不可信矣。其非宋玉招屈之作,尤不待论。(友人陆君侃如尝疑《招魂》所述,必当时楚君有南猎不反者,词臣哀之,为作此篇,引《楚策》安陵君从由一段以为例,所见甚卓。见所编屈原宋玉二书中。然以今考之,其说犹有间也。)篇中杂陈宫室饮食女色珍宝之盛,琦玮谲诡,辞藻甚丰,其铺张处,已开汉赋之先声。诚《楚辞》中之上乘也。语尾皆缀以"些"字,亦属创格。

六、《远游》 《远游》者,屈子游仙之意也。神仙之学,出有黄老,黄老之学,盛于战国,举其著者,若《管子·内业》篇已备言养气长寿之术,《楚策》亦载有献不死之药于荆王者。而庄子书屡言导引之事,邹子故有《重道延命方》。(说见前章。)此皆先秦旧籍,彰彰可见,非秦皇汉武始为之。然则于屈子之《远游》何疑焉?且《离骚》中即多有神游之文,此篇周历四方,正与《骚经》相表里;而临睨旧乡,马顾不行数语,其本旨固犹是也;孰谓其真有慕于此道哉?读者不解斯义,是以竟以一部《楚辞》皆为秦博士作矣。(见近儒井研廖氏所著《楚词讲义》、《离骚释例》、《高唐赋新释》等书。)方士之诞妄,且谓屈子斥居沅湘,披蓁茹草,采栢实,和桂膏,以养心神矣。(见《拾遗记》,而沈下贤《屈原外传》采之。)重诬古人,孰有甚于此者乎?此篇结构整齐,条理明析,其旨精微,词复俊爽,断非秦汉方士所能为。篇中连语独多,且每韵中双声叠韵之词交相为用,故音节又极调协。其天地无穷数语,则东方朔《七谏》、庄忌《哀时命》、冯衍《显志赋》、陈子昂《登幽州台歌》,莫不辗转仿效。而司马相如《大人赋》且全袭此篇。(余襄辨《远游》为汉人所依托,乃皮相之论。)

十五　宋玉及其他作者

宋玉事无可考。惟《史记》于《屈原传》末特缀数语云："屈原既死之后，楚有宋玉、唐勒、景差之徒者，皆好辞而以赋见称。然皆祖屈原之从容辞令，终莫敢直谏。"据此，宋玉之生，后于屈原，且似有官守言责者。史公语焉不详，盖其时已不可考矣。班氏《艺文志》谓其楚人，与唐勒并时，在屈原后，即据《史记》为说。顾俱未确指为何时人。又按王逸《九辩序》云："宋玉者，屈原弟子也。悯惜其师忠而放逐，故作《九辩》以述其志。"宋玉师事屈原，他书无见，叔师所言，恐未可信。《序》又言楚大夫，亦不知其何据。疑止就《史》、《汉》、《楚辞》诸书而臆度言之耳。至《韩诗外传》及《新序·杂事》篇均载宋玉因其友见楚襄王事，(《外传》上言见楚相，而下文忽称事王，当是驳文，宜从《新序》。)《新序》又有宋玉对威王问，(《文选》威王作襄王。)而《北堂书钞》三十三引《宋玉集序》又言其事楚怀王。记载纷歧，莫衷一是。惟以《史记》所言准之，似作襄王时人为是，其或言威王，或言怀王，皆非也。今观《九辩》有云："坎廩兮，贫士失职而志不平。"又云："愿赐不肖之躯而别离兮，放游志乎云中。"是宋玉曾登仕籍，似无疑义。其他诸书所称，多后人附会之辞，未可据也。

《艺文志》载宋玉赋十六篇，《隋志》有《宋玉集》三卷。今流传者,《楚辞》有《九辩》、《招魂》二篇,《文选》有《风赋》、《高唐赋》、《神女赋》、《登徒子好色赋》四篇,《古文苑》有《笛赋》、《大言赋》、《小言赋》、《讽赋》、《钓赋》、《舞赋》六篇,合计之,共得十二篇,尚不足《班志》之数。而《招魂》一篇本屈原所作;(已见前章。)《舞赋》一篇直从傅毅《舞赋序》杂钞而成;《文选》及《古文苑》所载诸篇又均出于依托。凡此大抵以楚襄王、唐勒、景差之言与事妆点成文,千篇一律,可疑滋甚。且宋玉以楚人仕楚,自言其国之君,何须冠以楚称耶? 其为后人伪托无疑矣。况此种赋体,汉初尚未完成,战国时安得有之? 故《高唐》、《神女》虽为词林所乐道,而西汉文人则鲜有及之者,其出世之晚可知。若是,则宋玉之文,今只存《九辩》一篇而已。(焦竑《笔乘》以《九辩》为屈子作者殊非,孙志祖《读书脞录》已辩之。若《文选补遗》又载宋玉《微咏赋》,则因宋王微咏赋而误,胡应麟、杨慎已讥其失,而陈耀文、周婴乃先后为之强辩。其彼此诘驳之言,详见《诗薮》、《正杨》、《卮林》等书,又参阅《戏瑕》。)

王逸曰:"辩者,变也;谓陈道法以变说君也。九者,阳之数,道之纲纪也。"此曲说耳。考《九辩》为古乐之名,一见于《离骚》,再见于《天问》,又见于《山海经》,(叔师以为禹乐,郭璞就《经》文解之,以为天帝乐。)非宋玉之所创也。辩变之云,岂其本旨哉? 且如其言,《九歌》又作何解耶? 故王夫之更之曰:"辩,犹遍也;一阕谓之一遍。盖亦效夏启《九辩》之名,绍古体为新裁,可以被之管弦。其词激宕淋漓,异于风雅,盖楚声也。"(《楚辞通释》)《九辩》之为九遍,其义确否不可知,而谓宋玉借古乐为题,以抒其悲感,则其说甚当也。又此篇本无分题,与《九歌》、《九章》不同。注家或分为十章,或分为九章,皆各以章为之。然有不可泥者,则以九为实数是也。(按此须以词意及韵调之起讫为准。如于此无害,则章数之分合亦自可以不拘。)至篇中之文多袭取屈子之语,如云:"聊逍遥以相羊。"又云:"载云旗之委蛇。"此《离骚》之文也。又云:"尧舜之抗行兮,瞭冥冥而薄天;何险巇之嫉妒兮,被以不慈之伪名?"又云:"憎愠惀之修美兮,好夫人之慷慨。众踥蹀而日进兮,美超远而逾迈。"此《哀郢》之文也。至如"何时俗之工巧兮,背绳墨而改错?圜凿而方柄兮,吾固知其鉏铻而难入。"及"宁戚讴于车下兮,桓公闻而知之"等句,皆用《离骚》成语而略易其词。故王逸指为哀师,注家咸释为代屈为辞也。然观末章"愿赐不肖之躯而别离"云云,其事则与屈子绝异:盖屈子乃遭谗见放,而宋玉殆事君不得而自请去职者耳。然则《九辩》之为宋玉自悲身世,而非为哀屈而作也审矣。大抵玉之遭遇略同于原,而又原之后辈,习见其文,故其写坎轲抑塞之怀,多取《离骚》、《九章》之语,亦自然之理也。与汉人之悼屈而多剿袭其辞者异矣。

《九辩》为《楚辞》中之上乘,形式开拓,描写入神,音节尤凄婉动人;后有拟作,蔑以加焉。录其首章,以觇一斑:

悲哉,秋之为气也!萧瑟兮,草木摇落而变衰。憭栗兮,若在远行,登山临水兮,送将归。泬寥兮,天高而气清,寂寥兮,收潦而水清。憯凄增欷兮,薄寒之中人,怆怳懭悢兮,去故而就新。坎廪兮,贫士失职而志不平,廓落兮,羁旅而无友生。惆怅兮,而私自怜。燕翩翩其辞归兮,蝉寂漠而无声;雁雝雝而南游兮,鹍鸡啁哳而悲鸣。独申旦而不寐兮,哀蟋蟀之宵征。时亹亹而过中兮,蹇淹留而无成。

宋玉悲秋，久为艺林所艳称。杜甫诗云："悲秋宋玉宅，失路武陵源。"又云："垂白冯唐老，清秋宋玉悲。"又云："摇落深知宋玉悲，风流儒雅亦吾师。"并因《九辩》首二语而言之耳。今观其辞，参差错落，伸缩自如，已变屈子文法，绝不墨守成规，袭其面貌。而御以峻急之气，醒快生动，几令人忘其为骚体之文也。是盖《楚辞》之演变而渐近于汉赋者。李商隐诗云："何事荆州百万家，惟教宋玉擅才华？"不虚美矣。屈宋并称，夫岂偶然？

屈原之后，与宋玉并时者，有唐勒、景差。《艺文志》载唐勒赋四篇，今并不传；然《楚辞》中无唐勒赋，是中垒已未之见，不知班氏何由著录。至景差之赋不见于《班志》，则西汉时亦已亡之矣。晚出《小言赋》称楚襄王既登阳云之台，令诸大夫景差、唐勒等并造《大言赋》，盖不可信也，惟《楚辞·大招》一篇，王逸引或说以为景差所作，又云疑不能明。而朱子独谓"以宋玉大、小《言赋》考之，凡差语皆平淡醇古，意以深靖闲退，不为词人墨客浮夸艳逸之态；然后乃知此篇决为差作无疑"（见《楚辞集注》。）晦翁此言，未免武断。无论大、小《言赋》为后人伪托，不足据。即或不然，又安见景差之语与《大招》之辞相应耶？况《汉志》缺而不载，叔师致其疑词，渺茫无征，遽加臆断，真捕风系景之谈也。

以今考之，作《大招》者非景差，亦非屈原，盖秦汉间人模拟《招魂》之作，不必实有其所招之人也。（注家多谓《大招》为屈子所作。孙志祖《读书脞录》且谓史公所云《招魂》，即《大招》也。盖此篇本名《招魂》，后人以宋玉又有《招魂》之作，故以此为《大招》。而宋玉所作，又名《小招魂》，见张载《魏都赋注》。此则后人误信叔师之言，反取以为证，颠倒本末，绝非事实矣。要其故在不识《大招》之为拟作耳。）按《招魂》历叙服物饮食歌舞之盛，有云："秦篝齐缕,郑绵终些。和酸若苦,陈吴羹些。二八齐容,起郑舞些。吴歈蔡讴,秦大吕些。郑卫妖玩,来杂陈些。晋制犀比,费白日些。"而《大招》仿之云:"鲜蠵甘鸡,和楚酪只。吴酸蒿蒌,不沾薄只。吴醴白蘖,和楚沥只。代秦郑卫,鸣竽张只。伏羲《驾辩》,楚《劳商》只。讴和《扬阿》,赵箫倡只。"观《招魂》所举七国,楚独阙如;而《大招》则七国之中,言楚者三。此又何也?是有故焉。盖《招魂》者,屈原之所作也,原,楚人也;故其列举四方嘉肴异味,清歌妙舞,而不及于本国者,宜也。若《大招》则非楚人所作,乃出于后人之所拟;其视楚也,亦犹屈子之视秦晋郑卫也;故一则曰和楚酪,再则曰和楚沥,三则曰楚《劳商》,直视楚赵秦吴等国为一体而外之者,亦宜也。使果作于屈原或景差,或其他战国时楚人,其叙述必不如此。

又按《大招》有云:"青色直眉,美目婳只。"考《礼记·礼器》:"或素或青,夏造殷因。"郑康成注曰:"变白黑言素青者,秦二世时,赵高欲作乱,或以青为黑,黑为黄;民言从之,至今语犹存也。"《礼记》汉儒所述,故谓黑为青。今《大招》亦以黑眉为青眉,若果战国时人所作,胡为作秦以后语耶?成知其必秦汉间辞人所为也。观其篇首无叙,篇末无"乱",止效《招魂》中间一段;文辞既远弗逮,而摹拟之迹甚显。其为晚出殆无疑焉。

《楚辞》又有《卜居》、《渔父》二篇,自来咸指为屈子作。王逸之序《卜居》云:"屈原体忠贞之性,而见嫉妒。念谗佞之臣,承顺君非而蒙富贵,己执忠直而身放弃,心迷意惑,不知所为,乃往至太卜之家,稽问神明,决之蓍龟,卜己居世何所宜行。冀闻异策,以定嫌疑,故曰《卜居》也。"又序《渔父》云:"屈原放逐在江湖之间,忧愁吟叹,仪容变易。而《渔父》避世隐身,钓鱼江滨,欣然自乐。时遇屈原川泽之域,怪而问之,遂相应答。楚人思念屈原,因叙其辞以相传焉。"叔师所言,即据二篇之文而衍说之,他无所考也。然其以《渔父》一篇为后人所记,与其序《天问》谓出楚人论述之意相同,斯则极为有见。按《史记·屈原传》于顷襄王怒迁屈子之后,即接叙屈原至于江滨,被发行吟泽畔,颜色憔悴,形容枯槁。渔父见而问之云云,是史公之于渔父也,固取为屈子之轶事而载之,而不目为屈子之文章明矣。叔师谓楚人叙其辞以相传者,其亦见及此乎?今考《卜居》之名,本于《离骚》,(《离骚》云:"索藑芳以筳篿兮,命灵氛为余占之。"又云:"欲从灵氛之吉占兮,心犹豫而狐疑。"此盖《卜居》所本。)《渔父》之名,同乎《庄子》,皆后世赋家托于屈子之事而为之者也。姑以文体论之:凡屈原诸赋,惟《天问》一篇与《诗经》相似,余则俱为骚体,其句法之长短,韵脚之形式,及助词之位置,大抵皆有一定,方诸《诗经》则稍纵,比之汉赋却仍拘。盖《诗骚》汉赋,体制各殊,其演变之序极自然而合乎规律:《诗》主四言,《骚》加"兮"字,而稍稍扩张之,汉赋则全以散体行之也。(其骚体则摹古之作,不在此限。)《卜居》、《渔父》二篇,句法参差,韵式靡定,变骚赋为散文,实与汉赋相接,盖文艺之一大进步也。崔述论之曰:"周庾信为《枯树赋》,称殷仲文为东阳太守,其篇末云'桓大司马闻而叹曰……'云云,仲文为东阳时,桓温之死久矣。然则是作赋者托古人以畅其言,固不计其年世之符否也。谢惠连之赋雪也,托之相如;谢庄之赋月也,托之曹植;是知假托成文,乃词人之常事。(按顾炎武《日知录》已发此旨。)然则《卜居》、《渔父》亦必非屈原之所自作。《神女》、《登徒》亦必非宋玉之所自作明矣。但惠连、庄、信,其时近,其作者之名传,则人皆知之;《卜居》、《神女》之赋,其世远,其作者之名不传,则遂以为屈原宋玉之所作耳。"(见

《考信录·考古续说》。)东壁此论,真达识也。(按《渔父》一篇引"新沐者必弹冠"数语,亦见《荀子·不苟》篇及《韩诗外传》一,并出屈原后。王伯厚尝以为疑。而徐师曾《文体明辨》引祝尧说,谓《卜居》乃从荀卿诸赋"者邪""者与"等句法变化而来。果尔,则作《渔父》者或亦袭用荀子之文,未可知也。)

十六　糅合南北之赋家荀卿

荀卿名况,赵人。为北方大儒。《毛诗》、《鲁诗》、《韩诗》、《左传》、《春秋》、《穀梁春秋》皆其所传,而犹长于《礼》。年十五,(《史记·荀卿传》作五十,应劭《风俗通》作十五。)始游学于齐。时田骈之属皆已死。齐襄王时,荀卿最为老师。齐尚修列大夫之缺,而荀卿三为祭酒焉。齐人或谗荀卿,荀卿乃适楚,而春申君以为兰陵令。春申君死,而荀卿废,因家兰陵。李斯尝为弟子,已而相秦。荀卿嫉浊世之政,亡国乱君相属,不遂大道,而营于巫祝,信机祥;鄙儒小拘如庄周等,又滑稽乱俗;于是推儒墨道德之行事兴坏,序列著数万言而卒,因葬兰陵。按荀子得年极高,其适楚时,约在东周灭亡之际,时年约六十。而《盐铁论·毁学》篇且谓李斯相秦,荀子为之不食,是荀子且及见秦始皇统一六国矣。其生卒不甚可考,大抵死于始皇三十年前后,上距屈原之死,几及百年。

《汉志》儒家有《孙卿子》三十三篇。孙卿即荀卿,音相近耳。今所传荀子书止三十二篇,自《劝学》迄《尧问》是也。其中《劝学》、《礼论》、《乐论》诸篇与《大戴礼记》之《劝学》、《礼三本》,及《小戴礼记》之《乐记》大同小异,未审孰为先后,意者今三十二篇中多后人杂缀之文欤?荀子之学,源出孔氏;其书大旨在劝学隆礼,尽人事而不信天命,道尧舜而又法后王;其"性恶"之说,更与孟

十六　糅合南北之赋家荀卿

子相反。然其宗法圣人，诵说王道，则固与孟子无殊。其《非十二子》（王应麟引《韩诗外传》四止云十子，无子思、孟轲，谓非十二子者，其徒韩非、李斯所加。然思、孟在当时亦与诸子等耳，不足怪也。）《天论》、《解蔽》诸篇，于诸子多所评驳，亦颇得其当，要不失为儒学正传，故韩愈谓其大醇而小疵也。其文略好铺张，有赋家习气，然娓娓陈说，词达理举，而锋芒敛抑，略无廉隅可迹，与孟轲、庄周不同。

《艺文志》"诗赋略"又有孙卿赋十篇，盖在三十二篇之外者。惟今《荀子》有《成相》一篇，《赋篇》一篇，分咏"礼"、"知"、"云"、"蚕"、"针"五事，篇末复以《佹诗》二首，体甚奇特。是否原在十篇之内，为后人移入本书者，不可知矣。兹录其一篇于后：

> 有物于此：生于山阜，处于室堂。无知无巧，善治衣裳；不盗不窃，穿窬而行；日夜合离，以成文章；以能合从，又能连横；下覆百姓，上饰帝王。功业甚博，不见贤良。时用则存。不用则亡，臣愚不识，敢请之王？王曰："此夫始生巨，其成功小者耶？长其尾而锐其剽者耶？头铦达而尾赵缭者耶？一往一来，结尾以为事。无羽无翼，反覆甚极。尾生而事起，尾邅而事已。簪以为父，管以为母；既以缝表，又以连理。——夫是之谓'箴理'。"——《针》。

今观其词，以四言为主，《诗经》之变体也。而班固论之云："大儒孙卿，及楚贤臣屈原，离谗忧国，皆作赋以风，咸有恻隐古诗之义。"是荀子之赋之与屈子同者，不在其文辞而在其主旨也。主旨维何？讽刺是已。考"三百篇"固多讽刺之诗，而尤著者莫过于战国时滑稽家之隐语,荀子诸赋亦其类也。按《史记·滑稽传索隐》云:"滑,谓乱也;稽,同也。以言辨捷之人,言非若是,说是若非,能乱同异也。《楚辞》云:'将突梯滑稽,如脂如韦。'"又引姚察云:"滑稽,犹俳谐也。以言谐语滑利,其智计疾出,故云'滑稽'也。"今按滑稽家唯一之能事,全在出口成章,吐词不竭,以诙谐之情,寓讽谏之意,当时号之曰"隐"。《汉志》杂赋家有《隐书》十八篇,是也。颜师古引刘向《别录》云:"《隐书》者,疑其言以相问,对者以虑思之,可以无不论。"《文心雕龙·谐讔》篇云:"讔者,隐也;遁辞以隐意,谲譬以指事也。"是以齐威王喜"隐",而淳于先生即以大鸟说之,使罢长夜之饮。(见《史记·滑稽传》。)靖郭君城薛,客以大鱼说之,使辍已成之事。(见《战国策·齐策》。)而无盐女之讽谏宣王,亦用隐语,而大类滑稽。(见《新序·杂事二》。)即晏子之谲谏齐景公亦往往有此。(杂见《晏子春秋》。)至于楚国,则伍举进"隐"以谏庄王;(见《史记·楚世家》及《新序·杂事二》,《吕览·重言》篇作成公贾诤庄王。)优孟谏葬马及为孙叔敖衣冠;(见《滑稽传》。)庄辛之论幸臣,以蜻蜓黄雀为喻。(见《楚策》)是则春秋战国之时,齐楚之人无不乐以隐戏为讽谏。(参阅下章)虽曰一时之风尚,实即推广"三百篇"以诗为刺之义。屈原楚人,生逢其时,又当其地,故其赋好以美人、香草、善鸟、恶禽等等为讽喻。荀卿在屈原后,既游学于齐,三为祭酒,又宦游于楚,久客春申,其文自不免有稷下郢中之风;观其所为隐语诸赋,固明明《隐书》与屈赋二者之糅合物也。其与滑稽家异者,不过庄谐之分而已。(参阅鄙著《屈赋考源余论》)

又按荀卿诸赋,虽貌似《诗经》,而朔风变楚,文亦间用骚体;盖其居楚甚久,沉浸濡染,不能不受屈宋文体之影响也。故《儒效》篇云："井井兮其有理也，严严兮其能敬己也，分分兮其有终始也，猒猒兮其能长久也，乐乐兮其执道不殆也，炤炤兮其用知之明也，修修兮其用统类之行也，绥绥兮有文章也，熙熙兮其乐人之臧也，隐隐兮其恐人之不当也。"观其以骚体韵文赞大儒之德，自是有意为之。又《佹诗》第二章"璇玉瑶珠"以下四句"也"字，《楚策》皆作"兮"字。（按《楚策》及《韩诗外传》并载荀子《遗春申君书》，有此诗，而皆冠以"因为赋曰"四字，其文小异。）至《佹诗》第一章之"反辞"，说者以为犹《楚辞》之"乱曰"，其"小歌"，则屈赋中之"少歌""倡曰""重曰"之类耳。其曰"螭龙为蝘蜓，鸱枭为凤皇。比干见剖，孔子拘匡"，大抵皆取《九章》、《九辩》中之词意也。（按《惜誓》云："黄鹄失时而寄处兮，鸱枭群而制之；神龙失水而陆居兮，为蝼蚁之所裁。"贾谊《吊屈原赋》云："鸾凤伏窜兮，鸱鸮翱翔。"并展转仿效之。）然则荀子虽北方之学者，而亦乐效南人之辞赋，故其文之形质遂能兼备南北之长；班氏举之以配屈原，有以也夫。

荀卿赋又有《成相》一篇，其体于古罕见，如云：

请成相：世之殃；愚暗——暗愚堕贤良。人主无贤，如瞽无相何伥伥？　请布基，慎圣人；愚而自专事不治。主忌苟胜，群臣莫谏必逢灾。　论臣祸，反其施；尊主安国尚贤义。拒谏饰非，愚而上同国必祸。　曷谓罢？国多私；比周还主党与施。远贤近谗，忠臣蔽塞主执移。　曷谓贤？明君臣；上能尊主爱下民。主诚听之，天下为一海内宾。……

愿陈辞，□□□，世乱恶善不此治。隐讳疾贤，良（当作"长"）由奸诈鲜无灾。　患难哉，阪为先！圣知不用愚者谋。前车已覆，后未知更何觉时？　不觉悟，不知苦，迷惑失指易上下。中不上达,蒙掩耳目塞门户。 门户塞,大迷惑,悖乱昏莫不终极。是非反易,比周欺上恶正直。 正直恶,心无度,邪枉辟回失道途。已无邮人;我独自美岂独("独"字衍)无故?

"成相"之义,说者不一。《汉志》有《成相杂辞》十一篇,列杂赋家;杨倞以为亦赋之流,是也。(王应麟《考证》云:"淮南王亦有《成相》篇,见《艺文类聚》。")惟杨注又引或说,以为成功在相;而《东坡志林》则谓"孙卿子书有韵语者,其言鄙近。《成相》者,盖古讴谣之名也。疑所谓'邻有丧,舂不相',及《乐记》云'治乱以相'训也。亦恐由此得名。"朱子亦云:"相者,助也,举重劝力之歌。《史》所谓'五羖大夫死,而舂者不相杵'是也。"(见《楚辞后语》)卢文弨本之云:"《礼记》,治乱以相,相乃乐器,所谓舂牍。又古者瞽必有相。审此篇音节,即后世弹词之祖。篇首即称'如瞽无相何伥伥',义已明矣。首句'请成相',言请奏此曲也。《汉志》《成相杂辞》惜不传,大约托于瞽矇诵讽之辞,亦古诗之流也。《逸周书·周祝解》亦此体。"而王引之又谓相者,治也;"成相"者,成此治也。"请成相"者,请言成治之方也。"成功在相",稍为近之。卢以"相"为乐器,则"成相"二字义不可通。且乐器多矣,何独举舂牍言之乎?若篇首称如瞽无相,乃指相瞽之人,非乐器,亦非乐曲也。(见《读书杂志》八之八)俞樾又引伸卢说,谓其说则是,惟引证皆失之。盖既以为乐器,又以为瞽必有相,义又两歧矣。此"相"字即《曲礼》"舂不相"之"相",郑注曰:"相,谓送杵声。"盖古人于劳役之事,必为讴歌以相劝勉,亦举大木者呼"邪许"之比,其乐曲即谓之"相"。"请成相"者,请成此曲也。(见《诸子评议》十五)今按卢、俞二家所云,俱本《志林》,而荫甫之说稍融。王伯申成治之训非也。果如王说,"请成相"即请言成治之方,则本篇末章即首言"请成相,言治方",岂非词意重复之甚者乎?且此篇虽杂论君臣治乱之事,而其文则为通俗之体,东坡所谓鄙近讴谣,卢氏所谓弹词之祖,是也。故其第二章末言托于成相以喻也。明"成相"为古者鄙俗歌曲,借此以通讽谕耳。若"成相"即成此治道之意,则是本与篇中之旨相应,何托以喻意之云乎?是以知其不然也。至其文例以四句为一章,句皆有韵;首二句三言,第三句七言,第四句十一字,多以上四下七为句。然亦有上八下三者,如"人主无贤,如瞽无相,何伥伥"及"愚以重愚,暗以重暗,成为桀"是也。有上六下五者,如"下以教诲子弟,上以事祖考"及"郭公长父之难,厉王流于彘"是也。此其变例耳。(按篇中间有不合此例者,盖有阙文。)

十七　先秦之小说

　　古之所谓"小说"者,盖对大道而言。故《庄子·外物》篇云:"饰小说以干县令,其于大达亦远矣。"观其以小说大道对举,则其义自见矣。盖古之所谓道术者,无乎不在。道之体无所不赅。古者,学有专门,亦各有专守,其官师所掌,凡理乱之巨,物曲之细,皆所谓道也。后世九流百家,莫非六典之遗,而皆各得道体之一端,乃能持之以成一家之说。于是得其大者为大道,儒墨是也;得其小者为小道,小说百家是也。夫道不一端,则事无偏废,闾巷委琐之谈,乡曲野人之语,虽若非大道所存,苟其有裨于人事,足资乎借鉴者,君子取之;《诗》所谓"询于刍荛",孔氏所谓"不以人废言","虽小道必有可观者",斯古之所谓小说也。

　　原夫小说之兴,与《诗》同源。《诗》出民间,小说亦然;《诗》主讽谕,小说亦然;《诗》之用,王者取之以观风俗,知得失,小说又无不然。《汉志》云:"小说家者流,盖出于稗官。街谈巷语,道听途说者之所造也。"又云:"闾里小知者之所及,亦使缀而不忘;如或一言可采,此亦刍荛狂夫之议也。"如淳释之曰:"王者欲知闾巷风俗,故立稗官,使称说之。"明乎小说起自民间,而采录则由官府。尝考其言,不尽无稽。《周礼·夏官》:"训方氏掌道四方之政事,与其上下之志,诵四方之传道。正岁则布而训四方,而观新物。"郑氏注云:

"传道,世世所传说往古之事。为王诵之,布告以教天下,使知世所善恶。"夫不有采缀,焉能传诵？不关惩劝,焉取布训？然则稗官者,其训方氏之流欤？今以古者采诗之事推之,则稗官或训方氏之采辑四方之传道,(即小说也。)其方法及旨趣当无以异。班氏之言,盖可信矣。

考先秦所谓小说,约有四端:

一曰歌谣谚语。歌谣谚语本为韵文,"三百篇"中多有之；然考其性质,实亦古之所谓小说。事有原其始而不可分者,此其一也。约举其例,如《左传》引谚曰:"匹夫无罪,怀璧其罪。"又曰:"辅车相依,唇亡齿寒。"又曰:"畏首畏尾,身其余几？"又曰:"虽鞭之长,不及马腹。"《国语》引谚曰:"众志成城,众口铄金。"又曰:"从善如登,从恶如崩。"《孟子》引齐人之言曰:"虽有智慧,不如乘势；虽有镃基,不如待时。"《礼记·大学》引谚曰:"人莫知其子之恶,莫知其苗之硕。"《韩非子》引谚曰:"不蹶于山,而蹶于垤。"(《六反》。)又曰:"虏自卖裘而不售,士自誉辩而不信。"(《说林下》。)又曰:"长袖善舞,多钱善贾。"(《五蠹》。)若此之类,难以悉举,而莫不有至理存焉。是固街谈巷语,道听途说者之所造也。又桓谭《新论》所谓"小说家合丛残小语,近取譬论,以作短书,治身理家有可观之辞"者也。(见《文选》江淹《杂体诗·李都尉从军》注引。)故知此等谣谚,虽其一部分见采于诗,而实在古者小说范围之内。

二曰神话传说。神话传说,二者不同。初民智识浅陋,见宇宙万象森罗,往往觉其神异而可惊。基于人类求知之欲望,推理之本能,辄复运其想像思考之力以解释之,是为神话之起原。此等神话即为小说之滥觞。神话稍进而为传说。传说者,异乎神话之全为想像所虚构,而必以一种史实为根据；其所根据,又往往粉饰傅会,终乃底于荒诞不经。由前言之，凡开辟创世，补天立极之说皆是也。由后言之，凡古今一切圣智神勇，天纵天授之人与其事，皆是也。各举数例如次：

《述异记》："昔盘古氏之死也，头为四岳，目为日月，脂膏为江海，毛发为草木。秦汉间俗说，盘古氏头为东岳，腹为中岳，左臂为南岳，右臂为北岳，足为西岳。先儒说，盘古泣为江河，气为风，声为雷。目为电。古说，盘古喜为晴，怒为阴。"（参阅《艺文》一引徐整《三五历记》及《事物纪原》引《五运历年记》。）

《淮南子·览冥训》："往古之时，四极废，九州裂，天不兼覆，地不周载。火爁炎而不灭，水浩洋而不息。猛兽食颛民，鸷鸟攫老弱。于是女娲氏炼五色石以补苍天，断鳌足以立四极，杀黑龙以济冀州，（黑龙，水精。）积芦灰以止淫水。苍天补，四极正，淫水涸，冀州平。"（参阅《楚辞·天问》"康回倾地"条及《列子·汤问》篇。）

《史记·封禅书》："黄帝采首山铜，铸鼎于荆山下。鼎既成，有龙垂胡髯下迎黄帝，黄帝上骑，群臣后宫从上者七十余人，龙乃上去。小臣不得上，乃悉持龙髯，龙髯下堕，堕黄帝之弓。百姓仰望。黄帝既上天，乃抱其弓与胡髯号。故后世名其处曰鼎湖，其弓曰乌号。"（按《大戴礼记·五帝德》已有宰我问孔子黄帝三百年之文，则黄帝仙去，当亦先秦旧说。）

《山海经·海内经》："洪水滔天，鲧窃帝之息壤以堙洪水，不待帝命。帝令祝融杀鲧于羽郊。"（郭璞注："息壤者，言土自长息无限，故可以塞洪水也。"引《开筮》曰："滔滔洪水，无所止极。伯鲧乃以息石息壤以填洪水。")《天问》亦云:"洪泉极深,何以填之?"《淮南子·墜形训》又谓禹以息壤填洪水。(参阅《大荒北经》"禹杀相繇"条。)《天问》又言:"应龙何画?河海何历?"王逸谓禹治洪水时,有神龙以尾画地,道水径所当决者,因而治之。(《大业拾遗记》及《岳渎经》并述之。)则禹之治水,借助于神力,战国时亦有此说。又鲧殛羽渊,其神化为黄熊,并见于昭七年《左传》、《晋语》八及《楚辞·天问》(《中山经》又言鲧化为驾鸟。)此皆鲧禹治水之传说也。

三曰寓言设语。《庄子·寓言》篇:"寓言十九。"《郭象》注云:"寄之他人,则十言而九见信。"成疏云:"寓,寄也。世之愚迷,妄为猜忌,闻道己说,则起嫌疑;寄之他人,则十言而信九矣。故鸿濛、云将、肩吾、连叔之类,皆寓言耳。"然则"寓言"者,托之他人,寄诸往事以为说者也。战国诸子,各执己见,凡欲有所论证,莫不寓言以成其说,而于庄子书为尤多。此在作者为有意杜撰,在后世则为小说之资料,卮言之渊薮矣。凡寓言之造作有二:一为凭空结撰者,一为附会古事者。其例如下:

《孟子·离娄》下篇:"齐人有一妻一妾而处室者。其良人出,则必餍酒肉而后反。其妻问其所与饮食者,则尽富贵也。其妻告其妾曰:'良人出,则必餍酒肉而后反,问其与其饮食者,则尽富贵也;而未尝有显者来。吾将瞷良人之所之也。'蚤起,施从良人之所之。遍国中无与立谈者。卒之东郭墦间之祭者,乞其余,不足。又顾而之他。此其为餍足之道也。其妻归,告其妾曰:'良人者,所仰望而终身也。今若此!'与其妾讪其良人,而相泣于中庭;而良人未之知也,施施从外来,骄其妻妾。"此外如宋人揠苗,(《公孙丑》上篇)校人烹鱼欺子产(《万章》上篇)及《韩非子》之宋人失盗,(《说难》篇)守株待兔,(《五蠹》篇)《列子》之愚公移山,詹何说钩,扁鹊换心,纪昌学射,(并见《汤问》篇)宋人拾契,伐梧取薪,疑人窃铁,齐人攫金(并见《说符》篇)等事,皆此类也。

《列子·说符》篇:"宋人有好行仁义者,三世不懈。家无故黑牛生白犊。以问孔子,孔子曰:'此吉祥也!以荐上帝。'居一年,其父无故而盲。其牛又复生白犊。其父又复令其子问孔子。其子曰:'前问之而失明,又何问乎?'父曰:'圣人之言,先迕而合。其事未究,姑复问之。'其子又问孔子,孔子曰:'吉祥也!'复教以祭。其子归致命。其父曰:'行孔子之言也!'居一年,其子又无故而盲。其后楚攻宋,围其城。民易子而食之,析骸而炊之;丁壮皆乘城而战,死者大半。此人以父子有疾,皆免;及围解而疾俱复。"按此事盖从《左传》影撰而出。《左氏》宣十五年,楚人围宋。宋华元夜登子反之床,有"敝邑易子而食,析骸以炊"之文。然考是时,下距孔子之生尚四十三年(孔子生于鲁襄公二十一年);则此文所谓宋人问孔子云云,实出说者之傅会也。

四曰隐语廋词。隐之义已详前章。廋者,《晋语》五载范文子曰:"有秦客廋辞于朝,大夫莫之能对也,吾知三焉。"韦昭注云:"廋,隐也;谓以隐伏谲诡之言问于朝也。"春秋战国之时,隐戏之风甚盛。考之传记,华元弃甲,城者发睅目之讴;臧纥丧师,国人造侏儒之诵。还无社之求拯,喻智井而称麦麹;(《左传》宣十二)申叔仪之乞粮,歌佩玉而呼庚癸。海鱼大鸟之喻,漆城葬马之谏:凡兹谐隐,并号滑稽。(参阅前章)然亦不失规劝之意,其道盖与诗赋之风谕相通,亦古者小说之流也。尝疑先秦优倡本亦兼习隐戏之书,若今之鼓词说书然。故优孟为楚之乐人,优旃为秦倡侏儒,而并善隐戏;优施,晋倡也,其《暇豫》之歌亦为隐语。降及汉世,东方朔尝博观外家语,(见《补史记滑稽传》,或谓外家语即传记小说。)遂善隐谑,而为滑稽之雄。证知古者滑稽家之隐戏原为小说之书,殆战国时本以乐倡而兼掌稗官之事欤?故刘彦和谓"文辞之有谐讔,譬九流之有小说。盖稗官所采,以广视听"(《文心雕龙·谐讔》篇)。真卓识也。

古之小说,其疆域不外乎此。其在后世,流别浸繁,虽大体亦原本于劝惩,寓情于讽刺,于世道人心不无关系;然作者既多,流品不齐,故或有意幻设,修饰文辞,万口流传,无补匡戒;甚或淫亵秽滥,毒詈恶谑,杂出乎其间。然则小说之名,初非贬辞,及巧者为之,得以售其奸;忌者为之,得以腾其谤;劝百讽一,臧否随情,而犹嚣嚣然哗于众曰,我将以风世正俗也。呜呼!此与骋郑卫之音,曲终而奏雅者何异耶?九流十家之遗,至后世而为人诟病,岂不以此之故哉?

《汉志》小说家所载小说,自《伊尹说》至《黄帝说》,凡九家,二百五十七篇,今其书皆亡。(《虞初周说》虽出汉人,实为荟萃有周一代小说之总集,盖《太平广记》之类。)以意推之,大抵残丛小语,历世相传,递有增饰。晚周之时,诸子云兴,腾说取胜。于是各本所闻,著之编简,虽不免矫诬附会,要非尽向壁虚造者也。故《伊尹》、《鬻子》之书不必真出伊挚、鬻熊,而谓其为非先秦之小说则不可。惟自秦火以后,百家语与《诗书》同罹浩劫;汉兴,搜残拾坠,不免多所散亡。至于刘氏《七略》,已二百年,其中难保无秦汉人附益伪乱之处;斯则原书久佚,莫由验之矣。(诸书虽亡,其散见于古籍所征引者,尚多有之。)

《山海经》十三篇,《汉志》列形法家,隋、唐《志》入地理类,《四库全书》始改隶小说,故其书遂为说部之祖。考两汉诸儒多谓其书伯益所作,其说始于刘歆。歆《上山海经表》云:"《山海经》者,出于唐虞之际。昔洪水洋溢,漫衍中国,鲧既无功,帝尧使禹继之。禹乘四载,随山刊木,定高山大川;益与伯翳主驱禽兽,命山川,类草木,别水土。……禹别九州,任土作贡,而益等类物善恶,著《山海经》,皆圣贤之遗事,古文之著明者也。"《论衡·谈天》、《别通》等篇及《吴越春秋·无余外传》并同。凡此诸说,与《左传》所称禹铸鼎象物,使民知神奸之言,盖同出一源。《列子·汤问》篇称大禹行而见之,伯益知而名之,夷坚闻而志之,亦指此书言也。《史记·大宛传赞》以《禹本纪》、《山海经》并举,而谓其所有怪物,不敢言之,则其书盖亦相类。然而必皆托之禹益者,诚以古者地理之书,必与导山导水及掌上下草木鸟兽,焚烈山泽之事有密切之关系故耳。今观其书,历载夏后启、羿仲、王亥、周文王诸人,及长沙、零陵、桂阳、象郡等秦汉以后地名,断不作于三代以上;然《逸周书·王会》、《楚辞·天问》、《尔雅》、《神农本草》诸书,并与此经相出入,似又不得因此遽指为秦以后人所造;其在西汉,则董仲舒睹重常之鸟,刘子政晓贰负之尸,(按《论衡·别通》篇与刘歆《表》稍异,此参用之。)其为先秦古书,殆无疑义。《四库书目提要》疑为周秦间人所述,而后来好异者又附益之,斯为达识矣。

王伯厚《王会补传》引朱子之言,谓《山海经》记诸异物飞走之类,多云东向,或曰东首,疑本因图画而述之。古有此学,如《九歌》、《天问》皆其类云云,其说甚确。观《大荒东经》称"有困民国,句姓而食(按有脱误)。有人曰王亥,两手操鸟,方食其头。"此文尤为的据。盖经本图说,(郭璞有《山海经图赞》二卷。)古者经图并行,其后《图》亡而《经》犹存。世但见《经》文,诧为怪妄,而不知其本出于图画也。此等图画,大抵古人耳目所及,或虚或实,而历世以来,图画递有增益,故三代秦汉之事皆有之。其中所述,如夸父逐日,精卫填海,十日并出,羿射九日,应龙杀蚩尤,共工杀相柳,启上宾天而得歌辩,皆为神话。记异方殊俗,则有女子国,焦侥国,贯胸国,西王母国,乃至鸟飞解羽之乡,黑齿玄股之国。纪异物珍怪,则有文玉玗琪不死之树,不老不死之草,巴蛇食象,魃雀食人;种种奇谈,不可究诘。即其所记山川地理,亦大半恍惚迷离,莫能稽考。遂令秦汉方士,诱惑人主,使倾心于神仙缥缈之境,肆力乎服食长生之事,未始非此书之影响也。而后世为文艺者,亦往往取材于是。

《穆天子传》六卷,记周穆王巡行西土,见西王母及穆王美人盛姬死事。晋太康二年,汲县人不准盗发魏襄王墓(一说魏安厘王冢),得此书。世或疑之,然《竹书纪年》明云:"穆王十七年,王西征昆仑,见西王母;其年,西王母来朝,宾于昭宫。"与《左传》、《国语》、《楚辞》、《史记·秦本纪》、《赵世家》、《归藏》诸书并合,殆非诬也。《尔雅·释地》,西王母为四荒之一,盖西徼国名,岂秦汉以后神仙家所谓西王母哉?至其书则疑战国时人震眩于邹子大九州之说,托之往事而为之,非实录也。其文多有脱误,不可尽读。所载诗歌数首,前已略论之,兹不赘云。(参阅第八章。)

十八　秦之变古及其文学

　　秦之先曰伯益,出自帝颛顼。尧时佐禹治水,有功,赐姓嬴氏。历夏殷之世,嬴姓多显,遂为诸侯。殷末,有蜚廉者,为纣臣。数传至造父,以善御幸于周穆王,王封以赵城,故更为赵氏。别为赵祖。后有非子,为周孝王养马于汧渭之间;孝王乃封为附庸,邑之于秦,使复续嬴祀,号曰秦嬴。三传至秦仲,为宣王大夫,死于戎。子庄公立,宣王以兵七千使伐西戎,破之。庄公卒,子襄公立。时西戎犬戎与申侯伐周,杀幽王。襄公将兵救周,战甚力,有功;复以兵送平王东徙雒邑,平王封为诸侯,赐以岐西之地;襄公于是始国,与诸侯通使聘享之礼。文公继立,始有史以记事。又数传,至于穆公,始霸西戎。自穆公十七传,至孝公,锐意图富强,布惠振孤,招战士,明功赏。任卫鞅,变法修刑,内务耕稼,外奖首功,开阡陌之利。行之十年,家给人足,山无盗贼;民勇于公战,怯于私斗,国势大振。天子致伯,诸侯毕贺。又屡破魏兵,乃封鞅于商为列侯,号曰商君。孝公卒,惠文、武、昭襄数世,蒙故业,因遗策,连败韩赵魏燕齐楚之师,拓地益广:南取汉中,西举巴蜀,东削诸侯之地。盖惠王相张仪,以连衡解散从约;昭襄王相范雎,远交近攻,又以白起为将;故攻伐愈亟,略地愈众。三传至始皇,遂先灭韩,次灭赵魏,又次灭楚,灭燕,二十六年,灭齐。于是六王毕,四海一,废封建之制,分天下为三十六郡,始开我族大统一之局焉。

秦并天下,一切法令多出丞相李斯之手。斯者,荀卿之门人也;学其师不得,遂窃取法家之说以迎合始皇;始皇见秦累世以法术致富强,故深信而不疑,终以成刻薄专制之治而速其亡矣。秦既欲崇尚法治,厉行君主集权之制,故亟谋思想之统一;而统一思想,必先统一文字。六国之时,文字异形,至是,乃罢其不与秦文合者,令同文书。始皇三十四年,李斯奏曰:"古者天下散乱,莫之能一,是以诸侯并作;语皆道古以害今,饰虚言以乱实;人善其所私学,以非上之所建立。今皇帝并有天下,别黑白而定一尊,私学而相与非法教人,闻令下,则各以其学议之;入则心非,出则巷议,夸主以为名,异取以为高,率群下以造谤,如此弗禁,则主势降乎上,党与成乎下。禁之便。臣请史官非《秦纪》皆杂烧之;非博士官所职,天下敢有藏诗书百家语者,悉诣守尉杂烧之;有敢偶语诗书,弃市;以古非今者族;吏见知不举者与同罪;令下三十日不烧,黥为城旦。所不去者,医药卜筮种树之书,若欲有学法令,以吏为师。"制曰"可!"于是往古文献,尽付一炬,学术残灭,莫甚于斯。然海内既一,诸家学派时相接触,故门户渐泯,思想渐淆。其时阴阳家言盛行,五德终始之说,始皇颇笃信之。由是阴阳谶纬黄老仙道之学,一炉共冶,为晚周以来学术一大变动焉。故论嬴秦一代,虽祚短年促,而其关系之大,列代无与比伦;第以学术一端言之,亦结束已往,别辟畦町,而开汉以后一新局而之时代也。古今变革之枢机,文化升降之钤键,于是乎在。

秦之文学,罕得而言;然稽之经典,《诗》有《秦风》,《书》有《秦誓》,并秦文之较古者。惟其地迫近西戎,故常修习战备,高上气力,以射猎为先。观《驷骥》、《小戎》、《无衣》诸诗,足以见其人本有尚武好战,同仇敌忾之精神,(略见《汉书·地理志》)及商鞅之教,于其风益盛。然则秦人之不文,亦有故矣。秦至穆公始霸,屡有事于诸侯。其侵郑也,晋襄公败之于崤,获取三帅。(事详僖公三十三年《左传》。)既舍之,穆公悔过,兼戒群臣,作《秦誓》。文稍变古,娓娓动人听闻,若有诗意焉。其辞曰:

> 公曰:嗟,我士,听无哗。予誓告汝群言之首:古人有言曰,"民讫自若,是多盘。责人斯无难,惟受责俾如流,是惟艰哉!"我心之忧,日月逾迈,若弗云来。惟古人之谋,则曰未就,予忌;为今之谋人,姑将以为亲。虽则云然,尚猷询兹黄发,则罔所愆。番番良士,旅力既愆,我尚有之;仡仡勇夫,射御不违,我尚不欲。惟截截善谝言,俾君子易辞,我皇多有之,昧昧我思之。如有一介臣,断断猗无他伎;其心休休焉,其如有容;人之有技,若己有之;人之彦圣,其心好之,不啻若自其口出;是能容之,以保我子孙黎民,亦职有利哉!人之有技,冒疾以恶之;人之彦圣,而违之,俾不达;是不能容,以不能保我子孙黎民,亦曰"殆哉!"——邦之杌陧,曰由一人;邦之荣怀,亦尚一人之庆!

惠文王有《诅楚文》,盖使其宗祝邵鰲遍告群望,以诅楚王背盟之刻石也。或瘗于土,或沉于水,唐宋时其石先后出世。其告巫咸神一文,今存《古文苑》中。述秦穆公与楚成王相为盟好,戒子孙毋相为不利;及楚王熊相,康回无道,背十八世之诅盟,屡兴兵伐秦,故数其罪,著之石以告于神云云。说者以史考之,谓秦自穆公十八世,至惠文王,与楚怀王同时,此诅为怀王也。文中所云,并与怀王事合；其文则作于秦惠文王之后十二年，楚怀王之十六年也。但楚王无名相者，盖"相"本"槐"字，怀王之名，传写误耳。盖鬼神祝诅之风，大盛于战国，不独楚人优为之矣。

秦祚既短，作者罕见。惟李斯颇有文采，初求为秦相文信侯吕不韦舍人，不韦贤之，任以为郎。因说始皇灭诸侯，成帝业。始皇乃拜为长史，寻为客卿。始皇十年，下令逐客，斯亦在逐中，乃上书谏止之。其文艳缛，席晚周纵横之遗，开汉赋铺陈之渐，诚秦文之桀作矣。及始皇并天下，巡行封禅，望祭山川，立石颂秦德，有泰山、琅邪、之罘、碣石、会稽等刻石文，（并见《史记·始皇本纪》，《古文苑》又有《峄山刻石文》。）大抵亦出李斯所制；故刘彦和曰："秦皇铭岱，文自李斯。法家辞气，体乏弘润；然疏而能壮，亦彼时之绝采也。"（《文心雕龙·封禅》篇）兹录其《泰山刻石文》如次：

> 皇帝临位，作制明法，臣下修饬。二十有六年，初并天下，罔不宾服。亲巡远方黎民，登兹泰山，周览东极。从臣思迹，本原事业，祇诵功德。治道运行，诸产得宜，皆有法式。大义休明，垂于后世，顺承勿革。皇帝躬圣，既平天下，不懈于治。夙兴夜寐，建设长利，专隆教诲。训经宣达，远近毕理，咸承圣志。贵贱分明，男女礼顺，慎遵职事。昭隔内外，靡不清净，施于后嗣。化及无穷，遵奉遗诏，永承重戒！

此始皇二十八年，东行郡县，封泰山之所立石也。全文以三句为一韵，其体最奇。之罘、碣石、会稽诸刻石皆然。惟琅邪刻石乃二句一韵，为后世碑铭之祖。其三句为韵者，殊与韵文自然之音节相背，是以后世无传焉。李斯之文，原本荀卿。故诸刻石之辞略似

《赋》篇,虽韵式稍变,要之皆四言诗之末流也。

若夫秦之诗歌,自《秦风》外亦罕有传者。《风俗通》逸文有百里奚妇《琴歌》三首,言百里奚为秦相,堂上作乐,所赁澣妇自言知音。呼之搏髀,援琴而歌者三;问之,乃其故妻也,遂还为夫妇。其事颇近小说,盖不可信。且百里自鬻以干秦缪公,孟子已斥为好事者之所造,则羊皮伏雌之辞,又安知非出于后人之附会耶?即以歌辞论之,亦不类春秋时之文也。(按百里奚本虞人,即其歌不伪,亦不得目为秦文。)至杨泉《物理论》载始皇起骊山之众,使蒙恬筑长城,死者相属。民歌曰:"生男慎勿举,生女哺用脯。不见长城下,尸骸相支拄!"按陈琳《饮马长城窟行》有其文,字句小异,岂杨氏但因孔璋诗而漫言之欤?抑别有所据,陈诗数语,即用秦时之民歌欤?未可知也。《燕丹子》又载荆轲劫秦王,王乞听琴而死;姬人因鼓琴,其声曰:"罗縠单衣,可掣而绝;八尺屏风,可超而越;鹿卢之剑,可负而拔。"小说家言,尤不足信矣。(《异苑四》载秦时谣及《古今乐录》、《秦始皇歌》等皆此类。)惟《史》称始皇既一海宇,颇惑于方士之言,乐神仙,好服食。常遣徐巿入海求仙人,又使燕人卢生求羡门高誓,韩终侯公石生求不死之药。三十六年,且令博士为《仙真人诗》,及行所游天下,传令乐人歌弦之。惜其不传,体制莫晓;以意度之,博士之所制,或杂取风骚之体,以写神仙超人之思,五光十色,诡谲离奇,有如《远游》、《大人赋》之所云耳。

《汉志》有秦时杂赋九篇;刘勰《诠赋》所谓"秦世不文,颇有杂赋"者,谓此也。其赋今亦无传,班氏题曰"杂赋",意者所咏靡同,体裁不一,顺流而作,亦荀卿之余绪,刻石诸文之类也。顾战国之末,楚辞最盛,秦既统一,楚入版图,其流风所被,势必滋蔓益广,而终秦之世,迄未以骚赋传者,何欤?尝谓屈子之文,国家观念最深,且易激动人情,宜为秦人之所忌;而又素主联齐以抗秦。卒以不胜异己,放逐山泽,愤激刺讥之意溢于辞表。自沉以后,秦果灭楚,后人读其遗文,莫不深致哀思,时懔报复,三户亡秦之谚,岂偶然哉?夫楚既仇秦,秦之所以防楚者必周,而钳制其人之思想者亦必甚;度其时,《楚辞》非焚即禁,与《诗》、《书》百家同例;故文人仿效之作遂亦不多觏也。其幸存者,则秦之速亡,讽诵犹在人口故耳。虽然,灭秦者,终楚人也;民族之性终不可以销磨,虽暂屈于一时,久之而必伸,其潜力终不可侮。故秦之亡,未始非楚人之文发扬蹈厉,有以鼓荡而激刺之也。孰谓文学之事无益于人国哉?

中国文学史讲义

卷 一

第一篇　导言

第一章　文学之界说

　　我国学者于文学之观念向极模糊。陈义虽多,而求其合于文学之根本原则者实鲜,是用众说纷呶、莫衷一是。治文学史者既苦于界说之不立,因而彷徨歧路,盲目操觚,泄沓支离,不可究诘。益以年世悠邈,作者实繁,派别枝分,千头万绪,其间源流变迁盛衰倚伏之故,绝无有系统之说明。卒之杂摭经传子史阑入文疆,而于真纯文学,反摒诸竹帛之外,瞠目茫然无所睹。凡此胸无绳墨、举措乖违,皆昧于文学界说有以致之。故凡有志于此者,务先明文学之界说。界说不立,则文学史可无作已。

　　说文:文,错画也,象交文。章,乐竟为一章。从音从十。十,数之终也。夫曰错画,曰乐章,则文学之为艺事复何待言。故《广雅·释诂》训文为饰。《文选·七启》"尔乃御文轩"注训文为画饰。而《礼记·月令》"文绣有恒"注更直训为画。《说文》别有彣彰字,从彡。彡,毛饰画文也。义亦相类。段玉裁以为文章其省文。**此皆文之本义也。**《易》曰:物相杂,故曰文。又曰:参伍以变,错综其数。通其变,遂成天地之文。《释名》曰:文者会集众采以成锦绣,会集众字以成辞义,如文绣然也。《诗大序》曰:声成文,谓之音。《乐记》曰:文采节奏,声之饰也。又曰省其文采,注云:文采,谓节奏合也。此皆文之引伸义也。总之,文学之意义不外两端:一曰声,二曰色。色者翰藻,声者宫商。作者连属字句、组织篇章,和其声、设其色,以倾泻其思想情感于寸楮尺素间,而文学之能事毕矣。

吾人既知文学为独立之艺术,不可不更进而求其范围。范围若何,视其作者之旨趣与篇章之纯驳而已。仪征阮氏曰:凡说经讲学,皆经派也;传专记事,皆史派也;立意为宗,皆子派也;惟沉思翰藻乃可名之为文也。《书梁昭明太子文选后》,见《揅经室三集》。沉思翰藻云者,即所谓情思丰富有声有色之纯文学也。盖上自六艺三传、庄列史汉,旁及百氏支流,下逮唐宋杂笔,其不合于文学条件或虽合而不以文为主者,举不得以文称焉。善乎萧统之言曰:事出于沉思,义归乎翰藻。界画疆分,区以别矣。斯文家之极轨也。

虽然,六朝文家之倡文艺论者,尚不止昭明一人已也。沈约《宋书·谢灵运传论》曰:夫五色相宣,八音协畅,由乎玄黄律吕,各适物宜。欲使宫羽相变,低昂舛节。若前有浮声,则后须切响。一简之内,音韵尽殊;两句之中,轻重悉异。妙达此理,始可言文。刘勰《文心雕龙·声律》亦曰:凡声有飞沉,响有双叠。双声隔字而每舛,叠韵杂句而必暌。沉则响发而断,飞则声扬不还。并辘轳交往,逆鳞相比。迂—作迕其际会,则往蹇来连。其为疾病,亦文家之吃也。又如《情采》有三文 形文、声文、情文 之论,《丽辞》明四对 言对、事对、反对、正对 之殊。凡兹所云,可谓抉文论之精微,发艺林之秘奥。同符真理,蔑以加矣。故余谓从来文人之真能认识文学者,无过于六朝,而文学极盛之时代亦无过于六朝。后之人反横指为八代之衰,务为从横恣肆佶屈生涩之杂笔以相胜,抑何其愚且谬也!近人章炳麟先生复痛诋阮氏说为自陷,乃变本加厉,谓凡云文者,包络一切著于竹帛者而为言。故有成句读文,有不成句读文,兼此二者,通谓之文。详见《国故论衡·文学总略》。是又辞之蔽哉。

第二章　文学之起源

　　文学者不凭虚起,有之自有语言始,成之自文字孳乳以后始,而靡不以自然及人生之各种关系为其发动之枢机。详推其故,可得而言。

　　一、关于自然者　刘勰曰:文之为德也大矣,与天地并生者何哉?夫玄黄色杂,方圆体分。日月叠璧,以垂丽天之象;山川焕绮,以铺理地之文。此盖道之文也。道者即老子自然之谓,非后人文以载道之谓也。道之文云者,即天地万物自然之文也。自然之文,实为一切文学所自出。故又曰:傍及万物,动植皆文。龙凤以藻绘呈瑞,虎豹以炳蔚凝姿。云霞雕色,有逾画工之妙;草木贲华,无待锦匠之奇。夫岂外饰,盖自然耳。至于林籁结响,调如竽瑟;泉石激韵,和若球锽。故形立则章成矣,声发则文生矣。《文心雕龙·原道》。彦和此论,盖谓文艺声色之事,本自然界所固有,吾人日受其暗示而摹仿之,即为文学之嚆矢,不必果具篇章也。大抵初民之世,山居谷处,猎牧为生。见羽毛之美,则取以文身;聆泉石之鸣,则引声而唱。拟色即形文之原,拟声则声文之始。余故谓文学之发生，乃人类用其本能以摹仿自然者也。

二、关于情感者　人类所以异于他动物者，以其有七情也。有情斯有感，有感斯有应。应而后有声，有声而后有言，而后有文辞。故《乐记》曰：凡音之起，由人心生也。人心之动，物使之然也。感于物而动，故形于声，声相应，故生变。变成方，谓之音。此音乐起源论也，亦即文学起源论也。《诗大序》云：诗者，志之所之也。在心为志，发言为诗。情动于中而形于言。言之不足，故嗟叹之。嗟叹之不足，故永歌之。永歌之不足，不知手之舞之足之蹈之也。此诗歌起源论也，亦即舞蹈起源论也。诗也，乐也，舞也，分流而同源，异辙而同归者也。盖感而为声，咏而为诗。初民止有讽诵之诗，无著于竹帛者。动而为舞，比而为乐，而莫不由于感情之冲动，特其进展之程序微有异耳。古者诗必入乐，乐必有舞，三者相连，未尝或间，殆以此乎？钟嵘曰：气之动物，物之感人。故摇荡性情，形诸舞咏。《诗品》。刘勰曰：人禀七情，应物斯感。感物吟志，莫非自然。《文心雕龙·明诗》。朱子曰：人生而静，天之性也。感于物而动，性之欲也。夫既有欲矣，则不能无思。既有思矣，则不能无言。既有言矣，则言之所不能尽而发于咨嗟咏叹之馀者。必有自然之音响节族而不能已焉。此诗之所以作也。综览众说，情感实文学之源泉。诗歌为文学之先导，不亦彰明较著也哉。

三、关于需要者　《传》曰：言以足志，文以足言。又曰：言之无文，行而不远。此文学之功用论也。何谓志？思想情感是也。语言者，表达思想情感之工具，而其用有时而穷者也。盖不独古昔之言，未能传诸今日，吴越之语，无由达于燕齐，即方俗殊音，对语亦多膈膜。故欲济其穷，通其变，使能传之久远，则非文辞不为功。

阮元曰：古人以简策传事者少，以口舌传事者多。以目治事者少，以口治事者多。故同为一言，转相告语，必有愆误。是必寡其词，协其音，以文其言。使人易于记诵，无能增改。且无方言俗语杂于其间，始能达意，始能行远。此孔子于《易》所以著《文言》之篇也。古人诗歌箴铭谚语凡有韵之文皆此道也。《文言说》，见《揅经室三集》。今案论语记孔门四科，言语与文学并重。其教人也，则曰"行有馀力，则以学文"。盖春秋时诸侯聘会燕享之仪，行人周旋酬酢之际，最重辞命。所谓"子产有辞按即言辞，诸侯赖之"是也。愿欲善其辞命，必借助于文学。故曰：不学诗，无以言。又曰：诵诗三百，授之以政，不达；使于四方，不能专对。虽多，亦奚以为？吾人第观其时不辱君命，责在行人。宴席赋诗，已成定例。则知孔子之言良有以也。宰我子贡善为说辞，而孔子许赐也可以言《诗》。文学与语言之关系如此。

西方学者多谓文学源于宗教，言之亦颇成理。盖上世人类思想简单，往往睹宇宙万象森罗，以为冥冥中必有主宰。当夫利害纷呈、吉凶叠见，必不免惊悸骇愕而生其趋避之心。趋避之心生，则祈祷之事作。祈祷之事作，而文学之事以起。如《礼记·郊特牲》之伊耆氏《蜡辞》。《史记·滑稽传》之穰田者祝是也。虽吾国宗教观念向极薄弱，此种文学绝少留传。即间有之，又多不可信。然此一则由于生活之需要，一则由于情感之冲动，有如春人之相、邪许之歌，发生于劳苦倦极之余，以为调剂宣泄之用者，则不以古今中外殊也。

若夫篇章之成立，必在文具完备以后。古者人事至简，竹帛刀漆之事无有。心有所触，宣之于口。降及后世，制作浸备，乃有篇章之记载。观于战国时功名之士游说人主，咸骋言辞，靡有书奏。

迄乎嬴秦，李斯始以书谏，为章奏之祖。盖其时文学之工具既备，言事者在笔而不在口也。

第三章　文学之流变

王弇州曰：三百篇亡而后有骚赋，骚赋入乐府而后有古乐府，古乐府不俗而后以唐绝句为乐府，绝句少宛转而后有词，词不快北耳而后有北曲，北曲不谐南耳而后有南曲。见《艺苑卮言》。顾亭林曰：三百篇之不能不降而楚辞，楚辞之不能不降而汉魏，汉魏之不能不降而六朝，六朝之不能不降而唐也，势也。见《日知录》。二氏之说，可谓略具文学史之眼光，顾未能十分明晰耳。夫我国文学之历史至长，派别至多，而其源流变迁又至复杂，骤理之，几不能得其端绪。细察之，其条理脉络盖有丝毫不能掩者矣。

我国三千年来之文学，南北二派而已。南北二派之文学，诗赋而已。诗之祖为《诗经》之四言诗，一变而为汉魏六朝之五言乐府在内，再变而为唐之七言律诗在内，三变而为宋人之词，四变而为元人之曲，五变而为现代之语体诗清代在内。此一系统也。赋之祖为骚体之楚辞，一变而为汉赋，再变而为六朝之俳赋及骈俪文，三变而为唐宋之律赋及四六文，四变而为明清之八比。此又一系统也。然两派虽对峙，而楚辞实受《诗经》之影响。惟荀卿之辞赋，则又沟通南北而中绝者也。后世小说发达，上溯高曾，抑亦辞赋戏曲之裔欤。其变迁系统图如下：

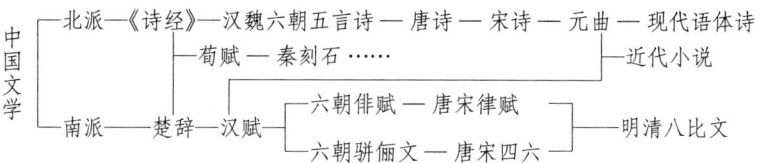

兹为便利计。特依下列之图叙述之。其支流末节无关闳旨者略焉。

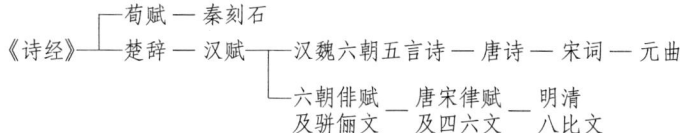

我国文学发祥之地，原在黄河流域，大约西元前一千一百年至五百年间。其文学之主要作品为四言诗。《诗经》三百篇即可代表古代北方之韵文。此就大部分言之，其中亦有南方诗歌。《诗经》之形式除极少数之杂言自一二言至八九言。外，余皆以四言为主体。其时代虽极难确定，然大抵最早者不过周初，最晚者在陈灵公被弑之际。前六百年。此种四言诗盛行至五六百年，此五六百年间之文学，吾人称之为《诗经》时期。

夫四言之形式至简也，其用易穷也。穷则变，变则通，故屈原起而从事于文体之解放，变束缚为驰骤，去规矩为参差，由是骚体之文以立。骚体者，战国时崛起于南方之革新文学也。尝考其革新之动机，远在周灵王时，前五百五十年顷。《说苑》所载《越人歌》，实为楚辞之滥觞。迄安王时，前四百年顷。浸浸盛矣。至战国末，屈宋起而张其军，是为楚辞之全盛时代，而《诗经》之势力遂衰。此数百年间之文学可称为楚辞时期。

楚辞盛行之结果，一变而为汉赋。楚辞亦赋也，余另有专论，兹就其形体之变迁而区别之。《卜居》、《渔父》实肇其端,相如、枚叟复振其绪。体则托为问答,词必尽其声貌:或侈陈畋猎之盛,或极夸宫阙之美,摛文铺采,动辄千言。虽雕虫篆刻,不免淫丽之讥;然其义归惩劝,亦风骚之遗也。降及东京,作者继武,子云而后,摹仿滋多,大抵雷同剿说,不出前人窠臼,自邠以下,无足观已。顾两京辞赋变骚体为散体,其形式尤极自由,故能畅所欲言,淋漓尽致。就文学史观之,亦韵文一大进步也。此种文学盛行于两汉者垂四百年,吾人称之为汉赋时期。汉赋自魏晋以后,其自身又分为二派。一为六朝之徘赋及唐宋之律赋,一为六朝之骈丽文及唐宋之四六文。后一二百年又变为一般文学史家极不重视之八比文。此又赋之极变也。

四言诗变至辞赋而极矣。然辞赋虽为韵文,其性质实与其他散文无异,故四言诗之自身亦莫不时时蜕化而谋其演进,此西汉以来所以有五言诗之发生也。五言诗是否始于苏、李,姑勿具论,然考其起源,大抵略后于贾谊。下逮建安,作者飙起,掞藻抒华,蔚为大观,由是而魏而晋,而南北朝,发达乃臻鼎盛。计其间前后约五百年始变为唐之律诗,此可称五言诗时期。

五言诗之末流,以对偶字句、调协声韵为工。故齐、梁以后,渐有变律之势酝酿既久,以迄于唐。唐人踵其遗规,更为严其绳墨,平仄字数,皆有一定,凛不可犯,而律诗始告成功。盖辞章之进于艺者至是而极,而其规律之束缚又莫此为甚也。律有五律、七律、排律亦称长律。之别。其截律诗四句以成之者有五绝、七绝,其扩张五言以成之者有七言古诗及六言体等,诗体既繁,作家亦伙,盖历代以诗鸣者无与比伦。故有唐三百年初盛中晚之诗,实文学史上之一烜赫时期也。

词之兴也,盖由于古乐府之亡,中唐以后之新音乐文学也。朱子曰：古乐府只是诗，中间却添许多泛声，后来人怕失了那泛声，逐一声添个实字，遂成长短句，今曲子便是。《朱子语类》。《全唐诗》附录注云：唐人乐府原用律绝等诗，杂和声歌之，其并和声作实字。长短其句以就曲拍者为填词。方成培曰：唐人所歌，多五七言绝句，必杂以散声，然后可被之管弦。后来谱其散声，以字句实之，而长短句兴焉。故词者所以济近体之穷，而上承乐府之变也。引见《词学集成》。盖古乐府至唐，音乐之效能已失。唐人所拟，但借题抒意而已，而言入乐则不可。唐人所谓新乐府亦然。此为文学与音乐脱离关系之始。然其时近体诗歌律绝之类。盛行，歌诗者尚多取以协乐，以故诗乐之关系赖以不断。惟诗歌之形式有定，而乐调之变化无穷。以有定之歌辞，谱变化之声调，势必捉襟见肘，有扞格不入之病。于是作者造作长短句以御其穷，声则实之，拍则合之。故歌辞与乐调遂无龃龉抵触之处，而词以成。迄于两宋，歌诗之法既亡，歌词之法大盛，文人学士竞造新声，词人之多，难更仆数。故此数百年间之文学可称为宋词时期。

　　曲之起，亦与词同，盖亦音乐之文学也。在昔词曲固无分别，凡可被之管弦，宜于歌唱者，通名为曲。金元以远，词曲始判为二。然曲与词同牌名同句格者数十调，与词同牌名而不同句格者亦数十调，故词谓之诗余，曲又谓之词余。诗词曲三者，古时皆能歌唱。唐以前唱诗，至宋则盛行唱词，而唱诗者鲜，至元明则盛行唱曲，而唱词者又鲜。唱诗唱词之法今已不传，传者惟唱曲耳。然元人之唱法亦不传，今所唱者，乃明魏良辅所创之昆腔也。至于清季，乱弹大盛，并昆曲亦式微矣。考戏曲之渊源，虽曰上溯六朝，实则滥觞于宋。其变迁之主因，亦以音乐为之转捩。盖宋之歌曲为词，亦谓之近体乐府，亦谓之长短句。然大率徒歌而不舞。其歌亦多以一阕为率。其歌舞相兼者则谓之传踏,亦名转踏。北宋之转踏,恒以一曲连续歌之。每一首咏一事,共若干首,则咏若干事。_{然亦有合若干首咏一事者。如王灼《碧鸡漫志》谓石曼卿作《拂霓裳》转踏,述开元天宝遗事是也。}其曲调唯调笑一调用之最多。例如《乐府雅词》载郑仅调笑转踏共三曲,分咏罗敷、莫愁、文君三事,兹举其咏文君一曲为例_{参看王国维《宋元戏曲史》。}

绣户朱帘翠幕张,主人置酒宴华堂。相如年少多才调,消得文君暗断肠。断肠初认琴心挑,么弦暗写相思调。从来万曲不关心,此度伤心何草草。

草草,最年少。绣户银屏人窈窕。瑶琴暗写相思调,一曲关心多少。临邛客舍成都道,苦恨相逢不早。

此等曲词之形式与词尚无大异,至元则极其解放,文辞亦极通俗,而北曲衬字尤多,是又韵文之一大进步也。综计元明二代,散套、杂剧、院本、传奇之作,盛行亦三百年。吾人称之为元曲时期。_{止称元者举其代表言之。}

此外律赋、骈文、八比、小说等文学虽各有其特色,然于全部文学史之变迁为支流,当于后章详之,兹不具述。昔焦理堂谓一代文学有一代之所胜,欲自楚骚以下撰为一集。汉则专取其赋,魏晋六朝至隋则专录其五言诗,唐则专录其律诗,宋专录其词,元专录其曲。_{见《易余龠录》六五。}真卓见哉。

第四章　周以前之文学

　　文学史之职责贵在传信。姬周以前,史迹尚多可疑,况文学乎?夫黄、农以前,未有文字。虞夏以前,未有历史。藉有文辞,靡得而睹。然博稽载籍,遗文佚句,粲然可观。此又何也?是以后人疑其依托,斥为悠谬,诚无足怪。第诗歌韵文,本乎天籁。虽在远古,奚必无其文章。特古人口传其语,后人追记其辞。亦犹后世谣谚俗语,初则野老村章传之于口耳,后则文人学士记之于简册。事出追录,匪由自著,理至明也。观于周代文学之盛。《诗》三百篇,华实并茂,岂无故而然哉。是故育风孕雅,其必有长久之酝蓄可知矣。惟篇章既由追记,传闻或异其辞,甚且全然失实,向壁虚造。赝鼎之多,盖自兹始。吾人当考核钩稽,务求明确。轻信轻疑在所不取。今就此时文学之具篇章者而分述之。

　　一、绝不可信者　晋王嘉《拾遗记》载帝子与皇娥_{按谓少昊之母}并坐。抚桐峰梓瑟,皇娥倚瑟而清歌曰:天清地旷浩茫茫,万象回薄化无方。涔天荡荡望沧沧,乘桴轻漾着日傍。当其何所至穷桑,心知和悦乐未央。白帝子答歌云:四维八埏眇难极,驱光逐景穷水域。璇宫夜静当轩织,桐峰文梓千寻直。伐梓作器成琴瑟,清歌流畅乐难极。沧湄海浦来栖息。按王子年本后秦姚苌方士,凿空撰《拾遗记》一书,言伏羲以来异事甚众。荒诞诡谲,绝不可信。马贵舆目为小说家良不诬也。况少昊之世,安得已有七言诗句句押韵如魏文帝《燕歌行》者乎?观其词旨浅薄,不待辩而知其伪矣。此外嘉所虚构者尚多,不复具引。

《家语·辨乐解》云:昔者舜弹五弦之琴,造《南风》之诗。其诗曰:南风之薰兮,可以解吾民之愠兮。南风之时兮,可以阜吾民之财兮。唯修此化,故其兴也勃焉。考此事本见于《礼记·乐记》,又见于《韩非子·外储说》左上,又见于《韩诗外传》四,又见于《新语·无为》篇,又见于《淮南子·诠言训》及《泰族训》,又见于《说苑·修文》篇、《风俗通·声音》篇、《史记·乐书》。而《家语》所记,大半剽窃《说苑》之文也。《南风》之诗,汉以前不闻其详。故郑康成注《乐记》只云"南风长养之风"。而高诱注《淮南子》亦曰"南风凯乐之风"。是知《南风》之诗,亦仅存其名而已,并无歌辞流传,其为王肃伪造甚明。惟《尸子·绰子》篇及《文选·琴赋》注引《尸子》略载此辞,疑亦后人据《家语》依托者。王氏伪造《家语》,前人固已辨之,此诗又伪中之伪也。夫虞舜时即有此成功之骚体诗,其妄真不值识者一笑矣。厥后《琴操》又有作《舜南风歌》。其词曰:

> 反被三山兮商岳嵯峨,天降五老兮迎我来歌。有黄龙兮自出于河,负书图兮委蛇罗沙。案图观谶兮闵天嗟嗟,击石拊韵兮沦幽洞微。鸟兽跄跄兮凤凰来仪,凯风自南兮喟其增悲。

《琴操》一书原为伪托,此又杂取图谶荒唐之说以实之,其伪更显。而"凯风"之句直钞《邶风》,舜时安得有此,文体之伪抑其次也。《琴操》又云:舜耕于历山,思慕父母,见鸠与母飞鸣相哺,感思作歌。歌曰:

> 陟彼历山兮崔嵬,有鸟翔兮高飞。瞻彼鸠兮徘徊,河水洋

洋兮清洁。深谷鸟鸣兮嘤嘤。设置张胃兮,思我父母力耕。日与月兮往如驰,父母远兮将安归。

此即所谓虞舜《思亲操》也。又见《古今乐录》。大抵据《孟子》而演绎之,浅陋不堪,其为后人伪造无疑矣。《琴操》又载禹作《襄陵操》云:

呜呼洪水滔天,下民愁悲,上帝愈怼。三过吾门不入。父子道衰,嗟嗟不欲烦下民。

此缀取《尚书·尧典》而成之者也。《尧典》云:帝曰:咨,四岳,汤汤洪水方割,荡荡怀山襄陵。浩浩滔天,下民其咨。有能俾乂。佥曰:於,鲧哉。《琴操》所录,不复有文艺风趣矣。劳心作伪,竟亦出此恶制,何哉?《琴操》又载《涂山歌》云:

绥绥白狐,九尾庞庞。我家嘉夷,来宾为王。成于室家,我都攸昌。天人之际,于兹则行。明矣哉。

按《吕氏春秋·音初》篇云:禹行功,见涂山之女,禹未之遇,而巡省南土。涂山氏之女乃命其妾候禹于涂山之阳。女乃作歌曰:"候人兮猗。"实始作为南音。此《琴操》之所本也。此歌意义虽不甚明,然取材于《吕览》而广之,则可断言矣。

二、疑信参半者 《帝王世纪》记帝尧之世,天下太和,百姓无事。有老人击壤而歌曰:日出而作,日入而息。凿井而饮,耕田而食。帝力于我何有哉?又见《高士传》"壤父"条。又《列子》记尧治天下五十年,不知天下治与不治,与亿兆愿戴己与,乃微服游于康衢。闻儿童谣云:立我蒸民,莫匪尔极。不识不知,顺帝之则。此即相传之尧时文学也。然皇甫《世纪》晚出,《列子》本亦伪书,_{古今人辨之甚详}。所载二歌,极难征信。惟《尚书》记帝尧时百姓昭明,黎民于变,皞皞自得。事或有之。童叟讴吟,亦非罕异。但不知二歌既未见于古籍,晋人何以知其然也,或即据尚书而臆造之。

《尚书大传》云:于时俊乂百工,相和而歌《卿云》。帝乃倡之曰:卿云烂兮,糺缦缦兮。日月光华,旦复旦兮。八伯咸进稽首曰:明明尚天,烂然星陈。日月光华,宏予一人。帝乃载歌曰:日月有常,星辰有行。四时从经,万姓允诚。于予论乐,配天之灵。还于贤圣,莫不咸听。鼚乎鼓之,轩乎舞之。菁华已竭,褰裳去之。已下所记风通云丛,龙信蛟跃,颇近神话,决不可信。况此歌不见于虞夏之书,其可疑滋甚。然伏生故秦博士,去古未远,记诵赅洽,书传所云,或亦有所本与。

《夏书》载太康失邦,昆弟五人须于洛汭,述大禹之戒以作歌。所谓《五子之歌》是也。其一曰:皇祖有训,民可近,不可下。民惟邦本,本固邦宁。予视天下愚夫愚妇,一能胜予。一人三失,怨岂在明。不见是图,予临兆民,懔乎若朽索之驭六马。为人上者,奈何不敬。其二曰:训有之,内作色荒,外作禽荒,甘酒嗜音,峻宇雕墙。有一于此,未或不亡。其三曰:惟彼陶唐,有此冀方。今失厥道,乱其纪纲,乃底灭亡。其四曰:明明我祖,万邦之君。有典有则,贻厥子孙。关石和钧,王府则有。荒坠厥绪,覆宗绝祀。其五曰:呜呼曷归,予怀之悲。万姓仇予,予将畴依。郁陶乎予心,颜厚有忸怩。弗慎厥德,虽悔可追。按《尚书》是篇本晚出伪古文,自未可遽信。为夏代文学,且辞义甚浅,与尚书他篇不相应。"皇祖"一首,句法参差,韵亦无准,似亦依托者也。然《史记·夏本纪》亦载此事,所述或必有据。断不如王嘉皇娥、白帝之诞耳。

《尚书大传》又记微子将往朝周,过殷之故墟,见麦秀之蕲蕲,禾黍之蝇蝇也。曰:此父母之国,宗社之所立也。志动心悲,欲哭则为朝周,俯泣则近妇人,推而广之,作雅声。谓之《麦秀歌》。歌曰:麦秀蕲蕲兮,黍禾蝇蝇。彼狡童兮,不我好仇。《史记》"微子"作"箕子","不我好仇"作"不与我好兮"。见《微子世家》。与《郑风》正同。而"麦秀禾黍"云云,似又暗袭《王风·黍离》之意,不无可疑。第以时代较近,或亦得诸旧法世传之史云。

《史记·伯夷传》记武王伐纣,伯夷叔齐叩马而谏。武王既灭殷,天下宗周。夷齐耻食周粟,隐于首阳山,采薇而食之。及饿且死,作歌曰:登彼西山兮,采其薇矣。以暴易暴兮,不知其非矣。神农虞夏,忽焉没兮,我安适归矣。吁嗟徂兮,命之衰矣。遂饿死于首阳山。按《孟子》谓伯夷避纣,居北海水滨。闻文王作,兴曰:盍归乎来,吾闻西北善养老者。夫伯夷既避纣而归文王矣,岂又有反对武王东征之理?此黄梨洲所以讥史公为妄传无稽之事也。然叩马采薇虽不见于古籍,而孔子已称其求仁得仁,又言其饿于首阳之下,民到于今称之。则此诗殆亦故老传闻,史迁追记之耳。观其文词与后来骚体无异,故知非本辞也。至《琴操》截兮字改为四言,名之曰《采薇操》。真所谓好事者矣。

三、比较可信者 《吴越春秋·勾践阴谋外传》载越王欲谋伐吴,范蠡进善射者陈音。王问曰:"孤闻子善射,道何所生?对曰:臣闻弩生于弓,弓生于弹。弹起于古之孝子不忍见父母为禽兽所食,故作弹以守之。歌曰:断竹,续竹,飞土,逐宍_{古肉字}。"《文心雕龙·通变》云:黄歌断竹,质之至也。又《章句》云:二言肇于黄世,竹弹之谣是也。彦和断此歌为黄帝时作,未知何据。度其意盖以歌辞既质朴无华,形式又极其幼稚,二言。必为尚世作品无能为疑。史公作《五帝本纪》,始自黄帝,故亦以弹歌为黄世之歌耳。余谓《吴越春秋》虽后汉人作,而所记陈音对越王云云,极为近理。如此短歌,当非后人所可伪造。虽不曰黄帝之世,其为远古遗闻断不诬也。

《礼记·郊特牲》:伊耆氏始为蜡。蜡者,索也。岁十二月,合聚万物而索飨之也。其祝辞曰:土反其宅,水归其壑,昆虫毋作,草木归其泽。伊耆氏不知何人,郑注谓古天子号。《释文》以为即帝尧。故刘勰曰:上皇祝文,爰在兹矣。《文心雕龙·祝盟》。今虽未能定其时代,然观所祭八神,一先啬、二司啬、三百种、四农、五邮表畷、六猫虎,为其食田鼠及田豕。七坊、八水庸,其必为古代农村最普遍盛行之仪式可知。亦犹今乡民之有报赛,宗教之有祈祷也。大抵人生莫重于饮食,而利害莫大乎切身。初民以耕稼托命,其所以谋水土之利而远草木昆虫之害者必周且备。求其道而弗得,则归之于神焉。余故谓蜡辞之作,实生人感于迫切之需要而自然产生之古文学也。舜之祠田辞亦见《文心雕龙·祝盟》。及禳田者祝皆此类也。

《虞书·益稷》载帝庸作歌曰:敕天之命,惟时惟几。乃歌曰:股肱喜哉,元首起哉,百工熙哉。皋陶乃赓哉载歌曰:元首明哉,股肱良哉,庶事康哉。又歌曰:元首丛脞哉,股肱惰哉,万事堕哉。此所谓虞廷赓歌也。按《益稷》一篇虽不在伏生二十九篇以内,有可疑者,然此歌与其他一切赝鼎相较,其形式音节显有区别。虽未可遽信为舜时文学,要亦极古之记载也。

《新序·刺奢》篇云:桀作瑶台,罢民力,殚民财,为酒池糟堤,纵靡靡之乐。一鼓而牛饮者三千人。群臣相持歌曰:江水沛沛兮,舟楫败兮。我王废兮,趣归薄兮,薄亦大兮。又曰:乐兮乐兮,四牡跻兮。只睿沃兮,去不善而从善,何不乐兮。此歌形式极似《诗经》,虽不见于故籍,然中垒博极群书,所录亦必有所据也。

《说苑·君道》篇记汤之时,大旱七年。洛坼川竭,煎沙烂石。于是使人持三足鼎祝山川教之。祝曰:政不节耶,使人疾耶,苞苴行耶。谗夫昌耶,宫室营耶,女谒盛耶。何不雨之极耶。《荀子·大略》篇与此小异。桑森祷雨,事近神话。然《墨子·兼爱》篇下已载此事。其言曰:汤曰:惟予小子履,敢用玄牡告于上天后曰:今天大旱,即当朕身履。未知得罪于上下,有善不敢蔽,有置不敢赦,简在帝心。万方有罪,即当朕身。朕身有罪,无及万方。《论语·尧曰》篇及伪《汤诰》略同。是则旧闻之传久矣。况水旱灾眚,古人重视非常。祈必有祷,祷必有辞,兹篇所记,又何疑焉。

至如《淮南》"尧戒",战战栗栗,日谨一日。人莫踬于山,而踬于垤。见《淮南子·人间训》。《礼记》"汤铭",苟日新,日日新,又日新。见《礼记·大学》。匪独以文为主,抑且意存规诫,此又后世箴铭之祖也。他若夏后《九辨》之乐,见《楚辞》。太甲《破斧》之歌,见《吕氏春秋·音初》篇。有目无篇,遗文莫睹。若斯之类,不知凡几。余意夏商二代,文明渐启。周文郁郁,亦必有自。惜乎年世渺邈,声采靡追,考竹书之纪,半属讹言;访岣嵝之碑,更从何处。谓非治文学史者之大憾欤。

第二篇　周文学

第一章　《诗经》史略

今所传《诗》三百篇,_{本三百十一篇。除《南陔》、《白华》、《华黍》、《由庚》、《崇丘》、《由仪》六篇笙诗有声无词不计外,实为三百有五篇。}果何自来耶?曰:周时朝廷之所采,所以观风俗、知得失、自考正者也。_{语本班固《汉书·艺文志》}。按《周礼》:太师教六诗,曰风,曰赋,曰比,曰兴,曰雅,曰颂。而《礼记·王制》称,天子五年一巡守,命太师陈诗以观民风。又《春秋公羊》宣公十五年《传》注云:男女有所怨恨,相从而歌。饥者歌其食,劳者歌其事。男年六十,女年五十无子者,官衣食之,使之民间求诗。乡移于邑,邑移于国,国以闻于天子。故王者不出牖户,尽知天下所苦,不下堂而知四方。从《周礼》之言观之,则知古者诗教之重。从《王制》之说观之,更知古者陈诗之旨。从何氏《公羊传》注观之,且以知其采诗之法焉。采诗云者,犹汉武帝之立乐府,采诗夜诵,有赵代秦楚之讴是也。_{见《汉书·礼乐志》}。故知今之所谓三百篇者,夫抵成周之民间文学。妇人孺子之所讴吟,贩夫牧竖之所谣倡,而莫能指其作者之主名者也。《诗序》记诗之作者,自《绿衣》至《鲁颂》不下数十篇,多不可信。

《诗》三百篇皆可入乐,乐正即以之教国子,入学者咸肄习之。故习乐即习诗也。《周礼》大司乐掌成均之法,教国子以乐语乐舞。《乐记》亦谓以乐立之学等,广其节奏,省其文采。故其时诗乐之学普及,文人学士多通音律,观于春秋时大夫类能赋诗歌诗可知矣。然则今之三百篇殆又最古之乐谱与欤。惟相传既久,舛误必多。春秋以还,礼崩乐坏。孔子以六艺教弟子,毅然以整理国故为己任。故曰:吾自卫反鲁,然后乐正,雅颂各得其所。厥后史迁《孔子世家》即据此以为孔子删诗之证,而异议自此起。其说曰:古者诗三千余篇,及至孔子,去其重,取可施于礼义。上采契后稷,中述殷周之盛,至幽厉之缺。故曰,《关雎》之乱以为《风》始,《鹿鸣》为《小雅》始,《文王》为《大雅》始,《清庙》为《颂》始。三百五篇孔子皆弦歌之,以求合《韶》、《武》、《雅》、《颂》之音。史公此说,后儒信者颇多,而疑之者则力辟其谬。有谓孔子如果删诗,不应存郑卫之淫风者;有谓孔子删诗不容十分去九者;有谓诗之时代近五百年,成康之世,诸侯多贤。禽郰之功,亦甚卓著,孔子何以删盛存衰者。然此皆似是而非之言。殊不足以服众口。今按《论语》,孔子自言,一则"诗三百",再则曰"诗三百",是古诗相传止有三百,孔子固未尝删也。《论语》又记孔子之言曰:汝为《周南》、《召南》矣乎?又曰:雅颂各得其所。是二南、雅、颂之名,似亦在昔所固有,亦非孔子有所去取也。且《左氏》记季札观乐,在孔子前,列论诸风,无一出十五国以外者。然则今"诗三百",原为周时旧本。孔子删诗之论,特史公误解雅颂各得其所,故遂为此臆说耳。不知雅颂得所,实指声乐而言,与删汰文字无关。上云乐正,是其明征。《墨子·公孟》篇亦谓诵诗三百,歌诗三百,弦诗三百,舞诗三百。《郑风·子衿》毛传引此以释诗义。孔疏云:诵

171

之,谓背文暗诵之;歌之,谓引声长歌之;弦之,谓以琴瑟播之;舞之,谓以手足舞之。窃意四诗所用皆一"三百篇"而已,特其肄习之方各有不同耳。吾人亦皆指为孔氏所删可乎。

王崧《说纬》黜史公之言,复进而著其说曰:删诗云者,非止全篇删去,或篇删其章,或章删其句,或句删其字。如"棠棣之华,偏其反尔,岂不尔思,室是远而",此《小雅·棠棣》之诗也。夫子谓其以室为远害于兄弟之义,故篇删其章也。"衣锦尚䌹,文之著也",此《鄘风·君子偕老》之诗也。夫子恶其尽饰之过,恐其流而不反,故章删其句也。"谁能秉国成,不自为政,卒劳百姓",此《小雅·节南山》之诗也,夫子以能字为意之害,故句删其字也。而崔述《读风偶识》又曰:凡文章之道,美斯爱,爱斯传,乃天下之常理。故有作者,即有传者。但世近则人多诵习,世远则渐就湮没。其国崇尚文学而鲜忌讳,则传者多,反是则传者少。小邦弱国,偶遇文学之士录而传之,亦有行于世者,否则遂失传耳。东壁此言,意在解释今《诗·国风》中成、康时诸侯之诗罕闻,而东迁以后之诗居其泰半者,乃太史就其现世流传者采录如此,并非孔子有所删削也。余意太史采诗,官非一人,世非一代,地非一域,初或不止三百之数。其后用以入乐,用以施教。始撷取英华,芟除芜秽,定著之为三百五篇。其删者无人诵习,久渐散亡,所谓逸诗是也。此非孔子删之,乃史官纂辑时删之耳。其已著录者,则传者世有其人,习者人有其事,故虽遭秦火而犹得全也。余以是知孔子时诗本无阙失,三百五篇固犹匡山真面也。

第二章 《诗经》之时代背景

今欲述《诗经》之时代背景，不可不先明周代之历史。考诗经自始至末，其时代约为周初至春秋之中叶，即周武王至周定王时，_{前十一世纪至前七世纪。}五百年间之文学也_{详见后章}。兹略述其史实如下。

周之先曰弃，即尧舜时之官后稷者也，三传至公刘。虽在戎狄间，复修后稷之业，务耕种，行地宜，民赖其庆，百姓多怀归之。周道之兴自此始。十二传至古公亶父，积德行义，国人皆戴之，为薰育所逼，民怒欲战。古公不忍，遂去豳_{一作邠}踰梁山，邑于岐山之下居焉，豳人举国扶老携幼以从，周室由是始盛。古公有少子名季历，季历生昌，为殷西伯。笃仁敬老，慈少礼下，诸侯皆向之。纣囚西伯于羑里，寻释之。虞芮争讼，求决于西伯。至周，见耕者让畔，惭惭而去。卒谥为文王。子发嗣，以太公望为师，召为辅，率诸侯伐纣，破之于牧野。遂代殷而即位，都于镐京。分封宗室功臣立五等之爵。封太公于齐，周公于鲁，召公于燕。当时列为诸侯者凡兄弟十五人，同姓四十人，异姓二十余人，是为姬周开国之始。

武王殁，成王以冲龄践祚，周公为冢宰摄政，召公为太保辅焉。周公多才艺，为政七年，制礼作乐，文明大启。康王继立，召公复辅翼之。故成康两代天下大治，史称刑措不用者四十年，是为周之极盛时代。

康王之子昭王享国甚久，南游不返，周室始衰。传子穆王，好远略,周游天下,尤失诸侯之心。再传至懿王,戎狄之祸渐起。至子厉王,暴虐无道。为国人所逐。宰相行共和之政者十四年。迨宣王立,四夷离畔,猃狁逼京师,王乃命尹吉甫伐猃狁,方叔讨荆蛮,召虎征淮夷。王则亲征徐戎。以仲山甫辅政,周室复振。是为周室中兴时代。

宣王之子幽王失道,嬖褒姒,世子宜臼出奔申。时犬戎猖獗,弒王于骊山下,郑桓公死之。宜臼嗣立,是为平王,东迁于洛邑以避戎患,此西元前七百七十年事也。是为周室东迁时代。

周自东迁以后,天子威严日坠。内则诸侯强横,互相攻伐;外则夷狄交侵,兵戎迭起。桓王一朝鲁、卫、郑、宋、齐、秦皆弒其君。郑且射王中肩,楚则僭称王号。蔡杀陈厉公,齐杀鲁桓公,强国恣兼并之欲,下民怀乐土之思,社会纷乱至斯极矣。计自平王四十九年迄敬王三十九年,_{前七百二十二至四百八十一。}前后凡二百四十二年,是为春秋时代。而《诗》即终止于西元前六百年之际,盖春秋之前半期也。

吾人试就此五百年间之历史观之,则知周宣王时虽号中兴,实为多事之秋。东迁以后,纷扰尤剧。虽其时政治社会之详情无从考知,然文学为时代之写真,诗歌即政治之反响。用以征信,固无上之史料也。兹就三百篇中诗人之所表现者而推测其社会之状态如下。

一、政治黑暗 《鄘风·鹑之奔奔》云:鹊之强强,鹑之奔奔。人之无良,我以为君。二章。诗人直斥其君之无良,则其政治之坏可想见矣。《王风·兔爰》云:有兔爰爰,雉离于罗。我生之初,尚无为。我生之后,逢此百罹,尚寐无吪。夫曰"百罹百凶",则遭逢之厄可知。曰无吪无觉,则怨愤之情益甚。盖周道至此,王纲愈坠矣。尚何言哉，惟有闭听塞明，置之不见不闻而已。此古人铺糟饮醨之意也。《魏风·硕鼠》云：硕鼠硕鼠，无食我黍。三岁贯女，莫我肯顾。逝将去女，适彼乐土。乐土乐土，爰得我所。此诗序以为刺君之重敛，而崔东壁则谓细玩其词"莫我肯顾""莫我肯德"，与《小雅·黄鸟》篇笔意相类。按《黄鸟》云：黄鸟黄鸟，无集于谷，无啄我粟。此邦之人，莫我肯谷。言旋言归，复我邦族。盖由有司不肖，惟务朘削小民，以致豪强舆隶，皆得肆行吞噬而无所忌，故民不堪甚扰而思去也。大抵困于有司之诛求者，其害尤小；困于众人之鱼肉者，其害尤巨。参看《读风偶识》。然而顾瞻四方，蹙蹙靡骋。世外仙源，亦陶公寓言耳，岂真有避秦之乐土哉？《小雅·节南山》云：不吊昊天，乱靡有定。式月斯生，俾民不宁。忧心如酲，谁秉国成。不自为政，卒劳百姓。六章。《正月》云：父母生我，胡俾我瘉。不自我先，不自我后。二章。又云：忧心茕茕，念我无禄。民之无辜，并其臣仆。哀我人斯，于何从禄。瞻乌爰止，于谁之屋。三章。又云：鱼在于沼，亦匪克乐。潜虽伏矣，亦孔之炤。忧心惨惨，念国之为虐。十一章。数诗描写虐政深刻沉痛，以视《四月》诗人尚作戾天潜渊之思者更进一层矣。人生至此，宁复知死所耶。至《大雅·瞻卬》云：人有土田，女反有之。人有人民，女覆夺之。此宜无罪，女反收之。彼宜有罪，女覆说之。二章。则显斥其颠倒乖谬之实矣。为政若此，欲不败得乎？他如《黄鸟》纪秦穆之残，《南山》述齐襄之乱，《株林》刺陈灵之丑，虽若与国政无关，然而身之不正尚能明其治道者实未之闻。若是，又可以观焉。

二、戍役繁兴　《邶风·击鼓》云：击鼓其镗，踊跃用兵。土国城漕，我独南行。又云：于嗟阔兮，不我活兮。于嗟洵兮，不我信兮。读此诗者可知其时用兵之亟矣。人民有死亡之惧，室家无偕老之期,此子美《兵车行》之所为作也。《卫风·伯兮》云:伯兮朅兮,邦之桀兮。伯也执殳,为王前驱。又云:自伯之东,首如飞蓬。岂无膏沐,谁适为容?《王风·君子于役》云:君子于役,不知其期。曷至哉,鸡栖于埘,日之夕矣,牛羊下来。君子于役,如之何勿思?此妇人之念其夫者也。《扬之水》云:扬之水,不流束薪。彼其之子,不与我戍申。怀哉怀哉,曷月予还归哉?此戍者之怀其室家者也。《魏风·陟岵》云:陟彼岵兮,瞻望父兮。父曰嗟,予子行役,夙夜无已。上慎旃哉,犹来无止。此又行役不归,悬揣其亲之倚望者也。《唐风·鸨羽》云:肃肃鸨羽,集于苞栩。王事靡盬,不能艺稷黍,父母何怙?悠悠苍天,曷其有所。夫以征戍至不能艺稷黍,则其时农民之苦可知。老杜所谓"汉家山东二百州,千村万落生荆杞"者,始信其非虚语矣。《小雅·采薇》云:昔我往矣,杨柳依依;今我来思,雨雪霏霏。行道迟迟,载渴载饥。我心伤悲,莫知我哀。按此诗明言"靡室靡家,狁之故。不遑起居,狁之故",则当日外患之剧可知。然穷者欲达其言,劳者须歌其事,其感之也深,故其言之也切。以视蠮蛸出没,不无荒废之悲;而皇驳归来,尚饶室家之乐者有如霄壤矣。至如《何草不黄》之诗云:何草不黄,何日不行。何人不将,经营四方。一章。何草不玄,何人不矜。哀我征夫,独为匪民。二章。吾人试悬想其时人民之痛苦、社会之愁怨为何如耶。此外《小雅》之《鸿雁》、《祈父》、《北山》、《小明》及《渐渐之石》等篇皆苦役之作也。

三、贫富悬殊 《邶风·北门》云:出自北门,忧心殷殷。终窭且贫,莫知我艰。已焉哉,天实为之,谓之何哉。此诗旧以为卫之贤者所作。观其内不足以畜妻子,而有交谪之忧;外不足以谢勤劳,而有敦迫之苦,可谓穷矣。人穷则呼天,此诗之所以作也。《魏风·葛屦》云：纠纠葛屦，可以履霜。掺掺女手，可以缝裳。要之襋之，好人服之。一章。好人提提，宛然左辟，佩其象揥。虽是褊心，是以为刺。二章。旧说以此诗为刺俭之作。然俭本美德，即或不中于礼，宁得引为诟病若是？细玩其意，特贫女作苦之咏耳。夫履霜犹藉葛屦，而缝裳乃为好人。此所谓针线年年，为人作嫁者也。其贫富之不齐可知矣。然此犹可说也。至《伐檀》之诗云：不稼不穑，胡取禾三百廛兮？不狩不猎，胡瞻尔庭，有悬貆兮？彼君子兮，不素餐兮。则呵斥不劳而获之徒不遗余力矣。盖大乱之后，社会必生剧变。西人之服粲粲，《大东》之柚全空。《中谷》仳离之叹，《苕华》不饱之歌，固尔时恒见之事也。故《小雅·正月》之诗又曰：佌佌彼有屋，蔌蔌方有谷。民今之无禄，天夭是椓。哿矣富人，哀此茕独。读此诗者，于其社会之状态盖十分而得其八九焉。

四、风俗浇薄　周室东迁以后，民俗日偷，此亦征诸诗词而可见者。《召南·行露》之诗曰：厌浥行露。岂不夙夜，谓行多露。一章。谁谓鼠无牙，何以穿我墉？谁谓女无家，何以速我讼？虽速我讼，亦不女从。三章。诗序谓衰乱之俗微，贞信之教兴，强暴之男，不能侵陵贞女。故诗人咏之如此。朱子《集传》亦从此说。盖以为文王时诗也。然考二南实为东迁以后所作。详后。观其多露之戒，不从之誓，鼠牙雀角之喻，自是世衰俗弊，女子为势所迫，以致赴诉兴讼，不必曲说为文王之化召公之贤也。证之《野有死麕》一诗，其时风俗之坏亦可概见。又按《邶风·谷风》之诗曰：不我能慉，反以我为雠。既阻我德，贾用不售。昔育恐育鞫，按蜀石经恐下无育字。及尔颠覆。既生既育，比予于毒。此夫妇之道缺怨讟之言兴也。《卫风·氓》之诗曰：女也不爽，士贰其行。士也罔极，二三其德。又曰：三岁为妇，靡室劳矣。夙兴夜寐，靡有朝矣。言既遂矣，至于暴矣。兄弟不知,咥其笑矣。静言思之,躬自悼矣。此昏姻之礼废,始乱之而终弃之也。《小雅·我行其野》之诗曰:我行其野,蔽芾其樗。昏姻之故,言就尔居。尔不我畜,复我邦家。此睦姻之谊尽,民流离而不见恤也。然此皆在上者有以化之耳。故《小雅·角弓》之诗曰:尔之远矣,民胥然矣。尔之教矣,民胥效矣。此亦刺俗薄之诗。上行下效,捷于景响。岂不信哉,岂不信哉?

第三章　论《周南》、《召南》

一、二《南》之名称　南,乐也,因地得名。《小雅·鼓钟》之诗曰:以雅以南,以籥不僭。《左传·哀公二十九年》季札来聘,请观周乐。见舞《象箾》、《南籥》者。《礼记·文王世子》亦称胥鼓南。然则南之名虽不必即为《周南》、《召南》,其为古乐明矣。程大昌《考古编》谓南乐即《周南》、《召南》,后儒非之者甚多。今不俱论。今按《吕览·音初》篇载禹巡省南土,涂山氏之女命其妾候禹于涂山之阳,女乃作歌曰:候人兮猗。实始作易南音。周公及召公取风焉,以为《周南》、《召南》。高诱注以南音为南方国风之音,以《周南》、《召南》为取涂山氏女南音以为乐歌。据此则南乐与二《南》之关系更明矣。盖南乐者,南方之音乐。如《左传》所谓锺仪操南音是也。亦即《左传》及《礼记》所谓虞舜师旷之歌南风是也,非《诗序》所云化自北而南之谓也。其称为《周南》、《召南》者,盖成王之世周公与召公分治,各采风谣以入乐章。周公所采南方之诗,则谓之《周南》,召公所采南方之诗,则谓之《召南》耳。今以二《南》之诗证之，如《南有樛木》、《汉广》、《汝坟》、《江有汜》诸篇皆明言其地矣。而《水经注·江水》篇引《韩诗·周南序》曰：其地在南郡南阳之间，自陕以东，周公主之；自陕以西，召公主之。《楚地记》曰：汉江之北为南阳，汉江之南为南郡。盖汉世南郡兼湖北荆州、宜昌、施南、襄阳之地，南阳兼今河南南阳汝州之地。故《周南》之诗曰《汝坟》，曰《江永》、《汉广》。是其境东北至汝，南至江，北至汉也。《召南》之诗曰《江沱》，是其境西北至蜀，东南至南郡也。_{参看魏默深《诗古微》}。然则二《南》皆周召封地以南之诗，以地别，不以化区，殆无疑义。而旧说王者诸侯之风，分岐分陕之地，亦决不可信矣。胡承珙曰：南以地言者，乃采时诗编部之名也。以音言者，又入乐时编部之名也。二者不同，而亦不相悖。_{见《毛诗后笺》}。洵笃论哉。

二、二《南》之时代　《周南》、《召南》廿五篇，自郑玄以来，说诗者皆以为在文王之世，朱子《集传》因之，实则非也。郑氏之言曰：文武之德，光熙前绪。以集大命于厥身，遂为天下父母。使民有政有居，其时诗风有《周南》、《召南》_{郑玄《诗谱序》}。今按《周南》十一篇时代虽无明征，而《召南·甘棠》、《何彼秾矣》二篇，则明明非文王时诗也。《甘棠》云：蔽芾甘棠，勿前勿伐，召伯所茇。考召公称伯，在武王分陕之后。岂有文王之世武王尚未克殷，诗人即预称召伯之理？《左传》、《孔丛子》、《韩诗外传》及《史》、《汉》等书并以此诗为作于召伯久没之后，西周遗民追思之词，则并非康王时诗矣。《何彼秾矣》云：何彼秾矣，华如桃李。平王之孙，齐侯之子。此明为东迁以后之诗。而毛公泥于正变之说，_{文武时诗为正风，厉宣以后为变风}。必强训平为正，平王即为文王，盖谓武王之女，文王之孙，适于齐侯之子也。夫训文王为平正之王，齐侯而曰齐一之侯，此复成何文理。况《卫风·硕人》亦云：齐侯之子，卫侯之妻。东宫之妹，邢侯之姨。《鲁颂·閟宫》亦曰：周公之孙，庄公之子。皆与此同例，又将何以曲解之耶？至王姬下嫁于齐，其事明见于《春秋》。庄公元年，夏单伯送王姬，王姬归于齐。此诗即咏其事。王姬即周平王之孙，齐侯之子即齐僖公之子襄公也。然则《何彼秾矣》一诗之为东迁以后所作，不待三家诗之异说而已明矣。他若《周南》之《汝坟》，《召南·行露》、《野有死麕》皆似出厉以降，国乱俗靡之歌，不关文王时事。而说者必指王室为纣言，父母为文王，或又牵合召伯之化以实之。附会牴牾，胶窒难通。此孟子所以讥高叟之固也。故就此数篇观之，二《南》虽不必皆出东周，其非一世之诗则彰明甚。崔述曰：周公之子，世为周公。召公之子，世为召公。盖亦各率旧职而采其风。是以昭穆以后，下逮东迁之初，诗皆有之。由是言之，二《南》不但非文王时诗，而亦不尽系成康时诗矣。以上参看《诗古微》及《读风偶识》。

三、二《南》之内容　《周南》诗十一篇，即《关雎》、《葛覃》、《卷耳》、《樛木》、《螽斯》、《桃夭》、《兔罝》、《芣苢》、《汉广》、《汝坟》、《麟之趾》是也。《召南》诗十四篇，即《鹊巢》、《采蘩》、《草虫》、《采蘋》、《甘棠》、《行露》、《羔羊》、《殷其雷》、《摽有梅》、《小星》、《江有汜》、《野有死麕》、《何彼秾矣》、《驺虞》是也。共诗二十五篇。自《诗序》以之比附文王，说经之士又从而伸其说，随流扬波，一往不返。朱子稍稍违之，辄遭指斥。迄于今日，异说尤众。虽亦间有通论卓见，然大抵各执其所是非以为是非耳。甚或一察自好，入主出奴。非迂即妄，求其真能得诗意者鲜矣。今按二南所咏非止一事，析言之约可分为三类：

（一）属于抒情者。《关雎》、《卷耳》、《汉广》、《草虫》、《行露》、《殷其雷》、《摽有梅》、《小星》、《江有汜》、《野有死麕》等十篇,皆其类也。诸诗旧皆有说,说皆不同。《关雎》一篇,或以为美,或以为刺。然细玩其辞,本极明白之抒情诗。采诗者于此有无用意今不可知。若只就文而论,两说似皆失之。至《卷耳》一诗亦难断其为谁何而作,而《诗序》必释之曰:《卷耳》,后妃之志也。又当辅佐君子,求贤审官,知臣下之勤劳,内有进贤之志而无险诐私谒之心。朝夕思念,至于忧勤也。如此说《诗》,非穿凿迂曲之甚者乎?他若《汉广》之爱慕,《草虫》之忧伤,《行露》之信誓,《江汜》之啸歌,《殷雷》之念归人,《摽梅》之求庶士,《小星》抱裯而怨命,皆不必求其本事,而诗意可推。盖抒情之诗,正为风谣本色。必索甚解,未有不固者也。

(二)属于叙事者。《葛覃》、《桃夭》、《鹊巢》、《采蘩》、《采蘋》、《何彼秾矣》等六篇,皆其类也。《诗序》以《葛覃》为后妃之本,能以妇道化天下。朱子复进而伸之曰:此诗后妃所自作,故无赞美之辞。然于此可以见其已贵而能勤,已富而能俭,已长而敬不弛于师傅,已嫁而孝不衰于父母,是皆德之厚而人所难也。余观此诗不过泛咏妇女归宁之事耳,奚必其后妃也?至谓后妃自作,尤为臆说。盖《关雎》为当日民间婚辞,而《葛覃》即女子婚后归宁母家之咏。男女婚嫁,虽属寻常,在流俗则极乐道之,今之歌谣尚可征也。《桃夭》、《鹊巢》,俱咏"之子于归",《采蘩》、《采蘋》,同为勤于妇职。语意平平,无甚奇异。惟《何彼秾矣》一诗,咏王姬下嫁于齐,或系民间艳羡之辞耳。

(三)属于颂赞者。《南有樛木》、《螽斯》、《兔罝》、《汝坟》、《麟之趾》、《甘棠》、《羔羊》、《驺虞》等八篇,皆其类也。崔述曰:序及朱传皆以《樛木》为后妃能逮下,而无嫉妒之心,《螽斯》为后妃不妒忌而子孙众多。余按《螽斯》之旨当于序传所云,若《樛木》则未有以见其必为女子而非男子也。玩其词意,颇与《南有嘉鱼》"南山有台"之诗相类。或为群臣颂祷其君,亦未可知。要之此二诗者,皆上惠恤其下,而下敬爱其上之诗。《读风偶识》。余谓崔说以《樛木》为祝福而作,不为无见,然亦有不尽然者。盖《樛木》次于《卷耳》之后,《卷耳》本妇女怀念征人之作,《樛木》或亦思妇寻常祷祝之辞,初不关乎君臣之事也。《螽斯》一篇,极似咏妇人之求子者,亦与后妃无涉。细玩前后诸篇,意似一贯。其所歌者,皆夫妇室家之琐事,男女婚嫁之恒情,太史采之亦可见民风之一斑矣。至若《兔罝》、《驺虞》之美猎士,《甘棠》之思召伯,词意均极明显。《汝坟》、《麟趾》、《羔羊》三篇,当亦赞美之诗。惟所称何人,所指何事,则不可考耳。

此外周南有《芣苢》一诗,不详其义。第就其辞观之,极似趁韵之民歌。《序》以为后妃之美,朱子谓化行俗美家室和平。妇人无事,相与采芣苢而赋之,以相乐焉。考《三百篇》义不明者甚多,不得其解,固不必曲为之说也。崔述之论二《南》云,《鹊巢》三篇乃治内齐家之事,颇类《周南·关雎》之三。《行露》狱讼失宜,朝政初衰,亦似在《周南·兔罝》之日,《摽梅》之迨吉,《野有死麕》之怀春,与《南有乔木》之游女,事相类也。《何彼秾矣》之称平王与《汝坟》之忧如毁,时相近也。又曰《驺虞》乃射时所歌,与《鹊巢》等篇同,而反列于后者,犹《周南》之后而殿以《麟趾》也。观此,则古人采《诗》编诗之义,岂真慢无泾渭者哉?

第四章　论十三《国风》(上)

一、名称及国别　《诗大序》云：诗有六义焉，一曰风。又曰：上以风化下，下以风刺上。主文而谲谏。言之者无罪，闻之者足以戒，故曰风。又曰：一国之事，系一人之本，谓之风。此以《诗》之体制言也。朱子《诗集传序》曰：凡《诗》之所谓风者，多出于里巷歌谣之作。所谓男女相与咏歌，各言其情者也。此以《诗》之作者言也。而惠周惕《诗说》云：风、雅、颂以音别也。按三说虽异，实则相同。《吕览·音初》言闻其声而知其风。高诱注：风俗也。《汉书·五行志》言天子采风以作乐。应劭注：风为土地风俗也。民俗歌谣之作，异乎《雅》、《颂》之音。或以体判，或以律分，义各有取也。旧说风之数十五，盖合二南言之。今析出二南令与风、雅、颂并立，故为十三国风。顾此十三国别尚有不能成立者。如邶、鄘、卫本为一国，《王风》、《豳风》俱不得以国称。故论风之名数实只卫、郑、齐、魏、唐、秦、陈、桧、曹九国而已。兹节录郑氏《诗谱》之说以明《诗·风》国别之大概云。

（一）邶、鄘、卫。邶、鄘、卫者，周武伐纣，以其京师封纣子武庚为殷后。庶殷顽民，被纣化日久，未可以建诸侯。乃三分其地置三监，使管叔、蔡叔、霍叔尹而教之。自纣城而北谓之邶，南谓之鄘，东谓之卫。成王既黜殷命，杀武庚，复伐三监。更于此三国建诸侯，以殷遗民封康叔于卫，使为之长。后世子孙稍并彼二国，混而名之。七世至顷侯，当周夷王时，卫国政衰，变风始作。

（二）王。王城者，始武王作邑于镐京，谓之宗周，是为西都。周公摄政五年，成王在丰，欲宅洛邑。使召公先相宅，既成，谓之王城，是为东都，今河南是也。成王居洛邑，迁殷顽民于成周，复还归处西都。申侯与犬戎攻宗周，杀幽王于戏。晋文侯郑武公迎宜臼于申而立之，是为平王。以乱故，徙居东都王城。于是王室之尊与诸侯无异，其诗不能复《雅》，故贬之，谓之王国之变风。

（三）郑。初，宣王封母弟友于宗周畿内咸林之地，是为郑桓公。幽王为犬戎所杀，桓公死之。其子武公与晋文侯定平王于东都王城，武王又作卿士。国人宜之，郑之变风始作。

（四）齐。齐者，周武王伐纣，封太师吕望于齐，是谓齐太公。地方百里，都营丘。成王用周公之法制，广大邦国之境。而齐受上公之地，更方五百里。其子丁公嗣位于王官。后五世，哀公政衰，荒淫怠慢。纪侯僭之于周懿王，使烹焉。齐之变风始作。

（五）魏。魏者，虞舜夏禹所都之地，周以同姓封焉。乃今魏君，啬且褊急，不务广修德于民，教以义方。其与秦晋邻国，日见侵削，国人忧之。当周平、桓之世，魏之变风始作。至春秋，鲁闵公元年晋献公竟灭之，以其地赐大夫毕万。自尔而后，晋有魏氏。

（六）唐。唐者，成王封母弟叔虞之故墟，曰唐侯，南有晋水。至子燮，改为晋侯。至曾孙成侯，南徙居曲沃，近平阳焉。昔尧之时，洪水九年，下民其咨，万国不粒。于时杀礼以救艰厄，其流乃被于今。当周公、召公共和之时，成侯孙僖，甚啬爱物，俭不中礼。国人闵之，唐之变风始作。其孙穆侯又徙于绛云。

（七）秦。秦者，尧时有伯翳者，实皋陶之子。佐禹治水，水土既平，舜命作虞官。掌上下草木鸟兽，赐姓曰嬴。历夏商兴衰，亦世有人焉。周孝王使其末孙非子养马于汧渭之间，封为附庸，邑之于秦谷。至曾孙秦仲,宣王又命作大夫,始有车马礼乐侍御之好。国人美之,秦之变风始作。秦仲之孙襄公,平王之初,兴兵讨西戎以救周。平王东迁王城,乃以岐丰之地赐之,始列为诸侯。

(八)陈。陈者,帝舜之胄。有虞阏父者,为周武王陶正。武王赖其利器用,与其神明之后,封其子妫满于陈,都于宛丘之侧,是曰陈胡公。以备三恪。妻以元女太姬,无子,好巫觋祷祈鬼神歌舞之乐,民俗化而为之。五世至幽公,当厉王时,政衰,大夫荒淫,所为无度。国人伤而刺之,陈之变风作矣。

(九)桧。桧者,古高辛氏火正祝融之墟。祝融氏名黎,其后八姓唯妘姓,桧者处其地焉。周夷王、厉王之时。桧公不务政事,而好好洁衣服,大夫去之,于是桧之变风始作。

(十)曹。曹者,周武王既定天下,封弟叔振铎于曹。昔尧游成阳,死而葬焉。舜渔于雷泽,民俗始化,其遗风厚重多君子。务稼穑,薄衣食,以致蓄积。夹于鲁卫之间,又寡于患难。末时富而无教,乃更骄侈。十一世,当周惠王时,政衰,昭公好奢而任小人。曹之变风始作。

(十一)豳。豳者,后稷之曾孙公刘者,自邰而出所徙戎狄之地名。公刘以夏后太康时失其官守,窜于此地,犹修后稷之业,勤恤爱民,民咸归之,而国成焉。成王之时,周公避流言之难,出居东都二年。思公刘大王居豳之职,忧念民事至苦之功,以此序己志。后成王迎反之,摄政,致太平。其出入也,一德不回,纯似于公刘大王之所为,大师大述其志。主意于豳公之事,故别其诗以为豳国变风焉。

郑谱多据毛传,然亦未可信,吾人分别观之可也。其诗之有关于史实者,当并详于后。

二、时代及地理 十三国风时代多不可考。惟《诗序》言之凿凿,每说一诗,必举一事以实之。其绝不相关者,亦必曲为之解。后人以《诗序》近古,其说必有所传,其所称为美某刺某者,必某某之时与事无疑。然按之实际殆多无根之说也。兹举序说于后,以观其所谓变风时代者。

(一)邶、鄘、卫风。《柏舟》,言仁而不遇也。卫顷公之时,仁人不遇,小人在侧。《绿衣》,卫庄姜伤己也。《燕燕》,卫庄姜送归妾也。《日月》,卫庄姜伤己也。《终风》,卫庄姜伤己也。《击鼓》,怨州吁也。《雄雉》,刺卫宣公也。《匏有苦叶》,刺卫宣也。《式微》,黎侯寓于卫,其臣劝以归也。《旄丘》,责卫伯也。《新台》,刺卫宣公也。《二子乘舟》,思伋、寿也。以上《邶》。《柏舟》,共姜自誓也。《墙有茨》,卫人刺其上也,公子顽通乎君母,国人疾之,而不可道也。《君子偕老》,刺卫夫人也。《鹑之奔奔》,刺卫宣姜也。《定之方中》,美卫文公也。《蝃蝀》、《相鼠》、《干旄》序皆以为卫文公时诗。《载驰》,许穆夫人作也。以上《鄘》。《淇奥》,美武公之德也。《考槃》,刺庄公也。《硕人》,闵庄姜也。《氓》序亦以为宣公时诗。《芄兰》,刺惠公也。《河广》,宋襄公母归于卫,思而不止故作是诗也。《木瓜》,美齐桓公也。以上《卫》。

(二)王风。《君子于役》,刺平王也。《扬之水》,刺平王也。《兔爰》,闵周也。桓王失信,诸侯背叛。构怨连祸,王师伤败,君子不乐其生焉。《葛藟》,刺平王也。《丘中有麻》,思贤也。庄王不明,贤人放逐,国人思之而作是诗也。

(三)郑风。《缁衣》,美武公也。《将仲子》,刺庄公也。《叔于田》,刺庄公也。《大叔于田》,刺庄公也。《清人》,刺文公也。《遵大路》,思君子也。庄公失道,君子去之,国人思望焉。《有女同车》,刺忽也。《山有扶苏》,刺忽也。《萚兮》,刺忽也。《狡童》,刺忽也。《扬之水》,闵无臣也。君子闵忽之无忠臣良士,终以死亡,而作是诗也。《出其东门》,闵乱也。公子互争,兵革不息,男女相弃,民人思保其室家焉。

（四）齐风。《鸡鸣》,思贤妃也。哀公荒淫怠慢,故陈贤妃贞女,夙夜警戒相成之道焉。《还》,刺荒也。哀公好田猎,从禽兽而无厌,国人化之,遂成风俗。《南山》,刺襄公也。《甫田》,大夫刺襄公也。《卢令》,刺荒也。襄公好田猎毕弋,而不修民事。百姓苦之,故陈古以风焉。《敝笱》,刺文姜也。《载驱》,齐人刺襄公也。《猗嗟》,刺鲁庄公也。

（五）魏风。无一直指为某君者。

（六）唐风。《蟋蟀》,刺晋僖公也。《山有枢》,刺晋昭公也。《扬之水》,刺晋昭公也。《椒聊》,刺晋昭公也。《杕杜》,刺时也。君不能亲其宗族,骨肉离散,独居而无兄弟,将为沃所并尔。《鸨羽》,刺时也。昭公之后大乱五世,君子下从征役,不得养其父母,而作是诗也。《无衣》,美晋武公也。《有杕之杜》,刺晋武公也。《葛生》,刺晋献公也。《采苓》,刺晋献公也。

（七）秦风。《车邻》,美秦仲也。《驷驖》,美襄公也。《小戎》,美襄公也。《蒹葭》,刺襄公也。《终南》,戒襄公也。《黄鸟》,哀三良也,国人刺穆公以人从死而作是诗也。《晨风》,刺康公也。《渭阳》,康公念母也,《权舆》,刺康公也。

（八）陈风。《宛丘》,刺幽公也。《东门之枌》序亦以为幽公时诗。《衡门》,诱僖公也。《墓门》,刺陈佗也。《防有鹊巢》,忧谗贼也。宣公多信谗,君子忧惧焉。《株林》,刺灵公也。《泽陂》,刺时也。言灵公君臣淫于其国,男女相说,忧思感伤焉。

（九）桧风。无一确定为何时诗者。

（十）曹风。《蜉蝣》，刺奢也。昭公国小而迫，无法以自守。好奢而任小人，将无所依焉。《候人》，刺近小人也。共公远君子而好近小人焉。《下泉》，思治也。曹人疾共公侵刻，下民不得其所，忧而思明王贤伯也。

（十一）豳风。序皆以为周公时诗。

诗序列叙邶、鄘、卫、王、郑、齐、唐、秦、陈、曹诸诗，或以为某王某公之时，或以为某甲某乙之事，似皆信而有征。而独于《魏风》七篇，《桧风》四篇，皆阙而不载。但泛言刺其君疾其君而已，不复直指为何君何人。故说者多谓其傅会书史，依托名谥，凿空妄语，以诳后人。崔氏《读风偶识》论之曰：桧亡于鲁惠之世，魏亡于鲁闵之世，且在齐哀、陈幽之后二百余年。何以远者知之历历，而近者反皆不之知乎？盖周、齐、秦、晋、郑、卫、陈、曹之君之谥，皆载于《春秋传》及《史记》世家、年表，故得以采而附会之。此二国者，《春秋》、《史记》之所不载，故无从凭空而撰为某君耳。然则彼八国者，亦非果有所传，而但就诗词揣度言之，因取《春秋传》之事附会之也。彰彰明矣。东壁此论，诚为有见，顾《诗序》之失虽多，前人论者甚众，不复深辨。然亦有极确而可据者。有虽无确据，而探索词旨，大约知为何时何事者。今悉依此以略定国风之时代。

按《鄘风·定之方中》诗云：定之方中，作于楚宫。揆之以日，作于楚室。又云：卜云其吉，终焉允臧。又云：骒牝三千。《序》以为美卫文公，此则征之左史而可信者。《左传·闵公二年》冬十二月，狄人伐卫。卫懿公及狄人战于荧泽，卫师败绩，遂灭卫。宋桓公逆诸河，宵济卫之遗民男女七百有三十人。益之以共滕之民，为五千人。立戴公以庐于曹。许穆夫人赋《载驰》，戴公卒。僖公元年齐桓公封卫于楚丘,卫文公大布之衣,大帛之冠,务材训农,通商惠工,敬教劝学,授方任能。元年革车三十乘,季年,乃三百乘。是此诗之作必在周惠王十八年<small>前六五九</small>以后,周襄王十七年<small>前六三五,卫文公卒于是年。</small>以前也。许穆夫人者,卫宣公之女。《载驰》一诗明言归唁卫侯,言至于漕,与传正合,则亦卫亡以后之诗矣。<small>前六百六十或六五九。</small>至若卫人为庄姜赋《硕人》,见《春秋》隐公三年<small>周平王五十一年,前七百二十。</small>《左传》。《南山》、《敝笱》、《载驱》等篇之刺齐襄及文姜事,并分见于桓公十八年、<small>周庄王三年,前六九四。</small>庄公二年、<small>周庄王五年,前六九二。</small>四年、<small>周庄王七年,前六九〇。</small>五年及七年<small>周庄王十年,前六八七。</small>经传中,郑人为文公赋《清人》,见闵公二年<small>周惠王十七年,前六六〇。</small>《传》,秦穆公以子车氏之三子为殉,国人哀之为之赋《黄鸟》,见文公六年<small>周襄王三年,前六二一。</small>《传》,陈灵公通于夏姬,事见宣公七年<small>周定王七年,前六〇〇。</small>《传》。而《唐风·扬之水》诗云:从子于沃。《序》即据以为刺晋昭侯,盖昭侯封其叔父成师于曲沃,在平王二十六年。<small>前七四五。</small>其后曲沃强大,再传至武公,灭晋。果如《序》言,则此篇固春秋以前诗也。至《豳风·破斧》诗明言周公东征,更远在周初之世矣。总之十三国风之时代逾四五百年,大抵皆前七世纪以前之产品,而东迁以后之诗居多耳。

十三国皆黄河流域之地,述其大略如次:

(一)王、豳。王、豳本皆周地。在《禹贡》雍、豫之域,即今陕西河南之一部。盖豳在岐山之北,公刘所居。王城即周公所营洛邑,号为东都者也。

(二)邶、鄘、卫。三国在《禹贡》冀州之域,即今河北山西等处。其后并为一国,统称曰卫。

(三)郑、桧。郑邑本在西都畿内咸林之地,在今陕西华县境。

桓公死于犬戎之难,其子武公定平王于东都。灭桧而有其地,乃徙封焉。号曰新郑,即今河南郑州是也。

(四)齐。齐属《禹贡》青州,即今山东地方。东至于海,四至于河,南至于穆陵,北至于无棣,皆得征之,盖大国也。

(五)魏、唐。魏、唐皆晋国,在《禹贡》冀州,即今河北山西之大部分。

(六)秦。秦属《禹贡》雍州,即今陕西甘肃一部之地。

(七)陈。陈属《禹贡》豫州之东,即今河南安徽一部之地。

(八)曹。曹属《禹贡》兖州,即今河北山东一部之地。

以上十三国约可分为四区,王、郑、陈、桧,属于中部者也;邶、鄘、卫、魏、唐,属于河东者也;秦、豳,属于河西者也;齐、曹,属于海滨者也。因其山川之异故,文学亦名殊致。《汉书·地理志》盖尝论之矣。

第五章　论十三《国风》(下)

十三《国风》诗,计《郑风》二十一篇,《邶风》十九篇,《唐风》十二篇,《齐风》十一篇,鄘、卫、王、秦、陈皆十篇,魏、豳皆七篇,曹、桧皆四篇,共百三十五篇。有美诗,有刺诗。有忧时愤乱之作,有离别相弃之辞。短者数十字,长者数百言。在《诗经》中之位置为最高。分述于下:

一、**爱慕**　《国风》中不乏男女相悦之辞,而莫著于郑、卫。且此种诗音节自然,情采并妙,自是民歌本色。例如《邶风·静女》

云:静女其姝,俟我于城隅。爱而不见,搔首踟蹰。一章。又云:自牧归荑,洵美且异。匪女之为美,美人之贻。三章。《序》以此为刺时,朱传则斥为淫奔期会之诗。吕祖谦且谓搔首踟蹰与《关雎》之寤寐思服同为思念之切,《吕氏家塾读诗记》。信不诬也。古诗云:人贱物亦鄙,是盖反此诗之意而用之。三百篇表情之歌若此者不数觏矣,又如《鄘风·桑中》云:爰采唐矣,沫之乡矣。云谁之思,美孟姜矣。期我乎桑中,要我乎上宫,送我乎淇之上矣。一章。此《诗序》以为刺奔。朱传以为淫奔者所自作,与作诗者刺人口吻不类。崔述又谓此篇但有叹美之意,绝无规戒之言,若是而可以为刺,则曹植之《洛神赋》,李商隐之《无题》诗,韩偓之《香奁集》,莫非刺淫者矣。《子虚》、《上林》劝百讽一,古人犹以为讥。况有劝而无讽,乃反可谓之刺诗乎?方玉润则谓赋此诗者,既非诗中之人,则诗中之事亦非赋诗人之事。赋诗人不过代诗中人为之辞耳。盖此并非真有其人其事。同期会于一日之中,一席之地也。待诗人虚想所采之物,所游之地,所思之人耳。其所谓孟姜、孟弋、孟庸者,亦不过在神灵恍惚,梦想依稀之际。如义山诗所云"来是空言去绝踪,画楼西畔桂堂东"之意而已。岂期我、要我、送我者,果真有姗姗其来,冉冉而逝者乎?参看《诗经原始》。按此诗姑勿问其为奔自言,或诗人想像,而其为表男女爱慕之怀,则不烦言而解。观其每句末用一语助词,韵式变化,句法参差,诚国风中之仅见者矣。他如《郑风》之《将仲子》、《遵大路》、《有女同车》、《山有扶苏》、《蘀兮》、《狡童》、《褰裳》、《丰》、《东门之墠》、《风雨》、《子衿》、《野有蔓草》、《溱洧》等篇皆此类也。

二、怀思 《国风》中怀念之诗,初不限于男女之芜昵而已。《邶风·泉水》云:有怀于卫,靡日不思。娈彼诸姬,聊与之谋。

章。《卫风·竹竿》云：籊籊竹竿，以钓于淇。岂不尔思，远莫致之。一章。此卫女之思归宁也。《鄘风·载驰》云：既不我嘉，又能旋反。视尔不臧，我思不远。二章。此许穆夫人之思归唁也。《卫风·伯兮》云：焉得谖草，言树之背。愿言思伯，使我心痗。四章。《唐风·葛生》云：角枕粲兮，锦衾烂兮。予美亡此，谁与独旦。三章。此闺中之思征人也。《豳风·东山》云：我徂东山，慆慆不归。我来自东，零雨其濛。果臝之实，亦施于宇。伊威在室，蠨蛸在户。町畽鹿场，熠耀宵行。亦可畏也，伊可怀也。二章。此征夫将归而念其室庐之荒废及叙其思家之情也。《王风·大车》云：大车槛槛，毳衣如菼。岂不尔思，畏子不敢。一章。《陈风·月出》云：月出皎兮，佼人僚兮。舒窈纠兮，劳心悄兮。一章。此男女之念其所私也。《王风·采葛》云：彼采葛兮，一日不见，如三月兮。一章。《秦风·蒹葭》云：蒹葭苍苍，白露为霜。所谓伊人，在水一方。溯洄从之，道阻且长。溯游从之，宛在水中央。一章。此又泛言怀人而实有所指之词也。若此之类，不一而足。虽陈义靡同，而抒情则一。或温柔而敦厚，或怆怏而难怀。后有作者，咸以是为圭臬焉。

三、怨恨　《国风》怨恨之辞，多含蓄平缓，与《小雅》之激切愤懑者大异。虽《日月》之"德音无良"，《邶风》。《葛藟》之"谓他人昆"，《王风》。《鸨羽》之"王事靡盬"《唐风》。不免咸怀怨思，顾未有以见其激也。兹举二例，以概其馀，按《邶风·谷风》之诗，弃妇之词也，而首言"习习谷风，以阴以雨。黾勉同心，不宜有怒。采葑采菲，无以下体。德音莫违，及尔同死"，一章。略述夫妇常理，以见同心同死之初衷。而次章云：行道迟迟，中心有违。不远伊迩，薄送我畿。谁谓荼苦，其甘如荠。宴尔新昏，如兄如弟。二章。则直叙其见弃之后，有恋恋不舍之意。虽其夫挚然新昏，而反处之若素。食荼如甘者,知其心之弥苦,言之弥哀也。三章云:泾以渭浊,湜湜其沚。宴尔新昏,不我屑以。毋逝我梁,毋发我笱。我躬不阅,遑恤我后。此推言见弃之由,在色衰,不在德失也。而逝梁发笱之戒,尤沉郁而无所赴诉,聊为是以见其穷也。四章云:就其深矣,方之舟之。就其浅矣,泳之游之。何有何亡,黾勉求之。凡民有丧,匍匐救之。此自道其已往之勤劳,以见无可弃之理也。五章云:不我能慉,反以我为雠。既阻我德,贾用不售。昔育恐育鞫,反予颠覆。既生既育,比予于毒。此申言其治内之劳,而夫也但相依于贫苦之时,而相弃于安乐之日。遇人不淑,所以怨也。末章云:我有旨蓄,亦以御冬。宴尔新昏,以我御穷。有洸有溃,既诒我肄。不念昔者,伊余来墍。此又重申前意。且回首昔日之相厚,愈见其情之可悲,怨之至也。是诗结构极完密。卑词异语之中,时露清贞郁勃之气。其作者似即诗中之人,而情节与《卫风》氓之蚩蚩极相似。《氓》之六章云:及尔偕老,老使我怨。又云"总角之宴,言笑晏晏。信誓旦旦,不思其反。反是不思,亦已焉哉"。观其自怨自艾,如泣如诉,盖后世乐府《白头吟》、《古怨歌》诸篇之所本也。

四、忧伤 《王风·黍离》云:彼黍离离,彼稷之苗。行迈靡靡,中心摇摇。知我者,谓我心忧,不知我者,谓我何求。悠悠苍天,此何人哉?是篇《韩诗》有异说,而《序》以为周大夫行役至于宗周,过故宗庙宫室尽为禾黍,闵周室之颠覆,彷徨不忍去,而作是诗。似较韩说为近理。盖以周辙既东,文武成康之旧,一旦灰烬,荡然无存。斯有心于世者所为目击心伤,不能无慨于其际也。顾或谓心忧何求之语,乃忧未来之患,不似伤已往之事者。《黍离》稷苗,作者就其所见以起兴,犹《蒹葭》、《杕杜》,意固不在于物也。今观此诗与《魏风·园桃》极相类,盖同为忧时之作耳。《黍离》稷苗犹所谓《园桃》园棘也,"行迈靡靡","聊以行国"之意也。"不知我者,谓我何求",与"心之忧矣,其谁知之"数语亦似之。然则二诗,固皆未乱而预忧之之词,非已乱而追伤之者也。至如《柏舟》之忧谗悯乱,《绿衣》之思古无讹,《北门》之内外交迫,《黄鸟》之哀悼三良,《晨风》之忧心如醉,《羔裘》之劳心切切,《匪风》之中心伤怛,《蜉蝣》之忧心归处,所赋不必尽同,而写忧则未有或异。及其忘忧无术,则《苌楚》猗傩,羡无知之可乐,《衡门》偃仰,借泌水以疗饥。曳衣裳,考钟鼓,以其求自得之乐者比比也。是亦忧愤之过矣哉。

五、指斥　《鄘风·墙有茨》云:墙有茨,不可埽也。中冓之言,不可道也。所可道也,言之丑也。一章。《序》以此为卫人刺公子顽通乎宣姜之事。虽无证验,然玩诗词直斥其丑,意必当时有廉耻荡尽,而贻闺闱之羞者,决非泛泛漫骂之辞也。又《相鼠》云:相鼠有皮,人而无仪。人而无仪,不死何为。一章。《国风》中此等诗实不多见,可谓深恶而痛绝之矣。盖《诗》主温柔敦厚之旨,而此独者,必其人荡检逾闲,蔑弃礼法,伤风俗而乖政教,诗人忍无可忍,故赋此以深者其罪耳。至《君子偕老》则曰"子之不淑",《鹑之奔奔》则曰"人之无良",《墓门》《陈风》。亦曰"夫也不良",皆直指而质言之,不为回护之词。与《新台》《邶风》。《南山》、《伐檀》诸篇之婉而多讽者迥异。大抵诗词显斥者少而隐讽者多,固不能遍举也。

六、赞美　《邶风·简兮》云:硕人俣俣,公庭万舞。有力如虎,执辔如组。二章。又云:山有榛,隰有苓。云谁之思,西方美人。彼美人兮,西方之人兮。四章。此《诗序》以为刺不用贤。朱传则谓贤者自作,且有轻世肆志之心,若自誉而实自嘲也。殆俱失之。详味诗旨,乃诗人赞美贤者之辞。其人亦并无玩世不恭之态,盖贤者之仕于伶官者耳。末章反复咏叹,遐想无穷,其胸怀之高远有如此者。《卫风·淇奥》云:"瞻彼淇奥,绿竹猗猗。有匪君子,如切如磋,如琢如磨。瑟兮僩兮,赫兮咺兮。有匪君子,终而不可谖兮。"一章。《序》以此为美卫武之德,有文章,喜规谏,且能以礼自防也。今按《礼·大学》曰"如切如磋"者道学也,"如琢如磨"者自修也,"瑟兮僩兮"者恂栗也,"赫兮咺兮"者威仪也。"有匪君子,终不可谖"兮者,道盛德至善,民之不能忘也。而《国语》复谓武公虽耄耋,犹恭恪自警。则是篇之赞美卫武,殆无疑矣。若夫如荑如脂,闵庄姜之无子;授餐适馆,美郑武之好贤。《叔于田》洵美且仁,《汾沮洳》殊异公族,方玉润谓此诗美俭德也,与旧说异,今从之。《猗嗟》则美目清扬,旧说谓此诗美中有刺,今不从。《小戎》则温其如玉,《鸤鸠》则其仪不忒,旧说亦以为刺。《狼跋》则德音不瑕,若此之类,不可悉数。然则正变之说,陈古刺今之论,可尽信哉。

总之十三《国风》,各体具备,后人取法无穷,谓为千古文章之祖,洵非溢词,至《大叔于田》、《七月》、《东山》诸篇或叙田猎,或纪农功,或劳归士,靡不层次井然,铺写尽致,又皆无尚之叙事诗也。

第六章　论《小雅》、《大雅》(上)

一、《雅》之名称　雅之意义,说者不一。《诗序》曰:言天下之事,形四方之风,谓之雅。雅者正也,言王政之所由废兴也。政有小大,故有小雅焉,有大雅焉。朱子曰:雅者正也,正乐之歌也。其篇本有大小之殊,而先儒说又各有正变之别。以今考之,正《小雅》,燕飨之乐也。正《大雅》,会朝之乐,受厘陈戒之辞也。多周公制作时所定也。及其变也,则事未必同。而各以其声附之。严粲曰:明白正大,直言其事者雅之体。纯乎雅之体者为雅之大,杂乎风之体者为雅之小。_{严氏《诗缉》}。章如愚曰:风体语皆重复、浅近,妇人女子能道之。雅则士君子为之也。小雅非复风之体,然亦间有重复,未至浑厚大醇。大雅则浑厚大醇矣。_{《山堂考索》}。三家之说,朱于理为长,然犹未离乎《序》之所谓政也。《序》既以政为言,则大小必有所指,此辨难之所以纷纷也。惠氏《诗说》曰:风、雅、颂,以音别也。雅有小大,义不存乎小大也。引《乐记》师乙云:广大而静,疏达而信者,宜歌《大雅》,恭俭而好礼者,宜歌《小雅》。季札观乐,为之歌《小雅》,曰:美哉,思而不贰,怨而不言。为之歌《大雅》,曰:广哉,熙熙乎,曲而有直体。据此,则大、小二《雅》,当二音乐别之,不以政之大小论也。知律有大小吕,诗有大小明,义不存乎大小也。惠氏此说最为通论。故章炳麟先生曰:《诗谱》云,迩及商王,不风不雅。然则称雅者,放自周。周、秦同地,李斯曰击瓮叩缶,弹筝搏髀,而呼乌乌快耳者,真秦之声也。杨恽曰:家本秦也,能为秦声,酒后耳热,仰天拊缶而呼乌乌。《说文》:雅,楚乌也。雅、乌古同声。大、小疋者,其初秦声乌乌,虽文以节奏,不变其名。_{《章氏丛书·小疋大疋说》}。是亦以雅为音乐而不关乎国政也。崔述复剧论之曰:风雅之分,分于诗体。不以天子与诸侯也。天子之畿未尝无《风》,诸侯之国,亦间有《雅》。故豳亦王国诗也,乃不为《雅》而为《风》。宾筵抑戒,卫武公之诗,而列于二《雅》。_{惠氏《诗说》略同}。盖由西周盛时,方尚《大雅》,故《风》与《小雅》皆不甚流传,其后《大雅》渐衰,《小雅》始盛。《小雅》又衰,而《风》始著。是以盛世之音少,衰世之作多。非天子之畿其诗皆当为《雅》,而不得为《风》与《南》也。总之,风也,南也,雅也,各函数义,偏执则胶。或谓之诗,或谓之乐,此章先生所谓阅通则无害者也。

二、《雅》之时代　二雅之时代据《诗》词可考者多,而《诗序》更为衍词以直指曲说之,一若文武厉宣之世历历不爽也者。兹节录《序》说之直言诗之本事者如下。

（一）《鹿鸣》之什。《常棣》,燕兄弟也。闵管蔡之失道,故作《常棣》焉。《采薇》,遣戍役也。文王之时,西有昆夷之患,北有狎狁之难。以天子之命命将率,遣戍役,以守卫中国。故歌《采薇》以遣之。《出车》以劳还,《杕杜》以勤归也。《鱼丽》,美万物盛多,能备礼也。文武以《天保》以上治内,《采薇》以下治外,始于忧勤,终于逸乐。故美万物盛多,可以告于神明矣。

（二）《南有嘉鱼》之什。《六月》,宣王北伐也。《采芑》,宣王南征也。《车攻》,宣王复古也。宣王能内修政事,外攘夷狄,复文武之竟土。修车马,备器械,复会诸侯于东都,因田猎而选车徒焉。《吉日》,美宣王田也。

（三）《鸿雁》之什,《鸿雁》,美宣王也。万民离散,不安其居,而能劳来还定安集之。至于矜寡,无不得其所焉。《庭燎》,美宣也,因以箴之。《沔水》,规宣王也。《鹤鸣》,诲宣王也。《祈父》,刺宣王也。《白驹》,大夫刺宣王也。《黄鸟》,刺宣王也。《我行其野》,刺宣王也。《斯干》,宣王考室也。《无羊》,宣王考牧也。

（四）《节南山》之什。《节南山》,家父刺幽王也。《正月》,大夫刺幽王也。《雨无正》,大夫刺幽王也。《小旻》,大夫刺幽王也。《小宛》,大夫刺幽王也。《小弁》,刺幽王也,太子之傅作焉。《巧言》,刺幽王也。大夫伤于谗,故作是诗也。《何人斯》,苏公刺暴公也。暴公为卿士而谮苏公焉,故苏公作是诗而绝之。《巷伯》,刺幽王也。寺人伤于谗,故作是诗也。

（五）《谷风》之什。《谷风》，刺幽王也。天下俗薄，朋友道绝焉。《蓼莪》，刺幽王也，民人劳苦，孝子不得终养尔。《大东》，刺乱也。东国困于役而伤于财，谭大夫作是诗以告病焉。《四月》，大夫刺幽王也。在位贪残，下国构祸，怨乱并兴焉。《北山》，大夫刺幽王也。役使不均，己劳于从事，而不得养其父母焉。《鼓钟》，刺幽王也。《楚茨》，刺幽王也。政繁赋重，田莱多荒，饥馑降丧，民卒流亡，祭祀不飨，故君子思古焉。《信南山》，刺幽王也。不能修成王之业，疆理天下，以奉禹功，君子思古焉。

（六）《甫田》之什。《甫田》，刺幽王也，君子伤今而思古焉。《大田》，刺幽王也，言矜寡不能自存焉。《瞻彼洛矣》，刺幽王也，思古明王能爵命诸侯，赏善罚恶焉。《裳裳者华》，刺幽王也。《桑扈》，刺幽王也，君臣上下动无礼文焉。《鸳鸯》，刺幽王也，思古明王交于万物有道，自奉养有节焉。《頍弁》，诸公刺幽王也。暴戾无亲，不能宴乐同姓，亲睦九族，孤危将亡，故作是诗也。《车舝》，大夫刺幽王也，褒姒嫉妒，无道并进，谗巧败国，德泽不加于民，周人思得贤女以配君子，故作是诗也。《青蝇》，大夫刺幽王也。《宾之初筵》，卫武公刺时也。幽王荒废，媟近小人，饮酒无度，天下化之。君臣上下，沉湎淫泆，武公既入而作是诗也。

（七）《鱼藻》之什。《鱼藻》，刺幽王也，言万物失其性。王居镐京，将不能以自乐，故君子思古之武王焉。《采菽》，刺幽王也。侮慢诸侯，诸侯来朝。不能锡命以礼，数征会之而无信义，君子见微而思古焉。《角弓》，父兄刺幽王也。不亲九族，而好谗佞，骨肉相怨，故作是诗也。《菀柳》，刺幽王也。暴虐无亲而刑罚不中，诸侯皆不欲朝，言王者之不可朝事也。《采绿》，刺怨旷也，幽王之时多怨旷者也。《黍苗》，刺幽王也，不能膏润天下，卿士不能行召伯之职焉。《隰桑》,刺幽王也。小人在位,君子在野思见君子,尽心以事之。《白华》,周人刺幽后也。幽王取申女为后,又得褒姒而黜申后,故下国化之,以妾为妻,以孽代宗,而王弗能治,周人为之作是诗也。《匏叶》,大夫刺幽王也,上弃礼而不能行,虽有牲牢飨饩,不肯用也。故思古人不能微薄废礼焉。《渐渐之石》,下国刺幽王也。戎狄叛之,荆舒不至,乃命将率东征。役久病于外,故作是诗也。《苕之华》,大夫闵时也。幽王之时,西戎东夷交侵中国,师旅并起,因之以饥馑。君子闵周室之将亡,伤已逢之,故作是诗也。《何草不黄》,下国刺幽王也。说略同上。以上《小雅》。

(八)《文王》之什。《文王》,文王受命作周也。《大明》,文王有明德,故天复命武王也。《绵》,文王之兴本由大王也。《棫朴》,文王能官人也。《思齐》,文王所以圣也。《皇矣》,美周也。天监代殷莫若周,周世世修德莫若文王。《灵台》,民始附也。文王受命,而民乐其有灵德以及鸟兽昆虫焉。《下武》,继文也。武王有圣德复受天命能昭先人之功焉。《文王有声》,继伐也。武王能广文王之声,卒其伐功也。

(九)《生民》之什。《假乐》,嘉成王也。《公刘》,召康公戒成王也。成王将莅政,戒以民事,美公齐之厚于民,而献是诗也。《泂酌》,召康公戒成王也。言皇天亲有德,飨有道也。《卷阿》,召康公戒成王也,言求贤用吉士也。《民劳》,召穆公刺厉王也。《板》,凡伯刺厉王也。

(十)《荡》之什。《荡》,召穆公伤周室大坏也。厉王无道,天下荡荡,无纲纪文章,故作是诗也。《抑》,卫武公刺厉王,亦以自警也。《桑柔》,芮伯刺厉王也。《云汉》,仍叔美宣王也。宣王承厉王之烈,内有拨乱之志。遇灾而惧,侧身修行,欲销去之,天下喜于王化复行。百姓见忧,故作是诗也。《崧高》,尹吉甫美宣王也。天下复平,能建国亲诸侯,褒赏申伯焉。《烝民》,尹吉甫美宣王也。任贤使能,周室中兴焉。《韩奕》,尹吉甫美宣王也能锡命诸侯。《江汉》,尹吉甫美宣王也,能兴衰拨乱,命召公平淮夷。《常武》,召穆公美宣王也。《瞻卬》,凡伯刺幽王大坏也。《召旻》同,以上《大雅》。

《诗序》历述各篇本事,有可据者,有不可据者,有一若确凿可据而今不可考者。大抵《诗》词有明文,或他书记之足资证验者,则务为浮辞以衍说之。其不足征者,则望文而臆断之。其失前人多辨之,诚无足议今姑考之诗词。而略推定其时代如次。

(一)成王时诗。《大雅·大明》之诗曰挚仲氏任,自彼殷商,来嫁于周,曰嫔于京。乃及王季,维德之行。大任有身,生此文王。二章。此将陈文王受命而追述王季大任之德也。而三章曰:维此文王,小心翼翼。四章曰:文王初载。又曰:文王嘉止。六章曰:有命自天,命此文王。又曰:长子维行,笃生武王。保佑命尔,燮伐大商。七章曰:殷商之旅,其会如林。矢师牧野,维予侯兴。八章曰:维师尚父,时维鹰扬。凉彼武王,肆伐大商。旧说谓此诗为周公戒成王之诗。今观其屡言文武之谥,并及牧野誓师、尚父赞戎之事,则定为成王时诗,似极合理。即玩其全篇,首言天命靡常,末言武王克殷,亦似受命未久,追叙祖德以诏后王之作。惟是否周公所制,则不可知矣。《文王有声》云:文王有声,遹骏有声。一章。二章云:文王受命,有此武功。既伐于崇,作邑于丰。文王烝哉!七章云:考卜维王,宅是镐京。维龟正之,武王成之。武王烝哉!此诗言文王作丰、武王作镐事,且并及其谥号,与前篇略同,故知其亦成王时诗也。《文王》一篇虽不言及武王,而言"殷士肤敏,祼将于京"五章，又言"殷之未丧师，克配上帝。宜鉴于殷，骏命不易"。六章。又言"仪刑文王，万邦作孚"，是又在武王已有天下之后矣。至二章言"文王孙子"，五六两章并言"无念尔祖"，或亦成王时诗也。至若《绵》之一诗，但言文王服混夷及虞芮质成事，《棫朴》止言"周王于迈，六师及之"三章，"周王寿考，遐不作人"四章，《思齐》美文王之德，而推言大任大姒之贤，亦并未及武王时事。《皇矣》仅历叙文王伐密伐崇之功，《下武》亦只言"三后在天，王配于京"，旧注：三后，大王、王季、文王也，王即武王，此美武王之诗。永言配命，成王之孚。或疑此诗有成王字，当为康王以后之诗。然细绎文义，仍当以旧说为长。"昭兹来许，绳其祖武"，虽未能遽断为成王时诗，然与《文王》诸篇相较，词意相类，无甚出入，其为成康以前诗歌则无疑义。他如《旱麓》、《灵台》、《生民》、《公刘》等篇，征诸诗词，虽无明文，以意推之，固亦周初之产物也。

（二）宣王时诗。《小雅·六月》之诗曰：狁孔炽，我是用急。王于出征，以匡王国。一章。又曰：薄伐狁，以奏肤公。三章。又曰：狁匪茹，整居焦获。侵镐及方，至于泾阳。四章。又曰：薄伐狁，至于大原。文武吉甫，万邦为宪。五章。此叙宣王命尹吉甫北伐狁，功成而归。诗中具有明文，最为可信。《采芑》云：蠢尔蛮荆，大邦为雠。方叔元老，克壮其犹。方叔率止，执讯获丑。戎车啴啴，啴啴焞焞。如霆如雷，显允方叔。征伐狁，蛮荆来威。四章。此又叙蛮荆背叛，宣王命方叔南征之诗也。考尹吉甫伐狁，方叔征荆蛮，事在宣王五年。前八二三。则此二诗必宣王时戡定外患之作也。盖诗中止言王而不言谥，知非后人追述之辞矣。《大雅·崧高》之诗曰：维狱降神，生甫及申。维申及甫，维周之翰。一章。甫，或谓即穆王时作《吕刑》者甫侯之子孙，宣王时人。申，即宣王之舅申伯也。又曰：亹亹申伯，王缵之事。于邑于谢，南国是式。王命召伯，定申伯之宅。登是南邦，世执其功。二章。此叙宣王封申伯于谢，而使召穆公虎往相其宅也。参看《小雅·黍苗》。以下各章分言正土田、定疆界、筑城堡、营寝庙，及宣王饯申伯，申伯入谢事，条理井然。而结言"吉甫作诵，其诗孔硕。其风肆好，以赠申伯"，则此篇乃尹吉甫赠别之所作，与《烝民》一诗之美樊侯仲山甫者正同。《烝民》八章云："吉甫作诵，穆如清风。仲山甫永怀，以慰其心。"至《韩奕》叙韩侯入觐，《江汉》叙宣王命召穆公平淮夷，《常武》叙宣王伐徐戎，并有明文可征。惟《小雅·采薇》明言"狁之故"，"狁孔棘"，《出车》亦言"赫赫南仲，狁于襄"，又言"赫赫南仲，薄伐西戎"，又言"赫赫南仲，狁于夷"，《序》俱指为文王时诗，而《车攻》以下十余篇一无明文可考者，反目为宣王时诗，此皆臆说之不可信者也。

（三）幽王以后诗。据《诗序》，大、小《雅》幽王时诗近五十篇，其中刺幽王十分逾九。今就诗中略有明文可据者述之。《节南山》诗曰"国既卒斩，何用不监"，似此时犬戎已灭宗周矣。故下文曰"天方荐瘥，丧乱弘多"，又曰"昊天不傭，降此鞠讻。昊天不惠，降此大戾"，夫曰"鞠讻""大戾"，决非寻常祸乱可比。然末章云："家父作诵，以究王讻。式讹尔心，以畜万邦。"观家父作诗陈讽，犹冀王有悔心。或此时戒患虽亟，尚在幽王见弑之前欤。《正月》一篇更明言"赫赫宗周，褒姒灭之"，似又在东迁已后之时矣。盖二诗止有监戒之意，而无忧惧之情。其与《雨无正》所言"周宗既灭，靡所止戾"同为述已然之事甚明，惟究属何时则不可知，姑定为幽王十一年_{前七七一}后之诗可耳。又"十月之交"云：十月之交，朔日辛卯。日有食之，亦孔之丑。后之学者根据历法推算此诗所言日食在幽王六年。_{前七七六。}其三章云：烨烨震电，不宁不令。百川沸腾，山冢崒崩。高岸为谷，深谷为陵。哀今之人，胡憯莫惩。盖斯时不但日食而已且雷电不时，川崩山沸。种种灾异，皆上天所以示警者，而幽王竟莫之惩，此诗人所以忧也。至四章斥言"小人在朝，襞姬在内。交相鼓煽，以致召乱"，其为幽王时诗决无疑义。而《大雅·瞻卬》之诗曰：哲夫成城，哲妇倾城。懿厥哲妇，为枭为鸱。妇有长舌，为厉之阶。乱匪降自天，生自妇人。亦明为刺幽王嬖褒姒之诗。《召旻》言"今也日蹙国百里"，似亦指犬戎内侵、疆土日削之事也。他如《小弁》、《白华》二篇，一以为宜臼被废而作，一以为申后见黜所歌，《宾之初筵》及《抑》二篇为卫武公悔过自警之诗，《序》说似误亦当在幽平之世矣。

此外诗词无明文而玩其意旨可略定为何时诗者尚数十篇，不复具述。盖二《雅》所占之时代，至少亦四百年也。

第七章　论《小雅》、《大雅》（下）

《雅》异于《风》，形式较整，篇幅较长，叙事之诗亦较多。大抵宴享祝颂之辞，悯时伤乱之篇，盛世之诗十之二，衰世之音十之八。举凡当日政治社会、思想礼制以及风俗人情，靡不毕见。择其要者言之。

一、天帝观念　老子曰：天地不仁，以万物为刍狗。又曰：以道莅天下，其鬼不神。此吾国古代南方学者否认天神权力之说也。而北方之思想则不然。彼以天者人之始，万物之所本。其权威至大,人格至高。宰制一切而莫与抗,聪明正直而无所私。顺而昌,逆而亡,其赏罚丝毫不爽也。此种观念,古籍所在可征。而二《雅》尤数见焉。《大雅·烝民》云:天生烝民,有物有则。民之秉彝,好是懿德。此言人秉天地之性而生,无不善也。顾或有不善者,天帝必时时监察之。故《大雅·皇矣》曰:皇矣上帝,临下有赫。监观四方,求民之莫。其善者天则命之,以为民主。故《大明》又曰:维此文王,小心翼翼。昭事上帝,聿怀多福。厥德不回,以受方国。又曰:有命自天,命此文王。于周于京。然而天帝又无时不察其善恶得失也。故《大雅·假乐》云:假乐君子,显显令德。宜民宜人,受禄于天。保佑命之,自天申之。又云:千禄百福,子孙千亿。穆穆皇皇,宜君宜王。此作善降祥之谓也。《小雅·节南山》云:昊天不佣,降此鞠讻。昊天不惠,降此大戾。《雨无正》亦云:浩浩昊天,不骏其德。降此饥馑,斩伐四国。此作不善降殃之谓也。虽然,昊天孔昭,赏罚有度,轻则降灾示警,重必覆绝宗祀。故《大明》又曰:明明在下,赫赫在上。天难忱斯,不易为王。天位殷适,使不挟四方。此纣之所亡也。而《十月之交》曰:日月告凶,不用其行。又曰:百川沸腾,山冢崒崩。此天示薄惩之意也。惟天变虽曰可畏,而人定终可胜天。天之于人,固无所爱憎也。故《正月》之诗曰:有皇上帝,伊谁云憎。《板》之诗曰:敬天之怒,无敢戏豫。敬天之渝,无敢驰驱。盖人君遇此,而能恐惧修省,未始不可转祸为福,化灾为祥。第观《云汉》一诗记宣王遇旱祈祷之情,亦可见其时笃信天神之至矣。后之学者多信阴阳灾异之说,非导源于此乎。

二、祖宗观念　古者对于祖宗观念,亦与天帝略同,盖亦认为有赏善罚恶之权威。为子孙者,不可以不虔诚奉之者也。故《大雅·文王》之诗曰:无念尔祖,聿修厥德。永言配命,自求多福。盖尊祖不仅在祭祀而已。诚能自修其德,无忝所生,即为善事祖考之至孝,而福佑随之矣。《下武》之诗亦曰:成王之孚,下土之式。永言孝思,孝思惟则。此言武王所以能成王者之信,而为四方之法者,以其长言孝思而不忘,故其孝为可法耳。又曰:昭兹来许,绳其祖武。于万斯年,受天之祜。此又言武王能缵大王、王季、文王之绪而有天下,其德昭著于后世,使后世子孙能继其迹以守之,则将受天禄于无穷矣。盖祖宗为人所本,其地位与天帝同。为子孙者,食其德当继其志、报其功,而无悖乱之行,斯可以免于戾而蒙其麻。《文王》诗曰:文王在上,于昭于天。周虽旧邦,其命维新。有周丕显,帝命丕时。文王陟降,在帝左右。此言祖宗神明直与天帝相往来也。《小雅·楚茨》诗曰:祀事孔明,先祖是皇。神保是飨,孝孙有庆。报以介福,万寿无疆。是虔修祭祀亦可以获福也。此种观念既已发达,于是宗庙祭祀之仪日益讲求。观于《楚茨》、《信南山》二诗所记,则当日对于祖宗祭典之隆重可知。故宣王忧旱,惟恐"先祖于摧"。韩侯受命,亦曰"缵戎祖考"。或叙后稷、公刘之功,或述王季、文王之德,殆无不以祖宗为念者。及其后也,家族、宗法、多妻种种制度随之以生,而成形吾国今日之社会。

　　三、道德观念　　我国古代之道德观念,实原本于天。一切道德之标准,皆以天为原则,故背天者不祥。盖天者,人之始也。有天地而后有万物,有万物而后有男女,有男女而后有夫妇,而后有家族,而后有国家社会。其组织发达之程序,极其自然。故吾人道德之行为亦须从根本做起。根本维何?己身是也。己身既修,则无施而不可。故曰"修己以安百姓",又曰:"身修而后家齐,家齐而后国治,国治而后天下平。"又曰:刑于寡妻,至于兄弟,以御于家邦。

《大雅·思齐》。此所谓一贯之道，正其本则万事理也。兹就二《雅》中之具有道德观念者分三类述之。

（一）对己。《小雅·小宛》之诗曰：温温恭人，如集于木。惴惴小心，如临于谷。战战兢兢，如履薄冰。六章此《诗序》以为大夫刺宣王，失之穿凿。故朱子易为大夫遭时乱，兄弟相戒以免祸之诗。按《诗》词极明白恳挚，其戒谨恐惧之情与《小旻》同。故次章云：人之齐圣，饮酒温克。彼昏不知，壹醉日富。各敬尔仪，天命不又。盖贤者持躬不苟，惟恐以酒败德，故持以为戒。是又与《宾筵》"维其令仪"之意同，此古人克己之功也。惟其敬慎如此，故曰：嗟尔君子，无恒安息。靖共尔位，好是正直。《小明》五章又曰：我孔熯矣，式礼莫愆。《楚茨》四章又曰：不戢不难，戢，聚也。言聚敛其志意。难即古傩字，行有节度也。受福不那。《桑扈》三章又曰：不戁不忘，率由旧章。《假乐》二章又曰：敬慎威仪，维民之则。《抑》二章其律己之严可知矣。又《庭燎》述王将视朝，不安于寝，而问夜如其何。旧以此为美宣王，则当日贤君之修饬有足多者。

（二）对人。对人之范围甚广，而莫先于孝弟。《蓼莪》之诗曰：哀哀父母，生我劬劳。一章又曰：鲜民之生，不如死之久矣。无父何怙，无母何恃。出则衔恤，入则靡至。三章又曰：父兮生我，母兮鞠我。拊我畜我，长我育我。顾我复我，出入腹我，欲报之德，昊天罔极。四章此千古孝思之绝作也。《序》谓孝子不得终养是矣。但又谓刺幽王者非。观其叙拊育顾复之怀，抱恨终天之感，凄怆沉痛，有不潸然兴悲者乎。此王哀所以三复而流涕也。故《小宛》亦曰：我心忧伤，念昔先人。明发不寐，有怀二人。《四牡》曰：王事靡盬，不遑将父。《北山》曰：王事靡盬，忧我父母。此亦言勤劳王事，以不能养其父母为忧。则尔时之笃于亲者尚多，固不以世衰而少异也。顾孝亲之道,匪直口体之养而已。慎终追远,继志述事,皆足称孝。《小宛》曰:夙兴夜寐,无忝尔所生。《思齐》曰:惠于宗公,神罔时怒。《下武》曰:永言孝思,昭哉嗣服。盖事死者如事生。不辱其亲,皆孝之至也。《常棣》曰:凡今之人,莫如兄弟一章又曰:死丧之威,兄弟孔怀。原隰裒矣,兄弟求矣。二章又曰:脊令在原,兄弟急难。每有良朋,况也永叹。三章兄弟阋于墙,外御其侮。每有良朋,烝也无戎。四章此诗首章略言至亲莫如兄弟之意,次章以意外不测之事,明兄弟亲切之情。三章言急难,四章言御侮,其所以著夫兄弟之义者深且切矣。至《伐木》一诗敦友谊而笃故亲,民德之厚。君子有取焉。

（三）对国。古者重视家族,国家观念不深,故此类诗亦不多见,然非绝无奉公爱国之人也。《小雅·大田》之诗曰:雨我公田,遂及我私。此与《七月》"言私其豵,献豜于公"之意正同。《十月之交》曰:黾勉从事,不敢告劳。七章又曰:民莫不逸,我独不敢休。天命不彻,我不敢效我友自逸。八章此虽王事鞅掌,劳逸不均,然其坚忍耐苦之精神,固与世之绝无责任心者迥殊。故《四月》言"尽瘁以仕",《北山》亦言"尽瘁事国"。虽不免怨怼之词,而终无懈怠之志者。盖其平日敦行有素,修之家者未有不可献之廷者也。若夫刺君伤乱之篇,愤时嫉俗之作,二《雅》中尤难悉举。吾人即谓此出于爱国之一念也,又奚不可？

《雅》诗内容复杂,归纳不易。如纪农事则有《甫田》、《大田》,述祭仪则有《南山》、《楚茨》,治兵振旅,则有《采薇》、《出车》,营造畜牧,则有《斯干》、《无羊》。《天保》则多福是祈,《鹿鸣》则嘉宾式宴,《生民》、《公刘》之陈世德。《巧言》、《巷伯》之斥谗壬,事既靡同,歌咏斯异,而莫不各有其特征,今则不暇举矣。

第八章　论三《颂》

　　《诗大序》云：颂者，美盛德之形容，以其成功告于神明者也。郑玄曰：颂之言容也，天子之德光被四表、格于上下，无不覆焘，无不持载，此谓之容也。刘炫曰：干戈既戢，夷狄来宾。嘉瑞悉臻，远近咸服。群生遂其性，万物得其所。即成功之验也。朱子曰：颂者宗庙之乐歌。章炳麟先生曰："颂本形容也，《礼乐志》言高祖六年，作昭容乐、礼容乐。以昭容方昭夏，然则大乐必以形容为号，汉初犹然。颂为形容甚明。"《小疋大疋说》下。惠氏《诗说》曰：《公羊传》曰：什一而税，《颂》声作。《雅》诗"家父作诵，以究王讻"，《左传》听"舆人之颂，原田每每，舍其旧而新是谋"。刺亦可言颂矣。《国语》瞽献典，史献诗，师箴，瞍赋，矇诵。谏亦可言颂矣。按《礼》学乐，诵诗，舞勺，《文王世子》春诵夏弦，《孟子》诵其诗，读其书。《左传》使太师歌《巧言》之卒章，太师辞，师曹请为之，遂诵之。汉武帝定郊祀之礼，乃立乐府，采诗夜诵。师古注曰：夜诵者，其言或秘，不可宣露。以是观之，比音曰歌，举其辞曰颂也。岂宗庙之诗既歌之而复诵之与？抑歌者工而诵者又有工与？既比其音，复诵其辞，俾在位者皆知其义，所以彰先王之盛德故曰颂。至所刺所谏，欲闻其人之耳故亦曰颂也。今按颂有数义，本可闳通。故郑《谱》既释为容，而其说《春官》又曰：颂之言诵，诗中之《颂》，本为乐歌，及其变体，只为韵语，其用以施诸人事者，昭明所谓游扬德业者是已。故刘勰曰：化偃一国谓之风，风正四方谓之雅，容告神明谓之颂。《风》、《雅》序人事、兼正变,《颂》主告神,义必纯美。鲁国以公旦次编,商人以前王追录。斯乃宗庙之正歌,非宴飨之常咏也。《文心雕龙·颂赞》。颂以乐为主,故《乐记》谓宽而静,柔而正者宜歌《颂》,鲁人为季子歌,而叹为五声和、八风平、节有度、守有序,盛德之所同也。其同乎《风》、《雅》者以此,而异乎《风》、《雅》者亦以此,兹分述之。

一、《周颂》 郑渔仲曰:《周颂》者,其作在周公摄政,成王即位之初。非也。《颂》有在武王时作者,有在昭王时作者。必以此拘《诗》,所以多滞也。今按《清庙》云:秉文之德。《维天之命》云:文王之德之纯。《维清》云:维清缉熙,文王之典。《天作》云:文王康之。《我将》云:仪式刑文王之典。《雝》云:亦右文母。《赉》云:文王既勤止。以上诸诗俱有文王之谥,故知为武王或武王以后之作。又按《武》云:於皇武王。《桓》云:桓桓武王。此又并言武王谥号,故知为成王时作。又按《昊天有成命》云:成王不敢康。《噫嘻》云:噫嘻成王。此又并及成王谥号,故知为康王时作。《噫嘻》及《昊天有成命》之成王《传》以为成是王事。《集传》云:《国语》叔向引此诗而言曰,是道成王之德也。成王能明文昭定武列者,以此证之,则其为祀成王之诗无疑矣。姚际恒又据贾谊《新书·礼容》篇云:后,王也。二后,文王武王也。成王者,武王之子,文王之孙也。文王有大德而功未成,武王有大功而治未成,及成王承嗣仁以莅民,故称昊天焉。又匡衡亦以二后为文武,扬雄谓康王之时颂夸天下,班固谓成康没而颂声寝。皆不以旧说为然。而《执竞》又云:不显成康,故知其为昭王时诗也。按此诗以奄有四方之功归之成康,盖武王既没,而天下大定。后儒不察,妄生曲解,不可从也。郑氏据《诗》词为言,洵非臆说可比。至《昊天有成命》及《武》、《桓》、《赉》、《酌》、《般》六篇同为《大武》舞歌,皆成王时所作。而《时迈》、《思文》二篇则又周公所制。《国语》云:

周文公之《颂》曰载戢干戈。按此《时迈》文。又云：周文公之为《颂》曰"思文后稷，克配彼天"。按此《思文》文。据《左传·宣公十二年》，楚子言武王克商作《颂》，引《时迈》、《赉》、《武》及《桓》诸诗。故知皆为成王时作也。其他各篇之时代及作者均不可考。然大抵皆周初之贵族文学，与《风》、《雅》截然不同。

《周颂》共诗三十一篇，可分为四类。其一为祭歌十五篇。《思文》祀后稷，《清庙》及《维天之命》祀文王，《昊天有成命》及《噫嘻》祀成王。《噫嘻》而戒农祈谷之意，与《商颂·烈祖》末章同。《雝》即《论语》以《雝》彻之《雍》，亦《周礼》所谓歌彻者也。《雍》为彻祭所歌，亦名为彻。《执竞》亦祀武王及成康之诗。姚际恒谓《执竞》为日祭之诗，当于成康上食时歌之，《天作》祀先王。《时迈》则巡守告祭柴望之乐歌，所述不外鬼神功德、祭时情况、祭者感想及祈求福祉诸端，至有鼓述祭时之音乐、潜述祭时之鱼类。《丝衣》言"自堂徂基"、"自羊徂牛"，又言"不吴不敖"、"胡考之休"，当亦属祀之诗。《载见》言"载见辟王"，又言"率见昭考"，盖为诸侯见祖庙之作。旧以为武王庙。《振鹭》、《有客》二篇似俱为述殷后来见祖庙助祭事。盖鹭为白鸟，殷人尚白，武王灭殷，立纣子禄父为殷父，以抚殷遗民，而不改其色。故曰："亦有斯容。"又曰："亦白其马。"皆不改色之证也。其二为舞歌七篇。其中有《大武》舞歌六篇，《乐记》言武有六成。据《左传·宣公十二年》楚庄王谓《周颂》之《武》、《桓》、《赉》三篇皆武歌也。其余则为《酌》、《般》、《昊天有成命》三篇。魏源及王国维先生说。按《礼记·祭统》云舞莫重有武宿夜。郑注云：武宿夜，《武》曲名也。魏源以为《武》已亡一成，故谓宿夜即《酌》。实误。王国维先生《大武乐章考》曰：武宿夜即武夙夜，其诗中当有夙夜二字，因以名篇。今考《周颂》三十一篇，其有夙夜字者凡四。《昊天有成命》曰：夙夜基命宥密。《我将》曰：我其夙夜，畏天之威。《振鹭》曰：庶几夙夜，以永终誉。《闵予小子》曰：维予小子，夙夜敬止。而《我将》为祗文王于明堂之诗，《振鹭》为二王之后助祭之诗，《闵予小子》为嗣王朝庙之诗。质以经文，序说不误。惟《昊天有成命》序云：郊祀天地也，然郊祀地之诗不应歌咏文武之德。又郊以后稷配天，尤与文武无涉。盖作序者见此诗有昊天字而望文言之。若武夙夜而在今《周颂》中，舍此篇莫属矣。近又有谓大武六成，除《武》、《桓》、《赉》、《酌》、《般》外当加入《我将》者。至《维清》一篇序以为奏《象》舞，合大武六成，共得七篇。为我国舞歌之祖，盖《象》舞述文王之文德。而《武》舞则述武王之武功也。其三为农歌四篇。如《臣功》为戒农官之诗，《丰年》、《载芟》及《良耜》三篇则写农家生活并庆收获之丰。其四为警诗五篇。《烈文》戒诸侯，《敬之》为王者自警。《序》以为群臣进戒嗣王。朱传谓上半为进戒。下半为王者答词。方玉润则谓此乃一呼一应，如何自答之意，并非两人语也。《闵予小子》、《访落》及《小毖》有"遭家不造"及"未堪家多难"等句盖亦警戒之诗耳。

二、《鲁颂》 《鲁颂》仅四篇。其作者与时代，自来有二说。按《鲁颂·闷宫》卒章云：新庙弈弈，奚斯所作。孔曼且硕，万民是若。《文选·两都赋序》李善注引《韩诗》薛君章句曰：奚斯，鲁公子也，言其新庙弈弈然盛。是诗奚斯所作也。又见王延寿《鲁灵光殿赋》注及《后汉书·曹襃传》注。孔广森曰：韩说以是诗为奚斯作，此与"吉甫作诵，其诗孔硕"文义正同。曼，长也。诗之章句未有长如此篇者，故以曼言之。陈乔枞《韩诗遗说考》。考奚斯与鲁僖公同时，若依此说则《鲁颂》当作于周惠王或襄王时，鲁僖公元年，即周惠王十八年，前六五九。又按《毛诗·駉》序云：《駉》，颂僖公也。僖公能遵伯禽之法，俭以

211

足用,宽以爱民,务农重谷,牧于坰野,鲁人尊之。于是季孙行父请命于周,而史克作是颂。考史克卒于鲁襄公六年,<small>周灵王,前五六七。</small>上距奚斯近八十年。若依此说,则《鲁颂》之作者与时代当更稍后也。惟《韩诗》既据《诗》文"奚斯所作"一语谓为作颂,而《毛诗》以颂为史克所作,故于此又训为作庙,而异说从此起。段玉裁曰:此章自"徂来之松"至"新庙奕奕"七句,言鲁修造之事。下"奚斯所作"三句,自陈奚斯所此《閟宫》一篇,其辞甚长且大,万民皆谓之顺也。作诗之自举其名者,《小雅·节南山》曰:家父作诵,以究王讻。式讹尔心,以畜万邦。《巷伯》曰:寺人孟子,作为此诗。凡百君子,敬而听之。《大雅·崧高》曰:吉甫作诵,其诗孔硕。其风肆好,以赠申伯。《烝民》曰:吉甫作诵,穆如清风。仲山甫永怀,以慰其心。并此为五篇。云奚斯所作,即吉甫家父作诵之辞也。曰"孔曼且硕,万民是若",即"其诗孔硕"、"以畜万邦"之意也。所字不上属,所作犹作诵作诗之云。以作为韵,故不曰作诵作诗耳。《经韵楼集·<small>奚斯所作解</small>》。以下并博征汉人之说为证。且谓《毛传》本亦言作诗,与《韩诗》同,庙字乃后人所改。马瑞辰、胡承珙等皆主是说,则信乎《閟宫》一诗之为奚斯作矣。段氏又曰:史克作是颂,系之牧于坰野之下,则是者,是《駉》篇也。安见可为四篇所共乎?下文颂僖公君臣之有道也,颂僖公能修泮宫也,颂僖公能复周公子之宇也,亦皆分著之矣。行父既请命于周,诸臣皆得为之不必皆克所作。<small>奚斯所作解下,《正义》谓史克作是颂不指《駉》篇,《閟宫》亦在内,仍主奚斯作庙之说。段懋堂并斥之。</small>陈奂《诗毛氏传疏》亦谓史克作颂只限于《駉》一篇。总之《鲁颂》四篇可分为二类,《駉》与《有駜》为史克作,《泮水》、《閟宫》则奚斯作,盖前六百年间之文学也。

《閟宫》一篇,章句最长。首述周兴之历史,而推本于后稷之重农,以次及于大王之剪商,文武之缵绪,周公之受封。然后赞美僖公能致敬郊庙,享祀不忒。诗中所谓周公之孙,庄公之子者,即指僖而言,非闵公也。闵公亦庄公子,在位仅二年,为庆父所弒,未有可颂。故知为僖公。自此以下,皆颂祷之辞。而五章言"戎狄是膺,荆舒是惩",与《商颂》奋伐荆楚同意。盖僖公常从齐桓公伐楚于召陵也。末叙作庙,未知何庙,严粲谓《春秋》不书则知非大工役,特僖公修寝庙,而史臣张大其辞而颂之亦犹《斯干》之意耳。《泮水》一篇,《序》亦以为颂僖公能修泮宫,朱子则谓燕饮落成之诗。按此诗疑是追颂伯禽,盖鲁侯伯禽于成王即政元年就封于鲁,居曲阜。时徐州之戎、淮浦之夷,并起为寇于鲁,东郊之门不敢开辟。鲁侯时为方伯,率诸侯征之,至费地而誓戒士众,史官录其誓辞作《费誓》。凯旋后,于泮宫受俘,此诗之所以作也。姚际恒曰:泮宫,宋戴仲培明杨用修皆以为泮水之宫,非学宫,其说诚然。按《通典》,鲁郡泗水县,泮水出焉,泮为水名可证。鲁侯新作宫于其上,其水有芹藻之属,故诗人作颂,因以芹藻为兴。谓既作泮宫而淮夷攸服,言其成功之后,发祥而护吉也。故饮酒于是,献馘于是,献囚于是,献功于是。末章乃盻泮水之前有林,而林上有飞鸮集之,因托以彼淮夷之献琛焉,通篇意旨如此。自《王制》以为诸侯之学宫,此汉儒之说未可信也。使泮宫为诸侯学宫,则诸侯作学宫,乃其常事。诗何以便谓使淮夷攸服乎。《诗经通论》。其说是矣。至《駉》及《有駜》时代较晚,篇幅较晚,其体略与国相似。《駉》似马颂,《有駜》则亦燕饮颂祷之辞,必如《诗序》所云则凿矣。

三、《商颂》 《商颂》之时代旧有三说。《国语·鲁语》云:昔正考父校商之名颂十二篇于周太师,以《那》为首。其辑之乱曰:自古在昔,先民有作,温恭朝夕,执事有恪。魏源谓校者审校音节之意。则《商颂》即正考父所作。而王先生读校为效而训为献,则《商颂》之作实在正考父以前。此一说也。《史记·宋世家》云:宋襄公之世,修行仁义,欲为盟主。其大夫正考父美之,故追道契、汤、高宗,殷之所以兴,作《商颂》。据此则《商颂》乃正考父为宋襄公而作,约在周襄王时。_{前六五项}。此又一说也。《毛诗序》云:微子至于戴公,其间礼乐废坏。有正考甫者,得《商颂》十二篇于周太师,据此则《商颂》乃周太师所保存之先代乐章,其时代在周以前。此以一说也。《序》说信者最多而谬误最甚,魏默深曾力辟之。其言曰:《商颂》果作于商代,如《笺》说《那》之祀成汤者为太甲,《烈祖》之祀中宗者为仲丁,《玄鸟》之祀高宗者为祖庚,则皆以子祭父,如成王之于文、武。何遽称之曰"自古"、"古曰在昔"、"昔曰先民"?而且一则曰"顾予烝尝,汤孙之将",再则曰"顾予烝尝,汤孙之将",岂非易世之后,人往风微,庶冀先祖之眷顾而祐我子孙乎。又曰:楚入《春秋》历隐、桓、庄、闵止称荆,至僖二年始称楚,安得高宗即有伐楚有名?孔疏亦穷于词,故云周有天下,始封熊绎为楚子,于武丁之世未审楚君何人。并见《诗古微·商颂鲁韩发微》)。而王先生说《商颂》又谓《殷武》卒章云"陟彼景山,松柏丸丸",毛、郑于景山均无说,《鲁颂》拟此章则云"徂徕之松,新甫之柏"。则自古以景山为山名,不当加《鄘风·定之方中传》大山之训。按《左传》,商有景亳之命。《水经注·济水》篇:黄沟枝流北径已氏县故城西,又北径景山东。此山距汤都北亳不远。商邱蒙亳以北惟有此山,《商颂》所咏即此也。且商自盘庚至帝乙居殷虚,纣居朝歌,皆在河北。则高宗造寝庙不得远伐河南景山之木,惟宋居高邱距景山才百数十里,而附近别无名山。则其伐景山之木以造庙,于事为宜。又《商颂》语句多袭周诗,如《那》之猗那即《桧风·万楚》之阿傩,

《石鼓文》之亚箸。《长发》之"昭格迟迟"即《云汉》之"昭假无赢"。《烝民》之"昭假于下",《殷武》之"有截其所",即《常武》之"截彼淮浦,王师之所"。《烈祖》之"时靡有争"与《江汉》同,"约軝错衡,八鸾鸧鸧"与《采芑》同。凡所同者,皆宗周中叶以后之诗。以上诸说皆足证明《诗序》之误。然王说以正考父为宋戴公时人,当平王东迁之际,《史记》之言实误。故《商颂》之作,当在西元前七百七十年左右。而魏说则谓《商颂》与昭陵攘楚有关,正考父或此时尚在。果尔,则《商颂》固前六世纪中叶之产品矣。吾人试寻绎其本文,则知《商颂》五篇可分为二类。前三篇《那》、《烈祖》、《玄鸟》为一类,后二篇《长发》、《殷武》为一类。或正考父于戴公时献前一类,至襄公时又校审二篇以献之欤?姑两存之可也。

《那》、《烈祖》、《玄鸟》三篇为祭歌,惟究祀何人,则难臆断。或以为成汤,或以为太甲,或以为武丁,其实均无确据,阙疑可也。《那》诗侧重祭时之音乐,《烈祖》侧重祭时之肴馔,《玄鸟》则注意所祭者之功业,而篇末皆有祈祷或颂赞之之意。《长发》及《殷武》为叙事诗,前者为商代建国之历史,后者为宋从齐伐楚之事。前者从洪水芒芒,禹敷下土叙起,以次及于玄王_契、相土_{契孙},以次及于成汤伐夏建邦之功。《殷武》言奋伐荆楚,盖宋人以得附骥齐桓为荣,其后襄公竟有霸诸侯之事,故是篇以为颂也。两类中一仿《周颂》,一仿二《雅》。一分段,一不分段。一韵式参差,一韵式齐整,显然不同,或亦时代先后之故欤?

第九章 《诗经》之文艺

《三百篇》为我国一切文学之权舆、艺林之渊薮,其地位至重要也。章学诚曰战国者,纵横之世也,纵横之学,本于古者行人之官。观《春秋》之辞命,列国大夫聘问诸侯,出使专对,盖欲文其言以达旨而已。至战国而抵掌揣摩,腾说以取富贵,其辞铺张而扬厉,变其本而加恢奇焉,不可谓非行人辞命之极也。孔子曰:诵《诗》三百,授之以政不达,使于四方,不能专对,虽多奚为? 则是比兴之旨,讽谕之义,固行之之所肄也。纵横者流,推而衍之,是以能委折而入情,微婉而善讽也。《文史通义·诗教》上。彼以纵横家为后世一切文体所自出,而纵横家驰骋辞说又实出于《诗》教。故《三百篇》信为后世文章之祖。两汉以上,我国韵文派衍枝分,要之皆其耳孙也。前乎此者,虽亦间有佳篇,然或体制不整,韵调不谐,内容不富,求其触景兴怀、体物写志,饶情致而美形容者,殆无如《三百篇》焉,今观其辞,义兼比兴,各体具备。凡于人事之变,王道之缺,靡不借歌咏以自写其真情。而复温柔敦厚,义归无邪,以衷乎性情之正。《大序》所谓发乎情止乎礼义者可谓得诗人之旨矣。故其叙男女室家之好,则乐而不淫;骋夫妇决绝之词,则怨而不怒。或刺时政之非,则哀而不伤;或颂德化之美,则正而不谀。文质并妙,无以加焉。故就文学之进化史言,诗歌至是已达于成功之时期矣。就其可以具体言者述之。

一、《诗》之形体　《诗经》以四言为定式,故后世言四言诗之极则者,必推本于《三百篇》。然其中亦有长短错落不羁者。例如《小雅·鱼丽》云:"鱼丽于罶,鳣鲨。"《祈父》云:"祈父,予王之爪牙。"《周颂·维清》云:"肇禋,迄用有成。""鳣鲨"、"祈父"、"肇禋",皆二言也。《殷其雷》曰:"殷其雷。"《摽有梅》曰:"摽有梅。"《江有汜》曰:"江有汜,之子归,不我以。"《式微》曰:"胡不归。"《墙有茨》曰:"墙有茨。"《木瓜》曰:"匪报也。"《君子于役》曰:"曷至哉。"《扬之水》曰:"扬之水。"《大叔于田》曰:"叔于田,乘乘马。"又曰:"叔在薮。"《溱洧》曰:"溱与洧。"又曰"士与女",又曰"洧之外"。《卢令》曰:"卢令令。"《汾沮洳》曰:"美无度。"《园有桃》曰:"园有桃。"《山有枢》曰:"山有枢,隰有榆。"《椒聊》曰:"椒聊且,远条且。"《葛生》曰:"夏之日,冬之夜。"《株林》曰:"从夏南。"《公刘》曰:"笃公刘。"《昊天有成命》曰:"于缉熙,单厥心。"《桓》曰:"绥万邦,屡丰年。"《有駜》曰:"振之鹭,鹭于下,鼓咽咽,醉言舞。"皆三言也。此种形式汉郊庙歌多用之。至于五言,尤不胜举。其全篇五言者,如《十亩之间》二章,其全章五言者,如《野有死麕》云:"舒而脱脱兮,无感我帨兮,无使尨也吠。"又如《女曰鸡鸣》云:"知子之来之,杂佩以赠之。知子之顺之,杂佩以问之。知子之好之,杂佩以报之。"又如《素冠》云:"庶见素冠兮,棘人栾栾兮,劳心慱慱兮。"按此诗三章,惟二、三两章末句非五言。又如《绵》云:"虞芮质厥成,文正蹶厥生。予曰有疏附,予曰有先后。予曰有奔奏,予曰有御侮。"其五言连续至两句以上者,如《行露》云:"谁谓雀无角,何以穿我屋。谁谓汝无家,何以速我狱。"《匏有苦叶》云:"济盈不濡轨,雉鸣求其牡。"《君子偕老》云:"扬且之皙也,胡然而天也,胡然而帝也。"《桑中》云:"期我乎桑中,要我乎上宫。"《木瓜》云:"投我以木瓜,报之以琼琚。"《丰》云:"俟我乎巷兮,悔予不送兮。"《七月》云:"一之日觱发,二之日栗烈。"《正月》云:"佌佌彼有屋,蔌蔌方有谷,民今之无禄。"《小旻》云:"匪先民是程,匪大犹是经。维迩言是听,维迩言是争。"《甫田》云:"以介我稷黍,以谷我士女。"又云:"乃求千斯仓,乃求万斯箱。"《绵》云:"肆不殄厥愠,亦不陨厥问。"《皇矣》云:"不大声以色,不长夏以革。"《生民》云:"诞寘之隘巷,牛羊腓字之。"《卷阿》云:"伴奂尔游矣,优游尔休矣。"又云:"俾尔弥尔性,似先公酋矣。"按此诗十章。其二、三、四三章只一句非五言。《思文》云:"无此疆尔界,陈常于时夏。"《小毖》云:"未堪家多难,予又集于蓼。"《閟宫》云:"俾尔昌而炽,俾尔寿而富。"又云:"俾尔昌而大,俾尔耆而艾。"《玄鸟》云:"宅殷土芒芒,古帝命武汤,正域彼四方。"《长发》云:"禹敷下土方,外大国是疆。"又云:"受小球大球,为下国缀旒。"《殷武》云:"莫敢不来享,莫敢不来王。"此外诗中尚有单句五言甚多,不复胪举,盖后世五言诗之祖也。至《卷耳》云"我姑酌彼金罍",《北门》云"政事一埤益我",又云"室人交遍谪我",《扬之水》云"曷月予还归哉",《中谷有蓷》云"遇人之艰难矣",《缁衣》云"敝予又改为兮",《狡童》云"使我不能餐兮",《褰裳》云"狂童之狂也且"。《还》云:"并驱从两肩兮,揖我谓我儇兮。"《著》云:"俟我于著乎而,充耳以素乎而。"《伐檀》云:"置之河之干兮,河水清且涟猗。"《无衣》云:"岂曰无衣七兮。"《权舆》云:"今也每食无馀。"《七月》云:"殆及公子同归。"又云:"五月斯螽动股,六月莎鸡振羽。"又云:"六月食郁及薁,七月亨葵及菽。"《鸱鸮》云:"迨天之未阴雨。"又云:"曰予未有室家。"《九罭》云:"九罭之鱼鳟鲂。"末章又云:"是以有衮衣兮,无以我公归兮,无使我心悲兮。"《鹿鸣》云:"君子是则是效。"又云:"嘉宾式燕以敖。"《南有嘉鱼》云:"嘉宾式燕以衎。"《蓼萧》云:"是以有誉处兮。"《裳裳者华》亦有此语。《雨无正》云:"谓尔迁于王都,曰予未有室家。"《小旻》云:"是用不得于道。"《蓼莪》云:"不如死之久矣。"《大东》云:"不可以挹酒浆。"《车舝》云:"间关车之舝兮,思娈季女逝兮。"《凫鹥》云:"公尸来燕来宁。"《薄》云:"天不湎尔以酒。"《抑》云:"尚不愧于屋漏。"又云:"谁夙知而莫成。"《桑柔》云:"予岂不知而作。"《烈文》云:"无封靡于尔邦。"《昊天有成命》云:"夙夜基命宥密。"《丰年》云:"丰年多黍多稌。"《敬之》云:"无曰高高在上。"《酌》云:"实维尔公允师。"《殷武》云:"设都于禹之绩。"此皆六言诗也。然则六言又不始于谷永矣。又《桑中》:"送我乎淇水之上矣。"《缁衣》云:"还予授子之粲兮。"《还》云:"遭我乎峱之间兮。"《著》云:"尚之以琼华乎而。"《伐檀》云:"胡取乎三百廛兮。"《黄鸟》云:"交交黄鸟止于棘。"<small>亦通作二句。</small>《权舆》云:"于我乎夏屋渠渠。"《七月》云:"二之日凿冰冲冲,三之日纳于凌阴。"《鹿鸣》云:"以燕乐嘉宾之心。"《小旻》云:"如彼筑室于道谋。"《召旻》云:"维昔之富不如时,维今之疚不如兹。"《我将》云:"仪式刑文王之典。"《敬之》云:"学有缉熙于光明。"皆七言也。"胡瞻尔庭有悬狟兮。""十月蟋蟀入我床下。"《七月》"我不敢效我友自逸。"皆八言也。"泂酌彼行潦挹彼注兹。"则九言也。<small>挚虞《文章流别》以此为九言。然注家皆谓《泂酌》三章,章五句。则是以为二句矣。故颜延之谓《诗》本无九言。盖由声度阐缓,不协金石之故也。</small>故论《诗》之形体,极为复杂。后世诗体,殆无不导源于是者。

二、《诗》之韵式　孔子曰:吾自卫反鲁,然后乐正,雅、颂各得其所。《史记》亦谓诗三百篇,孔子皆弦歌之,以求合于《韶》《武》雅颂之音。盖诗本以协乐,故必声韵调和,始能歌咏。惟时代既远,声音多变。后人读之,常觉不叶。实则诗韵最精密而有法度,不特句脚用韵而已,即句首句中亦往往有之。通其例者,旦暮遇之矣。陈第《毛诗古音考序》曰:士人篇章,必有音节。田野俚曲,亦各谐声。岂以古人之诗而无韵乎?盖时有古今,地有南北,字有更革,音有转移,亦势所必至。故以今之音读古之作,不免乖刺而不合。于是悉委之叶,夫其果出于叶也,作之非一人,采之非一国。何以母之必读米,非韵杞、韵止,则韵祉、韵喜矣。马必读姥,非韵组、韵黼,则韵旅、韵士矣。京必读疆,非韵查、韵将,则韵常、韵王矣。福必读偪,非韵食、韵翼,则韵德、韵亿矣。厥类实繁,难以殚举,陈氏论古今声韵之变可谓得其要矣。今述诗之韵式,设为下列十例。

（一）每句用韵例

有女同行韵,颜如舜英韵。将翱将翔韵,佩玉将将韵。彼美孟姜韵,德音不忘韵。《郑风·有女同车》

（二）隔句用韵例

何彼秾矣,唐棣之华韵。曷不肃雍,王姬之车韵。《召南·何彼秾矣》。

（三）每二句换韵例

于以采蘋韵,南涧之滨韵。于以采藻韵,于彼行潦韵。《召南·采蘋》

(四)隔句用韵。起首二句每句用韵例。

泛彼柏舟韵,亦泛其流韵。耿耿不寐,如有隐忧韵。微如无酒,以敖以游韵。《邶风·柏舟》

按以上四式皆诗韵之正格。
(五)意转重叠韵例

心之忧矣,其谁知之韵。其谁知之叠韵,盖亦勿思韵。《魏风·园有桃》

我有嘉宾韵,鼓瑟鼓琴韵。鼓瑟鼓琴叠韵,和乐且湛韵。《小雅·鹿鸣》

(六)句首用韵例

舒韵而脱脱韵兮,无韵感我帨韵兮。无韵使尨也吠。《召南·野有死麕》

(七)句中用韵例

日居韵月诸韵。《邶风·柏舟》
侯薪韵侯蒸韵。《小雅·正月》
鸿韵飞韵遵渚韵,公与鸿叶归与飞叶无所与渚叶。《豳风·九罭》
有瀰韵济盈韵,有鷕韵雉鸣韵。《邶风·匏有苦叶》

221

（八）转韵例

手如柔荑韵，肤如凝脂韵，领如蝤蛴韵，齿如瓠犀韵。螓首蛾眉韵，巧笑倩转韵兮，美目盼韵兮。《卫风·硕人》

（九）错韵例

葛之覃兮，施于中谷韵一。维叶萋萋韵二，黄鸟于飞韵，与萋叶。集于灌木韵，与谷叶，其鸣喈喈韵，与萋叶。《葛覃》

我心匪石韵一，不可转韵二也。我心匪席韵，与石叶，不可卷韵，与转叶也。威仪棣棣，不可选韵也。《邶风·柏舟》

（十）空韵例

兄弟阋于墙，外御其侮。每有良朋韵，烝也无戎韵。《小雅·常棣》

鸱鸮鸱鸮，既取我子，无毁我室。恩斯勤韵斯，鬻子之闵韵斯。《豳风·鸱鸮》

按以上六式为诗韵之变格。

总之《诗》之韵式千变万化，不可一定。兹所归纳，特其较著者耳。学者如欲致力于《诗》韵之学，勤加搜讨，其例当不止乎此。

三、《诗》之修辞 吾国韵文至于《三百篇》，已可谓极文艺之能事矣。故韩愈曰："诗正而葩。"葩者盖即文辞斐然之谓也。《大序》以风雅颂赋比兴为诗之六义，其说极繁。然以今论之，风、雅、颂为诗之体,而赋、比、兴则作诗之法。更以修辞学言之,赋尚敷陈,直说法也;比重取譬,象征法也;兴则由彼及此,联想法也。无论抒情叙事三法皆可用之,且有一诗之中同时兼用数法者。要皆修辞之上运用耳。又《风》、《雅》、《颂》各诗,恒以时、地、作者之不同,故其形式内容亦随之而异。以言《国风》,则章句较短,抒情之作较多。言近旨远,寄兴深微,绝似唐人绝句。以言二《雅》则篇幅较长,叙事之诗较多,尽情倾吐,顿挫抑扬,极似唐人之歌行。三《颂》则意主颂赞,为用迥别,故其辞朴拙,极似汉人之《郊祀歌》、乐府及后世之铭诔。此其大概也。若夫诗中修辞之例,亦难尽述。联举数端。以示隅焉。

(一) 叠字例

河水洋洋,北流活活。施罛涉涉,鳣鲔发发。葭菼揭揭,庶姜孽孽。《硕人》
伐鼓渊渊。《采芑》
籊籊竹竿。《竹竿》

(二) 叠句例

爰居爰处,爰笑爰语。《斯干》
拊我畜我,长我育我。顾我复我。《蓼莪》
乃慰乃止,乃左乃右。乃疆乃理,乃宣乃亩。《绵》
实方实苞,实种实褎。实发实秀,实坚实好。实颖实栗。《生民》
如山如阜,如冈如陵。如川之方至。《天保》三章如月之恒,如日之升,如南山之寿,不骞不崩。如松柏之茂,无不尔或承。
六章

  江有渚,之子归,不我与。不我与,其后也处。《江有汜》
  有女仳离,慨其叹矣。慨其叹矣,遇人之艰难矣。《中谷有蓷》

(三)对句例

  喓喓草虫,趯趯阜螽。《草虫》
  麀鹿濯濯,白鸟翯翯。《灵台》
  柔则茹之,刚则吐之。《烝民》
  雍雍在公,肃肃在庙。《思齐》
  就其深矣,方之舟之。就其浅矣,泳之游之。《谷风》
  昔我往矣,杨柳依依。今我来思,雨雪霏霏。《采薇》
  溥天之下,莫非王土。率土之滨,莫非王臣。《北山》
  曾孙之稼,如茨如梁。曾孙之庾,如坻如京。《甫田》
  作之屏之,其菑其翳。修之平之,其灌其栵。启之辟之,其柽其椐。攘之剔之,其檿其柘。《皇矣》

(四)调声例

  月出皎兮,佼人僚兮。舒窈纠兮,劳心悄兮。《月出》
  予羽谯谯,予尾翛翛。予室翘翘,风雨所漂摇,予维音哓哓。《鸱鸮》按此虽叠字。而以音节为主,与《硕人》末章异。

（五）炼意例

牂羊坟首，三星在罶。人可以食，鲜可卒饱。《苕之华》。按此诗写丧乱饥馑，百物彫耗。而以羊瘠罶空为言。可刻意描摹，工炼无比。

鱼在于沼，亦匪克乐。潜虽伏矣，亦孔之炤。忧心惨惨，念国之为虐。《正月》。说见本篇第二章。盖写乱世之民，无可逃避之意，诗人之想像至深刻矣。

（六）谋篇例

《三百篇》诗有极意讲求篇法者，如《谷风》、《氓》、《七月》、《生民》等篇。皆步骤齐整，结构精严。言有序而法甚密。后人长篇，实本于此。惟其篇幅过长，兹不备引。

（七）铺叙例

诗中之列举数事依次叙之者如《七月》云：四月秀葽，五月鸣蜩。八月其获，九月陨萚。又云：一之日觱发，二之日栗烈。三之日于耜，四之日举趾。又云：五月斯螽动股，六月莎鸡振羽。七月在野，八月在宇，九月在户，十月蟋蟀，入我床下。又如《崧高》叙申伯出封于谢，《閟宫》叙僖公营造寝庙，皆极铺张，为后之赋家所法效。

（八）白描例

白描之诗，《国风》最多。如《硕人》写庄姜之美，《蒹葭》述洄溯之情，《东山》感田园之荒芜，《静女》悦彤管之贻赠，凡此之类，不加渲染，而神味无穷。后有作者，其舆台也。

第三篇　晚周文学

第一章　楚辞之起源

春秋以前,我国文学为四言诗,所谓《三百篇》是也。春秋以后,南方文学勃兴,是为楚辞。楚辞者,诗之变也。刘勰曰:自风雅寝声,莫或抽绪。奇文郁起,其离骚哉?固已轩翥诗人之后,奋飞辞家之前,岂去圣之未远、而楚人之多才乎?又曰:楚辞者,体漫于三代,而风雅于战国。乃雅颂之博徒,而辞赋之英杰也。《文心雕龙·辨骚》。盖自春秋以还,诗人不作。楚承南音,代以骚体。屈原始创,宋玉、唐勒、景差之徒踵其余绪,作者渐夥。荀卿北方大儒,宦游于楚,曾为歌赋以遗春申君。今所传《赋》篇及《成相辞》亦风骚之流也。故骚赋起于战国,而作者则悉为楚人。以时言则上继葩经,以地言则划分南北,其变迁之迹至显。今述其缘起如下。

一、关于北方文学者　《汉书·艺文志》曰:古者诸侯卿大夫交接邻国,又微言相感。当揖让之时,必称诗以谕其志。盖以别贤不肖而观盛衰焉。故孔子曰:不学诗,无以言也。春秋之后,周道寝坏。聘问歌咏不行于列国;学诗之士逸在布衣。而贤人失志之赋作矣。大儒孙卿及楚臣屈原,离谗忧国,皆作赋以风谕。咸有恻隐古诗之义。班氏谓辞赋之起由于聘问歌咏之事废,极为有见。考春秋时行人往来,辞命为先。所谓"言之无文,行而不远","子产有辞,诸侯赖之"是也。顾欲善其辞命,厥惟学《诗》。故孔子以诵诗专对并举。观《左传》所载诸侯聘会宴燕享之时,必借赋诗歌诗以为周旋酬酢之助者,不可胜数。其最著者,如襄公二一七年《传》:郑伯享赵孟于垂陇,子展赋《草虫》,伯有赋《鹑之贲贲》,子西赋《黍苗》,子产赋《隰桑》,子太叔赋《野有蔓草》,印段赋《蟋蟀》,公孙段赋《桑扈》,举座无不赋者,可谓极一时之盛事矣。又如昭公十二年《传》,记宋华定来聘,为赋《蓼萧》,弗如,又不答赋,昭子谓其必亡。而襄公十六年《传》:晋侯与诸侯宴于温,使诸大夫舞,曰:歌诗必类。齐高厚之诗不类,荀偃怒,曰:诸侯有异志矣,使诸侯大夫盟高厚,高厚逃归。盖尔时赋诗歌诗之重要如此。楚本后起,文化较低,北方诸侯皆夷之。及其盛也,与中土交际渐繁,聘会渐多,感实用之需要,受大学之熏陶,遂不得不研习《三百篇》,而同化于诸夏矣。故《左传·文公十年》,楚子舟引《大雅·烝民》及《民劳》。宣十二年,叔孙引《小雅·六月》,楚子引《周颂·时迈》。成二年,申叔跪引《卫风·桑中》,子重引《大雅·文王》。襄二十七年,蘧罢如晋,赋《既醉》。昭三年,楚子享郑伯,赋《吉日》。昭七年,芊尹无宇引《小雅·北山》。昭二十三年,沈尹戌亦引《文王》。二十四年,又引《大雅·桑柔》。而昭十二年《传》,子革且引逸诗《祈招》以谏,此皆楚人通达《诗经》之证也。故骚体文中,每句用一兮字,此种形式亦出于诗。而屈子《天问》且纯为诗之遗体。考《诗经》泰半皆黄河流域产品,然则谓楚辞之起原,实受北方文学之影响也何疑。

二、关于南方文学者 《诗》三百篇无楚风,然江汉之间,皆为楚地。《汉广》、《江沱》诸诗，列于二《南》，《汝坟》在河南之南部，地与楚境相近。《野麕》之白茅本亦楚产，即《左传》所谓包茅，可知亦为南方诗歌，是《诗》无楚风，而实为风首也。《汉书·地理志》陈国今淮阳之地，盖古豫州之东南，而今河南湖北及安徽一部之地。则诗中之《陈风》，亦当属之南方。春秋末楚灭陈有其地，又悉兼并其附近诸小国。故曰：汉阳诸姬，楚实尽之。楚境既广，故其时南方诸国之文学亦遂占而有之。蕴蓄既久，华实斯茂。迄于战国，楚辞崛起，有由来矣。又老子亦楚苦县人，其所著《道德经》五千言，虽非文学作品，然《道德经》中多为韵文，且其形式亦与楚辞之《九歌》相同。例如十五章云：豫焉若冬涉川，犹兮若畏四邻。俨兮其若容，涣兮若冰之将释。敦兮其若朴，旷兮其若谷，混兮其若浊。此类哲理诗。极似骚体文之先驱。特其兮字之位置微有不同，遂觉音节稍促耳。此外南方诗歌之散见于古籍者，有《说苑·至公》篇所载之《子文歌》，颂楚令尹子文刑其族人事。《正谏》篇《楚人歌》，咏楚庄王纳诸御已之谏而罢筑层台事。《新序·节士》篇之《徐人歌》，咏吴公子挂剑事。《论语》有《楚狂接舆歌》，《孟子》有《孺子沧浪歌》。《左传》有公孙有山氏之《庚癸歌》。皆古南方诗歌之可信者。形质虽极幼稚，然其胚胎楚辞之功则甚著。其尤者为《说苑·善说》篇之《越人歌》。歌曰：今夕何夕兮，搴洲中流。今日何日兮，得与王子同舟。蒙羞被好兮，不訾诟耻。心几烦而不绝兮，知得王子。山有木兮木有枝，心说君兮君不知。按此诗原文不可晓，本越方言，译为楚文如此。据《说苑》此诗当在楚康王时。_{前五五〇顷。}词旨委婉，音韵悠扬，若就形式观之，骚体文之成立固远在屈宋之先矣。

三、关于楚国者　楚辞之发生与楚地关系最深。约言之，可分为三种。《汉书·地理志》曰：楚人信巫鬼而重淫祀。《匡衡传》谓陈夫人好巫鬼而民淫祀。《地理志》亦谓陈太姬好祭祀，用史巫，故其俗好五鬼。《陈风》所称击鼓于宛邱之上，婆娑于枌树之下。盖陈太姬之遗风也。而《越绝书·外传》记吴地传有巫门、巫里、巫山、巫栅城等名，则是时南方诸国巫风之盛可知。其后吴并于越，陈、越又先后灭于楚。故此风遂以楚为最盛，而其影响于文学者亦最大。盖巫觋唯一之任务为司祭祀，祭祀必有祈祷，祈祷必用祝辞与歌舞，祝辞所以为已，故诗歌兴焉。歌舞所以为神，故音乐舞蹈兴焉。斯时文学虽为宗教附庸，久渐蔚为大国。故迷信之风愈炽，文学之材料愈多。当此文学尚未完全脱离宗教之际，楚地沅湘之间，即有《九歌》之产生，专咏灵巫祭神歌舞之事。王逸曰：昔楚国南郢之邑，沅湘之间，其俗信鬼而好祠，其祠必作歌乐鼓舞以乐诸神。屈原放逐，窜伏其域，出见俗人祭礼之礼，歌舞之乐，其词鄙陋，因为作《九歌》之曲《楚辞章句·九歌》序。王氏虽误认《九歌》为屈原所作（详后）。然其说明楚辞与宗教之关系固甚了然矣。《吕氏春秋·侈乐》篇云：楚之衰也，作为巫音。此其关于民俗者一也。先秦之世，各国风谣不同，音乐亦异。风谣之播于声音者为土乐，土乐又影响于文学。此在诸国然，而楚为尤甚。按《左传·成公九年》传云：晋侯观于军府，见锺仪，问之曰：南冠而絷者谁也？有司对曰：郑人所献楚囚也。使与之琴，操南音。文子曰：楚囚，君子也。乐操土风，不忘旧也。又襄公十八年《传》云：晋人闻有楚师，师旷曰：不害，吾骤歌北风，又歌南风，南风不竞，多死声。楚必无功。夫曰南音、曰南风、又曰土风，则楚乐必异乎北方之撰也。《汉书·礼乐志》谓房中初乐为楚声，盖本其调以制曲耳。楚为南方大国，楚声即可代表南方之音，故又曰南音，或曰南风，名异而实同也。又按《吕览》载涂山氏女作歌曰"候人兮猗",实始作为南音。是南音者,兮猗之音也。《候人歌》者,楚辞之滥觞也,故楚辞即南音之文学,由《候人歌》以演进者也。《候人歌》既可取为乐歌,本《吕览》高诱注。则楚辞之起与音乐之关系深矣。尝疑楚辞本亦可歌,与《三百篇》同。盖谱诸管弦者为楚声著于竹帛者为楚辞。汉宣帝召九江被公诵读楚辞,或即与古者歌诗无以异。《隋书·经籍志》谓隋有僧道骞者,善读之,能为楚声,音韵清切。至唐传楚辞者,皆祖骞公之音。可知通楚声者,隋唐时尚有人焉。此其关于音乐者二也。刘勰曰:及《离骚》代兴,触类而长。物貌难尽,故重沓舒状。于是嵯峨之类聚,葳蕤之群积矣。又曰:山林皋壤,实文思之奥府。屈平所以能洞鉴风骚之情者,抑亦江山之助乎。《文心雕龙·物色》。王夫之曰:楚,泽国也。其南沅湘之交抑山国也,叠波旷宇,以荡遥情。而迫之以崟嵚戍削之幽苑,故推宕无涯,而天采矗发。江山光怪之气,莫能掩抑。《楚辞通释序例》。二氏论屈子文得江山之助,诚为卓识。盖文学与地理有密切之关系,非独屈子为然。所谓地理者,大之如五狱四渎,岁崖漂泪。小之如鸟兽鱼虫,飞走蠕动。可以拓作者之胸襟,增文学之资料。后世赋家极乐铺叙地理,凡山川形势、水陆奇珍,乃至一草一木之微,靡不描摹尽致者,乃《风》《骚》之舆台,得其一体以自广者耳。今楚于山则有九嶷南岳之高,于水则有江汉沅湘之长,于湖潴则有云梦洞庭之巨浸,其间崖谷洲渚森林鱼鸟之胜,诗人讴歌之天国在焉。故《九歌·湘君》一篇言地理者十九,而《九章·涉江》所纪,亦绝似山水之写真。虽作者非必有意铺陈,然使其不遇此等境地,以为文学之资,将亦束手而无所凭借矣。此其关于地理者三也。以上参看拙著《楚辞概论》。

第二章　屈原

屈原传略　屈原名平,楚之同姓也。据《离骚》自述,父名伯庸。又据"摄提孟陬"一语,其生平略可推定。盖楚宣王二十七年戊寅正月也。_{周安王二十六年,前三四三。}博闻强识,明于治乱,娴于辞令。故《离骚》自述云:纷吾既有此内美兮,又重之以修能。怀王时为左徒,入则与王图议国事,以出号令。出则接遇宾客,应对诸侯。王甚任之。同列上官大夫心害其能,怀王使为宪令,属草稿未定,上官大夫见而欲夺之,屈原不与。因谗于王,王怒而疏之,作《天问》。其后秦欲伐齐,齐与楚从亲,惠王患之,乃令张仪绐怀王以商於之地六百里使绝齐使。及索地不得,兴师伐秦,大败。自是楚国外交失策,时而联齐,时而联秦。秦昭王初立,厚赂于楚。楚往迎妇,见《史记·楚世家》。屈原切谏,不听。被放汉北,作《抽思》及《悲回风》。寻复起用,昭王欲与怀王会,原云:秦虎狼之国,不可信,不如无行。怀王稚子子兰劝王行。入武关,秦伏兵绝其后,因留之以求割地。怀王怒不听,竟死于秦。顷襄王立,以子兰为令尹。屈原咎其劝王入秦,子兰使上官大夫短屈原,顷襄王怒而迁之于江南。作《离骚》、《思美人》、《哀郢》、《涉江》、《橘颂》等篇。是时楚时削弱,屈原不忍亲见宗国之亡,而又感于怀王反覆无常,客死归葬,复作《怀沙》、《招魂》、《惜往日》以揆哀思,卒自沉汨罗江以死。死时年约六十,盖我国一人格最伟大之文学家也。

屈原作品　《汉书·艺文志·诗赋略》:屈原赋二十五篇。今所传《楚辞》，屈赋具在，并无散佚。惟诸家对于二十五篇之数算法不同，异谶滋多。有以《离骚》、《天问》、《远游》、《卜居》、《渔父》、《九歌》十一篇、《九章》九篇为二十五篇者，自王逸以来多主之。至删去《九歌》之《国殇》、《礼魂》而加入《大招》、《惜誓》者，则姚宽之妄断也。见《西溪丛语》。以《九歌》之《礼魂》为前十章送神通用之曲而加《招魂》一篇者，则王夫之之创说也。以《九歌》之《山鬼》、《国殇》、《礼魂》三篇合为一篇而更加《大招》、《招魂》二篇以足其数者，则林云铭之好事也。见《楚辞灯》。以《九歌》之《湘君》、《湘夫人》合为一篇，《大司命》、《少司命》合为一篇，余则与林说同者，又将骥之异说也。见《山带阁注楚辞》。凡此或删割臆断，或妄加伸缩，总由于拘牵艺文之目而起。今班志原目不可见，王氏《章句》二十五篇或即刘向旧本，则其说为最古，当亦较为可信。第自屈原之死，后人哀思者多，而西汉辞赋盛行，作者飚起。故其间摹拟相继，真伪杂出，相传既久，遂多疑误，故王叔师于《大招》、《惜誓》二篇之作者尚不能明也。以今考之，《九歌》为古代南方之宗教文学，决非屈子所自造。而《大招》模仿《招魂》，《远游》为汉人黄老思想，《卜居》、《渔父》疑均出于后人所依托。所谓屈原赋二十五篇，止《离骚》、《天问》、《招魂》及《九章》等篇为可信耳。而《九章》尚不免赝鼎羼入其间，又吾人所当审察而详辨之者也。参看《楚辞概论》。

屈原与文学 屈子之文上溯《风》、《雅》，下开汉武。其《离骚》一篇，长二千余言，更七十余韵，为古今第一长篇之抒情诗。其词旨大抵源出于《九歌》，所谓美人香草，周游求女者，皆袭《九歌》遗意，以寄其缠绵往复之思耳。兹先略论《九歌》。以见《离骚》之所自出。按王逸序《九歌》，目为屈原所作，实则非也。例如《少司命》云：

秋兰兮糜芜,罗生兮堂下。绿叶兮素枝,芳菲菲兮袭予。夫人自有兮美子,荪何以兮愁苦。秋兰兮青青,绿叶兮紫茎。满堂兮美人,忽独与余兮目成。入不言兮出不辞,乘回风兮载云旗。悲莫悲兮生别离,乐莫乐兮新相知。荷衣兮蕙带,倏而来兮忽而逝。夕宿兮帝郊,君谁须兮云之际。与女游兮九河,冲风至兮水扬波。与女沐兮咸池,晞女发兮阳之阿。望美人兮未来,临风怳兮浩歌。孔盖兮翠旌,登九天兮抚彗星。竦长剑兮拥幼艾,荪独宜兮为民正。

又如《离骚》一节云:

制芰荷以为衣兮,集芙蓉以为裳。不知吾其亦已兮,苟余情其信芳。高余冠之岌岌兮,长余佩之陆离。芳与泽其杂糅兮,惟昭质其犹未亏。忽反顾以游目兮,将往观乎四荒。佩缤纷其繁饰兮,芳菲菲其弥章。民生各有所乐兮,余独好修以为常。本作恒,避汉文帝讳改。虽体解吾犹未变兮,岂余心之可惩。

吾人试以《九歌》与《离骚》等篇较,即可知其非一人之作也。盖九歌句法短促,每句皆用兮字,且悉位于句中。兮字下恒承以二字或三字短句,《国殇》、《山鬼》二篇全为七言,其构造为四三句法。此与《离骚》等篇之形式俱以六七字为句,每间句用一兮字于句末者,根本不同。《九歌》句法屈原《九章》中间用之。且屈原诸赋泰半皆有乱辞或少歌等,而《九歌》则始终为一整个短歌,与《离骚》、《涉江》、《哀郢》、《抽思》、《怀沙》诸篇大异。即就篇幅之长短观之,屈赋长篇多用

233

短篇少。长者如《离骚》、《天问》多至三四百句,短者如《橘颂》,亦数十句。而《九歌》最长者如《湘夫人》止四十句,次则《湘君》三十八句,余或十余句二十余句不等,最短者如《礼魂》一篇仅五句,以视屈赋之回环往复,三致其意者,不侔矣。况《离骚》中所用字面显系暗袭《九歌》,而其神话之气味尤与《九歌》之宗教色采有关。予故谓《九歌》者,实《风》、《骚》间之过渡作品,屈赋之近祖,亦楚辞之先驱也。

《史记》引淮南王《离骚传》曰:《国风》好色而不淫,《小雅》怨诽而不乱,若《离骚》者,可谓兼之矣。王逸曰:《离骚》之文依《诗》取兴,引类譬谕。故善鸟香草,以配忠贞;恶禽臭物,以比谗佞。灵修美人,以媲于君;宓妃佚女,以譬贤臣。虬龙鸾凤,以托君子;飘风云霓,以为小人。其辞温而雅,其义皎而朗。凡百君子,莫不慕其清高,嘉其文采,哀其不遇,而愍其志焉。《楚辞章句·离骚序》。魏文帝《典论》云:优游按衍,屈原尚之。穷侈极妙,相如之长也。然原据托譬喻,其意周旋,绰有余度,长卿、子云不能及。而刘氏《辨骚》,尤极推崇。盖屈原文学之主干在是,楚辞代表之作品亦在是矣。故后人常称屈赋曰骚,称楚辞亦曰骚。昭明取以标目,彦和用以名篇,俱非专指《离骚》一篇言也。《史记》云:离骚者,犹离忧也。天者人之始也,父母者人之本也。人穷则反本,故劳苦倦极,未尝不呼天也,疾痛惨怛未尝不呼父母也。屈平正道直行,竭忠尽智以事其君。谗人间之,可谓穷矣。信而见疑,忠而被谤,能无怨乎。屈平之作《离骚》,盖自怨生也。夫屈原以旷代轶才,而又楚之懿亲,乃不见用于君,反获罪而窜逐穷荒,此固人情所不能忍者。故其文亦忧愁幽思,曲折回复,怨慕泣诉,迫于情之所弗容己,与乎世之无病呻吟者异也。世之读者,殆无不悲其遇,悯其志,感其词而竞为文以悼之。盖自贾谊、刘向、王褒、王逸以下，代不乏人。观扬雄吊屈原，作《反离骚》，投诸江流。又作《广骚》一篇，《汉书·扬雄传》。应奉著《感骚》三十篇，《后汉书·应奉传》。梁竦为《悼骚赋》，系玄石而沉之。《后汉书·梁竦传》。柳宗元贬永州司马，仿《离骚》数十篇。《唐书·柳宗元传》。而《世说》王孝伯且谓无事痛饮，熟读《离骚》，便可称名士，故陆放翁诗云：名士真须读楚辞。则其文之感人深矣。今观其文体在当时实一洗《三百篇》之面目，而开吾国文学上之新纪元，故其影响于艺林者亦最巨。约其特质言也：

一、《离骚》固为一篇极长之抒情诗，然亦间兼叙事。其篇首云：帝高阳之苗裔兮，朕皇考曰伯庸。摄提贞于孟陬兮，惟庚寅吾以降。皇览揆余之初度兮，肇锡余之嘉名。名余曰正则兮，字余曰灵均。此种自序体实为屈子所独创，故刘知幾曰：屈原《离骚经》，其首章上陈氏族，下列祖考。先述厥生，次显名字。自叙发迹，实基于此。《史通·序传》。按韦孟《讽谏诗》云：肃肃我祖，国自豕韦。扬雄《反离骚》云：有周氏之蝉嫣兮，或鼻祖于汾隅。灵宗初谍伯侨兮，流于末之扬侯。班固《幽通赋》云：系高顼之元胄兮，氏中叶之炳灵。庾信《哀江南赋》云：我之掌庾承周，以世功而为族；经邦佐汉，用论道而当官。凡此首陈世系，皆摹拟《离骚》者也。

二、《离骚》自就重华陈词以后，设想渐奇。如言驷虬乘鹥，羲和弭节；饮马咸池，总辔扶桑；望舒先驱，飞廉奔属；鸾皇凤鸟之使，飘风云霓之御；叩帝阍，望阊阖；济白水，登阆风；求宓妃，见有娀；览观四极，周流上下。而曲终浪游昆仑一段，尤复恣意言之。此等幻想寓言，影响后世极大。秦汉以来之神仙思想，即其显著者也。近人廖平即据此疑《离骚》为秦博士所作。实非。即伪托之《远游》，司马相如之《大人赋》以及种种神怪小说，靡不出此。

三、离骚中如女嬃、灵氛、巫咸数段对话，已开《子虚》、《上林》诸赋问答之先声。而草木、鸟兽之侈陈，尤为汉赋之所祖。至其中多用双声叠韵之联绵字，如謇謇冉冉、缅缅缅缅、忽忽啾啾、颠领陆难、逍遥容与等词亦极为后之赋家所乐用。

《天问》一篇王逸以为屈原放逐山泽所作，恐未可信。今观全文，绝无放逐痕迹。疑即上官夺稿，被谗见疏时之所作也。古籍湮没，文义多不可晓，柳宗元为作《天对》以答之。近有疑非屈子作者，未有以见其必然也。按《天问》文体与骚体异，观其形式，似为四言之变。其所问上自古初，下迄当世。凡自然现象之变迁，神话历史之传述，善恶邪正之果报，无不致疑。其所问往往有极有价值，而为今日科学家穷年累月所不能解决者，固不应仅以文章目之也。余意屈原竭忠尽智而障于谗，其怀疑天道之无凭固矣。疑莫能明则问卜，劳苦倦极则呼天，此殆与灵氛筳篿之占，同为渫忿抒愁之意欤？或谓《天问》文理杂乱，实则全篇结构极密。盖自天地山川，次及人事，追述往古，而终之以楚先，未尝无次序存焉。本王夫之说。至其词或长言，或短言，或错综，或对偶，或一事而累累反覆，或数事而镕成一片。其文险陗淡宕，佶倔流利，可谓极文章之变矣。

《招魂》一篇自王逸误为宋玉所作，千余年来莫能辨。林云铭曰：试问太史公作《屈原传赞》云：余读《招魂》悲其志。谓悲原之志乎，抑悲玉之志乎？此本不待置辨者。乃后世相尚不改，无非以世俗招魂，皆出他人之口。不知古人以文滑稽，无所不可，且有生而自祭者。则原被放之后，悉苦无可宣泄，借题寄意，亦不嫌其为自招也。林《楚辞灯》说多本黄文焕《楚辞听直》。此说一出，从者甚众。顾虽又有自招与招怀王之异说。要其非宋玉所作，则殆无疑焉。今按《九章·思美人》云:"开春发岁兮,白日出之悠悠。"《哀郢》云:"民离散而相失兮,方仲春而东迁。"而是篇乱辞亦言献岁发春,是其所记时令相同。盖亦追叙二次被放初出国门时事,或当在顷襄之世,决意自沉之时也。篇中每句末用一些字,体裁最为奇特。些兮声近,殆亦楚国方音。沈存中所谓荆楚巫觋咒语中所通用者是矣。见《梦溪笔谈》,但又谓些为印度语娑婆呵之合音者非。其中杂陈宫室饮食女色珍宝之盛,琦玮僪佹,实开汉赋铺张之先声。顾炎武曰:或云,地狱之说,本于《招魂》。长人土伯,则夜叉罗刹之伦也;烂土雷渊,则刀山剑树之地也。虽文人寓言,而意已近之矣。于是魏晋以下,遂演其说而附之释氏之书。《日知录》。此等凭空虚构文字,想像力至为丰富,其中一部分影响于后世神怪小说者,与《离骚》同。

《九章》九篇,即《惜诵》、《涉江》、《哀郢》、《抽思》、《怀沙》、《思美人》、《惜往日》、《橘颂》、《悲回风》是也。王逸《章句》次序如此。《汉书·扬雄传》云:又旁《惜诵》以下至《怀沙》一卷,名曰《畔牢愁》。观其但举细目,知西汉时尚无《九章》总名。王逸谓屈原放于江南之野,思君念国,忧心罔极故复作《九章》。章者,著也,明也。言已所陈忠信之道甚著明也。此说殆误。故朱子驳之曰:屈原既放,随事感触,辄形于声。后人辑之得其九章,非必出于一时之言也。《楚辞集注》。王氏曲解篇名,且误为放后一时所作,晦翁辨之是矣。今更就《九章》各篇观之,《惜诵》但言遇罚,言愿曾思而远身,无一语及放逐时事。大抵怀王时谏绝齐不听,被谗去职后所作。《抽思》及《悲回风》则怀王朝放居汉北所作。其后顷襄王迁屈原于江南,作《思美人》。越九年,至夏浦,上陵阳,作《哀郢》。自夏浦至溆浦,作《涉江》及《橘颂》。自溆浦至长沙,将沉汨罗,作《惜往日》。此其大略也。诸家说《九章》时代颇有异同。至其文词亦有极可疑者。如《惜往日》一则曰"贞臣无辜",再则曰"贞臣无由",又曰"临沅湘之玄渊,遂自忍而沈流。卒没身而绝名,惜壅君之不昭",而《悲回风》亦曰"骤谏君不听,任重石之何益",皆绝似后人追悼之辞,不类屈子自道之语。又《涉江》、《哀郢》、《抽思》、《怀沙》四篇皆有乱辞,而《惜诵》、《思美人》、《惜往日》、《悲回风》等篇无之。其有乱辞者率另以二字名篇,而无乱辞者则取篇首数名篇。此又《九章》各篇歧异之显见者也。其词纡轸烦冤,反覆陈诉,要不出乎《离骚》之旨,而以《涉江》及《悲回风》为尤佳。

第三章　宋玉及其他

宋玉无传,事无可考。惟《史记》于《屈原传》末特缀数语云:屈原既死之后,楚有宋玉、唐勒、景差之徒者好辞而以赋见称。然皆祖屈原之从容辞令,终莫敢直谏。据此宋玉之生,后于屈原,且似有官守言责者。史公语焉不详,或其时已不可考矣。班氏《艺文志》谓其楚人,与唐勒并时,在屈原后。殆据《史记》言耳。然俱未确指为何时人。惟王逸《九辩序》云:宋玉者屈原弟子也,悯惜其师忠而放逐,故作《九辩》以述其志。宋玉师事屈原恐未可信,序又言楚大夫,亦不知何据。按《韩诗外传》及《新序·杂事》篇均载宋玉因其友见楚襄王事。《外传》上言见楚相,而下文忽称事王,当是驳文,宜从《新序》。《新序》又有《对威王问》。《文选》"威王"作"襄王"。《北堂书钞》又言宋玉事楚怀王。记载纷歧,极难断定。今观《九辩》云"坎廪兮贫士失职而志不平"。又云:"愿赐不肖之躯而别离兮,放游志乎云中。"是宋玉曾登仕籍,似无疑义。而其时代仍当以《史》、《汉》所记为准。余多后人附会之辞,未可据也。

《艺文志》载宋玉赋十六篇,殆指骚赋而言。今流传者,《楚辞》有《九辩》、《招魂》二篇。《文选》有《风赋》、《高唐赋》、《神女赋》、《登徒子好色赋》四篇。《古文苑》有《笛赋》、《大言赋》、《小言赋》、《讽赋》、《钓赋》、《舞赋》六篇。共得十二篇,尚不足班志之数。而《招魂》本屈原所作,已见前章。《舞赋》一篇直从傅毅《舞赋序》杂钞而成,《文选》及《古文苑》诸篇疑均出于依托。盖皆以楚襄王、唐勒、景差之事妆点之,不知遂成为千篇一律之烂调耳。且宋玉以楚人仕楚,何须明言楚襄王耶,其为后人伪托无疑矣。况此种赋体,汉初尚未完全成立,战国时安得有此。故《高唐》、《神女》虽为词林所乐道,而西汉文人则鲜有及之者。其出世之晚可知。若是,则宋玉之作只存《九辩》一篇而已。

王逸曰:辩者变也,谓陈道法以变说君也。九者阳之数,道之纲纪也。此曲说耳。王夫之曰:辩犹遍也,一阕谓之一遍。盖亦效夏启《九辩》之名,绍古体为新裁,可以被之管弦。其词激宕淋漓,异于《风》、《雅》,盖楚声也。考《九辩》之名,一见于《离骚》,再见于《天问》。王逸以为禹乐,《山海经》又以为天帝乐。虽未可遽信,要之必古乐也。宋玉借古乐为题,以抒其情思,初不必如叔师之泥,而船山之言是矣。篇中多袭取屈子语。如云"聊逍遥以相羊",又云"载云旗之委蛇",此《离骚》之文也。又云"尧舜之抗行兮,瞭冥冥而薄天。何险巇之妒嫉兮,被以不慈之伪名",又云"憎愠惀之修美兮,好夫人之慷慨。众踥蹀而日进兮,美超远而逾迈",此《哀郢》之文也。至如"何时俗之工巧兮,背绳墨而改错。圆凿而方枘兮,吾固知其龃龉而难入。甯戚讴于车下兮,桓公闻而知之",

皆用《离骚》成语而略易其词。故王逸指为哀师,注家咸释为代屈为辞也。然观末章"愿赐不肖之躯而别离"云云,则绝非屈子之志矣。盖宋玉殆亦事君不得而自请去职者欤？其曰"处浊世而显荣兮,非心之所乐。与其无义而有名兮,宁穷处而守高",固已明白示之。

《九辩》为骚赋上乘,形式开拓,描写入神,音节亦复悽婉动人,后有拟作蔑以复加。举其首章,借窥一斑焉。

> 悲哉,秋之为气也！萧瑟兮,草木摇落而变衰。憭慄兮,若在远行,登山临水兮,送将归。泬寥兮,天高而气清,寂寥兮,收潦而水清。憯悽增欷兮,薄寒之中人,怆怳懭悢兮,去故而就新。坎廪兮,贫士失职而志不平,廓落兮,羁旅而无友生。惆怅兮,而私自怜。燕翩翩其辞归兮,蝉寂漠而无声；雁廱廱而南游兮,鹍鸡啁哳而悲鸣。独申旦而不寐兮,哀蟋蟀之宵征。时亹亹而过中兮,蹇淹留而无成。

孙鑛曰:《九辩》已变屈子文法,加以参差错落,而多峻急之气。又曰:骚至宋大夫乃大快,其语最醒而俊。此知言也。盖楚辞演变之期三:一为《九歌》,其词局促,犹婴孩也；一为《离骚》、《九章》,其词散缓,犹成年也；一为《九辩》,错综变化,局势开张,一改向之面目,渐与汉赋接近盖新生期也。其递嬗蜕化之迹,彰彰明矣。

宋玉悲秋,久为文学上之习语。杜甫诗云:悲秋宋玉宅,失路武陵源。又云:垂白冯唐老,清秋宋玉悲。又云:摇落深知宋玉悲,风流儒雅亦吾师。许浑诗云:噪柳鸣槐晚未休,不知何事爱悲秋。又云:甯歌远夜苦,宋赋更秋悲。张九龄诗云:拙病宦情少,羁间秋气悲。苏轼诗云：病马已无千里志，骚人长负一秋悲。俱指《九辩》言也。而李商隐诗云：何事荆州百万家，惟教宋玉擅才华？其推重可想见矣。屈宋并称，夫岂偶然。

《艺文志》载唐勒赋四篇，今并不传。景差之名且未见著录。_{《汉书·古今人表》有景瑳，或即一人。}盖班固时已亡之矣。_{班志据《七略》，或刘向时已亡。}《楚辞》中亦无唐勒赋，则中垒且未之见，故王逸并疑词而亦无之。《小言赋》云：楚襄王既登阳云之台，令诸大夫景差、唐勒、宋玉等并造《大言赋》。盖不可信。王逸序《大招》，引或说以为景差所作，疑不能明。朱子曰：今以宋玉大、小言赋考之，则凡差语皆平淡醇古，意亦深靖闲退。不为词人墨客，浮夸艳逸之态，然后知此篇决为差作无疑也。实则《大招》一篇为后人拟《招魂》而作_{详后}，其词旨与《大言赋》中差语何涉？晦翁此说未免过迂。顾是时屈、宋代兴，骚赋甚盛，其时作者必多。阅时既久，又遭秦劫，篇章之展转散亡如唐勒、景差之赋者，又必不可胜数矣。可叹也夫。

第四章　论楚辞之文艺

《文心雕龙·辨骚》云：观其骨鲠所树，肌肤所附，虽取熔经意，亦自铸伟词。故《骚经》、《九章》，朗丽以哀志；《九歌》、《九辩》，绮靡而伤情。《远游》、《天问》，瑰诡而惠巧；《招魂》、《招隐》_{按当作《大招》}，耀艳而深华。《卜居》标放言之致，《渔父》寄独往之才。故能气往轹古，辞来切今，惊采绝艳，难与并能矣。自《九怀》以下，遽蹑其迹。而屈宋逸步，莫之能追。故其叙情态，则郁伊而易感；述离居,则怆怏而难怀。论山水,则循声而得貌;言节候,则披文而见时。是以枚贾追风以入丽,马扬沿波而见奇,其衣被词人,非一代也。彦和此论,分析楚辞各篇特质,诚为至当。顾犹有未之尽者,分为两部言之。

(甲)关于内容者

(一)想像力。文学之所以能动人者,在能引起人之同情。而同情之引起,在有最高尚之理想。是故想像力愈丰富,其感人必愈深切,楚辞首即富有高尚理想之作品也。例如《九歌·湘夫人》描写神居一段云:闻佳人兮召予,将腾驾兮偕逝。筑室兮水中,葺之兮荷盖。荪壁兮紫坛,播芳椒兮盈堂。桂栋兮兰橑,辛夷楣兮药房。罔薜荔兮为帷,擗蕙櫋兮既张。白玉兮为镇,疏石兰兮为芳。芷葺兮荷屋,缭之兮杜衡。合百草兮实庭,建芳馨兮庑门。九疑缤兮并迎,灵之来兮如云。此实作者想像神之高洁,一切均非人间所及。故凡用以建筑宫室者,皆为兰蕙芷衡桂椒薜荔诸芳物,所谓别有天地者也。其铺张藻饰,虽直接描摹屋室之华丽,而间接实为赞美神灵之高尚。能使读者因此虚构而生崇敬,因崇敬而动遐思,是其想像力之丰富有不可及者。后世此类作品,凡寓抽象于写实中者,莫不于此导其源焉。又如《离骚》中之漫游八极,驾龙载云,无奇不有。天津西海,无所不周。设想所至,但觉其兴会飚举、抽剥无穷,以较汉赋之仅以堆砌为能事而缺乏理想者,宁不大相庭径。

(二)表现力。文学之表现力愈强,则予以吾人之印象愈深。例如屈原《涉江》,将欲写其梦其愁苦之情,而先写深林冥杳,猨狖所居,山高蔽日,霰雪纷飞。《山鬼》一篇于遇合不谐之后,复重以雷填填、雨冥冥、猨啾啾、风飒飒、木萧萧,数语作结,遂觉阴森可怖,悽楚动人。词人艺事,臻其极矣。又如《湘夫人》云:嫋嫋兮秋风,洞庭波兮木叶下。《大司命》云:结桂枝兮延伫,羌愈思兮愁人。愁人兮奈何,愿若今兮无亏。《山鬼》云:采三秀兮于山间,石磊磊兮葛蔓蔓。思公子兮恨忘归,君思我兮不得闲。《悲回风》云:邈漫漫之不可量兮,缥绵绵之不可纡。愁悄悄之常悲兮,翩冥冥之不可娱。凡兹描写,有缱绻真挚之情,无淫丽烦滥之病。刘勰所谓"写气图貌,既随物以宛转;属采附声。亦与心而徘徊"《文心雕龙·物色》者,斯之谓矣。

(乙)关于形式者

(一)形式之解放。四言诗至战国而弊,盖其形式太简,病在拘谨束缚故也。楚人有见于此,遂首先从事于形式之解放,而另谋文学之新建设。如是而后可以畅所欲言,无绳墨拘牵之病矣。例如《诗经·采葛》一章云:彼采萧兮,一日不见,如三秋兮。词旨固佳。然试与《楚辞》中之同此性质者相较则不可同年而语。《楚辞·少司命》云:入不言兮出不辞,乘回风兮载云旗。悲莫悲兮生别离,乐莫乐兮新相知。音节宛转,情绪缠绵,非《采葛》比矣。何也,形式短长之不同耳。又如《大车》之诗云:"岂不尔思,畏子不敢。"而《湘夫人》云:"沅有芷兮澧有兰,思公子兮未敢言。"亦以意同而所表现之辞不同,故艺术之优劣判焉。即《郑风·野有蔓草》一诗与《越人歌》大意略同,一为固定之四言,一为自用之骚体,故《越人歌》终不可及。

(二)各体之渊源。楚辞起于南方,为后世辞赋所自出。徐师曾分辞赋为四体,其一曰古赋,_{即骚体赋}。以《离骚》、《九辩》为之祖,而以《长门赋》、《思玄赋》、《叹逝赋》、《秋兴赋》等数十篇属之。盖赋中各体形式如发端托为问答,中间或用歌词,篇末系以诼系,莫不仿自楚辞。至于辞赋乐侈陈、尚铺张,亦《招魂》等篇导其先路,故楚辞者实辞赋之祖也。又考骈俪之词,亦起于骚,例如《湘君》云:采薜荔兮水中,搴芙蓉兮木末。又云:朝骋骛兮江皋,夕弭节兮北渚。鸟次兮屋上,水周兮堂下。《湘夫人》云:麋何为兮庭中,蛟何为兮水裔。《大司命》云:令飘风兮先驱,使冻雨兮洒尘。此皆刘彦和所谓言对也。《文心雕龙·丽辞》。《离骚》云:吕望之鼓刀兮,遭周文而得举。甯戚之讴歌兮,齐桓闻以该辅。此即彦和所谓事对也。《东皇太一》云:蕙肴蒸兮兰藉,奠桂酒兮椒浆。此又洪容斋所谓当句对也。《容斋随笔》。此外如"朝饮木兰之坠露,夕餐秋菊之落英",及"制荷芰以为衣,集芙蓉以为裳"等句,咸为绝妙俪词,后人苦心摹拟而弗逮者也。若夫《山鬼》、《国殇》两篇竟似后世七言古诗,即屈宋文中亦不乏七言。而《招魂》去其些字亦为七言,本郭正域说。故汉人字书如《凡将》、《急就》皆竞相仿效。寖假而七言诗遂正式成立,然则楚辞者,又七言诗之嚆矢矣。

第五章　荀卿

　　荀卿名况,赵人,为北方大儒。《毛诗》、《鲁诗》、《韩诗》、《左氏春秋》、《榖梁春秋》皆其所传,而犹长于《礼》。年十五,《史记·荀卿传》作五十,应劭《风俗通》作十五。始游学于齐。时田骈之属皆已死,齐襄王时,荀卿最为老师。齐尚修列大夫之缺,而荀卿三为祭酒焉。齐人或谗荀卿,荀卿乃适楚。而春申君以为兰陵令,春申君死,而荀卿废,因家兰陵。李斯尝为弟子,已而相秦。荀卿嫉浊世之政,亡国乱君相属,不遂大道,而营于巫祝,信机祥。于是推儒墨道德之行事兴废,序列者数万言而卒。因葬于兰陵。今所传《荀子》书有三十二篇。按荀子得年极高,其适楚时,约在东周灭亡之际前二五五,时年约六十。而《盐铁论·毁学》篇且谓李斯相秦,荀子为之不食,是荀子且及见秦始皇统一六国矣。至其生卒不甚可考,大抵死于始皇三十年前后。前二一七顷。上距屈原之死,几及百年。今《荀子》书有《成相》一篇,《赋》篇一篇,则分咏礼、知、云、蚕、箴,而末复系《佹诗》二篇。体甚奇特,兹录一篇于后:

爰有大物,非丝非帛,文理成章。非日非月,为天下明。生者以寿,死者以葬。城郭以固,三军以强。粹而王,驳而伯,无一焉而亡。臣愚不识,敢请之王。王曰:此夫文而不采者与,简然易知,而致有理者与?君子所敬,而小人所不者与?性不得则若禽兽,性得之则甚雅似者与?匹夫隆之则为圣人,诸侯隆之则一四海者与?致明而约,甚顺而体。请归之礼。

佹诗节录:

天下不治,请陈佹诗。(中略)天下幽险,恐失世英。螭龙为蝘蜓,鸱枭为凤凰。比干见剖,孔子拘匡。昭昭乎其知之明也,郁郁乎其遇之不祥也。拂乎其欲礼义之大行也,闇乎天下之晦盲也。皓天不复,忧无疆也。千岁必反,古之常也。弟子勉学,天不忘也。圣人共手,时几将矣。与愚以疑,愿闻反辞。其小歌曰:念彼远方,何其塞矣。仁人绌约,暴人衍矣。忠臣危殆,谗人服矣。(下略)

《艺文志》载荀卿有赋十篇。又谓大儒荀卿,离谗忧国,皆作赋以风,咸有恻隐古诗之义。当即指此数篇。惟此文题曰《赋》篇,分咏各物,不另标题。而形式似以四言为主,与《诗经》最接近,即内容亦亟简朴。统观诸篇盖《诗》之变体,而赋之雏形也。顾荀子居楚甚久,其时南方骚赋盛行,沉浸濡染,宁不受屈宋影响。然其所作尚多北方文学气味者,则信乎朔俗变楚之难也。又荀子本北方学者,原不以文辞见长。而用夷变夏,或亦私心所鄙。故虽仕于楚而卒于楚,竟不以骚赋传欤。至其《成相》一篇,句法参差,似属创体,为后世弹词之祖。如曰:请成相,世之殃。愚闇愚闇堕贤良。人主无贤,如瞽无相,何伥伥。此种体裁后人仿效者亦少。即其《赋》篇《佹诗》之形式亦惟秦刻中稍稍沿用之。或以其利于说理,而抒情叙事则不畅,故后遂中绝耳。虽然,荀子以一学者而亦乐为韵文,其所作《赋》篇,末且缀以小歌,与楚辞中之乱辞少歌无异,谓其绝未受骚赋之影响又不可得也。

第四篇　秦文学

　　秦并天下，一切法令，多出丞相李斯之手。斯固与韩非同事荀卿，学其师不得，遂缘儒入法，窃取非说以迎合始皇。始皇见秦累世以法术致富强，故深信不疑。终以成刻薄专制之治，而速其亡矣。秦既欲崇尚法治，厉行君主集权之制，故亟谋思想统一。而统一思想，必先统一文字。六国之时，文字异形，至是乃罢其不与秦文合者，令同文书。三十四年，李斯奏曰：古者天下散乱，莫之能一，是以诸侯并作，语皆道古以害今，饰虚言以乱实。人善其所私学，以非上之所建立。今皇帝并有天下，别黑白而定一尊。私学而相与非法教人。闻令下，则各以其学议之。入则心非，出则巷议。夸主以为名，异取以为高。率群下以造谤。如此弗禁，则主势降乎上，党与成乎下。禁之便。臣请史官非秦纪皆杂烧之。非博士官所职，天下敢有藏诗书百家语者，悉诣守尉杂烧之，有敢偶语《诗》、《书》弃市，以古非今者族。吏见知不举者与同罪。令下三十日不烧，黥为城旦。所不去者，药医卜筮种树之书。若欲有学法令，以吏为师。制曰可。于是往古文献，尽付一炬。学术破产，莫甚于斯。然海内既一，诸家学派，时相接触，故门户渐泯，思想渐淆。其时阴阳家言盛行，五德修始之说，始皇亦颇信之。由是儒合于阴阳而言谶纬，道合于阴阳而言神仙。纵横家者流，更推衍而为辞赋矣。故论嬴秦一代，乃战国以来思想活动一大结束之时代也。亦扫除繁秽，别辟畦町，而开汉以后新局面之时代也。古今变革之枢机，文学盛衰之钤键，于是乎在。

秦之文学，罕得而言。《汉志》载秦时杂赋九篇。故刘勰曰：秦世不文，颇有杂赋。《文心雕龙·诠赋》。盖即指此。秦赋今无传者。班氏题曰杂赋，或以所咏靡同，体裁亦异，顺流而作，殆亦屈原、荀卿之余绪也。顾战国之末，楚辞最盛。秦既统一，楚入版图。其流风所被，势必滋蔓益广。而终秦之世数十年，迄未以骚赋传者，何欤？尝谓屈子之文，国家观念最深，且易激动人之情感，宜为秦人所忌。而又素主张联齐以抗秦，卒以不胜异己，放逐山泽。愤激刺讥之意，溢于辞表。自沉以后，秦果灭楚。后人读其遗文，莫不深致哀思，时怀报复。三户亡秦之谚，岂偶然哉？秦既楚仇，其所以防楚者必周，而钳制其人之思想者亦必甚。度其时楚辞非焚即禁，与《诗》、《书》百家同例。故文人仿效之作遂亦不多觏也，其幸存者，则秦之速亡，讽诵犹在人口故耳。

始皇即一海宇，颇感于方士之言，乐神仙，好服食。尝遣徐市入海求仙人，又使燕人卢生求羡门高誓，又使韩终侯公石生求不死之药。而三十六年，且令博士为《仙真人诗》。及行所游天下，传令乐人歌弦之。此殆秦代之主要文学也。惜其不传，体制莫晓。意者博士之所制，或杂取《风》、《骚》之体，以写神仙超人之思。五光十色，诡谲离奇，有如《远游》、《大人赋》之所云。惟神仙思想至西汉而极盛，实为秦所影响。而《仙真人诗》反而亡佚，不见著录，抑又异已。

秦祚最短，作家极少，惟李斯颇有文采。今所传秦刻石，大抵皆出其手。故刘勰曰：秦皇铭岱，文自李斯。法家辞气，体乏弘润。然疏而能壮，亦彼时之绝采也。《文心雕龙·封禅》。兹录其峄山刻石文如下：

> 皇帝临位，作制明法，臣下修饬。二十有六年，初并天下，罔不宾服。亲巡远方黎民，登兹泰山，周览东极。从臣思迹，本原事业，祇诵功德。治道运行，诸产得宜，皆有法式。大义休明，垂于后世，顺承勿革。皇帝躬圣，既平天下，不懈于治。夙兴夜寐，建设长利，专隆教诲。训经宣达，远近毕理，咸承圣志。贵贱分明，男女礼顺，慎遵职事。昭隔内外，靡不清净，施于后嗣。化及无穷，遵奉遗诏，永承重戒！

此始皇二十八年，东行郡县，封泰山时之所立也。全文以三句为一韵，体裁最奇，之罘、碣石、会稽诸刻石皆然。惟琅琊刻石乃二句一韵，为后世碑铭之祖。其三句取韵者，殊与韵文自然之音节相背，是以后世无传焉。大抵李斯之文，原本荀卿，刻石之辞，极似《赋》篇。虽韵式稍变，要之皆四言诗之末流也。斯又有《谏始皇逐客书》，颇为人所传诵云。

卷 二

第五篇 西汉文学

第一章 楚声与汉初文学

　　楚辞为楚声之文学,亦战国时南方之民族文学也。秦既灭楚,南方民气湮郁数十年。然自怀王入秦不反,国人怜之。屈子爱国宗臣,杀身明志,尤为后人所追悼弗忘者。其所著《骚》赋,发扬蹈厉,深入人心,足以鼓舞其遗民志士报仇雪耻之义气。以故当秦之季,豪杰蜂起。陈胜首义,即号张楚。葛婴亦立襄强为楚王,而范增且说项梁立怀王后以从民望,则其时南人之心理盖可知矣。已而项羽踵起、高祖奋兴,不数年间,卒以蹈秦。此不独南方之强,抑亦文学之潜势力使之然耳。及羽败垓下,夜闻汉军四面皆楚歌,于是悲歌慷慨,自为诗曰:力拔山兮气盖世,时不利兮骓不逝。骓不逝兮可奈何,虞兮虞兮奈若何? 非犹楚声骚体之遗乎? 高祖起于丰沛之间,亦故楚地。及天下已定,因征黥布还,过沛,留置酒沛宫,悉召故人父老子弟佐酒。发沛中儿得百二十人,教之歌。酒酣,高祖击筑自为歌诗曰:大风起兮云飞扬,威加海内兮归故乡,安得猛士兮守四方? 令群儿皆和习之。孝惠时,以沛宫为原庙,仍令歌儿吹习此歌,遂用百二十人为常员。文景相嗣礼官肄之。

此汉代楚声文学之首倡也。《汉志》有《高祖歌诗》二篇，殆亦楚声之歌。《礼乐志》曰：凡乐，乐其所生，礼不忘本。高祖乐楚声，故《房中乐》楚声也。孝惠二年，使乐府令夏侯宽备其箫管，更名曰《安世乐》，共十七章，即高祖唐山夫人所作之《房中祠乐》也。其目如下：

一、大孝备矣八句。

二、七始华始十句。按《乐府诗集》以此章首四句属前章，今从《汉书》。

三、我定历数八句。

四、王侯秉德七句。

五、海内有奸八句。

六、大海荡荡水所归六句。

七、安其所八句。

八、丰草葽八句。

九、雷震震十句。

十、都荔遂芳十句。

十一、冯冯翼翼八句。按《乐府诗集》以此章前四句属前章。又误篇名《桂华》二字为本文，遂疑其有脱简。又以此章后四句及下章首二句另为一章，仍误以篇名"美芳"二字杂入，殊非。

十二、磑磑即即八句。

十三、嘉荐芳矣八句。

十四、皇皇鸿明六句。

十五、浚则师德四句。按《乐府诗集》以此四句属前章，今从《汉书》。

十六、孔容之常八句。

十七、承帝明德八句。

按此歌本皆另有章名。今只第十章末尚存"桂华"二字。及十一章存"美芳"二字。亦犹《郊祀歌·练时日》、《帝临》之类，其余俱已脱去。后人不晓，往往误为正文，非也。刘世奉曰：桂华、美芳，皆二诗章名。本侧注在前篇之末，传写之误，遂以冠后。后词无美芳，亦当作美若。此言是也。举其文义较明者数首于下，以见汉初诗歌之一斑焉。

大海荡荡水所归，高贤愉愉民所怀。太山崔，百卉殖。民何贵，贵有德。

丰草葽，女罗施。善何如，谁能回。大莫大，成教德。长莫长，被无极。

嘉荐芳矣，告灵飨矣。告灵既飨，德音孔臧。惟德之臧，建侯之常。承保天休，令问不忘。

《礼乐志》谓此歌为楚声，今不可晓。至其形式，四言则极与《诗经》相似，每章有换韵者，有不换韵者。其性质与三《颂》同。盖祀神之歌也。谓之为《房中乐》者，殆沿旧名而用之。昔周有《房中乐》，盖以歌咏后妃之德，所以风天下，正夫妇。故首以《关雎》、《鹊巢》。今十七章名实不符，其后魏文帝黄初中，改名为正始之乐。至明帝时，又因缪袭之言改名曰《享神歌》，斯得之矣。

《汉书·张良传》又载高祖欲易太子，立赵王如意。卒因四皓之言得不废。乃召戚夫人指视曰：我欲易之，彼四人为之辅，羽翼

已成,难动矣。戚夫人泣。帝曰:为我楚舞,吾为若楚歌。歌曰:

> 鸿鹄高飞,一举千里。羽翼已就,横绝四海。横绝四海,又可奈何。虽有矰缴,将安所施。

歌数阕。戚夫人歔欷流涕。此歌为四言诗而亦云楚歌者盖以楚声为主,初不限于骚体之形式也。观项王《垓下歌》及高祖《大风歌》,哀乐迥殊,而皆涕泣,固知楚声诚慷慨激越,易于动人情感,与散缓之声异也。其后高祖殁,惠帝立。吕后囚戚夫人于永巷,髡钳,衣赭衣,令舂。戚夫人舂且歌曰:子为王,母为虏。终日舂薄暮,常与死为伍。相离三千里,当谁使告汝。见《汉书》戚传。又以三五字为句。惟是否楚声,则不可知矣。

第二章　贾谊与辞赋之渐变

贾谊,洛阳人。年十八,以能诵诗属文名于郡。孝文帝初立,召为博士。时谊年二十余,为最少。每诏令议下,诸老先生往往不能言,谊尽为之对,人人各如其所意以出。文帝悦之。超迁,岁中至太中大夫。已而又欲异以公卿之位。周勃、灌婴之属尽害之。乃毁谊曰:洛阳之人,年少初学,专欲擅权,纷乱诸事。于是文帝亦渐疏之,以为长沙王太傅。谊既以谪去,意不自得,及渡湘水,为赋以吊屈原。居长沙三年,有鵩鸟入舍,止于坐隅,以为不祥,又以长沙卑湿,恐寿不得长,颇自伤悼。乃作《鵩鸟赋》以自广。后岁余,文帝复征见，而终不能用施。拜为梁怀王太傅。数年，怀王坠马死。谊自伤为傅无状，常哭泣，岁余亦死。年三十有三。高帝七年（前二〇〇）——文帝十二年（前一六八）。

《艺文志》有贾谊赋七篇。今所传者，有《吊屈原赋》、《鵩鸟赋》、并见《史》、《汉》本传。《旱云赋》见《古文苑》、《虡赋》见《古文苑》，又见《初学记》及《太平御览》，《艺文类聚》又有《虡铭》，与此异。四篇。而《虡赋》只有六句，若逸文也。《楚辞》又有《惜誓》一篇，或以为谊作。王逸曰：《惜誓》者，不知谁所作也，或曰贾谊，疑不能明也。是《惜誓》一篇之作者，东汉时已不能断。独洪兴祖以为其间数语，与《吊屈原赋》词指略同，意为谊作亡疑。朱子亦曰：今玩其辞，亦瑰异奇伟，计非谊莫能及。而王船山亦云：贾谊渡湘水，为文以吊屈原。其词旨与此略同。谊书若《陈政事疏》、《新书》出入互见，而辞有详略。盖谊所著，不嫌复出类如此。则其为谊作审矣。《楚辞通释》。按诸家以《惜誓》为谊所作，不为无见。盖不仅其用意与《吊屈原赋》一致，皆悼屈原不能高举远行，有背全身远害之道，且文词亦极明白畅晓。似又为骚赋之进步。详下。其非先秦所制，而为楚辞与汉赋间之过渡作品明甚。故论贾谊诸作，今所传者，并惜誓五篇而已。

论文而至于贾谊，亦一极重要之关键也。盖前乎此者。辞赋为骚体，后乎此者，变为散体。贾谊介于其间，虽仍沿用旧式，而渐有变古之趋势。是故开汉赋之先声者贾谊也。顾其所以然者，亦非偶尔，详为推究，厥有二因。

一、贾谊怀才不遇，与屈原同。离谗迁谪，亦与屈原同。而又久居长沙，吊古感怀，中心怏怏。读《离骚》诸篇，既叹逝者，恒自念也。故其所作诸赋，受楚辞影响实巨。惟骚体之文，至宋玉已略有变化。及谊为之,益以驰骋放佚之辞。而不拘于固有之形式,由是楚辞蜕化之机以起。

二、贾谊本荀卿再传弟子见《左传正义》引刘向《别录》,师说相承,渐渍日深。而荀子所为《赋》篇,实于楚辞外别开生面。贾谊诸篇,特窃取荀子《赋》篇之名,而又兼采其形式,实为汉赋之权舆。故其《吊屈原赋》中,又有与荀子《赋》篇极相似者。

观此即知贾谊文学之渊源,乃糅合屈原、荀卿两派之辞赋而成者也,实南北文学统一之肇端。古代辞赋进化表现,其开辟韵文路径之功不可没矣。盖荀子《赋》篇,分咏五事。并无正式赋名,而形质又与《诗经》无异。不能自由达意,而骚体之文,自宋玉以后,无以复加。且流行既久,不无熟滥之弊。故贾谊兼采众长,自成一体。亦文学变迁自然之趋势也。兹节录《吊屈原赋》一篇以为例:

> 恭承嘉惠兮,待罪长沙。仄闻屈原兮,自湛汨罗。造托湘流兮,敬吊先生。遭世罔极兮,迺陨厥身。乌呼哀哉兮,逢时不祥。鸾凤伏窜兮,鸱鸮翱翔。阘茸尊显兮,谗谀得志。贤圣逆曳兮,方正倒植。谓随夷溷兮,谓跖蹻廉。莫邪为钝兮,铅刀为铦。吁嗟默默,生之亡故兮。斡去周鼎,宝康瓠兮。腾驾罢牛,骖蹇驴兮。骥垂两耳,服盐车兮。章父荐屦,渐不可久兮。嗟苦先生,独离此咎兮。讯曰:已矣,国其莫吾知兮,子独壹郁其谁语。凤缥缥其高逝兮,夫固自引而远去(下略)。

是篇形式约分三种。"讯曰"以下,为《离骚》、《九章》体,"吁嗟"数语,为《九章》乱辞体。篇首一切则以四言为主,而又兼用骚体。盖荀子《赋》篇之遗也。至《鵩鸟赋》一篇,全为四言诗。《旱云赋》大半虽为《离骚》体,而终篇一段又极变化无定。如云:嗟乎,作孳大剧,何辜于天,恩泽弗宣。啬夫寡德,群生不福。来何暴也,去何躁也。孳孳望之,其可悼也。憭兮慓兮,以怫郁兮。念思白云,肠如结兮。是则贾之赋,原不拘于一格。谓之变古,谁曰不宜。

《惜誓》一篇殆亦为哀屈而作,与《吊屈原赋》用意相同。王逸曰:惜者,哀也。誓者,信也,约也。言哀惜怀王与己信约而复背之也。审尔,则亦居长沙时所为耳。其中有全袭吊屈文者,如云:彼圣人之神德兮,远浊世而自藏。使麒麟可得羁而系兮,又何以异乎犬羊。《吊屈原赋》云,所贵圣之神德兮,远浊世而自藏。使麒麟可系而羁兮,岂云异夫犬羊。有袭之而略变之者,如云:黄鹄后时而寄处兮,鸱枭群而制之。神龙失水而陆居兮,为蝼蚁之所裁。《吊屈原赋》云:彼寻常之污渎兮,岂容吞舟之鱼。横江潭之鱣鲸兮,固将制于蝼蚁。又有暗袭其意者,如云:已矣哉,独不见乎鸾凤之高翔兮,乃集大皇之野。循四极而回周兮,见盛德而后下。《吊屈原赋》云:凤凰翔于千仞兮,览德辉而下之。见细德之险微兮,遥增击而去之。盖深有感于昔贤窜逐之事,故各篇互见其意,而重言之也。至如曰:黄鹄之一举兮,知山川之纡曲。再举兮,睹天地之圜方。又曰:乃至少原之野兮,赤松王乔皆在旁。又曰:夫黄鹄神龙犹如此兮,况贤者之逢乱世哉。其纳散体于骚赋中于兹可睹矣。

第三章　文景间诸王宾客之文学

高祖以来,文帝颇耽黄老,景帝不好辞赋,故文学不昌。然其时战国游说之风未寝,士多挟纵横长短之术以干侯王。而吴楚诸王,尤乐延揽,往往列为上客。于是严忌、邹阳、枚乘之徒,分镳并进。风气所趋,士林趾足。侯国倡导之结果遂彬彬焉有文事矣,爰分述之如次。

一、楚　高祖六年,既灭韩信,分其地为二国。立同父少弟交为楚王,是为元王。交字游,好书,多材艺。少时尝与鲁穆生、白生、申公俱受《诗》于浮丘伯,伯者孙卿门人也。及秦焚书,各别去。交既立为楚王,以穆生、白生、申公为中大夫。高后时,浮丘伯在长安,元王遣子郢客与申公俱卒业。文帝时,闻申公为《诗》最精,以为博士。元王好《诗》,诸子皆读《诗》。申公始为《诗》传,号鲁诗。元王亦次之《诗》传,号曰元王诗。立二十三年薨。<small>文帝元年,前一七九。</small>子郢客嗣,是为夷王。立四年薨。<small>文帝五年,前一七五。</small>子戊嗣。初,元王敬礼申公等,诸老师皆居楚又有韦孟,鲁国邹人也,家彭城,为元王傅。傅子夷王及孙王戊。戊荒淫不遵道,景帝三年,<small>前一五四。</small>削书至,遂应吴王反。及败,戊自杀。先是孟作诗讽谏,不听,遂去位,徙家于邹,又作《在邹诗》一篇,皆四言也。节录《讽谏诗》于后:

嗟嗟我王,汉之睦亲。曾不夙夜,以休令闻。穆穆天子,临尔下土。明明群司,执宪靡顾。正遐由近,殆其怙兹。嗟嗟我王,曷不此思。非思非鉴,嗣其罔则。弥弥其失,岌岌其国。致冰匪霜,致坠匪嫚。瞻惟我王,昔靡不练。兴国救颠,孰违悔过。追思黄发,秦缪以霸。岁月其徂,年其逮耇。于昔君子,庶显于后。我王如何,曾不斯览。黄发不近,胡不时监。

刘勰曰：汉初四言，韦孟首唱。匡谏之义，继轨周人。《文心雕龙·明诗》。盖谓此也。又曰：四言正体，则雅润为本。是篇步武《雅》、《颂》，犹有古风。谓之雅润，庶几定评。惟形式虽同，而变章句为长篇。且自始至终寓规劝于叙事之中，汉魏以来递相师法，盖四言之进步也。又考汉初四言，尚未大衰。《安世房中歌》无论矣，即高祖楚声之《鸿鹄歌》，及朱虚侯刘章《耕田歌》亦俱为四言。而楚元王及申公等无不研习《诗经》，虑其时为四言诗者必不乏人。韦孟诸作之所以能嗣响三百篇者，良有以也。任昉《文章缘起》谓四言诗起于孟，严氏《沧浪诗话》因之。但就秦汉以后言耳。冯惟讷《诗纪》《诗经》四言在前以斥之，盖未喻其意也，虽疏何遽至此耶。

二、梁　梁孝王者文帝窦皇后少子也，名武。文帝十二年前一六八。徙封于梁。七国之叛，梁最亲，距吴楚有功，又为大国，居天下膏腴地。筑东苑，方三百余里。广睢阳城七十里，大治宫室，为复道。自宫连属于平台三十余里，出入拟于天子。招延四方豪杰，自山东游士莫不至。文帝时，吴王濞以太子为皇太子所杀，怨望，阴蓄异志，颇引用纵横游说之士，邹阳、枚乘、严忌之属皆往依之。及吴败，吴客皆游梁。乘等尤娴辞赋，唱酬赓歌，颇极一时之盛。斯时天下文章，诚未有如梁者矣。

邹阳，齐人。汉兴，诸侯王皆自治民聘贤。吴王濞招至四方游士，阳与吴严忌、枚乘等俱仕吴。皆以文辩著名。久之吴王阴有邪谋，阳奏书谏，不听。是时景帝少弟梁孝王贵盛，亦待士。于是邹阳、枚乘、严忌知吴不可说，皆去之梁。阳为人有智略，慷慨不苟合，介于羊胜、公孙诡之间。胜等疾阳，恶之孝王。孝王怒，下阳吏，将杀之。阳以逸见禽，恐死而负累，乃从狱中上书自白。孝王立出为上客。《汉志》纵横家有邹阳七篇而不著其辞赋，惟《西京杂记》载其《酒赋》一篇,《几赋》一篇。记称梁孝王游于忘忧之馆,集诸游士,各使为赋。枚乘为《柳赋》,路乔如为《鹤赋》,公孙诡为《文鹿赋》,邹阳为《酒赋》,公孙乘为《月赋》,羊胜为《屏风赋》,韩安国作《几赋》不成,邹阳代作。阳与安国罚酒三升,赐枚乘、路乔如绢人五匹。或以其词不类汉赋,疑为后人所伪托,莫能详矣。

严忌,会稽吴人。本姓庄,避后汉明帝讳改姓严,时人尊称为夫子。初事吴,吴败,入梁。与邹枚俱见尊重。《汉书·邹阳传》,称爰盎等忤梁王,梁王怒,令人刺杀之。始梁王与羊胜、公孙诡等有谋,阳争以为不可,故见逸。枚先生、严夫子皆不敢谏,盖依违取容之文人耳。《艺文志》有庄夫子赋二十四篇,今不传。惟《楚辞》有《哀时命》一篇,则骚赋也。王逸曰:忌哀屈原受性忠贞,不遭明君,而遇暗世,斐然作辞,叹而述之。故曰《哀时命》也。今玩其词,似非专哀屈原,其殆去吴时之所作欤?

枚乘字叔,淮阴人也。为吴王濞郎中,吴王之谋为逆也,乘亦奏书谏。吴王不纳,遂去之梁。景帝即位,御史大夫晁错为汉定制度,损削诸侯。吴王遂与六国反,举兵西乡,以诛错为名。汉闻之斩错以谢诸侯。而乘复遗书说吴王,终不用其策,卒见禽灭。汉既平七国,乘由是知名。景帝召拜为弘农都尉。乘久为大国上宾,与英俊并游,得其所好。不乐郡吏,以病去官,复游梁。梁客皆善属辞赋,乘尤高。孝王薨,乘归淮阴。武帝自为太子闻枚乘名。及即位,乘年老,乃以安车蒲轮征乘。道死。《汉志》有枚乘赋九篇,今存者有《七发》见《文选》、《梁王菟园赋》、《忘忧馆柳赋》并见《古文苑》。三篇。世又以《古诗十九首》中有枚乘作。故刘勰曰:古诗佳丽,或称枚叔。《文心雕龙·明诗》。而徐陵《玉台新咏》且直指《西北有高楼》、《东城高且长》、《行行重行行》、《涉江采芙蓉》、《青青河畔草》、《兰若生春阳》按此篇《文选》不录、《庭前有奇树》、《迢迢牵牛星》、《明月何皎皎》九首为乘所作。蔡宽夫、王士禛、朱彝尊等俱信以为实。然乘所著他文甚著，独未闻有五言诗。即《艺文志》亦不载其诗歌。则六朝时传说，似未可据。故《文选》但总题曰古诗，而不著作者姓名，盖疑之也。

枚乘之文，《七发》最著。盖当时之创体，亦辞赋之枝流也。李善《文选注》曰：《七发》者，说七事以启发太子也，犹《楚辞·七谏》之流。徐师曾《文体明辨》曰：按七者，文章之一体也。词虽八首，而问对凡七，故谓之七。则七者问对之别名。而《楚辞·七谏》之流也。按二氏释七之义是也。其谓《七发》犹《七谏》则非也。东方《七谏》自属骚体，形质与此迥别，宁得混为一谈。故挚虞《文章流别论》曰：《七发》造于枚乘，借吴楚以为客主。先言出舆入辇蹶痿之损，深宫洞房寒暑之疾，靡曼美色宴安之毒，厚味暖服淫曜之害，宜听世之君子要言妙道，以疏神导体，蠲淹滞之累。既设此辞，以显明去就之路，而后说以声色逸游之乐。其说不入，乃陈圣人辩士讲论之娱，而霍然疾瘳。此因膏粱之常疾以为匡劝，虽有泰甚之辞，而不没其讽谕之义也。其流遂广，其义遂变。率有辞人淫丽之尤矣，是七之体，与汉赋名异而实同耳。刘勰目为杂文，侪宋玉《对问》、扬雄《连珠》于同列，误矣。顾彦和于其源流纯驳之迹，则颇详哉言之。其言曰：自《七发》以下，作者继踵。观枚氏首唱，信独拔而伟丽矣。及傅毅《七激》，会清要之工；崔骃《七依》，入博雅之巧。张衡《七辩》，结采绵靡；崔瑗《七厉》，植义纯正。张云璈曰：按《后汉书》子玉本传，但有《七苏》无《七厉》，傅休弈《七模序》云：昔枚乘作《七发》，马季长、张平子亦引其源而广之。马作《七厉》，张造《七辩》，或以恢大道而导幽滞，或以黜瑰夸而托讽咏。扬晖播烈，垂于后世者，凡十有余篇。据此，则《七厉》乃融作耳。陈思《七启》，取美于宏壮；仲宣《七释》，致辨于事理。自桓麟《七说》以下，左思《七讽》以上，枝附影从，十有余家。或文丽而义暌，或理粹而辞驳。观其大抵所归，莫不高谈宫馆、壮语畋猎，穷瑰奇之服馔，极蛊媚之声色。甘意摇骨体，艳词动魂识。虽始之以淫侈，而终之以居正。然讽一劝百，势不自反。子云所谓先骋郑卫之声，曲终而奏雅者也。唯《七厉》叙贤，归以儒道。虽文非拔群，而意实卓尔矣。《文心雕龙·杂文》。盖文章至于西京，日新殊致。乐时智术博雅之人，莫不挟纵横辩说之才，以为干主取宠之具。枚叟独创斯体，腴辞云构，夸丽风骇。凡声色狗马之娱、膏粱刍豢之味、波涛诡幻之奇，靡不发挥尽致。令人目眩心惊，大有应接不暇之势，微论创作固亦古文之至文也。后世拟作，皆其舆台耳。

《七发》不知作于何时。《文选》五臣注：枚乘事梁孝王，恐王反，故作七发以谏。以意度之，五臣之说是也。按《汉书》孝王本传，载其出入警跸，僭拟天子，及阴使人刺杀爰盎事，则当日王之心迹诚有不可问者。又任用羊胜、公孙诡等，故末章及于方术之士，要言妙道，谓其所用非人也。厥后王谢罪归国，郁郁而死，盖终未能涩然汗出、霍然病已耳。兹录其一节如下：

  客曰：今太子之病，可无药石针刺灸疗而已。可以要言妙道说而去也，不欲闻之乎？太子曰：仆愿闻之。客曰：龙门之桐，高百尺而无枝。中郁结之轮菌，根扶疏以分离。上有千仞之峰，下临百丈之溪。湍流溯波，又澹淡之。其根半死半生，冬则烈风漂霰飞雪之所激也，夏则雷霆霹雳之所感也。朝则鹂黄鳱鹋鸣焉，暮则羁雌迷鸟宿焉。独鹄晨号乎其上，鹍鸡哀鸣翔乎其下。于是背秋涉冬，使琴挚斫斩以为琴。野茧之丝以为弦,孤子之钩以为隐。九寡之珥以为约,使师堂操畅,伯子牙为之歌。歌曰:麦秀蕲兮雉朝飞,向虚壑兮背槁槐,依绝区兮临回溪。飞鸟闻之,翕翼而不能去。野兽闻之,垂耳而不能行。蚑蟜蝼蚁闻之,拄喙而不能前。此亦天下之至悲也,太子能强起听之乎?太子曰:仆病未能也。

观此文已悉变骚体文法。而以骈散兼行之笔出之。斯又贾谊诸赋之极变矣。惟中间歌辞,仍用骚体。观其以短歌插入篇中,似亦从楚辞少歌演变而来。自此以后,赋家极乐用之。虽其铺张之处,不免辞溢于意,然自是相如以下诸家之所祖也。《菟园》、《柳赋》二篇,他籍无征。或梁王筑东苑时之所作欤。

三、淮南　高祖少子淮南厉王长,文帝时坐反徙蜀严道死。淮南民作歌曰:一尺布,尚可缝。一斗粟,尚可春。兄弟二人不相容。_{高诱序《淮南子》作一尺缯,好童童。一升粟,饱蓬蓬。兄弟二人,不能相容。}帝曰:天下岂以为我贪淮南地耶。十六年,_{前一六四。}乃三分其地,立厉王子安为淮南王、勃为衡山王、赐为庐江王。安为人好书鼓琴,不喜弋猎狗马驰骋。亦欲以行阴德,拊循百姓,流名誉。招致宾客方术之士数千人,作为内书二十一篇,外书甚众。又有中篇八卷,言神仙黄白之术,亦二十余万言。时武帝方好艺文,以安属为诸父,辩博善为文辞,甚尊重之。每为报书及赐,常召司马相如等视草乃遣。初,安入朝,献所作内篇,上秘爱之,使为《离骚传》_{淮南书高诱序作《离骚赋》},旦受诏,日食时上。又献颂德及长安都国颂。每宴见,谈说得失,及方技赋颂,昏暮然后罢。诸游士著者为苏飞、李尚、左吴、田由、雷被、毛被、伍被、晋昌等八人,世号八公。又有诸儒大山小山之徒,相共讲论。《汉志》杂家淮南内二十一篇,即今

《淮南子》，亦曰《鸿烈》，盖八公诸人所作也。《诗赋略》又有淮南赋八十二篇，淮南王群臣赋四十四篇。一时文学之盛无与比伦。今只《古文苑》存淮南王《屏风赋》一篇，《楚辞》存小山《招隐士》一篇。一为四言诗，一为骚赋。他则未之见矣。

小山，淮南王宾客，不知其姓名。王逸曰：《招隐士》者，淮南小山之所作也。昔淮南王安博雅好古，招怀天下俊伟之士。自八公之徒，咸慕其德而归其仁。各竭才智，著作篇章。分造辞赋，以类相从。故或称小山，或称大山。其义犹《诗》有《小雅》、《大雅》也。小山之徒，闵伤屈原，又怪其文升天乘云、役使百神，似若仙者，虽身沉没，名德显闻，与隐处山泽无异。故作《招隐士》之赋以章其志也。小山或为人名，或另有他义，今不可晓。惟《招隐士》一篇，似与屈原无关。其曰：王孙游兮不归，春草生兮萋萋。又曰：王孙兮归来，山中不可以久留。则作者用意所在略可推矣。盖淮南好神仙黄白术，意必沉迷于服食修炼之事，而妄怀离世轻举之思。诸宾客中，或有心违之者，而又不敢明言，故托言招隐士以讽之，冀能促王之自觉耳。王孙二字固已明示之矣，山中不可久留者，寓言也。余皆描写山景，文意甚显，与屈子何涉哉。《神仙传》谓八公与淮南俱仙去，其传说实本于此。

《招隐士》文词绝妙，篇中句法数变，音节亦佳。盖兼《九歌》、《九辨》之长，而又不屑字规句仿，允为骚赋嗣响之上乘也。录其全文如后：

桂树丛生兮山之幽，偃蹇连蜷兮枝相缭。山气茏葱兮石嵯峨，溪谷崭严兮水曾波。猿狖群啸兮虎豹嗥，攀援桂枝兮聊淹留。王孙游兮不归，春草生兮萋萋。岁暮兮不自聊，蟪蛄鸣兮啾啾。块兮轧,山曲岪,心淹留兮恫慌忽。罔兮沕,憭兮栗,虎豹穴,丛薄深林兮人上慄。嵚岑碕礒兮,硱磳磈硊。树轮相纠兮,林木茇骫。青莎杂树兮,薠草靃靡。白鹿麏麚兮,或腾或倚。状貌崯崯兮峨峨,凄凄兮汯汯。猕猴兮熊罴,慕类兮以悲。攀援桂兮聊淹留,虎豹斗兮熊罴咆,禽兽骇兮亡其曹。王孙兮归来,山中不可以久留。

淮南群臣赋仅留此篇,余均亡佚。今《楚辞》中《远游》、《卜居》、《渔父》等篇,疑皆出于淮南宾客方士之手。盖神仙思想,至西汉而极盛。屈子《离骚》虽有周流四极之想,究为愤世过甚之寓言,与正言仙游者有别。而《远游》曰:闻赤松之清尘兮,愿承风乎遗则。贵真人之休德兮,羡往世之登仙。与化去而不见兮,名声著而日延。又曰:奇傅说之托星辰兮,羡韩众之得一。又曰:轩辕不可攀援兮,吾将从王乔而娱戏。又曰:仍羽人于丹丘兮,留不死之旧乡。此直欲变化形质,作飞升之想耳。屈子《离骚》犹未至此也。至其言轻举,言上浮,及餐六气,饮沆瀣,漱正阳,含朝霞云云,正是方士服食修炼之谈,托于屈子以导引淮南者。世或不察,遂误以为真矣。《卜居》、《渔父》二篇,变骚体为散文,假问答以寄意,《离骚》_{中灵氛、巫咸数段与此不同}。似亦贾谊以后之形式,非战国时文体。且篇中皆称屈原既放,绝类他人口吻。而《渔父》用韵尤疏,其为楚辞之极变甚明。余意屈子之死,人咸惜之。西汉以来,或为文以系哀思,或托事以彰令节。如《七谏》、《九怀》、《卜居》、《渔父》之类者,必不可胜道。梁与淮南皆好文士,而淮南客尤倾天下。观《汉志》载其赋百数篇可知矣。是以并疑《卜居》、《渔父》等篇之为此时所伪托也。_{《大招》疑亦为汉人拟《招魂》而作,以上参看拙著《楚辞概论》}。

第四章　武帝及诸臣之文学

　　汉兴六十余年,至于武帝时,文学乃臻极盛,而尤以辞赋为其重心。其间作者为司马相如、枚皋、东方朔、李延年等莫不骋其才智,争词坛一日之短长。于是上下从风,蔚然开文学史上之新纪元。此其故亦可得而言焉。汉初承战国养士之风,文景诸王,尤喜招致。宠之以爵位,饵之以利禄。故一时文学游谈之士咸乐就之。梁与淮南其最著者也。_{已见前章。}文士既已集中,朝弦夕诵,耳濡目染,彼此之好尚,无形中互为影响。风气所趋,如水之赴壑,有不可遏者矣。然侯国之倡导,必不及朝廷之周遍。文景不好文事,故其风亦终囿于一隅。武帝为太子时,即耽文学。甫即位,即以安车征枚叔,拜枚皋为郎,读子虚赋而善之,又令淮南王为《离骚传》。诸臣以诙谐辞赋进者,多被亲幸,或倡优蓄之。上有好者,下必甚焉。此其直接奖劝之功一也。武帝又好儒术,罢斥百家。建元五年,立五经博士,令天下郡国皆立学官。时文景博士,犹有存者,辕固、韩婴皆在京师。由是士大夫又汲汲以穷经为务。小学者,经学之附庸,而辞赋之工具也。长卿、子云同为赋家巨擘,而《凡将》、《训纂》,实为羽翼经学之作。古文奇字,侵入辞赋疆土,而为其铺张之材料。故章太炎先生曰:小学亡而赋不作。_{《国故论衡·辨诗》。}信矣。此其间接提倡之功二也。帝本雄略之主,好大喜功。外则四夷,内则巡幸。封禅、郊祀、神仙、声色、土木之事,俱乐为之。故伐大宛而新声有天马之歌,好游仙而司马有大人之赋。又采诗夜诵,立乐府，造为诗赋，播为弦歌。此其平生之所为，莫不与文学有关者三也。故论西京文学之盛者，必曰武帝之世。而推其致盛之由者，亦必曰武帝之力。

帝名彻，景帝中子也。母曰王美人。年四岁，立为胶东王。七岁，为皇太子。景帝后三年前一四一正月，崩。帝十六岁即位，改元建元，中间屡更易之，为君主有年号之始。建元三年，起上林苑。元光二年前一三三，遣方士求神仙。五年，通西南夷。六年匈奴入寇，遣卫青击却之，自是屡击败匈奴。元狩元年前一二二，遣张骞使西域，始通滇国。元鼎二年前一一五，起柏梁台，作承露盘。四年，使方士入海求神药。太初元年前一〇四，造《太初历》，以建寅月为正月。后元二年前八七，崩。年七十，在位五十四年。

《汉志》有上所自造赋二篇。今所传者有《悼李夫人赋》及《秋风辞》二篇，未知是否原目。《汉书·外戚传》谓夫人李延年女弟，以倡进。妙丽善舞，由是得幸。生一子，为昌邑哀王。夫人病笃，上自临候之。夫人蒙被谢曰：妾久寝病，形貌毁坏，不可以见帝，愿以王及兄弟为托。上曰：夫人病甚，殆将不起。一见我属托王及兄弟，岂不快哉。夫人曰：妇人貌不修饰，不见君父。妾不敢以燕惰见帝。上曰：夫人弟一见我，将加赐千金，而予兄弟尊官。夫人曰：尊官在帝，不在一见。上复言必欲见之，夫人遂转乡歔欷而不复言。及卒，上以后礼葬焉。图画其形于甘泉宫，又自作赋一篇以伤悼夫人。其词略曰：

美连娟以修嫮兮，命樔绝而不长。饰新宫以延贮兮，泯不归乎故乡。惨郁郁其芜秽兮，隐处幽而怀伤。释舆马于山椒兮，奄修夜之不阳。秋气憯以凄泪兮，桂枝落而销亡。神茕茕以遥思兮,精浮游而出疆。托沉阴以圹久兮,惜蕃华之未央(中略)超兮西征,屑兮不见。寝淫敞克,寂兮无音。思若流波,怛兮在心。乱曰:佳侠函光,陨朱荣兮。嫉妒阘茸,将安程兮。方时隆盛,年夭伤兮。弟子增欷,洿沫怅兮。悲愁于邑,喧不可止兮。响不虚应,亦云已兮。嬿妍太息,叹稚子兮。恻悷不言,倚所恃兮。仁者不誓,岂约亲兮。既往不来,申以信兮。去彼昭昭,就冥冥兮。既下新宫,不复故庭兮。呜呼哀哉,想魂灵兮。

武帝好楚辞,故其文用骚体,然亦稍有变化。首为《离骚》形式末为《九章》乱辞形式。中短六句则四言而兼用骚体者也。《秋风辞》本见于《汉武故事》,《文选》亦录此篇。《故事》曰:上行幸河东,祠后土。顾视帝京,欣然中流与群臣饮燕。上欢甚,乃自作《秋风辞》曰:

秋风起兮白云飞,草木黄落兮雁南归。兰有秀兮菊有芳,怀佳人兮不能忘。泛楼船兮济汾河,横中流水兮扬素波。箫鼓鸣兮发棹歌,欢乐极兮哀情多。少壮几时兮奈老何?

此诗真伪不可知,然文词自佳。变骚体为诗歌,句句押韵,且一韵到底,与《越人歌》不同。若果不伪,殆亦在李夫人死后所耳,以其有"怀佳人不忘"之句也。王嘉《拾遗记》又载武帝思怀李夫人不可复得,时始穿昆灵之池,泛翔禽之舟。帝自造歌曲,使女伶歌之。时日已西倾,凉风激水。女伶歌声甚遒,因赋《落叶哀蝉》之曲。辞曰:罗袂兮无声,玉墀兮生尘。虚房冷而寂寞,落叶依于重扃。望彼美之女兮，安得感余心之未宁。疑亦出于依托，未足信矣。

《汉书·武帝纪》：元封二年，夏四月，还祠泰山。至瓠子，临决河，命从臣将军以下皆负薪塞河堤。作《瓠子之歌》。《沟洫志》载帝既封禅，乃发卒数万人塞瓠子决河。还自临祭，湛白马玉璧。时东郡烧草，以故薪柴少，乃下淇园之竹以为楗。上既临河决，悼功之不成，乃作歌二章。于是卒塞瓠子。筑宫其上，名曰宣防。按二诗皆与《秋风辞》同，其一章有曰：我谓河公史记作河伯兮何不仁，泛滥不止兮愁吾人。则当日河水之患剧矣。

《古之苑》有《柏梁诗》为七言体，盖武帝与诸臣联句之作。刘勰曰：联句共韵，则柏梁余制。《明诗》盖亦信而弗疑。其序云：汉武帝元封三年，作柏梁台。诏群臣二千石有能为七言诗，乃得上座。今考武帝起柏梁台，在元鼎二年见《汉书·武帝纪》。此云元封三年实误。或谓台建于元鼎，而登赋诗则在元封耳。然诗中官名，多太初元年所改见《汉书·百官表》。元封时安得预言之？此顾炎武等所以断其必为伪托也。又考太初元年，柏梁台灾，然则登台联句或太初中重建以后之雅集欤。其诗共二十六句，自武帝起，至东方朔止，每人一句，句皆有韵，盖七言诗之滥觞也。

时景帝诸王多好文学，皆武帝兄弟也。中山靖王胜以景帝前三年立。武帝初立，惩吴楚七国之乱，欲侵削诸侯。诸侯或无罪有司吹毛求疵，往往笞服其臣，使证其君，多有冤者。建元三年，胜等入朝，天子置酒，胜闻乐声而泣。胜对词甚美，于是乃厚礼之。详见《汉书·景十三王传》。《西京杂记》载鲁恭王得文木一枚，伐以为器，意甚玩之。中山王为赋，词见《西京杂记》及《古文苑》。恭王大悦，顾盼而笑，赐骏马二匹。然其文不类汉赋，或亦依托者也。《艺文志》又载广川惠王越赋五篇，长沙王群臣赋三篇。则尔时辞赋之盛可知矣。是故儒术如董仲舒，而有《士不遇赋》，见《古文苑》及《艺文类聚》。《文选》注又引其七言琴歌六首。史学如司马迁，亦有赋八篇。见《汉志》。其《悲士不遇赋》，见《艺文类聚》，后半文体，极似荀卿。其与广川一篇皆好说理，非复辞人之赋矣。

东方朔字曼倩，平原厌次人也。武帝初即位，征天下举方正贤良文学材力之士，待以不次之位。四方士多上书言得失，自炫鬻者以千数。其不足采者，辄报闻罢。朔初来，上书曰：臣朔少失父母，长养兄嫂。年十三，学书，三冬文史足用。十五学击剑，十六学诗书，诵二十二万言。十九学孙吴兵法，战阵之具、钲鼓之教，亦诵二十二万言。凡臣朔固已诵四十四万言。又常服子路之言，臣朔年二十二，长九尺三寸。目若悬珠，齿若编贝，勇若孟贲，捷若庆忌，廉若鲍叔，信若尾生。若此，可以为天子大臣矣。臣朔昧死再拜以闻。朔文辞不逊，高自称誉。上伟之，令待诏公车久之，使待诏金马门。上尝使诸数字射覆。置守宫盂下。射之，皆不能中。朔自赞曰：臣尝受《易》，请射之。乃别蓍布卦而对曰：臣以为龙又无角，谓之为蛇又无足。跂跂脉脉善缘壁，是非守宫即蜥蜴。上曰善，赐帛十匹。复使他物连中，辄受赐。乃以为常侍郎，遂得爱幸久之。伏日，诏赐从官肉，大官丞日晏不来。朔独拔剑割肉，怀之而去。大官奏之。上曰：昨赐肉不待诏，以剑割肉而去，何也？朔免冠谢。上曰：先生起自责也。朔再拜曰：朔来朔来，受赐不待诏，何无礼也？拔剑割肉，壹何壮也？割之不多，又何廉也？归遗细君，又何仁也？上笑曰：使先生自责，乃反自誉。复赐酒一石，肉百斤，归遗细君。是时朝廷多贤材。上问朔：方今公孙丞相、儿大夫、董仲舒、司马相如、吾丘寿王、主父偃、朱买臣、严助、汲黯、司马迁等皆辩知闳达，溢于文辞，先生自视何与比？对曰：臣观其甫齿牙，树颊胲，吐唇吻,擢项颐,结股脚,连脽尻,遗蛇其迹,行步偶旅。臣朔虽不肖,尚兼此数子者。其进退澹辞类如此,盖滑稽之流也。久之,朔上书陈农战强国之计,因自讼不得大官。指意放荡,颇复诙谐,辞数万言,终不见用。未几病卒。_{据其上书言武帝初年二十二,则当生于文帝后三年(前一六一)。又《补史记滑稽传》称其武帝朝老死。大抵在太初以后。}

朔所著文辞甚富。《汉志·诗赋略》不著录而杂家有二十篇。今存者于《七谏》见《楚辞》、《答客难》、《非有先生论》并见《汉书》本传三篇。余如《封泰山》、《责和氏璧》及《皇太子生禖》、《屏风》、《殿上柏柱》、《平乐观赋猎》、八言七言上下、《从公孙弘借车》诸篇皆不传。《艺文类聚》一百引《旱颂》一篇,亦辞赋体。二十三又引《诫子》一篇,则于四言诗中,杂以散文韵语。《太平御览》三百五十又引其答骠骑难,似非全文,体与答客难体同。《拾遗记》又载其《宝瓮铭》,恐皆后人所伪托也。按《北堂书钞》百五十八又引朔《嗟伯夷文》。《文选·海赋》注又引其《对诏》。《初学记》十八及《御览》四百一十载《与公孙弘借车书》。而《艺文》八十九及《御览》四百八十五又别亦《借车书》。皆散文,斯皆不足为据。

《七谏》一篇,载在《楚辞》。王逸以为东方朔所作。其序曰:谏者正也,谓陈法度以谏正君也。东方朔追悯屈原故作此辞以述其志。然《汉书》本传列举朔文,不及此篇。且谓凡刘向所录朔书具是矣,世所传皆非也。然则叔师之言似不可信矣。或以为《七谏》即传中所称八言、七言,但传中他篇皆标目,此独异称,何也? 且《七谏》本骚赋,亦不限于七八言,故世多疑之。今观其《初放》云:块兮鞠,当道宿。举世皆然兮,余将谁告。斥独鸿鹄兮,近习鸱枭。斩伐橘柚兮,列树苦桃。此与《招隐士》一段句法全同,《招隐士》曰块兮轧,山曲岪,心淹留兮恫慌忽。又云:嶔岑碕礒兮,硱磳魂碻。树轮相纠兮,林木茇骫。淮南小山于东方朔同时,故知汉初骚赋自有此种作风。而本传又称其常直谏,终不见大用。则其诙啁戏弄之余,借屈子以自写愤懑,未为不可。即其死时且引诗以劝武帝远巧佞,退谗言。谁谓东方无庄语耶?读者幸勿深疑可也。

汉人拟骚多以九名,此仿宋玉之赋《九辩》也。惟此以七名篇,或窃取枚叟《七发》而异其体耳。全篇分为《初放》、《沉江》、《怨世》—作怨上、《怨思》、《自悲》、《哀命》—作《哀时命》、《谬谏》—作《缪谏》七篇。此等分题亦前此所无,而后人多效之。其文则代屈原为辞,故首言平生于国,然陈语极多,了无新意。又好堆叠典实,钞袭楚辞。前后重复,骚赋至是,已成强弩之末已。

《答客难》一篇设客难己,用卑位以自慰喻。大抵体仿《七发》,亦辞赋之变也。刘勰《杂文》曰:自对问按谓宋玉《对楚王问》一篇以后,东方效而广之。名为《客难》,托古慰志。疏而有辨,其文用韵不拘,而纵横驰骤,流畅无匹,六国游说之遗也。其后扬雄、班固、崔骃、张衡、崔寔、蔡邕、陈思、郭璞,下至韩愈之徒,靡不仪其声貌,窃其词旨。以各申其牢落抑塞之意焉。兹节录其文如下:

> 客难东方朔曰:苏秦张仪,一当万乘之主,而都卿相之位,泽及后世。今子大夫修先王之术,慕圣人之义,讽诵诗书百家之言,不可胜数当作记,著于竹帛,唇腐齿落,服膺而不释。好学乐道之效,明白甚矣。自以智能海内无双,则可谓博闻辩智矣。然悉力尽忠,以事圣帝。旷日持久,官不过侍郎,位不过执戟。意者尚有遗行邪?同胞之徒,无所容居,其故何也?东方先生喟然长息,仰而应之曰:是固非子之所能备也。彼一时也,此一时也。岂可同哉?夫苏秦张仪之时,周室大坏,诸侯

不朝。力致争权,相禽以兵,并为十六国,未有雌雄。得士者强,失士者亡,故谈说行焉。身处尊位,珍宝充内。外有廪仓,泽及后世,子孙长享。今则不然,圣帝流德,天下震慑,诸侯宾服。连四海之外以为带,安于覆盂,动犹运之掌,贤不肖何以异哉?遵天之道,顺地之理,物无不得其所。故绥之则安,动之则苦。尊之则为将,卑之则为虏。抗之则在青云之上,抑之则在深泉之下。用之则为虎,不用则为鼠。虽欲尽节效情,安知前后。夫天地之大,士民之众,竭精谈说,并进辐辏者,不可胜数。悉力慕之,困于衣食,或失门户。使苏秦张仪与仆并生于今之世,曾不得掌故,安敢望常侍郎乎。(下略。)

其《非有先生论》亦设为非有先生仕于吴王,相为问答。发端与司马相如《子虚赋》同,然理不胜辞。刘向所谓口谐倡辩,不能持论者是也。

枚皋字少孺,乘之孽子也。武帝既征乘,道死,诏问乘子无能为文者。得皋大喜。初,乘在梁时,取皋母为小妻。及东归,皋母不肯行。乘怒,分皋数千钱,留与母同居。年十七,上书梁共王_{孝王子},得召为郎。三年为王使,得罪,家室没入。皋亡至长安,会赦,上书北阙,自陈枚乘子。武帝召入见,待诏。皋因赋殿中,诏使赋平乐馆。善之,拜为郎,使匈奴。皋不通经术,诙笑类俳倡。为赋颂,好嫚戏,以故得媟黩贵幸。比东方朔、郭舍人等,而不得比严助等得尊官。武帝春秋二十九,乃得皇子。群臣喜,故皋与东方朔作《皇太子生赋》及《立皇子禖祝》。所诏所为,皆不从故事,重皇子也。初,卫皇后立,皋奏赋以戒终。皋为赋善于朔也。从行至甘众雍河东,东巡狩,封泰山,塞决河宣房,游观三辅离宫馆。临山泽弋猎、射驭狗马、蹴鞠刻镂,上有所感辄使赋之。为文疾,受诏辄成。故所赋者多。司马相如善为文而迟,故所作少,而善于皋。皋赋辞中自言为赋不如相如,又言为赋乃俳,见视如倡,自悔类倡也。故其赋有诋娸东方朔,又自诋娸。其文骩骳,曲随其事,皆得其意。颇诙笑,不甚闲靡。凡可读者百二十篇,其尤嫚戏不可读者尚数十篇。

《汉志》载皋赋百二十篇,一无传者。《西京杂记》曰:枚皋文章敏疾,长卿制作淹迟,皆尽一时之誉。而长卿首尾温丽,枚皋时有累句,故知疾行无善迹矣。扬子云曰:军旅之际,戎马之间,飞书驰檄用枚皋;廊庙之下,朝廷之中,高文典册用相如。是当时枚马并称,谅非偶然。即其制作之多,汉廷诸臣中,殆未有如皋者矣。

武帝朝诸臣之能文者,尚有兒宽赋二篇,常侍郎庄忽奇赋十一篇,严助赋三十五篇,朱买臣赋三篇,并见《艺文志》,而俱不传。

第五章　司马相如

司马相如传略　司马相如,字长卿,蜀郡成都人。约生于文帝十年,_{前一七〇顷。}卒于武帝元狩五年。_{前一八一。}少时,好读书,学击剑,名犬子。既学,慕蔺相如之为人,更名相如。以訾为郎,事孝景帝,为武骑常侍,非其好也。会景帝不好辞赋,是时孝王来朝,从游说之士齐人邹阳、淮阴枚乘、吴严忌之徒,相如见而说之。因病免,客游梁,得与诸侯游士居。数岁,乃著子虚之赋。孝王薨,相如归而家贫,无以自业。素与临邛令王吉相善。吉曰:长卿久宦游,不遂而困,来过我。于是相如往舍都亭。临邛令缪为恭敬,日往朝相如。相如初尚见之,后称病,使从者谢吉,吉愈益谨肃。临邛多富人,卓王孙僮客八百人,程郑亦数百人。乃相谓曰:令有贵客。为具召之,并召令。既至,卓氏客以百数。至日中,请相如。相如谢病不能临,吉伪为不敢尝食,身自迎之,相如为不得已而强往。一坐尽倾。酒酣,吉前奏琴曰:窃闻长卿好之,愿以自娱。相如辞谢,为鼓一再行。时卓王孙有女文君,新寡,好音。故相如缪与吉相重而以琴心挑之。相如时从车骑,雍容闲雅,甚都。及饮卓氏,弄琴,文君窃从户窥,心说而好之,恐不得当也。既罢,相如令侍人重赂文君侍者,通殷勤,文君乃夜亡奔相如。与驰归成都,家徒四壁立。卓王孙大怒曰:女不材,我不忍杀,一钱不分也。久之,文君不乐。相如乃与俱至临邛,尽卖车骑,买酒舍,令文君当垆。身自著犊鼻裈,与庸保杂作,涤器于市中。王孙耻之,为杜门不出。昆弟谓王孙曰:有一男两女,所不足者,非财也。今文君既失身于司马长卿,虽贫,其人材足依也,且又令客,奈何相辱如此。王孙不得已,分与文君僮百人,钱百万,及其嫁时衣被财物。文君乃与相如归成都,买田宅为富人。武帝读《子虚赋》而善之,曰:朕独不得与此人同时哉。蜀人杨得意为狗监,侍上,曰:臣邑人司马相如为此赋。上惊,乃召问相如。相如曰:此乃诸侯之事,未足观。请为《天子游猎之赋》。帝令尚书给笔札。赋奏,帝大说,拜为郎。数岁,会唐蒙略通夜郎、僰中,发巴蜀吏卒千人,郡又多为发转漕万余人。用军兴法,诛其渠率,巴蜀民大惊恐。乃遣相如责唐蒙,因谕告巴蜀民以非上意。既还报,劝上通西夷邛筰、冉駹,上然之。乃拜为中郎将,至蜀,大守郊迎,县令负弩矢先驱。蜀人以为宠。卓王孙临邛诸公皆献牛酒。王孙喟然而叹:恨使女尚相如晚,复厚分与文君财与男等。其后或谗相如使时受金失官。岁余,复召为郎。已而转为孝园令。相如口吃,而善著书。常有消渴病,与卓氏婚,饶于财。常称疾闲居,不慕官爵。寻病免,家居茂陵。武帝以相如病甚,乃遣所忠往悉取其书。而相如已死,家无遗书。问其妻,对曰:长卿未尝有书也。时时著书,人又取去。长卿未死时,为一卷书,曰:有使来求书,奏之。盖其遗札言封禅事也。所忠奏焉,帝异之。

司马相如作品 《汉志》有司马相如赋二十九篇,今所传者有《子虚赋》《文选》分亡是公下为《上林赋》、《哀秦二世赋》、《大人赋》并见本传、《长门赋》见《文选》、《美人赋》见《古文苑》。《初学记》十九、《艺文类聚》十八同。数篇。然《长门赋》世有疑之者,详后。《美人赋》必后人伪记无疑。拙著《司马相如评传》有专论。又有佚其全文而仅存篇目者,如《梨赋》、《文选·魏都赋》张载注引司马相如《梨赋》曰:"刷嗽其浆。"《梓桐山赋》、梁顾野王《玉篇·石部》碥下引云。司马相如《梓桐山赋》云"砀碥"。《鱼葅赋》《北堂书钞》百四十六引云司马相如有《鱼葅赋》。是也。此外有《郊祀歌》一部分亦为相如所作。见《汉书·礼乐志》。志曰多举司马相等数十人造为诗赋,略论律吕,以合八音之调,作十九章之歌。本传又载其《难蜀父老》及《封禅文》,皆辞赋体。惟《谏猎书》、《谕巴蜀檄》则散文也。又有《遗平陵侯书》、《与五公子相难》、《草木书》篇。并见本传。《荆轲论》、见《艺文志》。《文章缘起》作《荆轲赞》,故刘勰《文心雕龙·颂赞》篇云"相如属笔,始赞荆轲"。《凡将篇》、见《艺文志》。《气候值时书》见王愔《文字志》。皆久亡佚。他若《艺文类聚》有《报卓文君书》,司马贞《史记索隐》引其《琴歌》二首,均不可信。又崔豹《古今注》曰:钓竿之诗,伯常子妻所作也。伯常子邂仇河滨,为渔父。其妻思之,每至河侧,为钓竿之歌。后司马相如作钓竿之诗,今传为古曲也。据此,司马相如固又有《钓竿诗》矣。

司马相如与辞赋 辞赋而至于枚乘,变极矣,然铺张就未盛也。迄乎相如,始尽大观。故刘勰曰:枚马同其风。又曰:枚乘《菟园》,举要以会新;相如《上林》,繁类以成艳。明其制之不同也。按《菟园赋》恐不可信,当准《七发》。尝谓屈原、荀卿之辞赋,一变于贾谊,再变于枚马,三变于六朝,四变于有唐。其间或骚或散,或徘或律,皆各级一代之盛。当其会者,咸以卓绝之天才。承前起后,借因为创,遂不觉转移天下之风气,而作文坛之盟。中焉者展转于风会之潮流中,为之推波助澜,而不能自主,以别开生面。下焉者字规句仿,袭人余唾,有如寿陵余子之学步。而前人创造之风会以衰,于是又有人焉起而变之。如是循环,周而复始,殆文学史上之公例也。司马相如之辞赋,即变古而臻其极者也。流风所被,迄数百年而后衰,亦伟矣哉。兹略论其所作,以见其文学之一斑焉。

《子虚》、《上林》盛称山谷泉水万物所有甚众,既侈矣,似非义理所止。虽然,其志不如是也。《汉书》赞曰:相如虽多虚辞滥说,然要其归,引之于节俭。此亦与《诗》之风谏可异。扬雄以为靡丽之赋,劝百而讽一,犹骋郑卫之声,曲终而奏雅,不已戏乎?其为《子虚》、《上林》也,惨淡经营,竭全力以赴之,非操觚率尔者可比。故《西京杂记》曰:司马相如为《上林》、《子虚赋》,意思萧散,不复与外事相关。控引天地,错综古今,忽然如睡,焕然而兴。几百日而后成,此所谓善为文而迟者非邪?相如赋此二篇最名,其局开张,其词瑰丽。纵横排宕,驰骋锤炼,可谓穷物状之妙,尽摛词之至矣。故《西京杂记》载其友人盛览,牂牁名士,尝问以作赋。相如曰:名綦组以成文,列锦绣而为质。一经一纬,一宫一商。此赋之迹也。赋家之心,包括宇宙,总览人物。斯乃得之于内,不可得而传。览乃作《合组歌》、《列锦赋》而退。终身不复敢言作赋之心矣。又称其赋,时人皆称典丽,虽诗人之作不能加。而其时长安有庆虬之,亦善为赋。尝为《清思赋》,时人不之贵,乃托以相如所作,遂大见重于世。其为时人所推重如此。

子虚者,虚言也,相如以为楚称。乌有先生者,乌有此事也,为齐难。亡是公者,亡是人也,欲明天子之义。故虚此三人为辞,以推天子诸侯之苑囿,其卒章归之于节俭,因以讽谏。凡三千五百余字,诚巨制也。文长不能备录,姑略评其大要如下。

(一)是篇设辞问答,虽亦与《七发》、《答客难》同。然彼二篇犹未虚撰人名,以为缘饰,如子虚、乌有等称。其后扬雄《长杨赋》之翰林主人子墨客卿,班固《两都赋》之西都宾、东都主人,张衡《四京赋》之凭虚公子、安处先生。左思《三都赋》之西蜀公子、东吴王孙及魏国先生,皆改字换字,一律蹈习,无复超然新意。故即谓辞赋设问之体为相如所创,亦无不可。后世小说家杜撰人名,亦本如此。

(二)是篇文虽见长而结构严整,凡其所铺陈,皆有次序。如《子虚》盛夸楚之云梦,首言山,次言土,又次言石,又次言其东南物产及地理,又次言其高燥埤湿,又次言其西北上下。而《上林》以下,凡山川之形势,禽兽鱼虫草木珍宝之伙颐,宫馆楼台之壮丽,田猎之盛况,靡不条分缕析,一一铺叙,如数家珍。篇终以天子自言结出本意,妙在谲谏。首尾一贯,如长江大河,滔滔不竭。非才力绝人者莫能办。其铺张结构,似从楚辞《招魂》等篇得来。

(三)辞赋之用联绵词,不始《子虚》、《上林》,而变本加厉,凡双声叠韵竟达二百有余。其中且有一句之中一二与三四字为叠韵,同时一三与二四字为双声者如"便姗嫳屑"。是其艺术之进步,有逾于《风》、《骚》者矣。故虽若干枯,而音调方面,则增加文学之功能不少。

(四)相如之赋以小学为骨干。盖其识字既多,故能奴使文字,自铸伟词。其状物写景,语妙形容,而义自真切。一山也,而崭嵓屴崱之容,崴瘣茏嵷之态,无不渲染毕肖。一水也,而砰磅硠磕之声,潏湟漂泪之形,亦皆描摹尽致。读者但觉如游五都之市,惊心动魄,应接不暇,而前后略无重复。具见材料丰富,气魄沉雄。

《汉书·外戚传》载武帝元光五年,<small>前一三〇。</small>陈皇后有罪,退居长门宫。今《文选》有相如《长门赋》一篇,或即是时所作。惟本传不载此事,《史记索隐》又谓相如为陈皇后作颂。故后人多疑之。按《长门赋》序言孝武皇帝陈皇后别在长门宫,而相如为文以悟主上,陈皇后复得亲幸。考陈皇后并无复宠事。《艺文类聚》引《汉书》曰:武帝陈皇后为妒,别在长门宫。司马相如作赋,皇帝亲幸。今检《汉书》无此文,未知何据。顾炎武谓复幸者,正如马融《长笛赋》言屈平适乐国,介推还受禄耳。其与谢庄《月赋》言应、刘、仲宣,庾信《枯树赋》言桓大司马,同为假设之辞,俳谐之文,不当与之庄论。况相如以元狩五年卒,安得言孝武皇帝哉。<small>见《日知录》。</small>按《南齐书·陆厥传》厥与沈约书曰:《长门》、《上林》,非一家之赋。何焯亦谓此文乃后人拟作。其词细丽,盖张平子之流也。<small>见《读书记》。</small>然顾氏之所致疑者,在序不在赋。盖序文为后人所加,亦犹张衡之《四愁诗》序,必非作者所自作。而序文言蜀郡司马相如工为文,及陈皇后颇妒云云,皆似他人口吻。岂有将欲为文以悟主上,而反斥言其妒者哉。此盖后人所为以记其本事耳,若此之例甚多,不必轻疑可也。

是篇写时地极有步骤。先言登兰台以望君,不至,乃下兰台步于深宫正殿,览于曲台,复转入空堂洞房。又先言白日,次言黄昏,次言清夜,又次言待曙,次第井然。<small>此节似从《楚辞·悲回风》涕泣交而凄凄,思不眠以至曙,数语得来。</small>而离宫怨女日夜望君之切,及其无赖之情思自见，又此篇为千古宫词之祖。其言情妙处，在以眼前景物烘托出之。遂觉几案枕席之间，无不可寄其生愁思者。例如登台四望，即见浮云四塞，窈窈天阴。忽听雷鸣，又疑君车已至。他若飘风之吹帷，桂树之交纷，孔雀集，玄猿啸，翡翠来萃，鸾凤双飞，白鹤孤栖，众星皎洁，无不令人触景生悲，肠回九转。非辞赋中抒情之杰作哉？至其音韵之缠绵凄怆，犹余事耳。

本传言相如使时，蜀长老多言通西南夷不为用，大臣亦以为然。乃著《难蜀父老》一篇，借蜀父老为辞而己诘难之，以风天子。且因宣其使诣，令百姓皆知天子意。其文体与东方朔《答客难》同，而文辞甚辩。刘勰称其文晓而喻博，有移檄之。《文心雕龙·移檄》。观其通篇力避奇字异文，务求明白，与他赋异者，用不同也。

时武帝方好神仙。相如以为列仙之传居山泽间，形容甚臞。此非帝王之仙意也。乃遂奏《大人赋》。《西京杂记》。相如将献赋，未知所为。梦一黄衣翁谓之曰：可为大人赋，遂作大人赋言神仙之事以献之。赐锦四匹。帝大说，飘飘有陵云气，游天地之间意。今观其词多袭取《远游》语，如曰：悲世俗之迫隘兮，揭轻举而远游。又曰：下峥嵘而无地兮，上廖廓而无天。视眩眠而无见兮，听惝怳而无闻。此皆全句钞袭，仅易一二字，其余剿说尚多。全篇结构，亦复相同。尝怪其赋家巨子，何至掠美如是。或以其本属游戏，聊为此以逢近人主之意耳。

相如垂死时，作《封禅文》一篇。称颂功德符瑞之事，劝武帝行封禅。亦用辞赋之体，而篇末复缀以颂词，盖四言诗也。昔人多以此文为相如诟病。不知封禅本为古之盛典，自宋真宗以矫伪出之，其事遂尤为世所鄙薄。林和靖《临终诗》曰：茂陵他日求遗稿，犹喜曾无封禅书。盖讥之也。然其文，树骨于训典之区，选言于宏富之路。意古而不晦于深，文今而不坠于浅。义吐光茫，辞成廉锷。颂亦优游彬蔚，固维新之作也。扬雄《剧秦》班固《典引》，实俱仿此。

第六章　新声乐府及五言诗之成立

《虞书》曰：诗言志，歌永言。声依永，律和声。声律承诗歌而言，则古者诗乐之关系明甚。古诗皆可合乐。故《墨子·公孟》篇言"歌诗三百，弦诗三百"。而《毛诗传》亦云：古者教以诗乐，诵之歌之，弦之舞之。秦燔诗书，乐亡谱失。汉兴，乐家有鲁人制氏，以雅乐声律，世世在大乐官。但能纪其铿锵鼓舞，而不能言其义。高祖时，叔孙通因秦乐人制宗庙乐，有《嘉至》、《永至》、《登歌》、《休成》、《永安》之章，大氐皆因秦旧。孝惠文景无所增更，习常肄旧而已。至武帝定郊祀之礼，祠太一于甘泉，祭后土于汾阴。乃立乐府，采诗夜诵，有赵代秦楚之讴。以李延年为协律都尉，多举司马相如等数十人，造为诗赋，略论律吕，以合八音之调。作十九章之歌。见《汉书·礼乐志》。即所谓《郊祀歌》也。新声乐府之成立始此，而旧乐及楚声或于是乎废矣。

《汉书·佞幸传》：李延年，中山人。身及父母兄弟皆故倡也。善歌，为新声变曲。是时上方兴天地诸祠，欲造乐，令司马相如等作诗颂。延年辄承意弦歌所造诗，为之新声曲。又《外戚传》亦言武帝李夫人，本以倡进。其兄延年，性知音，善歌舞。武帝爱之。每为新声变曲，闻者莫不感动。延年侍上，起舞。歌曰：北方有佳

283

人,绝世而独立。一顾倾人城,再顾倾人国。宁不知倾城与倾国,佳人难再得。李夫人由是进幸。及卒,帝思念不已。方士齐人少翁,言能致其神。乃夜张灯烛,设帷帐,陈酒肉。而令上居他帐,遥望见好女,如李夫人之貌,还幄坐而步。又不得就视,上愈益相思悲感。为作诗曰:是邪非邪,立而望之。偏何姗姗其来迟。令乐府诸音家弦歌之。此殆所谓新声变曲者欤。又按《郊祀志》称武帝既灭南越,嬖臣李延年以好音见。帝善之,下公卿议曰:民间祠有鼓舞乐。今郊祀而无乐,岂称乎。公卿曰:古者祠天地皆有乐,而神祇可得而礼。或曰:泰帝使素女鼓五十弦瑟,悲,帝禁不止,故破其瑟为二十五弦。于是塞南越,祷祠泰一后土,始用乐舞。益召歌儿,作二十五弦,及空侯瑟自此始。考武帝平南越,在元鼎六年。_{前一一一}。是其时不独造新歌,且又制新乐矣。惟《郊祀歌》各章之时代先后不同,有在延年未进以前者。盖相如等前所造为诗歌,至是始一一谱为新声耳。今据《礼乐志》列其章第如次:

一、《练时日》四十八句。

二、《帝临》十二句。

三、《青阳》十二句。_{邹子乐}

四、《朱明》十二句。_{邹子乐}

五、《颢西》十二句。_{邹子乐}

六、《玄冥》十二句。_{邹子乐}

七、《惟泰元》二十四句。_{建始元年,丞相匡衡奏罢鸾路龙麟,更定诗曰"涓选休成"。}

八、《天地》二十七句。_{丞相匡衡奏罢黻绣周章,更定诗曰"肃旧典"。}

九、《日出入》十三句。

十、《天马》按此本二章,"太一况"一章十句。元狩三年,马生渥洼水中作。"天马徕"一章二十四句。太初四年,诛宛王,获宛马作。《史记·乐书》《蒲梢天马歌》与此异。

十一、《天门》三十四句。

十二、《景星》二十四句。按此一曰《宝鼎歌》。《汉书·武帝纪》:元鼎四年,夏六月,得宝鼎后土祠旁,作《宝鼎之歌》。《礼乐志》误为元鼎五年,得鼎汾阴作。

十三、《齐房》八句。按此一曰《芝房歌》、《武帝纪》。元封二年夏六月甘泉宫内中产芝,九茎连叶,作《芝房之歌》。《礼乐志》亦谓是年芝生甘泉齐房作。

十四、《后皇》八句。

十五、《华烨烨》三十八句。

十六、《五神》二十句。

十七、《朝陇首》二十句。按此一曰《白麟歌》。《武帝纪》:元狩元年,冬十月,行幸雍获白麟。作《白麟之歌》。《礼乐志》亦谓是年获白麟作。

十八、《象载瑜》十二句。按此一曰《赤雁歌》。《礼乐志》。太始三年,行幸东海,获赤雁作。

十九、《赤蛟》二十八句。

右《郊祀歌》十九章。其第十章《天马歌本》二首,实为二十章也。有三言者,如《练时日》、《天马》、《华烨烨》、《五神》、《朝陇首》、《象载瑜》、《赤蛟》七章是也。有四言者,如《帝临》、《青阳》、《朱明》、《西灏》、《玄冥》、《惟泰元》、《齐房》、《后皇》八章是也。有杂言者,如《天地》、四言及七言。《日出入》、四言。五言。六言。七言。《天门》、三言。四言。五言。六言。七言。《景星》四言及七言。四章是也。其形式与《房中歌》同。所异者一为楚声,一为新声耳。十九章中除《天马》、《宝鼎》、《芝房》、《白麟》、《赤雁》诸歌外,余皆祀神之歌。邹子乐四章则迎春更秋冬时气之乐歌也。录其三章于下:

《天马》之一:太一况,天马下。霑赤汗,沫流赭。志俶傥,精权奇。籴浮云,晻上驰。体容与,迣万里。今安匹,龙为友。

《青阳》:青阳开动,根荄以遂。膏润并爱,跂行毕逮。霆声发荣,壄处顷听。枯槁复产,乃成厥命。众庶熙熙,施及夭胎。群生啿啿,惟春之祺。

《日出入》:日出入安穷,时世不与人同。故春非我春,夏非我夏,秋非我秋,冬非我冬。泊如四海之池,遍观是耶谓何。吾知所乐,独乐六龙。六龙之调,使我心若。訾黄其何不徕下?

自武帝新声乐府成立,影响于文学者甚巨。观《艺文志》所载其时歌诗数百篇,即应运而生之平民文学也。此等平民文学无主名,多经朝廷采入乐府,赖以流传。其后文人学士多摹拟之,迄东汉而渐盛。盖直与正统相承之辞赋对峙争雄,而文艺之价值往往过之。如《鼓吹曲》中之《战城南》,《相和歌辞》中之《陌上桑》等,其尤著者也。而世人每忽不加意,使其时绝妙之民间文学湮没不彰,亦可慨已。

乐府既盛,五言诗由是崛起,盖四言至此不能复振。斯时作者见乐府所采歌谣,颇有新体。《汉书·贡禹传》引俗语《酷吏传》引尹赏歌及《五行志》引邪径童谣皆五言。足证其时乐府所采诗体矣。遂于此另辟新径,以谋文学之出路,此自然之趋势也越三百年。至东汉建安之际,五言诗乃发荣滋长,以臻极盛,其历程至为明白。无可疑者。惟西汉时所存之五言诗甚少,而乐府诗之时代,又难断定。《文选》之苏李诗后人多疑其伪,《古诗十九首》且有谓尽属东汉以后产品者,果尔,则五言诗之成立,决不在西京矣。以其关于文学史者较大。故略为辩述如次。

刘勰曰:成帝品录,三百余篇。朝章国采,亦云周备。而辞人遗翰,莫见五言。所以李陵、班婕妤见疑于后代也。按《召南·行露》,始肇半章;孺子、沧浪,亦有全曲。暇豫优歌,远见《春秋》;邪径童谣,近在成世。阅时取证,则五言久矣。《文心雕龙·明诗》。锺嵘曰:逮汉李陵,始著五言之目。古诗眇邈,人世难详。推其文体,固是炎汉之制,非衰周之倡也。《诗品》。观此,则六朝时人固多承认西汉之有五言诗矣。至苏轼轻薄昭明,始以李陵苏武赠别长安,而武诗有江汉之语,目为齐梁间小儿所拟作,是亦横断之论耳。蔡宽夫谓此但注者浅陋,直指为使匈奴时作,故人多惑之,其实无据也。安知武未尝至江汉耶。然诗人借喻本不必限于实指,子瞻之说,未免太拘矣。其后洪容斋且谓李陵诗"独有盈觞酒"一语,盈字乃汉惠帝讳。汉法触讳者有罪,不应陵敢用之。益信坡公之言为实。《容斋随笔》。顾亭林又举刘向《说苑·敬慎》篇引《易》"天道亏盈而益谦"四句盈字皆作满。以其在七世之内,李陵诗在武昭之世而不避讳,故可知其为后人之拟作。《日知录》。其实临文不讳,古有明文。遍检西汉旧籍,其中于高惠文景诸帝之讳,不避者不可胜数,安得据此以为伪托之证哉。今《文选》李陵与苏武诗三首,苏武诗四首,皆五言。而徐陵《玉台新咏》于武诗《结发为夫妻》一首题为《留别妻诗》。陈沆曰:此盖初奉使辞家时作,故云"行役在战场",

又云,"生当复来归"也。若去房还朝,何行役战场之有? 而李陵降虏,亦何生当来归之有乎? 朔"恩爱于结发",则珍惜春华;恋"燕婉于欢娱",则流连今夕。若壮士相别,何为作此床笫之语乎。后人不考本事,强执筌蹄。滥夫妇于友生,以辞家为入塞,致令或疑拟作。若知其为别妻之篇,尚可代拟乎。《诗比兴笺》。斯足以破千载之惑矣。至《骨肉缘枝叶》、《黄鹄一远别》及《烛烛晨明月》三首似为归汉时别李陵而作。按《汉书·苏武传》,汉使求武等归。于是李陵置酒贺武曰:今足下还归,扬名于匈奴,功显于汉室。虽古竹帛所载,丹青所画,何以过子卿。陵虽驽怯,令汉且贳陵罪,使得奋大辱之积志,庶几乎曹柯之盟。此陵宿昔所不忘也。收陵宗族,为世大戮,陵尚复何顾乎。已矣。令子卿知吾心耳。异域之人,一别长绝。陵起舞歌曰:径万里兮度沙漠,为君将兮奋匈奴。路穷绝兮矢刃摧,士众灭兮名已隤。老母已死,虽欲报恩将安归。陵泣数行下,因与武决。武诗曰"胡马失其群",又曰"念子不得归",所以其哀陵之独留也。又曰"请为游子吟,泠泠一何悲",又曰"长歌正激烈,中心怆以摧",所以和陵之起舞也。且武以昭帝始元六年_{前八十一}春还京师,则其别少卿正在五年之冬。诗所谓"寒冬十二月,晨起践严霜"者,此其时矣,且与太初改历以后之节序相合。故知其非后人所拟也。乃或泥兰芳之候,或斥江汉之称,或疑胡秦之文,或摘盈尊之字,锲舟求剑,固孰甚焉。各录一首于后,他书记所载者,置勿道也。

黄鹄一远别,千里顾徘徊。胡马失其群,思心常依依。何况双飞龙,羽翼临当乖。幸有弦歌曲,可以喻中怀。请为游子吟,泠泠一何悲。丝竹厉清声,慷慨有余哀。长歌正激烈,中

心怆以摧。欲展清商曲,念子不能归。俛仰内伤心,泪下不可挥。愿为双黄鹄,送子俱远飞。(苏武诗一首)

良时不再至,离别在须臾。屏营衢路侧,执手意跼蹐。仰视浮云驰,奄忽互相逾。风波一失所,各在天一隅。长当从此别,且复立斯须。欲因晨风发,送子以贱躯。(李陵诗一首)

《文选·古诗十九首》时代不甚可考。刘勰曰:古诗佳丽,或称枚叔。《文心雕龙·明诗》。而《玉台新咏》题为枚乘作者九篇。即"西北有高楼"、"行行重行行"、"涉江采芙蓉"、"青青河畔草"、"兰若生春阳"(此首《文选》不录)、"东城高且长"、"庭前有奇树"、"迢迢牵牛星"及"明月何皎皎"九首。后人信者颇多,不无疑义。彦和又谓"孤竹"一篇,傅毅之词。锺嵘又谓"去者日以疏"诸首旧疑建安中曹、王所制,李善亦谓"驱马上东门"、"游戏宛与洛",则辞兼东都矣。然考十九首中确有西汉之产品焉。如"明月皎夜光"一首云:

明月皎夜光,促织鸣东壁。玉衡指孟冬,众星何历历。白露沾野草,时节忽复易。秋蝉鸣树间,玄鸟逝安适。昔我同门友,高举振六翮。不念携手好,弃我如遗迹。南箕北有斗,牵牛不负轭。良无盘石固,虚名复何益。

《文选》李善注引《春秋》纬《运斗枢》曰:北斗七星,第五曰玉衡。又引《淮南子·时则训》曰:孟秋之月,招摇指申。且云:上云促织,下云秋蝉,明是汉之孟冬,非夏之孟冬矣。《汉书》高祖十月至霸上,故以十月为岁首。汉之孟冬,今之七月矣。按此注极精当不易。《春秋考异邮》言立秋促织鸣,女工急,故促之。而《礼记》又言孟秋寒蝉鸣,仲秋玄鸟归,则此诗之写秋景甚明。其谓玉衡指孟冬者,盖汉初承秦制,仍以建亥之月为正。秦历所谓孟冬,乃相当于夏历之孟秋,即秦历十月,实相当于夏历之七月也。然后知诗中云促织鸣,白露降时,玉衡指于孟冬者,乃据秦历言耳。及汉武帝太初元年_{前一〇四}始改秦历为夏历,恢复建寅之朔。故知此诗之作,必在太初以前。若在太初以后之孟冬,则非此诗所云之节序矣。十九首中"凛凛岁云暮,蝼蛄夕鸣悲"一首,亦当作如是观。

又如"驱车上东门"一首云:

> 驱车上东门,遥望郭北墓。白杨何萧萧,松柏夹广路。下有陈死人,杳杳即长暮。潜寐黄泉下,千载永不寤。浩浩阴阳移,年命如朝露。人生忽如寄,寿无金石固。万岁更相送,圣贤莫能度。服食求神仙,多为药所误。不如饮美酒,被服纨与素。

此诗人即事起兴,因物兴感之咏也。亦慨叹人生枯菀之无常,抗喉而歌之悲吟也。今考上东门当在长安,自来注家多以为在洛阳。阮嗣宗《咏怀诗》曰:步出上东门,北望首阳岑。上有采薇士,下有嘉树林。又曰:朝出上东门,遥望首阳基。是夷齐隐居采薇之首阳山距长安本甚近也。《史记·伯夷传》正义引马融曰:首阳山在河东蒲阪,华山之北,河曲之中。此说最早而确有可据。《论语》何晏注及邢昺疏、《诗》孔疏、《汉书·王贡龚鲍传》颜注引并同。石曼卿诗曰:耻生汤武干戈日,宁死唐虞揖让区。盖亦谓首阳在河东蒲阪,乃舜都也。蒲坂在长安东北不远,故阮嗣宗所云当必指此。其曰北望曰遥望者,当亦实指而非虚语。李善既谓此辞辞兼东都,故遂于阮诗上东门注为在洛阳。其实此篇亦西京诗人之作也。而服食求仙之风,西汉时已大盛,武帝淮南王其尤也。故《古诗十九首》中之西汉时诗,今可考者并此而已矣。_{余别有专论。}

五言诗既成立于西汉,经数百而至建安,其体乃大盛。此固文学演进之必然现象。奈何世之人必欲数典忘祖,强抑其筚路蓝缕之先公于东汉后哉。

第七章　武宣以来民歌之发达

古今文学之两大界,曰平民文学与贵族文学而已。_{贵族不限于高位。}《诗》之《国风》平民文学也,《雅》、《颂》则多属于贵族文学也。《楚辞》之《九歌》,平民文学也。而屈宋之作又皆贵族文学也。汉之《安世房中歌》及《郊祀歌》,皆为贵族文学。而乐府《相和歌辞》等之古辞及《鼓吹曲》之《铙歌》又属于平民文学,其取材多自民间,而文辞但求畅晓。大抵皆农夫牧竖孤儿弃妇、征人怨女之辞。或诉离情别恨,或述征戍劳苦,或则啼饥号寒之惨或则欢愉恋嬺之情。此种歌辞时时演变,时时进步以至成熟。流传既久,遂被采入乐府,谱为歌咏,与贵族文学分庭抗礼。而究其文艺优美,且能充分表现人生之真意者,殆非其时陈陈相因之贵族文学所能望其项背也。

《晋书·乐志》曰:凡乐章古辞,今之存者,并汉世街陌谣讴。《江南可采莲》、《乌生十五子》、《白头吟》之属也。按今所传乐府古辞,诚皆古之民间文学,惟其时代极难确定,无从考见其演变之状况。然武帝既立乐府,广搜四方民歌,故其时民间文学始有写定之机会,而赖以流传。度现今乐府古辞中必不少西汉产品为当日乐署之所搜集者。故论西汉民歌之发达,亦必在此时矣。《汉书·礼乐志》曰:是时<small>按谓成帝时</small>郑声尤甚,黄门名倡丙强景武之属富显于世。贵戚五侯定陵富平外戚之家,淫侈过度,至与人主争女乐。所谓郑声者,即武帝以来所采民间风谣,被之管弦之新声也。所采愈富,则所制之新曲亦愈多,于此足征其时民歌之盛。惟数量既增,不无滥收之弊,而自李延年等以后乐曲久渐淫侈。故哀帝疾之,下诏曰:郑卫之声兴,则淫辟之化流,而欲黎庶敦朴家给,犹浊其源而欲求其清流,岂不难哉?孔子不云乎:放郑声,郑声淫。其罢乐府官,郊祭乐及古兵法武乐在经非郑卫之乐者,条奏,别属他官。当时丞相孔光等奏罢乐府中四百四十一人,而新声为之一挫。然百姓渐渍日久,又不制雅乐有以相变,豪富吏民,湛沔自若。<small>见《礼乐志》</small>。可知其时民歌俗乐虽见斥于朝,而犹盛于野。风气所趋,固未可以人力抑之也。兹略述是时之民间文学如次。

一、相和歌辞 《宋书·乐志》曰:相和,汉旧曲也。丝竹更相和,执节者歌。此即丝竹合奏之乐歌也。《唐书·乐志》曰:平调、清调、瑟调,皆周房中曲之遗声。汉世谓之三调。又有楚调、侧调。楚调者,汉房中乐也。高帝乐楚声,故房中乐皆楚声也。侧调者,生于楚调。与前三调总谓之相和调。又诸调曲皆有辞有声,而大曲又有艳有趋有乱。辞者,其歌诗也。声者,若羊吾夷伊那何之类也。艳在曲之前,趋与乱在曲之后。亦犹吴声、西曲前有和后有送也。<small>见郭茂倩《乐府诗集》</small>。今按相和歌辞诸篇取材甚广,上自帝王后妃宫庭官府之事,下至贩夫走卒怨女旷夫之歌,靡不有极其自然之吟唱。例如《陌上桑》云：

> 日出东南隅，照我秦氏楼。秦氏有好女，自名为罗敷。罗敷喜蚕桑，采桑城南隅。青丝为笼系，桂枝为笼钩。头上倭坠髻，耳中明月珠。湘绮为下裙，紫绮为上襦。行者见罗敷，下担捋髭须。少年见罗敷，脱帽着帩头。耕者忘其犁，锄者忘其锄。来归相怨怒，但坐观罗敷。一解。使君从南来，五马立踟蹰。使君遣吏往，问是谁家姝。秦氏有好女，自名为罗敷。罗敷年几何？二十尚不足，十五颇有余。使君谢罗敷，宁可共载不？罗敷前致辞：使君一何愚！使君自有妇，罗敷自有夫。二解。东方千余骑，夫婿居上头。何用识夫婿，白马从骊驹。青丝系马尾，黄金络马头。腰中鹿卢剑，可值千万余。十五府小史，二十朝大夫。三十侍中郎，四十专城居。为人洁白皙，鬑鬑颇有须。盈盈公府步，冉冉府中趋。坐中数千人，皆言夫婿殊。三解。

崔豹古今注：《陌上桑》者，出秦氏女子。秦氏邯郸人，有女名罗敷，为邑人千乘王仁妻，王仁后为赵王家令。罗敷出采桑于陌上，赵王登台，见而悦之，因置酒欲夺焉。罗敷巧弹筝，乃作《陌上桑》之歌以自明。赵王乃止。《乐府解题》曰：古辞言罗敷采桑，为使君所邀，盛夸其夫婿为侍中郎以拒之，与前说不同。按此必当日民间有此故事，为人艳称，故作此歌，其后传说不同。而《古今注》与本辞遂有赵王与使君之异辞也。此辞之为民歌，一望而知。首解写罗敷之美，末解夸夫婿之殊，按此与《乌鹊歌》用意略同。皆浑然天真，描摹如画，而又毫无雕琢气，诚民歌之本色。后人模仿虽多，而终不能及者此也。且其问答叙事之章法,影响极大。后世故事诗及叙事诗莫不以此为权舆。而"罗敷年几何,二十尚不足,十五颇有余",三句为韵,亦民歌不拘韵式异乎文人作品之显见者矣。又如《艳歌行》一首云:

> 翩翩堂前燕,冬藏夏来见。兄弟两三人,流宕在他县。故衣谁当补,新衣谁当绽。赖得贤主人,览取为吾组。夫婿从门来,斜柯西北眄。语卿且勿眄,水清石自见。石见何累累,远行不如归。

此诗通俗,亦系民歌本质。起二句极似《诗·风》之兴体,而结语另换一韵亦可见民歌形式之自由矣。又如《东门行》一首云:

> 出东门,不欲归。来入门,怅欲悲。盎中无斗米储,还视架上无悬衣。拔剑东门去,舍中儿母牵衣啼。他家但愿富贵,贱妾与君共铺糜。上用仓浪天故,下当用此黄口儿。今非,咄行,吾去为迟,白发时下难久居。

此诗写一贫苦家庭,令人感叹。《国风》而下,此其嗣音。朱止溪曰:《东门行》,贤者不得志于时之作也。《邶·北》、《雄雉》之妇,其夫在远,勉之以德行。《东门》之妇,其夫贫困,勉之以自爱莫为非。按《东门行》另一章有此辞。皆风之变而正者也。然其写社会情状而最能动人者莫如《妇病行》及《孤儿行》两篇。其辞如下:

> 妇病连年累岁,传呼丈人前一言。当言未及得言,不知泪

下一何翩翩。属累君两三孤子,莫我儿饥且寒。有过慎莫笪笞,行当折摇,思复念之。乱曰:抱时无衣,襦复无里。闭门塞牖,舍孤儿到市。道逢亲交,泣坐不能起。从乞求,与孤儿买饵。对交啼泣,泪不可止。我欲不伤悲,不能已。探怀中钱持授交。入门,见孤儿啼,索其母抱。徘徊空舍中,行复尔尔,弃置勿复道。(《妇病行》)

此盖有为父者不恤无母孤儿,民间为作是诗。观其叙病妇垂死嘱夫之遗言,凄楚绝人,声泪俱下。而夫置不理,家复贫困,以至幼无衣,长行乞,章末从旁写出儿啼索母之状。遂觉一幕家庭惨剧,历历在目。自来贵族文学中,能动人若是者有几。

孤儿生。孤子遇生,命独当苦。父母在时,乘坚车,驾驷马。父母已去,兄嫂令我行贾。南到九江,东到齐与鲁。腊月来归,不敢自言苦。头多虮虱,面目多尘。大兄言办饭,大嫂言视马。上高堂行取殿,下堂孤儿泪下如雨。使我朝行汲,暮得水来归。手为错,足下无菲。怆怆履霜,中多蒺藜。拔断蒺藜肠肉中,怆欲悲。泪下渫渫,清涕累累。冬无複襦,夏无单衣。居生不乐,不如早去,下从地下黄泉。春气动,草萌芽。三月桑蚕,六月收瓜。将是瓜车,来到还家。瓜车反覆,助我者少,啖瓜者多。愿还我蒂,兄与嫂严。独且急归,当兴较计。乱曰:里中一何诡诡。愿欲寄尺书,将与地下父母,兄嫂难与久居。(《孤儿行》)

此诗叙当日社会薄俗,全用白描写实之法。其言腊月始归,三月蚕桑,六月收瓜,则终岁无暇日矣。而覆瓜还蒂数语,尤为深刻入微。及其无可告诉,却欲寄书地下,宁不令人悲愤交集耶。而所以然者,以有充分浓挚之情感为其要素耳,自非无病而呻者所可同日语。是故有生命之文学,而富有人生之真意义者,当首推民歌也。

二、鼓吹曲辞　鼓吹曲一曰短箫铙歌。蔡邕曰:短箫铙歌,军乐也。黄帝岐伯所作,以建威扬德风敌劝士也。《周礼·大司乐》曰:王师大献,则令奏恺乐。《大司马》曰:师有功则恺乐献于社。郑康成云:兵乐曰恺,献功之乐也。《左传》曰:振旅恺以入。《司马法》曰:得意则恺乐恺歌,以示喜也。《宋书·乐志》曰:雍门周说孟尝君,鼓吹于不测之渊。说者云,鼓自一物,吹自竽籁之属,非箫鼓合奏,别名为一乐之名也。然则短箫铙歌,此时未名鼓吹矣。至魏晋假诸将帅及牙门曲盖鼓吹,此殆鼓吹始名。见《乐府诗集》。又有谓用于殿庭者为鼓吹,用于道路者为骑吹,盖不尽然也。按鼓吹曲所用乐器如笳角等皆为羌胡流入者,与相和歌之用丝竹者不同。略述是时鼓吹铙歌之大凡如下。

汉鼓吹铙歌本二十二曲,《务成》、《玄云》、《黄爵》、《钓竿》四曲已亡,或云二十一曲,无《钓竿》。故《古今乐录》及《宋志》均谓十八曲。十八曲者,即《朱鹭》、《思悲翁》、《艾如张》、《上之回》、《拥离》,亦曰《翁离》。《战城南》、《巫山高》、《上陵》、《将进酒》、《君马黄》、《芳树》、《有所思》、《雉子斑》、《圣人出》、《上邪》、《临高台》、《远如期》、《石留》一作《石流》。是也。铙歌采自民间,有纪祥瑞者,如《朱鹭》、《上陵》等篇;有非攻战者,如《战城南》;有咏田猎者,如《艾如张》《雉子斑》等篇;有言情爱者,如《君马黄》、《有所思》、《芳树》、《上邪》等篇。然多有不可解者。《石留》一章声辞久淆,陈沆置不复诂,而陈本礼《汉诗统笺》强为之解,非。盖其字多讹误,声辞艳相杂,不可复分也。陈沆《诗比兴笺》谓《圣人出》为述宣帝自民间起为天子之事,按此章有云:美人哉,为天子。《上陵》多言宣帝时神仙瑞应之事。按诗云:甘露初二年,芝生铜池中。《上之回》咏宣帝巡幸甘泉朝单于事。按诗云"以承甘泉宫",又云:"月支臣,匈奴服。"《远如期》与《上之回》同时作,惟一则兼颂巡狩,一则专颂单于来朝,四夷宾服,天庥屡臻,为汉道之极盛也。按诗云:"万岁与天无极,雅乐陈,佳哉纷,单于自归动如惊心。"因断此四篇为宣帝时歌,皆有确据。又谓《巫山高》:"巫山为楚,淮水为吴"。乃忧七国之事,盖景帝初年吴楚风谣。武宣之世,采入乐府者。陈氏又疑吴楚藩僚邹、枚之俦见几深计而作,尤傅会。而《雉子斑》一章亦疑为武帝时诗,此与庄述祖指《思悲翁》咏高祖菹醢韩彭事同一无稽矣。惟陈氏疑《临高台》为武帝南巡浮江时所作,则又为近似。至谓宣帝时四章,即宣帝自作,为铙歌之正曲,即汉书所谓修武帝故事,颇作诗歌者也。此亦过拘之论,大氐铙歌十八曲乃当日北鄙及吴楚淮南之风谣,杂咏朝廷民间诸事,其不可考者正多。武宣以来采入乐府,必非一时一地之作也。举其词旨显豁文艺优美者数篇而略论之。

> 战城南,死郭北,野死不葬乌可食。为我谓乌,且为客豪。野死谅不葬,腐肉安能去子逃。水深激激,蒲苇冥冥。枭骑战斗死,驽马徘徊鸣。梁筑室,何以南,何以北。禾黍不获安可食,愿为忠臣安可得。思子良臣,良臣诚可思。朝行出攻,莫不夜归。(《战城南》)

陈沆曰:《汉书·匈奴传》,右贤王怨汉夺其河南地,筑朔方。数入寇边,侵扰杀略吏民甚众。汉复度河,自朔方以西,至令居,往往通渠。置田官吏卒五六万人。又出五原塞数百里,远者千里,置城障列亭,至卢朐而屯其旁,筑居延泽上。匈奴数大入杀掠,坏所筑亭障而去。正此诗所指出。案此歌虽不必即指武帝时筑朔方,匈奴杀掠屯戍之事。然其深痛战争死亡之惨,反抗穷兵黩武之举,则意在言外。而妙在以反语出之,使人不觉其为讽刺也。嗟夫,边城流血如海,豪主之雄心未恢;陇上有棘成林,小民之残生奚托。读此诗者,能无恻然。唐人乐府歌行,往往取境于此。

> 有所思,乃在大海南。何用问遗君?双珠玳瑁簪,用玉绍缭之。闻君有他心,拉杂摧烧之。摧烧之,当风扬其灰。从今以往,勿复相思,相思与君绝。鸡鸣狗吠,兄嫂当知之。妃呼狶,秋风肃肃晨风飔,东方须臾高知之。(《有所思》)
> 上邪,我欲与君相知,长命无绝衰。山无陵,江水为竭,冬雷震震,夏雨雪,天地合,乃敢与君绝。(《上邪》)

二章同为民间情歌,而用意相反。前者为决绝之词,后者为山海之誓。辞意至显,故庄述祖笺此二诗,皆指为男女之词是也。其捐毁遗赠,竟至拉杂而摧烧之,摧烧之不已,又复当风以扬其灰,怨之至也。其言山崩川竭,冬雷夏雪,天地毁灭者,情之固也。乐府《欢闻变》歌云:没命成灰土,终不罢相怜。与此同。盖惟平民文学而后有此质直痛快之作。伧父说诗,或有以六义相衡而以深辞曲说之者,又高叟之不若矣。魏晋以后文人多有摹拟《铙歌》者,而各不同。

第八章　宣成间之作者

宣帝好申韩之学，信赏罚，核名实。盖惟法治是尚，不以儒术为务也。然亦颇修武帝故事，讲论六艺群书，博尽奇异之好。又征能为楚辞九江被公，召见诵读。益召高材刘向、张子侨、华龙、柳褒等，待诏金马门。神爵、五凤之间，天下殷富，数有嘉应。帝颇作诗歌，欲兴协律之事。丞相魏相奏言知音善鼓雅琴者渤海赵定、梁国龚德，皆召见待诏。见《汉书·王褒传》。此皆其右文之明征也。其时文学之盛虽不及武帝朝，而自王褒以下，咸宠禄之。雍容揄扬，时时间作。至元帝时，刘向、韦玄成等各以其所能鸣于世。成帝朝，刘歆承其家学，经术校雠而外，亦擅文事。斯皆西汉中叶以后之作家。有可得而述者。

　　王褒　王褒字子渊，蜀人也。益州刺史王襄欲宣风化于众庶，闻褒有俊才，请与相见，使作《中和乐职宣布诗》，选好事者令依《鹿鸣》之声习而歌之。时氾乡侯何武为僮子，选在歌中，久之，武等学长安，歌太学下，转而上闻。宣帝召见武等观之，皆赐帛，谓曰：此盛德之事，吾何足以当之。褒既为刺史作颂，又作其传。益州刺史因奏褒有轶材。上乃征褒，既至，诏为《圣主得贤臣颂》，文辞斐然，开六朝绚烂俳俪之端。其篇终有曰"遵游自然之势，恬淡无为之场。休征自至，寿考无疆。雍容垂拱，永永万年。何必偃仰诎信若彭祖，呴嘘呼吸如侨松，眇然绝俗离世哉"？是时上颇好神仙，故褒对及之。上令褒与张子侨等并待诏。数从放猎，所幸宫馆，辄为歌颂。第其高下，以差赐帛。识者多以为淫靡不急，上曰：不有博弈者乎？为之犹贤乎已。辞赋大者与古诗同义，小者辩丽可喜。譬如女士之有绮縠，音乐之有郑卫，今世俗犹皆以此虞说耳目。辞赋比之，尚有仁义风喻，鸟兽草木多闻之观，贤于倡优博弈远矣。顷之，擢褒为谏大夫。其后太子体不安，苦忽忽善忘不乐。诏使褒等皆之太子宫，虞侍太子，朝夕诵读奇文，及所自造作。疾平复，乃归。太子喜褒所为《甘泉》及《洞箫颂》，令后宫贵人左右皆诵读之。后方士言益州有金马碧鸡之宝，可祭祀致也。宣帝使褒往祀焉，褒于道病死，上闵惜之。

《汉志》载王褒赋十六篇，今所传者有《九怀》见《楚辞》、《洞箫赋》见《文选》，本传赋作颂、《圣主得贤臣颂》见本传、《甘泉宫颂》见《艺文类聚》六十二，《文选·魏都赋》注引数语，作《甘泉赋》，赋疑乃颂之误。《碧鸡颂》、见《后汉·西南夷传》，《水经·淹水注》、《文选》刘峻《广绝交论》注《僮约》、见《艺文类聚》三十五、《初学记》十九、《御览》五百九十八、九百九十六、《古文苑》。《责须髯奴辞》《初学记》十九，《古文苑》以为黄香作。七篇。《文选》又有《四子讲德论》，虽体仿东方《非有先生论》，然非辞赋之属，当不在十六篇之内。《九怀》一篇为骚赋，共分九章，一《匡机》匡一作主、二《通路》、三《危俊》危一作苞、四《昭世》、五《尊嘉》、六《蓄英》、七《思忠》思一作申，一作由，一作"游思"、八《陶壅》、九《株昭》昭一作明，一作招，一作"珠昭"，一作"林招"。义多不可晓。王逸曰：怀者，思也。言屈原虽见放逐，犹思念其君。忧国倾危，而不能忘也。褒读屈原之赋，嘉其温雅，藻采敷衍，执握金玉。委之污渎，遭世溷浊，莫之能识。追而愍之，故作《九怀》，以裨其词。今观其词前八章及乱辞皆用《九歌》形式，乱辞用《山鬼》、《国殇》体。而第九章则用贾谊《吊屈原赋》体，曲终变调，辞赋家往往而然。但骚赋至是，展转摹仿，了无新意。是亦尘羹土饭，屡嚼而秽不惭者矣。惟《蓄英》一章尚佳，录之以备观览。

秋风兮萧萧，舒芳兮振条。微霜兮眇眇，病殀兮鸣蜩。玄鸟兮辞归，飞翔兮灵丘。望溪兮滃郁，熊罴兮呴嗥。唐虞兮不存，何故兮久留。临渊兮汪洋，顾林兮忽荒。修余兮袿衣，骑霓兮南上。乘云兮回回，亹亹兮自强。将息兮兰皋，失志兮悠悠。芬蕴兮霉黧，思君兮无聊。身去兮意存，怆恨兮怀愁。

《洞箫赋》貌为骚体，而实以散文为骨干。故篇末一段纯为汉赋面目。诸颂俱为韵文，《僮约》尤为滑稽《责髯奴辞》同，盖一有韵之语体文也。节录如后：

蜀郡王子渊以事到湔，止寡妇杨惠舍。惠有夫时奴名便了。子渊倩奴行酤酒，便了拽大杖上夫冢巅曰：大夫买便了时，但要守家，不要为他人男子酤酒。子渊大怒曰：奴宁欲卖耶。惠曰：奴大忤人，人无欲者。子渊即决买券云云。奴复曰：欲使皆上券。不上券，便了不能为也。子渊曰：诺，券文曰：

神爵三年正月十五日，资中男子王子渊从成都安志里女子杨惠买亡夫时户下髯奴便了，决贾万五千。奴当从百役使，不得有二言。晨起早扫，食了洗涤，居当穿臼，缚帚截竿，凿井浚渠。（中略）出入不得骑马载车，踑坐大呶。下床振头，捶钩刈刍，结苇躐纑。汲水络，佐酤酿。织履作粗，黏雀张乌。结网捕鱼,缴雁弹凫。登山射鹿,入水捕龟。后园纵养,雁鹜百余。驱逐鸥鸟,持梢牧猪。种姜养芋,长育豚驹。粪除堂庑,餧食马牛。鼓四起坐,夜半益刍。(中略)日中早馈,鸡鸣起舂。调治马户,兼落三重。舍中有客,提壶行酤。汲水作铺,涤杯整案。园中拔蒜,断苏切脯。筑肉臛芋,脍鱼炰鳖。烹茶尽具,已而盖藏。关门塞窦,餧猪纵犬。勿与邻里争斗。奴但当饭豆饮水,不得嗜酒。欲饮美酒,惟得染唇渍口,不得倾盂覆斗。不得辰入夜出,交关伴偶。舍后有树,当裁作船。上至江州,下到湔(中略)往来都洛,当为妇女求脂泽。贩于小市,归都担枲。转出旁蹉,牵犬贩鹅。武都买茶,杨氏担荷。往来市聚,慎护奸偷。入市不得夷蹲旁卧,恶言丑骂。(中略)持斧入山,断辇裁辕。若有馀残,当作俎几木屐及犬彘盘。焚薪作炭,磻石薄岸。治舍盖屋,削书代牍。日暮欲归,当送乾柴两三束。(中略)雨堕无所为,当编蒋织簿,种植桃李,梨柿柘桑。三杖一树,八尺为行。果类相从,纵横相当,果熟收敛,不得吮尝。犬吠当起,警告邻里。枨门柱户,上楼击鼓。荷盾曳矛,还落三周。勤心疾作,不得遨游。奴老力索,种管织席。事讫欲休,当舂一石。夜半无事,浣衣当白。若有私钱,主给宾客。奴不得有奸私,事事当闻白。奴不听教,当笞一百。

读券文适讫,词穷咋索。仡仡叩头,两手自缚。目泪下落,鼻涕长一尺。审如王大夫言,不如早归黄土陌,丘蚓钻额。早知当尔,为王大夫酤酒,真不敢作恶。

观此文结构及铺叙皆为辞赋之极变,而诙谐戏弄,似从东方诸人而出。至其用语体为韵文,实为古今所仅见者矣。

韦玄成 玄成字少翁，贤第四子，韦孟之后。贤本始中为丞相，至是玄成复以明经历丞相位。故邹鲁谚曰：遗子黄金满籝，不如一经。初，贤既卒，诏玄成袭父侯爵。宣帝高其节，以为河南太守。数岁，征为未央卫尉，迁太常。坐与故平通侯杨恽厚善，恽诛，党友皆免官。后以列侯侍祀孝惠庙。当晨入庙，天雨淖，不驾驷马车，而骑至庙下。有司劾奏等辈数人，皆削爵为关内侯。玄成自伤贬黜父爵，叹曰：吾何面目以奉祭祀，乃作诗自劾责。及元帝即位，以玄成为少府，迁太子太傅，至御史大夫。永光中代于定国为丞相。贬黜十年，终继父位。人以为荣，乃复作诗，自著复玷缺之艰难，因以戒示子孙。元帝建昭三年_{前三十六}卒。按《汉书》本传载其二诗皆四言，盖与《讽谏》、《在邹》同其体制。而自劾诗起句曰："赫矣我祖，侯于豕韦。"其摹拟之迹甚明。本传称玄成文采过其父，殆即指此，然是时四言时实已衰敝不振矣。

刘向 向字子政，本名更生，楚元王交后也。生于昭帝元凤四年_{年七十七}，卒于哀帝建平元年_{前六}。以父德任为辇郎。既冠，以行饬修，擢为谏大夫。是时宣帝循武帝故事，招选名儒俊材。更生以通达能属文辞，与王褒、张子侨等并进对，献赋颂凡数十篇。上复兴神仙方术之事，而淮南有《枕中鸿宝苑秘书》，书言神仙使鬼物为金之术，及邹衍重道延命方，世人莫见。更生父德武帝时治淮南狱，得其书。更生献之，言黄金可成。上令典尚方铸作事，费甚多，不验。坐罪，赎减死。元帝初即位，以萧望之、周堪荐，擢为宗正，以忤弘恭、石显下狱免官。寻为郎中，已而复下狱，免为庶人。及周堪、张猛死，更生伤之，乃著《疾谗》、《摘要》、《救危》及《世颂》凡八篇，依兴古事悼己及同类也。遂废十余年。成帝立，显等伏辜。更生乃复进用，拜为光禄大夫，中垒校尉。更名向。是时王氏秉政专国,向以为必危刘氏,屡痛切陈利害。上虽心知其忠诚,每嘉其言,而为王氏所持,终不能用。向居官,前后数十年。年七十二卒。卒后十三岁,而王氏代汉。

刘向著述甚富。尝采诗书所载贤妃贞妇、兴国显家可法则及孽嬖乱亡者,序次为《列女传》。又博采传记,著《新序》、《说苑》等书,见尚存。《汉志》载向赋三十三篇,今存者有《九叹》见《楚辞》及《请雨华山赋》见《古文苑》二篇。又有《雅琴赋》、见《文选·蜀都赋》、《归田赋》、《琴赋》,傅咸《赠何劭王济诗》、谢灵运《七里濑诗》及《古诗十九首》注。《围棋赋》,见《文选·博弈论》注。按《艺文类聚》七十四引马融《围棋赋》文与此同。皆为逸句。盖向所造辞赋十九散逸,而《请雨》一篇,多脱误不可读。又有《高祖颂》、《汉书·高帝纪赞》。《杖铭》、《艺文类聚》六十九亦作崔瑗,《御览》作冯植。《薰炉铭》。《艺文》七十,《书钞》百三十五,《初学记》二十五,《文选·景福殿赋》注,则皆四言诗也。

王逸曰:向以博古敏达,典校经书,辩章旧文,追念屈原忠信之节,故作《九叹》。叹者伤也,息也。言屈原放在山泽,犹伤念君,叹息无已。所谓赞贤以辅志,骋词以曜德者也。按中垒本汉宗室,见王氏日盛,宗国日替,时切殷忧。其哀悼屈原,亦犹三闾存君兴国之义,托于古以寄意焉耳。全篇共分九章。一《逢纷》,二《离世》一作《灵怀》,三《怨思》思一作世,四《远逝》逝一作游,五《惜贤》,六《忧苦》,七《愍命》愍一作念,八《思古》,九《远游》游一作逝。虽仍不免陈言,而其文出于至诚,故亦颇能动人。例如《离世》一章有云:

> 灵怀其不吾知兮,灵怀其不吾闻。就灵怀之皇祖兮,诉灵怀之鬼神。灵怀曾不吾与兮,即听夫人之谀辞。

观其连用五灵怀字,但觉其泣诉之声,悲痛不已。盖其关怀宗室,非如他人拟骚之作,终不免无病呻吟之讥也。又如《思古》一段云:

> 冥冥深林兮,树木郁郁。山参差以崭岩兮,阜杳杳以蔽日。悲余心之悁悁兮,目眇眇而遗泣。风骚屑以摇木兮,云吸吸以湫戾。悲余生之无欢兮,愁悾悾于山陆。旦徘徊于长阪兮,夕仿偟而独宿。发披披以鬤鬤兮,躬劬劳而瘏悴。魂狂狂而南行兮,泣沾襟而濡袂。

此节情景音调均非《九怀》、《九思》所及。而其每章末皆系以叹辞,体亦独异,盖亦楚骚乱辞之变也。

班婕妤 成帝初即位,选入后宫。始为少使,俄而大幸,为婕妤。成帝游于后庭,尝欲与婕妤同辇载。婕妤辞曰:观古图画,贤圣之君,皆有名臣在侧。三代末主,乃有嬖女。今欲同辇,得无近似之乎。上善其言而止。婕妤诵《诗》及窈窕德象女师之篇,每进见上疏,依则古礼。其后赵飞燕姊弟浸盛,班婕妤及许皇后皆失宠。鸿嘉三年<small>前十八</small>,飞燕谮告后及婕妤挟媚道,祝诅后宫,詈及主上。许皇后废。考问婕妤,对曰:妾闻死生有命,富贵在天。修正尚未蒙福,为邪欲以何望。使鬼神有知,不受不臣之诉,如其无知,诉之何益。故不为也。上善其对,怜之,赐金百斤。赵氏姊弟骄妒,婕妤恐见危,求共养太后长信宫。乃作赋自伤悼,词旨哀怨。前半为骚体,"重曰"以后,杂用《九歌》句法。盖一短篇之抒情赋也。《文选》又载其《怨歌行》一首云:

> 新裂齐纨素,皎洁如霜雪。裁为合欢扇,团团似明月。出

入君怀袖，动摇微风发。常恐秋节至，凉风夺炎热。弃捐箧笥中，恩情中道绝。

此诗借扇为喻，用意双关，为后人咏物诗之所祖。或谓《怨歌行》本为古乐府，班氏拟之，而作此篇。有题为《怨诗》者，有题为《咏扇诗》者，皆是也。盖自武帝以来，五言诗之女作家，当首推班氏矣。文君《白头吟》，《宋书》题曰古辞，《玉台》亦列之古乐府，后人以《西京杂记》之言实之非也。

刘歆 歆字子骏，向少子，少以通诗书能属文，召见。成帝初，待诏宦者，署为黄门郎。河平中，受诏与父向领校秘书，讲六艺传记。诸子诗赋、术数方技无所不究。绥和中，歆复为中垒校尉。哀帝初即位，大司马王莽举歆有材行。为侍中大夫，迁骑都尉，奉车光禄大夫。贵幸，复领五经，卒父前业。乃集六艺群书，种别为《七略》，按即《辑略》、《六艺略》、《诸子略》、《诗赋略》、《兵书略》、《术数略》、《方技略》。为我国目录学之始。初歆校秘书，见古文《春秋左氏传》，大好之。既亲近，欲建立《左氏春秋》及《毛诗》、《逸礼》、《古文尚书》，皆列于学官。哀帝令与五经博士讲论其义，诸博士或不肯置对。因移书太常博士，责让之，其言甚切。由是忤执政大臣，为众儒所讪。数年，以病免官。哀帝崩，王莽持政，封红休侯，典儒林史卜之官。考定律历，著三统历谱。初歆以建平元年改名秀字颖叔，盖欲以应图谶也。莽既篡汉，以为国师封嘉新公。地皇末，谋劫莽降汉。事泄，自杀。有《遂初赋》，见《古文苑》及《艺文》二十七。骚体，盖移书让太常博士后求出补吏徙五原太守时所作也。歆以论议见排摈，志意不得。之官，经历故晋之域，感今思古，遂作斯赋，以叹征事，而寄己意。又有《甘泉赋》、《艺文》六十二及《初学记》二十四，《文选·

西都赋》及鲍照《君子有所思行》注并引其逸文。《灯赋》艺文八十,句皆四言。二篇,皆非完帙。

第九章　扬雄

扬雄传略　扬雄字子云,蜀郡成都人。生于宣帝甘露元年,_{前五三。}卒于王莽天凤五年。_{后十八。}少好学,不为章句,训诂通而已。博览无所不见,为人简易佚荡,口吃不能剧谈,默而好深湛之思。清静无为,少嗜欲。不汲汲于富贵,不戚戚于贫贱,不修廉隅以徼名当世。家产不过十金,无儋石之储,晏如也。尝好辞赋,以蜀司马相如作赋甚弘丽温雅,心壮之,常拟之以为式。又作《反离骚》以吊屈原,又旁《离骚》作重一篇,名曰《广骚》。旁《惜诵》以下至《怀沙》一卷,名曰《畔牢愁》。雄年三十余,自蜀游京师,大司马车骑将军王音奇其文,召以为门下史。荐雄待诏。《汉书》本传作四十余初至京师,推算不合。焦竑、何焯、全祖望、钱大昕、周寿昌均已辨之,今从周钱二家之说。元延二年_{前十一。}正月,奏《甘泉赋》。三月,上《河东赋》,十二月,为《羽猎赋》,明年又上长杨赋。哀帝时,丁傅、董贤用事,诸附离之者,或起家二千石。时雄方草《太玄》,有以自守泊如也。或嘲雄以玄尚白,乃作《解嘲》以解之。《太玄》之文难知,客有难其太深,众人所不好者,又作《解难》。雄以为赋者,将以风也,必推类而言,极丽靡之辞,闳侈巨衍,竞于使人不能加。既乃归之于正,然览者已过矣。往时武帝好神仙,相如上《大人赋》欲以风,帝反缥缥有陵云之志。由是言之,赋劝而不止明矣。又颇似俳优淳于髡、优孟之徒，非法度所存，贤人君子赋诗之正，于是辍不复为。当成哀平间，王莽、董贤皆为三公，权倾人主。所荐莫不拔擢，而雄三世不徙官。莽既篡，谈说之士，用符命称功德获封爵者甚众。惟雄复不侯。以耆老久次，转为大夫。刘歆、范逡皆敬之，而桓谭以为绝伦。王莽既以符命自立，即位之后，欲绝其原，以神前事。而甄丰子寻、歆子棻复献之，遂诛丰父子，投棻四裔。辞所连及，便收不请。时雄校书天禄阁，治狱使者来，欲收雄。雄惧不免，从阁上投下，几死。盖棻尝从雄学作奇字，实不知也。诏勿问。师京为之语曰：惟寂寞，自投阁。爰清静，作《符命》。家贫，嗜酒。人希至其门，时有好事者载酒肴从游学焉。卒年七十有一。

扬雄作品　《汉志》载扬雄赋十二篇。今存者有《反离骚》、《甘泉赋》、《河东赋》、《羽猎赋》、《长杨赋》、并见《汉书》本传。《蜀都赋》、《太玄赋》、《逐贫赋》、并见《古文苑》。《蜀都赋》又见《艺文类聚》六十一。《逐贫赋》又见《艺文》三十五、《初学记》十八及《御览》四百八十五。《酒赋》《汉书·游侠·陈遵传》、《北堂书钞》百四十八、《艺文》七十二、《初学记》二十六、《御览》七百五十八及七百六十一。九篇。又有《覈灵赋》一篇，仅存逸句。《御览》一。《文选》陆倕《石阙铭》、谢朓《之宣城出新林浦诗》、陆机《君子有所思行》、江淹《诣建平王书》、陈琳《檄吴将校部曲》及蔡邕《郭有道碑文》注。《广骚》及《畔牢愁》二篇本传仅存其目。然则并见存九篇，适得十二篇矣。本传又有《解嘲》、《解难》，亦属辞赋之体。而《赵充国颂》《汉书·赵充国传》、《文选》及《艺文类聚》五十九。及《州箴》、《官箴》并见《古文苑》及各类书。则并四言诗也。其他述作若《太玄》、《法言》、《训纂》、《仓颉》训纂《方言》及《剧秦美新》等散文之属，非本编范围所及，故弃捐勿道尔。

扬雄与文学　子云为西汉文学之殿军，亦当时南方之大儒。

其文大抵规仿前人,开后世摹拟之习。班固谓其好古乐道,其意欲求文章成名于后世。以为经莫大于《易》,故作《太玄》,传莫大于《论语》,作《法言》。史篇莫善于《苍颉》,作《训纂》,箴莫善于《虞箴》,作《州箴》,赋莫深于《离骚》,反而广之;辞莫丽于相如,作四赋。皆斟酌其本,相与放依而驰骋云。盖雄生平所著,咸以模仿为依归,微独文章然也。顾其学博,其才赡,故虽步武剽窃,而实能弥缝其迹,自出枢机,是亦因而能创,不失其个性者也。或讥其以艰深文其浅陋,过矣。且蜀自相如王褒以文辞弋取富贵,久为人所艳羡。子云生长其乡,亲炙其化。濡染所及,观感所系,自易生其景慕之心。故虽尝有鄙薄辞赋之意,而终不能不盛称之而又響效之也。《法言·吾子》篇曰:或问吾子少而好赋。曰:然,童子雕虫篆刻。俄而曰:壮夫不为也。又曰:孔氏之门用赋也,则贾谊升堂,相如入室矣。《西京杂记》曰:扬子云曰:长卿赋不似从人间来,其神化所至耶。子云学相如为赋而勿逮,故雅服焉。今观其辞,益侈靡闳丽,一以相如为宗,正其所谓辞人之赋是已。自是班固、张衡迭相仿效,盖皆踵其遗规。罕有能自振拔以独树一帜者,其流及于魏晋,而辞赋之面目始变。然则枚马开创之业,所赖以延续其生命于久长者,子云之功也。爰就其所作各篇,略加论述如次。

孝成帝时,客有荐雄文似相如者。上方郊祠甘泉泰畤汾阴后土,以求继嗣,召雄待诏承明之庭。既从上还甘泉,乃奏《甘泉赋》以风。其形式骚体与散体相杂,篇首数语略如赋序,篇末复有乱辞。前半叙宫室,后半叙郊祀,中间以散文为转折。似亦从《上林赋》而变化之。词气之闳肆,音节之抑扬,宫室之崇丽,郊祀之肃穆,各备于斯。而其最可注意者,则前以缓声,《离骚》体。弥觉优柔不迫;后加促节,《九歌》、《山鬼》、《国殇》体。亦复激楚飞扬;末归和雅,

《九章·橘颂》体。律度中节。盖学而能变,其文艺又胜前人一筹矣。《河东赋》前半篇用散文后半篇用骚体,大致与《甘泉赋》同。

成帝羽猎,雄从。以为昔在二帝三王宫馆台榭,沼池苑囿、林麓薮泽,财足以奉郊庙、御宾客、充庖厨而已,不夺百姓膏腴谷土桑柘之地。女有余布,男有余粟。国家殷富,上下交足。武帝广开上林,周袤数百里。游观侈靡,穷妙极丽。非尧、舜、成汤、文王三驱之意。又恐后世复修前好,不折中以泉台。故聊因《校猎赋》以风,即《羽猎赋》也。其辞略曰:

> 或称戏农,岂或帝王之弥文哉？论者云否,各亦并时而得宜,奚必同条而共贯。则泰山之封,乌得七十而有二仪。是以创业垂统者俱不见其爽,遐迩五三,孰知其是非。遂作颂曰:丽哉神圣处于玄宫,富既与地乎侔訾,贵正与天乎比崇。齐桓曾不足使扶毂,楚严未足以为骖乘。陿三王之阮薛,峤高举而大兴。历五帝之寥廓,涉三皇之登闳。建道德以为师,友仁义以为朋。于是玄冬季月,天地降烈。万物权舆于内,徂落于外。帝将惟田,于灵之囿。开北垠,受不周之制,以终始颛顼玄冥之统。(中略)于是天清日晏,逢蒙列眥。羿氏控弦。(中略)逢之则碎,近之则破。鸟不及飞,兽不得过。军惊师骇,括野扫地。及至罕车飞扬,武骑聿皇。蹈飞豹,绢嗛阳。追天宝,出一方。应骈声,击流光。野尽山穷,囊括其雌雄。沈沈容容,遥噱乎纮中。(中略)于兹乎鸿生巨儒,俄轩冕。杂衣裳,修唐典。匡雅颂,揖让于前。昭光振耀,蠢吻如神。仁声惠于北狄,武义动于南邻。是以旃裘之王、胡貉之长,移珍来享,抗手称臣。前入围口,后陈卢山。群公常伯,杨朱墨翟之

徒,喟然称曰:崇哉乎德,虽有唐虞大夏,成周之隆,何以侈兹。太古之观东岳,禅梁基。舍此世也,其谁与哉。上犹谦让而未俞也。(中略)于是醇洪鬯之德,丰茂世之规。加勞三皇,勖勤五帝,不亦至乎。乃祗庄雍穆之徒,立君臣之节,崇圣贤之业。未皇苑囿之丽,游猎之靡也。因回辀还衡,背阿房,反未央。

全篇不外畋猎游观之事,祷颂规谏之辞,而悉以纵横议论之笔出之,结构大体仿自相如。而起落处句法奇冥,盖欲别出风裁,务以求胜于前人也。《长杨》一篇,借子墨客卿翰林主人为问答,固亦子虚乌有遗规。而词尤俊伟,光焰动人,文气滂沛,局势开张。诚非常可喜之作也,扬马并称有以夫。

《汉书》本传又谓雄怪屈原文过相如,至不容,作《离骚》,自投江而死。悲其文,读之未尝不流涕也。以为君子得时则大行,不得时则龙蛇,遇不遇命也,何必湛身哉。乃作书,往往摭《离骚》文而反之。自嶓山投诸江流,以吊屈原。名曰《反离骚》。_{王念孙谓篇名原作《反骚》,与《广骚》及梁竦之《悼骚》、应奉之《感骚》同例,此衍离字。}其谓屈子不应沉江,非真能知屈子者,姑勿具论。而词句亦不过钞袭骚经原文,缀补成篇,去骚赋风格远甚。诚不足以言文艺矣。《蜀都赋》好用奇文异字,铺写地理与《子虚》、《上林》相同。所不同者,多以四言为句耳。《太玄赋》颇杂取屈原、贾谊之文。中间周游八极一段,亦复袭自《离骚》,盖说理之骚体赋也。《酒赋》一作《酒箴》,一作《都酒赋》。都酒者,酒器名也。观其首言子犹瓶矣,当以作《都酒赋》为长。其文则为四言韵语,极似箴铭。而颇有文学风趣者厥为《逐贫赋》,其辞略曰:

扬子遁世,离俗独处。左邻崇山,右接旷野。邻垣乞儿,终贫且窭。礼薄义弊，相与群聚。惆怅失志，呼贫与语。汝在六极，投弃荒遐。好为庸卒，刑戮是加。匪惟幼稚，嬉戏土砂。居非邻近，接屋连加。恩轻羽毛，义薄轻罗。进不由德，退不受呵。久为滞客，其意谓何。人皆文绣，余褐不完。人皆稻粱，我独藜飧。贫无宝玩，何以接欢。宗室之宴，为乐不槃。徒行负赁，出处易衣。身服百役，手足胼胝。或耘或耔，露体沾肌。朋友道绝，进官凌迟。厥咎安在，职汝为之。舍汝远窜，昆仑之巅。尔复我随，翰飞戾天。舍尔登山，岩穴隐藏。尔复我随，陟彼高冈。舍尔入海，汎彼柏舟。尔复我随，载沉载浮。我行尔动，我静尔休。岂无他人，从我何求。今汝去矣，勿复久留。贫曰：唯唯，（中略）言辞既罄，色厉目张。摄齐而兴，降阶下堂。誓将去尔，适彼首阳。孤竹二子，与我连行。余乃避席，辞谢不直。请不贰过，闻义则服。长与汝居，终无厌极。贫遂不去，与我游息。

此本游戏文字，为后人送穷、乞巧等文之所祖。中间舍汝远窜一节，词意均佳，而驱使成句尤极自然。其与淮南王羊胜《屏风赋》固为四言诗体，风格相似。或六朝人以本传有家贫嗜酒之文，遂并造《酒赋》及此篇而托之于扬雄耳。不然，亦子云赋之佳构也。至其《解嘲》、《解难》二篇，辞虽流利，然托于答问以自写其志。固犹东方《客难》之遗耳。雄又有《连珠》数章，虽非韵语，然排比齐整，实具六朝俳体之形。以其体丽而言约，每说一事，必先假喻以达其谊。辞句连续，互相发明，历历如贯珠，易睹而可说，故谓之连珠也。或谓此体实仿于韩非书中之连语，然后世作连珠者，实以子云为之祖云。

第六篇 东汉文学

第一章 东汉初期之文学

东汉一代之文学，与西汉相伯仲。然有可得而述者二，即其前半为辞赋之回翔时期，而后半则为乐府盛行及五言诗暴兴之时期也。大抵文人之作，不脱西京之旧。其时所谓正统派之文学，亦不过展转模仿，蹈袭前人规矩。求其能推陈出新，卓然自创一体者，实不多观。故辞赋至于东汉，作者虽多，已渐有不能支持之势。而五言新体代之而兴，不百余年，遂有蓬蓬勃勃之气象焉。统观东汉文学之全局，其间盛衰消长之故最重要者有二。略述之如次。

（一）东汉之世，一儒学鼎盛之时代也。光武中兴，以明经修行为进退人才之标准。虽雅好图谶，而颇宏奖儒学之士。《后汉书·儒林传》言光武爱好经术，未及下车，而先访儒雅，采求阙文。于是四方学士之遁逃林薮者，莫不云会京师。范升、陈元、郑兴、杜林、卫宏、刘昆、桓荣之徒，继踵而集。乃立五经博士，各以家法教授。中元元年，后五十六。初建三雍，明帝即位，亲行其礼。帝正坐自讲，诸儒执经问难于前，冠带缙绅圜桥门而观听者盖亿万计。章帝建初四年，后七十九。复大会诸儒于白虎观，详考五经同异。故东汉经学之盛,远胜于西汉。故其时士夫,多汲汲钻研经术,从事于支离破碎之章句训诂,而文学之进步遂滞。

（二）辞赋盛行既久,迄东汉而生反动。其首先抨击浮靡之文者为王充。《论衡·作对》篇曰:论衡之造也,起众书并失实,虚妄之言胜真美也。故虚妄之语不黜,则华文不见息。华文放流,则实事不见。故论衡者,所以铨轻重之言,立真伪之平,非苟调文饰辞为奇伟之观也。又曰:实虚之分定,而后华伪之文灭。华伪之文灭,则纯诚之化日以挚矣。王充所谓华伪之文,虽未明言,而实暗指当日盛行之辞赋。故其《自纪》篇曰:深覆典雅,指意难睹,惟赋颂耳。然则仲任之所痛诋而力排者可知矣。故其所作,皆直露其文。杂以俗言,尽黜词藻浮华之习。而《自纪》且云:其文可晓,故其事可思。如深鸿优雅,须师乃学,投之于地,何叹之有。此等议论,在当日诚为救弊之良剂。在辞赋则蒙绝大之影响,枚马之流风因之大挫,不能复振。

又考东汉时社会风气亦与西汉大异。西汉承战国遗风,游谈之士,多以文学致通显。而人主如武、宣,诸侯如梁王、淮南,复奖拔不遗余力。以故竞进之徒,咸思以恢奇谲诡之文以弋取功名富贵。而东汉则累世尊崇儒术,尤励气节。其时文苑、独行、卓异之选,多出身太学。沐浴雅化,类皆持躬饬行,不屑文人浮夸之习,以文章为进身之阶。故箴铭规诫之体富,而淫丽侈靡之赋终莫能胜也。及乎中叶以后,民间文学渐渍日久,浸淫浸广,影响遂亦渐深。复以屡通西域,异族之音乐渐次输入,文学乃骤起变化。而乐府歌辞之仿效,遂又开文学史上之新局面。故新声时时间作,逮其盛也,建安诸子之五言诗遂大放异采,此东汉文学之大概也。

冯衍 冯衍字敬通,京兆杜陵人。幼有奇才,九岁能诵诗。至二十,博通群书。王莽时,诸公多荐举之者,衍辞不肯仕。时天下兵起,莽遣更始将军廉丹讨伐山东,丹辟衍为掾。与俱至定陶,因说丹屯据大郡以观时变。丹不能从,与赤眉战死。衍乃亡命河东。更始二年,鲍永以为立汉将军,领狼孟长,屯太原。与上党太守田邑等缮甲养士,捍卫并土。及更始败,世祖即位,遂降。帝以为曲阳令,诛斩剧贼有功,当封,以谗毁故赏不行。建武六年,后三十。上书陈八事,一曰显文德,二曰褒武烈,三曰修旧功,四曰招俊杰,五曰明好恶,六曰简法令,七曰差秩禄,八曰抚边境。竟以谗阻不得见。寻为司隶从事,得罪,用诏赦不问。乃西归故郡,闭门自保。不敢复与亲故通。建武末上疏自陈,犹以前过不用。衍不得志,乃退而作《显志赋》以自励。显志者,言光明风化之情,昭章元妙之思也。其文通体为离骚形式,且常钞袭楚辞文句,或隐括其义出之。历举往古圣贤善恶行事,杂以神仙黄老思想,而词旨较西汉辞赋更为显白,盖亦摹古而变之者也。明帝即位,又多短衍文过其实,遂废于家。居贫年老,以疾卒。所著赋诔铭说问交德诰慎情书记说自序官禄说策五十篇,《初学记》及《文选》潘岳《西征赋》注又引其《扬节赋序》。而《刀阳铭》、《刀阴铭》、《枚铭》、《车铭》、《席前右铭》、《席后右铭》、《杯铭》、《爵铭》等四言韵文,或全或阙。皆分见于《艺文》、《御览》及《初学记》诸书云。

杜笃 杜笃字季雅,京兆杜陵人。少博学,不修小节,不为乡人所礼。居美阳,与美阳令游。数从请托,不谐,颇相恨。令怨,收笃送京师。会大司马吴汉薨,光武诏诸儒诔之。笃于狱中为诔辞,最高,帝美之。赐帛免刑。后仕郡文学掾,以目疾,二十余年不窥京师。建初三年后七八,车骑将军马防击西羌,请笃为从事中郎,战没于姑射山。所著赋诔书赞七言女诫及杂文凡十八篇,又著《明世论》十五篇。

笃文传于今者,惟《论都赋》一篇独完。见《后汉书》本传。余如《祓禊赋》、见《续汉·礼仪志》上注补及《艺文类聚》四。《首阳山赋》、见《艺文》七及《文选·天台赋》注。《书擔赋》见《艺文》五十及《御览》六百六。均非完篇。又《文选·雪赋》及潘岳《关中诗》注、《北堂书钞》百二十九并引其《众瑞赋》逸句。此外又有连珠、禖祝、吊比干文。片羽吉光,犹有存者。

> 论都赋者,笃以关中表里山河,先帝旧京,不宜改营洛邑,故奏此赋以论之也。其奏曰:臣闻知而复知,是为重知。臣所欲言,陛下已知。故略其梗概,不敢具陈。昔殷庚去奢,行俭于亳。成周之隆,乃即中洛。遭时制都,不常厥邑。圣贤之虑,盖有优劣。霸王之姿,明知相绝。守国之势,同归异术。或弃去阻陋,务处乎易。或据山带河,并吞六国。或富贵思归,不愿见袭。或掩空击虚,自蜀汉出。即日车驾,策由一卒。或知而不从,久都垓埆。臣不敢有据,窃见司马相如、扬子云作辞赋以讽主上,臣诚慕之。伏作书一篇,名曰论都。

此篇意本欲讽世祖还居西都,故其序托客言墙井之潢污,不容吞舟,洛邑之渟瀯,曷足以居。咸阳守国利器,不可以久居也,而篇末则反其意以为讽。而使览者知雍州旧都之不可漠视,所谓正言若反也。中间全以议论出之赋之,功用至是益广矣。而其奏中亦用韵,尤为前此所无。

崔篆 崔篆,涿郡平安人。王莽时,为郡文学,以明经征诣公车。太保甄丰举为步兵校尉。辞曰,吾闻伐国不问仁人,战阵不访儒士,此举奚为至哉。遂投劾归。已而征为建新大尹,不得已单车到官。全活甚众,寻称疾去。建武初,幽州刺史又举篆贤良,篆自以宗门受莽伪宠,惭愧汉朝,遂辞归不仕,客居荥阳。闭门潜思,著《周易林》六十四篇,用决吉凶多占验。终作《慰志赋》以自悼。赋中痛斥王莽篡逆,又自悔为莽篡所迫,受其伪职,乃一短篇骚体文字。盖砥砺名节之隐君子也。

班彪 班彪字叔皮,扶风安陵人。性沈重好古。年二十余,更始败,三辅大乱。时隗嚣拥众天水,乃避难从之。伤时方艰,乃著《王命论》以为汉德承尧,有灵命之符,王者兴祚,非诈力所致,欲以感之。而嚣终不悟。遂避地西河,西河大将军窦融以为从事,深敬待之,接以师友之道。彪乃为融画策,事汉,总河西以拒隗嚣。及融征还京师,光武问曰:所上帝奏,谁与参之。融对曰皆从事班彪所为。帝雅闻彪材,因召入见。举司隶茂才,拜为徐令,以病危,后数应二公之命辄去。彪既才高而好述作,遂专心史籍。以司马迁《史记》自武帝太初以后阙而不录,后好事者虽颇或缀集时事,多鄙俗不足以踵继其书。乃继采前史遗事,傍贯异闻,作后传数十篇。建武三十年后五十四。卒,年五十二。所著赋论书记奏事合九篇,今《文选》有《北征赋》一篇,又有《览海赋》、见《艺文类聚》八。《冀州赋》、见《艺文》六及十八《初学记》八、《续郡国志》一注。《文选》颜延之《秋胡诗》注、《水经·荡水注》及《艺文》二十八并作《游居赋》。《悼离骚》见《艺文》五十八三篇,惟《览海赋》似为完帙。

《北征赋》者,更始时班彪避难凉州,发长安而至安定之所作也。遭时丧乱,触物兴感,音节情绪均极动人。纳抒怀于纪事之中,盖仲宣《登楼》之类耳。录其一节于后:

陟高平而周览,望山谷之嵯峨。野萧条以莽荡,迥千里而无家。风飙发以漂遥兮,谷水灌以扬波。飞云雾之杳杳,涉积雪之皑皑。雁邕邕以群翔兮,鹍鸡鸣以哜哜。游子悲其故乡,以怆悢以伤怀。抚长剑而慨息,泣涟落而沾衣。揽余涕以于邑兮,哀民生之多故。夫何阴曀之不阳兮,嗟久失其平度。谅时运之所为兮,永伊郁其谁诉。

词旨多取宋玉《九辨》,而形式特异者则间一联不用兮字是也。此亦有意为之,欲以稍变旧规耳。此等不用兮字之六言句法,为六朝赋家之所祖。

第二章　明章间之赋家

班固　班固字孟坚,班彪子。生于光武建武八年,_{后三十二}。卒于和帝永元四年。_{后九十二}。九岁能属文诵诗书,及长,遂博贯载籍,九流百家之言无不穷究。所学无常师,不为章句,举大义而已。性宽和容众,不以才能高人。诸儒以此慕之。彪卒,归乡里。以父所续前史未详,乃潜精研思,欲就其业。既而有人上书显宗,告固私改作国史。有诏下郡,收固系京兆狱,尽取其家书。固弟超乃驰诣阙上书,得召见,具言固所著述意。而郡亦上其书,显宗甚奇之。召诣校书部,除兰台令史,迁为郎。典校秘书,乃复使终成前所著书。遂探撰前记,缀集所闻,为《汉书》百篇。自永平中受诏,积二十余年,至建初中乃成。当世甚重其书,学者莫不讽诵焉。自为郎后遂见亲近,及肃宗雅好文章,固愈得幸,数入。读书禁中,或连日继夜。每行巡狩,辄献上赋颂。朝廷有大议,使难问公卿,辩论于前,赏赐恩宠甚渥。迁玄武司马。上会诸儒讲论五经,作《白虎通德论》,令固撰集其事。后以母丧去官。永元初,大将军窦宪出塞征匈奴,以固为中护军行中郎将事。及宪败,坐下狱死。年六十一。

《后汉书》本传载固所著诗赋铭诔颂书文记论议六言在者凡四十一篇。今所传者有《两都赋》、《西都赋》、《东都赋》,见本传及《文选》。《幽通赋》见《汉书·叙传》上、《文选》及《艺文》二十六二篇。其《终南山赋》、《初学记》五,《文选·魏都赋》、《天台山赋》及《头陀寺碑》注并引其逸句。《览海赋》、《文选》潘岳《西征赋》注,张溥《百三家集》误收班彪《览海赋》及《游居赋》(即《冀州赋》)。《耿恭守疏勒城赋》《文选》潘岳《关中诗》注、《竹扇赋》《古文苑》、《白绮扇赋》《初学记》二十五引班孟坚集,佚等篇,或非完整,或存仅逸文,或止有篇目而已。又有《答宾戏》、《汉书·叙传》上、《文选》、《艺文》二十五。《奕旨》、《古文苑》、《艺文》七十四、《御览》七百五十三。《典引》、《文选》、《艺文》十。《封燕然山铭》、《后汉书·窦宪传》、《文选》、《艺文类聚》七。《高祖泗水亭碑铭》、《古文苑》、《艺文》十二。《十八侯铭》《古文苑》及其他诗颂连珠逸文甚众,不能备举。《本传》又有《应讥》一篇,其文久逸。

孟坚文辞,首推《两都》,盖东京辞赋之巨制也。固以其时海内清平,朝廷无事,京师修宫室,浚城隍,起苑囿,以备制度。西土耆老,咸怀怨思,冀上之眷顾,而盛称长安旧制,有陋洛邑之议。又感前世相如、寿王、东方之徒,造构文辞,终以讽劝。故作《两都赋》,以极众人之所眩曜,折以今之法度,亦犹杜笃《论都》之旨,特主张各不同耳。其赋分为二篇,假西都宾及东都主人相问答。一开一合,局势宏壮,明绚雅瞻,萃扬马之英华,尽赋家之能事。前篇略分三段,首述形势之胜,中言宫室之盛,末及田游之乐。所谓穷奢极侈,众人之所眩曜也。后篇全以议论行文,详于典制而略于宫馆苑囿,间有铺陈,亦终归于节俭,所谓折以今之法度也。例如《东都赋》末段云:

> 且夫僻界西戎,险阻四塞,修其防御,孰与处乎中土,平夷洞达,万方辐凑;秦岭九嵕,泾渭之川,曷若四渎五岳,带河泝洛;图书之渊,建章甘泉,馆御列仙,孰与灵台明堂,统乎天人;太液昆明,鸟兽之囿,曷若辟雍海流,道德之富;游侠逾侈,犯义侵礼,孰与同履法度,翼翼济济也。子徒习秦阿房之造天,而不知京洛之有制也。识函谷之可关,而不王者之无外也。主人之辞未终,西都宾矍然失容,逡巡降阶,惵然意下,捧手欲辞。主人曰:复位,今将授子以五篇之诗。宾既卒业,乃称曰:美哉乎斯诗,义正乎扬雄,事实乎相如。匪唯主人之好学,盖乃遭遇乎斯时也。小子狂简,不知所裁,既闻正道,请终身而诵。五诗。一明堂,二辟雍,三灵台,四宝鼎,五白雉。前三章四言,后二章骚体。今从略。

如此巨篇,而前后关合,结构紧密,滂沛包举,犹若不尽其言,真辞赋之雄也。至篇末系以五诗,尤变扬马窠臼。虽仍属理乱歌颂之列,而格局自新,六朝以后辞赋多祖此体。

《汉书·叙传》曰:班固作《幽通赋》以致命遂志,言陈吉凶性命,以遂明己之意也。赋云"觌幽人之仿佛",张晏曰幽人,神人也。然则幽通云者,谓与神遇耳。兹篇全拟《离骚》,而词多诘屈。加以说理,尤觉干枯。大抵摹仿之作,得其皮相,终不免貌合神离之诮。永平中为郎,笃志儒学,以著述为业。或讥以无功,又感东方朔、扬雄自喻以不遭苏张范蔡之时,曾不折之正道,明君子之所守,故作《答宾戏》。固累世才术,而位不显,亦聊以自通焉。凡此色庄内热之文,多含牢骚自炫之意。起于《答客难》,而仿于《解嘲》。自孟坚《宾戏》以后,承其流者纷焉。其言曰:福不盈眥,祸溢于世。又曰:说难既遒,其身乃困。秦货既费,厥宗亦坠。造语锤炼,渐开六朝俪文工巧之风矣。《典引》一篇述叙汉德,以为相如《封禅》,靡而不典;扬雄《美新》,典而不实,自谓得其致,其实亦优孟衣冠耳。

固诗除《郊祀灵芝歌》骚体,见《御览》外,又有《咏史》五言诗一首。其诗曰:

三王德弥薄,惟后用肉刑。太仓令有罪,就逮长安城。自恨身无子,困急独茕茕。小女痛父言,死者不可生。上书诣阙下,思古歌《鸡鸣》。忧心摧折裂,《晨风》扬激声。圣汉孝文帝,恻然感至情。百男何愦愦,不如一缇萦。

《诗品》云:东京二百载,惟有班固《咏史》,质木无文。盖其所擅长者,在摹古之辞赋。五言于时为新体,或非其好也。故所作诸铭词犹取旧日四言形式。

傅毅 傅毅字武仲,扶风茂陵人。少博学,永平中,于平陵习章句,因作《迪志诗》。毅以显宗求贤不笃,士多隐处,故作《七激》以为讽。建初中,肃宗博召文学之士,以毅为兰台令史。拜郎中,与班固、贾逵共典校书。毅追美孝明皇帝功德最盛,而庙颂未立,乃依《清庙》作《显宗颂》十篇,奏之,由是文雅显于朝廷。车骑将军马防,外戚尊重,请毅为军司马,待以师友之礼。及马氏败,免官归。永元元年,车骑将军窦宪复请毅为主记室,崔骃为主簿。及宪迁大将军,复以毅为司马,班固为中护军。宪府文章之盛,冠于当世。毅早卒。著诗赋诔颂祝文连珠等凡二十八篇。今传者有《舞赋》、见《文选》、《艺文》四十三、《初学记》十五,《古文苑》以为宋玉作,误。《七激》见《艺文》五十七二篇。又有《洛都赋》、见《艺文》六十一,又《初学记》二十四。《雅琴赋》《艺文》四十四,《初学记》十六,又《文选·东京赋》、《琴赋》注并引其文。案乔世宁汪士贤等并误以此赋入蔡邕集。二篇,皆不全。《反都赋》《水经·伊水》注及《扇赋》《北堂书钞》三十四仅存逸句。毅之辞赋具是矣。此外如《明帝诔》、《北海王诔》、《窦将军北征颂》、《扇铭》等篇,皆散见各类书中。《迪志诗》则载在《后汉书》本传。《古诗》"冉冉孤生竹"一首,或亦以为毅作。

魏文帝《典论·论文》云:傅毅之于班固,伯仲之间耳。而固小之,与弟超书曰:武仲以能属文为兰台令史,下笔不能自休。此文人相轻之习然也。毅文之传于今者《舞赋》最佳,其词略曰:

> 于是郑女并进,二八徐侍。姣服极丽,姁媮致态。貌嫽妙以妖蛊兮,红颜晔其扬华。眉连娟以增绕兮,目流眄而横波。珠翠的烁而炤耀兮,华袿飞髾而杂纤罗。顾形影,自整装。顺微风,挥若芳。动朱唇,纡青阳。亢音高歌,为乐方。歌曰:摅予意以弘观兮,绎精灵之所束。弛紧急之弦张兮,慢末事之骩曲。舒恢炱之广度兮,阔细体之苛缛。嘉《关雎》之不淫兮,哀《蟋蟀》之局促。(中略)于是蹑节鼓陈,舒意自广。游心无垠,远思长想。其始兴也,若俯若仰,若来若往。雍容惆怅,不可为象。其少进也,若翔若行,若竦若倾。兀动赴度,指顾应声。

罗衣从风，长袖交横。（下略）

此篇糅合骚体散体而成，固亦昔人之遗规。而句法奇偶杂出，或三言，或四言，或七言，极参差变化之致。而描写舞态，尤能曲尽形容，惟妙惟肖。统观全篇，似已开六朝辞赋之先声。其发端托于楚哀王游云梦，使宋玉赋高唐之事。则谢惠连《雪赋》、谢庄《月赋》及庾信《枯树赋》诸篇之所祖也。中间用歌辞，则又《楚辞》、《七发》诸篇之余绪也。辞赋至于东汉，其间承前启之迹，有可得而述者。

《七激》一篇全仿《七发》，其设为徒华公子及玄通子者，楚太子与吴客之类也。其曰天下之妙音云云者，亦枚叟七事之意也。陈陈相因，无足观焉。《迪志诗》为四言，亦拟韦孟《述祖德》意，且多剽窃《讽谏》、《在邹》字句。其失与《七激》同，盖尔时作者不避模拟钞袭类如此。

刘勰谓《古诗十九首》"孤竹"一篇为傅毅之辞。《文心雕龙·明诗》。确否不可知。然萧梁去东汉未远，或亦艺林传闻如是。其诗情节绝佳，姑录之以备观览：

冉冉孤生竹，结根太山阿。与君为新婚，兔丝附女萝。兔丝生有时，夫妇会有宜。千里远结婚，悠悠隔山陂。思君令人老，轩车来何迟。伤彼蕙兰花，含英扬光辉。过时而不采，将随秋草萎。君亮执高节，贱妾亦何为。

细玩此诗，似有摽梅后时之感。唐人《金缕曲》云："花开堪折直须折，莫待无花空折枝。"盖取其意而广之耳。其辞极似民歌。郭氏

《乐府诗集·杂曲歌辞》载此篇，题曰古辞。

崔骃　崔骃字亭伯，崔篆之孙也。年十三，能通《诗》、《易》、《春秋》，博学有伟才，尽通古今训诂百家之言。善属文。少游太学，与班固、傅毅同时齐名。元和中，肃宗始修古礼，巡狩方岳，骃上《四巡颂》以称汉德，辞甚典美。帝雅好文章，自见骃颂后，常嗟叹之。谓侍中窦宪曰：卿宁知崔骃乎。对曰：班固数为臣说之，然未见也。帝曰：公爱班固，而忽崔骃，此叶公之好龙也，试请见之。骃由此候宪，宪屣履迎门，揖为上客。已而帝欲官之，会崩。及宪为车骑将军，辟骃为掾，寻出为长岑长。骃自以远去，遂不之官而归。永元四年_{后九十二}卒于家。所著诗赋铭颂等二十一篇，今所传者有《大将军西征赋》_{《艺文》}五十九、《反都赋》_{《艺文》}六十一、《大将军临洛观赋》_{《艺文》}六十三_{《御览》}二十皆不全。《文选·赭白马赋》及《褚渊碑》注又引其《武赋》逸文。《达旨》一篇，见于本传。《七依》今亦残阙不完，散见各类书及《选》注中。又有《安封侯诗》、《七言诗》及其他箴铭颂甚夥。

骃以典籍为业，未遑仕进之事，时人或讥其太玄静，将以后名失实，乃拟扬雄《解嘲》，作《达旨》以答焉。其文骈俪，较西汉渐工整。流衍及于六朝，而俳体以立。例如云："壹天下之众异，齐品类之万殊。参差同量，坏冶一陶。群生得理，庶绩其凝。家家有以乐和，人人有以自优。"又云："譬犹衡阳之林，岱阴之麓。伐寻抱不为之稀，艺拱把不为之数。彼采其华，我收其实。故进动以道，则不辞执珪而秉柱国；复静以理，则甘糟糠而安黎藿。"此东汉骈文渐次成立之征也。惟是《答客》、《解嘲》之体，屡经仿效，数见不鲜。自骃以下，无足观已。

《安封侯诗》四句见《艺文类聚》。其词曰：戎马鸣兮金鼓震，壮士激兮忘身命。被光甲兮跨良马,挥长戟兮彀强弩,词意极似《国殇》。二句为韵,似非完篇。又有《七言诗》三句云:鸾鸟高翔时来仪,应治归德合望规,啄食竹实饮华池。未审所咏为何事也。

梁鸿 梁鸿字伯鸾,扶风平陵人。受业太学,博览无不通,不为章句。家贫而尚节介。乡里慕其高节,多欲女之,鸿并绝不娶。同县孟氏有女甚丑,择对不嫁。至年三十,父母问其故。女曰:欲得贤如梁伯鸾者。鸿闻而聘之,盛饰入门,七日而鸿不答。妻乃跪床下请曰:窃闻夫子高义,简斥数妇,妾亦偃蹇数夫矣。今而见择,敢不请罪。鸿曰:吾欲裘褐之人可与俱隐深山者尔。今乃衣绮缟傅粉墨,岂鸿所愿哉?妻曰:妾自有隐居之服。乃更为椎髻,着布衣,操作而前。鸿大喜曰:此真梁鸿妻也,能奉我矣。字之曰德曜,名孟光。已而共入霸陵山中,以耕织为业。咏诗书弹琴以自娱。仰慕前世高士,为四皓以来二十四人作颂。因东出关,过京师,作《五噫之歌》。有顷,变姓名,与妻子居齐鲁之间。寻又适吴依皋伯通,居庑下,为人赁舂。每归,妻为具食,不敢于鸿前仰视,举案齐眉。伯通察而异之,乃舍之于家。鸿潜闭著书十余篇,及卒,葬于要离冢傍。

《五噫诗》云:陟彼北邙兮,噫。顾览帝京兮,噫。宫室崔嵬兮,噫。人之劬劳兮,噫。辽辽未央兮,噫。此诗实为创体,前乎此者若《国风》,句末间有用吁嗟字者。然亦偶尔为之,非每句如此。且与此诗于每句之尾复另添一感叹辞者根本不同。梁鸿东汉高士,遁迹岩薮,本为平民。或当日民间有此新声,聊取之以寄意焉耳。鸿又有《适吴诗》及《思友人高恢诗》,皆骚体,而辞赋不见于世。其殆平民与贵族作家之异趣与。

第三章　和顺间之辞赋及其诗

和顺间文学之盛，堪比汉武之世。盖章、和诸帝雅好文辞，其时怀铅握椠之伦，稍稍以文章获禄位。朝野上下，靡然从风，信乎奖劝之功大矣。今依时代之先后而论述其时之文学如下。

李尤　李尤，字伯仁，广汉洛人也。生于光武建武二十年_{后四十四}，卒于顺帝永建元年_{后一二六}。少以文章显。和帝时，侍中贾逵荐尤有相如、扬雄之风，召诣东观，受诏作赋。拜兰台令史。稍迁。安帝时，为谏议大夫。受诏与谒者仆射刘珍等俱撰《汉记》。后帝废太子为济阴王，尤上书谏争。顺帝立，迁乐安相。年八十三卒。所著诗赋铭诔颂等凡二十八篇。今所传者有《函谷关赋》、《古文苑》、《艺文》六、《初学记》七又《文选·鲁灵光殿赋》及《七启》注。《平乐观赋》《艺文》六十三、《东观赋》《艺文》六十三、《德阳殿赋》、《艺文》六十二、《初学记》二十八、《御览》九百七十。《辟雍赋》、《艺文》三十八、《初学记》十三，又《御览》五百三十四、《文选·海赋》及《鲁灵光殿赋》注。《七欸》《艺文》五十七，又《初学记》二十八引两条，又《御览》九百七十四，又九百七十一及《文选·长笛赋》、《七命》注。数篇。诸书又载其山河都邑器物等铭八十余篇，又有七言《九曲歌》二句云：年岁晚暮时已斜，安得力士翻日车。盖尤文虽多，今则无一全者。所作诸赋，十九为四六句，而骚体绝少，非复西京面目矣。

班昭　昭一名姬，字惠班。班彪之女，固之妹。扶风曹世叔妻也。博学高才，早寡，有节行法度。固为《汉书》，其八表及《天文志》未及竟而卒。和帝诏昭就东观藏书阁踵成之。数召入宫，令皇后诸贵人师事焉，号曰曹大家。每有贡献异物，辄诏大家作赋颂。及邓太后临朝，与闻政事。以出入之勤，特封子成关内侯，至齐相。时《汉书》始出，多未能通者。同郡马融，伏于阁下，从昭受读。后又诏融兄续继昭成之。作《女诫》七篇：一《卑弱》，二《夫妇》，三《敬慎》，四《妇行》，五《专心》，六《曲从》，七《和叔妹》。马融善之，令妻女习焉。昭女妹曹丰生，亦有才惠，为书以难之，辞有可观。昭年七十余卒。皇太后素服举哀，使者监护丧事。所著赋颂铭诔哀辞等凡十六篇。《文选》载其《东征赋》一篇。盖子穀为陈留长，大家随至官之所作也。其赋全祖《北征》，而颇有规训之语。又有《针缕赋》、《艺文》六十五，《御览》八百三十。《大雀赋》、《艺文》九十二，《御览》九百二十二作《大雀颂》。《蝉赋》《艺文》九十七、《初学记》三十、《御览》九百四十四。三篇，皆仅存逸句。

张衡　张衡字平子，南阳西鄂人。生于章帝建初三年后七十八，卒于顺帝永和四年后一三九。世为著姓，少善属文，游于三辅，因入京师，观太学。遂通五经，贯六艺。虽才高于世，而无骄尚之情。常从容淡静，不好交接俗人。永元中，举孝廉，不行，连辟公府不就。大将军邓骘奇其才，累召不应。衡善机巧，尤致思于天文阴阳历算。安帝雅闻衡善术学，公车特征，拜郎中。再迁为太史令。遂乃核阴阳，妙尽璇机之正。作浑天仪，著《灵宪算罔论》，言甚详明。顺帝初，再转复为太史令。阳嘉元年后一三二复造候风地动仪。以精铜铸成，圆径八尺，合盖隆起，形似酒尊。饰以篆文山龟鸟兽之形，中有都柱，傍行八道，施关发机。外有八龙，首衔铜丸。下有蟾蜍，张口承之。其牙机巧制，皆隐在尊中。覆盖周密无际。如有地动，尊则振，龙机发，吐丸而蟾蜍衔之。振声激扬，伺者因此觉知。

虽一龙机发,而七首不动。寻其方面,乃知震之所在。验之,事合契若神。尝一龙机动,而地不觉动。京师学者咸怪其无征。后数日驿至,果地震陇西,于是皆服其妙。自此以后,乃令史官记地动所从方起。后迁侍中,帝引在帷幄,讽议左右。尝问衡以天下所疾恶者,宦官惧其毁己,皆共目之。衡乃诡对而出。阉竖恐终为其患,遂共谗之。永和初,出为河间相。时国王骄奢,不遵宪典。又多豪右,共为不轨。衡下车,治威严,整法度。阴知奸党姓名,一时收禽。上下肃然,称为政理。视事三年,上书乞骸骨。征拜尚书,年六十二卒。所著诗赋铭七言等凡三十二篇。今有《东京赋》、《西京赋》、《南都赋》、《思玄赋》、《归田赋》、见《文选》,《思玄赋》又见本传。《髑髅赋》、《冢赋》《古文苑》、《温泉赋》、《水经·渭水》注下、《艺文》九、《文选·雪赋》注,又见《初学记》七引六条。《舞赋》、《艺文》四十、《初学记》十五、《御览》三百八十五,又《后汉书·边让传》注,《文选·射雉赋》、《笙赋》、《舞赋》、《琴赋》,陆机《为顾彦先赠妇诗》、《日出东南隅行》、《演连珠》、鲍照数诗、《七命》各注引及《御览》五百七十四引。《羽猎赋》、《艺文》六十六、《初学记》二十二,又《御览》八百九及《文选》魏文帝《芙蓉池作诗》、陆机《汉高祖功臣颂》注。《扇赋》《北堂书钞》百三十四、《鸿赋》《御览》九百十九、《定情赋》《艺文》十八及《文选·洛神赋》注十三篇。《舞赋》以下非全篇。张溥《百三名家·张河间集》又有《周天大象赋》,乃隋李播所撰,张氏误收,严铁桥已辨之。余如《应间》见本传,《七辩》见《艺文》,《四愁诗》见《文选》,《同声歌》见《玉台新咏》,《怨篇》见《御览》,其他铭诔数篇犹有存者。

本传云,时天下承平日久,自王侯以下莫不逾侈。衡乃拟班固《两都》作《二京赋》,因以讽谏。精思傅会,十年乃成。今按《二京赋》,约八千字。视相如、孟坚诸篇尤为巨制。盖体制既同,难以取胜，乃务求富赡以相凌轹耳。其托言凭虚公子者，犹相如所云子虚也；安处先生者，则乌有先生之类也。《西京赋》以心奓体忲，恣意铺张为主，犹班固《西都》极众人之所眩曜也。《东京赋》以礼制为本，而以崇尚俭朴为指归，亦犹《东都》折以今之法度也。《西京》前叙地，后叙人，次叙山川形胜，下及宫室苑囿田猎之盛，杂戏歌舞声色之娱。《东京》则先叙皇居，后言典礼，至于备致嘉祥而极。中间独侧重四时巡狩、郊祀、耕籍、朝会、听政、宴享、纳谏、招贤诸事，于欢豫和洽之中，时有庄严肃穆之气。前后两篇全以议论贯穿之，思无不至，笔无不尽。虽曰摹仿之作，而实青胜于蓝。盖凡作此等赋，规矩已定，用意已陈，但求辞富而已。辞不能富，无宁辍翰，此陆机所以见左思《三都赋》而搁笔也。

南都者，故光武旧里。本南阳郡，治宛，在京洛之南，故曰南都。衡作此赋，以示不忘本原之意。其文历举山川物产之饶，与《子虚》、《上林》无以异。篇末既以歌代乱，又缀以颂辞，微有不同。其歌曰：望翠华兮葳蕤，建太常兮裶裶。驷飞龙兮骙骙，振和鸾兮京师。总万乘兮徘徊，按平路兮来归。颂曰：皇祖止焉，光武起焉。据彼河洛，四海统焉。本枝百世，位天子焉。永世克孝，怀桑梓焉。真人南巡，睹旧里焉。此种形式乃前人所无。《思玄赋》通篇骚体，效《楚辞·远游》之意，而推广之。班固《幽通》写意，此兼叙事。然是心中所思，非实境也。篇末系曰：天长地久岁不留，俟河之清只怀忧。愿得远渡以自娱，上下无常穷六区。超逾腾跃绝世俗，飘遥神举逞所欲。天不可阶仙夫稀，柏舟悄悄吝不飞。松乔高跱孰能离，结精远游使心携。迴志揭来从玄谋，获我所求夫何思。是时七言诗已渐盛行，故平子以之入赋。《高唐赋》云，延年益寿千万岁。《神女赋》云，罗纨绮缋盛文章，极服妙采照万方。亦此

类也。《归田赋》为小品文字,极似六朝小赋,兹录其全文如下:

> 游都邑以永久,无明略以佐时。徒临川而羡鱼,俟河清乎未期。感蔡子之慷慨,从唐生以决疑。谅天道之微昧,追渔父以同嬉。超埃尘以遐逝,与世事乎长辞。于是仲春令月,时和气清。原隰郁茂,百草滋荣。王雎鼓翼,仓庚哀鸣。交颈颉颃,关关嘤嘤。于焉逍遥,聊以娱情。尔乃龙吟方泽,虎啸山丘。仰飞纤缴,俯钓长流。触矢而毙,贪饵吞钩。落云间之逸禽,悬渊沉之鲋鰡。于时曜灵俄景,继以望舒。极盘游之至乐,虽日夕而忘劬。感老氏之遗诫,将回驾乎蓬庐。弹五弦之妙指,咏周孔之图书。挥翰墨以奋藻,陈三皇之轨模。苟纵心于物外,安知荣辱之所如。

此赋脱尽汉人堆砌之习,而一以清隽出之。体物写志,小大各殊故也。其抒写闲情逸致,极似渊明《归去来辞》。本传谓其见逸于宦者,此殆《归田赋》之所为作欤?此等小赋,后遂为六朝人所本。

时天下渐弊,衡郁郁不得志,乃作《四愁诗》。效屈原以美人为君子,以珍宝为仁义,以水深雪雾为小人,以道术为报贻于时君,而惧谗邪,不得以通。其辞曰:

> 一思曰:我所思兮在太山,欲往从之梁父艰,侧身东望涕沾翰。美人赠我金错刀,何以报之英琼瑶。路远莫致倚逍遥,何为怀忧心烦劳。
>
> 二思曰:我所思兮在桂林,欲往从之湘水深,侧身南望涕沾襟。美人赠我金琅玕,何以报之双玉盘。路远莫致倚惆怅,

何为怀忧心烦怏。

三思曰:我所思兮在汉阳,欲往从之陇坂长,侧身西望涕沾裳。美人赠我貂襜褕,何以报之明月珠。路远莫致倚踟蹰,何为怀忧心烦纡。

四思曰:我所思兮在雁门,欲往从之雪纷纷,侧身北望涕沾巾。美人赠我锦绣段,何以报之青玉案。路远莫致倚增叹,何为怀忧心烦惋。

平子《四愁》与伯鸾《五噫》俱属创体,后有拟作,莫能尚之。大抵取境《风》、《骚》,冶《国风》、《九歌》于一炉,以寄其遥衷耿慕耳。以视其时之四言诗以说理叙事为主,而枯燥不堪者,大有庭径之别矣。王元美曰:平子《四愁》,千古绝唱。傅玄拟之,致不足言,大是笑资耳。《艺苑卮言》。沈确士曰:心烦纡郁,低徊情深,《风》、《骚》之变格也。少陵七歌原于此而不袭其迹。又曰:《五噫》、《四愁》,如何拟得?后人拟者,画西施之貌耳。《古诗源》。今按傅玄讥《四愁诗》体小而俗,为七言之类。乃拟而作之,广七句为十二句。袭其面目而遗其神理,乏自然幽婉之致,真木居士矣,弇州诮为笑柄宜哉。而子美《居同谷县七歌》虽亦远师《四愁》,而变化跳宕,洗尽窠穴,所谓善学古人者也。故朱子谓《七歌》豪宕奇崛,兼取《九歌》、《四愁》、《十八拍》诸调而变化出之,遂成创体。然则创作固难,即拟作亦不易矣。《同声歌》为五言诗,《乐府解题》谓其借妇人勉供妇职,不离君子,缱绻枕席,没齿不忘,以喻臣子之事君。中有句云:"思为莞蒻席,在下蔽匡床。愿为罗衾帱,在上卫风霜。"寄兴高远,遗辞自妙,则又陶公《闲情赋》之所本也。说见姚宽《西溪丛语》。《怨篇秋兰》一首,四言八句。其序曰:秋兰咏嘉人也,嘉而不获用,故作是诗也。刘勰曰:张衡《怨篇》,清典可味。《文心雕龙·明诗》。然斯时四言终不能与新体争胜。

崔瑗 崔瑗字子玉,骃中子。早孤,锐志好学,尽能传其父业。年十八,至京师,从侍中贾逵质正大义,逵善待之。与马融、张衡笃相交好。兄章为州人所杀,瑗手刃报仇。因亡命,会赦归家。家贫兄弟同居,数十年,乡邑化之。年四十余,始为郡吏。坐事系狱释归。辟度辽将军邓遵府。遵诛,坐免。复辟车骑将军阎显府。顺帝初,显诛,又坐免。遂不复应州郡命。后举茂才,迁汲令。数言便宜,开稻田数百顷。视事七年,百姓歌之。安帝初,迁济北相。被劾,征诣廷尉。瑗上书自讼,得理出。会病卒。年六十六。瑗高于文辞,尤善为书记箴铭。所著赋碑铭箴颂七苏《北堂书钞》百三十五引二句共得八字。及七言诗等凡五十七篇,今多散逸。箴铭则多有存者。惟座右一铭为五言诗。录之如次:

无道人之短,无说己之长。施人慎勿念,受施慎忽忘。世誉不足慕,唯仁为纪纲。隐心而后动,谤议庸何伤。无使名过实,守愚圣所臧。柔弱生之徒,老氏诫刚强。在涅贵不缁,暧暧内含光。硁硁鄙夫志,悠悠故难量。慎言节饮食,知足胜不祥。行之苟有恒,久久自芬芳。

王逸 王逸字叔师,南郡宜城人。元初中,举上计吏,为校书郎,顺帝时为侍中。著《楚辞章句》行于世。其赋诔书论及杂文凡二十一篇。又作汉诗百二十三篇。子延寿,字文考。有俊才。少游鲁国,作《灵光殿赋》。后蔡邕亦造此赋未成。及见延寿所为,甚奇之。遂辍翰而已。曾有异梦,恶之,乃作《梦赋》以自厉。后溺水死，时年二十馀。本传注引张华《博物志》曰：王子山与父叔师，到泰山，从鲍子真学算。到鲁，赋灵光殿。归度湘水溺死。文考一字子山也。

逸文有《九思》一篇见《楚辞》、《机妇赋》一篇、《艺文》六十五、《书钞》百五十八、《御览》八百二十五。《荔支赋》一篇，《艺文》八十七、《初学记》二十及二十八、《御览》九百六十四、九百六十八、九百七十一、九百七十二。《文选·蜀都赋》、《闲居赋》、《江赋》、《赭白马赋》、曹植《名都篇》及袁淑《效曹植白马篇》注。惟《九思》为完篇。共分九章，一《逢尤》一作《见尤》，二《怨上》，三《疾世》一作《疾俗》，四《悯上》，五《遭厄》，六《悼乱》一作《隐思》，一作《散乱》，七《伤时》，八《哀岁》，九《守志》。《楚辞·九思》序曰：逸博雅多览，读《楚辞》而伤愍屈原，故为之作解。又以自屈原终没之后，忠臣介士，游览学者，读《离骚》、《九章》之文，莫不怆然，心为悲感。高其节行，妙其丽雅。至刘向、王褒之徒，咸嘉其义，作赋骋辞，以赞其志。逸与屈原同土共国，悼伤之情与凡有异。窃慕向、褒之风，作颂一篇，号曰《九思》，以裨其辞。篇中自《怨上》以下八章皆用《九歌·东皇太一》形式，乱辞则用《山鬼》、《国殇》形式。词旨皆无可取，以其不脱前人范围故也，兹录其较佳者二节于后：

《逢尤》云：悲兮愁，哀兮忧。天生我兮当暗时，被谗谮兮虚获尤。心烦愦兮意无聊，严载驾兮出戏游。周八极兮历九州。

《哀岁》云：旻天兮清凉，玄气兮高朗。北风兮潦冽，草木兮苍黄。蚑蛷兮嚾嚾，蜙蛆兮穰穰。岁忽忽兮惟暮，余感时兮凄怆。

逸又有《琴思楚歌》一首，乃七言诗。录之以见七言诗幼稚时代之状况：

盛阴修夜何难晓,思念纠戾肠摧绕,时节晚暮年齿老。冬夏更运去若颓,寒来暑往难逐追,形容减少颜色亏。时忽晻晻若骛驰,意中私喜施用为,内无所恃失本义。志愿不得心肝沸,忧怀感结重叹噫,岁月已尽去奄忽。亡官失禄去家室,思想君命幸复位,久处无成卒放弃。

据《隶释》及《古文苑》王延寿《桐柏淮源庙碑》,叙延熹六年_{后一六三。}正月,南阳太守立庙桐柏事,则延寿当卒于桓之世。其文有《鲁灵光殿赋》《文选》、《梦赋》《艺文》七十九、《王孙赋》《艺文》九十五、《初学记》二十九、《御览》九百十_{三篇},而《灵光殿赋》最善。《御览》五百八十七引《博物志》曰:王延寿作《鲁灵光殿赋》初成,逸语之曰:汝写状归,吾欲为赋。文考遂以韵写简。逸曰:此即好赋,吾固不及矣。今观其文,好用奇字。古劲厚重,诘屈聱牙,盖一模古之作也。首叙作殿之由,次述殿之大概。以下分记殿中所见。先结构,次雕镂,又次图画,极铺张亦极有条理。杜牧《阿房宫赋》盖从此出。其词之佳者,如曰:悬栋结阿,天窗绮疏。圆渊方井,反植荷渠。发秀吐荣,菡萏披敷。绿房紫菂,窋咤垂珠。云楶藻棁,龙桷雕镂。飞禽走兽,因木生姿。又曰:图画天地,品类群生。杂出奇怪,出神海灵。写载其状,托之丹青。千变万化,事各缪形。随色象类,曲得其情。皆于古朴中有舒畅自然之致。而乱辞效《洞箫赋》而变之。四字为句,句皆有韵,三句为节,错综相叶,_{例如彤彤灵宫,峛崺穹崇,纷庬鸿兮。崱屴嶙厘,岑崟巑嶬,骈楔嵼兮。宫与上节三句为韵。厘嶬又自为韵。}此又赋形之极变也。

第四章　桓灵以来之作者

马融　马融字季长,扶风茂陵人。生于章帝建初四年后七十九,卒于桓帝延熹九年后百六十六。为人美辞貌,有俊才。永初二年后一〇八,大将军邓骘闻融名,召为舍人。非其好也,遂不应命。已而困于饥馑,复往应之,拜为校书郎中,诣东观典校秘书。元初二年后一一五,上《广成颂》以讽谏,忤邓氏。滞于东观十年,不得调。因兄子丧,自劾归。太后怒,禁锢之。安帝亲政,召还郎署,复在讲部。出为河间王厩长史。时车驾东巡岱宗,融上《东巡颂》。帝奇其文,召拜郎中。顺帝即位,移病去,为郡功曹。阳嘉二年后一三三,举敦朴,城门校岑起举融,征诣公车。对策,拜议郎。大将军梁商表为从事中郎,转武都太守。桓帝时,为南郡太守,以忤梁冀免官,髡徙朔方,自刺不殊。得赦还复拜议郎,重在东观著述。以病去官。融才高博洽,为世通儒。弟子以千数,涿郡卢植、北海郑玄皆其徒也。善鼓琴,好吹笛,达生任性,不拘儒者之节,居宇器服多侈饰。常坐高堂,施绛纱帐,前授生徒,后列女乐。弟子以次相传,鲜有入其室者。年八十八卒。所著经学以外,有赋颂七言琴歌等凡二十一篇。今所传有《长笛赋》《文选》、《围棋赋》《古文苑》、《艺文》七十四、《樗蒲赋》《艺文》七十四、《琴赋》《艺文》四十四,《文选》司马彪《赠山涛诗》、颜延之《曲水诗序》及刘伶《酒德颂》注、《龙虎赋》《史记·陈平世家》集解仅引二句、《广成颂》本传、《东巡颂》《艺文》三十九、《初学记》十三、《御览》五百三十七等篇。惟《长笛》、《围棋》及《广成颂》完整无阙。

《长笛赋序》云:融既博览典雅,精核数术。又性好音律,能鼓琴吹笛。而为督邮无留事,独卧郿平阳邬中。有洛客舍逆旅,吹笛,为气出精列相和。融去京师逾年,暂闻甚悲而乐之。追慕王子渊、枚乘、刘伯康、傅武仲等箫琴笙颂,唯笛独无。故聊复备数,作《长笛赋》一作《长笛颂》。其文远祖《七发》龙门之桐一段,近效《洞箫》,首叙笛材所出,中述制笛之事与吹笛之人,末言笛声之足以感人。骈散兼行,文词畅达,而篇末一结尤奇,录之如下:

> 有庶士丘仲言其所由出,而不知其弘妙。其辞曰:近世双笛从羌起,羌人伐竹未及已。龙鸣水中不见已,截竹吹之声相似。剡其上孔通洞之,裁以当簻便易持。易京君明识音律,故本四孔加以一。君明所加孔后出,是谓商声五音毕。

此段本为乱辞,而假他人口吻以述笛之沿革,避故生新,亦风裁之特异者也。其以七言为句,则又与平子《思玄赋》系同。《围棋赋》体似贾谊《吊屈原赋》,言奕事攻守之法极精当。《广成颂》模拟扬雄《羽猎》,亦铺陈,亦议论,盖赋体也。

边韶 边韶字孝先,陈留浚仪人,以文学知名,教授数百人。韶口辩。曾昼日假卧,弟子私嘲之曰:边孝先,腹便便。懒读书,但欲眠。韶潜闻之,应时对曰:边为姓,孝为字。腹便便,五经笥。但欲眠,思经事。寐与周公通梦,静与孔子同意。师而可嘲,出何典记。嘲者大惭。韶之才捷,皆此类也。桓帝时为临颍侯相,征拜太中大夫,著作东观。再迁北地太守,入拜尚书令,后为陈相卒。著诗颂碑铭等凡十五篇。今《塞赋》、《艺文》七十四、《御览》七百五十四。《河激颂》《水经》七、《老子铭》等篇尚存。汉人颂多用韵,而《河激颂》独否，但叙事之始末而已。《塞赋》形式似学荀卿《赋》篇，说理亦复相同。

秦嘉 秦嘉字士会，陇西人。桓帝时，仕郡上计。入洛，除黄门郎，病卒于津乡亭。其妻徐淑亦有文才。初，嘉为郡吏，妻寝疾还家，不获面别，赠以诗。淑亦为诗答之。后嘉又遗妻书，赠以明镜、宝钗、龙虎组履、好香、素琴。淑又作书报之。略云：览镜执钗，情想仿佛。操琴咏诗，思心成结。敕以芳香馥身，喻以明镜鉴形。此言过矣，未获我心也。昔诗人有飞蓬之感，班婕妤有谁荣之叹。素琴之作，当须君归，明镜之鉴，当待君还。未奉光仪，则宝钗之不设也，未侍帷帐，则芳香不发也。见《艺文》三十二，又略见《御览》七百十七。词旨凄丽，极为世所艳称。秦嘉有《述婚诗》二首、《赠妇诗》一首，皆四言。其《赠妇诗》章末云：飘飘帷帐，荧荧华烛。尔不是居，帷帐何施。尔不是照，华烛何为。亦犹其妻报书之意。又有《留郡赠妇诗》三首，则为五言。兹录其一以为例：

> 皇灵无私亲，为善荷天禄。伤我与尔身，少小雁茕独。既得结大义，欢乐苦不足。念当远别离，思念叙款曲。河广无舟梁，道近隔丘陆。临路怀惆怅，中驾正踯躅。浮云起高山，悲风激深谷。良马不回鞍，轻车不转毂。针药可屡进，愁思难为数。贞士笃终始，恩义不可促。《玉台新咏》促作属，义不可通。今从冯氏《诗纪》。

此诗词气和易，情发乎中，不为悲苦过甚之辞，而感人自深。惟视十九首及苏李诸篇则远逊矣。《玉台新咏》又载徐淑答夫诗一章，并录如后：

妾身兮不令，婴疾兮来归。沉滞兮家门，历时兮不差。旷废兮侍觐，情敬兮有违。君今兮奉命，远适兮京师。悠悠兮别离，无因兮叙怀。瞻望兮踊跃，伫立兮徘徊。思君兮感结，梦想兮容辉。君发兮引迈，去我兮日乖。恨无兮羽翼，高飞兮相追。长吟兮永叹，泪下兮沾衣。

崔寔 崔寔字子真，一名台，字元始。瑗子。少沈静好典籍。桓帝初，诏公卿郡国举至孝独行之士，寔以郡举征诣公车。病不对策，除为郎。明于政体，吏才有余。论当世便事数十条，名曰《政论》，为世所称。后辟太尉袁汤、大将军梁冀府，并不就。寻以荐召拜议郎。迁梁冀府司马，与边韶等著作东观。出为五原太守，以病征拜议郎。复与诸儒博士共杂定五经。冀诛，以故吏免官，禁锢数年。后司空黄琼荐寔，拜辽东太守。母忧服阕，召拜尚书。以疾免。建宁中病卒。所著赋箴铭答七言等凡十五篇。今所传者有《大赦赋》、《艺文》五十二，《初学记》二十。《答讥》《艺文》五十二、《谏议大夫箴》、《古文苑》、《初学记》十二。《太医令箴》《御览》二百二十九数篇耳。《大赦赋》不全。《答讥》则亦《答客》、《解嘲》之类，颇以对偶为工。如曰：沉缗潏壑，栖息高丘。虽无炎炎之乐，亦无灼灼之忧。实为六朝俪文所法式。其"纤芒豪末，祸亟无外；荣速激电，辱必弥世"数语，似又暗袭班固《答宾戏》之文也。

郦炎 郦炎字文胜，范阳人。郦食其之后也。有文才，解音律。言论捷给，多服其能理。灵帝时，州郡辟命皆不就，有志气，作诗二篇。后风病慌忽。性至孝，遭母忧，病甚发动，妻始产而惊死，妻家讼之，收系狱。炎病不能理对，熹平六年后一七七遂死狱中，时

年二十八。尚书卢植谏之。《后汉书》本传录其二诗,其一曰:

> 灵芝生河洲,动摇因洪波。兰荣一何晚,严霜瘁其柯。哀哉二芳草,不植泰山阿。文质道所贵,遭时用有嘉。绛灌临衡宰,谓谊崇浮华。贤才抑不用,远投荆南沙。抱玉乘龙骥,不逢乐与和。安得孔仲尼,为世陈四科。

本传二诗均无题,此首《艺文》作《兰诗》。《诗品》曰:文胜托咏灵芝,怀寄不浅,即谓此也。此与秦嘉诸篇,虽词华不逮建安,固已导其先路矣。

赵壹 赵壹字元叔,汉阳西县人。体貌魁梧,身长九尺,美须豪眉,望之甚伟,而恃才倨傲,为乡党所摈。后屡抵罪,几至死,友人救得免。壹乃贻书谢恩,为《穷鸟赋》一篇。又作《刺世疾邪赋》以舒其怨愤。光和元年后一七八举郡上计,到京师。司徒袁逢受计。计吏数百人,皆拜伏庭中,莫敢仰视,壹独长揖而已。逢优礼之。既出,往造河南尹羊陟,不得见。壹以公卿中非陟无以托名者,乃日往到门。陟自强许通,尚卧未起。壹径入上堂,遂前临之曰:窃伏西州,承高风旧矣,乃今方遇而忽然。奈何,命也。因举声哭,门下惊,皆奔入满侧。陟知其非常人,乃与袁逢共荐称之,名动京师。士大夫想望其风采。及西还,道经弘农,通候太守皇甫规。门者不即通,遂遁去。规闻其名,惊悔,追书谢之。壹亦报以书,终不顾。州郡争致礼命,十辟公府,并不就。卒于家。著赋颂箴诔杂文十六篇。《后汉书》本传载其《穷鸟赋》及《刺世疾邪赋》。又有《迅风赋》《艺文》一、《解摈赋》《御览》九百五十一,仅存逸句而已。

《穷鸟赋》,壹自喻也。其文为四言,韵语,短若箴铭。其曰"罩网加上,机乘在下者",遭时忌也。其曰"飞丸激矢,交集于我;思飞不得,欲鸣不可"者,见恶于众而不得志也;其曰"举头畏触,摇足恐堕。内独怖急,乍冰乍火"者,常恐祸之将及也。词旨显白,古风尽变矣,而《刺世疾邪赋》亦然。节录如次。

> 伊五帝之不同礼,三王亦又不同乐。数极自然,变化非是,故相反驳。德政不能救世溷乱,赏罚岂足惩时清浊。春秋祸败之始,战国愈复增其荼毒。秦汉无以相逾越,乃更加其怨酷。宁计生民之命,唯利己而自足。于兹迄今,情伪万方。佞谄日炽,刚克消亡。(中略)偃蹇反俗,立致咎殃。捷慑逐物,日富月昌。浑然同俗,孰温孰凉。邪夫显进,直士幽藏。原斯瘼之攸兴,实执政之匪贤。女谒掩其视听兮,近习秉其威权。所好则钻皮出其毛羽,所恶则洗垢求其瘢痕。虽欲竭诚而尽忠,路绝险而靡缘。(中略)宁饥寒于尧舜之荒岁兮,不饱暖于当今之丰年。乘理虽死而非亡,违义虽生而匪存。有秦客者,乃为诗曰:河清不可俟,人命不可延。顺风激靡草,富贵者称贤。文籍虽满腹,不如一囊钱。伊优北堂上,抗脏倚门边。鲁生闻此系辞而作歌曰:势家我所宜,咳唾自成珠。被褐怀金玉,兰蕙化为刍。贤者虽独悟,所困在群愚。且各守尔分,勿复空驰驱。哀哉复哀哉,此是命矣夫。

辞赋至于赵壹,古风尽变矣。此篇句法有四言,有六言,有七言八言,有骈体偶句,有骚体单词,全篇只二句,此是骚赋将灭之征。**最为奇特**。而篇末托之秦客鲁生,作五言诗歌二首。虽与班固《两都赋》结尾略同,然彼为篇外题咏,此为乱辞性质,固不侔也。是时诗歌渐盛,辞赋久已不竞。观其以诗歌缀于赋末,知是时诗之应用浸广,而西京之赋微矣。又其诗极通俗,似蒙民间文学之影响甚巨。

张超 张超字子并,河间人,留侯良之后。有文才。灵帝时,从车骑将军朱俊征黄巾,为别部司马。著赋颂杂文凡十九篇,又善草书,妙绝时人,世共传之。今《古文苑》载其《诮青衣赋》。盖蔡邕作《青衣赋》,志荡词淫,故超为此赋以诮之也。其文通体四言,与蔡赋同。篇中历举古今女祸,以寓规诫之意。故篇首曰:彼何人斯,悦此艳姿。丽辞美誉,雅句斐斐。文则可佳,志卑意微。讥之也。篇末曰:勤节君子,无当自逸。宜如防水,守之以一。箴之也。作赋以讥弹他人文字者盖自超始。

蔡邕 蔡邕字伯喈,陈留圉人。生于顺帝阳嘉元年后一三二,卒于献帝初平三年后一九一,性笃孝,与叔父从弟同居,三世不分财,乡党高其义。少博学,师事太傅胡广。好辞章术数天文,妙操音律。桓帝时,中常侍徐璜左悺等五侯擅恣,闻邕善鼓琴,白天子敕陈留太守督促发遣,不得已行。到偃师,称疾而归。建宁三年后一七〇,辟司徒桥玄府,玄甚敬之。出补河平长,召拜郎中,校书东观。迁议郎。邕以经籍去圣久远,文字多谬,俗儒穿凿,疑误后学。熹平四年后一七五,乃奏求正定六经文字,灵帝许之。邕自书丹于碑,使工镌刻,立于太学门外。于是后儒晚学咸取正焉。光和初,忤宦官,下洛阳狱。减死徙朔方。仇家使客追路刺邕,客感其义,皆莫为用。居五原安原县,遇赦还,自徙及归凡九月。已而人密告邕谤讪朝廷,邕虑卒不免,乃亡命江海,远迹吴会。积十二年,中平六年后一八九,董卓为司空,征署祭酒。甚见敬重,举高第,补侍御史,又转侍书御史,迁尚书。三日之间,周历三台。迁巴郡太守,复留为侍中。初平元年后一九〇,拜左中郎将。从献帝迁都长安,封高乡侯。三年，卓诛，坐下狱死。年六十一。所著诗赋箴铭连珠等凡百四篇传于世。

蔡邕著作极富。今所传者，除碑诔章表论议数十篇不计外，辞赋有《霖雨赋》、《艺文》二，案《艺文》编于曹植《愁霖赋》后，题为又《愁霖赋》，实误。今据《文选》曹植《美女篇》及张协《杂诗》注引，知为蔡邕所作。《汉津赋》、《古文苑》、《艺文》八、《初学记》七。《述行赋》、《古文苑》，又略见《艺文》二十七，《水经·济水》注作《述征赋》。《玄表赋》《文选》谢朓《拜中书记室辞随王笺》注、《协和婚赋》、《古文苑》、《初学记》十四、《艺文》十七、《御览》三百八十一，《书钞》一百三十四及一百三十五各引数条。《检逸赋》、《艺文》十八、《书钞》一百十。一作《静情赋》。《青衣赋》、《艺文》三十五、《初学记》十九。《短人赋》、本集，《初学记》十九引两条。《瞽师赋》、《书钞》百十七引两条，《初学记》十六、《御览》七百四十。《琴赋》、《艺文》四十四、《书钞》一百九引九条，《初学记》十六、《文选·文赋》及陆机《拟古诗》注引作《琴颂》。颂字误。《笔赋》、《艺文》五十八、《初学记》二十一。《弹棋赋》、《古文苑》、《艺文》七十四、《御览》七百五十五。《圆扇赋》《书钞》百三十四、《伤故栗赋》《艺文》八十七、《初学记》二十八、《御览》九百六十四。《蝉赋》、《艺文》九十七、《初学记》宋本三十。《释诲》见本传等十余篇。惟《述行赋》、《释诲》二篇完全不阙。诗歌有《樊惠渠歌》、《饮马长城窟行》、《答元式诗》、《答卜元嗣诗》、《翠鸟》数篇，及其他铭颂哀赞祝辞甚夥。又有《篆势》、《隶势》、《九惟文》，皆四言诗也。

延熹二年，后一五九。秋霖雨逾月。是时梁冀新诛，而五侯擅贵，人徒冻饿，死者甚众，真言者多获罪死。邕以宦者白朝廷，被召鼓琴。道病不得前。既归，心愤此事，遂托所经过，作《述行赋》。大抵效班彪《北征》，而感愤过之。篇中历举古今兴亡得丧之故以为法戒，而叙事之文绝少。盖其意本不在纪行。故曰：聊弘虑以存古，宣幽情而属词也。全篇骚体，末系乱辞，不以变化见长，而词尤显豁。古赋至是，无复向之面目矣。本传云：邕闲居玩古，不交当世。感东方朔《客难》及扬雄、班固、崔骃之徒设疑以自通，乃斟酌群言，韪其是而矫其非，作释以戒厉尔尔。此篇托务世公子、华颠胡老为问答，陈义敷辞，皆昔人糟粕，无可取者。惟篇末缀以琴歌，是又规仿中之变化者也。

邕诗凡四言并质直无可观《翠鸟》一首五言亦然。惟《饮马长城窟行》五言乐府一首缠绵宛转，曲折古宕，与他篇了不相类。其诗曰：

青青河边草，绵绵思远道。远道不可思，宿昔梦见之。梦见在我旁，忽觉在他乡。他乡各异县，展转不相见。枯桑知天风，海水知天寒。入门各自媚，谁肯相为言。客从远方来，遗我双鲤鱼。呼儿烹鲤鱼，中有尺素书。长跪读素书，书中竟何如。上有加餐食，下有长相忆。

郭茂倩曰：长城秦所筑以备胡者，其下有泉窟，可以饮马。言征戍之客至于长城而饮其马，妇人思念其勤劳。故作是曲也。今按此篇《文选》作古词，不知作者姓名。惟《玉台新咏》题为蔡邕作，后人或疑其不然。然邕固尝髡钳徙朔方，居五原矣。彼以流遣穷边，亲历其境。感而为此，诚意中事。孝穆距汉末未久，或可信也。古诗云"青青河畔草"，又云"所思在远道"，又云"客从远方来，遗我一书札。上言长相思，下言久离别"，又云"长跪问故夫，新人复何如"，知此诗亦钞袭摹拟而成者。惟前半两句一韵，联折而下，节拍甚急。而后半忽易以四句一韵，由急转缓，章法自奇，故不觉其蹈袭之迹者此耳。

第五章　建安七子

建安为后汉献帝年号，共计二十四年_{自后一九六至二一九}。其时文学之盛，突过前朝。故后世称曰建安文学。顾建安当中原大乱之际，炎汉鼎革之交，而文学昌盛，乃为中古之黄金时代，此其故安在耶？爰略述其梗概如此。

自宦官得势，屡与外戚斗争甚烈。消长升沉，此伏彼起。展转至于汉末灵帝之世，后兄何进与十常侍两败俱伤，而董卓以进召，入京，谋诛宦官。于是州将拥兵者一跃而为权臣。卓既得志，遂萌异图。废少帝，立献帝。迁都长安，烧宫室，掘诸帝陵，暴戾恣睢，大失人望。旋即败灭。时黄巾剧乱，群盗蜂起，州牧割据之局已成。而曹操当国，挟天子以令诸侯，削平群雄，政由己出。操雄才大略，阴谋禅代，延揽人才，不遗余力。观其为丞相时下令曰：今天下得无有被褐怀玉而钓于渭滨者乎？又得无盗嫂受金而未遇无知者乎？二三子其佐我明扬仄陋，惟才是举，吾得而用之。《三国志·魏志》一。操又雅善文学，故其所罗致者颇多文学之士。如王粲、陈琳、阮瑀、应玚、徐幹、刘桢等，咸先后辟为掾属，宠加旌命。而其诸子亦皆擅长文艺，时与群彦酬唱观摩。梁王菟园之盛会雅集，于兹复见。此建安文学之盛由于曹氏父子提倡之功者一也。又考桓灵以来，宦者恣横，朝野善类，多遭荼毒，列于党锢。士大夫之服膺儒教者，往往以清议取祸。于是禀性稍偏之人，愤世嫉俗，激而为疏狂放荡之行。言论思想，不受儒学拘束，隐居放言，孤高自许，浸假而成风气。故赵壹之狂,而有疾邪之赋;孔融之漫,而有非孝之言,_{路粹奏孔融云云。虽未可遽信,然融诗自言不慎小节,又时嘲弄曹操,则融之不修边幅可知。汉末士风大抵然也。}杨修、祢衡并以细行不谨取杀身之祸,此皆其明征也。故其时文人学士无复有昔日儒生之守,而好为臧否人物之论。感情胜于道德,出乎口而形诸文,但得直抒己意,写其素怀,辞赋经学自非其好。适其时民间文学盛行,潮流风靡,势不可遏。是故梏亡已久之心灵,一旦暴发,而文学遂辟一新径矣。此辞赋儒学之反动有以促进建安文学之改进者二也。然则汉末虽当剧乱,而文学独放异彩者非偶然矣。

魏文帝《典论·论文》曰:今之文人,鲁国孔融文举,广陵陈琳孔璋,山阳王粲仲宣,北海徐幹伟长,陈留阮瑀元瑜,汝南应玚德琏,东平刘桢公幹,斯七子者,于学无所遗,于辞无所假。咸以自骋骐骥于千里,仰齐足而并驰。以此相服,亦良难矣。此建安七子之称所由起也。兹列述之。

孔融 孔融字文举,孔子二十世孙。幼有异才。年十岁,随父诣京师。融造河南尹李膺,欲观其人。语门者曰:我是李君通家子弟。门者言之膺,请融。问曰:高明祖父,尝与仆有恩旧乎?融曰然,先君孔子与君先人李老君,同德比义,而相师友,则融与君累世通家。众坐莫不叹息。性好学,博涉多该览。山阳张俭,为中常侍侯览所怨,亡遁就融兄褒,不遇。时融年十六,俭少之而不告。融见其有窘色,谓曰:兄虽在外,吾岂不能为君主邪?因留舍之。事发,并收褒、融下狱,一门争死。吏未知所坐,乃上谳之。诏卒坐褒。融由是显名。灵帝时,辟司徒杨宪府。初平中,举高第,为侍御史。托病免。后辟司空掾,拜中军侯,迁虎贲中郎将。献帝初,以忤董卓,转为议郎,出为北海相。为黄巾贼所围,求救于平原相刘备,遂解。融负其高气,志在靖难,而才疏意广,迄无成功。在郡六年,备表为青州刺史。建安元年,为袁谭所攻,城陷出奔。及献帝都许,征为将作大匠,迁少府。时侮慢曹操,发辞偏宕,多致乖忤。郗虑承旨,以微法奏免融官。岁馀,复拜太中大夫。宾客日盈其门,尝叹曰:坐上客常满,杯中酒不空,吾无忧矣。操终忌之,令路粹枉状奏其罪,下狱弃市。时年五十六。妻子皆被诛。魏文帝深好其文辞,募有上融文章者赏以金帛。所著诗颂六言等凡二十五篇。今所传有《离合作郡姓名字诗》一首,《杂诗》二首,《临终诗》三首,《失题》一首,皆五言。又有六言诗三首,而辞赋则未之见。

《典论》云:孔融体气言妙,有过人者。然不能持论,理不胜词,以至乎杂以嘲戏。及其所善,扬班俦也。此持评其杂文耳。其诗虽不及诸子,然其胸怀高旷,睥傲一世之态,亦自可见。例如《杂诗》一首云:

> 岩岩钟山首,赫赫炎天路。高明耀云门,远景灼寒素。昂昂累世士,结根在所固。吕望老匹夫,苟为因世故。管仲小囚臣,独能建功祚。人生有何常,但患年岁暮。幸托不肖躯,且当猛虎步。安能苦一身,与世同举措。由不慎小节,庸夫笑我度。吕望尚不希,夷齐何足慕。

陈沆曰:文举志匡汉祚,不附奸雄。成则为吕望,不成则为夷齐。甘蹈庸夫之所笑,故托猛虎以咏怀。《诗比兴笺》。此作者之本意也。顾此篇独以气胜,殆子桓所谓词气高妙者,不仅于他文中见之与。其《临终诗》云"言多令事败",颇有悔恨之意。盖其取祸之道,亦未尝不自知也。诗又曰：人有两三心，安能合为一。三人成市虎，浸渍解胶漆。其痛心谗邪之害深矣。六言诗有"曹公忧国无私"及"梦想曹公归来"之语，其时何尚与操甚洽。及其雄诈渐著，始相违逆耳。六言三首，每句用韵。离合体为四言，游戏韵语未可言诗矣。_{例如云"渔父屈节，水潜匿方"为离鱼字，又云"与时进止，出行施张"为离日字，合成鲁字。《越绝书·叙外传》记载此体。}

陈琳 琳字孔璋，为何进主簿。进欲诛宦官，太后不听。乃召四方猛将，并使引兵向京城，欲以劫恐太后。琳谏，进不纳其言，竟以取祸。避难冀州，袁氏使典文章。袁氏败，归曹操。操谓曰：卿昔为本初移书，但可罪状孤而已。恶恶止其身，何乃上及父祖邪。琳谢罪，操爱其才而不咎。琳作诸书及檄草成，呈操。操苦头风，是日疾发。卧读琳所作，翕翕而起曰：此愈我病。数加厚赐焉。建安二十二年_{后二一七}卒。

琳文今所传有《武军赋》、《艺文》五十九，《初学记》二十二，《御览》三百六十六、三百四十七、三百四十八、三百五十、三百五十六、三百五十八。《神武赋》、《艺文》五十九、《书钞》百五十八。《神女赋》《艺文》七十九、《止欲赋》《艺文》十八诸篇，然皆不全。又有《大暑赋》《初学记》三、《大荒赋》《初学记》二十九、《迷迭赋》、《艺文》八十一、《御览》百八二十。《马脑勒赋》、《书钞》百二十六、《御览》八百八又三百五十八。《柳赋》《初学记》二十八、《鹦鹉赋》《艺文》九十一诸篇，仅存逸句。《应讥》一篇_{见《艺文》二十五}则《答客》、《解嘲》之类也。诗有《饮马长城窟行》一首，《游览》二首，《宴会》一首，皆为五言。兹录其《饮马长城窟行》于下：

饮马长城窟，水寒伤马骨。往谓长城吏，慎莫稽留太原卒。官作自有程，举筑谐汝声。男儿宁当格斗死，何能怫郁筑长城。长城何连连,连连三千里。边城多健少,内舍多寡妇。作书与内舍:便嫁莫留住。善事新姑嫜,时时念我故夫子。报书往边地:君今出语一何鄙。身在祸难中,何为久留他家子。生男慎莫举,生女哺用脯。君独不见长城下,死人骸骨相撑拄。结发行事君,慊慊心意关。明知边地苦,贱妾何能久自全。

此篇以征夫思妇往来书简为辞,较蔡邕一首之仅为片面之书者,章法尤奇。按便嫁莫留住三句,健少谓其妻之词也。君今出语一何鄙以下,则寡妇之报其夫也。"身在祸难中"二句乃述其夫之言,所谓出语一何鄙也。沈确士谓其无问答之痕而神理井然,可与汉乐府竞爽,信矣。此篇后人多仿拟之作,鲍明远《拟行路难》一首云:"人生亦有命,安能行叹复坐愁。"杜甫《前出塞》云:"磨刀呜咽水,水赤刀伤手。"又《兵车行》云:"信知生男恶,反是生女好。"靡不袭其词意焉。明远《拟行路难》用五七言体,亦学此篇。

王粲 粲字仲宣,山阳高平人。曾祖父祖父皆为汉三公,父谦为大将军何进长史。献帝西迁,粲徙长安,左中郎将蔡邕见而奇之。时邕才学显著,贵重朝廷,常车骑填巷,宾客盈座。闻粲在门,倒屣迎之。粲既至,年既幼弱,容状短小,一坐尽惊。邕曰:此王公孙也,有异才,吾不如也。吾家书籍文章,尽当与之。年十七,辟为黄门侍郎,以西京扰乱,不就,乃之荆州依刘表。表卒,劝其子琮降曹操。操辟为丞相掾,赐爵关内侯,后迁军谋祭酒。魏国既建,拜侍中。博物多识,问无不对。时旧仪废弛,兴造制度,粲恒典之。尝与人共行,读道边碑,一过成诵,不失一字。观人围棋,局坏,粲为覆之,不误一道。其强记默识如此。善算术。属文举笔便成,无所改定。人常以为宿构,然正复精思覃思,亦不能加也。著诗赋论议垂六十篇。建安二十一年,从征吴。二十二年后二一年春,道病卒。时年四十一。

粲文传者甚多。辞赋完篇者惟《登楼赋》《文选》一篇而已。其《大暑赋》、《艺文》五、《初学记》三、《书钞》百三十二、《御览》三十四。《游海赋》、《艺文》八、《初学记》六、《书钞》百三十七、《文选·江赋》注。《浮淮赋》、《艺文》八、《初学记》六、《书钞》百三十七、百三十八。《闲邪赋》、《艺文》十八,《书钞》百三十六引作《闲居赋》,当是"闲邪"误。又《文选》谢玄晖《暂使下都夜发新林赠西府同僚》诗注。《出妇赋》《艺文》三十、《伤夭赋》《艺文》三十四、《思友赋》《艺文》三十四、《寡妇赋》、《艺文》三十四、《文选》潘岳《寡妇赋》注。《初征赋》《艺文》五十九、《羽猎赋》《艺文》六十六、《初学记》二十二。《酒赋》、《艺文》七十二、《书钞》百四十八。《神女赋》、《艺文》七十九、《书钞》百三十五、《御览》三百八十一、七百十九、《文选》潘岳《寡妇赋》注、《史记·五宗世家》索隐。《迷迭赋》《艺文》八十一、《玛瑙勒赋》、《艺文》八十四,《御览》三百五十八、又八百八。《车渠碗赋》、《艺文》八十四、《御览》八百八、《文选》左思《咏史诗》注。《槐树赋》、《艺文》八十八、《初学记》二十八。《柳赋》、《艺文》八十九、《初学记》二十八。《白鹤赋》《艺文》九十、《鹦鹉赋》《艺文》九十一、《鹖赋》《艺文》九十、《莺赋》《艺文》九十二、《投壶赋》《御览》七百四十三、《围棋赋》《御览》七百五十三、《弹棋赋》《御览》七百五十四二十四篇,皆残篇逸句,或仅存题序。《七释》一篇,亦散见各类书中。《艺文类聚》又载其《仿连珠》四首,《吊夷齐文》一篇,似皆不全。诗歌存者,如《七哀》、《从军》、《公宴》、《咏史》、《杂诗》等篇,皆为五言。《赠蔡子笃》、《思亲》等篇皆为四言。颂赞杂铭亦如之。《俞儿舞歌》四首,其《弩俞新福歌》为四言,《矛俞安台行辞》三首皆杂言,与《郊祀歌》体同。

魏文帝《典论·论文》谓王粲长于辞赋,并举其《初征》、《登楼》、《槐赋》、《征思》等篇,谓虽张蔡弗能加。又《与吴质书》亦云:仲宣独自善于辞赋,惜其体弱,不足以起其文。至于所善,古人无以远过。今观其《登楼》一篇,乃一骚体短赋。大抵至荆州依刘表时之所作也。因登高望远,而兴怀土之思,其主旨略同班彪《北征》。而自昼及夜由登及降,层次结构似又出于相如《长门》,篇中凡三易韵,每韵约为一段。清新绵丽,盖抒情小赋之佳制也。

粲诗四言皆不足道,五言诗则与诸子相伯仲,而《七哀》三首《从军》五首二篇为尤胜。例如《七哀》一首云:

> 西京乱无象,豺虎方遘患。复弃中国去,委身适荆蛮。亲戚对我悲,朋友相追攀。出门无所见,白骨蔽平原。路有饥妇人,抱子弃草间。顾闻号泣声,挥泪独不还。未知身死处,何能两相完。驱马弃之去,不忍听此言。南登霸陵岸,回首望长安。悟彼下泉人,喟然伤心肝。

此为董作乱政,仲宣避乱荆州时所作。篇中云云,乃述其途中所见如此。夫母子至不能相保,竟弃之草间,则当之乱象可知矣。沈确士谓此诗为少陵《无家别》、《垂老别》诸篇之所祖,询不诬也。其言曰:"未知身死处,何用两相完。"借饥妇口吻出之,弥觉凄楚。少陵"三吏",无不取其章法,遂成绝唱。《诗品》称仲宣诗文秀而质羸,在曹刘间别构一体。

徐幹 徐幹字伟长,北海人。建安中,辟司空曹操府,以疾休息。后除上艾长,又以疾不行。历空司全军谋祭酒,掾属五官将文学。建安二十二年卒。其文辞赋未有全篇。其引见于各类书中者,有《齐都赋》,《艺文》六十一,《水经·河水注》一,《书钞》百四十二、百四十六、百四十八,《初学记》四,《御览》六百八十八、三百三十八、三十九,《文选》曹子建《赠徐幹》诗注。**《西征赋》**《艺文》五十九、**《序征赋》**《艺文》五十九、**《哀别赋》**《初学记》十八、**《嘉梦赋》**《初学记》七、**《冠赋》**《初学记》二十六、**《团扇赋》**、《书钞》百三十四《御览》七百二,又八百十四。**《车渠碗赋》**《艺文》七十三及**《七喻》**《艺文》五十七、《初学记》二十六、《御览》四百六十四、《书钞》十三、百四十二、百四十五、《文选》陆倕《石阙铭》、王延寿《鲁灵光殿赋》及谢庄《月赋》注。等篇,五言诗有《答刘公幹》诗、《情诗》、**《室思》**六首及**《为挽船士与新娶妻别》**《玉台》作魏文帝,题为《于清河见挽船士新婚与妻别》**凡九首**。兹录其《室思》二章如左:

峨峨高山首,悠悠万里道。君去日以远,郁结令人老。人生一世间,忽若暮春草。时不可再得,何为自愁恼。每诵昔鸿恩,贱躯焉足保。其二。

浮云何洋洋,愿因通我词。飘飘不可寄,徙倚徒相思。人离皆复会,君独无返期。自君之出矣,明镜不复治。思君为流水,何有穷已时。其三。

《室思》一篇诸选本皆以前五章为《杂诗》,末一章为《室思》,误也。《艺文》载"浮云何洋洋"一首,正题作《室思》,又载宋孝武"自君之出矣"一首,亦题作《拟室思》,是其证。魏文谓称其文有齐气。此非论其诗,论其赋耳。《典论》举其《玄猿》、《漏卮》、《团扇》、《橘赋》,与王粲并称,今不存。**然诸诗质朴自然自不可及**。盖五言于当日为新体,作者多蒙乐府影响,故其气息相近。"自君之出矣"四句,后人截拟之者众矣。如宋孝武帝、张九龄等,虽时有巧思,终不及其自然。《诗品》称伟长诗亦能闲雅。

阮瑀 阮瑀字元瑜，广陵人。少受学于蔡邕。建安中，都护曹洪欲使掌书记，瑀终不为屈。曹操雅闻瑀名，辟之不应。连见逼促，乃逃入山中。操使人焚山，得瑀，送入。时操征长安，大延宾客，怒瑀不与语，使就技人列。瑀善解音，能鼓琴，遂抚弦而歌曰：奕奕天门开，大魏应期运。青盖巡九州，在东西人怨。士为知己死，女为悦者玩。恩义苟敷畅，他人焉能乱。为曲既捷，音声殊妙，当时冠坐。操大悦，以为司空军谋祭酒，管记室。后为仓曹掾属。建安十七年_{后二一二}卒。著文赋数十篇。《纪征赋》《艺文》五十九、《止欲赋》、《艺文》十八、《文选》谢宣远《张子房》诗、范彦龙《赠张稷》诗、曹颜远《思友人》诗、谢玄晖《齐敬皇后哀册文》注。《筝赋》、《艺文》四十四、《初学记》十六。《鹦鹉赋》《艺文》九十一诸篇尚有存者。又有《吊伯夷文》《艺文》三十七。乃四言韵语，五言诗有《驾出北郭门行》、《咏史诗》、二首。《杂诗》二首。《七哀诗》、《隐士》、《苦雨》、《失题》、《公宴》、《怨诗》，凡十一首。《七哀》、《咏史》咏三良殉秦穆公事等诗，大约当时应教之作，故自陈王以下多有之。其《驾出北郭门行》，与王粲《七哀》诗首章略同，似仿乐府《孤儿行》为之。录之如后：

驾出北郭门，马樊不肯驰。下车步踟蹰，仰折枯杨枝。顾闻丘林中，嗷嗷有悲啼。借问啼者谁，何为乃如斯。亲母舍我没，后母憎孤儿。饥寒无衣食，举动鞭捶施。骨消肌肉尽，体若枯树皮。藏我空屋中，父还不能知。上冢察故处，存亡永别离。亲母何可见，泪下声正嘶。弃我于此间，穷厄岂有赀。传告后代人，以此为明规。

应场 应场字德连,汝南人。祖奉,才敏,善讽诵,读书五行俱下。延熹中,至司隶校尉。子劭,博学多识,撰述百余卷,官至泰山守。劭弟珣,为司空掾,即场父。曹操辟场为丞相掾属,转为平原侯庶子,后为五官将文学。建安二十二年卒。著文赋数十篇。今其赋有《愁霖赋》《艺文》二、《灵河赋》、《艺文》八、《初学记》六、《水经·河水注》五。《正情赋》、《艺文》十八、《书钞》百三十六。《撰征赋》《艺文》五十九、《西狩赋》《艺文》六十六、《驰射赋》、《艺文》六十八、《御览》三百五十八。《车渠碗赋》《艺文》七十三、《竦迷迭赋》《艺文》八十一、《御览》九百八十二。《愍骥赋》《艺文》九十三、《杨柳赋》《艺文》八十九、《鹦鹉赋》《艺文》九十一、《西征赋》《水经》二十二"渠水"注、《校猎赋》《初学记》二十二凡十三篇,皆残佚不全。又有《弈势》《艺文》七十四《御览》七百五十三一篇,所存较多。《释宾》《文选·七命》、袁宏《三国名臣序赞》及《广绝交论》注。一篇,仅得数语。《文质论》《艺文》二十二虽非完帙,尚存四百余字,盖骈俪而有韵之文也。四言诗有《报赵淑丽》一首,五言诗则有《公宴》、《侍五官中郎将建章台集》诗、《别诗》二首《斗鸡》凡五首,诗视诸子稍逊。《侍五官将》一首,前半托鸣雁为言,似系乐府体,后半另为一事,故或疑为两篇而误合之也。

刘桢 刘桢字公幹,东平人。父名梁,少有清才,以文学见贵,终于野王令。桢辟为丞相掾属,为诸公子所亲爱。文帝为太子时,尝请诸文学。酒酣坐欢,命夫人甄氏出拜,坐中众人咸伏,而桢独平视。操闻之,乃收桢治罪,减死输作署吏。建安二十二年卒。其文有《大暑赋》《艺文》五、《黎阳山赋》、《艺文》七、《文选》谢叔源《游西池》诗注。《鲁都赋》、《艺文》六十一,《初学记》三、又四、又六、又十五、又二十六、又二十七、又二十八,《御览》百五十六、三百八十一、六百九十七、七百二、七百十八、八百十六、八百三十二、九百二十五、九百六十四,《书钞》百三十

五、又百三十六、百四十六、百五十八、《水经·泗水注》，《文选》王融《曲水诗序》注。《遂志赋》《艺文》二十六、《清虑赋》、《初学记》二十七、《御览》百八十五、七百六、又七百九、又八百七、八百八、八百九、九百七十四，《书钞》百三十三、又百四十四，《文选·雪赋》注。《瓜赋》《艺文》八十七、《初学记》十、又二十七，《御览》二百四十六、八百十九、九百七十八，《文选》颜延年《皇太子释奠会诗》注。诸篇。惟《遂志赋》存者较多。五言诗有《公宴》、《赠五官中郎将》四首、《赠徐幹》、《赠从弟》三首、《杂诗》、《斗鸡》、《射鸢》、《失题》二首等十余首。

文帝《典论》曰：应玚和而不壮，刘桢壮而不密。《又与吴质书》曰：公幹有逸气，但未遒耳。《诗品》称其诗仗气爱奇，动多振绝。真骨凌霜，高风跨俗。但气过其文，雕润恨少。然自陈思以下，桢称独步。其推崇可谓至矣。兹录《赠五官中郎将》一首如下：

秋日多悲怀，感慨以长叹。终夜不遑寐，叙意于濡翰。明灯耀闺中，清风凄已寒。白露涂前庭，应门重其关。四节相推斥，岁月忽欲殚。壮士远出征，戎事将独难。涕泣洒衣裳，能不怀所欢。

此诗磊落粗豪，殆子桓所谓壮而不密，逸而未遒者也。至其《公宴》及《赠徐幹》诸篇则轻清秀丽，时有佳句。如《公宴》云："华馆寄流波，豁达来风凉。"又《赠徐幹》云："轻叶随风转，飞鸟何翻翻。"此又锺氏所谓凌霜跨俗者欤。然仅以公幹见存五言观之，目为七子冠军，终有侧媚之嫌矣。

第六章　七子以外诸家之文学

蔡琰　蔡琰字文姬,邕女,董祀妻。博学有才辩,又妙于音律。初适河东卫仲道,夫亡无子,归宁于家。兴平中,天下丧乱,文姬为胡骑所获,没于南匈奴左贤王。在胡中十二年,生二子。曹操素与邕善,痛其无嗣,乃遣使者以金璧赎之,而重嫁于董祀。祀为屯田都尉,犯法当死,文姬诣操请之,乃赦祀罪。操问曰:闻夫人家多坟籍,犹能记之不。文姬曰:昔亡父赐书四千许卷,流离涂炭,罔有存者。今所诵忆裁四百余篇耳。操曰:今当使十吏就夫人写之。文姬曰:妾闻男女之别,礼不亲授。乞给纸笔,真草惟命。于是缮书送之,文无遗误。后感伤乱离,追怀悲愤,作诗二章。其一略曰:

汉季失权柄,董卓乱天常。志欲图篡弑,先害诸贤良。逼迫迁旧邦,拥主以自强。海内兴义师,欲共讨不祥。卓兵来东下,金甲耀日光。平土人脆弱,来兵皆胡羌。猎野围城邑,所向悉破亡。斩截无孑遗,尸骸相撑拒。马边悬男头,马后载妇女。长驱西入关,回路险且阻。(中略)或有骨肉俱,欲言不敢语。失意几微间,辄言毙降虏。要当以亭刃,我曹不活汝。岂敢惜性命,不堪其詈骂。或便加棰杖,毒痛参并下。旦则号泣行,夜则悲吟坐。欲死不能得,欲生无一可。彼苍者何辜,乃遭此厄祸。边荒与华异,人俗少义理。处所多霜雪,胡风春夏起。翩翩吹我衣,肃肃入我耳。感时念父母,哀叹无穷已。有客从外来,闻之常欢喜。迎问其消息,辄复非乡里。邂逅徼时愿,骨肉来迎己。已得自解免,当复弃儿子。(中略)儿前抱我颈,问母欲何之。人言母当去,岂复有还时。阿母常仁恻,今何更不慈。我尚未成人,奈何不顾思。见此崩五内,恍惚生狂痴。号呼手抚摩,当发复回疑。兼有同时辈,相送告别离。慕我独得归,哀叫声摧裂。马为立踟蹰,车为不转辙。观者皆歔欷,行路亦呜咽。(中略)既至家人尽,又复无中外。城郭为山林,庭宇生荆艾。白骨不知谁,纵横莫覆盖。出门无人声,豺狼嗥且吠。茕茕对孤景,怛咤糜肝肺。登高远眺望,魂神忽飞逝。奄若寿命尽,旁人相宽大。为复强视息,虽生何聊赖。托命于新人,竭心自勖励。流离成鄙贱,常恐复捐废。人生几何时,怀忧终年岁。

东坡谓此诗不类东京,乃后人拟作者,范书载之本传误也。且琰之入胡,在父殁之后。董卓既诛,伯喈乃遇祸。今此诗乃云以卓乱入胡,其伪甚显。《东坡志林》。蔡宽夫辩之曰:卓既擅废立,袁绍辈起兵山东,以诛卓为名。中原大乱,卓挟献帝迁长安,是时士大夫岂能以家自随。则琰之入胡,不必在邕死之后。其诗首言"逼迫迁旧邦,拥主以自强,海内兴义师,欲共讨不祥",则指绍辈固可见。继言"平土人脆弱,来兵皆胡羌,纵猎围城邑,所向悉破亡,马边悬男头,马后载妇女,长驱西入关,回路险且阻",则是为山东兵所掠也。其云"感时念父母,哀叹无穷已",则邕尚无恙,尤无疑也。《宽夫诗话》。今按《董卓传》载卓遣其校尉李傕、郭汜、张济将步骑数万,击破河南尹朱儁于中牟,因掠陈留颍川诸县,杀掠男女,所过无复遗类。此事在初平三年正月。琰丧夫,归宁,居陈留,虑必难逃此劫。

又按卓传，卓诛在初平三年四月，而蔡邕下狱死。参看《蔡邕传》。可知文姬入胡，实在蔡邕未死之前。且诗中"平土人脆弱，来兵皆胡羌"及"马边悬男头，马后载妇女"云云，无不与卓传一一吻合。然后知琰传言为胡骑所获者即指卓兵而言。若在兴宁，卓已诛矣。缘何复有胡骑耶。传言兴平中者，记事偶误耳。蔚宗去建安未远，《悲愤》二诗特取以入传，岂慢无别择之书可比。故蔡琰入胡之由，当从自述为确。不得以传文所记偶歧，而反遽疑其诗之伪也。

《悲愤》为一长篇叙事诗，文辞质朴，结构谨密。篇中约分四段，首述遭乱致虏之由，次述沦落异域之苦，中言归国别子之难，末写归后沧桑之感，而别子一节尤能动人。末段与古诗《十五从军征》一首略同。孔融《杂诗》第二首亦同。大抵是时乐府歌辞盛行，故文姬亦受其影响耳。沈归愚谓其段落分明，而灭去脱卸转接痕迹。若断若续，不碎不乱。少陵《奉先咏怀》、《北征》等作往往似之。又谓其激昂酸楚，读去如惊蓬坐振，沙砾自飞。《说诗晬语》。非溢辞也。

《悲愤》第二首为骚体诗，纯以抒情为主，而篇末一段最佳。录之如后。

> 北风厉兮肃冷冷，胡笳动兮边马鸣。孤雁归兮声嘤嘤，乐人兴兮弹琴筝。音相和兮怨且清，心吐思兮胸愤盈。欲舒气兮恐彼惊，含哀咽兮涕沾颈。家既迎兮当归宁，临长路兮捐所生。儿呼母兮啼失声，我掩耳兮不忍听。追持我兮走茕茕，顿复起兮毁颜形。还顾之兮破人情，心恒绝兮死复生。

世所传蔡琰《胡笳十八拍》，必为伪托，昔人多辩之。惟朱子取之，以为非《悲愤诗》所可比。然《胡笳》形式与汉人骚赋不类,如曰:"无日无夜兮不思我乡土,禀气含生兮莫过我最苦。"极似王摩诘之《山中人》,江淹《爱远山》及《山中楚辞》视此犹稍古致。古意尽失。又曰:"城南烽火不曾灭,疆场征战何时歇。杀气朝朝冲塞门,胡风夜夜吹边月。"则竟绝似唐人古风,至早亦当为六朝人所依托。

边让 边让字文礼,陈留浚仪人。少辩博,能属文。大将军何进闻让才名,欲辟之,恐不至,诡以军事征召。既到,署令史。进以礼见之,时宾客满堂,莫不羡其风。孔融、王朗并修刺候焉。议郎蔡邕深敬之,以为让宜处高任,乃荐于何进。后以高才擢进,屡迁,出为九江太守。初平中,王室大乱,去官归家。恃才气,不屈曹操,多轻侮之言。建安中,其乡人有构让于操。操告郡,就杀之。文多遗失。今所传仅本传所载《章华台赋》一篇。赋序为有韵散文,正文则为《离骚》体。序托言楚灵王游云梦事,实为高唐神女之余绪。本传谓其作《章华赋》,虽多淫丽之辞,而终之以正。亦相如之讽也。

祢衡 祢衡字正平,平原般人。少有才辩,而气尚刚傲,好矫时慢物。兴平中,避难荆州。建安初,来游许下,善孔融及杨修。常称曰:大儿孔文举,小儿杨德祖。余子碌碌,莫足数也。融亦深爱其才。衡始弱冠,而融年四十,遂与为交友。上疏荐之,数称于曹操。操欲见之,而衡素相轻疾。自称狂病,不肯往。而数有恣言。操怀忿,而以其才名,不欲杀之。已而召为鼓史,卒以辱骂操,操乃送与刘表。表及荆州士大夫服其才,甚宾礼之。文章言议,非衡不定。后复侮慢于表,表耻不能容。以江夏太守黄祖性急,故送衡与之。祖亦善待焉。衡为作书记,轻重疏密各得体宜。卒以言不逊顺,见杀。年二十六。文多不存。初祖长子射,为章陵太守，尤善于衡。尝与俱游，读蔡邕所作碑文。一过即能书之，莫不叹服。射时大会宾客，人有献鹦鹉者，射举卮曰，愿先生赋之，以娱嘉宾。衡揽笔为之，文不加点，辞采甚丽。今其赋见于《文选》。体制极似六朝，全篇大旨，悉为寄托之辞。盖借鸟以自喻耳。然正平狂士，而此赋词气平缓，且怀危行言逊之惧。故曰："宁顺从以远害，不违之以丧生。"又曰："岂言语以阶乱，将不密以致危。"则衡非不知明哲保身之过者，然知之而不戒之，卒以任气贾祸，惜哉。

繁钦 繁钦字休伯，颍川人。少以文才机辩得名，长于书记，又善为诗赋，其所《与太子书》记喉转意率皆巧丽。为丞相主簿，建安二十三年二一八。卒。今其文有《暑赋》、《艺文》五、《书钞》百三十五、《初学记》三。《抑检赋》《文选》潘岳《在怀县》诗注、《愁思赋》、《艺文》三十五、《初学记》三作《秋思赋》。《弭愁赋》《艺文》三十五、《述征赋》《御览》三百五十、《述行赋》、《文选》谢灵运《拟魏太子邺中集》诗注、《史记·鲁世家索隐》引。《邂地赋》《水经·济水注》二、《征天山赋》、《艺文》五十九、《御览》三百三十九又三百五十三作《撰征赋》。《建章凤阙赋》《艺文》六十二、《三胡赋》、《御览》三百六十九、三百八十二、九百六十六。《桑赋》、《艺文》八十八、《御览》九百五十五。《柳赋》《艺文》八十九十二篇，无一全者。又有《砚颂》《初学记》二十一、《砚赞》、《艺文》五十八、《初学记》二十三。《尚书箴》《初学记》十一，《古文苑》以为崔骃作。等篇或为骚体或为四言，亦可略窥其文之一斑矣。诗歌四言则有《赠梅公明》诗一首，《远戍劝戒》诗一首，五言则有《蕙咏》一首，《定情诗》一首，《槐树诗》阙及《杂诗》阙二首。而《定情诗》最有名，诗曰：

我出东门游，邂逅承清尘。思君即幽房，侍寝执衣巾。时无桑中契,迫此路侧人。我既媚君姿,君亦悦我颜。何以致拳拳,绾臂双金环。何以致殷勤,约指一双银。何以致区区,耳事双明珠。何以致叩叩,香囊系肘后。何以致契阔,绕腕双跳脱。何以结恩情,美玉缀罗缨。何以结中心,素缕连双针。(中略)与我期何所,乃期东山隅。日旰兮不来,谷风吹我襦。远望无所见,涕泣起踟蹰。与我期何所,乃期南山阳。日中兮不来,飘风吹我裳。遥望莫谁睹,望君愁我肠。与我期何所,乃期西山侧。日夕兮不来,踯躅长叹息。远望凉风至,俯仰正衣服。与我期何所,乃期北山岑。日暮兮不来,凄风吹我襟。望君不能坐,怨苦愁我心。爱身以何为,惜我华色时。中情既款款,然后克密期。褰衣蹑茂草,谓君不我欺。厕此丑陋质,徙倚无所之。自伤失所欲,泪下如连丝。

《乐府解题》云:《定情诗》言妇人不能以礼从人,而自相悦媚,乃解衣服玩好致之,以结绸缪之志。终而不答,乃自伤悔焉。陈沆独谓此篇必非泛泛无寄托者。观魏文《与吴质书》,历数存没诸人,而不及主簿。或亦情好不终,有为而发耳。其《咏蕙》诗云:"三光照八极,独不蒙余晖。"则休伯之隐衷可知矣。顾此诗体制虽奇,亦有所本,平子《四愁》之章,此申其嗣响。渊明《闲情》之赋,此导其前修。其中历述致赠珍玩,似本诸古乐府之有所思。已见前。盖建安诗人,殆无不乐府之影响也。

杨修 杨修字祖德。震玄孙,彪子。修好学,有俊才。建安中,举孝廉,除郎中,为丞相曹操主簿,用事曹氏。及操平汉中,欲因讨刘备,而不得进;欲守之,又难为功。护军不知进止何依,操于是出教曰鸡肋,外曹莫能晓。修独曰:夫鸡肋食之则无所得,弃之则如可惜,公归计决矣。其机决各类此。修又尝出行,筹操有问外事,乃逆为答之。敕守舍儿,若有令出,依次通之。既而果然,如是者三。操怪其速,廉得其状,于是忌修。且以袁术之甥,虑为后患,遂因事杀之。《后汉书》传注引《续汉书》曰时年四十五。又《魏志·陈思王植传》注《典略》曰:"修死后百余日而太祖薨。"则当生于灵帝熹平五年,后一七六。所著赋颂诗辞等凡十五篇。今所传有《节游赋》《艺文》二十八、《出征赋》、《艺文》五十九、《书钞》未改本百三十七、《御览》七百六十。《许昌宫赋》、《艺文》六十二、《文选》潘岳《籍田赋》注。《神女赋》《艺文》七十九、《孔雀赋》《艺文》九十一诸篇,无一完璞。亦无一骚体,直是六朝俳俪之文耳。

二丁 丁仪字正礼,沛郡人。父冲,与曹操善,操常德之。闻仪为令士,虽未见,欲妻以爱女。以问五官将丕。丕曰:女人观貌,而正礼目不便,诚恐未必悦也。遂止。寻辟仪为掾。与论议,嘉之。曰:丁掾好士也,即使其两目盲,尚当与女,何况但眇。吾儿误我。时仪亦恨不得尚公主,而与临淄侯植亲善,数称其奇才。操既欲立植,仪共赞之。及太子立,欲治仪罪。转为右刺奸掾,后竟下狱杀之。有《厉志赋》《艺文》二十六、《文选》沈约《奏弹王源》注。其弟廙,字敬礼。少有才姿,博学洽闻。初辟公府。建安中,为黄门侍郎。文帝即王位,与兄仪并诛。有《蔡伯喈女赋》《艺文》三十、《弹棋赋》《艺文》七十四二篇。妻某氏,有《寡妇赋》,《艺文》三十四。《初学记》十四作丁仪。《文选》潘岳《寡妇赋》、陶潜《归去来辞》注又作丁仪妻。为阮瑀妻而作也。按文帝作《寡妇赋》命王粲等并作之,此篇盖亦当时应教之作也。仪、廙他文未见。陈思王曾屡赠与诗云。

仲长统 统字公理,山阳高平人。少好学,博涉书记,赡于文辞。年二十余,游学青徐并冀之间,与交者多异之。初归并州刺史高幹,已而去之。性俶傥敢直言,不矜小节。默语无常,时人或谓之狂生。每州郡命召,辄称疾不就。尚书令荀彧闻其名,举为尚书郎,后参丞相曹操军事。每论说古今及时俗行事,恒发愤叹息。因著论,名曰《昌言》。凡三十四篇,十余万言。献帝逊位之岁_{按即延康}。卒。年四十一。有《述志诗》二章,_{见本传。}今录其一:

> 大道虽夷,见几者寡。任意无非,适物无可。古来缭绕,委曲如琐。百虑何为,至要在我。寄愁天下,埋忧地下。叛散五经,灭弃风雅。百家杂碎,请用从火。抗志山西,游心海左。元气为舟,微风为柂。敖翔太清,纵意容冶。

两汉数百年,为四言诗者多矣,而当此诗为第一。盖其胸襟洒落,俯仰宇宙,有不可一世之慨。故能一气贯注,挟风雨雷霆以俱下。词朴而不俗,理析而不陈,韦孟以后,孟德以前,未之有也。然是时五言新体既昌,四言诗终不能复振,故为之者益稀矣。

第七章　东汉之乐府歌辞

　　自武帝采风,乐府斯立。民间文学日盛,流衍迄于东汉,众制弥广,几欲夺文人之席而代之。和顺以来,辞浸繁多。建安之际,人皆擎效。其衣被词林之功不为小矣。爰杂举数例,依次论述如左。

一、《雁门太守行》

　　孝和帝在时,洛阳令王君。本自益州,广汉蜀民。少行宦,学通五经论。一解。明知清令,历世衣冠。从温补洛阳令,治行致贤。拥护百姓,子养万民。二解。外行猛政,内怀慈仁。文武备具,料民富贫。移恶子姓,编著里端。三解。杀伤人,比伍同罪对门。禁鏊矛八尺,捕轻薄少年。加笞决罪,诣马市论。四解。无妄发赋,念在理冤。敕吏正狱,不得苛烦。财用钱三十,买绳礼竿。五解。贤哉贤哉,我县王君。臣吏衣冠,奉事皇帝。功曹主簿,皆得其人。临部居职,不敢行恩。清身苦体,夙夜劳勤。治有能名,远近所闻。七解。天年不遂,早就奄昏。为君作祠,安阳亭西。欲令后世,莫不称传。八解。

《古今乐录》曰:王僧虔《技录》云,《雁门太守行》歌《古洛阳令》一篇。《后汉书·王涣传》。涣字稚子,广汉郪人也。少好侠,尚气力,数通剽轻少年。晚而改节,敦儒学,习书读律,略举大义。后举茂才,除温令。三年,迁兖州刺史。坐论。岁余,征拜侍御史。永元十五年后-〇三,从驾南巡,还为洛阳令。以平正居身,得宽猛之宜。其冤嫌久讼,历政所不断,法理所难平者,莫不曲尽情诈,压塞群疑。又能以谲数发摘奸伏,人称为神算。元兴元年后-〇五,病卒。百姓市道,莫不咨嗟。男女老壮皆相与赋敛,致奠醊以千数。民思其德,为立祠安阳亭西。每食,辄弦歌而荐之。按此歌词历述汉本末,与本传合。《宋书》载此篇本题作《洛阳令》,《雁门太守行》则其旧调耳。《乐府解题》不明其义,郑夹漈又疑雁门当为安定之误,王涣父尝为安定太守。非也。盖凡拟古乐府者但用旧题,所咏之事不必同也。《雁门太守》古辞不传,后人借其题调颂洛阳令王涣德政,亦犹以《秦女休行》咏庞烈妇之类也。

按《东观汉纪》载王涣为温令。商贾露宿,人开门卧。人为作谣曰:王稚子,代未有。平徭役,百姓喜。而此篇历叙王涣政绩特详,与民歌异。盖当日文人之所作也。古乐府多用叙事体,如《孤儿行》、《陌上桑》皆是,惟此则辞极朴拙,绝少文学风趣。以其意主颂赞,平铺直叙,与抒情之作不同,遂觉干枯乏味耳。

二、《羽林郎》

昔有霍家奴,姓冯名子都。依倚将军势,调笑酒家胡。胡姬年十五,春日独当垆。长裙连理带,广袖合欢襦。头上蓝田玉,耳后大秦珠。两鬟何窈窕,一世良所无。一鬟五百万,两鬟千万余。不意金吾子,娉婷过我庐。银鞍何煜爚,翠盖空踟蹰。就我求清酒,丝绳提玉壶。就我求珍肴,金盆脍鲤鱼。贻我青铜镜,结我红罗裾。不惜红罗裂,何论轻贱躯。男儿爱后妇,女子重前夫。人生有新故,贵贱不相逾。多谢金吾子,私爱徒区区。

此篇向以为辛延年作。辛延年事无可考,郭茂倩以为后汉时人。羽林郎者,掌宿卫侍从之官。见《后汉书·百官志》。霍家奴冯子都者,霍光之家奴也。按《汉书·霍光传》云:霍氏奴入御史府,欲蹴入大夫门。又曰:光爱幸奴冯子都。又曰:使苍头上头谒,莫敢谴者。是霍氏奴冯子都等明具《汉书》。又按《后汉书·窦宪传》:永元元年,以宪为大将军,景为执金吾。权贵显赫,倾动京都。虽俱骄纵,而景为尤甚。奴客缇骑,依倚形势,侵陵小人。强夺财货,篡取罪人,妻略妇女。商贾闭塞,如避寇仇。有司畏惮,莫敢举奏。疑此诗为窦景而作。其言霍光者,托往事以讽今也。此篇大抵摹拟《陌上桑》。其形容服饰之盛,拒绝金吾之请,前后结构莫不相同。惟《陌上桑》以夸示夫婿作结,此以庄言峻拒作结,微有异耳。篇中多偶辞,后汉诗文皆然。而"不惜红罗裂"数句虽似寻常,实则深刻有至理。杜工部《丽人行》亦规模此。

三、《董娇饶》

洛阳城东路,桃李生路旁。花花自相对,叶叶自相当。春风东北起,花叶正低昂。不知谁家子,提笼行采桑。纤手折其枝,花落何飘飏。请谢彼姝子,何为见损伤。高秋八九月,白露变为霜。终年会飘堕,安得久馨香。秋时自零落,春月复芬芳。何时盛年去,欢爱永相忘。吾欲竟此曲,此曲愁人肠。归来酌美酒,挟瑟上高堂。

郭茂倩《乐府诗集》载此篇,题为后汉宋子侯作。其事亦不可考。董娇饶者,人名也。沈确士曰此诗大意以花落比盛年之易逝也。婀娜其姿,无穷摇曳。沈方舟《汉诗说》云。"请谢彼姝子"二句是问词,"秋高八九月"四句是姝子答词,"秋时自零落"四句又是答姝子之词。正意全在"吾欲竟此曲"四句。见欢日无多,劝之及时行乐尔。按《古诗》云"伤彼蕙兰花,含英扬光辉。过时而不采,将随秋草萎",亦犹此诗之意也。大抵出于《离骚》草木零落美人迟暮之意。起四句昔人称为汉人艳语。

四、《盘中诗》

> 山树高,鸟鸣悲。泉水深,鲤鱼肥。空仓雀,常苦饥。吏人妇,会夫希。出门望,见白衣。谓当是,而更非。还入门,中心悲。北上堂,西入阶。急机绞,杼声催。长叹息,当语谁。君有行,妾念之。出有日,还无期。结巾带,长相思。君忘妾,未知之。妾忘君,罪当治。妾有行,宜知之。黄者金,白者玉。高者山,下者谷。姓者苏,字伯玉。人才多,知谋足。家居长安身在蜀,何惜马蹄归不数。羊肉千斤酒百斛,令君马肥麦与粟。今时人,知四足。与其书,不能读。当从中央周四角。

此篇本苏伯玉妻作。伯玉事不详传记,据诗云云,则伯玉在蜀,久而不归。其妻居长安,思念甚切,故作此以速其归也。其诗见于《玉台新咏》,列于傅玄诗后,不别题苏伯玉妻。此后人刻本偶佚其名耳。观严羽《沧浪诗话》称苏伯玉妻有此体,见《玉台》集,则严氏所见《玉台》本实题伯玉妻名。又桑世昌《回文类聚》载此诗亦题苏伯玉妻。故冯惟讷《诗纪》因之,本不误也。而陈沆据别本《玉台》及《乐府解题》,辩其为刚侯所作。无论诗中所言,不作他人叙事口吻,乐府凡叙述故事如《雁门太守行》、《焦仲卿诗》、《艳歌罗敷行》等皆用作者语气,与此不同。与刚侯无涉,而苏伯玉事无可考,刚侯即欲咏古,何由知其家居长安身在蜀中耶。陈氏谓刚侯拟苏伯玉妻而作此诗,以寄其骚怨,又从而傅会其说,见《诗比兴笺》。谬矣。是篇格甚奇创,词意回环,音节柔婉。三言中间以七言,醒豁灵动,实为千秋绝调,徐淑不能及也。名曰《盘中诗》者,以其屈曲成文,所谓"从中央周四角"也。回文诗体之最早者,当推此篇。

五、《焦仲卿妻》

是篇乃汉末民间叙事诗之巨篇,亦古今第一长诗也。凡三百五十三句,千七百四十五字。始见于《玉台新咏》,题为古诗。无人名,为焦仲卿妻作,其所咏者。盖夫妇殉情之惨剧也。其序云:汉末建安中,庐江府小吏焦仲卿妻刘氏,为仲卿母所遣,自誓不嫁。其家逼之,乃没水而死。仲卿闻之,亦自缢于庭树。时人伤之,为诗云尔。顾后人颇有疑其非汉诗者。刘克庄《后村诗话》云,焦仲卿诗,六朝人所作也。木兰诗唐人所作也。乐府惟此二篇作叙事体,有始有卒,词虽多质俚,然有古意。往年梁任公先生亦谓此诗为六朝产品,且指为受佛本行赞之影响。而友人陆君、张君又先后博稽载籍,为之考证,以张其说。兹檃括其说如下。

(一)后人所以目此篇为汉诗者,盖据序而言耳。然此仅足证焦仲卿为汉末人,其夫妇殉情为汉末事,而不能证其为汉末之诗也。安知非后代文人歌咏昔时事耶。

(二)序言焦仲卿为庐江府小吏,而诗云,"我今且报府,不久当归还",又云"我今且赴府,不久当还归",知仲卿必隶庐江本籍。而其夫妇死后,则云"两家求合葬,合葬华山旁",庐江在今江西北部及安徽西南部,华山在陕西中部。如风马牛之不相及,何为远葬于是。盖华山云者即乐府清华之《华山畿》也,《华山畿》有神女冢^{事见《古今乐录》}。古男女殉情合葬之地,其事与焦仲卿夫妇相类,故作者即用此典。《华山畿》一曲作于宋少帝时,故知此诗必在其后。

（三）诗云，"其日马牛嘶，新妇入青庐"，《酉阳杂俎·礼异》云，"北朝婚礼，布青幔为屋。在门内外，谓之青庐，于此交拜迎妇。夫家领百余人或数十人，随其奢俭，挟车俱呼，新妇子，催出来。至新妇登车乃止。婿拜阁日，妇家亲宾妇女毕集。各以杖打婿为戏乐。至有大委顿者"。青庐既为北朝婚礼所用，则此诗之为六朝人作甚显。

（四）诗云，"青雀白鹄舫，四角龙子幡"，《宋书·臧质传》云："世祖至新亭即位，以质为都督江州诸军事。舫千余乘，部伍前后百余里。六平乘并施龙子幡。"又宋乐府《襄阳曲》云："上水郎担篙，下水摇双橹。四角龙子幡，环环江当柱。"可知用龙子幡乃南朝风尚，是此篇非汉诗之又一证。

（五）诗云，"赍钱三百万，皆用青丝穿。杂采三百匹，交广市鲑珍"。交为交州，广为广州。《吴志》，"孙权黄武五年二二六，分交州，置广州，俄复旧。""孙休永安七年二六四，复分交州置广州"。晋宋齐因之。汉末尚无广州之名，此又一证也。

（六）诗云："还部白府君，下官奉使命，言谈大有缘。""下官"二字，乃官员谦称之辞。最早见于《晋书·庾亮传》，《晋记》载，《宋书·自序》，《梁书》江淹、王僧孺、韦粲等传，及《南史》刘敬宣、王诞、刘穆之、王僧虔、荀伯子、沈庆之等传，而前此无之。此亦一证也。

此外又谓诗中写兰芝严妆，为汉诗所未见。用韵非古，"初七"、"下九"、"六合"、"处分"、"诺诺"、"承籍"、"小子"等词，皆可作此诗晚出之证。

今按以上诸说皆不足为据。诗序明言时人伤之，为作此辞。所谓"时人"者，非指建安之时乎。仲卿夫妇殉情，事至可伤。歌其事者,乃出数百年后,宁有是理。况故事诗歌之可感人者,必踵起于其事发生之后,古之歌谣乐府,莫不皆然。而但截取序文,故没时人伤之一语,强为之说。其谬一。"投府还归"之言,本不能证仲卿夫妇为庐江本籍。则葬骨华山,又安知非归骨故土、狐死首丘之义。若谓仲卿夫妇不必远逾千里而葬,又安知庐江附近无同名之华山,而必为西岳耶。张君已自为反证,故谓此诗葬骨华山一语为用典者,其谬二。青庐之为北朝婚礼独用异名,亦唐人晚出之说。而张君引《世说新语·假谲》篇:"魏武少时,与袁绍观人新婚,潜入主人园中,夜呼有贼,青庐中人皆出观。"是青庐之名不起于六朝而起于汉末,亦既自为反证。而张君附和陆说,必谓刘义庆称今名以述古事。其谬三。龙子幡者,度其义大抵饰龙形于幡。如古人画日月龙虎诸物于旌旗,故以为名。《周礼·春官·司常》"日月为常,交龙为旗"则可证,制正古,未必即为南朝独有之风尚,况区区器物之制亦难断其起于何时。故谓前此不见于记载,遂遽断其物之必无者,其谬四。孙权黄武五年_{魏黄初七年,二二六},距建安之末,_{即黄初元年,二二○}不过六年。诗序所谓时人伤之者并无不合。若焦仲卿夫妇死于建安末,不数年,其歌咏起于民间。分交为广,正当其时。是其事则汉末,其诗则魏初,紧相衔接。故序言时人伤之为此诗也。而必据此目为齐梁之作,其谬五。"下官"之称,早见《汉书·贾谊传》,_{张君亦既言之,而又故饰其说。}不起于六朝。况此诗出自民间,故多俗语。其中如"下官"、"阿母"之类一不而足。安知六朝文字之见于记载者,非前此民间久已有此习语耶?其谬六。自余诸说,皆不足辩。

今按此诗起句云"孔雀东南飞,五里一徘徊",此必为民歌起头无疑。意必当时民间本有《孔雀东南飞》一曲调,故作者用以引起全篇。魏文帝《临高台》末段云:"鹄欲南游,雌不能随。我欲躬衔汝,口噤不能开。欲负之,毛衣摧颓。五里一顾,六里徘徊。"此岂文字之偶合耶?鹄不能庇其雌,以喻男子之不能庇其妇。作者以其寓意与焦仲卿事相类,故取以开篇焉。是《孔雀东南飞》之所自出,不无痕迹可寻。而其产生之时代,亦已隐为启示矣。又按《玉台新咏》载古乐府《双白鹄》一首云:

> 飞来双白鹄,乃从西北来。十十将五五,罗列行不齐。息然卒疲病,不能飞相随。五里一反顾,六里一徘徊。吾欲衔汝去,口噤不能开。吾将负汝去,羽毛日摧颓。乐哉新相知,忧来生别离。峙嵘顾群侣,泪落纵横垂。今日乐相乐,延年万岁期。《乐府诗集》与此颇有异同。

此歌即魏文帝《临高台》一段所本,盖取其大意而改为长短句,至为明显。文帝建安时人,当焦仲卿夫妇惨剧发生之际,而乐府《双白鹄》一诗又在其前。则《孔雀东南飞》一篇之为汉魏间产品何疑。特其时白鹄已由民间口传而讹为孔雀,西北来变为东南飞耳。而"五里一徘徊"一句,则犹《双白鹄》之本辞也。又以流传既久,遂缩至于十字。为此诗者,取为引子,固彰彰可考也。胡适之先生《白话文学史》第七章已发此旨,当参看。况汉魏以来为叙事诗盛行时代,如蔡琰之《悲愤诗》,辛延年之《羽林郎》,左延年之《秦女休行》,相和歌辞之《陌上桑》、《病妇行》、《孤儿行》及《雁门太守行》等,不胜指数。何独于焦仲卿诗而疑之。

是篇约分十六段。首叙初嫁,次叙被遣,以次叙夫妻相誓,又次叙大归,又次叙被迫以至于相殉。中间以小姑、母兄媒理之言穿插之,历述诸人口语而各肖其声貌。此岂寻常作家之所及耶?至其文辞朴鄙自然,正为民歌本色。而叙事有条理,结构极整密。淋漓反覆,委婉凄怆。奇事奇文,真不愧古今绝调也。其词之尤动人者,如云:"新妇初来时,小姑始扶床。今日被驱遣,小姑如我长。勤心养公姥,好自相扶将。初七及下九,嬉戏莫相忘。"又云:"君当作盘石,妾当作蒲苇。蒲苇纫如丝,盘石无转移。"又云:"府吏闻此变,因求假暂归。未至二三里,摧藏马悲哀。新妇识马声,蹑履相逢迎。怅然遥相望,知是故人来。举手拍马鞍,嗟叹使心伤。"又云:"两家求合葬,合葬华山旁。东西植松柏,左右种梧桐。枝枝相覆盖,叶叶相交通。中有双飞鸟,自名为鸳鸯。仰头相向鸣,夜夜达五更。行人驻足听,寡妇起彷徨。"妙在直叙原委不着议论,而挚情自见,悲痛自深。后之评此诗者,或有谓兰芝不应先自求去者,有谓其不应再醮者,有谓其死非初愿者,有谓小姑长成太速者,此真伧父说诗,不堪一噱矣。

卷 三

第七篇　三国文学

第一章　魏武帝及魏文帝之文学

　　三国文学,盛于邺下,吴蜀二国无闻焉。魏初承建安遗风,文章之体制无甚变革。曹氏父子既长于文辞,复笃好文学。当武帝柄政,网罗一时文士,建安诸子多出其门,故汉末文学大放异彩。重以武帝受当日民间文学之影响极深,故其提倡制作乐府新辞为尤力。《晋书·乐志》云:"汉自东京大乱,绝无金石之乐,乐章亡绝,不可复知。及魏武平荆州,获汉雅乐郎河南杜夔,能识旧法,以为军谋祭酒,使创定雅乐。"按又见《博物志·乐考》。《乐志》又称:"魏初使军谋祭酒王粲改创《巴渝舞曲》参阅前篇第五章。使缪袭改作《汉短箫铙歌》十二曲,以述魏德代汉。"曹植《鼙鼓舞诗序》亦言:"武帝召灵帝西园鼓吹李坚,依前曲作新声五篇。"然则武帝之从事改创新乐府,可谓不遗余力矣。惟其所改作者,不过依旧曲作新词,与制作新乐不同。故亦不限于音乐专家,王粲、缪袭等虽皆为文人,亦能为之。观于曹氏父子及其时作者之乐府歌辞,则知其时实为文学史上之一新时代。盖以前文人之能事为辞赋,此后则为诗歌耳。兹分述之如次:

魏武帝 帝姓曹，名操，字孟德，沛国谯人也。父嵩，桓帝时为中常侍曹腾养子，莫能审其出生本末。帝少机警有权数，而任侠放荡，梁国桥玄、南阳何颙异之。玄谓曰："天下将乱，非命世才不能济，能安之者，其在君乎。"年二十，举孝廉，为郎。灵帝崩，太子即位，太后临朝，大将军何进与袁绍谋诛宦官，召董卓。卓未至而进见杀。卓至，废帝而立献帝，京都大乱。卓表为骁骑校尉，欲与计事，乃变姓名，间行东归。初平二年，袁绍表为东郡太守。兴平二年，拜兖州牧。建安元年，拜建德将军，寻迁镇东将军，封费亭侯，假节钺，录尚书事。旋又以为大将军，封武年候。二年，破袁术。三年击杀吕布。五年，破刘备，备奔袁绍，复攻绍，大破之，备奔刘表。八年，征刘表。九年，入邺，领冀州牧。十年，攻袁谭，杀之，冀州平。十三年，还邺，作玄武池以肄舟师。拜为丞相，遂平刘琮。寻与孙权、刘备战于赤壁，大败。十五年冬，作铜雀台。十七年，天子命如萧何故事，赞拜不名，入朝不趋，履剑上殿。十八年，策为魏公。秋七月，始建魏社稷宗庙。二十一年，进爵为魏王。二十二年，攻孙权，败之。夏四月，天子命王设天子旌旗，出入警跸。冬十月，命王冕十有二旒，驾六马。二十五年，后二二〇，即是岁三月，改元延康，十月，文帝受禅。春正月，王崩于洛阳，年六十六，谥曰武王。文帝既受禅，追尊曰武皇帝。其乐府歌词今传者有《气出唱》、《精列》、《度关山》、《薤露》、《蒿里行》、《对酒》、《陌上桑》、《短歌行》、《苦寒行》、《秋胡行》、《善哉行》、《却东西门行》、《碣石篇》、《谣俗词》、《董逃歌词》等二十余篇。

武帝乐府，约分"述志"、"述事"、"游仙"三种。《度关山》、《对酒》、《短歌行》、《善哉行》、《碣石篇》皆述志者也；《薤露》、《蒿里》、《苦寒行》、《却东西门行》皆述事者也；《气出唱》、《精列》、

《陌上桑》皆游仙者也。《秋胡行》二篇,则"游仙"而兼"述志"者也。有四言,有五言,有杂言,皆沉雄俊爽,时露霸气,例如《短歌行》云:_{《相和歌辞·平调曲》。}

对酒当歌,人生几何?譬如朝露,_{古诗:浩浩阴阳移,年命如朝露。}去日苦多。慨当以慷,忧思难忘。何以解忧,惟有杜康。_{《西门行》古辞:饮醇酒,炙肥牛,请呼心所欢,可用解愁忧。}青青子衿,悠悠我心。但为君故,沉吟至今。明明如月,何时可掇。忧从中来,不可断绝。呦呦鹿鸣,食野之苹。我有嘉宾,鼓瑟吹笙。越陌度阡,枉用相存。契阔谈䜩,心念旧恩。月明星稀,乌鹊南飞。绕树三匝,何枝可依。山不厌高,海不厌深。周公吐哺,天下归心。

按此篇《文选》"明明如月"一解,在"呦呦鹿鸣"之下,文意颇阂,今从《宋书·乐志》。汉乐府多五言杂言,而此独以四言为之,殆有复古之意存。盖当时作五言诗者既多,新体诗歌,实有蓬勃之气象。虑必有少数文人,力持文学复古之论,此吾国文学史上恒见之事也,观于仲长统《述志》二诗俱为四言,是其显例。余谓魏晋以前之五言诗,受民间文学_{即非文人之乐府}所作之影响甚深,故其时文学实可谓之民众化。魏晋以后则竞以旧调制新词,可以任情变化。故武帝易以四言,试其能否谱入管弦。此虽翻陈出新之法,而文学则贵族化矣。虽然,四言诗至西汉已成陈迹。虽有天才卓荦之士,思欲起而振之,而势有所不能。文学盛衰升降之运,其不可强类如此。《短歌行》一篇,词旨似本古乐府"瑟调曲"之《善哉行》。一作曹植辞,从此《宋志》及《乐府诗集》。《善哉行》云,"欢日尚少,戚日苦多",即此篇起四句意也,又云,"以何忘忧,弹筝酒歌",即此篇"何以解忧"二语之所本也,"月没参横,北斗阑干",即此篇"月明星稀"之缩影也,"亲交在门,饥不及餐",即此篇"周公吐哺"之变辞也。而其主旨,则极有岁月迟暮之感,所谓"但为君故,沉吟至今"者,不知其何所指。或此公久蓄禅代之志,而终慑于名教欤。抑所谓君者,指孙刘辈欤,未可断言也。陈沆则以为此诗即汉高《大风歌》"思猛士"之旨。盖天下三分,士不北走,则南驰,若非吐哺折节,何以来之。山不厌土以成高,海不厌水以成深,王者不厌士,故天下归心。岂肯直吐鄙怀,公言篡逆者乎。又曰:曹公苍莽,古直悲凉,其诗上继变《雅》,无篇不奇。今观其《碣石篇》亦四言,而《神龟》一首尤奇崛,为人传诵,《薤露》一篇则写何进谋诛宦官召董卓入京而转以致败也,《蒿里行》则述袁绍、袁术举兵讨卓而终以无功也。复录其《苦寒行》一篇以见例:《相和歌辞·清调曲》。

  北上太行山,艰哉何巍巍。羊肠坂诘屈,车轮为之摧。树木何萧瑟,北风声正悲。熊罴对我蹲,虎豹夹路啼。溪谷少人民,雪落何霏霏。延颈长叹息,按老杜《前出塞》"驱马天雨雪"一首亦似仿此,又《北征》一段只有类此者。远行多所怀。我心何怫郁,思欲一东归。水深桥梁绝,中路正徘徊。迷惑失故路,薄暮无宿栖。行行日已远,人马同时饥。担囊行取薪,斧冰持作糜。悲彼《东山》诗,悠悠使我哀。

此诗气格亦出于古乐府。"担囊"二句,即"十五从军征""烹谷持作饭,采葵持作羹"之意也。或以为此篇实拟《豳风·东山》之诗,虽未必然,但其音节既响,一气贯注,其勃郁雄直之气,跃然纸上,后人自不可及耳。杜甫《石龛诗》、《无家别》诸篇,似亦祖此。《石龛诗》云"熊黑咆我东,虎豹号我西。我后鬼长啸,我前狖又啼。天寒昏年日,山远道路迷。驱车石龛下,仲冬见虹霓。"

魏文帝 帝名丕,字子桓,武帝太子也。生于灵帝中平四年_{后一八七},卒于黄初七年_{后二二六},建安十六年,为五官中郎将,副丞相。二十二年,立为魏太子。太祖崩,嗣位为丞相魏王_{三月事},改建安二十五为延康元年。其年冬十月,受汉禅,改元黄初。二年,夫人甄氏卒。三年夏四月,立鄄城侯植为鄄城王。六年,帝以舟师自谯循涡入淮,从陆道幸徐,复幸广陵故城。临江观兵,戎卒十余万,旌旗数百里。帝于马上作诗,有云,"谁云江水广,一苇可以航"。七年,崩。初,帝好文学,以著述为务,自所勒成垂百篇,又使诸儒撰集经传,随类相从,凡千余篇,号曰《皇览》。今所传有《浮淮》等赋三十余篇,乐府诗歌四十余篇,连珠三首,铭二首,教令制策书论诸作不与焉。

文帝天资文藻,下笔成章,重以家庭之熏染,诸子之切劘,故文事独优。观其《典论·论文》及《与吴质书》,历举徐、陈、应、刘诸人之文一一评述,虽或密而不周,而实洞明体要。观其所作乐府歌诗,有四言,有五言,有七言,有杂言,其善者直摩仲宣之垒,而颇有柔媚之致。故沈德潜称其诗有文士气,一变武帝悲壮之习,要其便娟婉约,能移人情。洵确论也。例如《善哉行》_{《相和歌辞·瑟调曲》}云:

上山采薇_{《诗·小雅·采薇》诗言征戍事故以发端},薄暮苦饥。谿谷多风,霜露沾衣。野雉群雊,猿猴相追。还望故乡,郁何垒垒。高山有崖,林木有枝。忧来无方,人莫之知。人生如寄,多忧何为。今我不乐,岁月如驰。汤汤川流,中有行舟。随波转薄,有似客游。策我良马,被我轻裘。载驰载驱,聊以忘忧。

按武帝亦有《善哉行》,其一首亦四言。文帝乐府多以四言为之,似效乃父之体,即此诗"谿谷"数句,意境亦效武帝《苦寒行》。"高山"四句,似袭《越人歌》成语而易其词。且篇中多用《诗经》原文,则当日作风固如是也。武帝《短歌行》连钞诗文数句,陈思王诗亦有之。惟其音节清宛,与武帝截然不同。王船山曰:"子桓《论文》云'气之清浊有体,不可力强而致',其独至之清从可知已。此篇微风远韵,映带人心哀乐,非子桓其孰得哉。"又如《杂诗》云:

漫漫秋夜长,烈烈北风凉。展转不能寐,披衣起彷徨。彷徨忽已久,白露沾我裳。俯视清水波,仰看明月光。天汉回西流,三五正纵横。草虫鸣何悲,孤雁独南翔。郁郁多悲思,绵绵思故乡。愿飞安得翼,欲济河无梁。向风长叹息,断绝我中肠。

西北有浮云,亭亭如车盖。惜哉时不遇,适与飘风会。吹我东南行,行行至吴会。吴会非我乡,安得久留滞。弃置勿复陈,客子常畏人。《艳歌行》"不见何累累,远行不如归",亦结句换韵。

此二诗风格全祖《十九首》,诗意固不甚佳,惟音调则极自然。第二首不避重韵,古诗多有之。结语变韵,《诗经》及古乐府亦已有之。锺氏谓其诗颇有仲宣之体,而大抵鄙直如偶语。惟"西北有浮云"十余首殊美赡可玩,始见其工。此其所以铨衡群彦,对扬厥弟者欤。又如《燕歌行》《相和歌辞·平调曲》一首云:

> 秋风萧瑟天气凉,草木摇落露为霜,群燕辞归雁南翔。《月令》云"凉风至",又"草木黄落","玄鸟归","鸿雁来"。念君客游思断肠,慊慊思归恋故乡,君何淹留寄他方。贱妾茕茕守空房,忧来思君不敢忘,不觉泪下沾衣裳。援琴鸣弦发清商,短歌微吟不能长,明月皎皎照我床。星汉西流夜未央,牵牛织女遥相望,尔独何辜限河梁。

此七言诗正式成立之第一首诗也。按两汉七言诗,惟《柏梁联句》及王逸《琴思楚歌》二篇。《柏梁诗》虽疑伪托,然王逸时已有此体,则其为汉世之作可无疑也。特其时七言诗犹未盛行,故文帝就其萌蘗而推衍之。大凡新文体之发生,其胚胎往往远在数百年前,此为文学史中恒见之事。前此之五言诗,亦其例也。但与此《柏梁》不同者,《柏梁》为联句,故一句一意,此则全篇一贯,连绵不断。又王逸虽每句用韵,而又转韵,此通体一韵,终篇不换。故谓之七言创体可也。王船山称其"倾情倾度,倾色倾声,古今无两。从'明月皎皎'入第七解,一径酣适,殆天授,非人力"。似不免过誉。然其逐句转换,天衣无缝,痕迹尽泯,则自不可及。音节之妙,抑其次也。

此外如《于清河见挽船士新婚与妻别》一首,逼近苏、李,集中当推上乘。《寡妇》一首,为阮元瑜妻作,则为骚体,实五言诗,句中勉添"兮"字。《令诗》又为六言,观《三国志》注引文帝答群臣劝进书,自述所作诗,通体六言,亦创体也。至《饮马长城窟行》虽有阙文,亦颇见雄直之气。《上留田行》为社会鸣不平,词旨浅易,堪称平民文学。《临高台》末解用古乐府《飞来双白鹄》语而略易其词。然则二祖文章之得自民间乐府,信矣。

第二章　陈思王

陈思王传略　陈思王_{谢灵运尝谓:"天下才有一石,曹子建独占八斗,我得一斗,天下共分一斗。"李商隐诗"用尽陈王八斗才",即本此。}名植,字子建,文帝同母弟也。生于汉献帝初平三年_{后一九二},卒于魏明帝太和六年_{后二三二}。年十余岁,诵读诗论及辞赋数十万言,善属文。太祖尝视其文,谓植曰:"汝倩人邪?"植跪曰:"言出为论,下笔成章,顾当面试,奈何倩人。"时邺铜雀台新成,植作赋援笔立成,可观,太祖甚异之。性简易,不治威仪,不尚华丽。每进见问难,应声而对,特见宠爱。建安十六年,封平原侯。十九年徙封临淄侯。植既以才见异,而丁仪、丁廙、杨修等为之羽翼,太祖狐疑,几为太子者数矣。而植任性而行,不自雕励,饮酒不节。文帝御之以术,矫情自饰,宫人左右,并为之说,故遂定为嗣。二十二年,植坐乘车行驰道中,开司马门出,太祖大怒,而植宠日衰。杨修既诛,植益内不自安。二十四年太祖将以植为南中郎将,行征虏将军,欲遣救曹仁。呼有所敕戒,植醉不能受命,于是悔而罢之。文帝即王位,诛二丁并其男口,植与诸侯并就国。黄初二年,灌均_{陈王之典签}希指奏植醉悖慢,劫胁使者。_{李商隐《涉洛川》诗云:"通谷阳林不见人,我来遗恨古时春。宓妃漫结无穷恨,不为君王杀灌均。"}有司请治罪,帝以太后故,贬爵安乡侯。其年改封鄄城侯。三年,立为鄄城王。四年,徙封雍丘王。朝京师,上疏献诗二篇。帝嘉其辞义,优诏答勉之。明帝太和元年徙封浚仪。二年,复还雍丘。植常愤怨抱利器而无所施,上疏求自试。三年,徙封东阿。五年,复上疏求存问亲戚,诏报如王所诉。又上疏陈审举之义,帝辄优诏答报。其年冬,诏请王朝。六年,以陈四县封为陈王。植每欲别见独谈,论及时政,幸冀试用,终不能得。既还,怅然绝望。时法制待藩国甚峻迫,僚属皆贾竖下才,兵人给其残老。植又以前过,事事复减半。十一年中而三徙都。常汲汲无欢,遂发疾薨,时年四十一。景初中,诏撰录其所著赋颂诗铭杂论凡百余篇,副藏内外。

陈思王作品 陈思王集今存者有辞赋五十三篇,诗及乐府共九十三首,《魏德论讴》六首,颂赞铭诔哀辞等韵文五十七首,合共得诗文辞赋二百零九首。自此以后,作者篇目繁多,不能一一列举。而章表论说杂文不计焉。赋多非完篇,其确有时代可考者,如建安十五年作《铜雀台赋》,集中有《登台赋》疑即此篇。十六年作《离思赋》,十七年作《荀侯诔》,十八年作《叙愁赋》,十九年作《东征赋》及《赠二丁诗》,二十年作《赠丁仪、王粲诗》,二十二年作《侍太子坐诗》及《王仲宣诔》。黄初元年作《武帝诔》及《元会诗》,二年作《杂诗》六首,三年作《洛神赋》,四年作《任城王诔》、《责躬应诏诗》及《赠白马王彪诗》七章,七年作《文帝诔》。太和中作《斗鸡诗》,二年作《曹休诔》及《喜雨诗》,三年作《承露盘铭》及《迁都赋》,四年作《卞太后诔》,六年作《女金瓠哀辞》。又《世说·文学》第四云:

> 文帝尝令东阿王七步中作诗,不成者行大法,应声便为诗曰:"煮豆持作羹,漉菽一作豉,以为汁。萁在釜下然,豆在釜中泣。本自同根生,相煎何太急。"一作煮豆燃豆萁,豆在釜中泣,本是同根生,相煎何太急。帝有惭色。昔温庭筠才思精瞻,工于小赋。每入试,押

官韵作赋,凡八叉手而八韵成,时号"温八叉"。可对曹七步。

《诗纪》虽收此诗,然注云"本集不载",盖疑之也。丁晏亦曰,煮豆诗或疑其伪,且东阿徙自太和年,文帝时无此封号,小说之诬甚矣。按东阿王当是记载偶异,植初封平原,寻徙临淄,更命鄄城,复徙雍丘,继改东阿,终封陈王,计凡六易封号,后人记事,虽恒称其末号,而古文亦有不拘者。《宋书·乐志》载,曹植《明月》一首亦称东阿王作,宁必封东阿时作耶?陈琳吴质并有《答东阿王笺》,此皆后人称植为东阿之证,不必其时果王东阿也。琳有《答东阿王笺》,质有《答东阿王书》。琳建安二十年卒,植以太和三年徙东阿,安得知之。质出为朝歌在刘桢坐谴之际,而《文选》报书亦称《答东阿王书》。知皆后人任意题篇,无关实事。且文帝为世子时即已忌刻乃弟,陈思诗文因此遂多愤怨,无可讳言,屡迁亦忌而苦之耳。《世说》所记,不足疑也。任城王暴薨,亦文帝杀之。亦见《世说·尤悔》篇。《魏志·任城威王彰传》注引《魏氏春秋》曰:初,彰问玺绶,将有异志。故来朝不即得见,彰忿怒暴薨。按,《世说·尤悔》篇云,魏文帝忌弟任城王骁壮,因在卞太后阁共围棋并噉枣。文帝以毒置诸枣蒂中,自选可食者而进。王弗悟,遂杂进之。既中毒,太后索水救之,帝预敕左右毁瓶罐。太后徒跣趋井,无以汲,须臾遂卒。复欲害东阿,太后曰:汝已杀我任城,不得复杀我东阿。惟《太平广记》见《俊辩》篇载其《死牛诗》云出《世说》,今本无之。极似暗袭《世说》而伪造其事与文,且又傅以煮豆一诗。改为《自愍诗》三十言,斯则未可遽信。

陈思王之文学　　陈王文学以五言诗为最胜,故锺氏列为上品而评之曰:其源出于《国风》。骨气奇高,词采华茂,情兼雅怨,体被文质,粲溢今古,卓尔不群。嗟乎,陈思王之于文章也,譬人伦之有周孔,鳞羽之有龙凤,音乐之有琴笙,女工之有黼黻,故孔氏之门如用诗,则公幹升堂,思王入室。此袭扬雄评贾谊、司马相如赋语意。**其赞扬陈王可谓至矣,兹举数例借觇一斑。**

《七哀诗》云:

> 明月照高楼,流光正徘徊。李善曰:皎月流辉,轮无辄照,以其余光未设,似若徘徊。前觉以为文外傍情,斯主当矣。上有愁思妇,悲叹有余哀。借问叹者谁,言是宕子妻。君行逾十年,孤妾尝独栖。君若清路尘,妾若浊水泥。浮沉各异势,会合何时谐。愿为西南风,长拆入君怀。君怀良不开,贱妾当何依。此拟《古诗·西北有高楼》,子建别有《弃妇诗》与此同为自悲身世之作。

此篇《玉台》作《杂诗》,《乐府》作《怨歌行》本辞。《七哀》之诗,王仲宣已有之。惟彼则咏一弃子之妇人,此则咏一独栖之思妇,所哀不同也。说者诠释《七哀》颇有异义,然观于此诗,绝无华饰,必有寄托,决非泛泛摹拟之词。其所谓思妇者,或即借以自喻,所谓"十年"者,殆即指就国既久,求通亲亲之意欤。屈子文多托之美人香草,此《风》、《骚》之遗也,而论其词则置之《十九》中,何以别乎?又如《杂诗》云:

> 高台多悲风,朝日照北林。之子在万里,江湖迥且深。方舟安可极,离思故难任。孤雁飞南游,过庭长哀吟。翘思慕远人,愿欲托遗音。形影忽不见。翩翩伤我心。
>
> 转蓬离本根,飘飘随长风。何意回飙举,吹我入云中。高高上无极,天路安可穷。《吁嗟》篇与此全同。"天路"用《楚辞·山鬼》,以"余处幽篁终不见"为句,"天路险难独后来"为句,《吁嗟》篇亦云:"自谓终

天路,忽然下沉泉。"类此游客子,捐躯远从戎。毛褐不掩形,薇藿常不充。去去莫复道,沉忧令人老。<small>结语变韵与文帝"西北有浮云"一首同。</small>

南国有佳人,容华若桃李。朝游江北岸,夕宿潇湘沚。时俗薄朱颜,谁为发皓齿。俯仰岁将暮,荣耀难久恃。

仆夫早严驾,吾将远行游。远游欲何之,吴国为我仇。将骋万里余,<small>《文选》作"途"。</small>东路安足由。江介多悲风,淮泗驰急流。愿欲一轻济,惜哉无方舟。闲居非吾志,甘心赴国忧。<small>陶公《拟古》"少时壮且厉"及"辞家夙严驾"二首颇似之。</small>

古人诗未尝无寄托,此虽不详所指,而细玩诗词,亦可推知一二。其首章言江湖万里,方舟难极,当亦久于藩国思朝廷,怀友于之意。故云慕远人而欲托遗音也。次章言从军之苦,<small>按此诗所谓"从戎"盖托词也。仍是指徙封无定之事。观"转蓬"及"沉忧"云云,岂从征语气耶?参看《吁嗟篇》自明。</small>或即指从武帝西征张鲁之事<small>建安二十年</small>,南国一首或指坐乘车驰道,为武帝所怒而宠渐衰,或指为监国谒者所谮<small>十年</small>,贬安乡侯事,故曰荣耀难久恃也。末章不愿闲居,颇怀请缨之志。即上表求自试之旨也。盖诸诗非一时事,而低回往复,情致缠绵,不愧群英冠冕。且各首皆工于发端,"转蓬"结语换韵,与文帝《杂诗》同。"南国"一诗尤一气浑成,"仆夫"一首,开太冲雄迈一格,为陶公《拟古》诗所本。

陈王诗得力于《三百篇》,故句法多所规仿,乃至全篇命意有与《风》诗相吻合者,例如《妾薄命行》云:"携玉手,同与归。"此《邶风》"北风其凉"之意也。《杂诗》云,"明晨秉机杼,日昃不成文",<small>此本《大东》之"虽则七襄,不成报章"。</small>此《卷耳》"不盈顷筐"之意也。

《朔风》诗云："昔我初迁,朱华未希,今我旋止,素雪云飞。"《情诗》一作《杂诗》云"始出严霜结,今来白露晞",此《小雅·采薇》、《出车》之意也。下文"黍离"、"式微"亦用《诗经》篇名。《朔风诗》又云："岂无和乐,游非我邻,谁忘泛舟,愧无榜人。"此《卫风·竹竿》之意也,《杂诗》六首似是行役之作,前四首是妇人悲思,后二首是丈夫慨怀与《小戎》、《无衣》同。且诗中多用比兴,确有风人之旨,此锺氏所以称其源出于《国风》与。其佳处并不在摹拟《诗经》字句。又《当车已驾行》上半首四言下半首五言亦与《召南》之《野有死麕》及《郑风》之《女曰鸡鸣》同。《弃妇诗》有"叹息通鸡鸣,反侧不能寐"诗句并自《风》诗出。

此外尚有抒情绝唱,则《赠白马王彪》六章是也,其序曰："黄初四年正月,白马王、任城王朝京师,会节气。到洛阳,任城王薨,至七月,与白马王还国。有司以二王归藩,道路宜异宿止,意毒恨之。盖以大别在数日,是用自剖,与王辞焉,愤而成篇。"首言行期促迫,舟车屡易,既感离别之苦,复嗟行路之难,顾瞻城阙,引领内伤,此至情语也。次述谗巧相间,至骨肉之亲不能同止宿,比之如鸱枭豺狼。次述征途之感而以秋风、寒蝉、归鸟、孤兽烘托之。故曰"感物伤我怀,抚心长太息"也。次则深痛任城之死,既叹逝者,行复自念,故曰"人生处一世,去若朝露晞",所以由太息而心悲也。次则无可奈何,强作旷达以自解,然又终莫能解,故由悲至于苦也。末章述人生到此,则天命难以信,神仙难以凭,惟有勉王爱身永年而已。总结全篇,赋之乱也。是篇每章句首二字皆重前章句末二字,此种章法出于《大雅·文王》一篇,《艺苑卮言》有此说。音节尤觉凄婉。然哀而不伤,怨而不怒,的是《风》、《雅》嗣音。读此诗者,能无恻然。其余佳篇佳句,未能一一殚述。

陈王乐府风骨不及乃翁,而实凌烁子桓。其中如《君子行》、

《当墙欲高行》等篇往往好以理语入诗,未见佳处。《野田黄雀行》及《门有万里客行》等篇,深受古乐府影响,惟已变民歌风调渐成为文人之作耳。《种葛篇》及《当来日大难》则又与《杂诗》、《赠白马王彪》篇同意,盖借乐府以阴寓感慨者也。《圣皇篇》则明言之。《白马篇》独发扬蹈厉,奇警动人。方植之谓后来杜公《出塞》诸什脱胎于此,良然。

陈王辞赋首称《洛神》,洛神者,宓羲氏之女溺死洛水为神,世所号宓妃者也。其序曰:黄初三年,余朝京师,还济洛川。古人有言,斯水之神,名曰宓妃。感宋玉对楚王神女之事,遂作斯赋。而或以感甄之事傅会之,真齐东野人之语也,录其一节如左:

> 于是精移神骇,忽焉思散。俯则未察,仰以殊观。睹一丽人,于岩之畔。乃援御者而告之曰:"尔有觌于彼者乎,彼何人斯,若此之艳也?"御者对曰:"从闻洛水之神,名曰宓妃,然则君王所见,无乃是乎,其状若何?臣愿闻之。"余告之曰:其形也,翩若惊鸿,婉若游龙。荣曜秋菊,华茂春松。仿佛兮若轻云之蔽月,飘飘兮若流风之回雪。远而望之,皎若太阳升朝霞;迫而察之,灼若芙蕖出绿波。体纤得衷,修短合度。肩若削成,腰如约素。延颈秀项,皓质呈露。芳泽无加,铅华弗御。云髻峨峨,修眉联娟。丹唇外朗,皓齿内鲜。明眸善睐,靥辅承权。瓌姿艳逸,仪静体闲。柔情绰约,媚于言语。奇服旷世,骨像应图。(下略)

此段极写洛神之美,而悉以俪词出之,固为六朝辞赋之先驱。至其形容尽致,则实从《卫风·硕人》一诗及《楚辞·招魂》、伪宋玉《登徒子好色赋》演化而出。造语既工复不觉其繁琐，真辞赋之杰作也。《七启》一篇实祖《七发》，托玄微子与镜机子相答问，盖自《七激》、《七依》以后，皆不免寿陵学步之讥。虽以陈思之才，终亦摹仿之而已，未能以此见长也。《释愁文》亦辞赋体，盖《答客》、《解嘲》之流耳。

第三章　明帝及其他乐府

明帝　帝名睿，字元仲，文帝太子也。年十五，封武德侯。黄初二年，为齐公。三年，为平原王，以其母甄后诛，故未建为嗣。七年，文帝病笃，乃立为皇太子。既即位，改元太和，追谥母甄夫人为皇后。青龙二年，山阳公薨，追谥曰汉孝献皇帝，葬以汉礼。三年，以大将军司马懿为太尉，立皇子芳为齐王。景初元年，以建丑之月为正，改太和历曰"景初历"。有司奏武皇帝拨乱反正为魏太祖，乐用"武始"之舞，文皇帝应天受命，为魏高祖，乐用"咸熙"之舞。帝制作兴治，为魏烈祖，乐用"章武"之舞。二年，以曹爽为大将军。三年，帝疾。司马懿平辽东还，召入卧内，执其手曰，吾疾甚，以后事属君，君其与爽辅少子。吾得见君，无所恨。懿顿首流涕。即日帝崩。在位十三年，时年三十六。与武帝、文帝并号三祖，有集七卷。今所传有《短歌行》、《善哉行》、《步出夏门行》、《长歌行》、《苦寒行》、《棹歌行》、《燕歌行》、《猛虎行》、《种瓜篇》、《月重轮行》等十余篇。

明帝乐府远逊其先人。《短歌行》为咏物之诗，乐府至是，其用渐广之验也。《善哉行》二篇为四言诗,皆述征讨之事,斥权为竖子,备为亡虏。《苦寒行》亦云"吴蜀二寇",《棹歌行》则专指孙吴。《步出夏门行》慨日月之不居,而袭用武帝《短歌》中语。《种瓜》、《猛虎》等篇,亦古诗乐府恒调。《燕歌行》五句为七言诗,余多属五言,间亦有用杂言者。举其《长歌行》一首于下:

> 静夜不能寐,耳听众禽鸣。大城育孤兔,高墉多鸟声。坏宇何廖廓,宿屋邪草生。中心感时物,抚剑下前庭。翔伴犹徜徉于阶际,景星一何明。仰首观灵宿,北辰奋休荣。哀彼失群燕,丧偶独茕茕。单心谁与侣,造房孰与成。徒然喟有和,悲惨伤人情。余情偏易感,怀往增愤盈。吐吟音不彻,泣涕沾罗缨。

左延年 延年事无可考,《魏书》称文帝时,左延年以新声协律。《晋书·乐志》亦云,黄初中,左延所以新声被宠。今按黄初仅七年,延年或历仕至太和以后,或没于明帝朝,均不可知矣。其乐府有《秦女休行》一篇,《从军行》二篇。《秦女休行》云:

> 步出上西门,遥望秦氏庐。秦氏有好女,自名为女休。休年十四五,为宗宗谓尊者也行报仇。左执白杨刃《广雅》白杨刀也,右据宛鲁地名矛。仇家便东南,仆僵秦女休。女休西上山,上山四五里。关吏呵问女休,女休前置词:"平生为燕王妇,于今为诏狱囚;平生衣参差,当今无领襦。明知杀人当死,兄言快快,弟言无道忧。"女休坚词"为宗报仇死无疑",杀人都市中,

徼我都巷西。丞卿罗列东向坐,女休凄凄曳梏前。两徒夹我持,刀刃五尺余。刀未下,朣胧击鼓赦书下。

按曹植《鼙鼓歌精征篇》云"女休逢赦书,白刃几在颈"。叙在缇萦救父之前,则女休报仇,当是汉时事。此实为平民文学之绝好资料。汉世乐府中,如《陌上桑》、《羽林郎》等,难更仆数,是篇首四句效《陌上桑》,中间女休致词一致,乐府中亦常有此种章法,其词叙次明白,而或以为讽谏文帝纳山阳公之二女,仇女在前恐其祸生肘腋,真盲说也。《从军》两首俱有阙文。

缪袭 袭字熙伯,东海兰陵人。有才学,多所叙述,官至尚书光禄勋。《文章志》曰:袭辟御史大夫府,历事魏四世,正始六年后二四五,年六十卒。袭有《魏鼓吹曲》十二首,《挽歌》一首。

《魏鼓吹曲》者,本汉《铙歌曲》之所改也。参阅本篇第一章。《晋书·乐志》曰:改汉"朱鹭"为"楚之平",言魏也。一作初之平。改"思悲翁"为"战荥阳",言曹公也。改"艾如张"为"获吕布",言曹公东围临淮,生擒吕布也。改"上之回"为"克官渡",言曹公胜袁绍于官渡,还谯收藏死亡士卒也。改"战城南"为"定武功",言曹公初破邺城,武功之定始乎此也。改"巫山高"为"屠柳城",言曹公越北塞,历白檀,破三郡乌桓于柳城也。改"上陵"为"平南荆",言曹公南平荆州也。改"将进酒"为"平关中",言曹公征马超平关中也。改"有所思"为"应帝期",言文帝以圣德受命,应运期也。改"芳树"为"邕熙",言魏氏临其国,君臣邕穆,庶绩咸熙也。改"上邪"为"太和",言明帝继体承统,太和改元,德泽流布也。《汉铙歌》本十八曲,此只用十二曲。据《晋书·乐志》,袭受命改作此曲云云,意其尚仍旧调,音律或未变更。盖文人惟能制新词,若审

校音节,则非兼擅音乐之长不可也。袭所作十二曲词旨浅易,惟风调尚佳。例如"克官渡"云:

> 克绍官渡由白马,僵尸流血被原野。贼众如犬羊,王师尚寡。沙堁旁,风飞扬,转战不利士卒伤,今日不胜后何望。土山地道不可当,卒胜大捷震冀方。居城破邑,神武遂章。

袭又有《挽歌》一诗。玩其意当是自挽,词甚超脱,陶公《挽歌》效之。而意境则远胜矣。《诗品》云:"熙伯挽歌,惟以造哀耳。"

应璩 璩字休琏,应玚弟。博学,好属文,善为书记。明帝时,历官散骑常侍。齐王即位,稍迁侍中大夫,将军长史。曹爽秉政,多违法度,璩为诗以讽焉。其言虽颇谐,然多切时要,世共传之。复为侍中,典著作,嘉平_{废帝芳年号}四年_{后二五二}卒。有《百一诗》三首、《杂诗》三首、《三叟诗》一首。

《楚国先贤传》_{张方贤撰}称应休琏作《百一诗》,讥切时事,遍以示在事者,皆怪愕,按《唐书·艺文志》有《百一诗》八卷,《文选》五臣注引《文章录》,云曹爽多违法,应璩作诗以刺在位,若百分有补于一者。盖本序说,斯为近是。按《乐府广题》云百者数之终,一者数之始。士有百行,终始如一。故曰百一。或以为应焚弃之,何晏独不怪。其谓之"百一"者,以有百一篇_{此张方贤说},然李充《翰林论》谓其五言诗百数十篇,以风规治道,盖有诗人之旨。孙盛《晋阳秋》亦谓其作五言诗百三十篇,言时事颇有补益,世多传之。据此,其非以百有一篇而名"百一"也,明矣。或又谓休琏诗以百言为一篇,_{此《文选》李善注引《七志》说}。且以应氏今所传《百一诗》观之,各篇字数不同。"下流不可处"一首虽百言,而"年命在桑榆"一首但六十言,"汉末桓帝时"一首又四十言,则是说亦不可信。故曰《百一诗》。然以字名诗,又无所取。或又谓诗以"百一"名者,本扬雄"劝百讽一"之义,亦与原意相违。今按《百一诗序》云:时谓曹爽曰,公今闻周公巍巍之称,安知百虑有一失乎,"百一"之名殆以此也。惟观其"下流不可处"一首,只有自警之意,而无刺时之言。所谓应焚弃者,杳不可见,盖其诗原有百数十篇而今亡矣。《杂诗》说理,略近箴言,兹录其《三叟》一首于下。

  古有行道人,陌上见三叟。年各百余岁,相与锄禾莠。住车问三叟,何以得此寿?上叟前致辞,内中妪貌丑。中叟前致辞,量腹节所受。下叟前致辞,夜臣不覆首。要哉三叟言,所以能长久。

此诗虽非乐府,然其词甚浅近,确为当日文学受民歌影响之证。惟其时五言诗虽已盛行,而作者往往以工具之运用尚未娴熟,故其说理、叙事、抒情诸作,多不免窘涩单调之病,不独休琏为然也。

第四章　正始玄风与嵇阮

西汉尚黄老而杂刑名,东京斥百家而崇儒术,其时文人学士类能护细行而孰礼教,励名节而重人伦。考其原因皆儒术渐摩日久之所致,故其时文学思潮绝少变化。魏国既建,儒学渐衰。迄于正始,何晏、王弼、夏侯玄之徒,遂倡老庄之学。一时士夫靡然从风。

玄学既盛，其流及于六朝，由是而狂放，而清谈，而仙佛。风气所趋，其影响遂著于文学。此诚吾国文艺思潮一大变革时期也。推其所以致此之由，可得而言者厥有三事。

（一）凡学术积久而弊，弊则反动生而趋向易。此不惟厌故喜新之恒情，抑亦张驰推移之常轨也。自东汉训诂之学兴，士之从事经术者，往往殚毕生之力于笘毕间，穿凿支离，累牍而不能休。名为通经，以言致用则未能。号为博学，亦惟章句之是务。舍本逐末，一往不返，道术盖为天下裂矣。于时有识之士，辄鄙世儒之拘迂，薄经生之烦碎。其以儒者为诟病，以六经为糟粕，实非一朝一夕之故。逮魏武秉政，杂刑名法术以为治，而经学益以破产矣。夫法家原于道德，经术又厌繁苛，士之趋向老庄而竞为放荡之行者，亦江河之导其势不容复遏者也。然则谓玄风之起由于儒学之反响谁曰不然。

（二）汉世既重儒学，故士尚节义而守绳墨。桓灵之际，与于党锢之祸者，其人率皆被服儒术，拘牵礼教者也。魏武以雄略之才，挟申韩之术，运筹演谋，矫情任算，尤极力网罗豪杰。故尔时丞相之门品汇至杂，谨饬之士，无所复用。向之所以维系社会人心者，今则破坏无遗。是故士有负俗之累而可以立功名，纵其才性之所之而无所归宿。礼教既坏，浸至放诞，其言行思想遂与老庄之旨不谋而合。观于汉末之孔融、祢衡，皆蔑视礼法，跌荡不羁。而陈王亦以饮酒废事为武帝所恶。则建安之世，固已导其先路矣。是又张久必驰，激则生变，事所必至，理之固然者也。

（三）魏初法令峻迫，王公以下诛谴时闻。明帝既殁，曹爽辅政，司马宣王阴怀篡窃之志，杀爽而代之，一时朝士多及于难。子元、子尚，相继柄政。诛夷异己，人怀杌陧，惴惴焉朝不保夕。于是托于清虚以自逃,日以纵酒谈玄,放浪形骸为避祸之计。步兵一醉六十日,岂真沉缅麹蘖者哉。夫人有忧生之叹,则不如无生之可乐,此诗人所以羡苌楚之无知也。老庄之学,否认现实,崇信自然。死生得丧不以介于怀,忘情遣哀,计无有逾于此者。故钻研玄学,实为自求安慰之良剂焉。其性行稍偏之人,渐激而至于逾闲荡检、玩世不恭。流风所至,陷溺人心数百年,此岂王、何诸子之所及料哉。

今考陈王《七启》尝云"慕老庄之遗风",《释愁文》又有"仰崇玄旨"之论。则玄风之起,初不肇于正始之世,特至平叔、辅嗣以后而始盛耳。故后人遂以清谈之祸归罪于二人,著论斥之,以为罪浮于桀纣_{范宁著《王何罪过桀纣论》}。究其思想风尚之变迁,乃时代趋势之使然,非一二人所得而倡之也。《魏志·曹爽传》曰:"南阳何晏、邓飏、李胜,沛国丁谧,东平毕轨,咸有声名,进趣于时。明帝以其浮华,皆抑黜之。及爽秉政,乃复进叙,任为心腹。"又曰:"晏,何进孙也,母尹氏,为太祖夫人。晏长于宫省,又尚公主。少以才秀知名,好老庄言,作《道德论》及诸文赋著述凡数十篇。"《魏氏春秋》曰:"初,夏侯玄、何晏等名盛于时,司马景王_{司马师}亦预焉。晏尝曰:'唯深也,故能通天下之志,夏侯泰初是也。唯几也,故能成天下之务,司马子元是也。惟神也,不疾而速,不行而至。_{此《易·系辞传上》文。}吾闻其语,未见其人。'盖欲以神况诸己也。"《魏志·锺会传》曰:"会弱冠与山阳王弼并知名,弼好论儒道,辞才辩逸,注《易》及《老子》,为尚书郎,年二十余卒。"何劭为其传曰:"弼与锺会善。会论议以校练为家,然每服弼之高致。何晏以为圣人无喜怒哀乐,其论甚精,锺会等述之。弼与不同,以为圣人茂于人者神明也,同于人者五情也。神明茂,故能体冲和以通无;五情同,故不能无哀乐以应物。然则圣人之情,应物而无累于物者也。今以其无累,便谓不复应物,失之多矣。"凡晏弼之论,皆此类也。时夏侯玄、傅嘏、荀粲等,并笃好老庄,侈言玄旨,其文学虽不显于世,其思潮则激荡乎文学焉。"竹林七贤"闻其风而悦之,浸淫泛滥,玄旨之表现于文学者乃大著,兹录刘伶《酒德颂》以例其余:

> 有大人先生,以天地为一朝,万朝为须臾,日月为扃牖,八荒为庭衢。行无辙迹,居无室庐,幕天席地,纵意所如。止则操卮执觚,动则挈榼提壶。惟酒是务,焉知其余。有贵介公子,缙绅处士,闻吾风声,议其所以。乃奋袂攘襟,怒目切齿,陈说礼法,是非锋起。先生于是捧罂承槽,衔杯漱醪,奋髯踑踞,枕麴藉糟,无思无虑,其乐陶陶。兀然而醉,豁尔而醒。静听不闻雷霆之声,熟视不睹泰山之形。不觉寒暑之切肌,利欲之感情,俯观万物,扰扰焉如江汉之载浮萍。二豪侍侧焉,如螺蠃之与螟蛉。

《魏氏春秋》称嵇康与陈留阮籍、河内山涛、河南向秀、籍兄子咸、琅邪王戎、沛人刘伶,相与友善,游于竹林,号为"七贤",今按七贤文学,嵇阮最著,余子罕有传者,故从略焉。

  嵇康 嵇康字叔夜,谯国铚人也。其先姓奚,会稽上虞人,以避怨徙焉。铚有嵇山,家于其侧,因而命氏。早孤,有奇才。远迈不群,美词气。有风仪,而土木形骸,不自藻饰,人以为龙章凤姿,天质自然。恬静寡欲,含垢匿瑕,宽简有大量。学不师受,博览无不该通。长好老庄,与魏宗室婚,拜中散大夫。常修养性服食之事,弹琴咏诗,自足于怀。以为神仙禀之自然,非积学所得。至于异养得理,则安期、彭祖之伦可及,乃著《养生论》。又著《释私论》,其言皆发明老庄之旨。山涛将去选官,举康自代,康乃与涛书告绝。性绝巧而好锻,宅中有一柳树,甚茂,乃激水圜之,每夏月,居其下以锻。东平吕安服康高致,每一相思辄千里命驾,康友而善之。后安为兄所枉诉,以事系狱,辞相证引,遂复收康。康性慎言行,一旦缧绁,乃作《幽愤诗》。初,康居贫,尝与向秀共锻大树下,以自赡给。钟会往造焉,康不为礼,而锻不辍。良久会去,康谓曰:"何所闻而来,何所见而去。"会曰:"闻所闻而来,见所见而去。"以此憾之。乃谮康于文帝,杀之。将刑东市,太学生三千人请以为师,弗许。康顾视日影,索琴弹之,曰,"广陵散于今绝矣"。时年四十,盖魏景元三年_{后三六二}也。康善谈理,又能属文,高情远趣,率然玄远。尝撰录上古以来圣贤隐逸遁心遗名者,集为传赞,自混沌至于管宁,凡百一十九人。《唐志》有集十五卷,今存者有《琴赋》、《怀香赋》_{不全}二篇。《秋胡行》七首、《赠秀才入军诗》十九首、《酒会诗》七首、《述志》二首、《幽愤诗》、《杂诗》、《游仙诗》、《与阮德如诗》各一首,六言诗十首、《答二郭》三首,共诗五十二首。其余书论箴赞若干篇。

嵇叔夜诗多四言,钟嵘称其"颇似魏文,过为峻切,讦直露才,伤渊雅之致。然托谕清远,良有鉴裁,亦未失高流矣"。今考其诗多质直无含蓄,甚乏风人之旨,《幽愤》一诗,似学韦孟《讽谏》,集中最为大篇,兹节录其词如下:

  嗟余薄祜,少遭不造。哀茕靡识,越在褓襁。母兄鞠育,有慈无威。恃爱肆姐,不训不师。爰及冠带,凭宠自放。抗心希古,任其所尚。托好老庄,贱物贵身。志在守朴,养素全真。

（中略）民之多僻，政不由己。惟此褊心，显明臧否。感悟思愆，怛若创痏。欲寡其过，谤议沸腾。性不伤物，频致怨憎。昔惭柳惠，今愧孙登。内负宿心，外恧良朋。（中略）理弊患结，卒致囹圄。对答鄙讯，絷此幽阻。实耻讼冤一作免，时不我与。虽曰义直，神辱志沮。澡身沧浪，岂曰能补。嗈嗈鸣雁，奋翼北游。顺时而动，得意忘忧。嗟我愤叹，曾莫能俦等也。事与愿违，遘兹淹留。穷达有命，亦又何求。（中略）煌煌灵芝，一年三秀。予独何为，有志不就。惩难思复，心焉内疚。庶勖将来，无馨无臭。采薇山阿，散发岩岫。永啸长吟，颐性养寿。

按向子期《思旧赋》为康而作，其序云："余与嵇康吕安，居止接近，其人并有不羁之才，嵇意远而疏，吕心旷而放，其后并以事见法。"盖康与东平吕巽、吕安友善，巽淫安妻，而诬安不孝，囚之。康因作书与绝交，遂牵连入狱。《幽愤》一诗，正述其事，故有"内负宿心，外恧良朋"之悟。初，康采药于汲郡山中，遇隐者孙登，遂从之游，临去，登曰，"君性烈而才隽，其能免乎？"参阅《三国志·王粲传》注。故又云，"昔惭柳惠，今愧孙登"也，观其诗但一直叙去，虽怀愤懑之情，而多悔恨之意，其曰"好善闇人，显明臧否"，正言其得祸之由。大抵禀性偏激之人，未尝不自知其失，惟不克自制其情耳。及一旦罹不测之祸，然后自怨自艾，盖已晚矣。康于此时虽欲复求散发岩阿，颐养情性，岂可得哉。沈归愚称其四言诗时多俊语，不摹仿《三百篇》，允为晋人先声。今读其四言诸作，如《赠秀才入军》云："风驰电逝，蹑景追飞。凌厉中原，顾盼生姿。"又云："目送归鸿，手挥五弦。"殆即所谓俊语欤。至于《秋胡行》七首专以说理，魏武以来乐府盖多有之。遗情名位，游心玄默，固中散之本怀也。五言诗亦乏佳制。要其旨则归本于道家，而又时及服食养命之事。赠友述志，莫不皆然，盖优于理而拙于辞耳。

阮籍 阮籍字嗣宗，瑀子。容貌瓌杰，志气宏放。傲然独得，任性不羁。博览群籍，尤好庄老。嗜酒，能啸，善弹琴。当其得意，忽忘形骸，时人多谓之痴。尝至东郡，兖州刺史王昶请与相见，终日不开一言，昶叹赏之，自以不能测。太尉蒋济闻而辟之，辞不能得，未几，谢病归。复为尚书郎，寻又以病免。及曹爽辅政，召为参军。以疾辞归田里，岁余爽诛，时人服其远识。宣帝为太傅，命籍为从事中郎。及帝崩，复为景帝大司马从事中郎。高贵乡公即位，封关内侯，徙散骑常侍。籍本有济世之志，属魏晋之际，天下多故，名士少有全者。由是不与世事，遂酣饮为常。文帝初欲为武帝求婚于籍，籍醉六十日，不得言而止。锺会数以时事问之，欲因其可否而致之罪，皆以酣醉获免。尝闻步兵厨多美酒，乃求为步兵校尉。纵酒昏酣遗落世事。会帝让九锡，公卿将劝进，使籍为其辞。籍沉醉忘作。临诣府，使取之，见籍方据案醉眠，使者以告。籍便书按，使写之，辞甚清壮，为时所重。籍虽不拘礼教，然发言玄远，口不臧否人物。性至孝，母卒，正与人围棋，对者求止，籍留决赌。既而饮酒二斗，举声一号，吐血数升，哀毁几至灭性。或往吊之，籍散发箕踞，醉而直视。又能为青白眼，见礼俗之士以白眼对之。及嵇喜来吊，籍作白眼，喜不怿而退。喜弟康闻之，乃赍酒挟琴造焉，籍大悦乃见青眼。由是礼法之士疾之若仇。而帝_{文帝}每保护之。时率意独驾，不由路径，车迹所穷，辄恸哭而反。尝登广武，观楚汉战处，叹曰，时无英雄，使竖子成名。登武牢山，望京邑而叹，于是赋《豪杰诗》。景元四年_{后二六三}冬卒，时年五十四。籍能属文，有集十三卷，今存者有《东平_{地名}赋》、《元父赋》、《首阳山赋》、《清思赋》、《猕猴赋》、《鸠赋》共六篇，又有《咏怀诗》八十五首。_{四言三首，五言八十二首。}其余笺奏书论传赞若干篇，而《咏怀诗》尤为世所重。

阮公《咏怀诗》旧有颜延年、沈约等注。李善曰："嗣宗身仕乱朝，常恐罹谤遇祸，因兹发咏，故每有忧生之嗟。虽志在刺讥，而文多隐避，百代之下，难以情测。"斯言是也。然阮公旷世轶才，知几君子。远迹于昭伯_{曹爽字}，洁身于宣、文。登广武而兴叹，游苏门而长啸，凭吊古今，瞻怀君国，豪情远意，在三闾、太傅之间。所著《咏怀诗》八十篇，胸臆中盖有无限幽忧愤懑焉。岂徒为一己死生祸福而已哉。特其语多比兴，寄托遥深，反覆零乱，索解无从。斯则光禄所谓多隐避而难测者也。锺记室称"其诗源出《小雅》。无雕虫之功，而《咏怀》之作，可以陶性灵，发幽思，言在耳目之内，情寄八荒之表。洋洋乎会于《风》、《雅》，使人忘其鄙近，自致远大。颇多感慨之词，厥旨渊放，归趣难求"。沈归愚则称其原自《离骚》，方植之又谓其诗宏放高迈，沉痛幽深，于《骚》、《雅》皆近。_{见《昭昧詹言》三。}总之，阮公具绝世之胸襟，故其诗乃能体格雄放，文法高妙，气息深淳，必拘拘于古人疑似之间以求之则滞矣。身仕乱朝愤怀禅代，其诗自有寄托，非泛泛无为而发，然必一一求其时事以实之则凿矣。昭明选其十七，阮亭选其三十二，沈确士选其二十，陈太初选其三十八，大抵佳处已具。今取其文义尤美，词旨较显者数首，论述如次：

  徘徊蓬池上，还顾望大梁。绿水扬洪波，旷野莽茫茫。走兽交横驰，飞鸟相随翔。是时鹑火中，日月正相望。朔风厉严寒，阴气下微霜。羁旅无俦匹，俯仰怀哀伤。小人计其功，君子道其常。岂惜终憔悴，咏言著斯章。

此言司马师废少帝事也。"大梁"者魏也。走兽横驰者，谓司马兄弟擅权专国目无人主也。飞鸟随翔者，谓朝臣罕明大义，附党权奸者之多也。"鹑火"二句，则特书事变之时日也。《左传·僖五年》，晋侯围虢上阳，问于卜偃曰："吾其济乎？"对曰："克之。"公曰"何时"，对曰：童谣云云，丙之晨，龙尾伏辰。均服振振，取虢之旂。鹑之贲贲，天策焞焞。火中成军，虢公其奔。其九、十月之交乎。丙子旦，日在尾，月在策，鹑火中，必是时也。按十五日日月相望。《魏志》少帝嘉平六年，秋九月甲戌，大将军司马景王废帝为齐王。十月庚寅立高贵乡公。初，少帝正始元年，改用夏正，则此诗鹑火云云，正指司马师废立之事在九月十五日日月相望之时也。未敢显题，恐贾祸耳。颜延年所谓"文多隐避"者也。"小人"二句用《荀子》语。盖谓君臣常道终不可废，而小人则附逆贪功，甘为乱贼而不顾，己又安能与之为伍哉。故曰无俦匹，怀哀伤也。陈沆曰："末句言诗以言志。后之诵者，考岁月于我之世，则可见矣。"斯为得之。何义门已发此旨。

炎暑惟兹夏，三旬将欲移。芳树垂树叶，青云自逶迤。四时更代谢，日月递参差。徘徊空堂上，忉怛莫我知。愿睹卒欢好，不见悲别离。

按《魏志》甘露五年，五月己丑，司马昭弑高贵乡公。六月甲寅，立常道乡公，改元景元。故此诗首言"炎暑惟兹夏，三旬将欲移"也。四时代谢，日月递迁，则致慨于少帝及高贵乡公之立未久，忽焉或废或死，今又立元帝也。司马氏视君位如弈棋，曾几何时，而变迁若此，能不徘徊空堂，中心忉怛也哉。结二语则虑其天禄难终，将复为齐王、高贵乡公之续耳。其伤时念国之情，隐然言外。

湛湛长江水，上有枫树林。皋兰被径路，青骊逝骎骎。远望令人悲，春气感我心。三楚多秀士，朝云进荒淫。朱华竞芬芳，高蔡相追寻。一为黄雀哀，泪下谁能禁。此章以楚事为刺，故起首四句用《招魂》语。

按《魏志·曹爽传》，明帝寝疾，召爽与太尉司马宣王并受遗诏辅少主。明帝崩，齐王即位，加爽侍中，改封武安侯，邑万二千户，赐剑上殿，入朝不趋，赞拜不名。爽弟羲为中领军，训武卫将军，彦散骑常侍侍讲，其余诸弟皆以列侯侍从，出入禁闼，贵宠莫盛焉。复进用何晏、邓飏、丁谧等，承势窃取官物，因缘求欲，州郡有司，望风莫敢忤旨。爽饮食车服拟于乘舆，尚方珍玩，充牣其家，妻妾盈后庭。又私取先帝才人七八人，及将吏师工鼓吹良家子女三十三人皆以为伎乐。作窟室，绮疏四周，数与晏等会其中，纵酒作乐。羲深以为大忧，数谏止之，爽不悦。宣王密为之备，遂诛爽晏等，此诗即借楚王之荒淫将亡，以比爽之必败也。起四句用《楚辞·招魂》语，结四句櫽括《国策》庄辛谏楚襄王语意，皆楚事也。"三楚"四句指爽兄弟及何、邓等贵盛骄淫，游宴无度也。庄辛曰："蔡灵侯南游高坡，北陵巫山，左视幼妾，右拥嬖女，与之驰骋乎高蔡之中，而不以国家为事。"即此诗之本旨也。黄雀逍遥自得，而不知公子王孙挟弹丸以随其后，亦用庄辛语。以比爽之不知为懿所图，所以悲哀泪下而弗能禁也。然则阮公之辞爽，非有先见之明，谁能若此。此从陈沆说，刘履《选诗补诂》则以为指司马师废齐王芳事，亦通。

嘉树下成蹊，东园桃与李。秋风吹飞藿，零落从此始。繁华有憔悴，堂上生荆杞。驱马舍之去，去上西山趾。一身不自保，何况恋妻子。凝霜被野草，岁暮亦云已。_{岁暮隐指时乱也，一结见否终则倾，有去之恐不速意。}

独坐空堂上，谁可与欢者。出门临永路，不见行车马。登高望九州，悠悠分旷野。孤鸟西北飞，离兽东南下。日暮思亲友，晤言用自写。

灼灼西隤日，余光照我衣。回风吹四壁，寒鸟相因依。周周_{"周周"鸟名见《韩非子》。}衔羽而饮。尚衔羽，蛩蛩_{兽名，见《尔雅》，}相并而行。亦念饥。如何当路子，磬折_{磬折谓身偻折如磬也，《礼》"立则磬折垂佩"。}忘所归。岂为夸誉名，憔悴使心悲。宁与燕雀翔，不随黄鹄飞。黄鹄游四海，中路将安归。_{此章为知进而不知退者言。末言已非冲天之质，宜相随燕雀，不宜与黄鹄并举也。盖鄙之之词，归字重韵。}

此数首词旨均甚显露，皆以慨浊世乱朝之不可居，志士仁人之不可见。惟希荣固宠之徒，相与阿附权贵，望风逐臭而已。虽然，布衣可终身，宠禄岂足赖，鉴黄鹄之失路，宁燕雀以卑栖。其志洁，其行芳，蝉蜕浊秽之中，高揖浮云之表。下视锺会、贾充辈，何足道哉。东园桃李，零落秋风。堂上荆榛，繁华憔悴，其宗室剪除之象，当途易代之悲欤。独坐无欢，思我亲友，莽莽九州，安得如苏门先生者，日与啸傲晤言，遗落世事也哉。余诗数十篇，杂沓无伦，萧条百感，低徊胸臆，怊怅性灵。或念东陵之瓜，_{如"昔闻东陵瓜，近在青门外"一首。}或采西山之蕨，_{如"步出上东门，北望首阳岑"一首。}或述颜闵之志，_{如"昔}

年十四五,志尚在《诗》《书》"一首。**或慕松乔之踪**,如"朝阳不再盛"、"混元生两仪"、"步游三衢旁"等首。**或金石离伤,明翻云覆雨之易**;如"二妃游江滨"一首。**或丹青明誓,概托孤寄命之难**。如"昔日繁华子"一首。**或揽羲和于云汉,路绝天阶**;如"世务何缤纷,人道苦不遑"一首。**或期君子于天涯,目穷蒙汜**。如"悬车在西南,羲和将欲倾"一首。寓怒骂于恢啁,托刺讥于比兴,触绪抒愤,务在韬精。故统以《咏怀》命篇,初不可一二求也。其人为千古仅见之人,其诗亦遂为千古仅见之诗焉。

三国文学,自魏而外,吴蜀罕称。其流传者,吴有韦昭《鼓吹》十二曲,亦缪袭改汉《铙歌》以述魏德之类,蜀则诸葛亮《梁父吟》及秦宓《远游》二篇而已。

第八篇　两晋文学

第一章　武帝时之文学

典午氏一昏朝也。自景、文以权奸窃国,而遗谋不臧。未及再世,朝政乱于上,风俗坏于下,宗室争于内,胡患作于外,神州陆沉,生民涂炭,莫此为甚焉。干宝论之曰:"二祖逼禅代之朝,不暇待三分八百之会。是其创基立本,异于先代者也。加以朝寡纯德之士,乡乏不二之老,风俗淫僻,耻尚失所。学者以老庄为宗,而黜六经;谈者以虚薄为辨,而贱名检;行身者以放浊为通,而狭节信;进仕者以苟得为贵,而鄙居正……由是毁誉乱于善恶之实,情慝奔于货欲之途。……悠悠风尘,皆奔竞之士。……礼法刑政,于此大坏。"令升此论,固已洞见晋氏乱亡之由矣。是故观阮籍之行,而识理教之崩驰;察贾、庚_{贾充庾纯}之事,而见师尹之多僻;览傅玄之奏,而得百官之邪;读鲁褒_{作《钱神论》}之论,而睹笼赂之彰。民风国势如此,欲不速亡得乎。惟其政乱而俗弊,故其时文人类多倾回之士,求其立朝不阿敦礼法而励名节者,盖寥落如晨星。重以玄风既扇,人尚清谈,士之稍有文采者,不沉湎于荣利,既陷溺于玄虚。影响所及,文学遂柔靡而少风骨。以较汉魏之沉雄洒落,浑然天成,以真意真情为主者,大有庭径之别焉。故泰始_{晋武帝年号}、太康之际,作者虽盛,皆不过佚游谦之娱,纵娱恬之欲,从容翰藻之场,以供一朝之快而已。善夫刘勰之论曰:"晋世群才,稍入轻绮,张潘左陆,比肩诗衢。采缛于正始,力柔于建安。或析文以为妙,或流靡以自妍。"《文心雕龙·明诗》。观此,魏晋文学之分野可知矣。兹论述之如次。两晋诗风有两特点与汉魏不同。即一说理(玄风);二对仗(词藻)。前者如孙楚《征西官属送于陟阳候作诗》。后者如陆机之《赴洛道中作》(如"永叹"、"山泽"、"虎啸"、"振策"、"夕息"等联,及《拟明月皎夜光》"招摇"联,《长歌行》"逝矣"一联,《折杨柳》"邈矣"一联)多此种句法。盖说理为玄风盛行之影响,而对仗则自觉之变化。以前乐府浑涵,是自然的,此后则务求精炼,是人工的。由朴而华亦文学必然之趋势也,彦和谓其"采缛于正始,力柔于建安"云云已洞悉魏晋诗之分野矣。

傅玄 傅玄字休奕,北地泥阳人。少孤贫,博学善属文,解钟律。性刚劲亮直,不能容人之短。州举秀才,除郎中,与东海缪施俱以时誉选入著作,撰魏书。再迁弘农太守,领典农校尉,所居称职。数上书陈便宜,多所匡正。五等建,封鹑觚男。武帝为晋王,以玄为散骑常侍。及受禅,进爵为子,加驸马都尉。帝初即位,广纳直言,玄及散骑常侍皇甫陶共掌谏职,俄迁侍中,以事与陶争言喧哗,为有司所奏,皆坐免官。泰始四年,以为御史中丞,时颇有水旱之灾,上疏陈事,优诏报之。五年,迁太仆,转司隶校尉。尝以事对百僚骂尚书以下,御史中丞庾纯奏玄不敬,坐免官。玄天性峻,不能有所容,每有劾奏,或值日暮,捧白简,整簪带,竦踊不寐,坐而待旦。于是贵游慑伏,台阁生风。寻卒于家,年六十二_{后二七〇顷},谥曰刚。玄专心诵学,虽显贵,不废著述。有《傅子》内外中篇,数十万言,并文集百余卷行于世。今所传辞赋数十篇俱不全,《七谟》、《连珠》仅存序文,箴铭颂赞等文甚多,乐府诗歌百数十首。

晋代郊礼宗庙乐歌多出刚侯。然此等诗如《鼓吹曲》、《鼙舞歌》数十篇远摹《雅》、《颂》，近袭曹、王，直润色鸿业之作耳，实无足取。至如《美女篇》拟左延年，《四愁诗》拟张衡，《饮马长城窟行》拟蔡邕，《艳歌行》拟《陌上桑》，《秦女休》拟李延年。乃至集中各篇，殆无不以模仿为事者。陈沆谓其诗长于拟古，借他酒樽，浇我块垒。明远、太白，皆出于此。盖辞赋规仿之风，盛于扬雄，新乐府诗歌之模拟，则至刚侯而始盛焉。锺氏称长虞父子，繁富可嘉，实则其诗辛婉温丽，善言儿女之情。例如《饮马长城窟》云：

青青河边草，悠悠万里道。草生在春时，远道还有期。春至草不生，期尽叹无声。感物怀思心，梦想发中情。梦君如鸳鸯，比翼云间翔。既觉寂无见，旷如参与商。梦君结同心，比翼游北林。既觉寂无见，旷如商与参。河洛自用固，不如中岳安。回流不及返，浮云往自还。悲风动思心，悠悠谁知者。悬景无停居，忽如驰驷马。倾耳怀音响，转目泪双堕。生存无会期，要君黄泉下。

此诗陈太初以为休奕免官后家居怀主之思，故篇末以要君黄泉为言，不免附会。首二句即用中郎原文而略易其辞也，"梦想发中情"以下数语，即他乡异县，展转不见之意也。《乐府诗集》无"梦君结同心"四句，然平子《同声》、休伯《定情》，同为寄怀儿女，而皆以叠句回环取胜。刚侯善摹古，故其辞多有所本，且使无此四句，殊乏幽婉之致，故仍当从《玉台》为是。_{惟宋刻《玉台》无之。}至谓其诗有寄托，如屈子之托鸩鸟以为媒，求有娀之佚女，盖未审古乐府此篇。如蔡邕、陈琳之作，咸为男女伤离之咏，又安见其所谓寄托者耶。

又如《短歌行》云：

> 长安高城，层楼亭亭。干云四起，上贯天庭。蜉蝣何整，行如军征。蟋蟀何感，中夜哀鸣。蚍蜉愉乐，粲粲其荣。瘖瘵念之，谁知我情。昔君视我，如掌中珠。何意一朝，弃我沟渠。昔君视我，如影与形。何意一去，心如流星。昔君视我，两心相结。何意今日，忽然两绝。

考傅玄以武帝元年为散骑常侍，掌谏职，迁侍中。泰始四年，复为御史中丞。明年，转司隶校尉，人臣遭遇，亦所稀见，所谓掌珠形影，两心相结之时也。其后以喧哗罢免_{与皇甫陶争论}，再起再斥，所谓弃之沟渠，忽然决绝之意也。白简正色，台阁生风，横孤根于疾飙，捍危石于惊浪，自不免忧谗畏讥之感。被忌惮之者，方日夕媒孽而欲甘心焉。及其萋斐既成，小人得志，所谓蚍蜉撼树，果见其粲粲而愉乐也。陈太初曰，"长安高城"，心所怀也，"干云四起"，众所附也。"蜉蝣"、"蟋蟀"、"蚍蜉"，琐琐之俦也，"瘖瘵胡念"，謇謇之思也。一昔一今，其被议归里之时乎？《诗比兴笺》。此与《明月篇》所笺皆得作者之旨矣。又如《杂诗》云：

> 志士惜日短，愁人知夜长。摄衣步前庭，仰观南雁翔。玄景随形运，流响归空房。清风何飘飘，微月出西方。繁星依青天，列宿自成行。蝉鸣高树间，野鸟号东厢。纤云时仿佛，渥露沾衣裳。良时无停景，北斗忽低昂。常恐寒节至，凝气结为霜。落叶随风摧，一绝如流光。

刚侯五言诗,乐府以外,此篇稍佳。惟中间自"玄景"以下十二句极嫌板重,盖六朝以前之作,凡写景属对俱不免此病。要其清婉绵丽之气亦自可见,至如《吴楚歌》有自然之致,《昔思君》寄哀怨之怀,_{按与《短歌》末段同,以上皆骚体。}六言如《董逃》,杂言如《雷诗》,失题如"飞蓬",或似古乐府,或似歌谣,或似唐人绝句,并为集中佳制。赋颂杂文,无可称者,不复述。

张华 张华字茂先,范阳方城人。学业优博,辞藻温丽,朗赡多通,图纬方伎之书,莫不详览。少自修谨,造次必以礼度,勇于赴义,笃于周急,器识弘旷,时人罕能测之。初未知名,著《鹪鹩赋》以自寄。_{按《锦绣万花谷》十九引王隐《晋书》载此事,则今《晋书》之所本也。}阮籍见之,叹曰:王佐之才也。由是声名始著。郡守荐为太常博士,寻迁长史,兼中书郎。晋受禅,拜黄门侍郎,封关内侯。华强记默识,四海之内若指诸掌。武帝常问汉宫室制度,及建章千门万户,应对如响,听者忘倦。画地成图,左右属目。帝甚异之,时人比之子产。数岁拜中书令,后加散骑常侍,以赞助伐吴有功,进封为广武县侯。时华名重一世,众所推服,仪礼宪章,并属于华,多所损益。当时诏诰,皆所草定,声誉益盛,有台辅之望焉。荀勖憎疾之,遂出为持节都督幽州诸军事,领护乌桓校尉、安北将军。抚纳新旧,戎夏怀之。惠帝即位,以为太子少傅。楚王玮诛,以首谋有功,拜光禄大夫,开府仪同三司,侍中中书监。贾谧与后谋欲倚以朝纲,访以政事,裴𬱖赞其事,华遂尽忠匡辅,弥缝补阙,海内晏然。华惧后族之盛作《女史箴》以为讽,后虽凶妒,亦敬重之。拜为司空,后与赵王伦、孙秀有隙,竟为所害,时年六十九。华雅爱书籍,身死之日,家无余财,惟有文史溢于几箧。尝徙居,载书三十乘。天下奇秘,世间希有者,悉在华所。由是博物洽闻,世无与比。初陆机兄弟志气高爽，自以吴之名家。初入洛，不推中国人士，见华一面如旧，钦其德范，如师资之礼焉。及华卒，为《咏德赋》以悼之。所著诗赋箴铭今存者尚数十篇，又有《博物志》十卷行于世。

壮武文章赋最深，文次之，诗又次之，大抵去汉不远，犹存张蔡之遗。谢康乐讥其千篇一体，其学博为累之故欤？钟氏称其诗源出于王粲，其体华艳，兴托不奇，巧用文字，务为妍冶，虽名高曩代，而疏亮之士，犹恨其儿女情多，风云气少。今按记室谓其原出仲宣，末由断其然否，而华艳妍冶，自是晋人本色。永明以后，辞愈妍而格愈卑，文弥巧而气弥缓。导其先路者晋人也，亦时势为之也。兹举数例而论述之。

《情诗》云：

> 游目四野外，逍遥独延伫。兰蕙缘清渠，繁华荫绿渚。佳人不在兹，取此欲谁与。巢居知风寒，穴处识阴雨。不曾远别离，安知慕俦侣。

茂先《情诗》五首，惟此最佳，盖钟氏所谓华妍者也。大抵取境古诗，气息颇似子桓。"巢居"二语有超浑自然之妙，按《汉书·翼奉传》"巢居知风，穴处知雨"，此诗本之。蔡邕诗"枯桑知天风，海水知天寒"，即其胎息之所本。结语以反衬出之，尤能入情。《杂诗》云"重衾无暖气，挟纩如怀冰"，《拟古》云"安得草木心，不怨寒暑移"，柔媚清新，其佳句皆此类也。惟晋以后诗，理弱词轻，气象不及汉魏之昌博，斯则其通病耳。

《博陵王宫侠曲》云：

> 雄儿任侠气,声盖少年场。偕友行报怨,杀人租市旁。吴刀鸣手中,利剑严秋霜。腰间叉素戟,手持白头镶。腾超如激电,回旋如流光。奋击当手决,交尸自纵横。宁为殇鬼雄,义不入圜墙。生从命子游,死闻侠骨香。身没心不惩,勇气加四方。(其二)

此诗咏侠士报仇,大有河朔大侠髯须戟张之慨。昔人谓其诗风云气少,观此及《壮士》等篇,岂其然耶。《楚辞·国殇》云:"带长剑兮挟秦弓,首虽离兮心不惩。"又云:"身既死兮神以灵,魂魄毅兮为鬼雄。"盖此篇之所从出也。《壮士篇》云:"乘我大宛马,抚我繁弱弓。长剑横九野,高冠拂玄穹。慷慨成素霓,啸咤起清风。震响骇八荒,奋威曜四戎。濯鳞沧海畔,驰骋大漠中。"辞意与此略同,其雄放豪迈,超绝一世之慨,左太冲盖尝得之。

此外乐府歌词,鲜有佳者。惟《拂舞歌》之《独漉篇》集中当推第一,然本或作古辞,今亦未能遽断,其曰:"独漉独漉,水深泥浊。泥浊尚可,水深杀我。"极似民谣本相。而"空床"空床低帷,谁知无人。以下意亦不审何指。即"父冤"父冤不报,欲活何为。二语,茂先亦无其事,或亦拟古之作欤,疑不能明也。他若《四厢乐歌》、《正德大豫舞歌》、《凯歌》等篇,皆颂赞皇德之辞。《励志》一篇则为长篇四言,说理诗也。《女史箴》虽以四言为主,而中间杂以六言。如云"道罔隆而不杀,物无盛而不衰",又云"人咸知饰其容,而莫知饰其性",句法参差,又与古异。至《门有车马客行》云"语昔有故悲,论今无新喜",又云"前悲尚未弭,后忧方复起",已开对仗恶习。士衡以下,尤而效之,而五言诗弊矣。

茂先辞赋惟《鹪鹩》一篇最有名,其文见《晋书》本传,《文选》

亦录之,盖祢衡《鹦鹉》之类也。其序云:"鹪鹩,小鸟也,生于蒿莱之间,长于藩篱之下,翔集寻常之内,而生生之理足矣。色浅体陋,不与人用,形微处卑,物莫之害。繁滋族类,乘居匹游。翩翩然有以自乐也。彼鹫鹄鹍鸿,孔雀翡翠,或凌赤霄之际,或托绝垠之外,翰举足以冲天,觜距足以自卫,然皆负矰婴缴,羽毛入贡。何者,有用于人也。夫言有浅而可托深,类有微而可以喻大。故赋之云尔。"通篇大意,序文已明。赋辞止就此整齐之耳。前段言鹪鹩之出身似智,故能全身而远害。后段言众禽之弗知者,以其有用故也。词旨颇取《庄子》,故言任自然以为资。又言安知小大之所如,盖魏晋玄风盛行,文学多采老庄之旨,故其《游仙诗》亦有"守精味玄妙,逍遥无为墟"之言。时代思潮影响文学之深且巨也如此。

成公绥 成公绥,字子安,东郡白马人。幼而聪敏,博涉经传。性寡欲,不营资产,家贫岁饥,晏如也。少有俊才,词赋甚丽。张华雅重之,每见其文,叹伏以为绝伦。荐之太常,征为博士。历秘书郎,转丞,迁中书郎。每与华受诏并为诗赋,又与贾充等参定法律。泰始九年后二七三卒,年四十三。所著诗赋杂笔十余卷,行于世。今存者诗四首,乐歌十余章,赋颂箴铭共数十篇,而多不全。有孝乌集其庐舍,绥谓有反哺之德,以为祥禽,乃作赋美之。又以天地之盛,古未有赋,遂为《天地赋》。绥雅好音律,尝暑承风而啸,泠然成曲,因为《啸赋》。《啸赋》最善。假逸群公子发端,历述啸声之妙,其辞全变古音,用偶语,俳体之赋,至是已告成立。诗歌无可称者。张溥谓子安赋心不若左太冲,史才不若袁彦伯,盖与庾仲初、曹辅佐伯仲之间耳。

挚虞 挚虞字仲洽,京兆长安人。少事皇甫谧,才学通博,著述不倦。郡檄主簿举贤良,与夏侯湛等十七人策为上第,拜中郎。

时吴初平，天下乂安，上《泰康颂》以美盛德，以母忧辞职。久之，召补尚书郎。后历秘书监、卫尉卿，从惠帝幸长安。及东军来迎，百官奔散，遂流离鄠杜之间，转入南山中。粮绝饥甚，拾橡实而食之，后得还洛。历光禄勋、太常卿，考正旧典，法物粲然。及京洛荒乱，盗窃纵横，人饥相食，挚素清贫，遂以馁卒。有《文章志》四卷，又撰《古文章类聚》，区分为三十卷，名曰《流别集》。各为之论，辞理惬当，为世所重。所著赋颂诗歌箴铭今存者尚十余篇，诗惟四言二首，实无足观。尝以死生有命，富贵在天，故作《思游赋》，本传录之，盖骚体也。开端模仿《离骚》，与扬雄《反骚》、班固《幽通》略同，而篇中亦颇袭《离骚》之文。

孙楚 孙楚字子荆，太原中都人。才藻卓绝，爽迈不群，多所凌傲，缺乡曲之誉。年四十余，始参镇东军事。文帝遣符劭、孙郁使吴，将军石苞令楚作书遗孙皓。劭等至吴，不敢为通。后迁佐著作郎，复参苞骠骑军事。征西将军扶风王骏与楚旧好，起为参军，转梁令，迁卫尉将军司马。初，楚与同郡王济友善，尝欲隐居，谓济曰"当欲枕石漱流"，误云"漱石枕流"。济曰："流非可枕，石非可漱。"楚曰："所以枕流，欲洗其耳；所以漱石，欲厉其齿。"楚少所推服，惟雅敬济。初，楚除妇服，作诗以示济。济曰："未知文生于情，情生于文，览之凄然，增伉俪之重。"惠帝初，为冯翊太守，元康三年卒。所著辞赋十余篇，俱阙佚不全，颂赞碑铭等文十余篇，诗歌六篇，惟《征西官属送于陟阳候作诗》一首最有名，录之如下，

晨风飘歧路，零雨被秋草。倾城远追送，饯我千里道。三命上寿、中寿、下寿也，非汉人所谓三命皆有极，咄嗟安可保。莫大于殇子，彭聃犹为夭。吉凶如纠缠当作纆，用贾赋语也，忧喜相纷绕。

天地为我炉,万物一何小。达人垂大观,诚此苦不早。乖离即长衢,惆怅盈怀抱。孰能察其心,鉴之以苍昊。齐契在今朝,守之以偕老。

此诗全用老庄之旨,自是晋人习气。《宋书·谢灵运传论》以此与子建"函京"、仲宣"灞岸"、正长"朔风"诸诗并论,谓其直举胸情,非傍诗史,正以音律调韵,取高前式耳。子荆篇章存者不多,以此诗论之,傅刚侯、张司空殆不能及。

武帝时作者尚有应贞、木华、程晓、傅咸、枣据、夏侯湛等,贞魏侍中璩之子,武帝时为散骑常侍。泰始四年二月,帝幸华林园,与群臣宴,赋诗观志,贞所献四言诗最美。华为杨骏府主簿,其卒当为惠帝朝。今传者有《海赋》。见《文选》。傅亮《文章志》称其赋文甚隽丽,足继前良。晓卫尉安乡侯昱之孙,与傅玄友善,有《嘲热客》诗一首,最浅俗。咸,玄子,刚简有大节,风格峻整,识性明悟,袭父爵,拜太子洗马,官至司隶校尉。好属文论,虽绮丽不足,而言成规鉴。庾纯尝叹其文近乎诗人之作。其诗今传者惟《赠何邵王济》一首为五言,余皆四言,致不足道。而所作《孝经》、《论语》、《毛诗》、《周易》、《周官》、《左传》诸诗,尤乏文学趣味。盖与汉人说理箴铭无以异。赋数十篇鲜有全者。据善文辞,贾充伐吴,请为从事中郎。军还,徙黄门侍郎,冀州刺史,太子中庶子。太康中卒,所著诗赋论四十五首。今存《游览》、《杂诗》等数篇。湛幼有盛才,文章宏富,善构新词,而美容观。与潘岳友善,每行止,同舆接茵,京都谓之连璧。泰始中举贤良,拜郎中,累年不调,乃作《抵疑》以自广。后除中书侍郎,出补南阳相,迁太子仆。惠帝即位,以为散骑常侍,元康初卒。著论三十余篇,别为一家之言。初,湛作《周诗》成,以示潘岳。岳曰:"此文非徒温雅,乃别见孝悌之性。"岳因此遂作《家风诗》。又有《山路吟》、《江上泛歌》、《离亲咏》、《长夜谣》、《寒苦谣》、《征迈辞》皆骚体诗。辞赋二十余篇,惟《抵疑》录于本传,其文无阙。

第二章　太康永嘉之际文学之极盛

　　有晋文章,太康以后为最盛,世称之曰太康文学。实则其时作家多没于惠帝之时,且有没于怀帝时者,有没于永嘉以后者,不得以太康限之也。刘勰曰:"晋宣始基,景文克构,并迹沉儒雅,务深方术,至武帝惟新,承平受命。而胶序篇章,弗简皇虑,降及怀愍,缀旒而已。然晋虽不文,人才实盛,茂先摇笔而散珠,太冲动墨而横锦。岳湛曜联璧之华,机云标二俊之采。应贞傅玄、咸三张之徒,孙楚挚虞成公之属,并结藻清英,流韵绮靡。前史以为运涉季世,人未尽才,念哉斯谈,可为叹息。"《文心雕龙·时序》西晋一代文学大抵已略尽于彦和数语中矣。锺氏《诗品》亦云:"尔后陵迟衰微,迄于有晋。太康中三张二陆两潘一左,勃尔复兴,踵武前王,风流未沫,亦文章之中兴。"彼以陆张潘左并举,目为文学中兴,同登上品,极为卓识。又谓士衡为太康之英,安仁、景阳为辅。权而论之,之数子中,机虽翘楚,殊不及思之雄伟、协之宛丽。三张以仲为尤,两潘尼不如岳,二陆之文,弟则远逊于兄,即论其时作风,似皆同其窠臼,互相因袭其间,飞扬跋扈,能以出奇制胜者,惟左太冲耳。述之如次。

陆机 陆机字士衡,吴郡人,祖逊、父抗,吴大司马。机少有异才,文章冠世,伏膺儒术,非礼不动。抗卒,领父兵,为牙门将。年二十而吴灭,退居旧里,闭门勤学,积有十年,深慨吴之灭亡,又欲述其祖父功业,作《辨亡论》二篇。至太康末,与弟云俱入洛,造太常张华。华素重其名,如旧相识。曰"伐吴之役,利获二俊"。荐之诸公。后太傅杨骏辟为祭酒。骏诛,累迁太子洗马、著作郎。吴王晏出镇淮南,以为郎中令,转殿中郎。赵王伦辅政,引为相国参军,豫诛贾谧功,赐爵关中侯。伦将篡位,以为中书郎。伦既诛,齐王冏以机职在中书,九锡文及禅诏,疑机与焉,遂收机付廷尉。赖成都王颖、吴王晏并救理之。得减死徙边,遇赦而归。时中国多难,或劝机还吴。机负其才望,而志匡世难,故不从。冏既矜功伐,受爵不让,机恶之,作《豪士赋》以刺焉。冏不之悟,而竟以败。机又以圣王经国,义在封建,因著《五等论》。时成都王颖推功不居,劳谦下士,机既感全济之恩,又见朝廷屡有变难,谓颖必能康隆晋室,遂委身焉。颖以机参大将军事,表为平原内史。太安初,颖与河间王颙起兵讨长沙王乂;假机后将军,河北大都督,固辞不许。长沙王乂奉天子与机战于鹿苑,机军大败。宦人孟玖谮之于颖,言其有异志。颖大怒,使牵秀密收机。因与颖笺,词甚凄恻。既而叹曰:"华亭鹤唳,岂可复闻乎?"遂遇害于军中,时年四十三后三〇三。机天才秀逸,辞藻宏丽,所著文章凡二百余篇。今所传有乐府四十九首、诗八十一首、辞赋三十余篇、《演连珠》五十首,其他颂赞诔吊等文若干篇。

平原诗篇虽富,绝少佳者。钟氏称"其源出于陈思,才高辞赡,举体华美。气少于公幹,文劣于仲宣。尚规矩,不贵绮错,有伤直致之奇。"其论洵为的当。统观所作如《拟古》诸篇咸失之貌似而乏灵气,乐府亦直率而少含蓄,汉魏之精神尽失。陆机模拟乐府所以失败者,正坐用晋以后风格句调为晋以前之诗,易言之即以雕琢锤炼之句法施之于自然朴拙之乐府中,不但神离貌且不合矣。且诗中往往好用对偶字面,已开齐梁俳俪之先声。如《赴洛道中作》云:"永叹遵北渚,遗思结南津。"又云:"山泽纷纡余,林薄杳阡眠。虎啸深谷底,鸡鸣高树颠。"又云:"振策陟崇邱,安辔遵平莽。夕息抱影寐,朝徂衔思往。"皆徒具形骸者也。至《拟明月皎夜光》之"招摇西北指,天汉东南倾",《长歌行》之"逝矣经天日,悲哉带地川",《折杨柳》之"邈矣垂天景,壮哉奋地雷"等句尤为恶劣可厌。其可诵者惟《猛虎行》一篇。然独起数语奇峭,余亦不相称也。其次则为《招隐诗》一首,录之如下:

> 明发心不夷,振衣聊踯躅。踯躅欲安之,幽人在浚谷。朝采南涧藻,夕息西山足。轻条象云构,密叶承翠幄。激楚伫兰林,回芳薄秀木。山溜何泠泠,飞泉漱鸣玉。哀音附灵波,颓响赴曾曲。至乐非有假,安事浇淳朴。富贵苟难图,税驾从所欲。税与脱古通。

此诗虽亦堆垛字面,然敏缛中尚能转驶灵动,雕绘中犹有自然逸致,以视他篇徒为辞富为事,而实板重僵涩不堪者微有不同。锺氏又称:"其咀嚼英华,厌饫膏泽,为文章之渊泉。"殆谓是欤。至如《拟明月何皎皎》之"照之有余辉,揽之不盈手",《为顾彦先赠妇》之"京洛多风尘,素衣化为缁"及"借问叹何为,佳人眇天末"等句,均极自然而不费力。盖士衡费力之作十九皆拙篇也。沈归愚论之曰:"士衡诗意欲呈博,而胸少慧珠,笔又不足以举之,遂开出排偶一家。西京以来空灵矫健之气不复存矣。降自梁、陈,专工对仗,边幅复狭,令阅者白日欲卧。未必非士衡为之滥觞也。"其于陆氏之病盖已见其症结矣。机又有《百年歌》十首分咏人生百年事,后民歌颇有效之者,李长吉《河南府试十二月乐词》似从此出。

陆机辞赋最有名者,厥为《文赋》,盖唐以前论文之篇,自刘彦和《文心雕龙》而外,言文之用心,简要精切未有过于此篇者,非以辞为美也。其序云:"余每观才士之所作,窃有以得其用心。夫放言遣辞,良多变矣,妍蚩好恶,可得而言。每自属文,尤见其情,恒患意不称物,文不逮意。盖非知之难,能之难也。故作《文赋》以述先士之盛藻,因论作文之利害所由。"观篇中首论文章之原本,次论运思落笔之事,次论立体之各殊,中言会意遣辞之细,末申利害之所由,而以兹文之用为结。凡布局、谋篇、取材、措词、体格、音调之分,充塞巧拙之由,靡不彻始彻终,一一抉发辨析于毫芒之间。穷究乎意想之外,可谓极文家之能事矣。后世以辞赋论文之篇,盖以士衡此赋为之俑云。

平原《吊魏武帝文》最称杰构,以视所为诗赋,殊觉不似。又有《演连珠》五十首,全为骈偶体,唐以后四六之式已基于此。录其二则以见一斑:

> 臣闻任重于力,才尽则困。用广其器,应博则凶。是以物胜权而衡殆,形遇镜则照穷。故明王程才以效业,贞臣底力而辞丰。
>
> 臣闻弦有常音,故曲终则改,镜无畜影,故触形则照。是以虚己应物,必究千变之容。挟情适事,不观万殊之妙。

陆云 陆云字士龙,六岁能属文,性清正,有才理。少与兄机齐名,虽文章不及机,而持论过之,号曰二陆。年十六,吴平,入洛。刺史周浚召为从事。俄而公府掾为太子舍人,出补浚仪令。县居都会之要,名为难理,云到官肃然,下不能欺,市无二价。郡守害其能,屡谴责之,云乃去官。百姓追思之,图画形象,配食县社。寻拜吴王晏郎中令,嗣入为尚书郎。成都王侍御史、太子中舍人、中书侍郎。成都王颖表为清河内史。将讨齐王冏,以为前锋都督,冏诛,转大将军右司马。颖晚节政衰,云屡以正言忤旨,又与孟玖等有隙,及机败,并收云。死时年四十二。门生故吏迎丧葬清河,修墓立碑,四时祠祭。所著文章三百四十九篇,又撰新书十篇,并行于世。然士龙诗今传者有四言百数十章,五言只数首耳。《答兄平原》一首,儿及千言,述德叙事,亦《讽谏》、《迪志》之类也。《为顾彦先赠妇》数首并清妙可诵。惜其造情不足,殆刘彦和所谓布采鲜净者耶。及读其与兄书数十通,评文屡以清妙为言。以此见士龙之论文,实与乃兄所见不甚出入,即其造诣亦复伯仲之间。锺氏称其如陈思之匹白马,良有以也。辞赋九篇,《九愍》一篇,实效骚体。_{惟去兮字。}其他杂文,不复论及。

张载 张载字孟阳,安平人。性闲雅,博学有文章。太康初,至蜀省父,道经剑阁,载以蜀人恃险好乱,因著铭以作诫。益州刺史张敏见而奇之,乃表上其文,武帝遣使镌之于剑阁山焉。又为《濛汜赋》,司隶校尉傅玄见而嗟叹,以车迎之,言谈尽日,为之延誉,遂知名。起家佐著作郎转太子中舍人,迁乐安相,弘农太守。长沙王乂请为记室督,拜中书侍郎,复领著作。载见世方乱,无复进仕意,遂称疾笃告归,卒于家。其文传于今者有赋五篇,铭、颂共四篇,诗惟《登成都白菟楼》、《赠虞显度》、《招隐》、《七哀》_{二首}、《霖雨》、《拟四愁诗》_{四首}及《述怀》等十余首而已。兹录其《七哀》

一首于左：

> 北芒何累累，高陵有四五。借问谁家坟，皆云汉世主。恭文遥相望，原陵郁胧胧。季世丧乱起，贼盗如豺虎。毁坏过一坏，便房启幽户。珠柙离玉体，珍宝见剽虏。园寝化为墟，周墉无遗堵。蒙笼荆棘生，蹊径登童竖。狐兔窟其中，芜秽不复扫。颓陇并垦发，萌隶营农圃。昔为万乘君，今为邱中土。感彼雍门言，凄怆哀今古。

张协 张协字景阳，少有俊才，与兄载齐名。辟公府掾，转秘书郎，补华阴令，征北大将军从事中郎。迁中书侍郎，转河间内史。在郡清简寡欲，于时天下已乱，所在寇盗。协遂弃绝人事，屏居草泽，守道不竞，以属咏自娱。永嘉初，复征为黄门侍郎，托疾不就，终于家。有诗十余首，辞赋有《七命》等数篇，铭数篇。弟亢，字季阳，才藻不逮二昆，亦有属缀，又解音乐伎术。今其文不传，时人号称三张。

张氏伯仲，协胜于载，自昔已有定论。锺氏所谓孟阳诗远惭厥弟者也。然其镂石之文，见奇于张敏；《濛汜》之赋，取重于傅玄。揆其旨趣，虽语亦犹人，而为名流之所挹，固亦当代之文宗。景阳文稍让兄，而诗独劲出。《七命》一篇，虽则深惭枚叟，《杂诗》十首，文可压倒平原。《诗品》称："其源出于王粲，文体华净，少累病。又巧构形似之言，雄于潘岳，靡于太冲。风流调达，实旷代之高手。词采葱蒨，音韵铿锵，使人味之，亹亹不倦。"其推赏可谓至矣。录其杂诗数首于篇：

秋夜凉风起,清气荡暄浊。蜻蛚吟阶下,飞蛾拂明烛。君子从远役,佳人守茕独。离居几何时,钻燧忽改木。房栊无行迹,庭草萋以巳古通绿。青苔依空墙,蜘蛛网四屋。感物多所怀,沉忧结心曲。

朝霞近白日,丹气临旸谷。翳翳结繁云,森森散雨足。轻风摧劲草,凝霜竦高木。密叶日夜疏,丛林森如束。畴昔叹时迟,晚节悲年促。岁莫怀百忧,将从季主卜。

昔我资章甫,聊以适诸越。行行入幽荒,瓯骆从祝发。穷年非所用,此货将安设。瓴甋夸珉璠,鱼目笑明月。不见郢中歌,能否居别然。《阳春》无和者,《巴人》皆下节。流俗多昏迷,此理谁能察。

此乡非吾地,此郭非吾城。羁旅无定心,翩翩如悬旌。出睹军马阵,入闻鼙鼓声。常惧羽檄飞,神武一朝征。长铗鸣鞘中,烽火列边亭。舍我衡门衣,更被缦胡缨。畴昔怀微志,帷幕窃所经。何必操干戈,堂上有奇兵。折冲樽俎间,制胜在两楹。巧迟不足称,拙速乃垂名。

潘岳 潘岳字安仁,荥阳中牟人。少以才颖见称,乡邑号为奇童,谓终、贾之俦也。早辟司空太尉府,举秀才。太始中,武帝躬耕藉田,岳作赋以美其事。岳才名冠世,为众所嫉,遂栖迟十年。出为河阳令,负其才而郁郁不得志。时尚书仆射山涛领吏部,王济、裴楷等并为帝所亲遇,岳内非之,乃题阁道为谣曰:"阁道东,有大牛。王济鞅,裴楷鞧,和峤刺促不得休。"寻转怀令,以政绩调补尚书度支郎,迁廷尉评,以公事免。杨骏辅政,高选吏佐,引为太傅主簿。骏诛,纲纪皆当从坐。楚王玮长史公孙宏救之,故得免。未几选为长安令,作《西征赋》,述所经人物山水,文清旨诣。征补博士,未召,以母疾辄去官免。寻为著作郎,转散骑侍郎,迁给事黄门侍郎。岳性轻躁,趋世利,与石崇等谄事贾谧,为谧二十四友之首。每候其出,与崇辄望尘而拜,构愍怀之文,岳之辞也。其母数诮之曰:"尔当知足,而乾没不已乎。"岳终不能改。既仕宦不达,乃作《闲居赋》。俄而孙秀诬岳及石崇等谋奉淮南王允、齐王冏为乱,诛之,夷三族。岳将诣市,与母别曰:"负阿母。"初被收,俱不相知。石崇已送在市,岳后至。崇曰:"安仁,卿亦复尔邪?"岳曰:"可谓'白首同所归'矣。"盖岳《金谷诗》云:"投分寄石友,白首同所归。"乃成其谶。岳美姿仪,少时常挟弹出洛阳道,妇人遇之者皆连手萦绕,投之以果,遂满车而归。时张载甚丑,每行小儿以瓦石掷之,委顿而返。岳文辞甚富,今所传有四言诗数首《关中》一篇十六章,《为贾谧作赠陆机》十一章,五言诗十余首,赋二十篇,哀祭碑诔颂赞凡十篇。

安仁亦晋初一大作家,李充称其诗"翩翩然如翔禽之有羽毛,衣服之有绡縠。而犹浅于陆机"。谢混则谓"潘诗烂若舒锦,无处不佳;陆文如披沙简金,往往见宝"。《世说·文学》篇云:"孙兴公云:'潘文烂若披锦,无处不善;陆文若排沙简金,往往见宝。'"然二家各有所长,未容轩轾。翰林笃论,故叹陆为深;益寿轻华,故以潘为胜。独锺氏称陆出于陈思,潘出于王粲,陆才如海,潘才如江。虽若不免胶固,自是平情之论也。其《悼亡》三首,脍炙艺林,兹录其尤佳者一篇于次:

皎皎窗中月,照我室南端。清商应秋至,溽暑随节阑。凛凛凉风升,始觉夏衾单。岂曰无重纩,谁与同岁寒。岁寒无与同,朗月何胧胧。展转眄枕席,长簟竟床空。床空委清尘,虚室来悲风。独无李氏灵,仿佛睹尔容。抚衿长叹息,不觉泪沾胸。沾胸安能已,悲怀从中起。寝兴目存形,遗音犹在耳。上惭东门吴,下愧蒙庄子。赋诗欲言志,此志难具举。命也可奈何,长戚自令鄙。

此诗佳处,全在情深,中间用重叠联缀句法,以为换韵之关键,尤觉委宛动人。陈思王《赠白马王彪》诗已有此种作风,唐人极乐效之。且六朝以前诗大抵每篇一韵,乐府及魏文诗间有末二语换韵者。此独三易其韵。_{第三首亦同。}转折顿挫,亦生面别开者也。其曰:"展转眄枕席,长簟竟床空。床空委清尘,虚室来悲风。"不特安仁他作所无,即魏晋诸大家情诗中亦所罕觏。又如:"凛凛凉风升,始觉夏衾单。岂曰无重纩,谁与同岁寒。"虽若浅露,实则真挚。此本无意为文,而非有意之所可仿效者也。至云"望庐思其人,入室想所历",又云"流芳未及歇,遗挂犹在壁",_{第一首。}又云"茵帱张故房,朔望临尔祭。尔祭讵几时,朔望忽复尽",又云"孤魂独茕茕,安知灵与无",_{第三首。}皆直抒悲感,脱手而出,自有无限凄凉之意。元相《遣悲》,何以过此。文生于情,斯之谓欤。此外又有《哀诗》一首,亦属悼亡之作,颇用比兴,含意不尽。陈太初称其有《十九首》之风,且远轶《悼亡》三章、《内顾诗》二首,乃别家之咏。而"独悲安所慕"一首,尤一往情深。昔人讥黄门诗如翦采为花,绝少生韵,若此之类,又安可轻訾耶。其四言诗惟《关中》一篇,有叙记,有议论,有褒贬,气象昌博,凌轹西京,方驾《雅》、《颂》,最称杰作。自余无足观者。

安仁辞赋二十篇,见录于《文选》者八。即《藉田赋》、《西征赋》、《秋兴赋》、《射雉赋》、《闲居赋》、《怀旧赋》、《寡妇赋》、《笙赋》是也。《秋兴》、《寡妇》为骚体。《西征》、《藉田》、《射雉》、《闲居》、《怀旧》诸篇，或为俳体，或杂骈俪，或则骈散相兼，或则骚俳错出，虽亦未免故常，然其才思清绮，秀丽可观。承建安之余风，开元嘉之新制，自是赋家能手。尤善于言情，《寡妇》一篇为任子咸妻（岳姨）作，备极哀怆，非特《悼亡》岳别有《悼亡赋》、《哀永逝文》为然也。《秋兴》、《闲居》、《怀旧》三篇，皆小品佳制，而往往以赋序见长。又善为哀诔之文，《杨荆州》杨肇、《马汧督》马敦诸篇为最著。世谓潘黄门善言哀，信哉。

潘尼 潘尼字正叔，少有清才，与叔岳俱以文章见知。性静退不竞，惟以勤学著述为事，著《安身论》以明所守。初应州辟，后以父老辞位定养。太康中，举秀才，为太常博士，历高陆令、淮南王允镇东参军。元康初，拜太子舍人，上《释奠颂》。后出为宛令，入补尚书郎，转著作郎，为《乘舆箴》。及赵王伦篡位，孙秀专政，士多遇祸，尼遂引疾归。闻齐王冏起义，乃赴许昌。冏引为参军，兼管书记。事平，封安昌公，历黄门侍郎、散骑常侍、侍中、秘书监。永兴末，为中书令。永嘉中，迁太常卿。洛阳将没，携家属东出成皋，欲还乡里，道遇贼，不得前，病卒于坞壁，年六十余。所著诗赋数十篇。史称其："含咀艺文，履危居正。安其身而后动，契其心而后言。著论究人道之纲，裁箴悬乘舆之鉴，可谓玉质金相者矣。"盖正叔身仕乱朝，厉节而保身，非徒文辞见美而已。锺氏谓其"文彩高丽"，龙甲凤毛，在当时必推作手，故能与岳齐名，并号两潘。惟今视其词，实亦韬光敛色，无足称者，故从略焉。

第三章　左思及其他

左思　左思字太冲,齐国临淄人。其先齐之公族,有左右公子,因为氏焉。家世儒学,父雍,起小吏,以能擢授殿中侍御史。思少学书鼓琴,并不成。雍谓友人曰:"思所晓解,不及我少时。"思遂感激勤学,兼善阴阳之术,貌寝口讷,而辞藻壮丽。不好交游,惟以闲居为事。造《齐都赋》,一年乃成。复欲赋《三都》,会妹芬入宫,移家京师,乃诣著作郎张载,访岷邛之事。遂构思十年,门庭藩溷,皆著纸笔,遇得一句,即便疏之。自以所见不博,求为秘书郎。及赋成,时人未之重。思自以其作不谢班、张,恐以人废言,安定皇甫谧有高誉,造而示之。谧称善,为其赋序。张载为注《魏都》,刘逵注《吴》、《蜀》而序之。陈留卫瓘又为思赋作略解。自是之后,盛重于时。司空张华见而叹曰:"班、张之流也。使读之者尽而有余,久而更新。"于是豪贵之家,竞相传写,洛阳为之纸贵。秘书监贾谧请讲《汉书》。谧诛,退居宜春里,专意典籍。齐王冏命为记室督,辞疾不就。及张方纵暴都邑,举家适冀州。数岁,以疾终。所著诗歌有《悼离赠妹》二首、《咏史》八首、《招隐》二首、《杂诗》一首、《娇女诗》一首。辞赋有《三都赋》、《白发赋》四篇。《齐都赋》及《七讽》则止存逸句而已。

左太冲诗虽不多,然观其《咏史》诸篇,雄浑超逸,自是有晋一代之杰。曹、刘以后,鲍、谢以前,一人而已。岂独高视阔步,凌轹潘、陆诸子也哉。锺氏称:"其源出于公幹。文典以怨,颇为精切,得讽谕之致。虽野于陆机,而深于潘岳。"夫公幹仗气爱奇,凌霜跨俗,方之太冲,源流似有可寻。惟其以潘、陆相较,则仍不免囿于时流之见,非真能知太冲者也。沈德潜曰:"太冲胸次高旷,而笔力又复雄迈,陶冶汉魏,自制伟词,故是一代作手。岂潘、陆辈所能比埒_{埒音劣}。"斯真不易之论已。录其《咏史》数首如次:

> 弱冠弄柔翰,卓荦观群书。著论准《过秦》,作赋拟《子虚》。边城苦鸣镝,羽檄飞京都。虽非甲胄士,畴昔览穰苴。长啸激清风,志若无东吴。铅刀贵一割,梦想骋良图。左眄澄江湘,右盼定羌胡。功成不受爵,长揖归田庐。(其一)
>
> 皓天舒白日,灵景耀神州。列宅紫宫里,飞宇若浮云。峨峨高门内,蔼蔼皆王侯。自非攀龙客,何为欻来游。被褐出阊阖,高步追许由。振衣千仞冈,濯足万里流。(其五)
>
> 荆轲饮燕市,酒酣气益震。哀歌和渐离,谓若傍无人。虽无壮士节,与世亦殊伦。高眄邈四海,豪右何足陈。贵者虽自贵,视之若埃尘。贱者虽自贱,重之若千钧。(其六)
>
> 主父宦不达,骨肉还相薄。买臣困樵采,伉俪不安宅。陈平无产业,归来翳负郭。长卿还成都,壁立何寥廓。四贤岂不伟,遗烈光篇籍。当其未遇时,忧在填沟壑。英雄有迍邅,由来自古昔。何世无奇才,遗之在草泽。(其七)

自班固有《咏史》之作,至建安中,王粲亦作《咏史》诗一首,咏秦穆殉三良事。阮瑀亦有《咏史》诗二首,咏三良及荆轲。而陈思王《三良》一诗亦为咏史性质。太冲、景阳相效率之,自是作者渐众。而太冲所作,莫能尚之。八诗借古抒怀寓意至显,盖志在立功立言,慕古圣贤豪杰,而奇才不遇,故宁寂寞自甘,而未尝以荣华婴其心。始贵良图,终期达士。此全篇之主旨也。八章结云:"巢林栖一枝,可为达士模。"殆见晋室祸乱已作,潘、陆功利之辈,先后不免,故有感而作欤。其云"振衣千仞冈,濯足万里流",诗盖似之《招隐》二首,自写其志,实有遁世之心,非若陆机以富贵难图,而始言"税驾"也。诗中多用对仗语,秀逸清新,与《咏史》之粗豪矫健不同。《悼离赠妹》诗为四言,乃为芬入宫而作。《娇女诗》述其二女纨素蕙芳童稚之态,语杂通俗,然其词多不可晓。

《三都赋》世称杰构,共万余言。京都大赋,至是始告一结束矣。三都者刘备都益,号蜀,孙权都建业,号吴,曹操都邺,号魏。思作赋时,吴、蜀已平。见前贤文之是非,故作斯赋以辨众惑也。三赋以西蜀公子、东吴王孙、魏国先生问答呼应,自为开合,固亦汉人遗制。至以吴、蜀为宾,以魏为主,虚实详略,各不相同。其侧重《魏都》,但举故实,不尚铺张。亦《两都》、《二京》之意也。其序曰:"相如赋《上林》,而引卢橘夏熟;扬雄赋《甘泉》,而陈玉树青葱;班固赋《西都》,而叹以出比目;张衡赋《西京》,而述以游海若。假称珍怪,以为润色。若斯之类,匪啻于兹。考之果木,则生非其壤;校之神物,则出非其所。于辞则易为藻饰,于义则虚而无征。且夫玉卮无当,虽宝非用;侈言无验,虽丽非经。而论者莫不诋讦其研精,作者大氐举为宪章。积习生常,有自来矣。余既思摹《二京》而赋《三都》,其山川成邑,则稽之地图;其鸟兽草木,则验之方志。风谣歌舞,各附其俗;魁梧长者,莫非其旧。何则,发言为诗者,咏其所志也。升高能赋者,颂其所见也。美物者贵依其本,赞事者宜本其实,匪本匪实,览者奚信。"观此则左思之赋《三都》,盖以征实为主,与夫前人之徒尚诡谲之谈、铺叙之盛者异也。故刘逵序之,以为此赋拟议数家,傅辞会议,抑多精致,非研核者不能练其旨,非博物者不能统其异。卫瓘《略解序》亦云:"《三都》之赋,言不苟华,必经典要。品物殊类,禀之图籍。辞义瓌玮,良可贵也。"昔陆机入洛,欲为此赋,闻思作之,拊掌而笑。与弟云书曰:"此间有伧父,欲作《三都赋》。须其成,当以覆酒瓮耳。"及思赋出,机绝叹伏,以为不能加也,遂辍笔焉。其见重于时如此。

束晳 束晳字广微,阳平元城人。汉太子太傅疏广之后也。王莽末,广曾孙孟达避难,自东海徙居沙鹿山南,因去疏之足,遂改姓焉。博学多闻,与兄璆俱知名。察考廉,举茂才,皆不就。太康中,郡界大旱,为邑人请雨,三日而雨注,众以为诚感而歌之。性沉退,不慕荣利,张华召为掾,复以为贼曹属。寻转佐著作郎,迁,转博士,著作如故。太康二年,汲郡古冢得竹书数十车,皆漆书科斗字。断简残缺,不复诠次。武帝以付秘书,校缀次第,寻考指归,而以今文写之。晳在著作,得观竹书,随疑分释,皆有义证。迁尚书郎。赵王伦为相国,请为记室,辞疾罢归,教授门徒。年四十卒,所著《三魏人士传》、《七代通记》、《晋书纪志》等书俱不传。存者有《补亡诗》、《贫家赋》、《饼赋》、《劝农赋》、《近游赋》、《读书赋》、《玄居释》等杂文若干篇。《补亡诗》共六首,盖《诗·小雅》之中的《南陔》、《白华》、《华黍》、《由庚》、《崇丘》、《由仪》六篇,本为笙诗,有义亡辞,音乐取节,阙而不备,故晳为补之。对偶精工,文辞流丽,六朝人之为四言诗者类此。《玄居释》以拟《客难》,张华见而奇之,所作诸赋,时人薄其鄙俗云。

石崇 石崇字季伦,渤海南皮人。生于青州,故小名齐奴。少敏惠,勇而有谋。父苞,临终,分财物与诸子,独不及崇。其母以为言,苞曰:"此儿虽小,后自能得。"年二十余,为修武令,有能名。入为散骑郎,迁城阳太守。伐吴有功,封安阳乡侯。在郡虽有职务,好学不倦,以疾自解。顷之,拜黄门郎。兄统忤权贵,将加重罚,崇表获免。累迁散骑常侍,侍中。武帝深器重之。元康初,出为南中郎将,荆州刺史,领南蛮校尉。崇颖悟有才气,而任侠无行检,在荆州劫远使商客,致富不赀。寻拜太仆,出为征虏将军。有别馆在河阳之金谷,一名梓泽,送者倾都,帐领于此。既而拜卫尉,与潘岳谄事贾谧,财产丰积,室宇宏丽,后房百数,皆曳纨绣,珥金翠,丝竹尽当时之选,庖膳穷水陆之珍,与贵戚王恺等竞以奢靡相尚。谧诛,崇以党与免官。时赵王伦专权,崇甥欧阳建与伦有隙,崇有妓曰绿珠,美而艳,善吹笛。孙秀使人求之,崇不许。秀怒,乃劝伦诛崇、建,时年五十二。建临终有诗一首,词甚哀楚。崇有《大雅吟》、《楚妃叹》、《王昭君辞》、《思归引》、《思归叹》、《答曹嘉》、《赠枣腆》诸诗。《大雅吟》、《楚妃叹》皆四言,《思归引》为长短句,《思归叹》为骚体,余皆五言诗也。兹录其《王昭君辞》一首于后。序文从略。

> 我本汉家子,将适单于庭。辞诀未及终,前驱已抗旌。仆御涕流离,辕马悲且鸣。哀郁伤五内,泣泪湿朱缨。行行日已远,遂造匈奴城。延我于穹庐,加我阏氏名。殊类非所安,虽贵非所荣。父子见凌辱,对之惭且惊。杀身良不易,默默以苟生。苟生亦何聊,积思常愤盈。愿假飞鸿翼,乘之以遐征。飞鸿不我顾,伫立以屏营。昔为匣中玉,今为粪上英。朝花不足欢,甘与秋草并。传语后世人,远嫁难为情。

何劭 何劭字敬祖,少与武帝同年,有总角之好。帝为王太子,以为中庶子。及即位,转散骑常侍,甚见亲待。惠帝即位,初建东宫,太子年幼,以劭为太师,通省尚书事。后转特进,累迁尚书左仆射。劭博学善属文,陈说近代事,若指诸掌。永康初,迁司徒。赵王伦篡位,以为太宰,及三王交争,劭以轩冕而游其间,无怨之者,而骄奢简贵,衣裳服玩饮食备极丰盛。然优游自足,不贪权势。永宁元年薨,所撰荀粲、王弼传及诸奏议文章,并行于世。有《应诏》、《赠张华》、《游仙诗》、《杂诗》四首,锺氏《诗品》举之与石崇、曹摅并称,而曰"朗陵为最"。

张翰 张翰字季鹰,吴郡人。有德才,善属文,而纵任不拘,时人号为江东步兵。齐王冏辟为大司马东曹掾,因见秋风起,乃思吴中菰菜莼羹、鲈鱼脍曰:"人生贵得适志,何能羁宦数千里,以要名爵乎?"遂命驾而归,著《首丘赋》,俄而冏败,人皆谓之见机。翰心自适,不求当世。情至孝,遭母忧,哀毁过礼。年五十七卒。其文笔数十篇行于世。诗有《赠张弋阳》、《周小史》,_{俱四言。}《杂诗》、《无题》、《思吴江歌》_{一作《秋风歌》},共六首,其《思吴江歌》云:

> 秋风起兮佳景时,吴江水兮鲈鱼肥。三千里兮家未归,恨难得兮仰天悲。

司马彪 司马彪字绍统,高阳王睦长子。少笃学而薄行,为睦所责,故不得为嗣。由是不交人事,专精学习,博览群籍。初拜骑都尉。泰始中,为秘书郎,转丞。注《庄子》,作《九州春秋》及《续汉书》八十篇。后拜散骑侍郎,惠帝末年卒,年六十余。有《赠山涛诗》一首,《杂诗》一首,均极佳。其《杂诗》云:

> 百草应节生,含气有深浅。秋蓬独何辜,飘飘随风转。长

飙一飞薄,吹我之四远。搔首望故株,邈然无由返。

元康、永嘉之际,作者尚多。曹摅字颜远,谯国人,善属文,齐王冏辅政,摅与左思并为记室,有赠石崇、欧阳建诸诗,皆四言。而《答赵景猷》一篇,尤长。其《感旧诗》首二句云"富贵他人合,贫贱亲戚离",至有读之泣下者。王赞字正长,义阳人,博学有俊才,有诗数首。其《杂诗》首云"朔风动秋草,边马有归心",发端雄健,沈约所谓"正长朔风之句",与子建函京、仲宣灞岸、子荆零雨诸篇相提并论者也。他若左贵嫔、曹嘉、枣腆、嵇绍、郭泰机等篇什虽少,时有善言,不复具述云。

第四章　东渡以后之作家

江左篇制,溺乎玄风。一时道德之谈、神仙之说、忘形齐物之论,风起云涌,人有其篇。即高士如陶渊明,服膺儒教,其旨趣亦多出入老庄,不可掩也。初,王衍乐广尚清谈,士皆耻拘谨而乐放诞,识者谓神州陆沉,王夷甫诸人不能辞其咎。此虽未必尽然,而彼辈造成一时代之思潮,与文学交光掩映,遂使汉魏之风尽泯,而下开齐梁之局者,未始不以此为其枢机焉。故沈约论之曰:"在晋中兴,玄风独扇,为学穷于柱下,博物止乎七篇,驰骋文辞,义殚乎此。自建武_{元帝}暨于义熙_{安帝},历年将百,虽缀响联辞,波属云委,莫不寄言上德,托意玄珠,遒丽之辞,无闻焉尔。(殷)仲文始革孙许_{孙绰许询}之风,叔源_{谢混}大变太元之气。"锺嵘论之曰:"永嘉时,贵黄老,稍尚虚谈,于时篇什,理过其辞,淡乎寡味。爰及江表,微波尚传。孙绰、许询、桓、庾诸公诗皆平典似道德论,建安风力尽矣。先是郭景纯用俊上之才,变创其体;刘越石仗清刚之气,赞成厥美。然彼众我寡,未能动俗。"观此即知其时文学之倾向矣。择其要者述之。

  刘琨 刘琨字越石,中山魏昌人。少得俊朗之目,与范阳祖纳俱以雄豪著名。年二十六,为司隶从事。石崇金谷宴游,琨预其间,文咏颇为当时所许。与崇等并为贾谧二十四友。赵王伦执政,以为记室督,转从事中郎。齐王冏辅政,复拜为尚书左丞,转司徒左长史。惠帝幸长安,琨统诸军奉迎大驾,以勋封广武侯。永嘉元年,为并州刺史,加振威将军,领匈奴中郎将。时并土饥荒残破,寇盗纵横,民多南徙,余户不满二万。琨转斗至晋阳,剪除荆棘,招集流亡,抚循劳来,甚得物情,士多归之。然短于控御,又素奢豪,嗜声色,虽暂自矫励,而辄复纵逸。卒以此为刘聪所制,郡破,父母并遇害。寻反攻复晋阳。愍帝即位,拜大将军,都督并州诸军事、加散骑常侍,假节。三年,拜司空,都督并、蓟、幽三州诸军事。旋为石勒所败,不能复守。幽州刺史鲜卑段匹磾数遣使要琨,欲与同奖王室,遂率众赴之。匹磾甚相崇重,与琨结婚,约为兄弟。时西都不守,元帝称制江左,琨乃令长史温峤劝进。建武元年,与匹磾期讨石勒,匹磾推为大都督。元帝复转为侍中太尉。后匹磾兄弟相攻,因事连琨,为匹磾所拘。琨旧属密谋攻之,事泄,会王敦密使匹磾杀琨,遂遇害。时年四十八。琨少负志气,有纵横之才,善交胜己,而颇浮夸。与祖逖为交,闻逖被用,与亲故书曰:"吾枕戈待旦,志枭逆虏。常恐祖生,先吾着鞭。"其意气相期如此。有《答卢谌诗》八首,《重赠卢谌》一首,《扶风歌》一首。其《重赠卢谌》诗云:

握中有玄璧，本自荆山璆。惟彼太公望，昔在渭滨叟。邓生何感激，千里来相求。白登幸曲逆，鸿门赖留侯。重耳任五贤，小白相射钩。苟能隆二伯，安问党与仇。中夜抚枕叹，想与数子游。吾衰久矣夫，何其不梦周。谁云圣达节，知命故不忧。宣尼悲获麟，西狩泣孔丘。功业未及建，夕阳忽西流。时哉不吾与，去乎若云浮。朱实陨劲风，繁英落素秋。狭路倾华盖，骇驷摧双辀。何意百炼刚，化为绕指柔。

琨为段匹䃅所拘，为此诗赠其别驾卢谌，托意非常，摅畅幽愤。远想张、陈，感鸿门、白登之事，用以激谌。谌素无奇略，以常词酬和，非其志也。夫越石虽功名之士，而忠于王室，大节凛然。君父之仇未报，河朔之虏未枭，屡起屡仆，卒以拘囚。其遇略似李陵，而心则迥异。故其诗感激豪宕，悲凉酸楚，有燕赵慷慨悲歌之态焉。刘彦和称其壮雅多风是矣，而犹未尽也。《诗品》称其善为凄厉之词，自有清拔之气，既体良才，又罹厄运，故善叙丧乱，多感恨之词，斯得之矣。《答卢谌》一篇为四言诗，共八首。《扶风歌》为五言乐府，凡九解。皆意郁结而气激昂，英姿飒爽，风骨棱棱，永嘉之际未之有也。史记其登楼清啸，中夜胡笳，闻者皆凄然长叹，歔欷流涕。读其诗者盖亦有同感云。

卢谌 卢谌字子谅，范阳涿人。清敏有理思，好老庄，善属文。选尚武帝女荥阳公主，拜驸马都尉，未成礼而公主卒。洛阳没，随父志北依刘琨，俱为刘粲所虏。粲据晋阳，留谌为参军。粲败，复赴琨。琨为司空，以谌为主簿、从事中郎。琨妻为谌从母，甚亲重之。建兴末，随琨投段匹䃅。匹䃅以谌为别驾，匹䃅既害琨，寻亦败丧。时南路阻绝，乃往辽西投段末波。元帝初，末波通使于江左,遂抗表理琨,文旨甚切。朝廷累征谌为散骑中书侍郎,而为末波所留。后为石季龙所得,以为中书侍郎、国子祭酒、侍中、中书监。冉闵诛石氏,因遇害。时年六十七,永和六年也后三五〇。所著有《祭法》、《庄子注》。诗有《赠刘琨》四言,二十章、《重赠刘琨》、《答刘琨》、《赠崔温》、《答魏子悌》、《览古诗》、《时兴诗》等数篇。

子谅本名家子,早有声誉,才高行洁,为一时所推。值中原丧乱,与崔悦、荀绰、裴宪并沦陷石氏,恒以为辱。每谓诸子曰:"吾身没之后,但称晋司空从事中郎尔。"则其志可见矣。其诗虽稍逊于琨,然萧条异地之感,时发乎篇。刘彦和称其"情发而理昭",犹未喻也。观其《赠崔温》云:"平陆引长流,冈峦挺茂树。中原厉迅飚,山阿起云雾。游子恒悲怀,举目增永慕。良俦不获偕,舒情将焉诉。远念贤士风,逐存往古务。"不亦凄怆伤心,吊影惭魂,如越石《扶风》之旨耶。他如《答魏子悌》,则同病相怜。《览古诗》则感怀廉、蔺,《赠刘琨》畅阐缓之音,《时兴诗》存玄漠之意。擅誉当时,腾声词苑,亦不可多得之才也。录其《时兴诗》于篇:

亹亹圆象运,悠悠方仪廓。忽忽岁云暮,游原采萧藿。北逾芒与河,南临伊与洛。凝霜霑蔓草,悲风振林薄。械械芳叶零,蕊蕊芬华落。下泉激洌清,旷野增辽索。登高眺遐荒,极望无崖崿。形变随时化,神感因物作。澹乎至人心,恬然存玄漠。

郭璞 郭璞字景纯,河东闻喜人。好经术,博学有高才,而讷于言论。辞赋为中兴之冠。好古文奇字,妙于阴阳算术。从郭公者受青囊中书,由是洞五行、天文、卜筮之术。禳灾转祸,通致无方，虽京房、管辂不能过也。惠、怀之际，河东先扰，于是潜结姻昵及交游数十家，欲避东南。既过江，宣城太守殷祐引为参军，祐迁石头督护，璞复随之。王导引参己军事。时元帝初镇建邺，及为晋王，使璞筮皆验。及帝即位，甚重之。著《江赋》，其辞甚伟，为世所称。后复作《南郊赋》，帝见而嘉之，以为著作郎。顷之，迁尚书郎，数言便宜，多所匡益。明帝在东宫，与温峤、庾亮并有布衣之好。璞亦以才学见重，埒峤、亮，论者美之。然性轻易，不修威仪，嗜酒色，自以才高位卑，乃著《客傲》。元帝崩，以母忧去职。未期，王敦起为记室参军。素与桓彝友善，彝每造之，或值在妇间，便入。璞曰："卿来他处自可经前，但不可厕上相寻耳，必主客有殃。"彝后因醉诣璞，正逢在厕，掩而观之，见璞裸身被发，啣刀设醊。璞见彝大惊，曰："吾每属卿勿来，反更如是，非但祸吾，卿亦不免矣。天实为之，将以谁咎。"璞终婴王敦之祸，彝亦死苏峻之难。有姓崇者构璞于敦，敦将举兵，使璞筮之。璞曰："无成。"乃问曰："卿更筮吾寿几何？"答以祸必不久。敦大怒曰"卿寿几何"？曰："命尽今日之中。"敦逐收璞斩之，时年四十九。璞撰前后筮验六十余事，名为《洞林》。又钞京、费诸家要最，更撰《新林》十篇，《卜韵》一篇；注《尔雅》，别为音义、图谱。又注《三苍》、《方言》、《穆天子传》、《山海经》及《楚辞》、《子虚》、《上林赋》数十万言，多传于世。所作诗赋诔颂亦数万言。

景纯诗今存者有《答贾九州悉诗》一首四言三章、《与王使君》一首四言五章、《答王门子》一首四言六章、《赠温峤》一首四言五章、《游仙诗》十四首、《赠潘尼》一首。失题不全者若干首。又有《山海经图赞》四言韵语二百数十首，绝似《易林》，颇有佳者。而《游仙诗》本十四首，《文选》录其七。尤为世所称诵。录其三首如次：

京华游侠窟,山林隐遁栖。朱门何足荣,未若托蓬莱。临源挹清波,陵冈掇丹荑。灵溪可潜盘,安事登云梯。漆园有傲吏,莱氏有逸妻。进则保龙见,退为触藩羝。高蹈风尘外,长揖谢夷齐。(其一)

翡翠戏兰苕,容色更相鲜。绿萝结高林,蒙笼盖一山。中有冥寂士,静啸抚清弦。放情凌霄外,嚼蕊挹飞泉。赤松临上游,驾鸿乘紫烟。左把浮邱袖,右拍洪崖肩。借问蜉蝣辈,宁如龟鹤年。(其三)

杂县寓鲁门,风暖将为灾。吞舟涌海底,高浪驾蓬莱。神仙排云出,但见金银台。陵阳挹丹溜,容成挥玉杯。姮娥扬妙音,洪崖颔其颐。升降随长烟,飘飘戏九垓。奇龄迈五龙,千岁方婴孩。燕昭无灵气,汉武非仙才。(其六)

刘勰尝称"景纯仙篇,挺拔为俊",又称"其诗艳逸,足冠中兴"。钟嵘亦称其"宪章潘岳。文体相辉,彪炳可玩,始变永嘉平淡之体,故称中兴第一"。是郭璞之诗,当时早有定评矣。今观《游仙》诸篇,似招隐,似咏怀。皆有托而言,非必王乔、赤松,丹汞飞升之本意也。钟氏谓其"辞多慷慨,乖远玄宗,乃是坎壈咏怀,非列仙之趣"。所见诚是。盖景纯与温、庚同受主知,而大柄下移,乱贼将作,观其借卜筮示意,以讽讨王敦,本怀已见。彼殆前知难之将及,而又不忍去之,心中有难言之隐,故托之游仙,其亦犹阮嗣宗之志乎。若徒以迹象求之,远矣。即论其词,亦在步兵《咏怀》、太冲《咏史》之间,岂潘安仁辈所可比拟耶。至其四言诗,空泛说理,俱不能佳。习气未除,盖犹尔时之通病也。

璞以中兴王宅江表,乃著《江赋》以述川渎之美。首叙源委,次叙产物,中及派别,末述水德。凡水石搏击之势,洪波浩渺之状,水族鳞介之珍错,薮泽湖潴之交通,与夫舟楫往来之盛,往古灵异之征,靡不尽情铺叙。层次井井,文词俊爽,包括无遗。诚汉赋以后之巨制也。盖景纯多识奇字,学无不窥,故能继执马、班,追踪潘、左。匪仅以诗见称而已。《客傲》一篇,则《客难》、《解嘲》之流。《流寓》、《南郊》、《盐池》、《蜜蜂》、《蚍蜉》、《巫咸山》并《登百尺楼》诸赋皆阙而不全。

孙绰 孙绰字兴公,楚孙,博学善属文。少与高阳许询俱有高尚之志,居于会稽,游放山水,十有余年。乃作《遂初赋》以致其意。绰与询一时名流,或爱询高迈,或爱绰才藻。沙门支遁试绰:"君何如许?"答曰:"高情远致,弟子早已伏膺,然一吟一咏,许将北面矣。"绝重张衡、左思之赋,每云:"《三都》、《二京》,五经之鼓吹也。"除著作郎,袭爵长乐侯。征西将军亮请为参军,补章安令,征拜太学博士,迁尚书郎。扬州刺史殷浩以为建威长史,会稽内史王羲之引为右军长史,转永嘉太守,迁散骑常侍,领著作郎,寻转廷尉卿,领著作。年五十八卒。有《表哀诗》、《兰亭诗》、《赠温峤》五章、《与庾冰》十三章、《答许询》九章、《赠谢安》、《三月三日》、以上并四言。《秋日》、《情人碧玉歌》一名《千金意》,《乐府诗集》作宋汝南王作。共十余首。尝作《天台山赋》四言,辞致甚工,初成,以示友人范荣期云:"卿试掷地,当作金石声也。"《遂初赋》已佚,《望海赋》亦不全。又有铭诔颂赞杂文若干篇,四言诸诗谈玄说理,绝无趣味。兹录其《情人碧玉歌》于后。

碧玉小家女,不敢攀贵德。感郎千金意,惭无倾城色。

碧玉破瓜时,郎为情颠倒。感郎不羞郎,回身就郎抱。

江左文士辈出,不胜缕述。李充、曹毗、袁宏、庾阐,并列文苑。如宏之《咏史》,毗之《夜听捣衣》,俱称善篇。充有《嘲友人诗》,阐有《游仙诗》_{共十首,末六首为六言特妙}。亦有可观。其较早者有杨方,有《合欢诗》五首。前二首极写笃挚之情,似学平子《同声歌》,但文词质直而少情致耳。其较晚者有谢混,《游西池》一诗,清新可诵。女子则有谢道韫之《登山》,桃叶之《团扇》。沙弥则前有支遁,后有惠远。道林诗深契佛理,远公东林杂诗,独清远无习气,可谓先后辉映者矣。又有湛方生、帛道猷者,为诗绝佳。帛《陵峰采药》一首,逼近渊明,湛《入南湖》语有独到,而其《秋夜游园》诸篇,以赋为诗,尤当时所未有。盖自元帝以来,披文建学,明帝秉哲,雅好文会,孳孳讲艺,揄扬风流。故江东人才极一时之盛也。然自中朝贵玄,积重难返,遗风余习,流成文体。故时极迍邅,而词意夷泰。诗必柱下之旨归,赋乃漆园之义疏。质木平淡,多无足观,亦时势为之哉。

第五章　陶潜

正始以还,迄于晋末,其间作者多矣,然自王何好老庄,文士多染玄虚之习。至过江而佛理尤盛,孙、许转相祖尚,推波助澜,一往不返。所谓平典之道德论,《风》、《骚》之旨荡然无遗。故斯时文学谓之为玄学歌诀、禅门偈语可也。然物极必返,故穆哀以后,殷仲文、谢叔源等起而革之。惟积习难除,篇章复少,故影响甚微。

其于典午末造,挺然异军突起,不为时流所动,而建骚坛之新帜者,则太元、义熙中之大诗人陶渊明是也。述之如次。

陶潜传略 陶潜字渊明,或云渊明字元亮,浔阳柴桑人。大司马侃之曾孙。少有高情,尝著《五柳先生传》以自况。时人谓之实录。亲老家贫,起为州祭酒,不堪吏职,少日自解归。州召主簿,不就。躬耕自资,遂抱羸疾。江州刺史檀道济往候之,偃卧瘠馁有日矣,馈以粱肉而去。后为建威参军,复为彭泽令,公田悉令种秫。曰:"吾得常醉于酒足矣。"妻子固请种秔,乃使二顷五十亩种秫,五十亩种秔。郡遣督邮至,县吏白应束带见之。潜叹曰:"我不能为五斗米折腰向乡里小人。"即日解印绶去职,赋《归去来》。义熙末,征著作郎,不就。江州刺史王宏欲识之,不能致。尝往庐山,宏令潜故人与庞通之赍酒具于半道栗里要之。既至,欣然共饮。俄顷宏至,亦无忤也。先是,颜延之为刘柳后军功曹,在浔阳,与潜通情款。后为始安郡,经过,日日造潜,每往必酣醉。临去,留二万钱与潜,潜悉送酒家取酒。尝九月九日无酒。出宅边菊丛中坐。久之,值宏送酒,即便就醉而后归。潜不解音律,而蓄素琴一张,弦徽不具,每朋酒之会,辄抚弄以寄其意。曰:"但识琴中趣,何劳弦上声。"贵贱造之者,有酒辄设。潜若先醉,便语客:"我醉欲眠,卿可去。"其真率如此。郡将候潜,值其酒熟,取头上葛巾漉酒毕,还复着之。时周续之入庐山事释惠远,刘遗民亦遁迹匡山,潜又不应征命,谓之浔阳三隐。不营生业,未尝有愠喜之色,尝夏月虚闲,高卧北窗之下,清风飒至,自谓羲皇上人。妻翟氏,亦能安勤苦,与其同志。自以曾祖晋世宰辅,耻复屈身异代,自宋高祖王业渐隆,不复肯仕。所著文章,皆题其年月,义熙以前则书晋氏年号。永初以来,唯云甲子而已。宋文帝元嘉四年_{后四二七}卒,年六十三。世号靖节先生。

陶潜作品　《隋书·经籍志》载《宋陶征士集》九卷,今通行本自诗文以下至《圣贤群辅录》,凡十卷,盖非《隋志》之旧。然考梁萧统撰集陶集只八卷,而少《五孝传》及《四八目》。《四八目》即《圣贤群辅录》也。惟北齐阳休之参合诸本而序录之,定为十卷,较《隋志》又多一卷,已非昭明之旧矣。《四库提要》称今世所行,即宋庠所称江左旧本也。然昭明去陶公世近,其所编辑,并无《五孝传》、《四八目》。阳休之何由续得,此殆出于后人依托者耳。《提要》据《群辅录》与陶公文所称不合,而二书所引《尚书》,又自相矛盾,决其不出一手。且《五孝传》文义庸浅,与《群辅录》一时同出,皆为晚出伪书无疑,故并删除别行之,惟编其诗文而已。此定论也。世传《搜神后记》十卷。《隋志》著录亦称陶潜撰,其伪后人已辨之。今按陶诗传者,并《桃花源诗》及《读史述》共百三十七首,辞赋三篇。传记、祭文、赞、疏等若干篇,视昭明之所搜校,不能无有亡佚,即此区区数卷亦颇有窜入后人之作者。如《归田园居》"种苗在东皋"一首及《问来使》、《四时》二首是也。即《读史述》九章及《扇上画赞》疑亦出于伪托,未可遽信。盖"种苗在东皋"一首,乃江淹《杂体拟陶征君》(田居)诗,见于《文选》。其文貌音节绝似陶公,不知何人混入本集,其误甚明。前人多辨之。《问来使》一诗,汤汉以为晚唐人,因太白《感秋》诗而伪为之。严羽则谓此篇体制气象与陶不类,疑为太白逸诗,后人漫取以入陶集。郎瑛又指为苏子美所作,其非陶诗亦甚明。《四时》一首,汤氏及许彦周并指出其为顾恺之《神情诗》是也。又《联句》一首,首尾乃渊明作,中有愔之、循之作,各四句。其人姓氏虽莫可考,但此诗亦不得统以陶诗称之。陶澍集注本以此与上三首俱列卷末,甚当。

陶潜与文学 陶公千古高人，其情热而真，其志淡而远，故其文皆为人格之表现，不可学而至者。不特六朝时文士无与比拟，即古今大作家求其直能表其特性，写其真情者，屈原、杜甫而外，复有几人堪与同日而语哉。夫世人之所以许陶公者，莫不谓其冲远高洁，固矣。其自述云："闲静少言，不慕荣利。"又云："环堵萧然，不蔽风日，短褐穿结，箪瓢屡空，晏如也。"颜延之亦称其"国爵屏贵，家人忘贫"。今试更以其出处进退求之，则其敝屣富贵，忘怀贫贱之志，诚有足多而不可几及者，然使仅斤斤焉执此以论其文，犹皮相耳。由今观之，吾人如欲评陶，所最宜审察者，厥为其思想人格之出发点是也。试分别论之。

一曰：时代思潮之反响也。陶公生当晋末，其思想出入孔、老玄、释而终归于儒。故养成任真任达任自然及乐天安命之人生观。如《连雨独饮》云："天岂去此哉，任真无所先。"《饮酒》云："羲农去我久，举世少复真。"又云："此中有真意，欲辨已忘言。"皆任真之意也。《神释》云："纵浪大化中，不喜亦不惧。应尽便须尽，无复独多虑。"《饮酒》又云："客养千金躯，临化消其宝。裸葬何必恶，人当解意表。"皆任达之意也。《归田园居》云："久在樊笼里，复得返自然。"又云："衣沾不足惜，但使愿无违。"《饮酒》亦云："纡辔诚可学，违己岂非迷。"《归去来辞序》云："质性自然，非矫厉所得。"此皆任自然之明验也。《读山海经》云："俯仰终宇宙，不乐复何如。"《归去来辞》云："聊乘化以归尽，乐夫天命复奚疑。"《自祭文》云："乐天委分，以至百年。"此皆乐天安命之旨也。凡兹所述，或为佛老思想，或为儒宗旨趣，或为诸家共有之人生哲学，至为明显，要皆由时代思潮激荡而成，非偶然也。盖自司马氏以篡窃得国，一时士夫多遭奇祸，八王之乱，屠戮异己为尤甚。故斯时人士咸抱忧生之

嗟,忧生不已,继以厌世,厌世不已,往往趋于颓废。是皆感于生命短促而生悲观之念,有以致之耳。故陶公《归田园居》诗云:

> 久去山泽游,浪莽林野娱。试携子侄辈,披榛步荒墟。徘徊丘陇间,依依昔人居。井灶有遗处,桑竹残朽株。借问采薪者,此人皆焉如。薪者向我言,死没无复余。一世异朝市,此语真不虚。人生似幻化,终当归空无。

杂诗又云:

> 日月不肯迟,四时相催迫。寒风拂枯条,落叶掩长陌。弱质与运颓,玄鬓早已白。素标插人头,前途渐就窄。家为逆旅舍,我为当去客。去去欲何之,南山有旧宅。

二诗皆古诗《驱车上东门》之意,其慨叹于岁月之掷人者深矣。他如"世短意恒多,斯人乐久生。"《九日闲居》"去去百年外,身名同翳如。"《和刘柴桑》"宇宙一何悠,人生少至百。岁月相催逼,鬓边早已白。"《饮酒》"所以贵我身,岂不在一生。一生复能几,倏如流电惊。"同上忧生之嗟诗文中屡屡见之,此诚人生之至悲也。虽然,为之奈何。当玄风盛行之际,道家齐彭殇而一万物之说,实足以暂慰吾心焉。且其时佛学已流播于中土,其影响于当时思想界最巨者,莫如慧远所结之白莲社。一时名流如刘遗民、周续之、宗炳、雷次宗等,俱入社念佛,世号十八贤。开释氏"净土"之宗。佛老宗旨相近,故其用亦不殊科,观于宗炳妻没,哀之过甚,既而辍哭寻理,悲情顿释。谓沙门慧坚曰:"死生之分,未易可达。三复至教,方能遣哀。"则六朝人士之笃信玄佛,又奚足怪。陶公虽未入莲社,而常与远公辈相往还,意必无形受其薰染。故恒有解悟生死之作也。然其儒教之渐渍甚深,终不欲逃于释、老以求安慰。观其诗屡称"先师"、"六经"、"鲁叟"、"颜生",可知矣。所谓"忧道不忧贫"《始春怀古田舍》,"被褐欣自得,屡空常晏如"《始作镇军参军经曲阿》,"贫富常交战,道胜无戚颜"《咏贫士》,"苟得非所钦"同上,"谁云固穷难,邈哉前世修"同上,"高操非所攀,深得固穷节"《与从弟敬远》,"不赖固穷节,百世当谁传"《饮酒》,"竟抱固穷节"同上,"斯滥岂彼志,固穷夙所钦"及"在己何怨天"《怨诗》云云者又可知矣。彼以儒训自持,故能律己严正若是,而无时流放浪苟且之行之。其用以排遣人生之悲哀者,乃借此杯中物。故耳故曰:"日醉或能忘。"《神释》又曰:"中觞纵遥情,忘彼千载忧。"《游斜川》又曰:"感彼柏下人,安得不为欢。清歌散新声,绿酒开芳颜。未知明日事,余襟良已殚。"《游周家墓柏下》又曰:"流幻百年中,寒暑日相推。常恐大化尽,气力不及衰。拨置且莫念,一觞聊可挥。"《还旧居》又曰:"得欢当作乐,斗酒聚比邻。盛年不重来,一日难再晨。及时当勉励,岁月不待人。"《杂诗》夫然则新酒初漉,只鸡招局,春秋佳日,登高赋诗。欢来苦日夕之短,言笑无厌倦之时,安心之理既得,尚何有于生死之悲怨,更何有于荣利之慕乎?《挽歌》云:"有生必有死,早终非促命。"此孟子所谓"夭寿不贰,修身以俟之,所以立命之意也"。《饮酒》云:"不觉知有我,安知物为贵。"此老子所谓"及吾无身,吾有何患"之意也,亦即孔子曲肱饮水、浮云富贵之意也。吾故谓陶公之人生观,出入孔老而终服膺于儒者也。

二曰:兴亡世变之刺激也。大凡易受激刺之人,必极富于情感。观陶公《与子俨等疏》及《祭程氏妹文》、《祭从弟敬远文》,其于家庭骨肉之间之情爱为何如？读其《停云》及《答庞参军》诸诗，其笃于亲友之情谊又如何？《移居》诗云："过门更相呼，有酒斟酌之。农务各自归，闲暇辄相思。相思则披衣，言笑无厌时。"是陶公者，一缱绻多情、坦率不拘之人也。惟多情故易感。永嘉以来，异族披猖，中原沦陷，二帝被虏，江左偏安。王、苏反于前，桓氏篡于后。内外交迫，国势阽危。义熙中，刘裕既立威名，柄权当国，司马氏不绝如带，无何而篡弑以成，晋祚以屋。宰辅之后，几历沧桑，兴亡世变之感，孰有如陶公者乎。故其诗于平淡之中，时露忼慷豪宕之气。顾亭林所谓淡然若忘于世，而感愤之怀有不能自止，而微见其情者是也。故曰："忆我少壮时，无乐自欣豫。猛志逸四海，骞翮思远翥。"《杂诗》五又曰："日月掷人去，有志不获骋。念此怀悲凄，终晓不能静。"《杂诗》二又曰："精卫衔微木，将以填沧海。刑天舞干戚，猛志故常在。"《读山海经》十《拟古》云：

  辞家夙严驾，当往至无终。问君今何行，非商复非戎。闻有田子泰，节义为士雄。其人久已死，乡里习其风。生有高世名，既没传无穷。不学狂驰子，直在百年中。

又如《咏荆轲》云：

  燕丹善养士，志在报强嬴。招集百夫良，岁暮得荆卿。君子死知己，提剑出燕京。素骥鸣广陌，慷慨送我行。雄发指危冠，猛气冲长缨。饮饯易水上，四座列群英。渐离击悲筑，宋意唱高声。萧萧哀风逝，淡淡寒波生。商音更流涕，羽奏壮士惊。心知去不归，且有后世名。登车何时顾，飞盖入秦庭。凌厉越万里，逶迤过千城。图穷事自至，豪主正怔营。惜哉剑术疏,奇功遂不成。其人虽已没,千载有余情。

读此等诗激励奋发,与越石起舞、士稚击楫之慨何异。朱子称陶诗有力健而意闲,隐者多是带性负气之人,盖真能知陶者也。又观《拟古》二首云:

少时壮且厉,抚剑独行游。谁言行游近,张掖至幽州。饥食首阳薇,渴饮易水流。不见相知人,惟见古时丘。路边两高坟,伯牙与庄周。此士难再得,吾行欲何求。

种桑长江边,三年望当采。枝条始欲茂,忽值山河改。柯叶自摧折,根株浮沧海。春蚕既无食,寒衣欲谁待。本不值高原,今日复何悔。

陶公当易代之际,伤时感事之作,辄见于篇。《拟古》诸诗,虽多讽托,而旨则甚显。所谓"首阳薇"、"山河改",固已明言之矣。他若《述酒》、《杂诗》、《读山海经》等篇,亦皆伤怀家国,有难言之隐痛。《咏荆轲》一诗亦为此而发,故《拟古》又以"首阳"、"易水"并提。激越悲凉光芒闪烁,要非富于情感之热肠人,不能为也。顾其田园里巷之诗,所以终归于平淡者,一则禀性偏激,富于情感之人,思想易起变化,其变化亦极速而剧。故世之热烈者一受刺激,往往一变而悲观,再变而消极,终则流为冷淡遗世之人焉。陶公虽未列居高位,而悱恻多情,初非甘遁之士。彼见晋室篡乱相寻,国亡无日,虽有志发奋为雄,终亦无救于败,志气阻丧势所必然。而其诗遂亦由豪迈而变平淡,然其销磨未尽之气之潜伏于意识中者,未尝不时时跃然欲出也。一则汉魏辞赋盛行之后,破碎繁芜,展转模拟,徒增厌恶。诗歌承潘、陆之余,堆砌辞华,了无生意。故以西晋诗赋论之，泰半皆匠人斫削而成之木居士也。故陶诗之变为平淡，乃自然之反响也。<small>陶公辞赋亦然。</small>杨升庵云："《晋书》：陶渊明读书不求甚解，余思其故，自两汉来训诂盛行，说五经文至二三万言，陶心厌之，故超然真见，独契古初，而脱废训诂。俗士不达，便谓其不求甚解矣。"然则陶诗之变其又厌于汉魏学术文章之嚣尘，而欲拥彗先驱以扫荡之欤。

锺嵘论陶诗："原出于应璩，又挟左思风力，文体省静，殆无长语。笃意真古，辞兴婉惬。每观其文，想其人德。世叹其质，直至如'欢言酌春酒'<small>《读山海经》之一</small>、'日暮天无云'<small>《拟古》之一</small>，风华清靡，岂直为田家语耶。古今隐逸诗人之宗也。"彼虽列陶作中品，而推之则甚至。惟应璩诗不多见，世多疑其言。叶梦得尝举《百一诗》谓与陶了不相类，不知锺氏何据。意记室所见休琏诗必多，决非妄臆之谈。如今所传休琏《三叟诗》，词旨浅率，与陶略近。且陶公《责子诗》亦通俗谐谑，确肖应氏。陶公豪放处亦与左思诸诗气象同，知锺氏之言非苟发也。今观陶诗佳处全在平淡自然而真性流露，盎然如见。无堆垛典实之习，无字雕句琢之病，毁裂词藻，唾弃字面，而一以自然出之。其影响至唐而渐著，王、储、孟、韦、柳、白诸公争相仿效，至宋苏氏尤酷爱之，一一追和，由是陶诗乃蔚然成文学史上之一大宗派焉。然古人诗终非可学而至者，性情才学之不同也。蔡宽夫曰："渊明诗，唐人绝无知其奥者。惟韦苏州、白乐天尝效其体，而乐天去之亦自远甚。"李宾之曰："陶诗质厚近古，愈读愈见其妙。韦应物稍失之平易，柳子厚则过于精刻。"真西山云："子厚语近而气不近，乐天学近而语不近。子厚气凄怆，乐天气散缓，各得其一，要于渊明未能尽似也。"沈归愚亦曰："王、储、韦、柳诸公，学焉而得其性之所近，则信手摹仿之不易也。坡公尝自谓《和陶诗》不甚愧原作，岂其然哉。"

陶公辞赋今传者三篇，《归去来辞》、《闲情赋》、《感士不遇赋》是也。《归去来辞》非骚非偶，夷旷萧散，洗尽蹈袭之气。昔欧阳公尝谓晋无文章，惟此篇而已。东坡亦极爱之。既次其韵，又衍为词，集为诗，岂徒以其人哉。《闲情赋》中有效《同声歌》及《定情诗》者，亦古今辞赋杰构，昭明谓其"白璧微瑕，惟在此赋"，直拘虚之见耳。故东坡讥其强作解事，宜也。《五柳先生传》为自述，《桃花源记》为寓言。祭文数篇，亦情词兼至，潘岳辈去之远矣。

陶诗四五言均美不胜收，其尤佳者如《饮酒》、《归田园居》、《咏贫士》、《拟古》等篇，不复具举云。_{昭明选陶诗甚少，亦见讥于东坡。}

第六章　回文诗及乐府歌辞

"回文诗"者，苻秦时窦滔妻苏蕙之所作也。蕙，始平人，字若兰，善属文。滔，苻坚时为秦州刺史，被徙流沙。苏氏思之，织锦为《回文旋图诗》以赠滔，宛转循环以读之，词甚凄惋。《晋书·列女传》工巧无比，亘古以来，所未有也。刘勰曰："回文所兴，则道原为始。"道原不知何人，或以为"原"当作"庆"，宋贺道庆也。果尔，道庆乃在苏若兰后，安得谓为始也。岂彦和未见《璇玑图诗》耶？故桑世昌以苏氏所作为回文之托始。以明创造之功焉。然考皮日休《杂体诗序》云："傅咸'反复'兴焉，温峤'回文'兴焉。""反复"亦"回文"也。皆在苏氏前，而《玉台新咏》所载苏伯玉妻《盘中》云"今时人，知不足。与其书，不能读，当从中央周四角。"_{今本《玉台》以为傅玄诗，辨见卷二。}自来以为汉诗，是殆回文体之最古者。然苏诗八百四十一字。而纵横斜正，反复交互，重字间字莫不成章。凡得三、四、五、六、七言诗三千余首。不可谓非古今之奇制也。且长虞、太真诸诗已不传,《盘中诗图》亦不传。<small>桑世昌《回文类聚》圆图,疑出杜撰。</small>且就现文观之,又不可回读。未审其所谓"在中央而周四角"者果何如。然则即以苏诗为回文之祖又奚不可。

唐武后《织锦回文记》云:"前秦苻坚时秦州刺史扶风窦滔妻苏氏,陈留令武功道贤第三女也。识知精明,仪容秀丽,行年十六,归于窦氏,滔甚敬之。然苏性近于急,颇伤嫉妒。滔字连波,风神秀伟,该通经史,允文允武,时论高之。苻坚委以心膂之任,备历显要,皆有政闻,迁秦州刺史。以忤旨谪戍敦煌,会坚寇晋襄阳,虑有危逼,借滔才略,乃拜安南将军,留镇焉。初,滔有宠姬赵阳台,歌舞之妙,无出其右。滔置之别所。苏氏知之,求而获焉,苦加捶辱。滔深以为憾。阳台又专形苏氏之短,谮毁交至。滔益忿。苏氏时年二十一,及滔将镇襄阳,邀其同往,苏氏忿之,不与偕行。滔遂携阳台之任,断其音问。苏氏悔恨有伤,因织'锦回文',五彩相宣,莹心耀目,其锦纵横八寸,题诗二百余首,计八百余言。纵横反覆,皆成文章,才情之妙,超今迈古,名曰'璇玑图'。然读者不能尽通,苏氏笑而谓人曰:'徘徊宛转,自成文章,非我佳人,莫之能解。'遂发苍头赍致襄阳焉。滔省览锦字,感其妙绝。因送阳台之关中,而具车徒盛礼邀迎苏氏,恩好愈重。苏氏著文词五千余言。属隋季丧乱,文字散落。而锦字回文,盛见传写,是近代闺怨之宗旨。属文之士,咸龟镜焉。"武后此记较《晋书》为祥,且苏氏"回文"之作乃因窦滔之嬖宠姬,冀其悔悟耳,非以滔谪徙流沙也。观诗中"匹离飘浮江湘津"及"逸人作乱闱庭"、"奸凶害我忠贞"、"祸原肤受难明"、"所恃滋极骄盈"、"远离殊我同衾"、"废故君子惟新"、"辜罪离间旧新"等语。则后之所记为得其实矣。兹录其诗图如左,而示示其读例焉。

璇　玑　图

琴	清流楚激弦商	秦	曲发声悲摧藏	音	和咏思惟空堂	心	忧增慕怀惨伤	仁
芳	厢东步阶西游	王	姿淑窈窕伯召	南	周风兴自后妃	荒	经离路所怀叹嗟	智
兰	休桃林阴翳桑	怀	归思广河女卫	郑	楚樊厉节中闱	淫	遐旷路伤中情	怀
凋	翔飞燕巢双鸠	土	迤逶路遐志咏	歌	长叹不能奋飞	忘	清帏房君无家	德
茂	流泉情水激扬	眷	顾其人硕兴齐	商	双发歌我袞衣	想	华饰容朗镜明	圣
熙	长君思悲好仇	旧	蕤葳粲翠荣曜	流	华观冶容为难	感	英曜珠光纷葩	虞
阳	愁叹发容摧伤	乡	悲情我感商清	徵	宫羽同声相追	所	多思感谁为荣	唐
春	方殊离仁君荣	身	苦惟艰生患多	殷	忧缠情将如何	钦	苍穹誓终笃志	真
墙	禽心滨均深身	加	怀忧是婴藻文	繁	虎龙宁自感思	岑	形荧城荣明庭	妙
面	伯改汉物日我	兼	思何漫漫荣曜	华	雕旗孜孜伤情	幽	未犹倾苟难闱	显
殊	在者之品润乎	愁	苦艰是丁丽壮	观	饰容侧君在时	岩	在炎在不受乱	华
意	诚感步育浸集	悴	我生何冤充颜	曜	绣衣梦想劳形	峻	谨盛戒义肤作	重
感	故昵飘生愆殃	少	章时桑诗端无	终	始诗仁颜贞寒	嵯	深兴后姬原人	荣
故	遗亲飘施思愆	精	徽盛翳风此平	始	璇情贤衰物岁	峨	虑渐孽班祸逸	章
新	旧闻离天罪辜	神	昭恨感兴作苏	心	玑明别改知识	深	微至婴女因佞	臣
霜	废远微地积何	遐	微业孟鹿丽氏	诗	图显行华终凋	渊	察大赵婕所奸	贤
冰	故离隔德悲因	幽	玄倾宣鸣辞理	兴	义怨士容松	重	远代氏好恃凶	惟
齐	君殊乔贵其备	旷	悼思防怀日往	感	年哀念是咎愆	涯	祸用飞辞滋害	圣
洁	子我木平根尝	远	叹永感悲思忧	远	劳情谁与独居	经	在昭燕輦极我	配
志	惟同谁均难苦	离	威威情哀暮岁	殊	叹时贱女何叹	网	防萌实汉骄忠	英
清	新衾阴匀寻辛	凤	知我者谁世异	浮	奇倾鄙贱何如	罗	萌青生成盈贞	皇
纯	精志一专所当	麟	沉流颓逝异浮	沉	华英翳曜潜阳	林	西昭景薄榆桑	伦
望	微精感通明神	龙	驰若然倏逝惟	时	年殊白日西移	光	滋愚谗浸顽凶	匹
谁	云浮寄身轻飞	昭	亏不盈无衰必	盛	有衰无日不陂	流	蒙谦退休孝慈	离
思	辉光饰粲殊文	德	离中体一违心	意	志殊愤激何施	电	疑危远家和雍	飘
想	群离散妾孤遗	怀	仪容仰俯荣华	丽	伤身将与谁为	逝	容节敦贞淑思	浮
怀	悲哀声殊乖分	圣	贽何情忧感惟	哀	忘节上通神祇	推	持所贞记自恭	江
所	春伤应翔雁归	皇	辞成者作体下	遗	茞菲采者无差	生	从是敬孝为基	湘
亲	刚柔有女为贱	人	房幽外已悯微	身	长路悲旷感士	民	梁山殊塞隔河	津

读法示例 回文诗图古无悉通者。盖璇玑之义,如日星之左右行天,故布为经纬,由中旋外,以旁循四旁,于其交会皆契韵句。巡还反复,窈窕纵横,各能妙畅。又以颜色分其篇章,所谓五彩相宜是也。其在经纬者,始于"玑苏诗始"四字,其在节会者,右旋而出,随其所至,各成章什。外经则始于仁、真,至于音、心,中经自钦、深,至于身、殷。内经自诗、情至于终、始,皆循方回文者也。四角之方,如仁、真、钦、心,四韵成章,而回文者也。至其经纬之间,随色自分,则四角窈窕成文,而文皆三言也。四旁者相对成文,而皆六言也。及交手成文 四旁相背,四句处第一句与三句之背共其三字,而此三字相背顺逆不同,谓之交手成文。如"周南召伯窈窕淑姿"、"召南周风兴自后妃"是也。又如后例。而皆四言也。在中之四角者,一例横读而四言。在中之四旁者随向横读而五言,惟"璇图平氏"四字不入章句,而中极"始平苏氏诗心璇玑图"九字又一篇之总题也,此其大略也,爰举数例,以便省览,读者可隅反矣。

(一)三言诗

嗟叹怀,所离经。遐旷路,伤中情。家无君,房帏清。华饰容,朗镜明。葩纷光,珠曜英。多思感,谁为荣。回读一首。

"经离"至"思多"一首 回读一首

怀叹嗟,所离经。路旷遐,伤中情。君无家,房帏清。容饰华,朗镜明。光纷葩,珠曜英。感思多,谁为荣。

"谁为"至"叹嗟"、"所离"至"思多"、"感思"至"离经"。各一首,读法准此。"嗟叹"至"为荣"取右半,回读一首,"经离"至"思多"取左半,回读一首,"怀叹"至"为荣"取右半自左而右读之,又"谁为"至"叹嗟"一首。"所离"至"思多"取左半自右而左读之,又"感思"至"离经"一首。"嗟叹"至"思多"取右半之一三五行与左半之二四六行自右而左错综读之,共六句,回读一首,"经离"至"为荣"取左半之一三五行与右半之二四六行自左而右读之,共六句,回读一首,"怀叹"至"思多"取右半之一三五行与左半之二四六行相背读之,共六句,又"感思"至"叹嗟"一首。"所离"至"为荣"取左半之一三五行与右半之二四六行相背读之,共六句,又"谁为"至"离经"一首。

(二)四言诗

"召南"至"相追"自左而右共十二句,"周南"至"情悲"自右而左共十二句,"清徵"至"后妃","宫徵"至"淑姿","兴自"至"相追"六句,"同声"至"后妃","窈窕"至"情悲","感我"至"淑姿","兴自"至"情悲"中空五字。左右相背,而读之共十二句。"同声"至"淑姿","窈窕"至"相追","感我"至"后妃"。

召南周风,兴自后妃。楚郑卫女,《河广》思归。至情悲共十二句。每行起句皆各自中经外一字起相背交错而读之"周南"至"相追"、"清徵"至"淑姿"、"宫徵"至"后妃"。兴自后妃,河广思归。至情悲共六句。取右边之一三五行与左之二四六行相背错综而读之"窈窕"至"相追"、"同声"至"淑姿"、"感我"至"后妃"。窈窕淑姿,兴自后妃。厉节中闱,河广思归。至情悲共十二句。中空五字。每于双句之边重为起句,如是相背而读之。"兴自"至"相追","同声"至"后妃","感我"至"淑姿"。周南召伯,兴自后妃。楚郑卫女,厉节中闱。至"相追"共十二句"召南"至"情悲","宫徵"至"后妃","清徵"至"淑姿"。以上四例,皆句与句间空一字,背驰往复而读之。

此外内经"诗情"至"终始"及其四角"思感"至"劳形"等，又外经四角"怀所"至"思多"等皆为四言诗也，不复备举。

（三）五言诗

"寒岁"至"行士"顺读四句，回读一首，"松凋"至"贤仁"倒读四句，回读一首，"寒岁"至"贤仁"。一顺一反，回读一首，"松凋"至"行士"。一反一顺，回读一首。"寒岁"至"终始"，一四三二为序。顺读四句。"仁贤"至"华容"。四一二二为序，顺读。"松凋"至"物贞"，一四三二为序，倒读四句。"士行"至"衰颜"，四一二三为序，倒读。"贞物"至"凋松"，二三四一为序，顺读四句。"颜衰"至"行士"，三二一四为序，顺读。"始终"至"岁寒"。二三四一为序，倒读四句。"容华"至"贤仁"，三二一四为序，倒读。

此外与此相对之"诗风"至"微玄"，及上旁之"龙虎"至"绣衣"，下旁之"衰年"至"奇倾"，中经之"诗情"十六字，每句末重一字则为五言四句。外经四角之"叹怀"至"思多"等，反覆向背，窈窕回环，皆可读成五言诗，兹不悉举。

（四）六言诗

"周风兴自后妃"至"宫羽同声相追"。自左而右，共六句。"召伯"至"情悲"，自右而左，六句。"宫羽"至"后妃"，从右下起。自右而左六句。"清商"至"淑姿"，从上下起，自右而左，六句。"周风兴自后妃，召伯窈窕淑姿"至"宫羽同声相追，清商感我情悲。"间中经一行左右相背读之。一、三、五、七、九、十一自左而右，二、四、六、八、十、十二自右而左，共十二句。"召伯"至"相追"，与上相反。"清商"至"后妃"，从左下起。"宫羽"至"淑姿"，从右下起。"召伯窈窕淑姿，周风兴自后妃。楚樊励节中闱，卫女河广思归"至"情悲"。每落句之下更为起句，如是窈窕相背而读之，共十二句。"清商"至"淑姿"，从左下起。"周风"至"相追"，从右上起。"宫羽"至"后妃"，从右下起。"召伯窈窕淑姿，楚樊厉节中闱"至"相追",左取一、三、五,右取二、四、六共六句。"周风"至"情悲"与上相反,"宫羽"至"淑姿"从右下起,"清商"至"后妃"从左下起。

此外下方之"年殊"至"成辞",及左方之"废故"至"我身",右方之"奸凶"至"未形",皆准此类推。

(五)七言诗

"仁智"至"江湘"直下,"仁智"至"惨伤"一角四围,"真志"至"虞唐"同上,"钦所"至"穹苍"同上,"心忧"至"淫荒"同上,"钦所"至"荣章"曲折而下。"心忧"至"英皇"同上,"真妙"至"山梁"同上,"臣贤"至"路长"同上,"臣贤"至"流光"同上,"伦匹"至"幽房"同上,"伦匹"至"榆桑"一角四围,"津河"至"柔刚"横纬,"津河"至"江湘"一角四围余类推。"智怀"至"湘津",下直余类推。"嗟中"至"春亲","厢桃"至"基津"。"春哀"至"嗟仁","基自"至"厢琴",退一字斜读之。其取斜读一句或二句不等者,于节会之际又可与其他经纬成诗,旁侧上下咸无窒碍。

图中七言诗最多不能遍举。

有晋乐府歌辞,其施于郊祀飨神之作,率文士奉命拟制,摹仿前辞,一无足观。武帝受命之初,百度草创,泰始二年,诏郊祀明堂,礼乐权用魏仪。但改乐章,使傅玄为之词。泰始九年,荀勖作古尺以调声韵,而以张华等所作歌辞陈诸下管。永嘉丧乱,伶官乐器没于刘、石,曲台宣榭,咸变污莱。江左初定,太常专职,莫识其名。虽其后象舞歌工,自胡渐返,而残阙不备,百不获一焉。太宁末,明帝令阮孚等增益之。咸和中,成帝乃复置太乐官,鸠集遗逸,而犹未有金石也。庾亮为荆州,与谢尚修复雅乐,未具而亮卒。永和中,谢尚镇寿阳,复采拾乐人以备大乐。并制石磬,雅乐始颇具。及太元中,破苻坚,又获其乐工杨蜀等闲习旧乐,于是四厢金石始备。乃使曹毗等增造宗庙歌诗,此两晋祭飨乐歌沿革之大略之。参阅《晋书·乐志》。顾其时歌诗之作,亦不过如魏之王粲、缪袭等不改前音,但制新词而已。今观傅玄、张华、荀勖、成公绥、曹毗、王珣诸人所作,如郊庙、燕射、鼓吹、舞曲等歌辞,类多仿效《诗·颂》,以四言为主,三言、五言则极少。而刚侯鼓吹二十二曲,则全蹈熙伯,虽各章文词不拘一式,而其所改标题,明明《获吕布》、《克官渡》之数也。总览诸辞,歌颂功德,陈陈相因,绝无文学价值。盖自《安世房中》以后,无足称焉。

顾晋世乐府有绝妙之歌诗焉。则清商乐吴声歌曲中之《子夜》诸歌是也。清商乐者,一曰清乐。清乐者,九代之遗声,其始即相和三调是也,并汉魏已来旧曲,其辞皆古调。王室播迁,其音分散。宋武定关中,因而入南,自是南朝文物最盛,民谣国俗,世有新声。后魏孝文、宣武相继南伐,收其声伎,得江左所传中原旧曲,及江南吴歌、荆楚西声,总谓之清商乐,殿庭飨宴则兼奏之。梁、陈亡乱,存者盖寡。隋文帝善其节奏,叹为华夏正声。复略加损益,更定新律吕乐器,置清商署掌之。中更丧乱,至唐武后时,不重古曲,寖以亡缺,存者仅矣。参阅《乐府诗集》。吴声歌者,《晋书·乐志》云:"吴歌杂曲,并出江南。东晋以来,稍有增广。诸曲始皆徒歌,既而被之篇弦。"盖自永嘉渡江之后,下及梁、陈,咸都建业,吴声歌曲起于此也。《子夜歌》者,《唐书·乐志》云:"晋曲也,晋有女子名子夜,造此声,声过哀苦。"今按晋、宋《乐志》,并称孝武太元中,琅琊王轲之家有鬼歌《子夜》。然则子夜乃太元以前时人矣。后人更为四时行乐之词,谓之《子夜四时歌》。又有《大子夜歌》、《子夜警歌》、《子夜变歌》皆典之变也。选录若干首,资观览焉。

宿昔不梳头,丝发被两肩。婉伸郎膝下,何处不可怜。
见娘善容媚,愿得结金兰。空织无经纬,求匹理自难。
始欲识郎时,两心望如一。理丝入残机,何悟不成匹。
前丝断缠绵,意欲结交情。春蚕易感化,丝子已复生。
自从别郎来,何日不咨嗟。黄蘖郁成林,当奈苦心多。
高山种芙蓉,复经黄蘖坞。果得一莲时,流离婴辛苦。
郎为旁人取,负侬非一事。摛门不安横,无复相关意。
年少当及时,蹉跎日就老。若不信侬语,但看霜下草。
欢愁侬亦惨,郎笑我便喜。不见连理树,异根同条起。
感欢初殷勤,叹子后辽落。打金侧瑇瑁,外艳里怀薄。
谁能思不歌,谁能饥不食。日冥当户倚,惆怅底不忆。
揽裙未结带,约眉出窗前。罗裳易飘飘,小开骂春风。
夜长不得眠,转侧听更鼓。无故欢相逢,使侬肝肠苦。
欢从何处来,端然有忧色。三唤不一应,有何比松柏。
念爱情慊慊,倾倒无所惜。重簾持自鄣,谁知许厚薄。
夜长不得眠,明月何灼灼。想闻散唤声,虚应空中诺。
我念欢的的,子行由豫情。浓雾隐芙蓉,见莲不分明。
侬作北辰星,千年无转移。欢行白日心,朝东暮还西。
怜欢好情怀,移居作乡里。桐树生门前,出入见梧子。
遣信欢不来,自往复不出。金铜作芙蓉,莲子何能实。
寝食不相忘,同坐复俱起。玉藕金芙蓉,无称我莲子。

此歌共四十二首,每首皆四句,极似唐人五言绝句。盖晋乐府中之南方平民文学也。其词旨天然浑成,有如《十九首》及其他汉魏乐府古辞。所谓"歌谣数百种,子夜最可怜。慷慨吐清音,明转出天然"者也。岂文人所拟庙堂乐歌,专以摹古为事,而枯槁拙劣、绝无文艺风趣者所可并论哉。而其中所有字句,如以匹为配、以藕为偶、以丝为思、以莲为怜、以芙蓉为夫容、以梧子为吾子,若斯之类,语妙双关。如后世无晴、有晴之意,尤为摹古作者所未梦见矣。其余《子夜四时》等歌,虽或不尽晋辞,《乐府》于《子夜》诸歌,概题作晋宋齐辞,盖自《子夜》所作以外,或非晋辞。要其同属民间文学,抒情写爱,自然真挚则一也。吴声歌中又有《上声》、《欢闻》、《欢闻变》、《前溪》、《阿子》、《团扇》亦作桃叶作、《懊侬》及西曲歌中之《月节折扬柳》等歌,其作者或有名,或无名,其时代或可考,或不可考。性质相同,时有佳什,不复详论矣。

卷　　四

第九篇　宋文学

第一章　宋初文学与南朝风尚之转捩

　　有宋文学,承东晋之余绪,导南朝之先河,实为吾国中古文学一大转变之枢机。其与魏晋显然大异者有二:即此后诗歌渐变为辞赋,而辞赋复渐变为诗歌是也。盖元嘉以后之诗歌,于文则渐以对偶、声律为精工,于质则务以隶事繁富为可喜。是以声调务求其谐叶,词藻务求其华缛,而内容必极其典重者,与魏晋以前之辞赋何异焉。故斯时诗歌直可谓这辞赋化,易言之,即辞赋式的诗歌耳。而南朝辞赋则不然,声音渐变而柔婉,颜色益趋于绮丽,而内质复力求空灵,是又与建安、正始间之诗歌大致无别。故此后辞赋亦可谓之诗歌化。易言之,即诗歌式的辞赋耳。惟此文学上两种相反之方向,其转变之动机,已远伏于魏晋。如陈思、潘、陆之诗,仲宣、渊明之赋,皆其明征。特其风气至元嘉而始著,迄永明以后而始盛耳。斯文学变迁之恒态也。顾其所以致变而成风气,此亦非偶然。尝考其故,不外三端。

　　一曰文笔之区分。晋以前文学所该者广,诗、赋以外,一切论学、论政、述事、记言及诏、令、章、奏之篇,皆得谓之文。晋以后文笔既分，而文学之范围渐狭，文学之意义益明。质言之，即斯时纯文学之独立与其艺术的价值已为一般人士所共认是也。考《晋书·蔡谟传》，称其文笔议论有集行于世。而张翰、曹毗、成公绥诸传，亦均以文笔并举，或云诗赋杂笔，此文笔始分之明证也。自是以降，如《宋书·傅亮传》言高祖登庸之始，文笔皆是记室参军滕演。《沈怀文传》言弟怀远颇闲文笔。《南史·颜延之传》，记宋文帝问延之诸子才能，延之曰"竣得臣笔，测得臣文"。余如南北朝诸史所载文笔并称，或言辞笔、诗笔者，不可缕述。详见阮元《文笔对》及刘申叔先生《文笔词笔诗笔考》。顾文笔之文界以何者为经界耶？《南史·范晔传》晔与诸甥侄书曰："手笔差易，文不拘韵故也。"《文心雕龙·总术》篇云："今之常言，有文有笔。以为无韵者笔也，有韵者文也。"是皆以有韵无韵分文笔也。梁元帝《金楼子·立言》篇云："不便为诗如阎纂，善为章奏如伯松，若是之流，泛谓之笔。吟咏风谣，流连哀思者谓之文。"又云："笔退则非谓成篇，进则不云取义，神其巧惠，笔端而已。至如文者，惟须绮縠纷披，宫徵靡曼，唇吻遒会，情灵摇荡。而古之文笔，与今之文笔，其源又异。"此不独以韵分文笔，且当视其颜色之丽，与声音之谐以为断。为昭明所谓"沉思翰藻"之文也。齐梁时文笔诚为二事，然亦对举之而始分耳。若通常所谓之文，亦可以赅笔也。惟其时文家既以藻韵为宗，非此则不得称文，是以孜孜焉，咸竞以讲求乎文章之艺术为能事，流连荒亡而莫知返也。

　　二曰声律之兴起。南朝文学之特色厥为声律之讲求。自魏李登撰《声类》一书，以五声命字，而晋吕静仿其法以作《韵集》，宫商角徵羽各为一篇。《魏书·江式传》。逮乎宋世，遂取为文章之准绳。如范蔚宗自谓能别宫商，识清浊轻重之分，以济艰难是也。然其所谓清浊轻重者,即诗文中之平仄而已。更齐梁而其军愈张,其辨愈微,而拘忌亦愈多。《南史·陆厥传》云:"永明末盛为文章,吴兴沈约、陈郡谢朓、琅玡王融以气类相推毂。汝南周颙善识声韵,为文皆用宫商,以平上去入为四声,以此制韵,有平头、上尾、蜂腰、鹤膝。五字之中,音韵悉异;两句之内,角徵不同。不可增减,世呼为永明体。"而《梁书·庾肩吾传》又云:"齐永明中,王融、谢朓、沈约文章始用四声,以为新变。至是转拘声韵,弥尚丽靡,复逾于往时。"观此则本朝文家之风尚可知矣。《文心雕龙·声律》篇更详论之曰:"凡声有飞沉,响有双叠。双声隔字而每舛,叠韵杂句而必睽。沉则响发而断,飞则声飏不还。并辘轳交往,逆鳞相比。迂其际会,则往蹇来连,亦文家之吃也。按此已引见卷一第一篇。夫吃文为患,生于好诡。逐新趣异,故喉唇纠纷。将欲解结,务在刚断。左碍而寻右,末滞而讨前。则声转于吻,玲玲如振玉;辞靡于耳,累累如贯珠矣。是以声画妍蚩,寄在吟咏。滋味流于字句,气力穷于和韵。异音相从谓之和,同声相应谓之韵。韵气一定,故余声易遣;和体抑扬,故遗响难契。属笔易巧,选和至难;缀文难精,而作韵甚易。虽纤毫曲变,非可缕言。然振其大纲,不出兹论。"观此则南朝文家论韵之精,又非徒平仄一事而已。迨风气已成,文体新变,士流景慕,递相师祖,襞积细微,务为凌驾。影响所及迄于隋唐,文则由俪偶以进于四六,诗则由声韵以成为律体,皆声律之论有以先之也。

三曰玄风之衰替。自正始以讫永嘉,文章多平典似道德论。锺记室所谓"理过其辞,淡乎寡味"者也。建武以还,玄风之扇尤炽。词人染翰,莫不侔口老庄。诗必柱下之旨归,赋乃漆园之义疏。风起云涌,家有其篇矣。迨东晋末造,殷仲文、谢叔源等起而革之。虽影响甚微,然亦物极必反,自然趋势之表现。南朝文学转变之关键于是乎在。故《文心》论之曰:"宋初文咏,体有因革。庄老告退,而山水方滋。俪采百字之偶,争价一句之奇。情必极貌以写物,辞必穷力而追新。此近世之所竞也。"《明诗》其谓宋初缛丽之文,实继玄风衰歇而起。则南朝文学所以转变之由,固已意在言外,故曰"体有因革"也。盖自王、何以来,玄风既盛,士大夫竞以名理相标。其在两晋,如乐广之冲旷有理识,裴𬱟之善谈明理,卫玠、王敦之少有名理。并见《世说》注随流扬波,并为王、何之余绪。盖其所谓名理者,不外老庄,至东晋而佛乘继起,学者遂又多通释理。殷浩、孙绰之流,其尤著者也。玄风既畅,其流辄及于文学。他勿具论,即以诗赋韵文言之,刘伶之《酒德颂》,孙楚之《陟阳候诗》乃至陶公《神释》诸篇,莫不深受其影响。《世说·文学》篇称:"庾子山信作《意赋》成,从子文康见问曰:'若有意耶,非赋之能尽;若无意耶,复何所赋。'答曰:'正在有意无意之间。'"又言:"郭景纯诗林无静树,川无停流,阮孚称其泓峥萧瑟,实不可言,每读此文,辄觉神超形越。"然则两晋之文,不但好玄理清言而已,且其时艺林之评赏,亦非此则莫之重也。夫文章之美,贵乎词旨兼备。若徒有其质,则言虽玄远,与道书佛偈何以异?此元嘉以后作者所以力矫其弊,崇尚词华,而有"出水芙蓉","镂金错采"之目也。

又按刘宋文学颇极一时之盛,考其原因,奖劝之功居多。《宋书》本纪记文帝时于儒学、玄学、史学三馆之外,别立文学馆,使司徒参军谢元掌其事。见《南史·雷次宗传》。本纪又称:明帝立总明观,分儒、道、文、史、阴阳为五部。此皆以文学别于众学,提高其他位。故作者时时间出,彬彬焉极一时之选焉。文帝而外诸帝并好文学,《南齐书·王俭传》谓宋武帝好文章,天下悉以文采相尚。《明帝纪》亦谓帝爱文义，撰《江左以来文章志》，皆其证也。而临川王义庆，于诸王中尤爱文义才学之士，远近必至。袁淑、陆展、何长瑜、鲍照等并以辞章引为僚属，此尤与刘宋一代文学之兴盛有关者也。兹先述宋初之文学。

宋文帝 帝名义隆，武帝第三子。先封宜都王。徐羡之等废少帝，迎帝入承大统，寻诛诸废立者，后为子劭所弑。在位三十年。《南史·临川王义庆传》谓帝好文章，自谓人莫能及。其文集今不传。有《登景阳楼》及《北伐》诗，并全篇对偶甚工。如《登景阳楼》之"瑶轩笼翠幌，组幕翳云屏"，饶有律诗意味。

何承天 何承天，东海郯人。宋武起义初，抚军将军刘毅镇姑熟，授为行军参军。宋台建，为尚书祠部郎，与傅亮共撰朝仪。谢晦镇江陵为南蛮长史，晦进号卫将军，转咨议参军，领记室。元嘉三年，文帝讨晦，承天自诣归罪，见宥。后兼尚书左丞。性刚愎，不能屈意朝右，颇以所长侮同列，出为衡阳内史。十六年除著作佐郎，撰国史。年已老，而诸佐郎并名家年少，颍川荀伯子嘲之，常呼为姥母。承天曰：卿当云凤凰将九子，姥母何言耶。寻迁御史中丞。时魏军南伐，文帝访群臣捍御之略，承天上《安边论》。素好弈棋，又喜弹筝，博见古今，为一时所重。而性褊促，元嘉二十四年，坐免官，卒于家。年七十八。尝删减《礼》论，以类相从，凡三百卷。又改定《元嘉历》，改漏刻，用二十五箭。其文今传者，有《木瓜赋》、《鼓吹铙歌》十五首，颂赞五首。据《宋书·乐志》，《鼓吹铙歌》十五篇，乃晋义熙中承天私造，则此歌竟不得为宋文矣。今考其辞篇名仍旧，或为三言或为五言，或三言七言相杂，文辞清隽，而古茂之气全失。先承天而拟作《铙歌》者，有缪袭、韦昭已见前卷。《木瓜》赋心澹泊，则郭景纯《蚍蜉》类耳。

傅亮 傅亮字季友，北地灵州人，晋司隶校尉咸之玄孙也。博涉经史，尤善文辞。晋义熙中，迁中书黄门侍郎，直西省。宋武帝以为太尉从事中郎。宋国初建除侍中，领世子中庶子，加中书令。从还寿阳，武帝有受禅意而难于发言。亮独悟旨，至都，即征帝入辅。永初元年，加太子詹事，封建城县公，入直中书省，专典诏命，以亮任总国权。自此至武帝受命，表册文诰，皆亮辞也。二年，加尚书仆射。帝不豫，与徐羡之、谢晦并受顾命。少帝即位，进中书监，尚书令，领护军将军。少帝废，亮奉迎文帝于江陵，率百僚诣门拜表，威仪甚盛。文帝问少帝及庐陵王义真薨废本末，悲哭呜咽，侍者莫能仰视，亮流汗沾背不能答。及文帝即位，加左光禄大夫，开府仪同三司，进爵始兴郡公。元嘉三年诛。亮之方贵，兄迪每深诫焉，而不能从。及见世路屯险，著论名曰《演慎》。尝直宿禁中，睹夜蛾赴烛，作《感物赋》以寄意。初奉大驾，道路赋诗三首，其一篇有悔惧之辞。自知倾覆，求退无由。又作《辛有穆生》、《董仲道赞》称其见微之美云。有《喜雨赋》、《登陵嚣馆赋》、《登龙冈赋》、《芙蓉赋》、《征思赋》、《感物赋》及诗四首。文殊、弥勒赞二首。赋惟《感物》为完篇。其自序谓此先师所以鄙智，及齐客所以难日论也。则亮之得祸，初亦未尝不知，特不能勇退以保身，此所谓仁不能守者也。诗亦惟《奉驾道路所赋》五言为全，余皆缺篇耳。

宋初文士甚众，其重要作家如何承天、傅亮等文多失传，无从窥其全豹。观其见存之作，尚不足以副其名也。自余如王韶之作郊庙、燕射歌辞数十首，见《宋书·乐志》_{详后章}。又有《赠潘综吴逵举孝廉》诗六章_{四言}，《咏雪离合诗》一首_{骚体}，谢晦有《彭城会》诗一首，《怨人道》一篇_{见本传}。孔欣有乐府诗二首，《祠太庙》一首。其乐府《相逢狭路间》一首，虽似有道之言，然其词亦自可诵。伍缉之《劳歌》二首，如云"月色似冬草，居身苦且危。幽生重泉下，穷年冰与澌"，亦佳句也。郑鲜之有《张子房庙》诗一首，虽非全文，而雄伟之气可见。范泰有《经汉高庙》及《鸾鸟诗》各一首，一则豪宕，一则凄恻。为必当日高手，惜其文不多耳，录其《鸾鸟诗》如下。

昔罽宾王结罝峻卯之山，获一鸾鸟，王甚爱之。欲其鸣而不致也。乃饰以金樊，飨以珍羞，对之愈戚。三年不鸣。其夫人曰尝闻鸟见其类而后鸣，何不悬镜以映之。王从其意，鸾睹形悲鸣，哀响冲宵，一奋而绝。嗟乎，兹禽何情之深。昔锺子破琴于伯牙，匠石韬斤于郢人。盖悲妙赏之不存，慨神质于当年耳。矧乃一举而殒其身者哉？悲夫。乃为诗曰：

神鸾栖高梧，爰翔霄汉际。轩翼飏轻风，清响中天厉。外患难预谋，高罗掩逸势。明镜悬高堂，顾影悲同契。一激九霄音，响流形已毙。

第二章　颜延之与谢灵运

宋代逸才，辞翰鳞萃，元嘉文胜，颜、谢尤为杰出。《宋书·颜延之传》云："爰逮宋氏，颜、谢腾声。灵运之兴会飙举，延年之体裁明密，并方轨前秀，垂范后昆。"则颜之与谢，亦犹鲁、卫之政，伯仲之间耳。虽然由今日观之，颜不及谢远矣。虽当时声誉不相上下，并称已非一日，然并时文士，早有定评。故锺氏跻谢于上品，而以颜居其次。又谓谢客为元嘉之雄，颜延年为辅。斯诚公允论，非爱憎之私所得而轩轾也。

颜延之 颜延之字延年,琅琊临沂人也。少孤贫,居负郭,室巷甚陋。好读书,无所不览。文章之美,冠绝当时。饮酒不护细行。年三十,犹未婚。将军吴国内史刘柳以为行参军,因转主薄。豫章公世子中军行参军。义熙十二年,高祖北伐,有宋公之授,府遣一使庆殊命,参起居。延之奉使至洛阳,道中作诗二首,文辞藻丽,为谢晦、傅亮所赏。宋国建,举为博士。高祖受命,补太子舍人。永初中,征周续之诣京师,开馆以居之,令讲经义。延之每折以简要,连挫之。上又使还自敷释,言约理畅,莫不称善。徙尚书仪曹郎、太子中舍人。时尚书令傅亮自以文义之美,一时莫及。延之负其才辞,不为之下,亮甚嫉焉。庐陵王义真颇好辞义,待接甚厚,徐羡之等疑延之为同异,意甚不悦。少帝即位,出为始安太守。延之之郡,道经汨潭,为湘州刺史张劭作《祭屈原文》以致其意。元嘉三年,羡之等诛,征为中书侍郎。寻转太子中庶子,顷之领步兵校尉,赏遇甚厚。延之好酒疏诞,不能斟酌当世。见刘湛、殷景仁等当要任,意有不平。常云"天下之务,当与天下共之,岂一人之智所能独了"。辞甚激扬,每犯权要。谓湛曰:"吾名器不升,当由作卿家吏。"湛深恨焉,言于彭城王义康,出为永嘉太守。延之甚怒愤,乃作《五君咏》以述竹林七贤,山涛、王戎以贵显被黜。湛及义康以其辞旨不逊,大怒。既而屏居里巷,不豫人间者七载。与中书令王球善,常罄匮,球辄赡之。晋恭思皇后葬,应须百官。湛之取义熙元年除身,以延之兼持。邑吏送礼,延之醉,投札于地曰:"颜延之未能事生,焉能事死。"闲居无事,为《庭诰》之文。刘湛诛,起为始兴王濬后军咨议参军,御史史丞。在任纵容,无所举奉。复为秘书监,光禄勋,太常。时沙门释慧琳以才学为太祖所赏爱,每召见常升独榻,延之甚嫉焉。因醉白上曰:"昔同子参乘,袁丝正色。此三台之坐,岂可使刑余居之。"上变色。延之性既偏激,兼有酒过,肆意直言,曾无遏隐,故论者多不与云。居身清约,不营财利,布衣蔬食,独酌郊野。当其为适,旁若无人。二十九年,上表自陈,不许。明年,致事。元凶弑立,以为光禄大夫。世祖登祚,以为金紫光禄大夫,领湘乐王师。子竣既贵重,权倾一朝,凡所资供,一无所受。器服不改,宅宇如旧。常乘羸牛笨车,逢竣卤簿,即屏往道侧。又好骑马游里巷,遇知旧,辄据鞍索酒,得酒必颓然自得。常语竣曰:"平生不喜见要人,今不幸见汝。"竣起宅,谓曰"善为之,无令后人笑汝拙也"。表解师职,加给亲信三十人,孝建三年卒。年七十三,谥曰宪子。

延之诗歌,今有《南郊登歌》三首。_{元嘉二十二年诏延之作,天地郊夕牲迎送神飨神雅乐登歌三篇,见《宋书·乐志》}。《秋胡诗》九章、《从军行》《挽歌》各一首。_{以上乐府诗}。元嘉十一年二月,禊饮于乐游苑,祖道江夏王义恭、衡阳王义季。诏会者赋诗,有《诏宴曲水作》诗一首_{四言八章}。二十年三月,作《皇太子释奠》诗一首_{四言九章}。又有《三月三日诏宴西池》诗、《为皇太子侍宴饯衡阳南平二王应诏》诗,_{并四言}。《应诏观北湖田收》、《车驾幸京口侍游蒜山作》、《三月三日侍游曲阿后湖作》、《拜陵庙作》、《赠王太常》、《和谢监灵运》、《北使洛》、《登马陵城楼作》、《五君咏》_{五首}。等数十首。辞赋有《赭白马赋》,其《白鹦鹉》、《寒蝉》、《行殣》、《七绎》诸篇并缺佚不全。又有《祭屈原文》、《陶征士诔》及颂赞箴铭连珠等若干篇。

《诗品》称:"其诗源出于陆机,尚巧似,体裁绮密。情喻渊深,动无虚散,一句一字,皆致意焉。又喜用古事,弥见拘束。虽乖秀逸,是经纶文雅才。雅才减若人,则蹈于困踬矣。"其论至确。今观

其诗,凝厚典质,钩深持重。词止则意尽,乏清新俊逸之致。盖功力有余,天才不足故也。例如《赠王太常》云:

> 玉水记芳流,璇源载圆折。蓄宝每希声,虽秘犹彰彻。玲珑瞭九渊,闻风窥丹穴。历听岂多士,肖然觏时哲。舒文广国华,敷言远朝列。德辉灼邦懋,芳风被乡歂。侧同幽人居,郊扉常昼闭。林间时晏开,亟回长者辙。庭昏见野阴,山明望松雪。静惟浃群化,徂生入穷节。豫往诚欢歇,悲来非乐阕。属美谢繁翰,遥怀具短札。

此诗典则厚重,气体魄力则有余,灵爽活俊则不足。"豫往"二句死对尤拙。沈归愚讥其用笔太重,非诗人本色。方植之谓其完密凝厚,可为赠诗之式,然不免方板。比之于谢,几有山无草木、树无烟霞之病。非酷评也。然在延之诗中,此篇尚不失为有生气者,"庭昏"二句,有宣城、水部之胜焉。又如《始安郡还都与张湘州登巴陵城楼作》一首云:

> 江汉分楚望,衡巫奠南服。三湘沦洞庭,七泽蔼荆牧。经途延旧轨,登闉访川陆。水国周地险,河山信重复。却倚云梦林,前瞻京台囿。清雾霁岳阳,曾晖薄澜澳。凄矣自远风,伤哉千里目。万古陈往还,百代劳起伏。存没竟何人,炯介在明淑。请从上世人,归来艺桑竹。

此首气象宏敞,波澜稍活。古人登眺之作,似此无可置议。然终觉典则乏味者,则气质之为累也。至其佳篇则当推《五君咏》,录之如次：

> 阮公虽沦迹，识密鉴亦洞。沉醉似埋照，寓辞类托讽。长啸若怀人，越礼自惊众。物故不可论，途穷能无恸。（《阮步兵》）
> 中散不偶世，本自餐霞人。形解验默仙，吐论知凝神。立俗迕流议，寻山洽隐沦。鸾翮有时铩，龙性谁能驯。（《嵇中散》）
> 刘伶善闭关，怀情灭闻见。鼓钟不足欢，荣色岂能眩。韬精日沉饮，谁知非荒宴。颂酒虽短章，深衷自此见。（《刘参军》）
> 仲容青云器，实禀生民秀。达音何用深，识微在金奏。郭奕已心醉，山公非虚觏。屡荐不入官，一麾乃出守。（《阮始平》）
> 向秀甘淡薄，深心托毫素。探道好渊玄，观书鄙章句。交吕既鸿轩，攀嵇亦凤举。流连河里游，恻怆《山阳赋》。（《向常侍》）

咏史之作最难以简语取胜，此五首短劲精悍，弥见力量，后人学之良多不逮。史称其遭忌见黜而为此篇，俗恶俊异，世疵文雅，盖自序之意也。余如《秋胡诗》《乐府》作《秋胡行》，虽章法绵密，亦有佳句，然以古乐府较之，则雄浑警健殆弗如远甚。《北使洛》一篇，昔人叹赏《诗品》亦举之，而实无足取。外此则每下愈况矣。昔延之尝问鲍照己与灵运优劣，照曰"谢诗如初发芙蓉，自然可爱，君诗若铺锦列绣，亦雕缋满眼"。延年终身病之。《诗品》载汤惠休曰谢诗如芙蓉出水，颜如错彩镂金，颜终身病之。观此则颜谢之优劣定矣。

《赭白马赋》则文帝元嘉十七年因御马老毙而作，其文为六朝俳体，而总乱则骚辞。虽咏物之篇，而语含讽谏，与祢衡《鹦鹉》、茂先《鹪鹩》诸篇之体物类情、有感而发者稍别。辞亦典重而乏风趣，盖光禄之文类如此。

谢灵运 谢灵运，陈郡阳夏人也，祖玄。父瑍，生而不慧，早亡。灵运幼颖悟，玄甚异之。谓亲知曰"我乃生瑍，瑍那得生灵运"。灵运少好学，博览群书，文章之美，江左莫逮。从叔混特知爱之。袭封康乐公，为琅琊王大司马行参军。性奢豪，车服鲜丽，衣裳器物，多改旧制，世共宗之，咸称谢康乐也。刘毅以为记室参军，卫军从事中郎。毅诛，高祖版为太尉参军，入为秘书丞，坐事免。高祖伐长安，骠骑将军道怜起为黄门侍郎，奉使慰劳高祖于彭城，作《撰征赋》。高祖受命，降公爵为侯。性褊激，多愆礼度。朝廷唯以文义处之，不以应实相许。自谓才能宜参权要，既不见知，常怀愤愤。庐陵王义真好文籍，与灵运情款异常。少帝即位，权在大臣，灵运构扇异同，非毁执政。徐羡之等患之，出为永嘉太守。郡有名山水，素所爱好。出守既不得志，遂肆意遨游，遍历诸县，动逾旬朔。政事不复关怀，所至辄为诗咏，以致其意。在郡一周，称疾去职。从弟晦、曜、弘微等并与书止之，不从。以祖、父并葬始宁县，有故宅及墅，遂移籍会稽，修营别业。傍山带江，尽幽居之美。与隐士王弘之、孔淳之等纵放为娱，有终焉之志。每有一诗至，都邑莫不竞写，宿昔之间，士庶皆遍，远近钦慕，名动京师。作《山居赋》，并自注以言其事。太祖登祚，征为秘书监，令撰晋书，粗立条流，书*见任遇。灵运意不平，多称疾不朝直。穿池植援，种竹树堇，驱课公役，无复期度。出郭游行，或一日百六七十里，经旬不归。既无表闻，又不请急。上不欲伤大臣，讽旨令自解。乃上表陈

---

* 《宋书》本传后有"竟不就"，及"文帝唯以文义见接"、王昙首等人"名位素不逾之，并见任遇"之文，疑此处有脱漏。——编者注

疾，上赐假东归。而游娱宴集，以夜续昼。为御史中丞傅隆所奏，坐以免官。是岁，元嘉五年。与族弟惠连、东海何长瑜、颍川荀雍、太山羊璿之以文章会赏，共为山泽之游。时人谓之四友。灵运因父祖之资，生业甚厚。奴僮既众，门生数百。凿山浚湖，功役无已。寻山陟岭，必造幽峻。登蹑常着木屐，上山则去前齿，下山去其后齿。尝自始宁南山伐木开径，直至临海，从者数百人。临海太守王琇惊骇，谓为山贼，徐知是灵运，乃安。在会稽亦多徒众，惊动县邑。太守孟颛事佛恳精，而为灵运所轻。尝谓颛曰：得道应须慧业文人，生天当在灵运前，成佛必在灵运后。颛深恨之。后又与颛争会稽始宁湖田，言论毁伤之，遂构仇隙。颛因灵运横恣，百姓惊扰，乃表其异志，发兵自防。露板上言，灵运驰诣阙上表。太祖见其诬，不罪也。不欲使东归，以为临川内史。在郡游放，不异永嘉。为有司所纠，遣使收灵运。灵运执录望生，兴兵叛逸，遂有逆志。追讨擒之。送廷尉治罪，论斩。上惜其才，欲免官而已。彭城王义康坚执，谓不宜恕。降死一等，徙付广州，寻弃市，临刑作诗。时元嘉十年，年四十九。

附录　左传讲稿

马总《意林》引桓谭《新论》云：刘子政、子骏，子骏兄弟子伯玉俱是通人，尤重《左氏》。教授子孙，下至妇女，无不读诵。

《论衡·案书》篇云：刘子政玩弄《左氏》，童仆妻子皆呻吟之。

《晋书》三十四《杜预传》：时王济解相马，又甚爱之，而和峤颇聚敛。预尝称济有马癖，峤有钱癖。武帝闻之，谓预曰：卿有何癖？对曰：臣有《左传》癖。

《史通·自叙》篇：予幼奉庭训，早游文学。年在纨绮，便受古文《尚书》。每苦其辞艰琐，难为讽读。虽屡逢捶挞，而其业不成。尝闻家君为诸兄讲《春秋左氏传》，每废书而听。逮讲毕，即为诸兄说之。因窃叹曰：若使书皆如此，吾不复怠矣！

《左传》一书合《春秋》经文计之，凡一十九万六千八百四十五字。据郑畇老说。按今本《春秋》为一万六千五百七十二字，则传文实有十八万零二百七十三字，在群经中字数为最多。连《春秋》算接近《礼记》字数的二倍。按《礼记》九万九千零二十字。唐代试士，《左传》、《礼记》同为大经。《左传》字数最多，试明经者皆竞读《礼记》，绝少有习《左传》者。

学习《左传》应该注意的几件事：首先必须记熟鲁十二公的先后次序及其在位年数。《春秋》编年从鲁隐公元年周平王四十九年，前七二二起，至鲁哀公十四年_{周敬王三十九年}止，凡二百四十二年。即：隐公十一年，桓公十八年，庄公三十二年，闵公二年，僖公三十三年，文公十八年，宣公十八年，成公十八年，襄公三十一年，昭公三十二年，定公十五年，哀公十四年，但《左传》记事则至哀公二十七年，尽哀公一朝而止，比《春秋》多十三年。鲁十二公记熟，然后记熟某文某事在某公某年，一翻即得。要不然，亦须记得比较熟，庶不致翻检时茫无涯涘。

《左传》纪事，前后相续，往往一事始末，动隔多年。若但读一篇，则原委不悉，了解可能发生障碍。因此必须参考纪事本末一类读本，以节省翻检时间。此类书以马骕《左传事纬》为较好，高士奇《左传纪事本末》亦可。又坊间通行《左传纪事本末》一种，是宋人章冲所编，与高书同名，不如高本之善。_{按章冲字茂深，章惇曾孙，叶梦得之婿，别有《春秋类事始末》五卷，见《书录解题》}。《春秋》列国纪年及兴废极其纷错，传中人名又前后不统一，官谥名字参差互异，多者至四五个不同的称号。如子产又称子美_{襄二十五}，又称公孙侨_{二十二}，又称郑侨_{二十四}。是宜常看《春秋二十国年表》及冯继先《春秋名号归一图》。前者可以对照诸侯各国纪年及兴废大事，后者既可以查对不同名号，又可考其见于鲁公何年，分国列载，检查极便。以上二种，坊行《春秋左传》多附刻之。

一 《左传》的名称

《左传》之名乃《春秋左氏传》的简称。

《汉书·楚元王传》：歆校秘书，见古文《春秋左氏传》，大好之。

《汉书·儒林传》：汉兴，北平侯张苍及梁太傅贾谊、京兆尹张敞、太中大夫刘公子，皆修《春秋左氏传》。

王充《论衡·案书》篇：《春秋左氏传》者，盖出孔子壁中。<small>按此指民间所传者。</small>

许慎《说文解字序》：北平侯张苍献《春秋左氏传》。<small>按此指中秘书所有者。</small>《春秋左氏传》之名乃本书的全称，一简而去"春秋"，单称《左氏传》，如《艺文志》载《左氏传》三十卷是也。再简则只称《左氏》或《左传》。它更早的名称似乎不是《春秋左氏传》，更不是《左传》，而是称《左氏春秋》，例如：

《史记·十二诸侯年表序》：鲁君子左丘明因孔子史记，具论其语，成《左氏春秋》。

《汉书·楚元王传》：及歆亲近，欲建立《左氏春秋》及《毛诗》、逸《礼》、古文《尚书》，皆列于学官。<small>《汉书·儒林传》：歆白《左氏春秋》可立，哀帝纳之。又赞曰：平帝时又立《左氏春秋》。</small>

由于《左传》是用古文字写的，所以又称为《春秋》古文。例如：

《史记·吴泰伯世家》：余读《春秋》古文，乃知中国之虞，与荆蛮句吴兄弟也。<small>此本僖五年《左传》"太伯、虞仲，太王之昭"为说。</small>

为什么知道《春秋》古文就是《左传》呢？按《汉书·楚元王传》谓《左氏传》多古字古言；又谓《春秋左氏》皆古文旧书，《说文解字序》谓左丘明述《春秋传》，皆以古文，可见司马迁所谓《春秋》古文就是指《左传》而言。

但《左传》在先秦时代亦有径称为《春秋》者。如《韩非子·奸劫弑臣》篇引楚王子围弑郑敖及崔杼弑齐庄公，其事本见昭公元年及襄公二十五年《左传》，而谓《春秋》记之曰云云，这是因为先秦史籍多号"春秋"之故。《楚策》《孙子谢春申君书》引此二事，亦作《春秋》戒之曰云云。《韩诗外传》亦引此作《荀卿谢春申君书》，称《春秋》之志。又《楚策》虞卿谓春申君曰：臣闻之《春秋》，于安思危，危则虑安。即襄十一年(引书曰)居安思危，思则有备，有备无患云云。**试看《墨子》书有所谓周之《春秋》，燕之《春秋》，宋之《春秋》，齐之《春秋》，**见《明鬼》篇。**乃至百国《春秋》。**见《史通·六家》篇引《墨子》。**而晋之《乘》、楚之《梼杌》，亦皆得蒙《春秋》之号。**见《国语·晋语》及《楚语》。**《左传》乃春秋时代周王朝及诸侯各国的历史，荀卿韩非等称它为《春秋》，正符合当时的习惯，不足为怪。**

根据上述文献看来，我们可以得出一个结论即《左传》一书的名称，在先秦一般只称为《春秋》或《左氏春秋》；到了汉代尤其是东汉才称为《春秋左氏传》或《左氏传》，这是没有问题的。按《史记·五帝本纪赞》：予观《春秋》、《国语》，其发明五帝德、帝系姓章矣。《十二诸侯年表序》：表见《春秋》、《国语》学者所讥盛衰大旨著于篇。以《春秋》、《国语》并称，盖《春秋》即指《左传》也。然则西汉《左传》亦称《春秋》。为什么汉代学者要改称《左氏春秋》为《春秋左氏传》呢？这是因为他们对于本书有不同的看法。原来汉人解经之书谓之传。例如《春秋公羊传》和《穀梁传》，《尚书大传》，《韩诗》内、外传，《毛诗故训传》，乃至《离骚传》等。汉代学者认为此书与《公》、《穀》二传同为解释孔子《春秋》的书，故应该加以传的称号。这是从经学角度来看的。但当时另一部分人如太常博士们，却不同意这种看法，以为《左传》记事者多，解经者少，坚持《左氏》不传《春秋》之说。所以与刘歆欲立《左传》，哀帝命五经博士同刘歆讨论，博士们竟拒绝出席参加讨论。歆《移书责博士》有云：专己守残，党同门、妒道真。**到清代刘逢禄更认为《左传》旧名《左氏春秋》，好比《晏子春秋》、《吕氏春秋》一样，冒称《春秋左氏传》，则是东汉以后以讹传讹的说法。**见《左氏春秋考证》。但

《汉书·翟方进传》云："方进虽受《穀梁》，然好《左氏传》。"可见西汉时已称为《左氏传》了。即或以为这是班固叙事的话，然既以《左氏》与《穀梁》并称，《穀梁》是传，那么《左氏》又是什么呢？毫无疑义，翟方进是把《左氏》看作《春秋传》的。如果坚执传注训诂之说，则《尚书大传》不尽解经；《韩诗外传》全属故事，与《公羊》、《穀梁》颇不相同，而皆谓之传。《左氏》配合《春秋》编年，以鲁为主，以隐公为始。依经述事，经意因而易明，为什么反不能谓之传呢？这是说不过去的。至于《晏子春秋》、《吕氏春秋》等书，体裁性质与《左传》根本不同，虽冒《春秋》之名，不能与《左氏春秋》同日而语。所以我认为《左传》一书，先秦两汉名号各殊是可以的。这不仅反映了各个历史时期学术界的不同看法，也反映了汉代一部分学者对《左传》一书的新认识。后来这种分歧越来越发展，成为我国经学史上今古文二家学派长期争论不决的问题。而争论的焦点只在于《左传》是不是传《春秋》的书。其实在我们今天看来，《春秋》的微言大义，都不必深究；《左传》解释经义究与《公》、《穀》二传孰优孰劣，也是极不重要的问题。但《左传》这部具有很高的文学价值的历史巨著，保存了《春秋》二百几十年的珍贵史料，那是值得我们重视的。因此，我认为《左传》这部书，无论叫《左氏春秋》也好，叫《春秋左氏传》也好，都没有什么重大关系，对它的本身价值也没有增损。我们今天应该实事求是，摆脱过去一切封建学者门户之见，扫除历来许多无谓之争，对《左传》一书的真实面貌、历史价值以及同《春秋》的关系是可以更好地理解的。

二 《左传》的作者

《左传》的作者是谁,这是过去学术界一个争论的问题。大概唐以前一般都认为《左传》是左丘明所作;唐以后则异说纷纭,莫衷一是。直至今天,由于《左传》作者所牵涉的有关问题,仍然需要我们进一步地探索。

首先说《左传》是左丘明作的是司马迁。他在《史记·十二诸侯年表序》里这样说:

> 孔子明王道,干七十余君,莫能用。故西观周室,论史记旧闻,兴于鲁而次《春秋》,上记隐,下至哀之获麟。约其辞文,去其烦重,以制义法。王道备,人事浃。七十子之徒,口受其传指。为有所刺讥褒讳挹损之文辞不可以书见也。鲁君子左丘明惧弟子人人异端,各安其意,失其真。故因孔子史记,具论其语,成《左氏春秋》。

司马迁这段话的意思是说,因为《春秋》之文,多寓有讥刺褒贬之意。其中微言大义不便写出,只是口耳传授。左丘明恐各人体会不同,久而失真,乃依照《春秋》年月,纂集有关事实,编成《左氏春秋》也就是《左传》这部书。这不仅指出《左传》的作者,而且还说明作者撰述的动机以及《左传》同孔子《春秋》的关系。那么,左丘明是什么人呢?《论语·公冶长》篇孔子曾经提过他,所谓巧言令色,足恭,左丘明耻之,丘亦耻之;匿怨而友其人,左丘明耻之,丘亦耻之是也。此外事迹别无可考。祝穆《事文类聚》引《符子》,鲁侯欲以孔子为司徒,将召三桓议之。左丘明有与狐谋皮、与羊谋羞之喻。这很像战国策士的话,恐不可信。又司马迁《报任安书》及《史记·自序》并有左丘失明,厥有《国语》之文。后人多认为这个失明的《国语》作者左丘氏,就是作《左传》的左丘明。后来刘向《别录》,见《春秋左传序》孔疏及《经典释文》引、**刘歆**《移太常博士书》、**桓谭**《新论》,见《经典释文》叙录、《史通·申左》篇、《意林》、《御览》六百十引、**班固**《汉书·艺文志》、《司马迁传》、**陈元**《后汉书》本传引奏疏、**孔颖达**《左传序》疏、**杨士勋**《榖梁序》疏、**刘知畿**《六家》、《申左》等都根据司马迁的说法,以为《左传》和《国语》都是左丘明一个人作的。

到了中唐时期,赵匡始持异议。他认为左丘明是孔子以前贤人,如史佚、迟任之流,为世所称道,决非与孔子同时。自秦焚书,《左传》、《国语》的作者莫得详知。司马迁爱奇多谬,刘歆阿其所好,后人传虚袭误,信以为真,其实并无明文可据。又谓《左传》、《国语》文体不伦,序事更多乖剌,定非一人所为云云。见陆淳《春秋啖赵集传纂例·赵氏损益义第五》。从此以后,谓《左传》不是左丘明所作者越来越多,而以宋人的主张为最力。现在择其比较重要的几说,简略地介绍如下:

叶梦得作《春秋考》,断言《左传》的作者非左丘明。他的理由是:

> 《春秋》终于哀十四年,而孔子卒;《传》终二十七年,后孔子卒十三年。辞及韩、魏、智伯、赵襄子之事,而名鲁悼公、楚惠王。夫以《春秋》为经而续之,知孔子者固不敢为是矣。以年考之,楚惠王卒,去孔子四十七年按当作四十六年;鲁悼公卒,

去孔子四十八年；按《鲁世家》，鲁悼公在位37年，则去孔子卒为48年，若据《表》，悼公在位为31年，则去孔子卒为42年。赵襄子卒，去孔子五十三年按当作五十四年。察其辞，仅以哀孙于越尽其一世之事为经终，泛及后事，赵襄子为最远，而非止于襄子。不知左氏后襄子复几何时。岂有与孔子同时，非弟子而如是其久者乎？以左氏为丘明，自司马迁失之也。……今考其书，杂见于秦考公以后事甚多，以予观之，殆战国周秦之间人无疑也。

郑樵在《六经奥论》中更提出八项明验，证左氏为六国时人。他在前人的基础上补充了几点，现举其重要论证如下，其与前人之说同者从略。

一，战于麻隧，获不更女父。又秦庶长鲍、庶长武帅师及晋战于栎。秦至考公时，立赏级之爵，乃有不更、庶长之号。按不更见成十三年，庶长见襄十一年。

二，《左氏》云：虞不腊矣。秦至惠王十二年，初腊。这是又一明证。按朱熹亦据此谓《左氏》为秦人语。按虞不腊矣，本宫之奇语，见僖五年。

三，《左氏》云：左师展将以公乘马而归。三代时，有车战，无骑兵。惟苏秦合从六国，始有车千乘，骑万匹之语。按左师展见昭二十五年。

四，《左氏》序吕相绝秦，声子说齐，其为雄辩狙诈，真游说之士、捭阖之辞。按吕相绝秦见成十三年，声子说齐见襄二十六年。

此外叶氏还谓《左传》序晋楚事最详，断定左氏为楚人。郑樵则谓左氏世为楚史。见《春秋地名谱·自述》。朱熹又进一步谓左氏乃楚国左史倚相之后，故其书说楚事较详。见《朱子语类》。按朱子又谓《左传》是后来姓左的人作的。王应麟因之谓左氏之后，乃以官为氏者。见

《困学纪闻》六。至清人姚鼐则谓《左传》非一人所成,其书于魏事造饰尤甚,盖所以媚魏君者,多出于吴起之手。见《左传补注序》,钱玄同先生谓战国魏人所作,盖用姚说。而今文经学家刘逢禄谓《左氏》解经之文即书法皆刘歆所窜入《左氏春秋考证》。至清末康有为等更直指《左传》为伪书。有为著《新学伪经考》,武断地说《左传》一书乃刘歆从《国语》分出,伪造以欺世者。而章炳麟坚决反对,作《春秋左传读叙录》,对刘说逐条驳斥,其言甚辩而有据,颇足为古学者张目。按郭老即本姚、章之说以为吴起就各国史乘纂集为《左传》。见《青铜时代述吴起》。近人又有谓《左传》乃子夏所作者。瑞典人珂罗倔伦则以《左传》非鲁国语言,如"若"与"如"、"於"与"于",在《左传》与《论语》中有区别,证知《左氏》非鲁君子作。这都是由于今古文经学家坚持门户之见,由《左传》与《春秋》的关系问题牵连到本书的作者和真伪问题。虽然彼此都持之有故,言之有故,要之皆不能无偏,有很大的主观片面性。例如庶长之官,早见于秦宁公时,见《史记·秦本纪》大庶长弗忌。腊祭之礼亦非秦所创,《秦本纪》惠文君十二年始腊,《正义》谓始效中国为之。阎若璩《古文尚书疏证》已驳其说。其实既曰虞不腊矣,则明是虞有腊祭。虞非中国而何。乘马本不必关乎骑兵,吕相、声子之辞,究与战国雄辩有别。至于《左氏》采辑诸侯各国史记,多寡不同,岂能据此而定其作者?又各国的史官叙其本国之事亦容有曲饰,仍其旧文,亦属常有,焉得以此一端县断全书作者必为某人?因此,前人种种说法未必成为定论,还必须作进一步的探索。

现在看来,《左传》这部书,即不是左丘明所作,也不是刘歆所伪造,而是战国初期公元前四〇〇左右一个充分掌握春秋时代诸侯各国史料的历史家所编纂的。这位历史家大概与孔子有较密切的关系,也就是鲁国的史官。可能以官为氏,他的名字是失传了。古者天子诸侯都设有史官,有左史、右史等称号,左史记言,右史记事。《礼记·玉藻》篇:天子玄端而居,动则左史书之,言则右史书之。《韩非子·外储说》右上:吴起卫左氏中人也。左氏,卫邑名,又见《内储说》上。《左氏春秋》固以左公名,或亦因吴起传其学,以地名也。犹齐诗、鲁诗之比。(《春秋左传读》)司马迁因为书名《左氏春秋》,便误认为作者是左丘明,或者在他以前早已有此传说,亦未可知。至于这部书基本上是出于一人之手,虽然不免有后人窜入之处,那也只是个别地方,无损于原书的真实面貌。现在把我的理由提出如下:

一、《左传》预言祸福,往往灵验,这是因为作者及见后事,从而傅合之。例如,闵公元年《传》,卜偃言毕万之后必大。初,毕万筮仕于晋,辛廖占之曰,吉。公侯之子孙必复其始。又襄公二十九年《传》,吴公子季札适晋,说赵文子、韩宣子、魏献子曰:晋国其萃于三族乎?观此可见作者及见三家分晋。又如季札聘鲁,闻歌《郑风》,曰:其细已甚,民弗堪也。是其先亡乎?可见作者还看到郑国的灭亡。考韩灭郑,在三家分晋之次年_{公元前三七五}。上距赵襄子之死五年,智伯之灭七十八年,孔子之死一百零四年。这不但与孔子同时的人不可能见到,即孔子及门弟子中最少之曾参亦不可能见到。故可断定《左传》决非左丘明所作。庄公二十二年,初,懿氏卜妻敬仲,其妻占之曰,吉。是谓凤凰于飞,和鸣锵锵,有妫之后,将育于姜。五世其昌,并于正卿。八世之后,莫之与京。又陈厉公生敬仲,其少也,陈侯使周史筮之,曰:此其代陈有国乎?不在此,其在异国。非此其身,在其子孙。若在异国,必姜姓也。又昭八年《传》,晋侯问于史赵曰:陈其遂亡乎?对曰:虞之数未也。继守将在齐,其兆既存矣。观此,可知作者及见田氏篡齐。王应麟曰:八世之后,莫之与京。其田氏篡齐之后之言乎?公侯子孙,必复其始。其三卿分晋之后之言乎?(《困学纪闻》六)

二、《左传》这部书,司马迁早已读过,即所谓《春秋》古文。不但读过,而且在《史记》中大量采用,特别是春秋列国世家及《十二诸侯年表》中采用最多。又不但《史记》，先秦诸子如虞卿、吕不韦、韩非等，"往往捃摭《春秋》之文以著书"。今所见《韩非子》、《吕氏春秋》、《战国策》中，殆无不引用《左传》以说事。又不但先秦子史，晋太康二年汲冢发现的《论语·师春》一篇，乃钞录《左传》中卜筮之事，与原文无异。则魏襄王时_{公元前三〇〇左右}《左传》一书即已流传。_{魏襄王以周赧王十九年卒，当公元前296年。}可见它决不是刘歆所伪造。至于今文家谓刘歆分割《国语》为之，或云太史公未见《左传》云云，则《史记》不但明言《左氏春秋》_{已见前引}，而且屡次以《春秋》、《国语》并提。《五帝本纪》云：_{余观《春秋》、《国语》。}《十二诸侯年表》云：_{表见《春秋》、《国语》学者所讥盛衰大指。}其所谓《春秋》，即《左氏春秋》，也就是《左传》。何况《国语》与《左传》体裁文笔各自不同，其中有的记载二书皆有，_{晋公子重耳出亡，《左传》、《国语》亦颇有同者。《左传·庄十八年》曹刿论战，《国语·鲁语》上亦有之。《左传·昭二十八年》魏献子辞梗阳人贿一段，亦见《晋语》九。}或一事而二文不同，或详略互异，决非一家之书，前人多已指出，故刘歆分《国语》为《左传》之说断断不能成立。_{《左传》、《国语》文笔不同，崔述、梁玉绳等皆有说。记事不同，傅玄、刘炫皆有说。傅说见哀公十三年《左传正义》引，刘说见襄公二十六年《正义》引。又参考《困学纪闻》六及注。}

《左传》的作者为谁，虽不可考，但有两点可以肯定：第一，这个人不是魏人，也不是楚人，更不是秦人，一定是鲁国人，很可能就是鲁国的史官。第二，这个人同孔门必有相当的关系。因为《左传》一书也和孔子的《春秋》一样，叙事都以鲁国为本位，如云杞侯来朝，齐师伐我之类。作者如非鲁史，则口气必不如此，也不能掌握如此丰富的史料。又《左传》编年纪事，自鲁隐公至鲁哀公，全与《春秋》相配合，且书中引用孔子之言二十余处，作为衡量人物和是非标准。僖三十二年引出门如宾,承事如祭。昭十二年引克己复礼仁也。并出《论语》。所记哀公一朝事如孔子请讨陈恒,亦与《论语》相同。又哀公十六年,续《经》且特书孔子之卒,《传》又载哀公诔辞云云。可见《左传》的作者是崇拜孔子的人,从书中所记孔门弟子看来,或竟是七十子后学者亦未可知。

三 《左传》的时代

春秋时代是我国古代社会发展史上一个遽急变化的时代,也就是奴隶制社会逐渐向封建制社会转化的时代。这个转化过程的完成,是在春秋战国之交,正是阶级斗争最剧烈的时期。《左传》的作者就在这一时期编写了一部春秋列国二百数十年间的历史,比较全面地反映了那时代的复杂的阶级斗争的情况。现在举几件重大的事实来说明它。

一,由于生产力的发展,生产关系起了根本变化,首先是春秋中叶鲁宣公十五年公元前594开始采取按亩征税的办法来增加国家收入。这一经济制度的改革,是当时一件大事,因为这在事实上承认了土地私有权,为封建土地私有制打下了初步的基础。后来奴隶逐渐解放,铁的农具普遍使用,农业生产力进一步提高了,私田越来越多,诸侯大夫越来越富,私田的数量既超过公田,原来的土地国有制逐渐被破坏,因而促使奴隶制的崩溃,由奴隶制社会逐渐转入封建制社会。

二,《左传·昭公六年》公元前536,郑子产铸刑书。铸刑书是把刑法铸在金属的鼎上,公布出来给人民知道,使人民不敢犯法,即使犯了罪,政府只能按照法律处理,不能任意轻重,要怎样就怎样。_{子产铸刑书,晋叔向遗书责之。昭二十九年,晋亦铸刑鼎,著范宣子所为刑书。可见此乃大势所趋,不得不尔。}那时郑国商业发达,贵族统治阶级向来利用不公开的随意轻重的刑罚来压迫商人和新兴的土地所有者。子产公布了法律,贵族统治阶级的特权便有了一定的限制,对于人民来说是有利的。子产这一措施,为后来申不害、韩非等人代表新兴地主阶级利益的法家学派打下了基础,在当时有进步意义。

三,由于社会起了根本变化,春秋末年各国统治阶级内部争取人民的斗争也十分剧烈,同时也反映了那时代人民的生活情况。例如《左传·昭公三年》,齐国晏婴同晋国叔向的一段谈话:

> 此季世也。吾弗知齐其为陈氏矣,公弃其民而归于陈氏。齐旧四量,豆、区、釜、钟。四升为豆,各自其四以登于釜,釜十则钟。陈氏三量,皆登一焉;钟乃大矣。以家量贷,而以公量收之。山木如市,弗加于山;鱼盐蜃蛤,弗加于海。民参其力,二入于公,而衣食其一。公聚朽蠹,而三老冻馁。国之诸市,屦贱踊贵。民人痛疾而或燠休之,其爱之如父母,而归之如流水。欲无获民,将焉避之?

这是把齐国旧政的腐败和陈氏新政对比。陈氏用大斗出小斗入的办法来同齐侯争取人民,是很成功了。当时人民歌之曰:妪乎采芑,归乎田成子!为什么齐国的旧政这么不得人心呢?原来是社会制度的关系。奴隶社会的旧制度本来是那样,商业是国家经营,自然无须乎自己为自己涨价。时代进步了,社会旧制度就显得不合理。木材水产的市场价格同出产地一样。人民受到如此榨取、剥削,生活困苦极了。因此犯罪刖足的人也多了。这是旧制度的结果。可见春秋末年,齐国的旧社会制度也正在走向崩溃。所以晏子谓之"季世"。

四,《左传》常常记载劳动人民敢于同统治阶级斗争,甚至敢于起来反抗、报复。例如宣公二年筑城工人竟敢当面嘲笑华元"于思于思,弃甲复来"。襄公四年鲁国人民讽刺臧纥:"朱儒朱儒,使我败于邾!"哀十七年,卫庄公役使工匠,不得休息,工匠"攻公,闭门而请,弗许。踰于北方而队,折股"。庄公曾破坏戎州人民的村落,这时戎州人民也起来攻他,杀太子疾、公子青。庄公逃到戎州人民己氏家中。"初,公自城上见己氏之妻发美,使髡之,以为吕姜髢。既入焉,而示之璧,曰:活我,吾与女璧。己氏曰:杀女,璧其焉往!遂杀之,而取其璧。"从以上记载可以看出那时的劳动人民也就是奴隶,一有机会就起来同统治阶级作无情的斗争。这也说明奴隶们逐渐觉醒,奴隶主的日子越来越不好过,奴隶社会已经面临崩溃的前夕。

由于社会基础起了变化,人们的思想意识也在逐渐变化。春秋以前的许多迷信思想也在动摇。他们一向认为与人们吉凶祸福密切联系着的自然现象的变化,现在是不相信了。一切吉凶祸福多为人事的关系。这是社会发展过程中的必然趋势。下面的记载都是显著的例子:

(一)郑内蛇与外蛇斗于南门中,内蛇死。厉公问于申繻曰:犹有妖乎?对曰:妖由人兴。人无衅焉,妖不自作。_{庄十四}

(二)宋国陨石,六鹢退飞。襄公问周内史叔兴曰:是何祥也?吉凶焉在?对曰:是阴阳之事,非吉凶所生也。吉凶由人。_{僖十六}

(三)有星孛于大辰_{大火,心宿},西及汉。裨灶谓子产曰:宋卫陈郑将同日火。若我用瓘玤也、斝玉爵也、玉瓒勺也，郑必不火。子产弗与。明年夏五月，火始昏见，丙子风。七日，宋、卫、陈、郑皆火。裨灶曰：不用吾言，郑又将火！郑人请用之。子产曰：天道远，人道迩，非所及也。灶焉知天道。是亦多言矣，岂不或信。遂不与。亦不复火。昭十七、十八

（四）郑大水，龙斗于时门之外洧渊。国人请为禜。子产弗许，曰：我斗，龙不我觌也；龙斗，我独何觌焉？吾无求于龙，龙亦无求于我。乃止。昭十九

（五）齐侯病疽，期而不瘳。或请诛祝史。晏子以为祝不胜诅。祝，音之又反，读如咒。他说：不可为也。民人苦病，夫妇皆诅。祝有益也，诅亦有损。聊摄以东，姑尤以西，其为人也多矣。虽其善祝，岂能胜亿兆人之诅？昭二十

（六）齐有彗星。齐侯使禳之。晏子曰：无益也！只取诬焉。……天之有彗也，以除秽也。君无秽德，又何禳焉？若德之秽，禳之何损。乃止。昭二十六

不但如此，春秋以来，人们对于天命鬼神都有进一步的新认识。这也是那时代阶级斗争在人们意识形态中的反映。例如随侯以为"牺牷肥腯，粢盛丰备"就可以取信于神。而季梁却说：夫民，神之主也。是以圣王先成民而后致力于神。桓六 宋公用鄫子于次睢之社。司马子鱼说：祭祀以为人也。民，神之主也。用人，其谁飨之。……得死为幸！僖十九 史嚚对虢公说：吾闻之：国将兴，听于民；将亡，听于神。神，聪明正直而壹者也，依人而行。庄三十二 春秋以前的神是宇宙万物的主宰，对人们有绝对的支配力量。在那神权至上的时代，不消说神是民之主。现在时代逐渐在变，一般有见识的政治家、哲学家都看到迷信天命鬼神的无益和争取人民的重

要；所以反过来说，"民，神之主也"。这样，神就退居次要的地位。又不仅如此，他们更进一步认为神是"聪明正直"的，他不但不害人，而且对人民有利，同害人的妖怪或厉鬼不同。这在当时确是一种崭新的解释，同时也是一种进步的见解。虽然他们还不敢根本否认鬼神的存在，但既然说吉凶由人，实际上对于鬼神的作用被否定了。这种思想对后来进步的唯物主义和无神论的哲学的建立和发展是有很大影响的。而这种进步思想的产生也说明春秋时代社会的变化正在朝着新的阶级发展，即行将解体的旧的奴隶制社会朝着朝向新的封建制社会发展。特别值得注意的是司马子鱼是在反对宋襄公用人祭社的时候说这番话的。杀人祭神和用人殉葬，都是奴隶社会统治阶级野蛮残暴的行为，他们的祭祀或殉葬，不但用奴隶、俘虏，而且用自己的臣妾或贵族。例如晋景公以小臣为殉_{成十}，魏武子乱命以嬖妾为殉_{宣十五}，秦穆公以子车氏之三子为殉_{文六}，从死者凡百七十七人。正是由于社会逐渐在变革，不合理的野蛮残酷制度开始遭到反对。所以魏颗不用武子乱命而嫁其父妾。秦人哀悼"三良"，为之赋《黄鸟》之诗，而左传的作者更借君子之言来批评秦穆公"死而弃民，难以在上"。

根据上述许多记载，证明左传所反映的春秋时代正是从奴隶社会到封建社会的过渡时代。

左传成语举例

1. 大义灭亲_{隐四}
2. 唇亡齿寒_{僖五、哀八}
3. 风马牛不相及_{僖四}　予取予求_{僖七}
4. 皮之不存，毛将安傅。_{僖十四}

5. 幸灾乐祸 僖十四、庄二十。庆郑曰:幸灾不仁。王子颓歌舞不倦,乐祸也。

6. 畏首畏尾 文十七

7. 齐大非耦 桓六

8. 退避三舍 僖二十三、二十八

9. 病入膏肓 成十

10. 上下其手 襄二十六。伯州犁上其手曰:夫子为王子围,寡君之贵介弟也;下其手曰:此子为穿封戌,方城外之县尹也。

11. 愿以小人之腹为君子之心 昭二十八。今谓以小人之心度君子之腹者本此。

12. 噬脐何及 庄六。若不早图,后君噬齐,其及图之乎?

四 《左传》的文章

《左传》是一部历史著作,虽然不是像后来全面的严密体系的史书,但作为编年史,它包括春秋列国的政治、外交、军事等方面的活动和有关言论,以及许多逸闻佚事,它的内容已经是够丰富多采的了。但以文章而论,《左传》又是一部优美的富于文艺性的历史散文集。在中国古代的历史散文中也是一部杰出的作品。它虽然不同于一般的文学作品,却具有许多文学作品的特点。

首先是作者通过人物言行的叙述,表现出进步的思想。这有两个比较突出的方面:第一是民本思想。民本思想的产生,主要是长期以来,人民 奴隶 和统治阶级不断斗争的结果。春秋时,统治阶级在实际斗争中接受了经验教训,他们逐渐认识到人民力量的强大。如果想要维持巩固自己的统治,就非争取人民的拥护不可。
所以文公十三年记载了这么一件事:

> 邾文公卜迁于绎。史曰:利于民而不利于君。邾子曰:苟
> 利于民,孤之利也。天生民而树之君,以利之也。民既利矣,
> 孤必与焉。左右曰:命可长也,君何弗为?邾子曰:命在养民。
> 死之短长,时也。民苟利矣,迁也。吉莫如之。遂迁于绎。五
> 月,邾文公卒。君子曰:"知命。"

一个小国的统治者,居然自愿牺牲个人的利益,服从人民的利
益,并且把个人利益同人民利益连系起来看。在春秋中叶已经有
这样的思想认识,真是一件了不起的事。《左传》既特书其事,又称
赞他"知命"。可见作者的思想倾向是非常明显的。又如襄公十四
年,卫人逐献公,晋侯以为太甚。师旷却说:

> 天之爱民甚矣,岂其使一人肆于民上,以从其淫,而弃天
> 地之性?必不然矣。

襄公二十五年,子产问为政,郑然明说:

> 视民如子。见不仁者诛之,如鹰鹯之逐鸟雀也。

《左传》中类似这种言论的记载是很多的。无疑的作者是要通过他
们之口来体现自己的民本主义思想。这种思想后来日益发展,到
了孟子就进一步提出明确的主张:"民为贵,社稷次之,君为轻。"

其次就是爱国思想。宣公二年,宋与郑战于大棘,主将华元因得罪了御者羊斟,羊斟故意驾车冲入敌阵,以致为郑所擒,宋师大败。作者对羊斟严厉地谴责说:

> 君子谓羊斟非人也。以其私憾,败国殄民,于是刑孰大焉。诗所谓"人之无良"者,其羊斟之谓乎?残民以逞。

这里,作者的爱憎感情是十分明显的。僖公三十三年,叙弦高遇秦师侵郑,一面冒充犒师,表示郑国已得情报,作为缓兵之计;一面驰传报急,因而保全郑国。定公四年,叙申包胥乞师秦庭,七日七夜哭不绝声,勺饮不入口。秦国终于出兵,败吴复楚,实现了过去的诺言。哀公十一年,鲁与齐战,冉求很勇敢,童子汪锜战死,都受到孔子的表扬。《左传》中有意识地记载这些动人的事件,也表现了作者的爱国思想。当然,不消说,包括作者在内,他们无论如何对国家的真正概念是不能理解的,他们的爱国行动是和忠君的封建道德分不开的。申包胥逃赏时说"吾为君也"。但他们的坚强智勇的行动,在客观上对于抵抗侵略,保卫祖国和人民则起了重大的作用。

《左传》文章的特点首先是人物描写异常生动。它的描写方法往往是通过一个人的语言和行动,用简单的笔墨勾画出来,使那人物的形象就如在目前。书中着重写了几个霸主、大政治家如晋文公、秦穆公、楚庄王、管仲、子产、晏婴等,必须从许多叙述中全面来看,这些大人物的全貌几乎都显现出来。限于时间,现在暂且不提,以后再说。只谈谈下面几个例子:例如僖公三十三年,叙秦晋殽之战,描写了不少人物,特别是先轸的形象最突出。当晋人讨论截击秦兵的时候,栾枝以为秦穆公曾帮助文公返国,恩惠尚未报答。今若伐秦师,岂不是因文公已死,就背弃先君,忘恩负义吗?先轸说:"秦不哀吾丧,而伐吾同姓,秦则无礼,何施之为!<small>施去声,读如异</small>。吾闻之,一日纵敌,数世之患也。谋及子孙,可谓死君乎?"后来襄公以文嬴之请,释放三帅。先轸怒,曰:"武夫力而拘诸原,妇人暂而免诸国,堕军实而长寇仇,亡无日矣!"不顾而唾。这里前者描写先轸的爽直性格,如闻其声,后者描写先轸出言不逊暴躁无礼的态度,如见其人。又如昭公元年,叙郑子晳、子南争婚的事:

郑徐犯之妹美,公孙楚聘之矣,公孙黑又使强委禽焉。……犯请于二子,请使女择焉。皆许之。子晳盛饰入,布币而出。子南戎服入,左右射,超乘而出。女自房观之,曰:"子晳信美矣,抑子南夫也。夫夫妇妇,所谓顺也。"适子南氏。

又如定公三年写邾子之死一事:

邾子在门台,临廷,阍以瓶水沃廷。邾子望见之,怒。阍曰:"夷射姑旋焉。"命执之,弗得。滋怒,自投于床,废于炉炭,烂,遂卒。先葬,以车五乘,殉五人。庄公卞急而好洁,故及是。

一个过于急躁的形象俨然如在目前。至于成二年鞌之战,写齐高固一人徒步冲入晋师,"桀石以投人。擒之而乘其车,系桑木焉。以徇齐垒,曰:'欲勇者,贾余余勇!'"一个轻浮骄傲的形象如在目前。哀公二年,写卫太子将战,"望见郑师众,太子惧,自投于车下。子良授太子绥而乘之。曰：'妇人也！'"一个胆小怯懦的形象如在目前。如此之类，不能遍举。将来讲作品时，还是可以看到的。

其次，《左传》之文长于叙事。能将情节复杂的事件叙述得眉目清楚，条理井然。举其著者，如僖公十三至十五年秦晋韩原之战；又二十三至二十四年晋公子重耳出亡返国；又二十八年晋楚城濮之战；又三十二至三十三年秦晋殽之战；宣公十二年晋楚邲之战；成公二年齐晋鞌之战；又十六年晋楚鄢陵之战；襄公十八年，齐晋平阴之战；又二十一至二十三年栾盈入绛；又二十八年，庆封奔吴；昭公十二至十三年楚灵王乾谿之难；定公四至五年吴楚柏举之战；哀公十六年楚叶公讨白公之乱等篇，都是书中极其出色的叙记文。它们好象一座大建筑物，重楼复阁，画栋连云；但其中却有许多独立的小结构，小庭院；所以广厦千间，各成片段，而又四通八达，互有关联。例如邲之战，全文凡三千余字，是《左传》一篇最长的叙事文。其中包括晋楚交战的原因；晋诸帅意见分歧，号令不一；楚人对胜败的预测；双方对和战的谋议；双方互相挑战；两军的决战及其胜负；交战时的杂述；双方战后的措施——楚不筑京观而但祭河作庙以告成事，晋不罪荀林父而复其位；凡十四五段，其间人事的复杂，议论的纷纭，情况的变化，真是"簿领盈视，咙聒沸腾"。而楚军知己知彼，掌握主动，晋帅则"刚愎不仁，未肯用命"。胜败之机，未战之前，早已决定。而所有人物的性格、才干和器度都形象地表现出来。

如果说，《左传》所记的大事有如长江大河，层峦叠嶂，则其中短篇的记叙文却另有清泉碧涧、一丘一壑之胜。略举数例，如齐无知弑襄公庄公八年、楚子入蔡庄公十四年、鲁季友诛叔牙庄三十二、晋灵公不君_{宣公二年}、郑子家弑灵公_{宣公四年}等篇都是属于这一类。它们的特点是用简括的笔墨，勾画一个故事的轮廓，其间详细复杂的情节均可以想像得之。现举郑子家弑灵公事于下：

> 楚人献鼋于郑灵公。公子宋与子家将见。子公之食指动，以示子家曰："他日我如此，必尝异味。"及入，宰夫将解鼋，相视而笑。公问之，子家以告。及食大夫鼋，召子公而弗与也。子公怒，染指于鼎，尝之而出。公怒，欲杀子公。子公与子家谋先。子家曰："畜老，犹惮杀之，而况君乎？"反谮子家，子家惧而从之。夏，弑灵公。

只从《左传》这段叙述看来，似乎很难相信：为了一件小事，所谓饮食细故，就会闹出那么大的乱子来。但试就这个故事本质看来，不难想像灵公和公子宋真是所谓君不君，臣不臣。作者仅仅写这件小事来概括他们平日相处的情况。即就这件生活琐事的描写，也是一段异常生动的文章。

再次，《左传》文章的另一特点是语言之美。春秋列国行人往来，交接邻国，最重辞令。所谓"言以足志，文以足言。言之无文，行而不远"_{见襄二十五年}。故孔子四科，言语居其一。正是因为政治生活的需要，所以当时一般贵族官僚，大抵都善于辞令。例如僖公四年，屈完当齐桓公夸耀诸侯的军威说："以此众战，谁能御之？以此攻城，何城不克？"他立即回答说："君若以德绥诸侯，谁敢不服？君若以力，楚国方城以为城，汉水以为池，虽众，无所用之。"由于屈完的不屈不挠，理直词顺，所以终于取得军前外交的胜利。又如僖公三十年烛之武对秦穆公说："秦晋围郑，郑既知亡矣。若亡郑而有益于君,敢以烦执事。越国以鄙远,君知其难也。焉用亡郑以陪邻?——邻之厚,君之薄也!"他用事势必然之理来打动秦伯,句句中肯,语语破的,利害相权,秦兵就非撤退不可。秦国撤兵,晋国也就不愿单独对郑了。又如襄公十五年载宋子罕辞玉一事:

> 宋人或得玉,献诸子罕,子罕弗受。献玉者曰:"以示玉人,玉人以为宝也;故敢献之。"子罕曰:"我以不贪为宝,尔以玉为宝。若以与我,皆丧宝也。不若人有其宝。"《襄十五年》:师慧过宋朝,将私焉。其相曰,朝也。慧曰,无人焉。相曰,朝也,何故无人?慧曰,必无人焉。若犹有人,岂其以千乘之相易淫乐之矇,必无人焉故也。子罕闻之,固请而归之。按此事反映了当时的阶级斗争。

此外如晋阴饴甥<small>饴,音怡,又音寺,与耜同</small>对秦伯<small>僖公十五年</small>,鲁展喜犒齐师<small>二十六年</small>,楚申叔时谏县陈<small>宣公十一年</small>,晋知罃对楚子<small>成公三年</small>,子产献捷于晋<small>襄公二十五年</small>,蔡声子复伍举<small>二十六年</small>以及书面的外交辞令郑子家告赵宣子<small>文公十七年</small>及晋吕相绝秦<small>成十三年</small>等篇,都是代表这方面的作品。以上这些记言文,不仅词句修饰,委婉动听,更重要的是有充分的理由,说服力很强,所以都能收到出使专对、论事进谏的效果。刘知幾谓这些是"当时国史已有成文",作者不过编次而已。这种情况可能会有。但亦未必尽然,加工剪裁和润色使之更婉曲、更有文采,那是必然的事。

《左传》语言之美还有简练生动、富于形象性的一面。略举一些例子来看:

（一）邢迁如归，卫国忘亡。闵二

（二）室如悬磬，野无青草。僖二十六

（三）中军下军争舟，舟中之指可掬也。——晋之余师不能军，宵济，亦终夜有声。宣十二

（四）师人多寒。王巡三军，拊而勉之。三军之士皆如挟纩。宣十二

（五）齐侯与蔡姬乘舟于囿，荡公。公惧，色变。禁之，不可。公怒，归之。僖三

（六）鲍庄子之智不如葵，葵犹能卫其足。成十七，简练例

（七）人心之不同，如其面焉。吾岂敢谓子面如吾面乎？襄三十一

（八）子西曰："胜如卵，余翼而长之。"哀十六

此段补论：春秋战国之交的语言与口语接近，所以较前浅显生动。《论》、《孟》、《左传》、诸子皆如此。作者的语言多从生活实际中来，因为他们与人民较多接触。*

但《左传》中糟粕很多，作者是封建时代历史家，他的历史著作不可能不为封建阶级服务，常常通过历史事件的叙述和人物的评论，宣传封建伦理思想、等级观念，如赞扬颍考叔为"纯孝"，石碏为"纯臣"，董狐为"良史"，以及所谓"六逆"、"六顺"等。作者一面对天命鬼神常抱怀疑态度，一面又多记鬼神、梦卜、妖怪等迷信之事。前人评它其失也诬。孔子说："文胜质则史。"可见历史著作向来是注重文采的。但《左传》的作者有时为了追求文胜，对于历史记载

---

* 本自然段为作者手搞眉批。——编者注

未免失实_{例如成公十年晋侯梦大厉事},所以前人又评《左氏》浮夸。无论从历史或文学方面看,这些都是《左传》严重的缺点。反映人民的斗争活动不够,也是缺点之一。

《左传》文章对于后世的历史著作和古典散文的写作是有极其深远的影响的。首先是直书无隐的精神一直为后世"良史"所继承,成为历史家古文家撰著的原则。司马迁著《史记》,多采用《左传》为资料,它的人物传记及论赞都是从《左传》中学习得来的。《史记》中描写战争,记载遗闻佚事及歌谣谚语,也是受到《左传》的启示。司马迁以后的历史家,唐宋以来的古文家,几乎没有不爱好《左传》的,他们的著作也几乎没有不借鉴《左传》的。——特别是写作技巧方面,获得很多有益的经验。

五 《左传》研究法

首先将《左传》全书读得相当熟,基本上对文义都能理解,然后各就专业之所习及学力之所至,从另外几个不同的角度来学习研究。

一、易编年为纪事

例如马骕《左传事纬》十二卷_{篇目一百有八}

高士奇《左传纪事本末》五十三卷_{坊行者为宋章冲《春秋左传事类》始末五卷,不如高书}

二、易编年为列传

例如刘节《春秋列传》五卷_{刘节,字介夫,大庚人,明弘治进士}

按宋人王当已有《春秋列国诸臣传》五十一卷。所传诸臣皆本

《左氏》。有见于他书者则附其末，系之以赞。其书已佚。见《书录解题》。

三、易编年为国纪

例如《国语》、《史记·世家》

孙范《春秋左传分国纪事》二十二卷_{孙范，明末人，见《经义考》206}

按宋徐得之著《春秋左氏国纪》二十卷_{见《宋志》}，已佚易《左传》编年之体为国纪、列传及纪事本末，类聚贯串，其法至善。

苟扩其范围，详其条例，先定若干门类为研究的对象，如顾栋高《春秋大事表》的许多项目，然后将全书打散归纳，再取先秦有关诸书互相印证，对研究文史必有裨益。例如天文、历法、地理、官制、兵法、人名、文学等，均可作独立专题研究。前人于此著作甚多，如：

一、天文历法。杜预《春秋长历》、陈原耀《春秋长历》、姚文田《春秋经传朔闰表》……

二、地理。高士奇《春秋地名考略》、江永《春秋地理考实》、程廷祚《春秋地名辨异》……

三、官制。程廷祚《春秋职官考略》、沈淑《左传职官》、李调元《左传官名考》。

四、兵法。陈禹谟《左氏兵略》、徐经《左氏兵法》、魏禧《左氏传兵法兵谋》等。

五、名字。程廷祚《左传人名辨异》、王士濂《左传同名汇纪》、又《左女汇纪》、王引之《春秋名字解诂》（俞樾有补有驳）、胡之玉等。

六、文学。方苞《左传义法举要》、徐经《左传歌谣》、孙国仁《左传赋诗义证》、劳孝舆《春秋诗话》、宋胡之质《左氏摘奇》、徐经

《左氏精语》等。

我们还可以考虑多设项目来研究,如春秋田赋兵制,《左传》、《国语》比较,神怪故事,人物传说,外交辞令等,或别立名目,或在前人著作基础上增补其不足。

补论

曾镛曰,朱子谓《左传》之文有纵横意思,又谓《左传》是秦时文字,窃未敢谓然也。以文而论,《左氏》艳而富,昔人既言之,而其辞气从容温雅,视战国之文,两不相欠侔,若其所叙列国会盟侵伐,或仗信义,或仗诈谋,自皆是当时实录,非《左氏》自为之,至于春秋之末,事势自渐近战国,亦非《左氏》之文然也。观《左氏传》中多列《易》、《诗》、《书》、《礼》、《乐》之文以论是非,于经盖无不通……而《左氏传》中凡以论春秋成败得失之宗旨,此皆纵横者流所窃笑为迂阔之言,而不屑言者也。

钱锜曰,《左传》之作,汉儒相传为左丘明,其时代则刘歆、班固皆以为与孔子同时,然不明言为孔子弟子,惟杜预序以为受经于仲尼,而朱子则谓楚左史倚相之后,郝仲舆则谓出三晋辞人之手。以今考之,左氏虽非孔子弟子,必为鲁史官,而受学于孔氏诸贤,盖《春秋》藏于鲁太史,未必远播楚与三晋,况圣学之传,多在齐鲁,其为鲁人无疑。其续经至孔子卒,以示尊圣,又多述夫子论断,若克己复礼、出门如宾、承事如祭之为仁,皆能证为古语,必实闻孔子绪论,于子贡、季路、冉有诸贤,亦时寓尊崇之意,其为受学于孔门弟子又无疑。惟左丘明之名见于《论语》,孔子称名相比,其人似在孔子之前。总之,古人著书,非如后人之自署姓名,作《传》者是否为左丘明,盖不可知,而书之名左氏传,必相传无讹,古者左史记动,右史记言,作传者殆世为左史之官者与。

此据竹添光鸿《左传会笺》"总论"引日本安井衡曰,《四库全书提要》以《左氏》所载论断占筮无不征验,为从后傅合之,而汪中释疑亦以天道、鬼神、灾祥、占筮、梦为职所掌,是皆不然。左氏通儒,见微知著,见论断占筮理势必然,而有足以为戒劝者则载之,否则不载,所以必有征验也。不尔,二百四十二年间,论断占筮岂止于左氏所载哉。可见其理势未尽者弃而不载也。先王以神道设教,天道、鬼神、卜筮,最其所重,梦虽不足凭,亦有时而验焉。朕卜袭朕梦,武王尝以誓众,故《周礼》亦设占梦之官。至于灾祥《春秋》亦谨而书之,不独《左氏》也。夫先王重之,时人奉之,其见于事而发于言者必多。史,记事者也。既已发于言行,不得不从而书之。记事之体宜然。非以其职掌五者书之也。但从事直书,而善恶得失自见,乃史之职也。纪事终于智伯,提要以为后人所续,而未言其所以续焉。案获麟之后,《左氏》续经至于哀十六年孔丘卒,以终仲尼所以修《春秋》以垂教于后世之意,十七年后引传至于二十七年公如越,以终十四年前所载贤哲之言,而独襄二十九年吴季札适晋,说赵文子韩宣子魏献子曰晋国其萃于三族乎之言未终,智伯亡而三家分晋之形成矣。传载其亡者,以终季札之言也。后儒不达左氏《左传》之例,或以为战国间阿赵氏者所为,浅乎其视《左氏》也。古人传师学者,续成其师之说,不改名其所续,《尔雅》及《管》、《孟》、《庄》之属皆然,不得以此并疑原著之人矣。况智伯之亡,在春秋后二十七年,又二十八年韩赵魏灭晋,始列为诸侯,而魏文侯师事子夏,及其丧明,曾子往吊之,则孔门诸子,多及于战国之时矣。左氏或及见智伯之亡而亲书之，亦未可知。按安井衡字仲平，著有《管子纂诂》，竹添光鸿尝师事之。见俞樾《竹添氏左传会笺序》。

洙兰泰曰，郑渔仲言左氏楚人，故其书多楚语。余检前编，见仁山之说有云，《左氏》所记，惟晋楚为详，良以晋《乘》楚《梼杌》二书与《春秋》并行，左氏有所依据而为之也。善哉言乎。可以释渔仲之疑矣。大列邦之中唯楚与吴越之言语各异，故子元入郑，楚言而出，出公自吴反效夷言，皆见于书矣。吴越无史，惟楚有之，左氏用其文，安得不有楚语，未可执此而并诬其人也。尤悔庵云，传记韩魏智伯之事及赵襄子之谥，计自获麟至襄公卒已八十年矣，岂有夫子殁后七十八年左氏犹能著书者乎。案悔庵断左氏为六国时人，而以智伯等事为之证，夫左氏为孔门弟子，见于传记者不一而足，世掌国史，以官为氏，何得以为六国时人乎。故以智伯事明之，荀瑶帅师围郑，载在悼之四年，文止一条，居于全传之末，其实《左传》一书，补《经》至孔子卒而止，补《传》至哀公亡而止，未及悼公之立也。元二三皆无一言之记，何有于四年之一条，窃意《左氏》正史而后，必有私记未成之书，所载尚不止此。惟三家分晋，为春秋后一大事，而伐郑之役，实四族构难之先驱，灭智之举即三卿分晋之小试，后之弟子重其师说，摘以附于全《传》之终也欤。观其称犹从赵孟，其为《左氏》之正史无嫌，若襄子由是悉智伯遂丧之，智伯贪而愎，故韩魏反而丧之数句，则另是一事，其说甚长。约略带叙于此者，乃后人增益以终《左氏》之意，非正文也。不然，数千年中，何漫无记载，而独标此一事，即此一事，何以尽遗其本末，而仅毕以数言，此可一览而得其情者。尤氏乃拘于襄子之一谥，而议及全《传》之后先，不几于寸木岑楼之易位哉。即其所谓八十年者，亦失考矣。自获麟之年，计至无恤之卒，五十加六七耳，悼十四年而智氏亡，左氏犹及见之，惟至赵籍分晋，列于诸侯，是为纲目之始，乃得七十有八，何与襄子事耶。虽然此犹据事而言，未及其文也。春秋之文与战国之文，不啻泾渭菽麦之易辨，悔庵不于此一言，何也。见竹添氏《会笺》"总论"引。

一九六四年于北京大学

附一：左传文分析若干篇

庆封奔吴（襄二十八）

此篇写庆封父子败亡出奔事，以庆封为主，以庆舍陪衬。分作前后两半。自篇首至"可慎守也已"为前半篇，自"癸何卜攻"至"陈氏以公如内空"为后半篇。最后一段正叙庆封出奔，以穆子之言断之，为全篇总结。

文中极力写庆封父子的淫昏骄横，刚愎自用，有取亡之道。首段好田耆酒、易内迁朝等语，已总括庆封的荒淫腐朽生活和骄横专断的情状。这是一篇的总提。以下历叙他们的昏聩糊涂，处处受人愚弄、暗算，至死不悟。

1. 首先庆氏为崔杼之党，助其弑齐庄公。卢蒲癸、王何乃庄公旧臣，出亡在外，心怀报复。庆封父子不加警惕，引为心腹，且以女妻之，使执寝戈，这对庆氏来说，无异引虎狼入室。

2. 庆封既专齐政，自以为高枕无忧，一味田猎禽荒，远田于莱而不悛,庆嗣告密而弗听。写一个懵然无知、昏庸透顶的形象最具体。

3. 庆舍之女谓癸云云,显然癸之密谋,必已有所闻。她惟恐癸之疑己,故佯为此言以助癸,其实欲借此以悟舍,冀舍预为之备耳。舍幸而听,则父得全,不听则己亦可告无罪。此乃姜氏之苦心也,明知其事而不告,春秋时女子恐不可能,雍姬之事可为旁证。而庆舍骄盈傲慢,置若罔闻。这又是一个糊涂虫的形象。

4. 庆封父子专横,不得人心,满朝怨恨,合谋庆氏,毫无察觉。实则即使察觉,自以为大权在手无奈我何,试看卢蒲嫳的话何等骄横自满。晏平仲、北郭子车显然不是与之同心,陈氏幸灾乐祸,有黄雀在后之势。

5. 陈文子召无宇归,无宇济水而戕舟发梁,陈鲍之围人为优,环甲宫墙而毫不戒备,与栾高、陈鲍之徒以可乘之机,可见其无一可靠之心腹,或者尽属无用之人,或者被人收买,调虎离山,只有庆氏父子闷在鼓中。——这与《三国志演义》董卓主事极相类似。卢蒲癸其如吕布。

至于描写庆舍之勇而多力,写得有声有色。"王何以戈击之,解其左肩,犹援庙桷,动于甓,以俎壶投,杀人而后死。"写庆封之奢侈说:"车甚泽,人必瘁,宜其亡也。"真是一针见血,言简而意赅。叔孙召食,庆封记祭,诵《诗》不知,都是补叙他确是一个只知享乐的昏虫。故篇末以穆子之言作结:指出他的富而淫,必然得到天殃。且为昭四年庆氏全族被歼张本。通篇结构极其严密。

但崔庆之乱,乃奴隶主统治阶级内部之争,本不必论其是非,而作者于此多表现其奴隶社会的道德观念及阶级感情,对弑君党恶之徒往往有意丑化,未免是一种偏见。

栾盈入绛(襄二十一、二十三)

栾、范之争的真正原因：二家早有宿怨，襄十四年之事是其一例，栾、范的矛盾是由于争夺晋国政权。篇中不止一处明白指出，如栾祁之诉一则曰专政，再则曰专官，三则曰专国，这是作者郑重点明这篇文章的主题所在，不能仅仅看作是栾祁之谗言。其言夸大则有之，但必事出有因，亦非凭空撒谎无中生有，全是子虚也。或者有人说，宣子士鞅之与怀子本属外祖、舅氏之亲，何至互相猜忌若此。不知此亦当日情势所决定，不得不如此。怀子好施养士，士多归之，所以"宣子畏其多士"一句又明明点出。后面宣子大杀栾氏之士及后归曲沃、督戎被杀，都是极力说明这一篇栾、范矛盾的根本原因以及宣子所以信谗决心用阴谋逐走栾盈也。这正是晋国腐朽的统治阶级为了争权夺利，不惜骨肉相残斗争的反映。

栾氏败亡的原因，襄十四年秦伯问士鞅晋大夫其谁先亡。对曰其栾氏乎？以为栾黡汏虐已甚，盈之善未能及人，故孤立无援，而范宣子又以尊亲当政。在那时尊长卑幼的伦理道德的思想统治下，谁不助范而与栾以受恶名，故魏献子始与之合而终于动摇而助范氏也。

主要人物写栾盈好养士、入曲沃一段最为精采动人。其次写乐王鲋仓辛应变的智谋及其镇定的态度。看他一面教宣子奉公走固宫，一面令范鞅劫魏舒，指挥若定，老谋深算，何等机警！

其次写范鞅劫魏舒一段最精采，亦最紧张，以见其胆略过人，如荆轲之上殿劫秦王。又公门之战致死、坚决，以剑帅卒，皆胜败关键所在。

其次写斐豹智勇超卓以督戎反衬。

文章结构紧张、舒缓相间。

平阴之战(襄十八、十九)

左传叙战文中之以描写见长者。

一、胜败的关键何在

首先从战争性质看,齐灵公侵陵弱小,屡次伐鲁,正如荀偃祷河所云,弃好背盟,陵虐神主。……晋以诸侯之师,假借王命以讨不庭,所谓名正言顺,理直气壮,春秋之义战也。相反,齐既处于不利地位,只得采取守势。齐侯本身早已气馁,毫无斗志,故一登山而望,即慑于诸侯之众而脱归,大有八公山上草木皆兵之势。足见不义的战未有不败的。——这是从此次战争的性质来看。

其次,齐侯"轻而无勇",实际未尝与晋军交锋。不能守险,又在战术上中了敌军之计,不了解敌情,既为范宣子所骗,又为晋军疑兵所惑,放弃平阴,遂将走邮棠。太子与郭荣扣马,谓"不可以轻,轻则失众"。可见齐侯只是仓卒应战,事前并无充分准备。文中一个"畏"畏于众也一个"惧"字君何惧焉说明了当日齐侯作战的心理状态。如果不是太子"抽剑断鞅",则齐都亦将不守。势必至于一败涂地,为城下之盟。其所以幸而得全者,乃由于晋人不敢把义战进行到底的原因,并非齐侯能够扭转溃败的局势。——这是从齐国方面来看。

但晋军此役并未彻底取得胜利。因为齐侯虽败退,并未表示屈服督扬之盟,齐人未参加,其后大隧之盟,亦与此役无关。则因为晋帅荀偃的虎头蛇尾,不能坚决之故。栾怀子说:"其为未卒事于齐故也乎?"并表示仍将"嗣事于齐"。作者记此一段,即点明平阴一役的局限性。

二、战争过程中的细致描绘

1. 齐师遁走:齐侯之怯

2. 殖郭就俘:齐师内部不和

3. 联军追奔逐北:摧枯拉朽有声有色、历历如见

三、结构章法

首段叙伐齐原因:有高于东方

末段叙伐齐结局:未卒事于齐

最后写荀偃之死与首段恶梦、巫言相应,乃借此收拾前文,不必看作迷信,与晋侯梦大厉一篇章法相同。

阴谋虚写,疑兵实写——虚实详略相间。写齐遁从晋人察出,写晋退从齐人看出。晋军追击一段,写得有声有色、矛戟森然,为篇中最精采文字。

卫侯出君(襄十四)

一,本篇主题重在责君。卫献之出亡实咎由自取。作者均从正面着重写献公之不君,因而发挥一段民本思想。

1. 戒食不召及不释皮冠

2. 饮孙蒯而歌《巧言》

3. 鞭师曹

4. 告亡而言无罪

5. 以郲粮归

6. 与臧纥言虐

又看他如何从侧面证实其事：

1. 从定姜口中数其三罪

2. 从厚成叔口中有君不吊

3. 从臧纥口中揭示其粪土之言,亡而不变

4. 从师旷口中责其君实甚,一人肆于民上以从其淫而弃天地之性。然则何以能得复国？这当然有其客观因素。但作者则着重写子展、子鲜之力非献公真有所悔悟而改其过恶。这亦从厚孙之言看出"有大叔仪以守,有母弟鱄以出,或抚取内,或营其外,能无归乎"云云。又从臧孙口中断其必入"夫二子者或推之,或挽之,欲无入,得乎"云云。

当然作者也斥责了孙宁之不臣,尤其是孙文子,虽二人同谋而主从分明。所以下文但叙宴䴙并奔、见蘧伯玉、杀群公子、追公于阿泽……

二、在叙述技巧上有三个特点应该指出：

1. 夹叙夹议 通篇一段叙事即接一段议论

2. 详略有法 详瘠仪问答而略鲜臧之斗

3. 前后呼应 君之暴虐,暴妾使余,言虐子展、子鲜前伏后应

三、结构语言方面：

前后两半,前半以定姜语单收,后半以厚、臧语双收,皆以议论作结,前散后整。语言则如"余不说初矣,余狐裘而羔袖";"其言粪土也";"夫二子者,或挽之,或推之";"益之如天,容之如地,爱之如父母,仰之如日月,敬之如神明,畏之如雷霆"等。父母与上文"养民如子"相关日、月、雷霆又与上文"天地"字来。

厚孙、臧孙二段是文章之波澜。

重耳流亡（僖二十三）*

《左传》是历史，与文学作品不同，它要根据历史事实来叙述，不能虚构。前人说《左氏》失之诬，因为它记了不少的怪诞不经的故事，如石言于晋，神降于莘，内蛇斗而外蛇伤，新鬼大而故鬼小。但这只是认识的局限，以迷信传说的材料入史，并非有意虚构。至其记事记言之妙，人物形象的生动描绘，确有高度的文学价值，为后世历史家古文家所取法、借鉴。司马迁的《史记》、韩愈等人的叙记文都受过《左传》的影响。

本篇通过晋公子重耳流亡及反国的历史事实，生动地有主次地描绘了许多不同的人物形象，其中故事情节和对话均极动人。其结构布局的谨严，语言的精炼，都达到了非常高度。

主要人物：公子重耳的英雄形象。文中正面写他的有：不敢违抗君父；耽于逸乐，留恋齐国新婚；对楚子的真诚坦率，有礼让而不卑怯，流露勃勃英气；誓与舅犯同心不疑。侧面写他的仅是楚子眼中的晋公子重耳。另外从反面写他的器度则见寺人披与竖头须及表扬介之推都是。

从重耳这个人的谈话和行动看来，他的性格是有显著的变化发展的。看来起初他本是个好逸乐、无志气的贵介公子，在长期流亡中，阅历了不少的人情世故，获得了丰富的经验教训，逐渐地锻炼成一个有志气、有胆识、有机谋、有度量、不念旧恶、承认错误的

---

* 此段篇名及时间为整理者所加。——编者注

英雄人物。例如预料到楚国将来可能与晋为敌,对话不卑不亢,极占地步。不但对舅犯表示信任,对过去有仇怨的都能容纳,从而收为己用,以巩固自己的地位。

其次是从亡诸臣的形象:

书中未一一具体描绘,除共谋醉遣公子一事外,只是从旁边概括地写,如从僖负羁妻所看出的"晋公子从者皆足以相国",叔虞眼中的"三士足以上人"以及子犯与赵衰之间的和衷共济,友好团结。

其次是六个女性的形象:

1. 季隗的坚贞

2. 文姜的智慧与果断

3. 僖负羁妻的远见

4. 怀嬴的刚强

5. 赵姬的谦逊

6. 介母的廉洁

其次是介之推的耿介,寺人披、竖头须等人都写得生动活泼。特别曹共公这一个反面人物恰好同僖负羁妻又是一个鲜明的对照。

从章法结构上看:婚狄一段及醉遣一段,后面都有收束照应,婚秦一段亦然。寺人报密吕郤畏偪告变及头须求见,介推逃赏皆从事后补叙,亦是章法结构的穿插处,以后对曹卫郑楚皆有照应。有的选本删去其中一二段则不能看出。

从语言看:对楚子的辞令,寺人头须请见时的一段话都是简练生动,最有说服力的语言,《左传》全书都有这个特点,后来《史记》等书无不学习它。参看《史通·言语》篇。

魏禧曰《左传》惟此篇用数十公子字,中写公子英发处、骄而易怒处、好色处、随地安乐处、易恐惧处、无经络处,一一是公子行径,写得生动绰落。《史记·信陵君传》用数十公子,文之生动亦如此,此二篇若用别样称呼,文章便减却神采也。乃知古人作文,一毫不苟;只是色色称此一篇文章而已。见《左传经世钞》

宋华氏之乱(昭二十一、二十三)

此篇写宋国内乱及其原因,起于昏君而成于庸臣,责任主要是在宋元公与华费遂,故篇中于华氏多恕词。从昭二十年叙述看,作者的思想倾向极为明显。

昭二十年《传》一开始就说元公无信、多私而恶华、向,以致引起内乱,群公子被杀,君臣交质而盟,华向固为不臣,元公尤为不君。

《传》又说华亥虽质公子,却极尊重公子,每日必盥手,先进食于公子而后敢食,并且想归还公子。而元公背信弃盟,杀华向之质而攻之,迫使他们出奔。华亥不但不杀诸公子,反令人送他们归,对比之下,曲直自见。

元公既不能忍诟,杀质兴兵,引起内乱,又轻信谗言,阴谋遣逐无辜。而司马华费遂明知谗子所为,既不问事实真相,为元公解除疑惧,又不能当机立断,明告于公而正多僚之罪,竟与元公含胡处理,遂致激成仇杀之变。庸懦无能的华费遂亦竟为其子所劫以叛,不但身负恶名,国家祸乱从此遂不可收拾。

所以说,此次宋乱起于昏君而成于庸臣,作者通过叙事,已经暗示其主旨的所在。

当然作为一个封建时代的史家,决不会完全放松叛君作乱之臣。昭二十年《传》，华定、华向与向宁谋曰："亡愈于死，先诸。"他们明知元公恶之，却不肯出亡而先发难。既诱杀公子六人，拘囚二人，又劫公而质其三子。其后华亥、华定、向宁失败，不奔他国，而独奔陈。——陈为宋仇，其心怀叵测、报怨争国之情昭然若揭。故《春秋》书曰："宋华亥、向宁、华定自陈入于宋南里以叛。"《左传》详叙此事，其同意《春秋》书法居然可知。至于多僚之谮华貙，虽未必与亡人有关，度其用意，显然欲使元公轻信，排斥异己，独揽大权。而竟因此挑起内乱，为亡人制造反攻机会，罪固不可逭。华貙为势所逼，召亡人而引外兵，混战城郊，都邑糜烂。及既战败，又使华登如楚乞师，虽曰自救，然而借强敌以侵凌祖国，干涉内政，是不能饶恕的。所以作者通过楚太宰犯谓华向争国，不应"释君而臣是助"。又通过宋人之对，责蘧越"亢不衷以奖乱人"。这样看来，作者不满楚人插手干预宋事，帮助乱臣，则其贬斥华向的叛国叛君自不待言。

以上是关于本篇的思想意义。

现在我们再来看它的描写手法。

由于处理失当，华氏一家的矛盾，发展而为统治阶级之间的敌我矛盾，又由宋国内部的矛盾，发展而为诸侯之间争夺霸权、扩张势力的矛盾。篇中叙述这一复杂变化的情况，线索极为清楚。而双方斗争的胜负，其关键在于鸿口、新里之战和赭丘之战。这两段文章所写的是宋国这一事态发展的高潮，而是一篇之中最精采、最热闹的片段。例如鸿口之役，若非厨人濮的定谋决策，先发制人，不足以挫吴的锐气。及华登反攻得胜，形势紧张，元公动摇，若非厨人濮、乌枝鸣的临机应变，改变战略战术，则这次战争的最后胜利，很难判断。又如公子城猝遇强敌，华豹的善射，张匄的勇敢，若非沉着机智,三发三中,亦难以大败华氏,收南里合围之功。篇中分别描写三个军事家的形象,是文章着力之所在。至于多僚的构祸,宜僚的泄谋,张匄的发难,吴师的救华,诸侯的援宋,以及扬徽、用剑、裹首、脱甲、为鹳、为鹅、突围、哭送等情节,无不叙次错落,历历如见,使读者应接不暇。

最后我来谈谈这篇文章的另一特点,那就是始终一贯地运用曲折叙述、变幻莫测的手法。例如多僚进谗,元公起初不听,经一再危言耸动,方始决意遣逐;及饮酒厚赐,似乎阴谋得遂,而张匄又看出破绽,逼出真情。又如张匄欲杀多僚,华貙本不愿意,情势似趋缓和,乃忽又途遇多僚,积愤难遏,以致陡起杀机。又如华登败宋,元公欲出奔,而厨人扬徽,乌枝用剑,是以又转败为胜。又如公子城仓猝之间,遭遇强敌,危险万分,却好整以暇,若无事然,心计一生,立毙华豹,千钧一发之势,谈笑间危机便已解除。最后华氏被围,华亥搏膺,似已濒临绝境,而华貙亦颇坚强,抵抗到底,使华登突围至楚求救,一出一入,如履无人之境,终于得此外援,脱围以击,然而宋公初犹不许,事未可知,而诸侯定谋,料度形势,无使困而致死,强敌邀功,乃网开一面,系铃解铃。以上叙述曲折变化,无限波澜起伏之势,吸引读者最为有力。

1964.6.16

清之战(哀十一年)

此篇写齐鲁之战鲁国当政者的怯懦和冉求的能谋善战,智勇可嘉。通过叙事和议论,既揭露了鲁国当权派的腐朽无能,也表现了作者的爱国思想。尽管作者心目中的国家的概念同我们有所不同。

此篇可分为两大段。从起首至"右师从之"为前半，是写战前之事。从"师及齐师战于郊"至"泄曰驱之"为后半，是正写战事。中间插叙公叔务人一节作为两段之间的一个枢纽，说明鲁国致败的主要原因：所谓"事充、政重，上不能谋，士不能死"。深刻指出当时鲁国实在不堪一战，预示鲁师注定要失败。最有以赞扬汪锜和冉有作结，阐明一篇主题思想。结构布局，井然有序，厘然有当。

鲁哀公时季氏专政，孟孙、叔孙各怀异心，三家不能团结。所以齐师来伐，季孙不能采纳冉求的建议。他自度不能使二氏亲到边境去御敌，甚至退到近郊即所谓封疆之间去防守也不肯。在这种情况下已经无法应战，何况政治腐败，不得人心，大敌当前，是没有不败的。但忠心为国的冉求再三出谋献策，激励季孙，令其背城一战，否则将是一种耻辱，"大不列于诸侯矣"。同时他又讽刺叔孙武叔和孟懿子，使其"退而蒐乘"，出兵协助作战。冉求受命之后，调度有方，又能奋不顾身，用长矛冲锋陷阵，击退齐兵。故此一役，虽然右师败奔，而胜负相抵，不至如八年再为城下之盟。冉求的功劳当然是很大的。所以在这篇所描写的人物中，冉求的智谋义勇、保卫国家，是一个极其出色的形象。

这篇叙事文有一个特点，就是用正反两面的对比写法。它极力写冉求的智略和勇敢，就是极反刺三家的庸懦无能。冉求鼓励季孙说："一子帅师背城而战，不属者非鲁人也！鲁之群室众于齐之兵车，一室敌车，优矣，子何患焉。"这是何等坚强的决心！同独揽鲁国大权的季孙对比一下，真是曹刿所谓"肉食者鄙，未能远谋"的胆小鬼。

另外一个鲜明的对比就是左师已经出发,"次于云门之外",而右师延迟不进,一直等到五日之后才勉强跟着前去。可见孟孙、叔孙二人并不愿战,只是为冉求所激,才敷衍一下罢了。所以一同齐军接触就逃跑。

从下半段起,更是具体地以左右二师一胜一败交互对比。例如一面写左师直入齐师,一面即接着写右师奔跑;一面写左师"获甲首八十",齐人遁走,一面又接着写孟孺子的愚骏,相互对映,双管齐下。这就功罪分明,褒贬自见。又如既写樊迟的三刻而逾沟,又写孟之反的策马后殿,一进一退,也是对比。林不狃不走不止,"徐步而死",而邴泄则驱车奔逃。这些都是对比写法。而孟之反与林不狃,冉求与季孙_{冉求三请追击齐师,季孙弗许},孟孺子与颜羽又自为对比。最后写公为与汪锜之死,又同三家当权派和一批临战逃跑的人对比。特别是一个未成年的英勇牺牲的小战士,"能执干戈以卫社稷",真可以愧死他们一班在位的所谓"君子"了。所以作者在本文的结尾,连同冉求一起,用孔子赞语作一结论,显得十分郑重,具有重大意义。

还必须指出一点:春秋时代作战多由正卿亲自帅师。而清之战,鲁的左师由冉求率领,右师由孟孺子率领,三子皆不敢出肩重任,躲在后方,这是他们怯懦的有一表现。

1964.6.17

[补论]马端曰:鲁舍中军后,止左右二军。季孙一军,冉有率之;孟叔合为一军,孟孺子泄率之。三卿但出号令,无亲将者。左师次云门五日,而后右师从,则右师之败已伏于此。

魏禧曰:插叙务人之言,以见冉有当此时势,能转败为胜,益见其难。此一段乃通篇关键也。

俞宁世曰:三家正卿不及公为一儁,比拟绝毒。

陆素文曰:写冉有一室敌车,是其谋略;语激三家,是其忠勇;知樊迟,用武城人,是其调度;用矛取胜,是其战功。而最要在师入齐军,盖身当矢石,率先陷阵,谁敢不奋。宜夫子有一字之褒也。

姜炳璋曰:写孟孺子五日从师,已误军期;方阵而奔,躬先败走。务人、不狃由彼而死。苟非之反殿后,不将遗二陈之禽哉?彼此相形,功罪自见。《读左补义》,日本竹添光鸿《左氏会笺》引此说

附二:春秋战国时代诸侯各国政治变革大事年表

前613—591 _{文十四至宣十八}楚庄王有茅门之法。太子车违法之茅门,廷尉斩其辀而戮其御。见《韩非子·外储说右上》

楚令尹虞丘子荐孙叔敖为令尹。虞丘子家干法,孙叔敖执而戮之。虞丘子喜,入言于王曰:"奉国法而不党,施刑而不骫,可谓公平。"见《说苑·至公》

楚令尹子文之族有干法者。廷理拘之,闻其令尹之族也而释之。子文召廷理而责之。廷理惧,遂刑其族人。见同上

前621 _{文六}晋赵盾制事典,正法罪,辟刑狱。

前594 _{宣十五}鲁初税亩。

前590 _{成元}鲁作丘甲。

前562 _{襄十一}鲁作三军,三分公室。

前548 _{襄二十五}楚庀赋,数甲兵:书土田,度山林,鸠薮泽,辨京

陵,表淳卤,数疆潦,规偃豬,町原防,牧湿皋,井衍沃。量入修赋,赋车,籍马,赋车兵、徒卒、甲楯之数。

前543 襄三十 郑子产为政,使都鄙有章,上下有服,田有封洫,庐井有伍。

前539 昭三 晋政在家门,民无所依。栾、郤等八家贵族,降在皂隶。

前539 昭三 齐田氏以家量贷,而以公量收之。民归之如流水。

前538 昭四 郑子产作丘赋。

前537 昭五 鲁四分公室。

前536 昭六 郑铸刑鼎 铸书于鼎,晋叔向诒书责之。

前513 昭二十九 晋铸刑鼎。

前501 定九 郑驷歂杀邓析而用其竹刑。

前493 哀二 晋赵鞅与郑战于铁,誓师曰:"克敌者,……庶人工商遂,人臣隶圉免。"

前484 哀十一 楚白公胜卑身下士,不敢骄贤。其家无筦籥之信,关键之固。大斗斛以出,轻斤两以内 纳。

前483 哀十二 鲁用田赋。

前383 楚悼十八至十九 楚以吴起为相,使封君之子孙三世而收爵禄,损不急之官以抚养战士,又令贵人实边远广虚之地。国以富强。见《韩非子·和氏》、《奸劫弑臣》、《喻老》、《吕氏春秋·贵卒》及《史记》

前359—339 秦孝公十至三十 秦用商鞅变法,国富兵强。

前328 楚怀王初年 楚屈原为左徒,王使为宪令,上官大夫见而欲夺之,屈原不与。因被谗见黜。

前316 燕王哙五年 燕王以国让其相子之。三年,国内大乱。齐人伐燕,取之。

前307 赵武灵王十九年 赵变胡服、骑射。

前221 秦始皇二十六年 秦统一中国,废分封制,立郡县。

前213—212 秦始皇三十四至三十五年 秦丞相李斯建议儒生以古非今,烧诗书百家语,设禁挟书律。次年,镇压反动派,坑儒生四百六十人。

《新书·春秋》:楚怀王心矜,好高人。无道而欲有伯王之号。铸金以象诸侯人君,令大国之王编鞭而先马。梁王御,宋王骖乘。周召毕陈,滕、薛、卫、中山之王,皆象使随而趋。

《汉书·刑法志》:子产相郑而铸刑书,晋叔向非之曰:昔先王议事以制,不为刑辟,惧民之有争心也。李奇注云:"先议其犯事,议定然后断其罪,不为一成之刑著于鼎也。"师古曰:"虞舜则象以典刑,流宥五刑,《周礼》则之典五刑,以诘邦国,非不豫议,但弗宣露,使人知之。"王引之曰:议读为仪,仪度也。谓度事之轻重以断其罪,不豫设为定法也。

游国恩先生学术年表*

1899 年（光绪十五年）

出生于江西临川一个传统知识分子家庭，字泽承。自幼在祖父（前清秀才）督导下接受旧式传统教育。

1909（宣统元年）

先后就读于乡间私塾和新式小学，至 1915 年。

1915 年

就读于江西临川中学，学制四年。

1920 年

8 月，考入北京大学中文系预科。

1922 年

在北京大学中文系本科学习，学制四年。在此期间全力研究古典文学。大学一年级至二年级时发表《司马相如评传》，三年级下学期完成《楚辞概论》。大学四年级与陆侃如一起创办了《国学月报》，并发表多篇文章。

1926 年

9 月，任教家乡中学。

本年，《楚辞概论》由北新书局出版。

---

* 本年表由游宝谅编写，略有改动。

1929 年

8月，应武汉大学文学院长兼中文系主任闻一多之请任武汉大学讲师。

1931 年

8月，闻一多转任青岛大学文学院长，转聘游国恩先生为青岛大学文学院讲师，后升教授。

《屈赋考源》发表于武汉大学《文哲季刊》第1卷第3、4期。

1932 年

开始编纂《楚辞讲疏长编》。

1934 年

《先秦文学》、《楚辞概论》由商务印书馆出版。

1936 年

4月，《论九歌山川之神》发表于《国闻周报》第13卷第16期。

8月，任华中大学教授。

1937 年

《宋玉大小言赋考》发表于《华中学报》第1卷第1期。

《读骚论微初集》由商务印书馆出版。

1942 年

8月，到昆明，任西南联合大学及北京大学教授。

11月，《火把节考》发表于昆明《旅行杂志》第16卷第11期。

1944 年

暑假与罗常培、郑天挺赴大理修县志，写了关于西南民族的考察论文《南诏德化碑校勘记》、《白古通考》、《夷族令节考》等。

1946 年

6月，《屈原》单行本由胜利公司出版。

8月,任北京大学教授。

12月19日,《论吴声歌曲中的子夜歌群》发表于《平明日报·星期文艺》创刊号。

1947年

1月12日,《再论吴声歌曲中的子夜歌群》发表于《平明日报·星期文艺》。

12月20日,《谈西洲曲》发表于《申报·文史》第3期。

《楚辞九辨的作者问题》发表于《龙门杂志》第1卷第1期。完成《楚辞用夏正说》,后收入《楚辞论文集》。

1951年

2月,《白居易的思想和艺术》发表于《人民日报》。

1952年

院系调整后,长期担任北京大学古典文学教研室主任,后兼任副系主任。[①] 本年,由许德珩先生介绍加入九三学社,不久当选为北京大学九三支社负责人和九三学社中央委员,并历任全国政治协商会议第三、四、五届代表。

1953年

2月,《白居易及其讽喻诗》、《读秦中吟的〈伤宅〉〈立碑〉二诗》发表于《人民日报》。

改写《屈原》,由三联书店出版。

[①] 前北大党委书记王学珍在游国恩先生百年诞辰纪念会上代表北大党政领导的发言中说:"当时,北大名教授云集,但古代文学研究的龙头无疑是游先生。游先生在中文系的建设方面,尤其是在古代文学的教学和研究的建设方面,做出了重大贡献;在课程设置、教学内容、科研指导、人才培养等各个方面,都建立了备受世人瞩目的功勋。"

1956 年

被评为一级教授。

1957 年

1月,《楚辞论文集》由上海古典文学出版社出版。

与刘大杰等合编《中国文学史教学大纲》由高等教育出版社出版。

1963 年

1月,再次修改《屈原》,由中华书局出版。

7月,作为第一主编的《中国文学史》(四卷本)由人民文学出版社出版。

11月,应邀参加新中国第一个国家级学术代表团赴日本访问讲学一月。

1966 年

5月,受中国科学院委托赴越南社会科学院讲学一月。

1977 年

年初,搁置十余年的《楚辞讲疏长编》的编纂工作重新开始。

1978 年

6月,《离骚纂义》编就。

6月23日,病逝于北京。

(1980年,《离骚纂义》由中华书局出版;1982年,《天问纂义》由中华书局出版;1989年,《游国恩学术论文集》由中华书局出版;2004年,《游国恩楚辞论著集》(四卷本)由中华书局出版;2005年,《游国恩中国文学史讲义》由天津古籍出版社出版。)

《先秦文学 中国文学史讲义》简论

翟景运

游国恩先生是海内外知名的学者,毕生从事教育工作和中国古典文学研究,学识渊博,著述宏富,尤以楚辞研究造诣最深,被誉为"现代《楚辞》学的集大成者"[①]。在20世纪中国文学史的研究和编纂方面,游国恩先生更是影响最大的学者。论及百年以来中国文学史学科的演进过程,游先生是必然要被提及的里程碑式的人物,他的著作在该领域长期标志着最高学术水准。在他五十年的高等教育生涯中,中国文学史课程开设不辍,文学史著作的编写同样贯穿始终。新中国成立后,游国恩在中国古代文学史的课程规划、教材编写和教学方面付出了巨大的劳动,作出了重大的贡献,嘉惠学林,泽被千秋。

一、游国恩先生与中国文学史学科

中国文学史作为一个学科,是随着西方教育制度的引进而出

[①] 王瑶语,见沈玉成、高路明:《楚辞研究的集大成者游国恩》,王瑶主编:《中国文学研究现代化进程》,北京大学出版社1996年版,第454页。

现的。19、20世纪之交的早期中国文学史著作,如俄国人瓦里耶夫的《中国文学史纲要》(1880)、日本人末松谦澄的《支那古文学史略》(1882)、中国人窦警凡的《历朝文学史》(1897)、黄人和林传甲的《中国文学史》(1904)等,往往试图超越中国古典文献分类中"集部"的限制,想用一种新的视野观照中国古典文学的发展状况,却又因此每每把文学的边界放得过于宽泛,从而混淆了文学与其他学术领域的界限。比如瓦里耶夫和末松谦澄的著作都没有把"文学"限制在诗歌、小说、戏曲这些体裁之内,都花了大量篇幅论述先秦儒学典籍,甚至其分量在比例上超过了对前述几种体裁的论述。瓦里耶夫甚至把《说文解字》、《齐民要术》也纳入文学范畴;末松谦澄把《周官》(即《周礼》)、孙吴兵法、《竹书纪年》等也看作文学。可以说,在中国固有学术传统与西方学术方法甫一接触、碰撞之时,两者之间的龃龉难合之处便立即表现出来。中国传统的四部分类法不能令人满意,中国古典文学的实况又与西方文学的情形不尽相合,那又该如何以现代人的眼光,为中国古典文学的畛域划出一个近乎理性、科学的边界呢?这大约可以说是中国文学史学科建立之初,所面临的首要问题。当时的种种"回答",大抵还未能体现出一种客观、科学的文学观和文学史观。

游国恩先生生于1899年,他的青少年时代,正值中国文学史学科起步之时。这个时期他在江西临川家乡接受了严格而正规的旧式文史教育和基本功训练,为他日后吸收新知识、新理论,开创、拓展古典文学研究的宏大境界奠定了坚实基础。1922至1926年,游国恩先生在北京大学中文系学习期间,即在《国学月报》、《努力周报》等刊物上发表了《司马相如评传》、《楚辞的起源》、《读儒林外史》、《荀卿考》等论文,还完成了自己的第一部学术著作《楚辞概论》(1926,北新书局)。1929年游先生31岁时,应聘到武汉大学任讲师,讲授中国文学史和《楚辞》,又编写了《中国文学史纲要》(上古至两汉)。

随着视野的扩大和研究思考的深入,20世纪30年代的中国文学史学科已经不再局限于编纂一条线贯穿到底的文学通史,开始关注每一时段文学发展和不同体裁文学发展的独特性、丰富性和复杂性。与此前出现较多的文学通史相比,这一时期文学史写作,更加趋向于精细化,更注意文学发展的具体性和复杂状态,出版的文学史著作也更多了一些断代史、文体史。当时比较突出的断代文学史著作主要有:杨荫深的《先秦文学大纲》(中华书局,1932年)、王礼锡的《南北社会的形态与文学的演变》(神州国光,1931年)、苏雪林的《辽金元文学》(商务印书馆,1933年)、吕思勉的《宋代文学》(商务印书馆,1929年)、柯敦伯的《宋文学史》(商务印书馆,1934年)、宋云彬的《明文学史》(商务印书馆,1934年)、钱基博的《明代文学》(商务印书馆,1934年)等。本书所收录的游国恩先生的《先秦文学》(商务印书馆,1934年),是他正式出版的第一部文学史著,堪称这一学术潮流中的经典之作。

20世纪50年代至70年代,文学史研究强调以历史唯物主义史观为支撑,强调以人民性或现实主义为线索,这在当时的文学史写作中的确发挥过积极的意义。由于强调文学的人民性和现实主义,文学与社会主体以及与社会现实的关系得到了特别的重视,文学的社会功能更加凸显,文学史研究特别关注对文学作品思想内容的揭示和阐发;当时对社会存在与社会意识的关系问题的强调,使文学现象的社会背景受到了充分的关注,而对于文学现象的基本成因和最终决定因素来说,这是一个非常关键的探索维度;当时注重以阶级分析的方法研究作家,也促使人们通过社会学的这个特殊角度,更加深入地认识到作家在社会生活与文学作品之间的中介作用。以上种种,都给文学史研究带来了新的面貌。

新中国建立之初,为跟上时代步伐,游国恩先生十分重视马克思主义理论、特别是马克思主义文艺理论的学习,为此常学习到深夜。其实游先生在学术研究中所一贯坚持的朴实求真、实事求是的优良学风,也与历史唯物主义的哲学精神深相契合。1949年9月,游先生开设了中国文学史概要和与之相配合的中国文学名著选读(中文系必修课)。《北大周刊》1950年2月1日作为"改造课程的典型报告"发表了题为《游国恩先生怎样讲授中国文学史概要》的长篇文章,以大量事实说明先生的讲课不但有很强的计划性,而且"开始掌握了历史唯物论的观点"。该文还指出,"他虽然建立了这些新观点,但并不是生硬地、机械地将这些观点套进文学史里去,他是有计划、有组织、有方法地掌握了这些观点而灵活地自然地运用着","是利用现成的史料和文献来说明(所讲的问题)的"。[①]

1957年1月6日,游国恩先生发表《对于编写中国文学史的几点意见》一文[②],全文近万字,就"中国和文学的内容问题"、"中国文学史的体例问题"和"中国文学史的分期问题"三个方面发表了精辟的看法。这篇文章对学术界如何编写中国文学史起了指导作用,后来高教部组织文学史家编写中国文学史,其基本框架大都是

---

① 参见游宝谅:《游国恩先生年谱》,《淮阴师范学院学报(哲学社会科学版)》2002年第1期。

② 见《光明日报》"文学遗产"第138期;后收入《文学遗产集》第三辑,中华书局1965年版;又收入《游国恩学术论文集》,中华书局1989年版。

将游国恩先生的思路作为依据的。同年,又受高教部委托,与刘大杰、冯沅君、王瑶、刘绶松诸学者合编了《中国文学史教学大纲》,游先生执笔先秦两汉部分,该书由高等教育出版社正式出版,为全国高校中国文学史的教学提供了依据。1961年,游先生作为第一主编和编写组召集人主持编写的《中国文学史》(全四册),成为全国高校通用的中国文学史教科书,这是一部具有权威性的煌煌巨著,荣获1987年国家教委评选的高等学校优秀教材特等奖;自1963年到1998年,此书在北京的印数已达一百八十万套左右,并已在台湾、香港地区出版;至今出版社仍在继续重印此书,其中许多结论还常常被人引用;此书可以说是迄今为止中国文学史领域中发行量最多、影响力最大的教材。游国恩也因此确立了他权威文学史家的地位。

关于文学史学科的任务,游先生指出:

> 是故治文学史者,贵得其要。其要维何?如说明文学之变迁及其盛衰之状况也;推求文学变迁与盛衰之因果也;考证篇章之真伪及其时代之先后也;评断文学之价值也。凡此四端,皆文学史家之所有事也。苟能明其体要,观其会通,取材当而别择精,然后运其识力,提纲挈领而叙论之;虽万派奔流,而穷原竟委,读者可一览而尽也。如此,庶可以无大过矣。①

游先生始终有一种极为自觉、极为强烈的"文学史"意识,作为近百年来最杰出的文学史家,他总是在考虑究竟什么才是文学、什么才

---

① 本书第9页。

是文学史,文学史应该解决哪些问题,文学史应该如何建构,文学史的写作应当如何同读者的需要相衔接等一系列重要的、核心的问题。据游宝谅先生说,游先生在大学任教凡五十年,总共开设课程二十多门,中国文学史则是他自始至终开设不辍的课程。① 可以说,游国恩先生的文学及文学史研究,总是同文学史的教学密切结合着的。他首先是一位真诚、朴实、尽职敬业、深受爱戴的教师,然后才是一位建树非凡的卓越学者;他不是一个只为取得学术成果的高产而罔顾一线教学效果的浮华之人。他的文学史研究,显然具备一种最"接地气"的本质特征。因此他所思考的问题,无论今天还是将来,仍是人们所要继续奋力思考的问题。

二、《中国文学史讲义》与《先秦文学》

《中国文学史讲义》和《先秦文学》,是在新中国成立之前,游国恩先生独撰的两部文学史著作。

在新中国成立之前,游先生撰写过大量讲稿,但很多已经丢失。这个阶段关于文学史方面比较完整的讲稿,现存的仅有他在武汉大学时期(1929—1931)编写的《中国文学史纲要》卷一、卷二(先秦至两汉文学),当时有铅印本;在青岛大学任教期间(1931—1932),续写了卷三、卷四,即三国文学、两晋文学、宋文学,前二者为油印本,后者为手写稿。这些讲稿经游宝谅先生整理,2005年以《游国恩中国文学史讲义》之名,由天津古籍出版社出版。《先秦文

---

① 游宝谅:《游国恩先生学谱》,《文教资料》2000年第3期。

学》撰写于1933年秋冬之际,当时游先生任教于山东大学中文系。① 该书1934年由商务印书馆出版,收入《百科小丛书》和《万有文库》。两书一部偏于宏观,一部以微观见长,然而写作年代相近,在治学方法上有若干突出的共同特点。

（一）一以贯之的历史眼光。游国恩先生把文学史看作一个因袭与革新相互叠合的动态过程,把每一种文学现象、每一个作家或作家群,都看成文学发展演变历史线索上的有机环节,不仅尽量客观地描述作家、作品的个性风采、艺术特征及其源流演变等现象,更着意于追寻其发生之缘、变迁之故、衰亡之由,由此将文学史作为兼跨文学和历史的特殊价值和意义凸显出来。游先生在《中国文学史讲义》卷一第一篇《导言》第三章《文学之流变》中提出,我国三千年来之文学,分为南北两派：

> 诗之祖为《诗经》之四言诗,一变而为汉魏六朝之五言乐府在内,再变而为唐之七言律诗在内,三变而为宋人之词,四变而为元人之曲,五变而为现代之语体诗清代在内。此一系统也。赋之祖为骚体之楚辞,一变而为汉赋,再变而为六朝之俳赋及骈俪文,三变而为唐宋之律赋及四六文,四变而为明清之八比。此又一系统也。然两派虽对峙,而楚辞实受《诗经》之影响。惟荀卿之辞赋,则又沟通南北而中绝者也。后世小说发达,上溯高曾,抑亦辞赋戏曲之裔欤。②

---

① 国立青岛大学1932年改名为国立山东大学。
② 本书第158页。

文学史上具体的演变细节，后人或有各自不同的认识，但各个环节之间存在因革递变的关系，则是不争的事实。《先秦文学》论《诗经》的艺术成就，认为"三百篇"是"一切文章之祖，非特分枝衍派，为后世各体韵文之所自出而已。前乎此者，虽亦间有佳篇，然或体制不整，韵调不谐，内容不富；求其触景兴怀，体物写志，饶情致而美形容者，殆无如'三百篇'焉"，因此书中论《诗》之形体、音节、修辞等艺术特征，无不"就其与后世文艺有关系者述之"。也就是说，游先生不是就《诗》论《诗》，而是着眼于文学史的整体揭示其价值和意义，特别重视不同时代的作家、作品之间的关联嬗变、血脉承传。游先生的同窗、同道陆侃如先生在为《楚辞概论》所作的序言中指出："这书最大的特点是把《楚辞》当作一个有机体，不但研究他本身，还研究他的来源和去路，这种历史的眼光，是前人所没有的。"其实这不独是《楚辞概论》的特点，也是《中国文学史讲义》和《先秦文学》的特点，更可以说是游先生毕生研究和教学工作中一以贯之的优良作风。

（二）注重结合社会环境深化对作家作品的解读。游国恩先生认为："文学者，时代之写真，社会之反映也。"（《先秦文学》十《诗之时代背景及其文艺》）如《先秦文学》即从政治、军事、经济、社会四个方面说明"周自东迁以后"作为"吾国历史上一重要之变革时期"的时代环境，把它作为《诗经》出现及其文艺特征得以形成历史背景，力求通过"诗"与"史"的互证，深化对作品的解读力度和深度。又如《先秦文学》论楚辞之起源，除了从北方文学、南方文学、楚国文学三个方面追溯楚辞的文学渊源，还特别从学术角度分析楚辞中所蕴含的宇宙观念、神仙观念、神怪观念和历史观念，以此说明先秦阴阳家、道家等学术思想流派同楚辞的源流关系；另如

《中国文学史讲义》所论魏晋以来的政治动乱、社会和士林风气的变迁、玄学思想的兴盛等因素所导致的文艺思潮的大变革等因素对文学的深刻影响,以及两晋时代偏爱形式之美的文艺思想对南朝诗赋风格和隋唐诗文艺术创新的促成作用等,都可以说是相当典型的例证。

(三)求实求真,信以传信。游国恩先生真正把文学史的研究和写作当作严肃、严谨的科学工作。历史上有所谓"诗无达诂"(《春秋繁露·精华》)的说法,文学作品的确存在着多种解读的可能性,然而一定要以事实为依据,不能随心所欲、信口雌黄。古代史料汗牛充栋,真伪混杂,为了保证文学史内容的真确、可信,大量作品的年代和真伪都需要加以严格的考辨,《先秦文学》和《中国文学史讲义》两书所涉及的时代均已十分久远,辨析的难度可想而知。对于古代文献中文学史料的记载,游先生采取竭泽而渔的态度,上古时代很多歌词之类的作品,往往散见于各种古籍,其可信程度也各不相同。游先生对上古文学史料的解读,并没有受到当时影响甚为深巨的疑古思潮的极端影响,但也没有不加考辨地迷信一切文献材料。游先生的态度,大抵可以说是既非盲目"信古",也非一味"疑古",而是采取"考古"的态度,具体问题具体分析,多有平情之论。取材务存全貌,鉴别则具体辨析。完全不足采信者,也录其名目,特别说明"存而不论"。去取别择之间,最能看出游先生在古典文献方面既广且深的修养与功力。在《商之文明渐进及其文学》一节中,关于《史记·伯夷列传》所载《采薇歌》,游先生有这样几层辨析:

首先,这首歌词其来有自,可信度高。《伯夷列传》所载伯夷、叔齐叩马谏武王之语,如果依照《孟子》所说,伯夷、叔齐为躲避商纣而主动投奔周文王,那他们岂有谏阻武王东征之理?黄宗羲因此认为太史公妄传无稽之事(《明夷待访录·原君》)。但游先生认为,"叩马"之文,并非出自司马迁的任意编造,既然《史记》中有"其传曰"云云,可见太史公自有其史料来源;又夷、齐隐居采薇之事,古籍中多见记载,孔子也曾提到二人饿于首阳山下之事,因此未可遽然否定其真实性。至于《史记》所载之《采薇歌》辞,游先生也认为其来有自,或许早先通过故老传闻而流播后世,再有人为之落实于文字记录;司马迁特别提到"睹轶诗可异焉",可知歌词相传已久,并非太史公杜撰。其次,这首歌词虽然可信度高,但并非本来面目,而是经过了后人的加工改造,"观其文词,为完整畅达之骚体,殷周之际尚无有,故知非本辞也"。第三,后来四言形式的琴曲歌词,乃是在骚体的基础上再作改造的结果:"至《琴操》截去'兮'字,改为四言诗,名之曰《采薇操》,抑又好事者为之耳。"

"疑古"不代表否定甚至抛弃古代的那些可疑之事,"疑古"的重要意义,在于唤起"释古"和"考古"的动力,进一步采取种种科学手段,廓清历史的迷误,不断追寻真相。这就首先需要正视一切史料,而不是畸轻畸重,甚至对疑难问题刻意回避。游先生在《先秦文学》中所表现出的全面搜集相关材料、客观审慎地鉴别真伪、平实贴切地评估价值的严谨态度,值得我们学习和发扬。

这两部文学史著,代表了游国恩先生在两个历史阶段对中国文学发展演变实况的认识,又比较典型地标志着那个时代中国文学史研究的前沿水平。除了在内容上涉及的时间范围不同之外,两书之间还有一些值得注意的区别,往往体现着游国恩先生自己对文学和文学史认识的变化,其中最突出者,大概要属对文学疆域的界定。

游先生在《中国文学史讲义》卷一中，将文学作为"独立之艺术"，为它划定了一个基本范围："盖上自六艺三传、庄列史汉，旁及百氏支流，下逮唐宋杂笔，其不合于文学条件或虽合而不以文为主者，举不得以文称焉"（《导言》第一章《文学之界说》）。游先生在这里所说的"文学条件"，就是"情思丰富有声有色之纯文学"。这个看法，大致远袭六朝时代对文学审美特质的强调，①近承清代学者阮元在《书昭明太子文选序后》等论文对"沉思翰藻"的解读，所划定的文学范围相对比较狭窄。因此在这部著作的周文学、晚周文学、秦文学三个部分，丝毫没有涉及诸子散文和历史散文等内容；在西汉到南朝宋的内容里，自然也就没有涉及诗、赋之外的大量散文、骈文作品。

游国恩先生《中国文学史讲义》借阮元之说为文学划界，虽然未曾提及刘师培，然而其中未尝没有刘师培的影响。刘氏的相关论著，很可能在阮、游之间发挥了中介作用。刘师培的文学观，可以说是继承了仪征乡贤阮元的衣钵。刘氏所撰《文章原始》、《广阮氏文言说》等文，或者将阮元的文学界说作为立论依据而频繁引述，或者为阮氏观点增加训诂上的旁证，《中国中古文学史讲义》更是将阮氏学说作为撰述的前提和基础。该讲义第一课"概论"开宗明义说："非偶词俪语，弗足言文"；第二课名为"文学辨体"，刘氏又阐明其要旨云："此篇以阮氏《文笔对》为主。"游国恩先生1920至1926年在北京大学学习，刘氏在1917年至1919年任北京大学

---

① 《中国文学史讲义》卷一《导言》第一章《文学之界说》："故余谓从来文人之真能认识文学者，无过于六朝，而文学极盛之时代亦无过于六朝。后之人反横指为八代之衰，务为从横恣肆佶屈生涩之杂笔以相胜，抑何其愚且谬也！"（本书第154、155页。）

教授,其《中国中古文学史讲义》即撰成于 1917 年。据蔡元培《刘君申叔事略》记载,刘氏"是时病瘵已深,不能高声讲演,然所编讲义,元元本本,甚为学生所欢迎"[①]。刘氏虽然已在游先生入学北大之前(1919 年)离世,但刘师培其人其学在当时的学界影响极为深巨,游先生作为中文系的学生,其研究兴趣又早就集中在古典文学,恐怕不可能没有读到过刘氏的《中古文学史讲义》。

两年之后,当游先生写作《先秦文学》的时候,大约特别有感于这个时代文献的综合性特征,促使他立足于中国古典文学演进的客观实际,重新实事求是地辨析、确定文学疆域,从而对过去对文学范围的理解给予了一定的修正,并且使之进一步具体化。书中第一部分《文学之范围及文学史》,通过学术史的纵向考察,细致分辨历代学者对"文"的边界的不同认识,根据中国古代文辞、文章形态的具体演变实况,明确提出了理性、平实、稳健的中国文学观。游先生既不同意以章太炎先生为代表的,涵盖"一切著于竹帛者"在内的广义"文学"观,也不同意以阮元为代表的,认为只有"奇偶相生、音韵相和"、与传统学术分类中的经子史完全绝缘、"必沉思翰藻而后可"的狭义"文学"观。游先生认为,虽然两种见解都持之有故、言之成理,却也各有其偏颇。如果按照章氏的见解,就必然将那些辞采斐然、富于节奏低昂之美的作品与略无艺术匠心的"表谱簿录"混为一谈,彻底泯灭了文学、学术的界限,无从看出文学作品的特性;于是文学研究也就变得茫无畔岸,泛滥无归,学者只好望洋兴叹。反过来说,如果按照阮元对"文学"的理解,则中国古典学术著作中的文章一概被排斥在"文学"畛域之外,这既不符合中

[①] 《刘申叔遗书》,江苏古籍出版社 1997 年版,第 18 页。

国文学发展演变的实况，也同多数古代学者对"文学"范围的普遍认识相左。阮氏自信其对"文"的范围的区划，来自萧统的《文选序》，实际上萧统虽然标榜"事出于沉思，义归乎翰藻"，《文选》中也并没有完全排斥史、子两部中的少数篇章。从中国文字表达的客观历史来看，经、史、子三部中的篇章，的确有很大分量偏于实用，文风朴实而少有文采，但其中也不乏颇具文采，具有较高的文学价值，长久以来即被广大读者和学者视为经典文学作品。那么游先生的这部著作，究竟把"文学"的边界划在哪里呢？他在书中指出：

> 学术之不能不分而为辞章者，势也；辞章之不能与经传子史完全绝缘者，亦理也。知后世经义之文之出于经学，则不能排"六艺"；知传记之出于史学，则不能排《左》、《国》；知论辩之出诸子，则不能排《庄》、《列》。先秦之文学，即在专门著述之中，固未可以决然舍去也。抑余有说焉：西汉以降，文章渐富，著作始衰；迄于萧梁，文集著录，已成定例。故由今日论之，文学者，以孽子而冗宗；著作者，虽不祧而自替者也。由斯而谈，先秦之文若"六艺"，其中如《诗》固无论矣。其《易》、《礼》《春秋》，未可以文论也。《书》以道事，虽不以文为本，要为记言之文所自出，自当在叙述之范围。《左传》、《国语》、《国策》，虽属史家之言，而实兼文词之美，尤不可以勿道。（《公羊》、《穀梁》二传专主释经，且汉世始著竹帛，亦不能以先秦之文论。）其诸子，若墨翟之书，文辞朴拙；名家之言，专在辩析；（其伪书自不必论。）杂家之文若《吕览》，虽间有可取，俱可从略。（兵家、方技准此。）惟道家则庄周绝胜，（其伪书今

亦不论。)儒家则孟、荀杰出,法家则韩非为尤,与夫小说家之《山海经》、《穆天子传》等,(并从《四库》著录。)皆宜泯其畛域,列入文疆。盖于较大范围之中,仍寓以文辞为主之意。(《山海经》及《穆天子传》等书虽不能以文辞论,实为后世小说之祖。)……总之,先秦之文,类属专门之书,兼采则势所不能,悉蠲又于理有碍。大抵择其情思富有,词旨抑扬,乃与后世之文有密切关系者述之,则斤斤微尚之所存也。①

既坚持现代文学观念的一般原则,又能灵活地根据古典文献的实际情况有所变通。根据审美要素的分量轻重、以及对后世文学的影响程度等等来具体把握。在这一个看似基础、实则紧要的关键问题上,游先生继承了中国传统的"辨章学术、考镜源流"的方法和精神,显示出朴实而又厚重的古典文献学的眼光,同时又能与时俱进,以现代意义上"文学"强调美学要素的原则作为基本杠杆,为先秦文学所划出了一个相当客观、稳妥的界限。当然,后来的学者在具体细节的认识上与游先生的看法容有些许不同,但游先生对先秦文学疆域的基本认识,对后来的影响显然十分深巨,可以说至今仍然是通行的看法;这种认识对其他历史时段文学畛域的界定也具有方法论层面的启发意义。

在上个世纪20年代,中国文学史的写作还处在"拓荒"阶段,游国恩先生既能从晚清民国的学术传统中充分汲取营养,又能不为其所囿,且在真理面前不惮于否定和修正旧见,通过自己独立的思考和研究,得出符合中国文学演进客观情形的真知灼见,进而形

---

① 本书第7、8页。

成了贯穿游先生后来研究工作中的科学严谨、独立不迁的学术品格。这种学术境界的升华的动力,既来自中国古典学术"毋意、毋必、毋固、毋我"(《论语·子罕》)以及"实事求是"(《汉书·河间献王刘德传》)的精神传统,又与游先生悉心关注、吸收现代中西学术的前沿成果有着密不可分的关系。

三、游国恩先生的治学精神

王瑶先生在回顾我国文学研究现代化进程时说:"近代在研究工作方面有创新和开辟局面的大学者,都是从不同方面、不同程度地引进和汲取了外国的文学观念和治学方法的。他们的根本经验就是既有十分坚实的古典文学的根底和修养,又用新的眼光、新的时代精神、新的学术思想和治学方法照亮了他们所从事的具体研究对象。"[①]由于能对新的治学方法广为吸收,扬长避短,游先生的治学路子极为宽广,善于把扎实的资料、爬剔的功夫与宏观的理性思维结合起来,把对文学发展的总体把握建立在具体的作家作品的考证和分析之上。他既不是单纯从文艺学的角度解读作品,也不仅仅通过文史结合的手段挖掘作家作品的文化背景和历史内涵,他始终重视借助文献学的方法,通过辨章学术、考镜源流,通过辨音识字的基本功,深入到作家和作品相关信息的"最底层",用最扎实、最稳健的方式把握和揭示作家精神与作品真谛。他曾说,抗

---

① 转引自陈平原:《中国文学研究现代化进程·小引》,北京大学出版社 1996 年版,第 2 页。

战前夕他在青岛山东大学讲授楚辞，"是有意在做宣传工作，宣传'三户亡秦'的民族主义"[1]，通过《楚辞讲录》及游先生其他论著，可知他这种民族感情的表达，并不是借助历史人物及其作品空喊口号，而是通过形象思维与逻辑思维的相互支撑、博通与专精的辩证统一、文艺分析与文献研究的完美结合的深湛研究而展现出来的，这是忧愤深广的爱国情怀和严谨求实的学者风采的高度融合。

（一）学识广博，视野宏通

纵观古今，大凡境界高超、气象宏大的学者，在治学上决不以任何狭窄的领域自限，"各照隅隙，鲜观衢路"，而往往是博而能约、由点及面、精深与广博兼备。曹道衡先生曾说："（游国恩）先生以楚辞研究名世，实则他的治学方面极广，举凡先秦经子以迄近代诗文，除过去所谓'俗文学'这一部分以外，很少有未曾涉足过的领域，而且多有精到的意见。"[2]游国恩先生所指示的学问路径，一如其为人、为学和为文，踏实严谨、深厚广阔，排斥一切虚伪和浮躁，排斥急功近利和投机取巧，正如韩愈在《答李翊书》中所云："无望其速成，无诱于势利，养其根而俟其实，加其膏而希其光。根之茂者其实遂，膏之沃者其光晔。"作为文学史家，他不仅精熟历代诗文，对文学领域之外的古代文献也十分熟悉，读书广博又善于融会贯通，因此他做学问的路子极宽，往往能够左右逢源，开拓创新。

---

[1] 游国恩：《屈原·题记》，胜利出版公司1946年版；《游国恩楚辞论文集》第三卷，中华书局2008年版，第409页。

[2] 曹道衡、沈玉成：《游国恩学术论文集·编后记》，中华书局1989年版，第594页。

比如他的楚辞研究,不仅紧密联系战国时代各国间复杂的外交关系及其变化来说明屈原的身世和政治遭遇,更能通过语言、民俗、宗教、地理、音乐等视角,精彩地阐释诸如楚辞的起源、《九歌》历史与艺术等问题。游先生在1961年给人民大学中文系研究班所作的报告《关于学习古典文学》①,可以说是一篇充满真知灼见、道尽为学旨要的精彩文章。文章所论虽有明确的针对性,然而对于整个中国传统文化的学习与研究,都极具参考价值和指导意义。此文从"务虚"和"务实"两个角度展开,强调既要明确方向、树立志向,还要毅力顽强、埋头苦干;既要有宏远的目标和广阔的胸襟,还要有"九层之台,起于累土"的沉潜踏实的学风。在游先生看来,研治古典文学,须在语言学、历史学、文献学等方面具有扎实的知识和深厚的修养,至于深厚、扎实到什么程度,因人而异,总归是"多多益善"。视野广阔、学识广博,大抵是任何取得杰出成就的学者们所共有的特征。

在半个多世纪的学术生涯里,游先生的治学观念和方法也在与时俱进,但扎实读书,博闻多识,好学深思,始终是他治学为文的基本原则。"从认识论而言,人的正确思想只能通过实践而获得,而古典文学研究的实践活动主要是读书,读书所得存于记忆之中就是思考的材料,思考材料越多,思考活动就越有左右逢源之乐。从博闻多识到会通成说再到开拓发展,也许能大体上概括游先生的治学特色。"②

---

① 《学习与研究》1962年第2期。
② 沈玉成、高路明:《楚辞研究的集大成者游国恩》,王瑶主编:《中国文学研究现代化进程》,北京大学出版社1996年版,第454页。

(二) 重视积累，厚积薄发

1956年，国家计划重印一批古籍，那时候在北大文学研究所工作的曹道衡先生到游先生府上请教《诗经》和《楚辞》书目。曹先生回忆当时情景说：

> 说明来意后，游先生就给我讲《诗经》的问题，从《毛诗正义》说起，说到清代人著作。他一部书一部书地谈。某书是何人所作，有什么版本，以哪种刻本为底本较好。这部书有什么优点，有什么缺点，都举了具体的例子。当时我作记录都感到困难，总觉记不下来。可是游先生根本不用查书，就这样一部部地介绍。特别是讲到宋元明三代人的著作，有许多书我连听也没听说过，在《书目答问》中是根本找不到的(《书目答问》对宋元明人书一般从略)。那次谈话大约一直谈到十点以后，我为了不要影响先生休息，才告辞出来。第二天到所，去图书室查了好几种书，如明季本的《说诗解颐》、清钱澄之的《田间诗学》等好几部书，看到先生所指出的优缺点都如此确切，觉得先生的学问真是博大精深，像我们这种人只能是"高山仰止"，虽然钦佩，却无论如何难于达到。①

---

① 曹道衡：《困学纪程》，辽宁教育出版社2001年版，第108页。参见曹道衡：《游泽承先生二三事》，《文史知识》2000年第4期；游宝谅：《游国恩先生年谱》，《淮阴师范学院学报(哲学社会科学版)》2002年第1期。

我在2002至2004年之间曾数次当面聆听曹先生讲述这个故事，他还极为传神地用"一支烟、一杯茶"形容游国恩先生如数家珍般历述《诗经》版本优劣的潇洒神态，之后即用韵味浓郁的吴语反复感慨道："不得了、不得了……"后辈学人虽然难以企及前代学者对古代典籍的稔熟程度，但"熟读"绝对是"精思"的基础，烂熟于胸方能左右逢源，无论到了什么时代，这都是精研中国古典文学乃至传统文化颠扑不破的基本原则，只靠些微灵气或小聪明，显然无法深造传统学术的至高至美境界。

旧式的教育往往强迫青少年大量背诵传统经典，虽然未免枯燥、乏味甚至痛苦，但它也在一定程度上使这个年龄段记忆力最佳的长处得到发挥，善于学习者反而能够将强迫背诵转化为主动学习的乐趣。中国传统的文史之学尤其需要通过熟读、背诵、反复玩味，才有可能取得读书得间、豁然贯通之效。沈玉成、高路明先生曾说："游先生在幼年刻苦攻读，很快就完成了旧式教育的必修课，直到晚年，举凡经、史、子类和《文选》、《古文辞类纂》中的一些重要篇章仍可随口背诵，可见幼学根底之深。"[1]一切从原始文献出发，对第一手资料反复琢磨、分析、玩味，言必有据，只有"板凳要坐十年冷"的沉潜精神，才有可能做到"文章不写一句空"。游先生没有赶上电脑普及的时代，无法随心所欲地搜索、统计、复制和粘贴，但与当下普遍借助电子信息技术的前卫和新潮相比，传统的治学方法和路径显然不能简单地以"落后"、"陈旧"等词来形容。学术追求的是科学和真理，但也是性情和精神的流露，也是气质、风骨、

---

[1] 沈玉成、高路明：《楚辞研究的集大成者游国恩》，《中国文学研究现代化进程》，第424页。

风度和神采的全面展示。传统学人在这方面往往流露和展示地那么自然和温馨,没有一丝的矫揉造作,"望之俨然,即之也温",洋溢着春风化雨、润物无声的内在力量。

"读书得间"是明清以来特别是乾嘉学者读书治学传统,也是一种极高的学术境界。研究学问,除了心细如发,善于阅读整理材料之外,还须善于思考问题,别具慧眼,能从别人不注意的地方看出问题,解决问题,这才是"读书得间"。前辈优秀学者从事学术研究,几乎都是老老实实地从反复阅读第一手文献资料出发,通过大量事实的综合与比较抽绎出观点,然后反复琢磨、反复提炼,从而形成文章。数十年间,游先生写下了大量的笔记随札。这些笔记随札,足以让读者藉以反思体悟,像游先生这样杰出的老一辈学者是如何从第一手资料出发,通过细读和精思,再广泛综合前人思索研讨的成果,以严谨、审慎、朴实的态度一步步获得结论。这种沉潜研索、集腋成裘的踏实作风,值得每一位从事学术研究的后辈学习。

游先生在《关于学习古典文学》一文中,特别强调研习中国古典文学的几个要素:专、勤、博,还要能够由博返约,特别要重视基本功。游先生还现身说法,说明基本功的重要作用:

> 蒙童时读书都必须背诵,每日三首(《四书》约三四小章为一首,《诗经》约一短篇为一首),每三首一总。读完一册或一部,必须"倒朱本"(全部背诵)。背诵时,不许打顿,老师原则上不提。离开私塾以后,基本上也是用这种办法自课。因此,有的"经"书及诗古文辞至今不忘。

旧时的学者,往往都有这种在童蒙时代即已扎实记诵经典的"童子功",这其实是长久以来所形成的研治中国古典学术文化的优良传统。这与道听途说、转相贩卖的口耳之学,完全是截然不同的态度。虽然这篇文章发表在五十多年前,但无论在当今还是将来,它依然是学习和研究古典文学、乃至整个中国传统文化颠扑不破的要诀,可谓字字珠玑,毫无过时之感。真正严谨求实的学问经得起历史的考验,游先生关于做学问的学问也是如此。它强调基本功,强调博、专、精、勤,用七千字的篇幅,综合了自古以来读书治学的朴实道理,一点都没有故弄玄虚之处。

(三) 严谨求实,勇于创新

无论从事教学还是科研,游国恩先生坚持论从史出,有一分证据说一分话,不作无根的游谈和蹈空的宏论,决不违背学术良知。在《先秦文学叙》中对当时大量涌现的水平不高的文学史类著作表达了不满,进而批评了空疏肤浅的学风:

> 窃念晚近士风,绝类朱明,著书之易,殆又过之。尤于文学史类之书,不为其难,为其易,直可旦受命而日食时上。大抵茬懦者标新以逢时,浅陋者护短而取巧。①

或为迎合时尚,或为投机取巧,归根结底把著述的目的锁定在名利上,最为游先生所不取。浅薄庸俗的目标,自然不可能在学术上臻

---

① 本书第 3 页。

至高华超然的境界。先生把学术著述看作十分神圣的事业,真正体察并且继承了古人"修辞立其诚"的精神,认为"修辞而不立其诚,道术将为天下裂,此亡国之征也"。文章学术关乎国家兴亡,不应该轻易草率从事。一般读者或许以为这种看法或许未免过甚其辞,然而这恰恰鲜明体现了一位负责任的学者的高贵良知。

在上世纪五、六十年代特殊的历史环境下,游国恩先生坚持原则,实事求是,体现了一个朴实、正直的知识分子的高风亮节。游先生不同意当时在文学史编纂中的极左和反历史观点,认为"理论的指导意义并不是简单地重复马克思的一般原理,重要的是把理论体现在对大量材料的具体分析与研究上";"在对古代作家、作品进行分析时,必须具有历史的观点,……实事求是地评价它们的意义和作用,给予一定的历史地位,……在考察文学发展时,单纯以现实的需要作为褒贬的标准,以及对古典作品简单化的、反历史主义的理解,都可能导致对历史的歪曲,值得特别注意。"(《中国文学史大纲·导言》)不受外在环境干扰、不去无原则地随波逐流,坚持从中国古典文学发展的客观事实出发,坚守学术规范和学术良知,使由游先生主持编写的四卷本《中国文学史》,达到了当时所能达到的最高水平,并且经受住了历史的考验。

随着时间变迁、眼界的拓展和研索的深入,游先生对有些问题的认识也有变化。比如苏武、李陵诗的真伪问题,《九歌》、《远游》的作者问题,《柏梁台诗》和《长门赋》的真伪问题等,先生在《中国文学史讲义》之后的著作或笔记中不止一次地有所论述。这些认识上的变化,不是为了标新立异、刻意翻案,游先生以唯真唯实为基本原则,从不固步自封,从不回护自己的既有见解。再比如在《先秦文学》中,他基本认同司马迁、班固、杜预、刘知幾以及清代四库馆臣的看法,认为《左传》的作者是左丘明。在游先生1964年所作的《左传讲稿》中,他的看法就有了一些变化。讲稿认为,此书既不是左丘明所作,也不是刘歆所伪造,而是战国初期(公元前400年左右)一个充分掌握春秋时代诸侯各国史料的历史家所编纂的;这位历史家大概与孔子有较密切的关系,也就是鲁国的史官;此人可能以官为氏,他的名字则失传了。学术史上的很多问题,一时之间未必能够得出确切不移的结论,有些问题甚至永远都难有定论。但人类进步的历史,正是永无休止的追问和探索的过程,一切建立在严谨的态度和缜密的思考基础上的认识,都是进步的阶梯。

"旧学商量加邃密,新知培养转深沉。"(朱熹《鹅湖寺和陆子寿》)本书所收录的游国恩先生的著作,多数成书于八九十年前,但它们的学术价值及其启迪意义不会因时间流逝而有所减损。随着中华民族伟大复兴的实现,随着中国传统文化优秀因子的进一步普及和彰显,游国恩先生的治学方法、学术品格及其文学史著的不朽价值,必将得到愈益广泛的认同与推重。

余论:关于《左传讲稿》

1942至1946年,游先生为西南联大中文系教授期间,先后开设过唐宋文、近代诗、韩愈文、黄山谷诗、文言文习作等课程,新中国成立之后,他还讲过《史记》、《孟子》、古代评论文等课程。与大学中国文学史等基础课程相比,这种专题课程带有更为浓厚的研究性质,旨在引导学生更深入地理解和认识古代文学史上的一些重大的文学现象和代表性的作家作品,让学生通过所选文学专题的认真研读,养成文学鉴赏、评析的习惯和眼光。1964年,游先生在北大开设《左传研究》课,其讲义即本书所收《左传讲稿》,现存共约18000字,此外又有作为附录的《左传文分析若干篇》(7篇)和《春秋战国时代诸侯各国政治变革大事年表》共8000余字。《左传文分析若干篇》中的"宋华氏之乱"、"清之战"两篇之后标识的时间分别是1964年的6月16日和17日。

游国恩先生曾在《对于编写中国文学史的几点意见》一文中说:

> 像《左传》这样的历史散文也是不能不讲的。……它不仅仅是历史的记录,而且是丰富多彩的文学作品,因为它的作者不但记载事实,还要描写事实,在我国历史上开始出现给历史叙述涂上了浓厚的文学的色彩。它往往把历史的记录变成了极为生动的故事,甚至其中人物象也描绘得非常生动。所以《左传》不只是一种历史著作,同时也是一部优秀的文学作品,文学史不讲它,是不应该的。

这就对过去有些中国文学史教材忽视《左传》等历史著作文学价值的情况起到了纠偏补弊的作用。我国先秦时代的历史文化典籍,其内容和性质往往是综合性的,如果试图完全脱离其历史价值、思想内涵而孤立地评估其文学价值,既不切合古典文献的实际情形,而且在实践上也扞格难通。根据《左传》而开设专书研读课程,其意义就不仅仅局限在纠偏补弊,虽然课程和讲稿的内容仍然把该书的文学艺术特征作为研究重点与核心,但势必在讲授过程中涉及到诸如该书的成书过程、历史背景、文化氛围、思想特点、流传和旧时的学者，往往都有这种在童蒙时代即已扎实记诵经典的"童子功"，这其实是长久以来所形成的研治中国古典学术文化的优良传统。这与道听途说、转相贩卖的口耳之学，完全是截然不同的态度。虽然这篇文章发表在五十多年前，但无论在当今还是将来，它依然是学习和研究古典文学、乃至整个中国传统文化颠扑不破的要诀，可谓字字珠玑，毫无过时之感。真正严谨求实的学问经得起历史的考验，游先生关于做学问的学问也是如此。它强调基本功，强调博、专、精、勤，用七千字的篇幅，综合了自古以来读书治学的朴实道理，一点都没有故弄玄虚之处。

（三）严谨求实，勇于创新

无论从事教学还是科研，游国恩先生坚持论从史出，有一分证据说一分话，不作无根的游谈和蹈空的宏论，决不违背学术良知。在《先秦文学叙》中对当时大量涌现的水平不高的文学史类著作表达了不满，进而批评了空疏肤浅的学风：

> 窃念晚近士风，绝类朱明，著书之易，殆又过之。尤于文学史类之书，不为其难，为其易，直可旦受命而日食时上。大抵荏懦者标新以逢时，浅陋者护短而取巧。①

或为迎合时尚，或为投机取巧，归根结底把著述的目的锁定在名利上，最为游先生所不取。浅薄庸俗的目标，自然不可能在学术上臻

---

① 本书第3页。

至高华超然的境界。先生把学术著述看作十分神圣的事业,真正体察并且继承了古人"修辞立其诚"的精神,认为"修辞而不立其诚,道术将为天下裂,此亡国之征也"。文章学术关乎国家兴亡,不应该轻易草率从事。一般读者或许以为这种看法或许未免过甚其辞,然而这恰恰鲜明体现了一位负责任的学者的高贵良知。

在上世纪五、六十年代特殊的历史环境下,游国恩先生坚持原则,实事求是,体现了一个朴实、正直的知识分子的高风亮节。游先生不同意当时在文学史编纂中的极左和反历史观点,认为"理论的指导意义并不是简单地重复马克思的一般原理,重要的是把理论体现在对大量材料的具体分析与研究上";"在对古代作家、作品进行分析时,必须具有历史的观点,……实事求是地评价它们的意义和作用,给予一定的历史地位,……在考察文学发展时,单纯以现实的需要作为褒贬的标准,以及对古典作品简单化的、反历史主义的理解,都可能导致对历史的歪曲,值得特别注意。"(《中国文学史大纲·导言》)不受外在环境干扰、不去无原则地随波逐流,坚持从中国古典文学发展的客观事实出发,坚守学术规范和学术良知,使由游先生主持编写的四卷本《中国文学史》,达到了当时所能达到的最高水平,并且经受住了历史的考验。

随着时间变迁、眼界的拓展和研索的深入,游先生对有些问题的认识也有变化。比如苏武、李陵诗的真伪问题,《九歌》、《远游》的作者问题,《柏梁台诗》和《长门赋》的真伪问题等,先生在《中国文学史讲义》之后的著作或笔记中不止一次地有所论述。这些认识上的变化,不是为了标新立异、刻意翻案,游先生以唯真唯实为基本原则,从不固步自封,从不回护自己的既有见解。再比如在《先秦文学》中,他基本认同司马迁、班固、杜预、刘知幾以及清代四库馆臣的看法,认为《左传》的作者是左丘明。在游先生1964年所作的《左传讲稿》中,他的看法就有了一些变化。讲稿认为,此书既不是左丘明所作,也不是刘歆所伪造,而是战国初期(公元前400年左右)一个充分掌握春秋时代诸侯各国史料的历史家所编纂的;这位历史家大概与孔子有较密切的关系,也就是鲁国的史官;此人可能以官为氏,他的名字则失传了。学术史上的很多问题,一时之间未必能够得出确切不移的结论,有些问题甚至永远都难有定论。但人类进步的历史,正是永无休止的追问和探索的过程,一切建立在严谨的态度和缜密的思考基础上的认识,都是进步的阶梯。

"旧学商量加邃密,新知培养转深沉。"(朱熹《鹅湖寺和陆子寿》)本书所收录的游国恩先生的著作,多数成书于八九十年前,但它们的学术价值及其启迪意义不会因时间流逝而有所减损。随着中华民族伟大复兴的实现,随着中国传统文化优秀因子的进一步普及和彰显,游国恩先生的治学方法、学术品格及其文学史著的不朽价值,必将得到愈益广泛的认同与推重。

余论:关于《左传讲稿》

1942至1946年,游先生为西南联大中文系教授期间,先后开设过唐宋文、近代诗、韩愈文、黄山谷诗、文言文习作等课程,新中国成立之后,他还讲过《史记》、《孟子》、古代评论文等课程。与大学中国文学史等基础课程相比,这种专题课程带有更为浓厚的研究性质,旨在引导学生更深入地理解和认识古代文学史上的一些重大的文学现象和代表性的作家作品,让学生通过所选文学专题的认真研读,养成文学鉴赏、评析的习惯和眼光。1964年,游先生在北大开设《左传研究》课,其讲义即本书所收《左传讲稿》,现存共约18000字,此外又有作为附录的《左传文分析若干篇》(7篇)和《春秋战国时代诸侯各国政治变革大事年表》共8000余字。《左传文分析若干篇》中的"宋华氏之乱"、"清之战"两篇之后标识的时间分别是1964年的6月16日和17日。

游国恩先生曾在《对于编写中国文学史的几点意见》一文中说:

> 像《左传》这样的历史散文也是不能不讲的。……它不仅仅是历史的记录,而且是丰富多彩的文学作品,因为它的作者不但记载事实,还要描写事实,在我国历史上开始出现给历史叙述涂上了浓厚的文学的色彩。它往往把历史的记录变成了极为生动的故事,甚至其中人物象也描绘得非常生动。所以《左传》不只是一种历史著作,同时也是一部优秀的文学作品,文学史不讲它,是不应该的。

这就对过去有些中国文学史教材忽视《左传》等历史著作文学价值的情况起到了纠偏补弊的作用。我国先秦时代的历史文化典籍,其内容和性质往往是综合性的,如果试图完全脱离其历史价值、思想内涵而孤立地评估其文学价值,既不切合古典文献的实际情形,而且在实践上也扞格难通。根据《左传》而开设专书研读课程,其意义就不仅仅局限在纠偏补弊,虽然课程和讲稿的内容仍然把该书的文学艺术特征作为研究重点与核心,但势必在讲授过程中涉及到诸如该书的成书过程、历史背景、文化氛围、思想特点、流传和研究历史等一系列文学因素之外而又与其文学创获紧密相关的重要问题。从这样的角度去理解《左传》，既能更加深入地挖掘和阐发其文学价值，又能让学生更加真切地体察和把握我国古典文化的历史语境。

这部讲稿篇幅虽然不大，但对《左传》的名称、作者、所反映的时代背景和社会形势、整体的思想特点和艺术特色以及该书在后世的流传等核心问题，都有简明扼要的介绍或分析。游国恩先生还结合古人的研究著作和自己的研读心得，在讲稿中特意提示了阅读时需要注意的问题和研究方法、方向。比如提示学生必须熟记鲁十二公的先后次序及其在位年数、熟记某文某事在某公某年，需要时一翻即得。虽然当代人尽可利用电脑检索，似乎凭脑力记忆的学习方式已经落伍，但电脑检索，毕竟与真正的学养关涉不多，游先生所强调的熟读精思、熟能生巧，才是读书治学的正路。再比如游先生提示研究方法说：

> 先定若干门类为研究的对象……然后将全书打散归纳，再取先秦有关诸书互相印证，对研究文史必有裨益。例如天文、历法、地理、官制、兵法、人名、文学等，均可作独立专题研究。……我们还可以考虑多设项目来研究，如春秋田赋兵制，《左传》、《国语》比较，神怪故事，人物传说，外交辞令等，或别立名目，或在前人著作基础上增补其不足。

真正高明的教师，除了传授知识，还有更重要的任务，那就是为学生指示研究门径和宏观的研究方向，真正引领学生走上独立治学之路。就这个层面而言，《左传讲稿》与梁启超的《要籍解题及其读法》、《国学入门书要目及其读法》以及钱穆的《中国史学名著》等著作颇有相似之处。

《左传》是文、史兼备的大著作,细致分析、深入挖掘其独到的艺术表现手段是极具学术价值的工作。讲稿中作为附录的《左传文分析若干篇》,实际上是《左传》精彩段落文学解读的七个案例,通过深入解析结构、章法、叙事、写人、辞令等方面的匠心,为《左传》的文学研究树立了典范。比如《重耳流亡》一篇论人物塑造,游先生首先将文中涉及的人物形象分成四类,进而分析其具体的描写方法:像主人公重耳,既有正面描写,又有侧面描写,除此之外还能注意到重耳性格的前后变化;又如从亡诸臣的特点,游先生认为《左传》采用有选择地、侧面地、概括地描写;再如六个女性的形象,主要特点是善于抓住主要的、突出的个性,形象各异,如季隗的坚贞、文姜的智慧与果断、介之推母亲的廉洁等等;最后如介之推的耿介、寺人披、竖头须等人,虽然不是描绘的核心,仍然能够写得生动活泼。

游国恩先生论《左传》文,特别重视抓住其艺术上的"绝招",即作者在某一环节上的主要艺术手段。比如论《栾盈入绛》"文章结构紧张、舒缓相间";又如他所揭示的《宋华氏之乱》中"始终一贯地运用曲折叙述、变幻莫测的手法",再如论《清之战》,认为"这篇叙事文有一个特点,就是用正反两面的对比写法"。诸如此类,都可以说准确地抓住了《左传》作者的用心、用力所在。

在《左传文分析若干篇》中,游先生还常常能够从《左传》全书、甚至整个文学史着眼,对其价值和意义给予精准定位。比如《重耳流亡》一篇论这一章的语言说:

>　　对楚子的辞令,寺人头须请见时的一段话都是简练生动,
> 最有说服力的语言,《左传》全书都有这个特点,后来《史记》等
> 书无不学习它。参看《史通·言语》篇。

这些精到的分析和论断,体现出游先生长期阅读、玩味而积累的深湛体验,也同他对中国古典文献精华要义的稔熟有着不可分割的关系。讲稿中无论是对《左传》的宏观论述,还是篇章分析的案例,内容总体上都比较简略;大量从相关古代文献中抽绎出的材料,只作了简单的排比罗列。这说明它大约还只是一个提纲,游先生在此基础上正在从事资料储备的工作,它很有可能是游先生计划中一部专著的框架。

游国恩先生在讲稿中不仅广泛征引了大量古代文献,还十分注意吸收国外相关研究成果。1962年10月,日本学者波多野太郎访问北大,游先生参加接待,表示希望代寻竹添光鸿的《左氏会笺》,后来波氏为他找到了这部书。竹添光鸿遍览20世纪之前《左传》的重要注疏,尤其注重吸收清代学者的训释成果,参稽比勘,钩深索隐,在此基础上撰成的《左氏会笺》,堪称《左传》学史上的集大成之作。《左传讲稿》中对《左氏会笺》即颇多引用。游国恩先生和杨伯峻先生,可以说是建国后较早注意到参考借鉴《左氏会笺》的学者。